Christine Nöstlinger

Wie ein Ei dem anderen

Roman

D1675381

Gulliver Taschenbuch 232
Einmalige Sonderausgabe
© 1991, 1996 Beltz Verlag, Weinheim und Basel
Programm Beltz & Gelberg, Weinheim
Alle Rechte vorbehalten
Einband von Franziska Biermann
Gesamtherstellung Druckhaus Beltz, 69494 Hemsbach
Printed in Germany
ISBN 3 407 78232 2

Gulliver Taschenbuch 232

Christine Nöstlinger, geboren 1936, lebt in Wien. Sie veröffentlichte Gedichte, Romane, Filme und zahlreiche Kinder- und Jugendbücher. Im Programm Beltz & Gelberg erschienen unter anderem *Wir pfeifen auf den Gurkenkönig* (Deutscher Jugendbuchpreis), *Maikäfer flieg!* (Buxtehuder Bulle, Holländischer Jugendbuchpreis), *Lollipop*, *Zwei Wochen im Mai*, *Hugo, das Kind in den besten Jahren*, *Oh, du Hölle!*, *Der Hund kommt!* (Österreichischer Staatspreis), *Der Neue Pinocchio*, *Der Zwerg im Kopf* (Zürcher Kinderbuchpreis »La vache qui lit«), *Eine mächtige Liebe*, das Jahrbuch *Ein und Alles* (zusammen mit Jutta Bauer), *Einen Vater hab ich auch*, *Der TV-Karl* und zuletzt *Vom weißen Elefanten und den roten Luftballons*. Für ihr Gesamtwerk wurde Christine Nöstlinger mit der internationalen Hans-Christian-Andersen-Medaille ausgezeichnet.

1. Kapitel

Marion stand hinten in der Klasse, beim großen Papierkorb, drehte einen roten Buntstift im Bleistiftspitzer und murmelte: »Wenn der jetzt noch einmal abbricht, dann dreh ich aber durch!«
»Das kommt davon, weil du immer auf deiner Schultasche die Treppen runterrutschen mußt!« sagte die Rosi, die neben Marion stand und eine Mandarine schälte. »Ist doch logo! Da wird alles in der Tasche durchgerüttelt, und da brechen natürlich auch die Minen ab, von vorn bis hinten!«
»Werd mir's merken, Frau Oberlehrer!« Marion schnitt der Rosi ein Gesicht und zog den roten Buntstift aus dem Spitzer. Die verflixte Mine war wieder ab!
»Na, was hab ich gesagt!« Die Rosi machte ein sehr zufriedenes Gesicht.
»Weiß nimmer, was Frau Oberlehrer gesagt haben«, rief Marion, ging zu ihrem Platz und versuchte, das Minenstück, das im Spitzer feststeckte, herauszubeuteln.
Die Rosi kam hinter ihr her. »Warum nennst mich immer Frau Oberlehrer?« raunzte sie. »Ich hab dir doch bloß die Wahrheit gesagt!«
Marion setzte sich hinter ihr Pult und klopfte am

Pultdeckel das Minenstück aus dem Bleistiftspitzer.
»Gib mir wenigstens eine Antwort!« greinte die Rosi. »Was hast denn gegen mich? Warum bist denn so gemein zu mir?«
Ohne hochzuschauen, sagte Marion: »Aber Frau Oberlehrer, wie kommen denn Frau Oberlehrer auf die Idee, daß ich gegen Frau Oberlehrer etwas haben könnte?«
Da packte die Rosi Marions Stuhllehne mit beiden Händen und kippte den Stuhl nach hinten. So weit, daß die Lehne an das Pult vom Alexander und vom Florian stieß. Marion strampelte mit den Beinen, ruderte mit den Armen herum, bekam den dicken, blonden Zopf von der Rosi in die linke Hand, faßte mit der rechten Hand nach und zog aus Leibeskräften. Die Rosi brüllte auf und ließ die Stuhllehne los. Der Stuhl plumpste nach vorne und stand wieder auf allen vier Beinen. Marion ließ den Zopf trotzdem nicht los. Ganz oben, dicht am Schädel der Rosi, hatte sie ihn gepackt. Und sie zog so lange, bis der Kopf der Rosi auf ihren Knien lag und die Rosi, rumpfgebeugt und hilflos mit den Füßen scharrend, neben ihr stand.
Der Gogo, Marions Pultnachbar, rückte mit seinem Stuhl ein bißchen zur Seite, von Marion und Rosi weg. Der Gogo mochte »rohe Gewalt« nicht besonders.

Der Alexander und der Florian standen von ihren Plätzen auf, um besser sehen zu können, wie die Sache nun weiterging. Und die Karin, am Pult vor Marion, drehte sich um und sagte lachend: »Marion, laß den Apfelwurm los, sonst kommt doch gleich wieder ihre Mama in die Schule gewatschelt und regt sich auf!«

»Jetzt wird die Frau Oberlehrer erst einmal in die Knie gehen«, schnaufte Marion. Sie war ziemlich außer Atem und ganz rot im Gesicht von der Anstrengung, den Rosi-Kopf in seiner mißlichen Lage zu halten. »Und dann wird sie mich um Entschuldigung bitten! Eine Frau Oberlehrer darf doch keine Stühle kippen, oder? Das gehört sich nicht!«

Doch bevor die Rosi dieser Aufforderung nachkommen konnte, ratschte die Schulglocke die Pause aus, und der Mathelehrer, ein wahres Monstervorbild an Pünktlichkeit, stand auch schon in der Klassentür.

Marion ließ den Rosi-Zopf los. Die Rosi richtete sich auf. Sie wimmerte kläglich und preßte sich beide Hände an den Kopf, dorthin, wo der dicke, blonde Zopf seinen Anfang hatte. Tränen kullerten über ihre Wangen.

Der Mathelehrer war beim Lehrertisch angekommen. Er starrte auf die Rosi, wartete, bis die Schulglocke fertiggeratscht hatte, dann fragte er: »Was ist denn mit dir los, Rosi? Hast dir weh getan?«

Die Rosi war nicht fähig, den erlittenen Sachverhalt klar zu schildern. Bloß: »Ich nicht, aber sie!« und: »Immer so gemein zu mir!« und: »Ihr nie etwas getan!« war aus dem Geschluchze zu hören.
»Na, jetzt beruhig dich erst einmal«, sagte der Mathelehrer zur Rosi. »Setz dich auf deinen Platz und verschnauf!«
Aber die Rosi ging nicht zu ihrem Pult. Sie lief nach vorne, zum Lehrertisch, nahm die Hände vom Kopf, hielt dem Mathelehrer den Kopf zur Besichtigung hin und heulte: »Bitte, die Marion hat mir alle Haare ausgerissen!«
Der Mathelehrer besah sich den Kopf. »Sind aber noch jede Menge Haare dran«, sagte er. »Wär froh, wenn ich zehn Prozent davon auf meinem Schädel hätte!« Er deutete auf seine Dreiviertelglatze.
Die meisten Kinder in der Klasse lachten. Die Rosi zog ein Papiertaschentuch aus der Hosentasche, wischte sich die Tränen von den Wangen, schneuzte sich und war dann wieder so gefaßt, daß sie dem Mathelehrer zusammenhängend Bericht erstatten konnte. Abgesehen davon, daß sie ihren Griff nach der Stuhllehne nicht erwähnte, entsprach der Bericht den Tatsachen.
Der Mathelehrer hörte sich alles geduldig an. Als die Rosi fertig war, sagte er: »Aber werte Rosi Weiermeier, du bist um einen Kopf größer als die Marion! Und fast doppelt so breit! Du wirst dich

doch gegen unser Fliegengewicht noch zur Wehr setzen können!«
Schwer gekränkt schaute die Rosi den Mathelehrer an. »Ich raufe nicht«, rief sie und schneuzte sich wieder. »Nur gemeine Menschen schlagen sich herum, das ist mir zu primitiv!«
»Aber mich vom Sessel zu kippen, das ist ihr nicht zu primitiv!« rief Marion nach vorne.
»Das war nur, weil sie mich beschimpft hat«, erklärte die Rosi dem Mathelehrer. »Und alles, hat mein Papa gesagt, muß ich mir auch nicht immer gefallen lassen!«
Marion sprang auf, stützte die Hände auf das Pult und lächelte dem Mathelehrer allerliebst zu. »Bitte schön«, sagte sie mit sanfter Stimme. »Ich habe doch bloß Frau Oberlehrer zu ihr gesagt. Weil sie immer alles viel, viel besser weiß als ich. Und Frau Oberlehrer, das ist kein Schimpfwort!« Ganz sicher war sich Marion, daß der Mathelehrer ein Lächeln unterdrückte. So fuhr sie fort: »Und wie mich die Rosi vom Stuhl kippen wollte, nur deswegen, weil ich sie Frau Oberlehrer genannt habe, da habe ich doch irgendwo Halt suchen müssen, und da war eben zufällig ihr Zopf am nächsten!«
Des Mathelehrers Bemühen, ernst und würdig dreinzuschauen, war nun nicht mehr sehr erfolgreich. Um seine Mundwinkel zuckte es, in seine Augenwinkel kamen Lachfältchen. Lehrer sind

eben auch nur schwache Menschen und können nicht alle Schüler gleichermaßen in ihr Herz schließen. Für kleine, zarte, witzige, hübsche, schwarzhaarige und dazu noch blauäugige Mädchen mit einem Mathe-Einser, wie Marion, hatte der Mathelehrer in seinem Herzen viel Platz reserviert. Da auch noch ein großes, dickes, jammerndes und fehlerhaft rechnendes Kind, wie die Rosi, unterzubringen, fiel ihm weitaus schwerer. Doch das wollte er sich natürlich nicht anmerken lassen, denn Lehrer haben »gerecht und objektiv« zu sein. So sprach er einfach: »Kinder, seid nicht so kindisch! Vertragt euch wieder!«

»Aber gern doch!« sagte Marion, setzte sich, verschränkte die Arme über der Brust und lächelte weiter lieb.

Die Rosi sagte gar nichts. Mürrisch ging sie zu ihrem Pult, ließ sich auf ihren Stuhl plumpsen und machte sich daran, ihren Zopf zu entflechten. Die ganze Mathestunde verbrachte sie damit, lose Haare aus ihrer Mähne zu holen und in Reih und Glied auf ihrem Pult anzuordnen und zu zählen. Lauter Haare, die ihr Marion angeblich ausgerissen hatte! Und ebenso angeblich waren es hundertunddrei Stück!

Nach der letzten Schulstunde kam der Hubsi, der seinen Sitzplatz hinter der Rosi hatte, zu Marion und sagte: »Du, ich habe die Rosi genau beobachtet. Die meisten Haare hat sie sich selbst ausgerissen! Und wenn ihre Mutter wieder in die Schule kommt, dann mache ich den Zeugen und beeide das!«

»Und wir beeiden es dir auch!« sagten der Alexander und der Florian.

»Wär aber ein Meineid«, sagte der Gogo. »Ihr könnt es doch gar nicht gesehen haben.«

Marion funkelte den Gogo an. »Hältst du vielleicht zum Apfelwurm«, fauchte sie.

Der Gogo packte sich die Schultasche auf den Rükken. »Ich halte zu überhaupt niemandem«, sagte er. »Aber ich sehe nicht ein, warum du dauernd so gemein zur Rosi sein mußt! Und ich sehe schon überhaupt nicht ein, warum du jeden ärgern mußt, den du nicht leiden kannst! Wem nicht die Gnade widerfährt, von dir geliebt zu werden, der ist arm dran!«

»Du spinnst ja!« rief Marion. Der Alexander und der Florian nickten zustimmend.

»Na, wenn ihr meint!« Der Gogo drehte sich um und wollte zur Klasse hinaus. Marion hielt ihn an der Schulter zurück.

»Erklär mir das näher, du Unschuldslamm«, rief sie.

Der Gogo erklärte es ihr nicht. Er schaute sie bloß an. Mit dem gewissen Gogo-Blick, der Marion im-

mer etwas unbehaglich war. Ein echter Durch-und-durch-Blick war das. Den hatte der Kerl schon im Kindergarten gehabt! Und schon damals war sich Marion klein und mies und dumm vorgekommen, wenn er sie so angeschaut hatte.
Marion nahm die Hand von Gogos Schulter. Der Gogo sagte: »Tschüs bis morgen« und ging aus der Klasse. Marion stopfte ihren Schulkram in die Schultasche und schielte dabei zur Rosi hin. Die wickelte gerade sorgfältig ihre hundertdrei Haare in ein Papiertaschentuch. Und die Doris, ihre Freundin, suchte den Fußboden um Rosis Sitzplatz herum ebenso sorgfältig nach einem hundertvierten Haar ab.
»Die zwei blöden Kühe sammeln Beweisstücke!« kicherte der Florian.
»Vielleicht tragen s' die Haare noch auf die Polizei!« Der Alexander tippte sich mit dem Zeigefinger an die Stirn.
Marion ließ die Schlösser ihrer Schultasche zuschnappen und dachte: Warum muß ich denn die Rosi wirklich dauernd soviel ärgern? Warum kann ich sie denn nicht in Ruhe lassen?
Vorige Woche hat die Mama zum Papa gesagt, daß ich nur lieben oder hassen könne, und nichts dazwischen! Und der Gogo meint das auch! Aber so bin ich doch gar nicht! Oder bin ich wirklich so?

Mit diesem Problem war Marion noch auf dem Heimweg von der Schule so beschäftigt, daß sie gar nicht richtig hinhörte, als der Florian zu ihr sagte: »Du, übrigens, das wollte ich dir schon den ganzen Vormittag erzählen! Du hast eine Doppelgängerin! Die hätt ich gestern fast mit dir verwechselt. Erst wie sie ganz nahe bei mir war, hab ich gesehen, daß das jemand anderer ist!«
Dermaßen war Marion in ihre Seelenforschung vertieft, daß sie sich nicht einmal freute, als der Alexander zum Florian dann sagte: »Mach keine blöden Witze. So was Schönes wie die Marion kann es gar kein zweites Mal geben!«
Marion dachte sich bloß: Na ja, da wird halt irgendwer irgendeine Ähnlichkeit mit mir haben. Der Florian übertreibt ja immer maßlos. Der muß doch dauernd Sensationen melden, die keine sind!

Als Marion heimkam, war ihre Mama im Vorzimmer am Telefon und lauschte mit hängenden Mundwinkeln und gottergebenem Blick. Minz und Maunz, Marions kleine Brüder, standen neben der Mama und deuteten aufgeregt zum Telefonhörer.
»Die Mutter von der Rosi«, flüsterte der Minz.
»Die meckert schon ewig«, flüsterte der Maunz.
Marion nahm die Schultasche vom Rücken und warf sie unter die Garderobe. Der Zwerg hat vielleicht eine Vorstellung von ewig, dachte sie. Länger als

fünf Minuten kann die Rosi noch gar nicht daheim sein! Und dann dachte sie noch: So was von Jammerlappen! Dauernd muß sie bei ihrer Mama petzen! Und ich mache mir noch Gewissensbisse wegen ihr! Dreimal soviel sollt man diesen Apfelwurm ärgern!
Marion ging zur Mama hin. Die Mama nahm den Telefonhörer so weit vom Ohr weg, daß Marion mithören konnte. Marion hörte die Stimme der Rosi-Mama. Sie sagte gerade: »Von Geburt auf haben wir unserem Kind eingetrichtert, daß Zuschlagen primitiv und eines anständigen Menschen nicht würdig ist! Unser Kind hat ein so gutes Herz! Wie kommt es dazu, sich von ihrer kleinen, aggressiven Kröte unentwegt quälen zu lassen? Wenn das noch einmal vorkommt, Frau Berner, dann muß ich andere Saiten aufziehen! Und wenn man sich schulseits auch weiter taub stellt, werde ich eben einen Rechtsanwalt einschalten müssen!«
Marion reichte es. Sie ging in die Küche. Der Minz folgte ihr. »Was hast ihr denn diesmal getan?« fragte er. »Hast ihr den kleinen Finger verstaucht? Oder die Zirkelspitze in den Hintern gestochen?«
Marion schüttelte den Kopf.
»Oder ist sie über dein Bein gefallen? Oder hast ihr die Turnschuhe an die Lampe gehängt?«
»Aber Minz«, sagte Marion. »Deine Schwester wiederholt sich doch nicht!«

»Dann sag endlich!« Der Minz war ganz gierig auf Kriegsberichterstattung.
Marion stellte sich an den Herd und rührte das Erdäpfelgulasch durch, das auf kleiner Flamme vor sich hin brodelte. Wegen der blöden Apfelwurm-Rosi brauchte ja nicht auch noch das Mittagessen anzubrennen. Sie deutete dem Minz, still zu sein. Sie wollte hören, ob ihre Mama nicht auch endlich etwas zu sagen hatte. Ziemlich lange mußte sie darauf warten. Und dann schaffte die Mama bloß zweimal hintereinander, mit großer Pause dazwischen, ein »Aber, aber, Frau Weiermeier«.
Der Saft vom Erdäpfelgulasch war schon zu dicker Pampe verbrutzelt, als Marions Mama schließlich doch noch zu Wort kam. Marion goß ein Glas Wasser ins Erdäpfelgulasch und hörte ihre Mama sagen: »Also, so eine Bestie kann meine Tochter nun auch wieder nicht sein! Wir haben sie schließlich nicht zur Freistilringerin erzogen! Und Ihre Rosi hat doch wohl doppelt soviel Kraft wie unsere Marion! Ich kann mir wirklich nicht denken, daß da Ihre Rosi so arm dran ist! Nein, das kann ich mir nicht denken!«
Marion murmelte: »Der Mensch denkt, und Gott lenkt!« Besorgt schaute sie ins Gulasch. Da hatte sie wohl ein bißchen zuviel Wasser dran getan. Das war nun eher Gulaschsuppe.
Dann kam die Mama in die Küche. »Marion, ich

versteh dich wirklich nicht«, seufzte sie. »Diese arme Rosi ist eh schon mit einer Wahnsinnsmutter geschlagen! Warum reißt du ihr dann noch hundertvier Haare aus?«

»Hundertvier!« rief der Minz. Andächtig, voll kleinbrüderlicher Bewunderung schaute er Marion an.

»Wieviel ist hundertvier? Ist das viel?« fragte der Maunz, der mit der Mama in die Küche gekommen war.

Während der Minz dem Maunz zu erklären versuchte, daß alle Finger vom Papa, von der Mama, von Marion, von Minz und Maunz und dazu noch vier Finger von der Oma hundertvier ausmachen, versuchte Marion der Mama zu erklären, daß sie der Rosi höchstens, aber wirklich allerhöchstens, zehn Haare ausgerissen habe. Und dafür seien der Hubsi, der Florian und der Alexander Zeugen! Und auch an diesen zehn Haaren sei die Rosi selber schuld! Bloß der verständliche Wunsch, nicht vom Sessel gekippt zu werden und mit einem Schädelbasisbruch im Krankenhaus zu landen, habe den Griff nach dem Zopf nötig gemacht!

»Tochter, Tochter«, sagte die Mama und füllte Marions Teller mit einer doppelten Portion Erdäpfelgulaschsuppe. »Ich finde es ein wenig übertrieben, daß sich so eine kleine Laus wie du auch noch als reiner Unschuldsengel hinstellt! Und ich habe es satt, dauernd von irgendwelchen Papas oder Mamas

wegen dir angerufen zu werden! Menschen, die man nicht leiden kann, die ignoriert man! Auf die geht man nicht los!«
Wahrscheinlich hätte die Mama ihre Erziehungsansprache noch lange fortgesetzt, doch der Maunz stoppte ihren Redefluß. Gerade in dem Moment, als die Mama zum Weiterreden Luft holte und den vollen Schöpflöffel über dem Teller vom Maunz entleerte, zog der – weil er Erdäpfelgulasch nicht mochte – seinen Teller blitzschnell weg, und die ganze Schöpferportion klatschte teils auf die Hände vom Maunz, teils auf den Küchentisch. Und weil die Erdäpfelgulaschsuppe sehr heiß war und Kleinkinderhände eine sehr empfindliche Haut haben, brüllte der Maunz höllisch laut los. Und den Teller ließ er natürlich auch fallen, und der zerbrach auf dem Küchenboden zu hundert Scherben.
Die Mama trug den brüllenden Maunz ins Badezimmer und hielt seine Pfoten unter das kalte Wasser und wiederholte unentwegt: »Tut ja gar nimmer weh, war ja nur der Schreck, ist ja schon vorbei!« Was der Maunz, mit der Zeit, auch einsah.
Marion machte sich, um den guten Willen eines guten Kindes zu beweisen, ans Aufklauben der Scherben und an die Säuberung des Küchentisches und der vielen, rundherum angesiedelten Gulaschspritzer. Der Minz half ihr dabei. »Und in Wirklichkeit waren es nur zehn Haare?« fragte er enttäuscht.

»Na ja!« Marion grinste. »Es könnten auch zwanzig gewesen sein. Oder dreißig. Oder sechzig! Was weiß denn ich, wie locker die Haare in so einem Blödkopf sitzen!«
Der Minz griff sich an den Schädel und zupfte an seinen Haaren herum. »Bei mir sitzen sie ganz fest!« rief er. »Geht kein einziges raus!«
»Bist ja auch kein Blödkopf«, sagte Marion.
»Du bist eine ganz, ganz Liebe!« rief der Minz, sprang an Marion hoch, warf die Arme um ihren Hals und drückte sich ganz fest an sie.
Marion lachte. »Sag ich ja immer«, flüsterte sie ihrem Bruder ins Ohr. »Bloß gibt es ein paar Idioten, die das nicht glauben wollen!«

2. Kapitel

Marions Papa pflegte oft seufzend zu sagen: »Also, wenn man vom Minz und vom Maunz nichts sieht und nichts hört, dann bedeutet das nichts Gutes, dann hat man auf allerhand gefaßt zu sein!«
Da Marion ihres Papas Standardsprüche aber nie sehr ernst nahm, war sie nicht beunruhigt, sondern sehr zufrieden, von Minz und Maunz weder etwas zu sehen noch zu hören. Sie lag, Kartoffelchips mampfend, auf dem Wohnzimmersofa und gab sich dem TV-Nachmittagswestern hin.
Die Mama war beim Friseur, um sich die Haare färben zu lassen. Sie hatte beschlossen, brandrothaarig zu werden. Und Marion hatte ihr versprochen, während der Rötungsprozedur die kleinen Brüder zu hüten.
Als im TV-Western das Gute das Böse und der edle Cowboy das Herz der störrischen Farmerstochter endlich besiegt hatte und von Minz und Maunz noch immer nichts zu sehen und zu hören war, kam das Marion denn doch etwas verdächtig vor.
»Minz, Maunz, he, wo seid ihr zwei denn?« rief sie. »Kommt her, falls ihr noch ein paar Chips wollt, sonst sind sie alle!« Mit Futter konnte man die kleinen Brüder meistens anlocken.

Nichts rührte sich. Seufzend erhob sich Marion und ging zum Badezimmer. Minz und Maunz liebten in letzter Zeit Wasserspiele enorm. Sich gegenseitig, in voller Montur, mit der Handbrause gehörig abzuduschen oder in der Badewanne eine Baustein-Unterwasserstadt zu errichten und dabei das ganze Badezimmer unter Wasser zu setzen waren ihre neuen Lieblings-Freizeitvergnügen.
Doch Minz und Maunz waren nicht im Bad. Sie waren auch nicht im Schlafzimmer und in ihrem »Bubenzimmer« schon gar nicht. Waren die am Ende klammheimlich abgehauen?
Bevor Marion noch besorgtes Herzklopfen bekommen konnte, sah sie, daß die Sicherheitskette, innen an der Wohnungstür, vorgelegt war. Da konnte also niemand zur Tür hinausmarschiert sein. Und da blieb ja wohl nur noch ein Zimmer, in dem die zwei Biester sein konnten! Marions Zimmer!
»Na wartet, ihr verdammten Bälger«, murmelte Marion und schlich ihrem Zimmer zu. Strengstens verboten hatte sie den Brüdern, ihr Zimmer zu betreten! Bei Todesstrafe verboten! Die beiden waren nämlich hinter ihrem alten Spielzeug her, das in drei großen Kartons unter Marions Bett gelagert war. Besonders der Karton mit der Miniauto-Sammlung und der elektrischen Eisenbahn hatte es ihnen angetan. Aber Minz und Maunz hatten brutale Finger. Nichts blieb unter denen heil. Kaum hielten sie ein

Auto in den Pfoten, fehlte dem auch schon ein Rad! Die kleinen Deppen hatten es sogar geschafft, sämtliche Schienen von Marions elektrischer Eisenbahn so zu verbiegen, daß sie nicht mehr zusammenzustecken waren. Zwei Wochenenden hatte der Papa damit vertan, die Schienen wieder in Ordnung zu bringen.

Was in den drei großen Kartons unter dem Bett lag, nannte Marion »die Heiligtümer meiner frühen Kindheit«. Und die durften von Minz- und Maunzpfoten nicht geschändet werden!

Marion riß die Tür zu ihrem Zimmer auf. Minz und Maunz hatten sich nicht über die drei Kartons hergemacht, sondern über die unterste Schreibtischlade. Sie hatten die Lade aus dem Tisch herausgezogen und den ganzen Inhalt auf den Boden gekippt. Der Papa hatte wirklich recht! Man mußte auf das Schlimmste gefaßt sein bei den Bälgern!

Marion war so entsetzt, daß sie kein Wort herausbrachte. Sie stürzte auf den vermischten, verschütteten Kram zu und schaufelte ihn so schnell wie nur möglich in die Lade zurück.

Minz und Maunz waren keineswegs schuldbewußt. Der Minz deutete zum Bett hin. »Deine heiligen Sachen haben wir eh nicht rausgenommen!« rief er.

»Raus, sofort raus!« brüllte Marion. »Verschwindet, oder es passiert etwas Fürchterliches!«

Auch das beeindruckte Minz und Maunz nicht.
»Was ist denn das da?« fragte der Maunz und grapschte nach einer Packung »Betonstifte Extrahart«, die Marion gerade in die Lade zurückgeworfen hatte.
»Und wozu brauchst denn das?« fragte der Minz und hob eine Dose »Sittich-Sprechfutter« vom Boden auf.
Marion packte den Maunz am Hosenbund und den Minz am Hemdkragen, schleppte die beiden zur Tür, stieß sie ins Vorzimmer hinaus, schlug die Tür zu, drehte den Schlüssel im Schloß und lehnte sich, etwas kniezittrig und um Atem ringend, an die geschlossene Tür.
Und was tu ich jetzt? dachte sie. Damit, daß die Zwerge einfach vergessen würden, was sie da gesehen hatten, war nicht zu rechnen. Die vergaßen nie etwas! Und ihnen zu sagen, daß sie der Mama und dem Papa von dem Kram in der Lade nichts erzählen dürften, war auch sinnlos. Die beiden konnten kein Geheimnis für sich behalten. Auch wenn sie es wollten!
Das Zeug muß weg, dachte Marion. Sofort muß es weg! Noch bevor die Mama vom Friseur daheim ist, muß der ganze Krempel weg sein!
Sie riß die große rosa »Reisewalze« aus ihrem Schrank heraus und stopfte alles, was in der Lade und auf dem Boden lag, hinein: Betonstifte und Vo-

gelfutter, Wachskerzen und Batterien, Kondome und Feuerzeuge, Schnellkleber und Nähnadeln, Blumendüngestäbchen und Halsketten, Taschenmesser, Schweißfußsalbe, Zwirnspulen, Zigarren, Geschenkbänder und Schuhcreme.

Was in der großen Lade, wohlgeschichtet, Platz gehabt hatte, war in der Reisewalze, hektisch reingestopft, kaum unterzubringen. Und die Zwerge pochten gegen die Tür und kreischten: »So laß uns doch rein, wir haben eh nichts gemacht, wir haben doch bloß geschaut!«

Endlich waren Lade und Boden leer und der Zipp der Reisetasche geschlossen. Marion schleppte das schwere Ding zum Schrank, schob es hinein, versperrte die Schranktür, zog den Schlüssel ab und steckte ihn in die Hosentasche. Dann atmete sie zweimal tief durch, ging zur Tür und ließ die Brüder wieder ins Zimmer.

Minz und Maunz schauten sich um, sahen die leere Lade, sahen kein bißchen Kram mehr auf dem Boden liegen und staunten.

»Also Minz, also Maunz«, sagte Marion, »das ist nämlich so! Die ganzen Sachen haben dem Osterhasen gehört! Der hat bei mir im Schreibtisch ein geheimes Nest angelegt. Das waren lauter Geschenke für irgendwelche Leute. Und jetzt hat er sie abgeholt, weil ihr sein Lager entdeckt habt!«

»Es gibt gar keinen Osterhasen!« Der Minz sagte es

zögernd. So ganz sicher schien er sich doch nicht zu sein.

»Ist aber wirklich alles weg!« Der Maunz war sichtlich bereit, an den Osterhasen zu glauben. Bedrückt fragte er Marion: »Und ist der Osterhase jetzt sehr böse auf uns?«

»Nur ein bißchen«, sagte Marion. »Und wenn ihr jetzt schön brav fernschauen geht, dann wird er es euch nicht weiter übelnehmen, hat er gesagt!« Sie schob die Brüder zum Wohnzimmer hin. »Ich muß nämlich schnell auf einen Sprung zum Julian rüber. Und ich komm eh gleich wieder zurück. Und der Osterhase paßt inzwischen auf, ob ihr auch wirklich brav seid!«

»Wo ist der Osterhase?« Kulleräugig schaute sich der Maunz um. Der Minz sagte gar nichts. Der befand sich noch immer in seinem Glaubenszwiespalt.

»Der Osterhase ist im Moment unsichtbar«, sagte Marion zum Maunz. »Aber wenn ihr nicht brav seid, dann werdet ihr ihn schon sehen! Und zwar so groß wie den Harvey aus dem Film! Aber nicht so lieb!«

Minz und Maunz setzten sich aufs Sofa, dicht nebeneinander. Marion drückte dem Minz die Fernbedienung in die Hand und marschierte ab.

»Aber da frag ich die Mama, ob das mit dem Osterhasen stimmt!« rief ihr der Minz hinterher.

Marion gab ihm keine Antwort. Sie lief aus der

Wohnung, lehnte die Wohnungstür bloß an und klingelte zwei Türen weiter.
Der Herr Zweigerl öffnete die Tür. Er hatte bloß eine Unterhose und ein Unterhemd am Leibe und Rasierschaum auf den Wangen. Hinter ihm stand die Frau Zweigerl im Schlafrock. Rosa mit violetten Rosen drauf.
Der Herr Zweigerl machte einen blödsinnigen Klein-Mädchen-Knicks vor Marion. »Ach, welch Glanz in unserer armen Hütte«, rief er. »Das allerliebste Fräulein Berner macht uns ihre Aufwartung!«
»Sie heißt nicht Berner, sie heißt Rubokowinsky! Merk dir das endlich, du Dolm«, rief die Frau Zweigerl.
»Rubo-ku-bo-dingsbums, das ist mir ein viel zu schwieriger Name!« Der Herr Zweigerl lachte. »Rubo-ku-bu-bums, so heißt man besser nicht. Laß dich von deinem Stiefvater adoptieren, dann bist du den Namen los!«
»Nimm es ihm nicht übel, Kind«, sagte die Frau Zweigerl zu Marion. »Er gibt sich ohnehin Mühe, aber klüger ist er halt nicht, da kann man nichts mehr machen!«
Der Herr Zweigerl lachte weiter und marschierte ins Badezimmer, um seine Rasur fortzusetzen.
»Ist der Julian daheim?« fragte Marion die Frau Zweigerl.

»Wenn er nicht bei dir ist, dann wahrscheinlich!« Die Frau Zweigerl gähnte. Ohne Hand vor dem Mund. In ihrem Unterkiefer waren mehrere Goldplomben blitzend und funkelnd zu sehen.
Für das Ehepaar Zweigerl war jetzt, am Nachmittag, erst Morgen. Die Zweigerls hatten eine Nachtbar. Um zwanzig Uhr sperrten sie die Nachtbar auf, um fünf Uhr in der Früh sperrten sie die Nachtbar zu. Wenn sich der Julian auf den Schulweg machte, gingen sie zu Bett.
Marion stolperte durch das lange, dunkle Vorzimmer auf Julians Kammer zu. Bevor sie dort ankam, ging die Tür auf. Der Julian schaute ihr verwundert entgegen. Es kam nicht oft vor, daß ihn Marion daheim besuchte. Üblicherweise kam der Julian zu Marion hinüber. Oder sie trafen sich im Hof unten. Oder im Park. Marion war nicht gern bei den Zweigerls. Der Julian-Vater war entsetzlich nervtötend, ließ sie nie in Frieden mit seinen dummen Witzchen und blöden Fragen. Und vor fünfzehn Uhr mußte man wegen der schlafenden Zweigerls auf Zehenspitzen herumgehen, durfte nicht laut reden und Musik machen schon gar nicht. Außerdem war es in der Kammer von Julian überhaupt nicht gemütlich. So viel Zeug stand da herum, daß man nicht einmal Platz hatte, die Autorennbahn aufzustellen. Angeblich waren das alles sehr alte, sehr wertvolle Möbelstücke. Aber was brauchte ein elfjähriger Bub eine

endlos lange Sitzbank mit krummen Schnörkelbeinen? Und eine riesige Speisezimmerkredenz? Und eine Glasvitrine mit einem total vergoldeten Kaffeeservice für vierundzwanzig Personen darin? Marion hatte den Verdacht, daß die Zweigerls das Zimmer vom Julian als Abstellkammer benutzten, in die alles Gerümpel kam, das sie in den anderen Zimmern nicht mehr haben wollten.
»Nur immer herein in die gute Stube«, sagte der Julian und schloß die Tür hinter Marion.
Marion setzte sich auf die endlos lange Bank mit den Schnörkelbeinen. Die Bank war so hoch, daß ihre Füße in der Luft baumelten.
»In einer halben Stunde wär ich eh zu dir hinübergekommen«, sagte der Julian. »Ich muß nur schnell ein blödes Gedicht lernen.« Er deutete zum Schreibtisch hin. Der war auch so eine uralte Kostbarkeit, schwarz und riesig, mit mannshoch erhöhter Rückwand voll Fächer und Lädchen, über die man ein hölzernes Rollo ziehen konnte.
Marion sagte: »Meine Brüder haben das Lager entdeckt! Das Zeug muß sofort weg, ich will es nicht mehr haben. Der Minz und der Maunz erzählen das garantiert meinen Eltern. Ich habe ihnen zwar eine saublöde Geschichte vom Osterhasen erzählt, aber –«
Der Julian unterbrach sie: »Welche Geschichte vom Osterhasen?«

»Das ist doch jetzt wirklich völlig nebensächlich!« rief Marion ungeduldig. »Meine Mutter kommt bald heim! Du mußt dir vorher deine Sachen holen!«
Der Julian setzte sich neben Marion. »Schrei nicht so«, flüsterte er. Er zeigte zur Tür hin. »Mein Alter lauscht gern!«
»Der rasiert sich und lauscht nicht«, rief Marion. »Und jetzt komm bitte rüber und hol den Kram weg!«
Der Julian schüttelte den Kopf. »Meine Alte macht doch täglich Zimmerkontrolle bei mir«, sagte er leise. »Und heute hat sie noch nicht!«
»Dann trag das Zeug halt auf den Dachboden rauf! Oder in den Keller runter.« Jetzt flüsterte Marion auch schon. Der Julian hatte sie mit seinem Gewisper angesteckt.
Der Julian schüttelte wieder den Kopf.
»Warum nicht?« fragte Marion.
Statt die Frage zu beantworten, legte der Julian einen Arm um Marions Schulter und bat: »Bitte, mach du das für mich!«
Gern hätte Marion dem Julian gesagt, daß das aber eine arge Zumutung sei, daß wahrlich nicht einzusehen sei, warum er das nicht selber mache. Aber der Julian schaute sie mit seinem allerbesten, radieschenäugigen So-hilf-mir-doch-Blick an. Und Marion liebte nun einmal den Julian!
Und wenn man jemanden liebt, dann muß man dem

helfen, auch wenn man es für eine Zumutung hält!
Marion seufzte und stand auf. »Na schön«, murmelte sie. »Aber nur, weil du es bist!«
Der Julian lächelte. Mit den Augen lächelte er. Die Mama behauptete zwar immer, daß Augen gar nicht lachen können, daß man den Augen, ohne Gesicht drum herum, keinerlei Gefühle anmerken kann, und da mochte sie ja recht haben. Aber die Radieschenaugen vom Julian waren eben eine Ausnahme. Alle Regeln haben eine Ausnahme! Die Augen vom Julian konnten lächeln und traurig schauen, wütend oder gelangweilt. Sie konnten nämlich die Farbe verändern. War der Julian lustig, waren seine Augen hellgrau, mit winzigen dunkelblauen Sprenkeln. War er traurig, waren seine Augen dunkelgrau mit grünen Sprenkeln. War er wütend, waren sie dunkelgrau ohne Sprenkel. War er gelangweilt, waren sie hellgrau mit braunen Sprenkeln. So war das! Auch wenn es die Mama als »verliebten Humbug« abtat und erklärte, der Julian habe immer mittelgraue Augen mit blau-grün-braunen Sprenkeln. Die Mama war eben blind für solche Feinheiten! Die sah nur Marion! Und weil sie sie sah und den Julian sehr liebhatte, war es für sie sehr wichtig, daß seine Augen hellgrau waren, mit dunkelblauen Sprenkeln darin. Dafür hätte sie noch viel mehr getan, als eine rosa Reisewalze in den Keller hinunterzutragen.

Für diese dunkelblauen Sprenkel im Hellgrauen hatte Marion schon die unsinnigsten Sachen getan! Und eine dieser unsinnigen Sachen war ja auch dieses gemischte Warenlager in der untersten Schreibtischlade.

Marion lief zu ihrer Wohnung zurück. Die Tür war noch immer angelehnt. Minz und Maunz hockten noch immer friedlich nebeneinander vor dem Fernseher. Marion nahm den Kellerschlüssel vom Haken im Vorzimmer, flitzte in ihr Zimmer, sperrte den Schrank auf, holte die rosa Reisewalze heraus und schleppte sie aus der Wohnung, die Treppen hinunter, dem Keller zu.
Den Keller mochte Marion nicht. Sie hatte Kellerangst. Wäre es nicht um die dunkelblauen Sprenkel gegangen, nie im Leben wäre sie mutterseelenallein in den Keller hinunter!
Kniezittrig stolperte sie mit ihrer schweren Last die Kellerstiege abwärts. Gottlob war das Berner-Kellerabteil gleich neben der Treppe. Doch dafür hatte das Vorhängeschloß an der Lattentür des Abteils seine Tücken! Ewig lange, so kam es Marion vor, mußte sie an dem blöden Ding herumfummeln, bis sie es endlich von der Lattentür weghatte. Dann riß sie die Tür auf, warf die rosa Reisewalze in das finstere Abteil hinein und die Lattentür zu. Die Zeit, das Vorhängeschloß wieder abzusperren, nahm

sie sich nicht. Weil sie meinte, hinten, im dunklen Kellergang, ein Rascheln gehört zu haben. Sie ließ das Schloß offen an der Tür baumeln und raste, mit Gänsehaut auf dem Rücken, die Kellertreppe hoch und warf aufatmend die Kellertür hinter sich zu.

»Na, würde das nicht vielleicht auch ein bißchen leiser möglich sein?« nörgelte die Hausbesorgerin, die gerade mit einem Einkaufskorb ins Haus hereinkam.

»Entschuldigung, Frau Meier«, sagte Marion und lief in den zweiten Stock hinauf. Erstaunt glotzte ihr die Hausbesorgerin nach. Daß sich Marion auch derart höflich benehmen konnte, war eine ganz neue Erfahrung für sie.

Die Wohnungstür war nicht mehr angelehnt. Marion mußte klingeln. Die Mama, brandrothaarig, machte ihr die Tür auf.

»Mama, toll schaust du aus, echt und ehrlich supertoll!« jubelte Marion. »Das Rote steht dir einfach himmlisch!«

Darüber war die Mama so erfreut, daß sie gar nicht fragte, woher Marion eigentlich komme. Und später dann, als der Minz und der Maunz der Mama vom »Osterhasenlager« erzählten, das zuerst in der Schreibtischlade gewesen und dann vom Osterhasen wieder weggeholt worden sei, da grinste die

Mama bloß und zwinkerte Marion zu. Anscheinend dachte sie, Marion hätte im Schreibtisch Ostergeschenke für Freunde und Familienmitglieder versteckt gehabt.

3. Kapitel

Samstag, am Nachmittag, hockte Marion im Türkensitz unter der Dusche vom Schwimmbad und ließ sich vom warmen Wasser berieseln. Der Alexander und der Florian standen vor der Dusche.
»Jetzt komm doch wieder ins Wasser hinein«, rief der Florian.
»Warm duschen kannst auch daheim!« rief der Alexander.
»Was bist denn so langweilig?« rief der Florian.
»Warum gehst denn überhaupt ins Schwimmbad, wennst nicht schwimmen magst?« rief der Alexander.
»Weil ich vorher immer vergesse, wie saukalt das blöde Wasser ist!« sagte Marion und klapperte, trotz der dampfigen Hitze im Hallenbad, mit den Zähnen.
»Ist doch gar nicht wahr!« sagte der Florian. »Das Wasser hat dreiundzwanzig Grad!«
»Steht auf der schwarzen Tafel beim Becken!« bestätigte der Alexander.
»Unter dreißig Grad ist bei mir nichts zu machen, da unterkühle ich total!« Marion streckte einen Arm nach dem Warmwasserhahn hoch und drehte ihn noch weiter auf. »Ihr habt leicht reden! Weil ihr alle

Speck am Leibe habt, der isoliert! Aber bei mir...«
Marion beklopfte mit beiden Händen ihren mageren Leib zwischen Bikini-BH und Bikinihöschen.
»Ich habe keine Isolierschicht! Bei mir dringt die Kälte doch gleich bis ins innerste Herz hinein! Und nur ein Froschherz fühlt sich bei dreiundzwanzig Grad wohl!«
Der Hubsi kam auf dem nassen Kachelboden zur Dusche geschlittert. Er rief: »Ich sage euch, es ist unglaublich, aber wahr, gerade hat die Rosi den Peter beim Brustkraulen um eine halbe Länge geschlagen! Und jetzt geht es gleich wieder los. Der Peter will natürlich eine Revanche vom Apfelwurm haben!«
Der Hubsi schlitterte zum Schwimmbecken zurück, und der Alexander wieselte hinter ihm her. Der Florian versuchte, Marion hochzuziehen. »Geh, komm! Schauen wir auch zu!«
Marion wehrte sich und rief: »Was interessiert mich das! Daß Fett immer oben schwimmt, weiß ich eh! Und Schwimmen ist sowieso der blödeste Sport, den ich kenne!«
Der Florian packte Marion unter den Achseln und hob sie hoch.
»Laß das, laß das aber sofort!« brüllte Marion und packte den Florian an den Henkelohren.
Der Florian brüllte auch: »Laß das, laß das aber sofort«, verlor das Gleichgewicht, kam auf dem nas-

sen Boden ins Wanken und plumpste, mit Marion in den Armen, auf den Po. Er ließ Marion los, schob beide Hände unter den Hintern und jammerte: »Oh, du Hölle, das war mein Steißbein! Auaautsch, das tut aber verdammt schön weh!«
Marion sprang auf, lachte und rief: »Das kommt davon, wenn man sich mit den Kleinen und den Schwachen anlegt.«
Der Florian stöhnte, sank mit dem Oberkörper rücklings zu Boden, verdrehte die Augen und tat, als hätte sein letztes Stündchen geschlagen.
Vom Schwimmbecken her kam »Rosi-Rosi-Rosi-Hoppauf«-Gebrüll und dann »Rosi-Rosi-Rosi-Hurra«-Geschrei. Marion schaute vergrämt zu den Brüllern hin. »Blöde Affen«, murmelte sie und sah die Rosi die Leiter vom Schwimmbecken hochklettern, die Bademütze vom Kopf reißen und in der Luft schwenken. Die Brüller umringten die Rosi. Und dann war die Rosi über den Brüllern. Aus dem Gewurle von vielen Kinderleibern ragte sie bis zum Bauchnabel hinaus. Und das Hurra-Gebrüll wurde so tosend, daß der Bademeister entrüstet seine Ordnungspfeife erschallen ließ.
»Die Deppen werden sich an dem Apfelwurm noch einen Bruch heben!« Marion schüttelte den Kopf und drehte die Dusche ab. »Mir reicht es, ich gehe jetzt!« Sie schien keinen Zweifel daran zu haben, daß ihr der Florian folgen werde. Womit sie recht

hatte. Kaum ein paar Schritte in Richtung Umkleideräume hatte sie getan, da war der Florian schon wieder auf den Beinen und neben ihr. Bloß einen winzigen, traurigen Abschiedsblick gestattete er sich zum Schwimmbecken hin.
Vor den Umkleideräumen mußte sich der Florian wieder von Marion trennen. »Ich warte auf dich, vor dem Bad«, sagte er. Und bevor er hinter der Tür mit der Aufschrift MÄNNER verschwand, sagte er noch: »Du, deine Doppelgängerin habe ich wieder gesehen!«
Marion ging zur Tür mit der Aufschrift FRAUEN und dachte: Meine was? Ach ja, fiel ihr dann ein, von dieser Doppelgängerin hat er ja schon einmal etwas dahergefaselt!
Im Umkleideraum waren die Pipi aus der 1b, ein kleines Mädchen mit Krummnase und ein großes Mädchen mit viel Busen. Marion stellte sich vor den Spiegel zwischen den Kästchen und betrachtete sich eingehend.
»He, Marion, laß mich auch ran!« Die Pipi stupste Marion in die Rippen. »Ich muß mir nur schnell den Scheitel ziehen, dann kannst dich eh gleich wieder an deiner Schönheit erfreuen!«
Marion gab den Platz vor dem Spiegel nicht frei.
»Jetzt reiß dich endlich für ein paar Sekunden von deinem Anblick los!« Die Pipi stupste Marion noch einmal, diesmal heftiger.

»Entschuldigung«, sagte Marion und trat einen Schritt zur Seite. »Ich war ganz in Gedanken, ich habe mir nämlich überlegt, ob es wirklich noch eine geben könnte, die ganz so ausschaut wie ich.«
»Nur dann, wenn du einen eineiigen Zwilling hättest!« Die Pipi mühte sich um einen exakten Mittelscheitel. Sie mühte sich vergeblich. Es wurde eher ein Schrägscheitel.
»Gibt es auch ohne Zwilling«, rief das kleine Mädchen mit der Krummnase, das gerade in seinen Badeanzug schlüpfte. »Das sind die Antipoden. Jeder Mensch hat einen Antipoden, der ihm ganz gleich schaut, obwohl er nicht mit dem verwandt ist!«
»Dummbauchi, du!« Marion nahm der 1b-Pipi den Kamm aus der Hand und machte sich daran, der Pipi einen schönen Mittelscheitel zu verpassen. »Antipoden sind die, die uns gegenüber auf der Erde wohnen. Wennst von deinen Plattfüßen eine Linie ziehst, durch den Erdmittelpunkt und auf der anderen Seite wieder raus, dann ist der, der dort steht, wo die gedachte Linie rauskommt, dein Antipode. Und der wäre in deinem Falle, glaube ich, ein Neuseeländer. Und ob dir der sehr ähnlich schaut, wage ich zu bezweifeln!«
»Aber mein Papa hat mir das so erklärt!« protestierte das kleine, krummnasige Mädchen.
»Mach dir nichts draus!« Marion versuchte einen zweiten Scheitel. Der erste war zu weit links ausge-

fallen. »Alle Väter können die Gescheitheit nicht mit dem großen Löffel gefressen haben!«
»Sie hat das bloß verwechselt«, mischte sich das große Mädchen mit viel Busen ein. »Sie meint nicht Antipoden, sondern Antimaterie. Das ist nämlich so: Es gibt die Materie und die Antimaterie. Und es gibt immer zwei Menschen auf der Welt, die einander gleich sind wie ein Ei dem andern. Bloß ist der eine Mensch aus Materie und der andere aus Antimaterie. Und wenn die beiden einander begegnen würden – aber das tun sie üblicherweise nicht, weil es ja Milliarden Menschen gibt –, dann würde es einen Knall geben, und flutsch-wutsch wären beide weg!«
Marion lachte so erheitert los, daß der Kamm in ihren Händen wackelte. Und die Pipi kicherte so belustigt, daß sie ihren Kopf nicht mehr ruhig halten konnte und Marion zwei Zacken in den Scheitel einbaute.
»Da gibt es gar nichts blöd zu lachen!« rief das große Mädchen. »Das wissen alle gebildeten Menschen! Mein Onkel hält sogar Vorträge darüber, der studiert das seit fünfzig Jahren. Und der hat schon eine dicke Mappe mit ungeklärten Fällen, wo zwei Menschen einfach verschwunden sind. Zwei, die einander völlig geglichen haben! Und der eine hat, zum Beispiel, in New York gewohnt und der andere in St. Pölten!«

Marion und die 1b-Pipi konnten sich trotzdem nicht beruhigen. Kichernd und lachend zogen sie sich an, kichernd und lachend stopften sie die Badesachen in die Beutel.
Das wäre ja wirklich super, dachte Marion. Rosi trifft Anti-Rosi, und flutsch-wutsch gibt es keine Rosi mehr! Für alle Leute, die man nicht mag, müßte man bloß die Doppelgänger auftreiben und sie ihnen gegenüberstellen! Das wäre endlich der perfekte Mord!
Das große Mädchen mit viel Busen war schon sehr wütend über das Gelächter und Gekicher. Bitterböse funkelte es Marion und Pipi an. »Dumme Menschen«, keifte es, »begreifen eben immer nur, was sie sehen, die brauchen immer handfeste Beweise! Da kann man nichts machen!«
»Vielleicht könnte man doch was machen!« Marion lachte weiter. »Unter Umständen gibt es nämlich einen handfesten Gegenbeweis! Daß es nämlich nicht flutsch-wutsch macht!«
»Ihr seid mir doch viel zu dumm!« Das große Mädchen warf Marion einen vernichtenden Blick zu und verließ den Umkleideraum Richtung Schwimmbekken.
»Wie hast denn das mit dem handfesten Gegenbeweis gemeint?« fragte die 1b-Pipi.
Marion preßte eine Hand auf die linken Rippen. Sehr viel Lachen machte ihr regelmäßig linksseitiges

Zwerchfellstechen. »Der Florian aus meiner Klasse«, sagte sie zur Pipi, »der behauptet, daß ich eine Doppelgängerin habe.«
»Echt?« Die Pipi schaut zweifelnd.
Marion nickte. »Darum habe ich zuerst ja so lange in den Spiegel geschaut, weil ich mir vorstellen wollte, wie das wäre, wenn ich mir selber auf der Straße entgegenkommen würde!«
»Und die Doppelgängerin hast du dir noch nicht angeschaut?« Die Pipi schüttelte den Kopf. »Du hast vielleicht die Ruhe weg. Wenn mir das einer von mir erzählt hätte, ich könnte nimmer ruhig schlafen, bevor ich die gesehen hätte!«
Marion warf den Badebeutel über die Schulter. »Eigentlich hast recht«, sagte sie. »Und noch eigentlicher kann man sich das gar nicht bieten lassen, daß eine herumrennt und einem das Gesicht gestohlen hat!«
»Sag ich ja!« Die Pipi schob Marion dem Ausgang zu.
»Ist aber wahrscheinlich eh nur ein Schmäh vom Florian«, sagte Marion.

Sehr enttäuscht war der Florian, als er Marion und die 1b-Pipi, Hand in Hand, durch die Drehtür des Schwimmbades auf die Straße kommen sah. Seit vielen Monaten, seit Schulanfang, wartete er nämlich darauf, endlich mit Marion einmal »allein zu

zweit« sein zu dürfen. Vom ersten Schultag an, von dem Augenblick an, wo sich Marion an das Pult vor ihm gesetzt hatte, war er in sie verliebt. Und seither wollte er sie fragen, ob sie bereit sei, mit ihm »zu gehen«. Sein großer Bruder hatte ihm erklärt, das müsse man ein Mädchen unbedingt fragen, wenn man sich dessen Zuneigung für längere Zeit sichern wolle. Das Versprechen, mit jemandem »zu gehen«, sei bindend! Habe ein Mädchen das erst einmal versprochen, dürfe es sich von keinem anderen mehr heimbegleiten lassen, dürfe mit keinem anderen mehr ins Kino gehen oder auf eine Party, habe – alles in allem – treu zu sein. Wenigstens bis zu dem Augenblick, wo es das »Miteinander-Gehen« aufkündige. Doch der Jammer für den Florian war, daß sich dieses »Allein zu zweit« mit Marion nie ergab. Am Nachmittag wollte sie sich mit ihm nie treffen. An den Wochenenden hatte sie für ihn auch keine Zeit. Und in der Schule, da war unentwegt der Alexander bei ihnen. Nicht loszukriegen war der! Wie eine Schmeißfliege um den Braten schwirrte der um ihn und Marion herum. Nicht einmal auf dem Heimweg von der Schule ließ er sich abschütteln. Und nun, wo sich der Florian schon sicher gewesen war, daß ihm endlich dieses Stündchen »allein zu zweit« geschlagen hätte, schleppte Marion diese 1b-Pipi an! Es war zum Aus-der-Haut-Fahren!
Da aber der Florian seit dem ersten Schultag nicht

nur in Marion sehr verliebt war, sondern auch sehr daran gewöhnt, ihre Wünsche, Anordnungen und kurzfristigen Launen ohne Murren hinzunehmen, ließ er sich seine Enttäuschung nicht anmerken. Ganz so, als hielte er Pipis Anwesenheit für erfreulich, fragte er: »Na, ihr zwei beiden, und was unternehmen wir jetzt?«
»Jetzt möchte ich meine Antimaterie sehen!« Marion lachte und hielt sich dabei die linken Rippen.
»Damit es flutsch-wutsch macht!« kicherte Pipi.
Der Florian schaute kugelrund.
»Um meine Doppelgängerin geht es«, erklärte ihm Marion. Und dann erzählte sie ihm vom großen Mädchen mit viel Busen und vom Flutsch-Wutsch mit Knall davor. Und daß das nun überprüft werden müsse!
Doch der Florian sagte, er könne diese Doppelgängerin jetzt nicht gleich herzaubern. Er sei ihr schließlich erst zweimal begegnet. Einmal, vor zwei Wochen, beim Haustor seines Klavierlehrers. Da sei sie mit einem Weißbrot unter einem Arm und einer Zeitung unter dem anderen Arm die Straße heraufgekommen. Und gestern, ebenfalls vor dem Haus des Klavierlehrers, habe er die Doppelgängerin in die Blumenhandlung reingehen sehen. Mehr, als daß dieses Mädchen irgendwo in der Nähe seines Klavierlehrers wohnen müsse, wisse er also auch nicht.

»Und warum hast sie nicht angeredet?« fragte die Pipi mißtrauisch.
»Weil ich beim ersten Mal viel zu biff-baff war«, verteidigte sich der Florian. »Und gestern habe ich es eh versucht. Vor dem Blumengeschäft habe ich auf sie gewartet, und wie sie herausgekommen ist, habe ich ihr gesagt, daß ich eine kenne, die ganz wie sie ausschaut!«
»Na und?« forschte Marion. »Was hat sie gesagt?«
Der Florian verzog das Gesicht. »Die Zunge hat sie mir rausgestreckt, und gesagt hat sie, daß ich mich davonscheren soll!«
Marion nickte. War ja eigentlich auch eine recht normale Antwort. Sie dachte: Hätt ich leicht auch sagen können!
Die 1b-Pipi schaute weiter mißtrauisch. Sie zupfte den Florian am Ärmel. »Und du bindest uns da keinen Bären auf?«
Der Florian war empört. Seine Henkelohren färbten sich rot, er hob die rechte Hand, streckte Zeigefinger und Mittelfinger hoch und rief: »Ich schwöre es, beim Augenlicht meiner ungeborenen Geschwister!«
»Bei deren Augenlicht läßt sich leicht schwören«, spottete die Pipi.
Marion nahm den Florian in Schutz. Wenn er schwöre, meinte sie, dann schwindle er nicht. Sie kenne ihn! Und Geschwister könne er ja noch be-

kommen, und so gemein, daß er sich gegen ungeborenes Leben versündige, sei er nicht.

»Ich werd die Doppelgängerin schon noch ausforschen«, sagte der Florian. »Gleich am Montag fange ich an!«

»Und zwar wie?« fragte Marion.

Der Florian grinste voller Vorfreude. »Ich zeig dich rum«, sagte er. »Jedem in der Gegend zeig ich dich und frag, ob er jemand kennt, der genauso ausschaut wie du!«

»Da will ich dabeisein«, rief die Pipi. Der Florian und Marion versprachen ihr, sie am Montag, gleich nach der Schule, zur Doppelgängerinsuche mitzunehmen. Dann verabschiedete sich die Pipi. Sie mußte zu einer Großtante, alles Gute zum Geburtstag wünschen. »Dafür kassier ich alle drei Monate einen Hunderter«, sagte sie. »Die ist schon über neunzig und verkalkt. Die weiß nimmer, welches Datum wir gerade haben!«

»Na endlich«, murmelte der Florian, als die Pipi davonging.

»Was hast denn gegen sie?« fragte Marion.

»Nichts!« Der Florian wurde vor lauter Aufregung ganz bleich um die Nase herum. »Es ist nur, weil ich dich etwas fragen will, das nur dich und mich und sonst keinen etwas angeht!«

»Na, frag schon!« sagte Marion. »Mach es nicht so spannend!«

»Ich will dich fragen, ob du mit mir…« sagte der Florian, und dann verstummte er vergrämt. Der Alexander kam, sein Handtuch in der Luft schwenkend, aus der Drehtür und lief auf Marion und Florian zu. Er rief: »He, ihr! Seid ihr plemplem? Haut einfach ab, ohne mir etwas zu sagen?«
»Warst ja nur an der Rosi-Apfelwurm interessiert«, sagte Marion schnippisch zum Alexander. Und dann, sehr huldvoll, zu beiden: »Wenn ihr nichts Besseres vorhabt, könnt ihr mich ja heimbegleiten!«

Verbittert latschte der Florian neben Marion und dem Alexander her. Am liebsten hätte er dem Alexander einen Tritt in den Hintern gegeben. Einen so starken, daß der bis zum Mond geflogen wäre! Aber das war unmöglich. Schließlich war der Kerl seit Kindergartentagen sein Blutsbruder. Mit tiefen Rasiermesserschnitten hatten sie die Blutsbrüderschaft besiegelt! Und auf einen Blutsbruder darf man nicht böse sein, auch wenn der wie eine Klette an einem hängt! Auch wenn der genauso drauf aus ist, mit Marion ein Stündchen »allein zu zweit« zu sein, um ihr die »allerwichtigste« Frage zu stellen!
An der Straßenecke vor Marions Haus gab sich der Florian einen Ruck und fragte Marion: »Willst nicht zu mir heimkommen? Ich hab tolle Videos! Und jede Menge Video-Games!«

»O ja!« rief der Alexander. »Gehn wir zum Florian. Ich bin eh so hungrig. Und seine Mutter hat immer wunderbaren Kuchen!«
»Ich habe leider schon eine Verabredung«, sagte Marion. »Und ich bin eh schon spät dran. Tschüs, bis Montag!«
Marion lief ihrem Haus zu. Der Florian und der Alexander schauten ihr traurig nach.
»Immer hat sie eine Verabredung, nie hat sie Zeit«, murmelte der Florian.
»Garantiert trifft sie sich wieder mit diesem Julian«, murmelte der Alexander.
»Kennst den?« fragte der Florian.
»Die Karin kennt ihn«, antwortete der Alexander.
»Und wie ist der?« fragte der Florian.
»Der ist ein Kleptomane«, antwortete der Alexander.
»Ein Klepto-was?« fragte der Florian.
»Das ist einer, der Sachen stiehlt, die er gar nicht haben will«, erklärte der Alexander. »Und das ist eine Krankheit. Aber die Karin sagt, daß es bei dem Julian gar keine Krankheit ist, sondern eine Ausrede von seinen Eltern, damit sie keine Scherereien mit der Polizei kriegen. In Wirklichkeit stiehlt er ganz normal!«
»Und mit so einem trifft sich die Marion immer?« Der Florian war einigermaßen erschüttert.

»Die Karin behauptet, die beiden waren schon im Kinderwagen ein Liebespaar«, sagte der Alexander.
»Das muß aber alles nicht stimmen«, sagte der Florian.
Und dann gingen der Florian und der Alexander Videos schauen und Kuchen essen, und der Florian war wieder nett zum Alexander. Ganz so, wie man zu seinem Blutsbruder zu sein hat.

4. Kapitel

»Du, übrigens«, sagte Marion am Montag morgen zu ihrer Mutter, »ich komme heute nach der Schule nicht gleich nach Hause. Ich habe nämlich mit dem Florian und der 1b-Pipi noch etwas vor!«
»Und zwar?« fragte die Mama.
»Wir forschen detektivisch etwas aus!« Marion tat gern ein bißchen geheimnisvoll. Und außerdem war es ja gar nicht sicher, ob der Florian die Wahrheit gesagt hatte. Und überhaupt war es fünfzehn Minuten vor acht Uhr und viel zu spät, um mütterliche Neugier jetzt noch ausführlich zu befriedigen!
Marion nahm drei große Äpfel aus dem Obstkorb und steckte sie in die Schultasche hinein. »Als Proviant, für die anderen auch«, erklärte sie der Mama.
Die Mama fragte besorgt: »Du, wird das wieder einmal so ein Unfug, wo mich dann hinterher eine bitterböse Mutter anruft oder ich in die Schule zum empörten Direktor bestellt werde?«
»Nein, nein, die Sache ist ganz außerschulisch!« Marion versuchte die Schultasche zu schließen, doch die Äpfel beulten die Tasche so stark aus, daß die Schnappschlösser nicht zuzukriegen waren. Marion holte das Mathematikbuch und das Liederbuch aus

der Tasche, dann noch den Atlas. Nun schnappten die Schlösser endlich ein.
»Und wann kommst du dann heim?« fragte die Mama. »Ich will nämlich Reisauflauf machen. Den kann ich nicht ewig warm halten, der fällt mir zusammen!«
»Eß ich ihn eben kalt!« Marion wollte an der Mama vorbei, zur Wohnungstür. Die Mama verstellte ihr den Weg.
»Wir fahren in den zweiten Bezirk, dorthin, wo der Klavierlehrer vom Florian wohnt, wir müssen dort detektivische Ermittlungen anstellen!« Marion versuchte, sich zwischen der Mama und dem Vorzimmerschrank durchzuzwängen. »Ich erzähle dir dann alles genau, wenn ich heimkomme, ja?«
»Ich würde es aber schon jetzt gern wissen!« Die Mama hielt Marion am Schultaschengriff zurück.
Marion jammerte: »Mama, es ist doch schon zehn vor acht! Und in der ersten Stunde haben wir Englisch, und die Kuh mag mich sowieso nicht, und wenn ich zu spät komme, dann nimmt sie mich gleich dran, und ich kann heute nichts!«
Da ließ die Mama den Schultaschengriff los, und Marion lief aus der Wohnung. Hinter ihr her rannte der Minz und brüllte ihr nach: »Marion, sag doch, was forscht ihr ke-dek-de-fi-schisch aus?«
Marion raste die Treppe hinunter. »Meine angeb-

liche Doppelgängerin!« brüllte sie zum Minz hinauf.
Als Marion unten bei der letzten Stufe angekommen war, schaute sie noch einmal zum Minz hoch und sah, daß neben dem nun die Mama stand. Weil es im Treppenhaus nicht sehr hell war, konnte Marion das Gesicht der Mama nicht genau sehen, doch sie hatte den erstaunlichen Eindruck, daß die Mama sehr erschrocken dreinschaute. Und als Marion durch das offene Haustor flitzte, war ihr ganz so, als hörte sie die Mama rufen: »Marion, komm zurück!« Aber das mußte wohl ein Irrtum gewesen sein! Welche Mutter hält schon ihre Tochter vom rechtzeitigen Erscheinen in der Schule ab? Wahrscheinlich, dachte Marion, hat sie nicht nach mir, sondern nach dem Minz gerufen, daß der in die Wohnung zurückkommt.

Marion keuchte exakt beim Acht-Uhr-Läuten in die Klasse hinein und vernahm auf dem Weg zu ihrem Pult etliche Male das Wort »Doppelgängerin«. Da hatte der Florian die mittägliche Aktion also schon ausposaunt!
»Dich mal zwei«, sagte der Gogo zu Marion, »das wäre ja die reinste Katastrophe, da sei Gott davor!«
Die Karin drehte sich zu ihnen um und sagte: »Gibt's doch gar nicht! Ist doch garantiert wieder so

eine Übertreibung vom Florian. Wahrscheinlich hat diese Doppelgängerin mit dir nicht mehr gemeinsam als einen Pickel!«
»Mit mir hat niemand einen Pickel gemeinsam, weil ich keinen Pickel habe«, sagte Marion empört.
Dann kam die Englischlehrerin in die Klasse, marschierte zum Lehrertisch und brüllte: »Ruhe! Wenn ich um allerruhigste Ruhe bitten dürfte!«
Marion kam dieser Aufforderung nach und machte sich dazu noch hinter dem breiten Buckel der Karin klein. Zu Beginn der Englischstunde fragte die Englischlehrerin immer die Vokabeln der letzten Stunde ab. Ihr »Vokabel-Opfer« suchte sie, indem sie den Blick minutenlang prüfend über die Klasse schweifen ließ. Marion fand es besser, sich hinter dem Buckel der Karin dem Lehrerblick völlig zu entziehen.

In sämtlichen Pausen dieses Vormittags war in der Klasse von dieser Doppelgängerin die Rede. Kaum einer glaubte an sie. Und an jedem Pausenende gab es einen kleinen Ringkampf zwischen dem Florian und einem ungläubigen Klassenkameraden, der ihn der »blühenden Phantasie« und des »getrübten Blickes« beschuldigt hatte. Fast hätte sich der Florian sogar mit der Rosi geprügelt, weil die sehr laut zur Doris gesagt hatte: »Das macht alles die große, unerfüllte Liebe! Da kriegt man eben Trugbilder und hat Visionen!«

Bloß der Gogo glaubte dem Florian. Er sagte zu Marion: »Der Florian lügt nicht. Ich kenne ihn! Würde er lügen, würde er sich nicht so aufregen, daß er handgreiflich wird. Nur wenn Lügenbolzen wie er einmal die Wahrheit sagen und ihnen niemand glaubt, dann drehen sie durch! Aber das heißt ja nicht, daß es wirklich eine gibt, die so aussieht wie du! Das heißt bloß, daß er sich das einbildet!«
Ob der Alexander dem Florian glaubte, war Marion nicht ganz klar. Einerseits schaute er sehr zweifelnd drein, andererseits erklärte er, er wolle bei der Suche nach der Doppelgängerin unbedingt dabeisein.

Als Marion zu Mittag mit dem Florian, dem Alexander und der 1b-Pipi aus dem Schultor kam, wartete die Mama bei den Fahrradständern. Was soll denn das, dachte Marion. Noch nie hatte die Mama vor der Schule auf sie gewartet. Nicht einmal am ersten Schultag, wo viele Mamas da gestanden hatten. Marion lief zur Mama. »Was ist denn?« fragte sie besorgt.
»Ich muß etwas mit dir besprechen«, antwortete die Mama.
»Aber doch nicht gerade jetzt!« Marion deutete zum Schultor. »Die warten auf mich, ich hab dir doch gesagt, daß wir etwas vorhaben!«

»Ich muß aber jetzt mit dir reden«, beharrte die Mama.
Marion war verwirrt. So stur war ihre Mama doch sonst nie!
»Jetzt komm schon!« Die Mama wollte nach Marions Hand greifen. Marion zog die Hand weg und legte sie auf den Rücken. »Ehrenwort, Mama!« rief sie. »In spätestens zwei Stunden bin ich sowieso wieder daheim, dann kannst du mit mir besprechen, soviel du willst!«
Die Mama schüttelte den Kopf. »Nein, du kommst jetzt gleich mit mir! Ich bestehe darauf!«
Soweit sich Marion erinnern konnte, hatte ihre Mutter noch nie auf etwas »bestanden«. Da mußte etwas Gröberes anliegen! Marion lief zum Schultor zurück. »Tut mir leid«, sagte sie. »Wir müssen die Suche verschieben, meine Mama besteht darauf, daß ich mit ihr komme!«
»Warum?« fragte der Florian.
Marion zuckte mit den Schultern.
»Mütter gehören verboten«, murmelte die 1b-Pipi. Und der Alexander sagte: »Gib deinen Schülerausweis her, wir können ja einmal mit deinem Foto vorarbeiten!«
Marion holte ihren Schülerausweis aus der Schultasche, gab ihn dem Florian und kehrte, tief beunruhigt, zu ihrer Mutter zurück.
Die Mama nahm Marion an der Hand. »Das wird

ein schwieriges Gespräch«, sagte sie. »Ich hab mir gedacht, wir tun uns leichter, wenn wir dazu eine Pizza essen!«

Marion trottete neben der Mama her und überlegte: Habe ich irgend etwas verbrochen?

Es fiel ihr nichts Passendes ein. Aber Erwachsene sind ja oft komisch! Was weiß man schon, worüber die sich aufregen!

»Minz und Maunz habe ich zur Oma gebracht«, sagte die Mama. »Damit wir ungestört und in aller Ruhe miteinander reden können!«

Die Mama steuerte auf die Pizzeria an der Straßenecke zu, und Marion wurde richtig mulmig im Bauch. Die Oma wohnte am anderen Ende der Stadt! Und Minz und Maunz waren gar nicht gern bei der Oma. Wenn die Mama den langen Weg und das Protestgeschrei von Minz und Maunz auf sich nahm, um »in aller Ruhe und ungestört« reden zu können, dann war da wohl wirklich ein dicker Hund begraben! Und der dicke Hund konnte eigentlich nur die rosa Reisewalze sein! War die Mama in den Keller gegangen? Hatte sie den verdammten gemischten Kram gefunden?

Mit regelrechtem Herzflattern stolperte Marion hinter der Mama in die Pizzeria hinein. Die war ziemlich voll, bloß ein kleiner Katzentisch gleich neben der Tür zu den WCs war frei. Die Mama zögerte, der Tisch gefiel ihr nicht.

»Ist doch schnuppe«, sagte Marion und setzte sich an den Katzentisch. Sie wollte die Sache hinter sich bringen!
»Wenn du meinst.« Die Mama setzte sich Marion gegenüber.
Der Ober wedelte heran. Marion bestellte sich eine »Cardinale« und ein Cola.
»Für mich das gleiche«, sagte die Mama.
Der Ober schwirrte ab, die Mama putzte Brotbrösel vom Tischtuch, Marion wartete und dachte: Ganz egal, was sie nun sagen wird, ich muß sie irgendwie dazu bringen, daß sie den alten Zweigerln nichts davon sagt!
»Also, es geht um folgendes«, sagte die Mama. »Ich nehme an, daß deine angebliche Doppelgängerin deine Halbschwester ist. Sie ist um ein Jahr jünger als du und schaut – genauso wie du – deinem Vater angeblich sehr ähnlich. Hat man mir jedenfalls erzählt.«
Marions Hirn war so sehr auf »rosa Reisewalze« fixiert, daß es einige Mühe hatte, diese Botschaft überhaupt aufzunehmen. Marion langte in den Brotkorb, nahm ein Weißbrot, riß die Schmolle heraus und stopfte sie in den Mund.
Die Mama putzte weiter am Tischtuch herum, obwohl da kein einziger Brösel mehr war.
Marion würgte das Weißbrot hinunter. »Halbschwester?« fragte sie und versuchte ein Lachen. Es fiel wie Kratzhusten aus.

Die Mama nickte. »Um es kurz zu machen: Ich habe mich damals von deinem Vater scheiden lassen, weil eine andere Frau von ihm ein Kind bekommen hat!«
Marion zerfetzte die Weißbrotrinde in kleine Stükke. So ist das also gewesen, dachte sie. Und mich haben sie blöd sterben lassen und mir den alten Käse von »zu verschieden im Charakter« aufgetischt!
Die Mama schaute Marion an, als erwarte sie irgendeine Reaktion. Aber was war da schon zu sagen? Oder zu fragen?
Der Ober brachte zwei Riesenpizzas, die auf dem kleinen Tisch kaum Platz hatten. Die Colas hatte er vergessen. Weder die Mama noch Marion erinnerten ihn daran.
Marion säbelte an ihrer Pizza herum. Das Messer war stumpf, der Pizzaboden war hart, Hunger hatte Marion auch keinen.
»Ist das nun sehr schlimm für dich?« fragte die Mama. Sie hatte anscheinend auch keinen Hunger. Nicht einmal das Besteck hatte sie noch zur Hand genommen.
Marion legte Messer und Gabel weg, zupfte mit den Fingern ein Basilikumblättchen vom Pizzabelag und drehte es zwischen Daumen und Zeigefinger zu einem Kügelchen. Schlimm? Grundgütiger, was war schon schlimm? Angeblich war es ja nicht einmal schlimm, daß sich ihr Vater nicht mehr um sie küm-

merte! Ihre Mama hatte sich ja ohnehin einen »erstklassigen Papa« angeheiratet! Einen, der sie angeblich genauso liebhatte wie den Minz und den Maunz. Und auf Vaterliebe mal zwei hatte ja niemand Anspruch! Und ob ein Vater, der sich sowieso nicht mehr um einen kümmert, noch eine andere Tochter hat, das konnte eigentlich nicht weiter schlimm sein! Marion warf das Basilikumkügelchen auf die Pizza.
»Ob es schlimm für dich ist, wollte ich wissen«, fragte die Mama.
Marion dachte: Wenn sie mir von dieser halben Schwester nichts erzählt haben, dann stimmt es ja vielleicht auch gar nicht, daß er jetzt in Tirol lebt. Und daß er deswegen nichts mehr von sich hören und sehen läßt! Vielleicht lebt er mit dieser halben Schwester zusammen? Spielt der halben Schwester jeden Abend etwas auf seiner Gitarre vor und singt mit der »Venceremos, venceremos, wir brechen die Ketten entzwei«? Macht für die einen Kopfstand, ohne Wand dahinter zum Anlehnen? Kauft für die dem Luftballonmann alle Ballons ab, bindet sie an ihre Gürtelschlaufe und sagt: »Jetzt fliegst du gleich zur Sonne hinauf!«? Bläst für die Rauchringe, einen größer als den anderen? Und erzählt der vom kleinen dicken gestreiften Gespenst, das unter seinem Bett wohnt und dauernd furzt? Oder hat er die halbe Schwester auch vergessen? Wartet die auch

seit zwei Jahren vergeblich, daß er zu Besuch kommt, daß er anruft, daß er einen Brief schickt oder wenigstens zum Geburtstag ein Paket? Ist die vielleicht auch manchmal vor seinem Büro gestanden und hat gewartet, bis seine Sekretärin gekommen ist und ihr gesagt hat, daß der Herr Rubokowinsky heute gar nicht im Büro ist?
»Ich möchte gehen«, sagte Marion zur Mama und stand so schnell auf, daß ihr Stuhl umkippte. Sie packte ihre Schultasche und lief aus der Pizzeria. O verdammt, dachte sie, jetzt ist er wieder da, der alte Kummer! Ganz wie nagelneu ist er wieder da! Hockt im Hals und im Bauch, zwischen den Rippen und über der Nase! Und dabei habe ich geglaubt, ich hätte das längst hinter mir!
Marion warf die Schultasche an der Straßenecke auf den Randstein und setzte sich auf die Tasche drauf. Im Rinnstein, zu beiden Seiten ihrer Tennisschuhe, lagen hellbraune Hundekackewürstchen.
»Scheiße, verdammte Scheiße«, murmelte Marion und meinte damit absolut nicht den Hundedreck.

5. Kapitel

Am Dienstag, auf dem Weg zur Schule, traf Marion an der großen Kreuzung den Gogo. Der fragte: »Na, wie war es gestern? Habt ihr deine Doppelgängerin aufgetrieben oder nicht?«
»Ich hab sie gar nicht gesucht«, antwortete Marion. »Hab was Besseres zu tun gehabt. Die Sache interessiert mich nicht mehr. Ist doch eh nur ein Blödsinn!«
Der Gogo schaute ziemlich verwundert, fragte aber nicht weiter nach. An der letzten Straßenecke vor der Schule sah Marion die 1b-Pipi aus der Seitengasse heranwieseln.
»Ich warte auf die Pipi«, sagte Marion zum Gogo und blieb stehen.
»Ist aber schon zwei vor acht«, warnte der Gogo.
»Mir doch schnuppe«, sagte Marion. Der Gogo nickte und lief dann weiter.
»Na, was war?« fragte Marion, als die 1b-Pipi bei ihr angekommen war, und hoffte inständig auf das Ausbleiben einer Erfolgsmeldung. Das Foto aus dem Schülerausweis war schließlich ein mieses Automatenfoto, das nicht einmal ihr selbst sehr ähnlich schaute. Außerdem hätte wohl der Florian gestern noch bei ihr angerufen, hätte er Erfolg gehabt.

»Tote Hose«, sagte die Pipi. »In gut zwanzig Geschäften waren wir, jedenfalls in allen, die über Mittag offengehabt haben.« Die Pipi lachte. »Und zu guter Letzt, wie wir schon wieder bei der Straßenbahnhaltestelle gewesen sind, da ist der Florian noch in ein Wollgeschäft hinein. Er allein. Der Alexander und ich, wir wollten nicht mehr. Und ausgerechnet in dem Laden hätte die Verkäuferin gesagt, daß sie dieses Mädchen kennt!« Die Pipi tippte sich mit dem Zeigefinger gegen die Stirn. »Das nimmt ihm doch nicht einmal ein Volltrottel ab!«
»Genau!« rief Marion und war unheimlich erleichtert.

Weil an diesem Tag in der ersten Stunde Mathe-Schularbeit war, interessierte sich niemand in der Klasse für die Suche nach Marions Doppelgängerin. Und der Alexander war auch mit dem Vollkritzeln eines winzigen »Schwindelzettels« so beschäftigt, daß er Marion bloß zuzischte: »Außer Spesen nix gewesen, weit und breit kein doppeltes Lottchen!«
»Sowieso«, sagte Marion. »Und mich interessiert das auch wirklich nicht mehr! Gibt's halt wo eine, die mir ähnlich schaut! Was geht das mich an?«
»Ihr werdet schon noch schauen! Und wie!« rief der Florian. Doch Marion nahm das nicht weiter ernst

und hielt die Suchaktion für beendet. Die halbe Schwester ging niemanden in der Klasse etwas an! Die halbe Schwester ging nicht einmal sie selber etwas an!
Marion hatte beschlossen, von diesem Mädchen überhaupt nichts wissen zu wollen! Fest vorgenommen hatte sie sich: Die vergesse ich! An die denke ich gar nicht mehr!
Bloß wie man es anstellt, an etwas nicht zu denken, das mußte sie noch herausbekommen! So einfach schien das nicht zu sein.
In der Pause nach der Schularbeit war in der Klasse ausschließlich von den vier Rechenbeispielen und deren richtiger Lösung die Rede. Erst in der Zehn-Uhr-Pause wollten ein paar Kinder wissen, was denn die gestrige Doppelgängersuche so ergeben habe.
Ohne mit einer einzigen Wimper zu zucken, erklärte ihnen Marion: »Na, wie erwartet, überhaupt nichts! Das war ja auch von vornherein sonnenklar. Mir jedenfalls! Darum habe ich ja auch gar nicht mitgesucht, bin ja nicht total plemplem!«
Daß sie damit den Florian zum »Lügenbolzen« stempelte, tat Marion zwar leid, aber sie fand: In der Klasse als Lügenbolzen dazustehen ist weit weniger schlimm, als für eine zu gelten, die ihre halbe Schwester suchen gehen muß! Und außerdem stand der Florian ja sowieso schon im Rufe eines Lügen-

bolzens. Ein ganz neues Image hatte sie ihm da also nicht zugefügt!
Um ihr Gewissen komplett zu beruhigen, war Marion dann in den restlichen Pausen sehr freundlich zur Rosi. Davon hatte der arme Florian zwar nichts, doch Marion sah es als eine Art von Buße an. Und zum Florian konnte sie nicht freundlich sein, denn der war schwer beleidigt und drehte sich einfach weg, wenn sie ihn anreden wollte. Nach Hause begleitete er sie auch nicht. Er ging schnurstracks zur Straßenbahnhaltestelle hinüber, ohne Abschiedsgruß.
»So ist er nun einmal«, sagte der Alexander zu Marion mit blutsbrüderlichem Verständnis. »Er hat es nicht gern, wenn man ihm hinter eine Schwindelgeschichte kommt. Aber wirst sehen, morgen ist er wieder normal, wenn wir den Doppelgängerblödsinn nicht mehr weiter erwähnen!«

Am Nachmittag kam der Julian zu Marion und brachte ein nagelneues Fang-den-Hut-Spiel und sein Matheheft mit. Er hatte eingekleidete Bruchrechnungen auf, und die lagen ihm nicht sehr.
Marion rechnete für ihn aus, was einem Siegfried bleibt, wenn er von 436 Schilling und 80 Groschen zuerst die Hälfte und von dieser Hälfte noch einmal die Hälfte ausgibt, wie viele Personen Milch trinken, wenn diese Personen vier Zehntel von 10000

sind, dann füllte sie noch viel Fruchtsaft in 2-Liter-Flaschen, 1-Liter-Flaschen und ½-Liter-Flaschen ab und bekam heraus, daß ein Bauer im Durchschnitt das Zwanzigfache der Saatmenge erntet. Als sie das geschafft hatte, spielte sie mit dem Julian Fang-den-Hut.
»Hat zweihundertunddrei Schilling gekostet«, sagte der Julian und deutete auf das Spielbrett.
Marion fragte nicht nach, woher er die zweihundertunddrei Schilling denn habe. Der Julian erzählte es ihr trotzdem.
»Gestern war ich auf dem Flohmarkt. War ein guter Tag. Dreihundert hab ich einkassiert. In kaum zehn Minuten.«
Marion würfelte zwei Sechser und einen Vierer und stülpte eines ihrer Hütchen über ein Hütchen vom Julian.
»Für ein blödes Hakenkreuz«, sagte der Julian, würfelte einen Einser und setzte sein Hütchen auf ein Hütchen von Marion, obwohl das zwei Felder weiter stand.
Marion wollte keinen Streit und übersah es. Sie fragte auch nicht nach, woher der Julian das Hakenkreuz gehabt hatte. Das hatte er sicher auf einem Flohmarktstand »mitgehen« lassen. Marion fragte bloß: »Wer kauft denn so was?«
»Diese Typen mit den Lederjacken, den Stiefeln und den tätowierten Armen«, sagte der Florian,

würfelte einen Fünfer und zog sieben Felder weiter.
»Da könnte man am Tag leicht zehn an diese Blöden verkaufen. Sind aber schwer zu kriegen. Die werden nur geheim gehandelt. Der, von dem ich es habe, hat es in einem Karton drin gehabt. Ich bin nur dran gekommen, weil er besoffen war und mit seiner Alten gestritten hat und nicht aufgepaßt hat!«
Marion würfelte und schob eines ihrer Hütchen weiter.
»Wärst in die andere Richtung gefahren«, rief der Julian gönnerhaft, »hättest mir einen Hut abnehmen können!«
»Auch Wurscht«, murmelte Marion. Sie spielte Fang-den-Hut nicht gern. Sie spielte es bloß dem Julian zuliebe. Spiele, bei denen es nur auf das Würfelglück ankam, fand sie langweilig.
»Jetzt hast ja schon wieder nicht aufgepaßt«, rief der Julian. »Du schaust ja nicht einmal richtig hin!«
»Entschuldigung!« Marion bemühte sich, den blöden Hütchen auf dem Spielfeld mehr Aufmerksamkeit zu schenken. Aber das gelang ihr nicht gut.
»Und wenn sie dich erwischt hätten?« fragte sie.
»Wär ich getürmt«, antwortete der Julian.
»Und wenn sie dir nachgelaufen wären?« fragte Marion.
»Geh!« Der Julian lachte. »Der besoffene Wappler und seine Alte wären doch nie hinter mir hergekommen, da renn ich doch zehnmal so schnell!«

Marion ließ nicht locker: »Aber wenn zufällig ein Polizist dazugekommen wäre?«
»Angsthase!« sagte der Julian, und dann rief er: »Sieger« und stülpte eines seiner Hütchen über Marions allerletzten Hut.
Marion dachte: Was tue ich denn bloß, daß der Kerl das dumme Klauen seinläßt! Wenn man ihn noch einmal erwischt, dann ist er aber echt dran! Dann kommt er auf alle Fälle ins Internat. Seine Alten wollten ihn ja schon nach der Volksschule dort reinstecken, und wie er im Supermarkt erwischt worden ist, erst recht! Da hatten sie ihn sogar schon angemeldet. Nur weil der Julian gedroht hat, sich umzubringen, haben sie es dann bleibenlassen. Aber die alte Zweigerl sagt der Mama jede Woche dreimal, daß sie für ein Kind keine Zeit hat und daß der Julian in einem Internat viel besser aufgehoben wäre! Sogar meine Mama sagt das. Obwohl sie sonst gar nichts von Internaten hält!
Brav stellte Marion ihre Hütchen wieder im »Stall« auf.
Der Julian sagte: »Jetzt fängst du an!«
Marion würfelte. Der Wurf fiel viel zu kräftig aus, der Würfel kullerte vom Tisch, sprang über den Boden, dem Bett zu und war verschwunden. Der Julian machte sich auf Würfelsuche. Auf allen vieren kroch er auf dem Boden herum. Marion blieb sitzen. Sie starrte auf ihre Hütchen und dachte: Die

Mama hat gesagt, wenn ich den Julian vor dem Internat bewahren und behalten will, dann muß ich drauf schauen, daß er nicht mehr klaut. Die Mama hat leicht reden! Er hört doch nicht auf mich! Und sooft ich ihm noch gesagt habe, daß er das Klauen unbedingt bleibenlassen muß, war er nachher eine ganze Woche böse auf mich. Aber aufgehört hat er doch nicht. Wenigstens nicht ganz! Und wenn ich ihn nicht ganz vom Klauen abhalten kann, dann kann ich ihm bloß dabei helfen, daß niemand etwas davon merkt!

»Dahinten liegt er«, schnaufte der Julian und langte mit einem Arm unter Marions Bett, zwischen zwei Heiligtümer-Kartons durch. Doch sein Arm war nicht lang genug. Er erwischte den Würfel nicht. Marion stand auf, ging zum Bett und zog einen Karton vor. Der Julian kroch unter das Bett. »Hab ihn!« schnaufte er, nieste und kam im Retourgang zurück. Er war ziemlich eingedreckt. Unzählige Staubflokken klebten an ihm. Marion zupfte sie ihm aus den Haaren, vom Hals und vom Hemd.

»So was von Sauerei.« Der Julian nieste wieder. »Ihr habt aber eine schlampige Zugehfrau!«

»Wir haben gar keine Putzfrau«, sagte Marion. »Und die Mama putzt bei mir im Zimmer nicht. Sie sagt, dafür bin ich selber zuständig.«

»Habt ihr kein Geld für eine Zugehfrau?« Der Julian nieste noch einmal und kam zum Tisch.

Marion legte sich auf ihr Bett. »Sehr viel, glaube ich, haben wir nicht«, sagte sie.
»Aber du hast doch viel Geld«, sagte der Julian.
»Ich?« Marion richtete sich auf. »Spinnst? Weißt doch, daß ich bloß zwanzig Schilling Taschengeld die Woche krieg!«
Der Julian schüttelte den Kopf. »Ich meine die Alimente. Deine Mutter hat meiner Mutter erzählt, daß dein Vater siebentausend Schilling für dich im Monat zahlen muß!«
Marion legte sich wieder hin. »Das krieg doch nicht ich, das kommt doch in die Haushaltskasse.«
»Find ich aber gemein«, rief der Julian. »Das gehört doch dir, wie kommen denn der Minz und der Maunz dazu, daß sie davon auch was abkriegen, die sind doch nicht die Kinder von deinem Vater!«
»Er zahlt eh schon lange nicht mehr«, sagte Marion. Niemand anderem als dem Julian hätte sie das erzählt. »Seit über drei Jahren schon nicht mehr, und die Mama hat ihn verklagt. Und er hat zurückgeklagt. So ganz genau weiß ich das nicht. Die Mama erzählt es mir nicht. Das hab ich bloß erlauscht, wie sie mit dem Papa darüber geredet hat.«
»Kommt er dich deswegen nicht mehr besuchen?« fragte der Julian.
»Keine Ahnung!« sagte Marion. »Und jetzt ist da noch etwas, das weiß ich erst seit gestern.«
Der Julian kam zum Bett. »Rück ein bißl«, ver-

langte er. Marion rückte zur Wand, der Julian legte sich neben sie.
Marion kuschelte sich an den Julian. »Ich hab eine halbe Schwester«, sagte sie leise. Und dann erzählte sie dem Julian von der Doppelgängerin und von der Erklärung, die ihr die Mama dazu geliefert hatte. Und dabei weinte sie ein bißchen, und der Julian borgte ihr sein Taschentuch zum Tränenrotz-Wegschneuzen.

6. Kapitel

Beim Nachtmahl sagte der Papa zu Marion: »Du, Schatz, unsere Blechdose ist weg. Heute in der Früh war sie noch auf meinem Schreibtisch, das weiß ich ganz genau, weil ich die Zehner aus meiner Hosentasche reingetan habe. Und jetzt ist sie futsch!«
In der blechernen Bonbondose sammelten der Papa und die Mama ihre überschüssigen Münzen. Und wenn die Dose voll war, trug die Mama sie auf die Bank. Ein ganz schöner Batzen Geld war dann immer drinnen. Das kam auf ein Extra-Sparbuch mit der Klausel »Jux und Tollerei«. Und wenn einer in der Familie einen ganz dringenden Wunsch hatte, einen, der aber absolut nicht »nötig« war, dann wurde das Geld dafür von diesem Sparbuch abgehoben.
»Keine Ahnung, wo die Dose ist«, sagte Marion.
»Könnte es vielleicht sein«, fragte der Papa, »daß deine große Liebe irrtümlich unsere Dose an sich genommen hat?«
»Du bist vielleicht gemein!« rief Marion und sprang auf. »Bei uns hat der Julian noch nie etwas geklaut!«
»Stimmt!« sagte die Mama.

»Es könnte ja das erste Mal sein«, sagte der Papa.
Marion rief: »Der Julian war überhaupt nur bei mir im Zimmer, der ist in das Schlafzimmer von euch gar nicht rein, der war keinen Augenblick ohne mich, der –«
Der Papa unterbrach sie: »Jetzt reg dich wieder ab und denk logisch nach! Wer sonst könnte das Geld genommen haben? War doch außer dem Julian kein Fremder in der Wohnung, oder?« Der Papa schaute die Mama an. Die Mama nickte zustimmend.
Die Mama glaubt es also auch, dachte Marion. Die ist auch um nichts besser! So was von super-super-super-gemein! Aber wo war das Geld wirklich? Marion schaute ihre Brüder an. Die hockten still da, den Blick ausschließlich auf ihre Nudelteller gerichtet. Daß sich die beiden so gar nicht ins heftige Gespräch einmischten, war nicht normal, das war verdächtig!
Marion lief ins »Bubenzimmer«. Ihren Spielkram hatten Minz und Maunz im Winkel hinter der Tür, in etlichen Kisten. Marion durchwühlte die Kisten. Aber da war kein Geld, da war auch keine Dose. Marion riß den Schrank auf, warf Hemden und Unterhosen und Pyjamas aus den Regalen! Wieder nichts! Marion machte sich über einen Berg Spielsachen in der Mitte des Zimmers her. Im großen Holzauto vom Maunz wurde sie fündig! Auf der

Ladefläche, unter Glasmurmeln und Legosteinen, war ein dicker Bodensatz aus Münzen. Marion packte das Holzauto und trug es ins Wohnzimmer, brüllte: »Jetzt hab ich logisch gedacht!« und kippte das Auto über dem Eßtisch aus. Ein Hagel aus Murmeln, Legosteinen und Geldstücken prasselte auf den Eßtisch, aufs Tischtuch, in den Salat, in die Nudelteller, in Bier- und Saftgläser.

»Bist du irre geworden?« fragte der Papa. Ganz ruhig fragte er. Das regte Marion noch mehr auf. Sie schleuderte das Holzauto weg. Es sauste, knapp am Fernsehapparat vorbei, über das Sofa an die Wand und zerschlug, auf die Anrichte plumpsend, die große, blaugeblümte Schüssel.

»Nun reicht es aber schön langsam«, sagte der Papa, immer noch ruhig.

Marion brüllte: »Wann es mir reicht, das bestimme ich ganz allein!«

»Okay, dann mach halt weiter!« Der Papa lehnte sich zurück, verschränkte die Arme über der Brust, hockte da, als säße er im Theater und wartete darauf, daß der zweite Akt begänne.

»Du bist ein blöder Arsch!« schrie Marion und rannte aus dem Wohnzimmer, ihrem Zimmer zu.

»Wir hätten es eh wieder zurückgetan«, hörte sie den Minz sagen.

»Wir haben nur Überfall auf den Geldtransport gespielt«, hörte sie den Maunz sagen.

Marion warf sich in ihrem Zimmer auf ihr Bett und schluchzte los. Sie zitterte am ganzen Leib, als ob sie die Schüttellähmung hätte. Sie fühlte sich schrecklich elend. So elend wie schon lange nicht mehr. Warum ihr so schrecklich elend zumute war, wußte sie selbst nicht genau.
Nach einer halben Stunde schüttelgelähmten Schluchzens streikte Marions magerer Körper. Er hatte keine Kraft mehr zum Schluchzen, keine einzige Träne war mehr in ihm. Ganz still lag er da. Aber kein bißchen besser fühlte sich Marion.
Der Papa kam zu ihr ins Zimmer. Er setzte sich auf die Bettkante. Er sagte: »Tut mir leid, daß ich den Julian falsch verdächtigt habe!«
»Okay, ist schon gut«, murmelte Marion.
»Friede?« Der Papa streckte Marion die rechte Hand hin. Marion legte ihre rechte Hand in die vom Papa, zog sie schnell wieder weg und drehte sich zur Wand.
Na logo, dachte sie. Jetzt herrscht wieder Friede zwischen ihm und mir, immer herrscht Friede zwischen uns, ganz egal, wie ich mich aufführe, kein Wort verliert er über den »blöden Arsch« und die zerbrochene Schüssel und das versaute Nachtmahl! Hätten sich der Minz und der Maunz so aufgeführt, da hätt er sich weiß Gott wie aufgeregt, um Frieden jedenfalls hätte er sie nicht ersucht! Der Minz und der Maunz sind eben seine eigenen Kinder, und sie

sind wirklich Trottel, wenn sie sich bei der Mama darüber beschweren, daß mich der Papa lieber hat, weil er mit mir nie schimpft! Umgekehrt ist es! Er ist ein blöder Arsch, der sich nicht einmal die Mühe macht, mit mir zu streiten und auf mich böse zu sein! Weil ich ihm Wurscht bin!
Vom Badezimmer her kam Minz-Maunz-Geschrei. Dem Geschrei entnahm Marion, daß die zwei dabei waren, die Geldstücke von Nudelfuzerln und Salatsauce frei zu baden. Sie schienen jede Menge Spaß daran zu haben.
Vom Wohnzimmer her kam die Kennmelodie der Nachrichtensendung und dann die Stimme der Mama: »Pauli, ZIB fängt an!«
Der Papa erhob sich von der Bettkante. »Kann ich noch etwas für dich tun?« fragte er.
Marion gab ihm keine Antwort. Der Papa ging aus dem Zimmer und zog die Tür hinter sich zu. Marion kroch unter die Bettdecke. Sie kam sich so einsam vor, als wäre sie der einzige Mensch auf der ganzen Welt.

7. Kapitel

Den Sonntagvormittag verbrachte der Julian immer bei Marion, weil er da ja nicht in der Schule war und weil es für ihn allzu öde gewesen wäre, still in seiner Kammer zu hocken, um seine Alt-Zweigerln beim Schlafen nicht zu stören.
Gegen halb elf Uhr kam er meistens, denn er war ein Langschläfer. So war Marion, als es am Sonntag knapp nach zehn Uhr an der Wohnungstür klingelte, einigermaßen erstaunt. Nanu, dachte sie, der Julian ist aber heute sehr früh dran!
Marion war allein daheim. Der Papa und die Mama waren mit Minz und Maunz zur Oma gefahren. Mit einem Blumenstock. Weil die Oma Namenstag hatte. Um nicht mitkommen zu müssen, hatte sich Marion mit der Englisch-Schularbeit herausgeredet. Für die, hatte sie der Mama erklärt, müsse sie lernen. Dabei wäre sie gern zur Oma gefahren. Aber dann wäre der Julian sauer gewesen. Der hätte natürlich auch zur Oma mitkommen können. Bloß hätte er da bereits um neun Uhr »fix und fertig« zum Abmarsch bereit sein müssen. Und das konnte man dem Julian nicht zumuten! Aber das wiederum konnte man der Mama und dem Papa nicht sagen. Die hätten doch gleich wieder behauptet, daß Ma-

rion dem »Knaben« total »hörig« sei und daß es nicht angehe, daß sich Marion immer nach ihm und er nie nach ihr richte! Und das wollte Marion nicht hören! Die Mama und den Papa ging es überhaupt nichts an, wer sich da nach wem richtete! Aber das wollten die beiden ja nicht einsehen! So schwindelte ihnen Marion eben das lerneifrige Kind vor. Das war einfacher. Und richtig geschwindelt war es ja gar nicht. In drei Tagen war wirklich Englisch-Schularbeit. Und Marions Vokabelkenntnisse waren kläglich. Sie hatte es überprüft. Pro Seite des Vokabelheftes waren ihr bloß die Übersetzungen von drei lächerlichen Wörtern bekannt.
Marion marschierte also, in Erwartung eines verfrühten Julians, zur Wohnungstür, riß sie auf und erstarrte. Auf dem Türabstreifer standen der Florian und ein Mädchen, und der Florian rief: »Na, und was sagst jetzt?«
Marion sagte gar nichts. Sie starrte das Mädchen an. Das Mädchen war so groß wie sie und etwas kräftiger. Es hatte genauso schwarze Haare wie sie und genauso blaue Augen. Es hatte auch die gleiche Nase. Winzig und sehr gerade, mit zuwenig Einbuchtung an der Nasenwurzel. Die Augenbrauen stimmten auch. Die reichten, ganz wie bei Marion, ein bißchen zu weit zur Stirnmitte hin. Aber eine richtige Doppelgängerin war das nicht! Das Mädchen hatte ein breiteres Kinn als Marion, seine Stirn

war anders gewölbt, seine Lippen waren viel schmäler. Außerdem hatte es abstehende Ohren!
Das Mädchen deutete auf den Florian und sagte: »Er wollte unbedingt, daß ich herkomme!«
Marion trat einen Schritt zurück. Der Florian zog das Mädchen ins Vorzimmer hinein.
»Zuerst wollte sie eh nicht«, erklärte der Florian stolz. »Aber ich habe sie überredet!« Dann wandte er sich an das Mädchen: »Na, siehst jetzt, daß ich recht habe?«
Das Mädchen schnupperte. »Riecht es da nicht angebrannt?« fragte es. Marion lief in die Küche. Der Florian und das Mädchen kamen hinter ihr her. Die Milch, die Marion für den Frühstückskakao auf den Herd gestellt hatte, war übergelaufen. Der Milchtopf war mit weißem Schaum verklebt, um die Gasbrenner herum war eine dunkelbraune Kruste, die Brennermulden waren voll blasiger, hautiger Milch.
Der Florian riß das Küchenfenster auf. Marion drehte die zischende Gasflamme ab. Das Mädchen nahm einen Lappen, packte den Milchtopfhenkel, stellte den Topf ins Spülbecken und ließ Wasser reinlaufen.
»Sie heißt Sandra«, sagte der Florian zu Marion. »Und sie ist um ein Jahr jünger als du, und sie hat nicht viel Zeit, sie wohnt bei ihrer Oma, und die Oma ist streng, und die glaubt, daß sie jetzt in der

Kindermesse ist, und die ist um halb elf Uhr aus!«
Marion nahm das harte Schwammtuch und machte sich am versauten Herd zu schaffen. Sie dachte: Diese Sandra wohnt bei ihrer Oma! Mein Vater wohnt garantiert nicht bei ihrer Oma!
Sandra schob Marion die Ata-Zitron-Flasche zu. »Damit geht's besser«, sagte sie.
Marion griff nach der Flasche. Für einen Augenblick war ihre rechte Hand dicht an der rechten Hand der Sandra. Und die beiden rechten Händen glichen einander tatsächlich wie ein Ei dem andern. Dünne Finger, dicke Gelenke, kleiner Finger ein wenig krumm, Ringfinger ein wenig zu lang und bloß am Daumennagel ein Mond.
»Und wie heißt du noch?« fragte Marion.
»Müller«, sagte Sandra.
Marion drückte Ata-Zitron in die Brennermulden und lächelte Sandra zu. Sie dachte: Dann hat mein Vater ihre Mutter nicht einmal geheiratet!
Der Sandra war die Eier-Gleichheit der Hände auch aufgefallen. Sie legte ihre linke Hand neben Sandras rechte Hand. »Könnte einem Menschen gehören«, murmelte sie.
Marion starrte auf die zwei Hände und fragte sich, wie es nun weitergehen solle mit diesem Überraschungsbesuch.
Der Florian hockte am Küchentisch und war schon

wieder enttäuscht. Da war er eine Woche lang herumgesaust, hatte seine ganze Freizeit mit der Suche nach dieser Sandra vertan, hatte an gut fünfzig Hausmeisterwohnungen geklingelt, hatte immer wieder neue Ausreden erfunden, warum er dieses Mädchen suche, hatte gestern zwei Stunden in einem stinkigen, düsteren Hausflur Wache gestanden, bis er sie endlich wiedergesehen hatte! Da hatte er sich doch nun Lob und Anerkennung verdient! Oder wenigstens eine Entschuldigung dafür, daß ihm Marion nicht geglaubt hatte! Dafür jedenfalls, daß Marion nun eine Hilfe beim Herdputzen hatte, hatte er sich nicht eine Woche lang abgerakkert! Warum zipften denn die zwei blöde vor dem Herd herum? Warum bestaunten sie einander nicht mit Entzückensschreien? Kreischten nicht los vor Verwunderung, daß es so eine Ähnlichkeit überhaupt gibt?
Dann knallte draußen im Vorzimmer die Wohnungstür ins Schloß, und der Julian rief: »He, Marion, wieso steht denn eure Tür sperrangelweit offen?«
Und gleich danach stand ein zerstruwwelter, gähnender Julian, angetan mit einem gestreiften Pyjama, in der Küchentür. Er rieb sich ein bißchen Sandmännchensand aus den Augen, schaute die Sandra eingehend an und sagte: »Irgendwie toll. Aber nur ein Fremder, und dazu noch ein Kurzsich-

tiger, könnt euch verwechseln. So ein Blödsinn, von wegen Doppelgängerin! Ich kenne jede Menge Schwestern, die einander genauso ähnlich schauen!«

Marion machte einen Schritt auf den Julian zu und trat ihm auf die nackten Zehen. Das sollte heißen: Rede ja kein Wort mehr von »Schwestern«! Die hat doch keine Ahnung! Der muß man das schonend beibringen! Und den Florian geht es schon überhaupt nichts an!

Der Julian schrie: »Aua«, hob den getretenen Fuß, umklammerte die schmerzenden Zehen mit einer Hand und hüpfte zum Tisch hin. Er ließ sich neben den Florian auf die Eckbank fallen und fragte ihn: »Und dann bist du wohl der Florian aus der Klasse von der Marion?«

Der Florian rutschte vom Julian weg, die Eckbank entlang bis zum anderen Ende, und stand auf. Jetzt war er nicht mehr enttäuscht, jetzt war er wütend. Was hatte dieser fiese Kerl zu sagen, daß er Blödsinn redete? Und was sollte das mit den Schwestern heißen? Und überhaupt! So einen Ton »von oben herab«, den brauchte er sich nicht gefallen zu lassen! Da ging irgend etwas vor, wovon er keine Ahnung hatte! Und anscheinend wollte ihm das auch keiner erklären!

»Na, dann geh ich wohl besser«, sagte der Florian. Er wartete darauf, daß ihn Marion vom Weggehen

abhalten würde. Doch die wischte schon wieder am Herd herum und sagte gar nichts. So verließ der Florian die Küche, ging durch das Vorzimmer und knallte die Wohnungstür so heftig hinter sich ins Schloß, daß die alten Zweigerln, zwei Türen weiter, aus dem Vormittagsschlaf hochschreckten.
»Ist der jetzt beleidigt?« fragte der Julian und massierte weiter an seinen getretenen Zehen herum.
Marion zuckte mit den Schultern.
Die Sandra deutete auf Julians Zehen und sagte zu Marion: »Hättest ihn gar nicht zu treten brauchen. Ich weiß sowieso alles. Ich habe sogar ein Foto von dir.«
»Du? Ein Foto von mir?« Marion schaute ungläubig.
Die Sandra nickte. »Und schnell heim muß ich auch nicht. Das habe ich nur diesem Florian gesagt. Damit ich eine Ausrede habe, falls es mir bei dir nicht gefällt!« Sie grinste. »Und ich weiß schon seit ein paar Tagen, daß er nach mir sucht. Die Verkäuferin vom Wollgeschäft hat es mir gesagt. Und der Konrad, der Bub von unserem Bäcker, auch. Aber ich habe mir zuerst überlegen müssen, ob ich dich kennenlernen will.«
»Wieso hast du ein Foto von mir?« fragte Marion.
»Das habe ich meiner Mama weggenommen«, erklärte die Sandra. »Und eigentlich ist es ein Foto von meinem, also von unserem Vater. Aber du sitzt

auf seinen Schultern oben und bist ein Baby.« Die Sandra lachte. »Ein sehr dickes Baby. Drum habe ich immer geglaubt, daß du jetzt auch dick bist!« Und dann erzählte die Sandra die Sache mit dem Foto ausführlich: Sie und ihre Mama wohnten bei der Oma. Doch ihre Mama war meistens in der Schweiz. Die kam bloß drei-, viermal im Jahr auf zwei, drei Wochen heim. Die übrige Zeit arbeitete sie in einem Schweizer Hotel. Dort stand sie hinter dem Empfangspult und redete mit den Hotelgästen in fünf Sprachen. Und daheim, in ihrem Zimmer bei der Oma, oben auf dem Schrank, da hatte sie eine große Schachtel, voll mit alten Fotos und Briefen und ganz merkwürdigem Kram. Sogar drei getrocknete Rosen waren darin. Und uralte Theaterkarten. Und ein Marzipanschwein mit Kleeblatt. Und viele bunte Ansichtskarten. Und in dieser großen Schachtel war auch das Foto gewesen. Und die Oma hatte ihr erklärt, daß das dicke Baby die »eheliche Tochter« ihres Vaters sei.

»Nicht gleich natürlich«, sagte die Sandra. »Zuerst hat sie blöd herumgeredet. Mein Erzeuger ist nämlich bei mir daheim kein Thema. Meine Oma haßt ihn richtig. Wenn sie über ihn redet und glaubt, daß ich es nicht höre, dann nennt sie ihn immer nur Saukerl oder Falott*!«

* *Falott – Gauner*

»Meine Oma auch«, sagte Marion. »Aber die sagt es auch vor mir!« Sie holte einen sauberen Topf aus dem Küchenschrank und Milch aus dem Eisschrank. »Für dich auch Kakao?« fragte sie die Sandra.

Die Sandra nickte.

Marion goß Milch in den Topf und stellte ihn auf den Herd.

»Früher«, sagte die Sandra, »haben wir geglaubt, daß mein Vater mit dir und deiner Mutter zusammenlebt. Erst voriges Jahr haben wir erfahren, daß er von euch schon längst geschieden ist. Durch den Freund einer Freundin der Kusine meiner Mutter haben wir das erfahren. Dieser Freund kennt ihn nämlich gut.«

»Wegen dir hat sich meine Mutter scheiden lassen«, sagte Marion.

»Da kann doch ich nichts dafür«, rief die Sandra.

»Eh nicht!« sagte Marion. »Hab nur gemeint, daß du der Anlaß warst!« Sie schüttete Instantkakao in die Milch und verrührte ihn mit dem Schneebesen.

Die Sandra war trotzdem noch nicht beruhigt. Sie schüttelte den Kopf. »Wieso soll ich der Anlaß gewesen sein? Wenn der sich um mich überhaupt nie gekümmert hat! Nicht ein einziges Mal hat er mich besichtigt!«

»Wenn ein Mann untreu ist, dann lassen sich die

meisten Frauen scheiden«, mischte sich der Julian ein.
Marion trug den Kakao zum Tisch. Der Julian holte eine dritte Tasse, für die Sandra.
»Dann war seine Untreue der Anlaß, nicht ich!« beharrte die Sandra.
»Aber durch dich ist die Untreue aufgeflogen!« beharrte Marion.
Der Julian lachte. »Die Marion will immer recht haben«, sagte er zur Sandra.
»Ich auch!« sagte die Sandra.
»Will doch jeder! Und du am meisten!« Marion schob dem Julian Butter, Marmelade und den Brotkorb hin.
»Schinken gibt's keinen?« fragte der Julian.
»Hat der Papa aufgefressen.« Marion hob bedauernd die Schultern. »Bloß eine Burenwurst gibt's! Willst die?«
Der Julian schüttelte angewidert den Kopf. Die Sandra grapschte sich ein Kipferl aus dem Brotkorb, tunkte es in ihren Kakao, schaute dem Kipferlende zu, wie es zu schwammiger, doppelter Dicke wuchs, und fragte Marion: »Siehst ihn oft?«
Marion nahm einen Schluck vom heißen Kakao, schluckte und sagte: »Überhaupt nimmer!«
Das schwammige Ende löste sich vom Kipferl und versank im Kakao. Die Sandra holte es mit dem Löffel heraus.

»Er lebt ja jetzt in Tirol«, sagte der Julian.
»Nimmer!« Die Sandra schob den Matschlöffel in den Mund. »Er wohnt wieder in Wien«, sagte sie matschkauend. »Meine Oma hat am Meldeamt seine Adresse ausgeforscht. Und seine Telefonnummer weiß sie auch!«
Marion nahm sich auch ein Kipferl und tunkte. Zum ersten Mal in ihrem Leben! Kipferltunken hatte sie bisher scheußlich gefunden und für ein Vergnügen für zahnlose Uropas gehalten!
»Und wenn sie ihm verboten haben, uns zu sehen?« fragte die Sandra.
»Sicher nicht«, sagte Marion.
»Weiß ich eh«, murmelte die Sandra.
Der Julian seufzte. Weniger aus Anteilnahme, eher aus Langeweile. Einen abhanden gekommenen oder nie besessenen Vater konnte er nicht als großen Verlust ansehen. Wäre ihm seiner abhanden gekommen, hätte er das als Anlaß für eine kleine Feier wahrgenommen.
Der Julian schob seine leere Tasse und den butterverschmierten Teller von sich. »Ich geh an die frische Luft«, sagte er. »Kommt ihr mit?«
Marion überlegte blitzschnell: Sonntag ist, alle Läden haben zu. Flohmarkt ist auch nicht, also braucht man auf den Julian nicht aufzupassen, zu stehlen gibt's am Sonntag nichts!
»Keine Lust«, sagte Marion.

»Auch nicht«, sagte die Sandra.
Der Julian stand auf. »Dann bis nachher!« sagte er zu Marion. Und zur Sandra: »Nehme an, daß du hier jetzt öfter auf dem Programm stehst.«
»Sowieso!« Die Sandra nickte.
Der Julian marschierte ab, Marion räumte das Frühstücksgeschirr in die Maschine, Sandra machte sich über den angebrannten Milchtopf her.
»Erzähl mir was von dir«, verlangte sie. »Vom Florian weiß ich ja bloß, daß du zwei kleine Brüder und einen Stiefvater hast.«
»Er ist mein Papa«, rief Marion. »Stiefvater klingt nach bösem Märchen.«
»Okay.« Die Sandra nickte. »Und dieser Papa ist Beamter, und deine Mama ist Hausfrau...«
»Nur im Moment«, unterbrach Marion sie. »Die Mama ist Krankenschwester, und wenn der Minz und der Maunz dann in die Schule gehen und wenn die Oma in Pension geht und am Nachmittag auf die Kleinen aufpassen kann, dann wird sie wieder im Krankenhaus arbeiten. Die Arbeit geht ihr nämlich unheimlich ab!«
»Okay.« Die Sandra nickte wieder. »Und dann weiß ich noch, daß dich dieser Florian liebt!«
Vor Schreck plumpste Marion auf die Sitzbank. Die Sandra fuhr fort: »Gesagt hat er mir's nicht, aber das merkt ja ein Blinder, überhaupt, wo er auf den Julian so geschimpft hat.«

»Den kennt er doch gar nicht«, rief Marion empört. »Den hat er heute zum ersten Mal gesehen!«
Sandra hatte den Topf blank geschrubbt und wischte ihn mit dem Geschirrtuch trocken. »Eine aus deiner Klasse kennt ihn angeblich und erzählt herum, daß er wie eine Elster stiehlt.« Die Sandra ging in der Küche herum und öffnete etliche Schranktüren. Sie suchte nach dem richtigen Platz für den Milchtopf. »Und angeblich hat man ihn im Supermarkt erwischt und daheim bei ihm eine Hausdurchsuchung gemacht und so viele gestohlene Sachen gefunden, daß man damit ein Geschäft hätte aufmachen können. Und dann hat ein Arzt bescheinigt, daß das eine Krankheit ist!« Die Sandra hatte endlich den richtigen Schrank gefunden und stellte den Topf hinein. »Ich habe nur einmal im Supermarkt gestohlen«, sagte sie. »Ein Packerl Kaugummi. Dabei hab ich so viel Angst gehabt, daß ich mir fast in die Hose geschissen hätt. Seither trau ich mich nimmer.«
Einer, die selbst schon geklaut hat und das auch zugibt, der konnte man wohl die Wahrheit sagen, fand Marion. Und so erzählte sie der Sandra den ganzen Jammer mit dem Julian, sogar von der rosa Reisewalze, unten im Keller, erzählte sie und davon, daß die Alt-Zweigerln jeden Tag beim Julian Zimmerkontrolle machten und jetzt schon ganz sicher waren, daß der Julian das Klauen aufgegeben hatte. »Und er tut's ja jetzt auch viel seltener«, sagte

Marion. »Früher war er jeden Tag zweimal auf Tour, jetzt höchstens zweimal die Woche!«
»Na, ist doch schon ein Fortschritt«, sagte die Sandra und setzte sich zu Marion.
»Find ich ja auch!« Marion lehnte sich ein bißchen an die Sandra und war mit einem Male sehr froh, plötzlich eine halbe Schwester bekommen zu haben. Und dazu glücklicherweise gerade eine solche.

Als die Mama und der Papa mit Minz und Maunz heimkamen, war die Sandra noch immer da.
Der Papa und die Mama starrten die Sandra an und wußten nicht, was sie nun sagen sollten. Abgesehen von »Grüß Gott« natürlich. Doch sogar dabei stotterten sie herum. Und die Sandra war auch ziemlich verlegen.
»Wer ist denn das?« fragten der Minz und der Maunz im Duett.
»Das ist meine Schwester«, sagte Marion.
Der Minz und der Maunz glotzten verdutzt. Die Mama benagte ihre Unterlippe, der Papa fummelte an einem seiner Hemdknöpfe herum.
»Wirklich?« fragte der Minz die Mama.
»Wirklich?« fragte der Maunz den Papa.
Die Mama und der Papa nickten.
»Dann ist sie aber auch meine Schwester!« rief der Minz.
»Meine auch!« rief der Maunz.

»Kommt!« Die Mama nahm den Minz an der einen Hand und den Maunz an der anderen. »Ich erkläre euch das!« Sie zog die beiden zum Wohnzimmer hin. Der Papa folgte ihnen.
»Haben die nicht gewußt, daß du einen anderen Vater hast?« fragte die Sandra.
»Sie werden's vergessen haben«, sagte Marion. »Wie er mich noch besucht hat, da waren sie ja noch ganz klein, daran können sie sich nimmer erinnern.«
»Soll ich jetzt gehen?« fragte die Sandra.
»Aber überhaupt nicht!« rief Marion. »Außer, du kriegst sonst Krach mit deiner Oma!«
Die Sandra schüttelte den Kopf. »Die kommt erst am Abend heim, die ist bei ihrer Schwester. Ich hab ihr vorgemogelt, daß ich nicht mitkommen kann, weil ich für die Schularbeit lernen muß!«
Marion lachte. »Für die Englisch-Schularbeit vielleicht?«
»Nein, Rechen-Schularbeit«, sagte Sandra. »Englisch hab ich noch nicht. Ich geh doch erst in die vierte Klasse Volksschule.«
Marion stupste die Sandra in den Bauch. »Dann stell gefälligst sofort das Wachstum ein«, rief sie. »Es gehört sich nicht, daß meine kleine Schwester so groß ist wie ich!«

8. Kapitel

Als Marion am Montag morgen aus dem Haus trat, stand der Florian an der Straßenecke und trat ungeduldig von einem Bein auf das andere. Marion war sehr erstaunt, ihn zu sehen. Der Florian und der Alexander waren ihre »ständigen Heimbegleiter«. Doch zur Schule hin, da keuchte Marion immer alleine. Weil sie mit schöner Regelmäßigkeit viel zu spät dran war, und weil der Florian und der Alexander bei Marions täglichem Langstreckenlauf zur Schule nicht mitmachen wollten.

»Was tust denn du da?« fragte Marion, beim Florian angekommen, ohne anzuhalten.

Der Florian wieselte neben ihr her. »Wegen gestern«, sagte er. »Weil ich so plötzlich weggerannt bin. Das war blöd von mir, aber...«

Marion ließ ihn nicht ausreden. »Das war schon ganz richtig von dir«, rief sie. »Wer nämlich meinen besten Freund schlechtmacht, mit dem will ich eh nichts zu tun haben! Wie kannst du Depp behaupten, daß der Julian stiehlt? Du kennst ihn doch gar nicht!«

Sie waren bei der großen Kreuzung, bei der Ampel, angekommen. Das grüne Licht für die Fußgänger blinkte. Marion lief trotzdem noch über die Straße.

Der Florian wollte hinter ihr her, doch da schaltete die Ampel schon auf Rot, und er mußte stehenbleiben.
Erst knapp vor dem Schultor holte der Florian Marion wieder ein. »Wenn es doch die Wahrheit ist«, rief er. »Und der Alexander und die Karin wundern sich auch, daß du mit einem Dieb befreundet bist. Und wenn das wirklich eine Krankheit bei ihm ist, dann paß bloß auf, daß du dich bei ihm nicht noch ansteckst!«
Bloß für einen winzigen Augenblick blieb Marion stehen, packte den Florian mit der linken Hand am Jackenaufschlag, holte mit der rechten weit aus, gab ihm eine Ohrfeige und lief ins Schulhaus hinein. Die Schulglocke ratschte bereits. Marion verzichtete auf den Weg zur Garderobe und lief in den Straßenschuhen zur Klasse.
Der Florian kam gemeinsam mit der Englischlehrerin zur Tür herein. Auf seiner linken Wange waren vier rote Striemen, dicht nebeneinander.
»Hat dir einer eine geknallt?« hörte Marion den Alexander fragen und den Florian antworten: »Die Marion. Und nur, weil ich ihr die Wahrheit gesagt habe!« Und dann tuschelten der Florian und der Alexander die ganze Englischstunde über miteinander. Was sie da tuschelten, konnte Marion nicht verstehen. Bloß ihren Namen hörte sie etliche Male aus dem Geflüster heraus.

In der Pause nach der Englischstunde waren die vier roten Striemen noch immer auf der linken Wange vom Florian. Und alle in der Klasse wollten wissen, wer der Striemen-Urheber gewesen sei. Der Florian rief bloß: »Laßt mich in Ruh!«, aber die Rosi sagte: »Seine große Liebe, die Marion war's! Direkt vor dem Schultor hat sie ihm eine runtergehauen. Ich hab's gesehen, weil ich gerade am offenen Fenster gestanden bin! Was sich liebt, das neckt sich eben!«
»Dir werd ich auch gleich eine runterhauen!« schrie Marion und wollte, von ihrem Platz weg, zur Rosi hin.
Der Gogo hielt sie zurück. »Gib Ruh«, sagte er. »Sie wird ja noch sagen dürfen, was sie gesehen hat, oder?« Er packte Marions Hosenbund.
»Laß mich sofort los!« brüllte Marion und trat dem Gogo gegen ein Schienbein. Der Gogo ließ den Hosenbund los, rieb sich das Schienbein und murmelte: »Jetzt reicht's mir mit dir schön langsam, du bist ja nicht normal!«
Marion wollte zur Rosi hin, doch nun packte sie der Alexander am Hosenbund. »Jetzt raste nicht total aus«, sagte er und wollte Marion auf ihr Stühlchen drücken.
»Ich raste aus, wann ich will und sooft ich will«, zischte ihm Marion zu und boxte ihn in den Bauch. Der Alexander ließ den Hosenbund trotzdem nicht

los. Die Doris rief: »Die gehört ja in eine Zwangsjacke!«
Die Karin drehte sich um und sagte: »Marion, übertreib nicht! Laß den Apfelwurm in Frieden! Wenn der nämlich zurückhaut, bist du platt!«
Marion boxte den Alexander noch einmal in den Bauch. Nun gab der Alexander den Hosenbund frei.
Marion stürmte auf die Rosi zu. Wer da gleich platt ist, dachte sie, werden wir ja sehen! Bloß weil die Kuh im Brustkraulen alle schlägt, kommt sie noch lange nicht gegen mich an! Die Kuh mag ja im Wasser die Größte sein, aber hier gibt es kein Wasser, hier ist nur Luft, und in der zerreiß ich sie!
Bis auf einen knappen Meter war Marion an die Rosi herangekommen, da streckte die Lore ein Bein blitzschnell seitwärts aus. Marion stolperte über das Bein, fiel hin und lag bäuchlings da, das Kinn dicht vor Rosis Schuhspitzen. »Oh, pardon«, sagte die Lore grinsend. »Tut mir echt leid!« Und die Rosi sprach mit milder Stimme: »Hast dir hoffentlich nicht weh getan?«
Marion rappelte sich hoch. Alle Rippen taten ihr weh, das Atmen fiel ihr schwer, ihre Knie brannten höllisch, und über dem rechten Knie war in der Hose ein großes Loch. Aber Marion war kein wehleidiges Kind. So kleine Wehwehchen hielt sie leicht aus. Viel schwerer auszuhalten waren die

Blicke der Klassenkollegen. Niemand von ihnen schaute mitleidig oder freundlich. Verwundert, ablehnend, verständnislos schauten sie Marion an. Fast so, als ob sie ein ekliges Käferchen vor sich hätten. Eines, das man um nichts in der Welt anfassen würde!
»Ihr seid ja alle blöd!« fauchte Marion, humpelte zu ihrem Platz, hockte sich hin und konzentrierte sich darauf, nicht zu weinen. Daß der Florian böse auf sie war, war ja einzusehen! Aber was hatten denn die anderen plötzlich? Wieso waren die denn auf einmal gegen sie? Okay, der Gogo, der war immer gegen Gewalt! Aber der Alexander und die Karin, der Hubsi und die Lore, die waren doch sonst immer auf ihrer Seite gewesen! So was von Verrätern!
Als ob der Gogo ihre Gedanken erraten hätte, sagte er zu Marion: »Das nennt man: den Bogen überspannen, meine Liebe!«
»Rutsch mir doch den Buckel runter«, murmelte Marion.
»Ich denk nicht dran«, sagte der Gogo gelassen. »Ich denk eher dran, mich von dir wegsetzen zu lassen. Weil ich gern in friedlicher Nachbarschaft lebe. Aber wer würd denn schon tauschen mit mir? Leider keiner!«
Marion dachte: Jetzt will ich's aber genau wissen! Sie sprang auf und rief: »Der Gogo will nimmer

neben mir sitzen! Wer ist bereit, mit ihm den Platz zu tauschen?«

Ein paar in der Klasse lachten, ein paar tippten sich an die Stirn. Einer sagte: »Jetzt spinnt sie komplett!« Eine rief: »Sei keine beleidigte Leberwurst!« Und der Rest der Klasse hatte gar nicht hingehört.

So ist das also, dachte Marion. Na schön, die Zeiten ändern sich eben! Im Herbst, zu Schulanfang, da wären mindestens zehn Knaben sofort hergewieselt! Da hat jeder neben mir sitzen wollen! Und alles nur wegen der blöden Rosi! Weil sich die als Brustschwimmwunder entpuppt hat! Seither haben sie alle ins Herz geschlossen! Und nehmen sie vor mir in Schutz! Vorher ist ihnen diese brave, heimtückische Frau Oberlehrer auch auf den Wecker gefallen! Aber mir soll's recht sein! Ich brauche in der Schule überhaupt keine Freunde! Ich hab den Julian und die Sandra! Das reicht mir! Die sollen mich alle gern haben!

In der großen Pause dann packte Marion ihren Schulkram in die Tasche und ging zum hintersten Pult in der Fensterreihe. Dieses Pult war überzählig. Dorthin setzten bloß grantige Lehrer hin und wieder für den Rest ihrer Unterrichtsstunde einen Schüler, der allzuviel geschwätzt hatte.

Sie setzte sich ans »Schwätzerpult« und räumte ihren Schulkram wieder aus. Der Gogo kam zu ihr.

»Jetzt sei doch nicht gleich eingeschnappt«, sagte er. »Wer so viel austeilt wie du, der muß auch ein bißchen was einstecken können!«
Marion drehte den Kopf zum Fenster und starrte aufs Haus gegenüber.
Der Gogo zog Marions Schultasche aus dem Pultfach und tat hinein, was auf dem Pultdeckel lag. »Und überhaupt kannst dich nicht so einfach selber umsetzen«, sagte er. »Das geht nur mit der Erlaubnis vom Klassenvorstand!« Er packte Marion an der Hand, zog sie vom Stuhl hoch und zu ihrem Platz zurück. Etliche Kinder bekicherten den Rückzug ungeniert. Aber die Karin streckte der heimgeholten Marion einen Apfel hin. Marion nahm ihn dankbar an. Und der Alexander sagte zu Marion: »Ich hätt mit dem Gogo eh tauschen wollen, aber ich hab nur nichts gesagt, weil ich es nicht ernst genommen hab!«
In der letzten Unterrichtsstunde schob der Florian Marion ein kleines Brieferl zu. Darin stand: »Ich bin wegen der Watschen nicht mehr böse auf dich. Wenn du mit mir wieder Freund sein willst, dann gib mir ein Zeichen!«
Marion las das Angebot, drehte sich zum Florian und nickte ihm huldvoll zu. Beglückt nickte der Florian retour. Auf seiner linken Wange war nur mehr eine rote Strieme. Und auch die war schon ziemlich blaß.

Heimbegleiten ließ sich Marion vom Florian und vom Alexander trotzdem nicht. War ja vorauszusehen, daß der Florian von der Sandra reden würde! Und daß der Alexander diesbezüglich auch allerhand Fragen haben würde!
Marion erklärte, sie müsse zum Zahnarzt. Und der sei in der Stadt. Und sie habe es schrecklich eilig! Sie flitzte als erste aus der Klasse und war schon zum Schultor draußen, bevor die anderen noch im Garderobenraum waren.

9. Kapitel

Mohnnudeln gab es zum Mittagessen. Marion haßte Mohn, ganz gleich, ob er auf Nudeln oder im Strudel, auf Striezerln oder in Kolatschen* war. Sie verweigerte die ihr zugedachte Nudelportion und schmierte sich drei Brote mit Butter und bestreute sie mit Schokostreuseln. Als der Minz und der Maunz das sahen, schoben sie ihre Mohnnudelteller weg und wollten auch Streusel-Brote. Worauf die Mama einen kleinen Wutanfall bekam, die vollen Teller über dem Mülleimer auskippte und rief: »Okay, okay. Ab heute koch ich überhaupt nichts mehr, ich habe es satt!« Dann lief sie ins Schlafzimmer und knallte die Tür hinter sich zu.
Marion richtete für den Minz drei dicke Brote mit dünner Butterschicht und für den Maunz drei dünne Brote mit dicker Butterschicht, ließ Schokostreusel drauf rieseln und erkundigte sich bei den Brüdern, warum denn die Mama heute so grantig sei. War ja sonst nicht ihre Art, wegen lustloser Mittagesser gleich durchzudrehen.
»Mit dem Papa hat sie gestritten«, erklärte der Maunz. »Am Telefon, ewig lange!«

* *Kolatsche – kleiner, gefüllter Hefekuchen*

»Warum?« fragte Marion.
»Weiß nicht«, antwortete der Maunz.
»Weiß ich aber«, sagte der Minz. »Wegen Geld. Sie will eines haben, das der Papa nicht haben will!«
»Welches Geld?« fragte Marion.
»Geld von der Oma von der Sandra«, antwortete der Minz.
»Von der Oma der Sandra?« Marion schüttelte den Kopf. Da mußte der Zwerg etwas mißverstanden haben.
»Doch!« rief der Minz. »Hab's ja gehört! Mit der Oma hat sie ja auch telefoniert!«
Marion stopfte den Rest ihres letzten Schokobrotes in den Mund und ging ins Schlafzimmer. Die Mama lag auf dem Ehebett und starrte zur Decke.
Marion setzte sich auf die Bettkante. »Du hast mit der Oma von der Sandra telefoniert?« fragte sie.
Die Mama nickte.
»Und du willst Geld von ihr?« fragte Marion.
Die Mama fuhr hoch. »Woher hast du denn den Unsinn?«
»Vom Minz«, sagte Marion.
Die Mama legte sich wieder hin. »Dödel, der«, murmelte sie. Dann sagte sie zu Marion: »Ich hab sie bloß aus Höflichkeit angerufen. Gehört sich ja, wenn du jetzt mit der Sandra befreundet bist.«
»Und mit Geld war gar nichts?« Marion konnte sich nicht gut vorstellen, daß sich der Minz die Geldge-

schichte so ganz aus dem kleinen Finger gesogen haben sollte.

»Doch«, sagte die Mama. »Die Frau Müller, also die Oma, die hat mir gesagt, daß dein Vater jetzt wieder hier in der Stadt wohnt und daß er gut verdient und daß sie ihn auf Erhöhung der Alimente geklagt haben und daß er jetzt auch zahlt und daß ich nicht so dumm sein und auf deine Alimente verzichten soll!«

»Und warum hast du deswegen mit dem Papa gestritten?« fragte Marion.

»Weil er spinnt«, sagte die Mama. »Er will das nicht. Er sagt, er ist in der Lage, vollauf für dich aufzukommen, er pfeift auf das Geld vom Herrn Rubokowinsky! Und das ist ja wohl vertrottelt, oder?«

Marion fand das ganz und gar nicht vertrottelt, aber das traute sie sich nicht zu sagen. Sie hatte wohl kein Recht dazu, auf Geld zu verzichten. Aber sie hoffte inständig, daß sich der Papa mit seiner Meinung durchsetzen werde. Es war leichter zu ertragen, einen Vater zu haben, der bloß das monatliche Zahlen vergaß, als einen, der sich vor Gericht um das Zahlen herumstritt.

Die Mama sagte: »Bis jetzt hab ich gedacht, daß er im Moment selbst nichts hat, und wo nichts zu holen ist, da hat selbst der Kaiser sein Recht verloren, aber wenn er ohnehin gut verdient, seh ich nicht ein, warum er sich drücken sollte. Von dem, was er mir

schon schuldet, könnten wir uns leicht ein neues Auto kaufen. Na ja, zuerst werd ich ihn einmal anrufen. Vielleicht zahlt er dann sowieso wieder. Die Frau Müller hat mir seine Nummer gegeben. Oder ich schreib ihm. Hab eigentlich keine Lust mit ihm zu reden!«
Marion schaute zum Nachttisch neben dem Bett hin. Dort lag eines der gelben Blätter vom Notizblock, der hinter dem Telefon an der Wand hing. Auf den gelben Zettel hatte die Mama geschrieben: F. R. 1010 Naglergasse 4. Büro 33-22-11-444/privat 487855.
Von der Küche her kam Maunz-Gebrüll. Die Mama seufzte, stand auf und murmelte: »Keine Minute Ruhe hat man!« Sie ging zur Küche hin. Marion nahm den gelben Zettel in die Hand. Naglergasse vier, dachte sie. Das zweite Haus auf der rechten Seite. Da ist unten ein Kaffeehaus drinnen! Und eine Tierhandlung! Da bin ich schon oft gestanden und habe mir die jungen Katzen und die Meerschweinchen angeschaut! Nur zwei Stockwerke hat das Haus. Vielleicht ist er gerade oben hinter einem Fenster gestanden, wie ich unten vor dem Schaufenster gestanden bin. Vielleicht hat er sogar heruntergeschaut. Aber von oben sehen Kinder ja ziemlich gleich aus. Da kann er mich gar nicht erkannt haben. Und dann dachte Marion noch: 332211444, das ist eine irre Telefonnummer!

Das Maunz-Geplärr verebbte schön langsam. Marion legte den gelben Zettel wieder auf den Nachttisch. Die Mama kam aus der Küche zurück. Sie sagte: »Der Minz hat ihm bloß ein Brot weggefressen!«
Marion stand auf. »Ich mach jetzt meine Hausübung, dann fahr ich zur Sandra. Ihre Oma will mich kennenlernen!«
Die Mama legte sich wieder aufs Bett. »Ist schon komisch, wenn man euch zwei so nebeneinander sieht«, sagte sie. »Aber ich freu mich wirklich, daß du sie jetzt hast! Ich bin mir sicher, daß sie eine bessere Gesellschaft für dich ist als der Julian!«
Marion ging aus dem Schlafzimmer. Anlaß, der Mama mitzuteilen, daß der Julian auch zur Sandra mitkommen werde, sah sie nicht. Und daß sie mit der Sandra gar nicht Freundschaft geschlossen hätte, wenn die etwas gegen den Julian gehabt hätte, ging die Mama auch nichts an! Es hatte keinen Sinn, der Mama zu erklären, daß man auch jemanden lieben konnte, der sich nicht immer und ewig »supertoll« aufführte.
Marion lief in ihr Zimmer, holte das Deutschheft und das Matheheft aus der Schultasche und kritzelte zuerst im Eilzugstempo einen Miniaufsatz zum Thema: Was ich am Morgen auf meinem Schulweg sehe.
Der Aufsatz füllte kaum eine Seite. Hätte man Ma-

rions kargen Zeilen geglaubt, hätte man annehmen können, Marion eile des Morgens durch menschenleere Straßen, vorbei an fensterlosen Mauern, über Kreuzungen ohne Verkehr der Schule zu. Aber Marion war nun einmal keine ehrgeizige Aufsatzschreiberin. Den Rechnungen widmete sie wesentlich mehr Mühe. Neben jedes Ergebnis malte sie sogar ein rosarotes Blümchen.

Kaum hatte sie das letzte Blümchen gemalt, klingelte es an der Wohnungstür, und der Minz ließ den Julian ein. Marion hörte den Minz sagen: »Die Marion schreibt eh noch ihre Aufgabe, komm ein bißl zu mir ins Zimmer rein, ich hab ein neues ferngesteuertes Auto, darfst damit fahren!« Der Minz verehrte den Julian. Der Minz verehrte alle Buben, die viel älter waren als er. Doch der Julian lehnte das Angebot ab. »Keine Zeit, Stöpsel«, sagte er. »Ich muß auch noch schnell die Aufgabe hinter mich bringen!«

Marion seufzte. Das hieß ja nun wieder einmal, daß sie die Aufgabe vom Julian zu erledigen hatte. Und genauso war es! Der Julian klatschte ihr sein Heft auf den Schreibtisch, zog sich einen Stuhl heran und setzte sich neben sie. »Diktier«, sagte er. »Als ich meinem Vater einmal bei einer Arbeit half.«

Mit Julians Aufsatz gab sich Marion wesentlich mehr Mühe als mit dem eigenen. Der Julian wiederholte schließlich bereits die erste Klasse Gymna-

sium. Und hatte trotzdem miserable Noten. Und ein zweites Mal konnte man ja eine Klasse nicht wiederholen.
Marion erfand einen sehr netten Julian-Vater, dem wirklichen gar nicht ähnlich, der mit seinem Sohn, weil die Mutter krank war, Gulasch kochte.
Während sie dem Julian die Gulasch-Geschichte diktierte, fiel ihr Blick auf die Tragetasche, aus der Julian das Deutschheft gezogen hatte. Die lag neben dem Schreibtisch auf dem Boden. Durchs dünne Plastik zeichneten sich die Kanten von taschenbuchgroßen Schachteln ab.
Marion beendete den Aufsatz mit dem schönen Satz: »Hoffentlich wird meine Mutter bald wieder krank, damit ich mit meinem Vater wieder Gulasch kochen kann.« Dann fragte sie den Julian: »Was hast denn da in der Tasche drinnen?«
Der Julian bückte sich, zog die unterste Schreibtischlade heraus, tat die Tragetasche hinein, schob die Lade wieder zu und sagte: »Mußt mir aufheben! Zwei Videokassetten. Meine Alten werden sich demnächst einen Recorder zulegen, haben sie gesagt!«
Marion schluckte, räusperte sich, bekam blödsinniges Herzklopfen, schluckte wieder, überwand sich und sagte: »Du, wir haben ausgemacht, daß du nichts mehr zu mir herüberbringst!«
»Eh nur bis morgen«, sagte der Julian.

»Wieso bis morgen?« fragte Marion. »Wo tust du sie denn morgen hin?«
Der Julian wußte keine Antwort.
»Und überhaupt«, sagte Marion. »Du hast geschworen, daß du damit aufhörst!«
»Eh«, rief der Julian. »Hab ich ja. Hab sie doch gekauft!« Ohne mit einer einzigen seiner langen Wimpern zu zucken, log er das.
Marion riß die Schreibtischlade auf, holte die zwei Videokassetten heraus, hielt sie dem Julian unter die Nase und sagte: »Soviel Geld hast du nie gehabt!«
»Hab ich doch gehabt!« rief der Julian. »Und du bist schön blöd, wenn du glaubst, daß ich nicht soviel Geld habe!«
»Und warum bringst du sie mir dann rüber?« Marion legte die Kassetten vor Julian auf den Tisch. »Wenn du sie gekauft hast, dann kann sie ja deine Mutter ruhig sehen!«
Der Julian schnappte sein Deutschheft und sprang auf. »Du bist so was von mißtrauisch und gemein!« rief er und lief zur Tür. »Du kannst mich gern haben!« schrie er bei der Tür. »Und zu deiner blöden Sandra kannst allein gehen!«
»Nimm das Zeug wieder mit!« rief Marion. Doch der Julian kümmerte sich nicht darum. Bloß der Minz kam angewuselt und erkundigte sich, warum der Julian denn schon wieder gehe und ob Marion

mit ihm gestritten habe. Marion fauchte den Minz an, er möge sich um seinen eigenen Kram scheren. Der Minz streckte ihr die Zunge heraus und wieselte wieder ab. Marion biß an ihrem rechten Daumennagel herum und überlegte, was nun zu tun sei. Hinterhertragen konnte sie dem Julian den Kram ja wohl nicht. Wo die Zweigerl doch jeden Tag bei ihm in der Kammer Zimmerkontrolle machte! Aber in ihrem Schreibtisch durften die blöden Kassetten auch nicht sein! Konnte ja keiner wissen, ob der Minz und der Maunz das »Osterhasenlager« nicht unter Kontrolle hatten! Und in den Keller hinunter, zur rosa Reisewalze, konnte Marion jetzt auch nicht! Der Maunz spielte im Vorzimmer mit der Holzeisenbahn. Der hätte es gemerkt, wenn Marion den Kellerschlüssel vom Haken genommen hätte. Und dann hätte er gefragt, warum Marion in den Keller wolle. Und das hätte die Mama gehört! Und der wäre es gewiß sehr sonderbar vorgekommen, daß ihre Tochter trotz großer Kellerangst in den Keller runterging! Und dazu war es außerdem höchste Zeit wegzugehen, wenn sie pünktlich bei der Sandra sein wollte! Die Sandra hatte versprochen, sie und den Julian bei der Straßenbahnhaltestelle, punkt drei Uhr, zu erwarten. Weil das Haus, in dem sie wohnte, schwer zu finden sei.
Marion nahm ihre große Umhängetasche, stopfte die zwei Videokassetten hinein, zog die Jacke an,

rief zum Schlafzimmer hin: »Ich geh jetzt!« und lief aus der Wohnung. Als sie an der Zweigerl-Tür vorbeikam, hörte sie die Stimme vom Julian-Vater. »Schau nicht so blöd!« rief der. »Sonst kannst eine haben!« Mit dieser »einen« war wohl eine Ohrfeige gemeint. Marion war sich nicht sicher, ob das ein Angebot an den Julian oder die Frau Zweigerl war. Beim Alt-Zweigerl war sowohl das eine als auch das andere möglich. Marion lief blitzschnell die Treppe hinunter – aus Angst, sonst das laute Weinen vom Julian hören zu müssen.

10. Kapitel

In der Wohnung der Sandra-Oma hatte Marion sofort ein gewisses heimatliches Gefühl. Da war es nämlich ganz so wie bei ihrer Oma. Der Couchtisch mit der schwarzen Glasplatte und der Bleikristallschüssel drauf, die Schrankwand mit den Buchgemeinschaftsbänden auf den Regalbrettern, der fünfflammige Preßglasleuchter, die Sitzbank mit dem karierten Bezug! Sogar die Brotschneidemaschine in der Küche war dasselbe Modell wie bei Marions Oma. Und die Sandra-Oma glich der Marion-Oma auch ein bißchen. Die gleiche blonde Kunst-Haarfarbe hatte sie und ganz die gleiche Frisur! Und einen winzigen Fettbauch und makellos hübsche Beine knieabwärts! Bloß das Zimmer von der Sandra war ganz anders als Marions Zimmer. Es war nämlich blitzsauber und ordentlich aufgeräumt.

»Wegen mir hättest aber keinen Großputz veranstalten müssen«, sagte Marion.

»Hat sie ja nicht extra!« Die Sandra-Oma lachte. »Meine Enkeltochter hat einen raren Tick. Sie ist eine Ordnungsfanatikerin!«

Bei der Jause dann eroberte Marion das Herz der Oma durch die schöne Leistung, drei Krapfen und

drei Stück Topfenstrudel zu verputzen. Und hinterher noch eine Salamisemmel. Nach der Jause verabschiedete sich die Oma. Sie ging, wie sie es nannte, »Zusatzkreuzer verdienen«. Viermal die Woche arbeitete sie von vier Uhr bis zehn Uhr in einem Kaffeehaus als »Küchenfee«, machte Würstel heiß und schob Schinkentoasts in den Toaster und Milchrahmstrudel in den Mikrowellenherd.
Als die Oma weggegangen war, holte Marion die Kassetten aus der Umhängetasche. »Der Julian hat schon wieder«, sagte sie.
Die Sandra nickte bekümmert.
»Kann ich sie vielleicht bei dir lassen?« fragte Marion. Und erzählte der Sandra, was sich zwischen ihr und dem Julian zugetragen hatte.
»Warum tust du das eigentlich für ihn, wenn er so gemein zu dir ist?« fragte die Sandra.
»Er meint es ja nicht so, hinterher tut es ihm sowieso immer leid«, verteidigte Marion den Julian.
»Aber eigentlich bist du dadurch eine Hehlerin«, sagte die Sandra.
Marion protestierte. »Wär ich nur, wenn ich das Zeug verkaufen tät!«
Die Sandra zuckte mit den Schultern. »Aber jedenfalls ist es sicher nicht erlaubt. Vielleicht nennt man das auch Mitwisser oder Beihelfer oder so!«
»Aber ich kann doch meinen besten und ältesten Freund nicht auffliegen lassen!« Marion schob der

Sandra die Kassetten hin. »Nimmst sie nun, oder nimmst sie nicht?«
Die Sandra runzelte die Stirn, schloß die Augen und legte einen Zeigefinger an die Nasenspitze. »Ich muß nachdenken«, murmelte sie.
Marion starrte die Sandra an und dachte: Herr im Himmel, mach bloß, daß sie die Kassetten nimmt! Nicht nur, damit ich sie los bin und dem Julian nichts passiert! Auch damit erwiesen ist, daß sie zu mir hält und kein feiger Arsch ist!
Marion war fast schon davon überzeugt, daß die Sandra gar nicht mehr nachdachte, sondern bloß ihr »Nein, ich tu's nicht« hinauszögerte, da nahm die Sandra den Finger von der Nase, öffnete die Augen und sagte: »Ich hätt da eine Idee, aber ob sie gut ist, mußt du entscheiden!«
»Und zwar?« fragte Marion.
Die Sandra nahm eine Kassette in die Hand und deutete auf das Preisschild. »Da steht Elektro-Niedlich drauf. Wir könnten die blöden Dinger ja zurückbringen. Wir gehen zum Elektro-Niedlich, kaufen uns eine leere Tonbandkassette und stellen dabei die zwei Videokassetten wieder ins Regal. Damit wär dann eigentlich die ganze Sache aus der Welt geschafft. Und falls er dir wieder was bringt, tragen wir es wieder zurück!«
Mauloffen starrte Marion die Sandra an. Daß eine halbe und dazu noch jüngere Schwester sich so eine

1-A-Super-Idee ausdenken konnte, war ja einfach sagenhaft!
Die Sandra fuhr fort: »So verrätst du ihn nicht und bist trotzdem keine ungesetzliche Handlangerin mehr! Und der Julian muß sowieso still sein! Wenn ihm das nicht paßt, soll er sich beim Salzamt beschweren! Und ab jetzt überlaß den Kerl überhaupt mir! Ich stoß ihm schon Bescheid! Du bist viel zu gutmütig!«
Daß Marion zu gutmütig sei, hatte ihr noch kein Mensch gesagt. Sie nahm es gerührt zur Kenntnis. So gerührt war sie, daß sie sagte: »Schade um jeden Tag in meinem Leben, den ich dich nicht gekannt habe!«
Das wiederum rührte die Sandra so sehr, daß sie sagte: »Ab heute soll kein Tag mehr vergehen, ohne daß wir uns sehen!«
»Und wenn wir groß sind«, sagte Marion, »dann ziehen wir überhaupt zusammen. Und unsere Kinder werden einmal gemeinsam aufwachsen!«
Die Sandra nickte zustimmend. »Die sind dann Viertel-Brüder und Viertel-Schwestern!«
»Außer wir kriegen sie vom selben Mann«, lachte Marion. »Dann wären sie Dreiviertel-Geschwister!«
Die Sandra schaute auf die Uhr. »Wo ist denn dieser Elektro-Niedlich? Kommen wir da vor sechs Uhr noch hin?«

»Der ist gleich bei uns um die Ecke, aber bis sechs Uhr schaffen wir es kaum noch!« Es wäre zwar leicht zu schaffen gewesen, vor sechs Uhr zum Elektro-Niedlich zu kommen, doch Marion wollte die Sache lieber auf morgen verschieben. Im Moment fühlte sie sich unheimlich wohl, und diesen Zustand wollte sie so schnell nicht aufgeben.

Am nächsten Tag, Freitag war, kam die Sandra, wie ausgemacht, zu Marion. Die Videokassetten vom Julian hatte sie in der Tasche. Doch aus der »Rückgabe-Aktion« wurde wieder nichts, denn Marions Mama behauptete, Frühling in der Luft zu schnuppern, und wollte ins Freie hinaus. Minz und Maunz mußte sie zur Fahrt ins Freie nicht überreden. Die waren gleich »reisebereit«. Und sie redeten so lange auf Sandra ein, bis die auch erklärte: »Okay, fahren wir in den Wald. Ich war ohnehin schon jahrelang nimmer im Wald!«
So blieb Marion nichts anderes übrig, als ebenfalls zuzustimmen. Obwohl ihr vor Ausflügen mit Minz und Maunz graute. Die kleinen Brüder konnten sowohl im Auto als auch beim Spazierengehen ziemlich lästig sein. Im Auto stritten sie gern um einen größeren Anteil an Sitzfläche, und im Wald waren sie oft nicht weiterzubringen.
Doch diesmal waren der Minz und der Maunz sehr friedlich und nett, weil sie sich Sandras Gunst errin-

gen wollten. Sie wollten von ihr als »halbe Brüder« anerkannt werden.
In einem kleinen Ausflugswirtshaus besiegelte dann die Sandra mit dem Minz und dem Maunz die »halbe Geschwisterschaft«, indem sie sich von den beiden je einen nassen Kuß auf die rechte Wange schmatzen ließ. Und gerade, als die nasse Schmatzerei beendet war und Sandra sich diskret Minz- und Maunzspucke von der Wange wischte, kam die 1b-Pipi mit einem alten Herrn ins Wirtshaus. Sie sah Marion und kam zum Tisch her. »Servus«, rief sie, dann stockte sie, bekam kugelrunde Staunaugen und starrte die Sandra an.
»Das ist meine halbe Schwester«, rief der Minz.
»Meine auch«, rief der Maunz.
»Und meine sowieso«, murmelte Marion. Ziemlich peinlich war ihr die Sache. Ganz rot war sie im Gesicht.
Die 1b-Pipi fing zu lachen an und klatschte Marion eine Hand auf die Schulter. »Du bist mir vielleicht eine!« rief sie. »Läßt uns auf Doppelgängersuche gehen! Na wart, dich leg ich auch noch einmal richtig rein!« Sie zwinkerte der Sandra zu, dann ging sie, immer noch lachend, zu dem Tisch, an dem der alte Herr Platz genommen hatte.
Marion linste verstohlen zur 1b-Pipi hin. Die redete auf den alten Herrn ein und deutete dabei mehrmals zu Marions Tisch hin. Und der alte Herr schaute

ziemlich verdutzt. Anscheinend kapierte er die Geschichte nicht ganz.
Während dann die Mama und die Sandra aus Bierdeckeln ein hohes Bierdeckelhaus aufbauten und der Minz und der Maunz den Atem anhielten, um ja nicht durch heftiges Ausatmen das Bierdeckelhaus zum Einsturz zu bringen, ging Marion zum Tisch der 1b-Pipi. »Bitte, sei so nett«, sagte sie zur Pipi, »und erzähl niemandem aus meiner Klasse von meiner halben Schwester!«
»Warum denn nicht?« fragte die Pipi.
»Sie wird wohl ihre Gründe haben«, sagte der alte Herr.
Marion nickte ihm dankbar zu.
»Okay, verstehe!« sagte die Pipi. Sie schaute zwar nicht so drein, als ob sie wirklich verstünde, aber sie gab Marion die Hand und murmelte: »Schweige wie eine Gruft, kein Sterbenswort entkommt mir!«
Beruhigt kehrte Marion zu den Bierdeckelbauern zurück. Daß ein Ehrenwort von der Pipi, mit Handschlag gegeben, nicht gebrochen wurde, dessen war sie sich sicher.
»Wer war denn das?« fragte die Sandra. »Eine aus deiner Klasse?«
»Bloß aus meiner Schule«, sagte Marion. »Aber eine ganz Liebe! So was Liebes gibt's in meiner Klasse leider gar nicht.«
»In meiner Klasse gibt es auch nichts ganz Liebes«,

sagte die Sandra. »Zu neunundneunzig Prozent Dödeln!«
Marion schob ihre rechte Hand an Sandras linke Hand und hakte ihren kleinen Finger um Sandras kleinen Finger und drückte den fest. Womit sie sagen wollte: Wir brauchen ja auch niemand ganz Lieben in der Klasse! Ich hab dich, und du hast mich, das reicht!

11. Kapitel

Dann kam das Wochenende. Samstag, gleich nach der Schule, fuhr Marion zur Sandra. Zum Mittagessen bekam sie von der Sandra-Oma das größte Wiener Schnitzel, das sie je in ihrem Leben gesehen hatte. Und hinterher Sachertorte mit Schlagobers. Nach dem zweiten Stück Torte war ihr ein bißchen übel. Sie legte sich aufs Bett der Sandra und stöhnte. Die Sandra holte aus dem Zimmer ihrer Mutter die große Schachtel mit den Erinnerungen. Sie zeigte Marion die getrockneten Rosen und die alten Kinokarten, die Ansichtskarten und viele Fotos von der Sandra-Mutter. Und das Foto, wo Marion auf den Schultern ihres Vaters saß und ein dickes Baby war, natürlich auch. »Willst es haben?« fragte sie. »Ich schenk dir's!«
»Kannst mir's doch nicht schenken, gehört ja deiner Mutter!« Marion tat das Foto in die Schachtel zurück.
»Machen wir einen Verdauungsspaziergang«, schlug die Sandra vor. Marion rappelte sich vom Bett hoch. »Und wohin?«
»Einfach so der Nase nach«, sagte die Sandra. Doch dann zog sie einen Zettel aus der Hosentasche. »Ich hab nämlich den Brief gefunden, den meine Oma

dem Rechtsanwalt geschrieben hat«, sagte sie. »Und da ist die Adresse von unserem Vater dringestanden. Naglergasse vier. Weißt, wo das ist?«
Marion nickte.
»Ich würd mir gern das Haus anschauen«, sagte die Sandra.
»Bringt doch nichts«, murmelte Marion. Aber sie zog ihre Jacke an.
»Bei seinem Büro war ich schon!« Die Sandra schlüpfte in ihren Mantel.
»Wo er arbeitet, ist auch in dem Brief gestanden?« fragte Marion.
Die Sandra schüttelte den Kopf. »Durch die komische Telefonnummer hab ich das rausbekommen! Rein zufällig. Drei-drei-zwei-zwei-eins-eins, das vergißt man ja nicht. Und vor zwei Wochen, da war so ein Reklamewisch im Briefkasten, von einer Versicherung. Daß man sich beraten lassen soll. Und da war ganz groß gedruckt diese Nummer. Und die Adresse dazu. Ist ein Haus am Ring. Acht Stock hoch. Mit einer riesigen Drehtür.«
»Willst ihn sehen?« fragte Marion.
»Nein!« sagte die Sandra.
Marion knöpfte ihre Jacke zu und dachte: Na klar will sie ihn sehen! Sie gibt es bloß nicht zu! Wozu rennt sie denn sonst zu seinem Büro! Und will in die Naglergasse!
»Willst du ihn wiedersehen?« fragte die Sandra.

»Ich denke doch gar nicht dran«, antwortete Marion. Aber ganz sicher, ob sie da die Wahrheit sagte, war sie sich auch nicht.
Als Marion und Sandra aus dem Haus kamen, fing es zu tröpfeln an. Als sie in die Straßenbahn stiegen, regnete es schon richtig, und als sie bei der Naglergasse ankamen, goß es in Strömen. Ausgestorben war die ganze Gegend! Bloß ein Mann unter einem schwarzen Regenschirm war zu sehen. Das Kaffeehaus in Nummer vier hatte »Ruhetag«, und vor der Tierhandlung waren die Rolläden heruntergelassen. Marions Jacke war waschelnaß. In ihren Schuhen quatschte Regenwasser, tropfnasse Haarsträhnen klebten an ihren Wangen. Scheußlich kalt war ihr. Sie klapperte mit den Zähnen und wollte nichts als so schnell wie nur möglich zur Straßenbahn zurück. Die Sandra schien das Sauwetter nicht zu stören. Sie zog Marion zum Haustor mit der Nummer vier. Das Haustor stand offen.
»Viele Wohnungen können nicht im Haus sein!« sagte die Sandra und wischte sich Regentropfen aus den Augen. »Sind ja bloß sechs Fenster in jedem Stock!« Sie betrat den Hausflur und ging zur Treppe. Sie drehte sich um und winkte Marion. Doch Marion blieb beim Haustor. Die Sandra huschte die Treppe hoch. Marion dachte: So ein Blödsinn! Was hat sie denn davon, wenn sie entdeckt, hinter welcher Tür er wohnt?

Es dauerte kaum eine Minute, dann war die Sandra wieder da. »Zweiter Stock, die Tür rechts neben der Treppe«, sagte sie. »Seine Visitenkarte klebt an der Tür. Richtiges Türschild hat er keines.«
Marion nickte bloß. Sie wußte nicht recht, was zu dieser Meldung zu sagen war. Ob die Tür rechts oder die Tür links, ob Visitenkarte oder Türschild, das war doch komplett Jacke wie Hose!
Schweigend latschten Marion und Sandra durch den Regen zur Straßenbahnhaltestelle. Dort stellten sie sich in eine Tornische, und Marion klapperte jetzt nicht nur mit den Zähnen, sie zitterte am ganzen Körper.
»Findest es sehr blöd, daß ich mir seine Wohnungstür anschau und das Haus, in dem er arbeitet?« fragte die Sandra. Vor lauter Zittern und Zähneklappern konnte Marion kaum nicken.
»Ich find's ja selber blöd«, sagte die Sandra. »Und sonst tu ich eigentlich nie etwas, was ich selber blöd finde!« Sie zuckte, ziemlich ratlos, mit den Schultern. »Und wenn meine Oma wüßte, wo ich jetzt war, dann würd sie ausflippen. Die haßt ihn nämlich wie die Pest.«
Dann kam die Straßenbahn. Marion und Sandra kletterten in den hinteren Wagen. Der war ziemlich leer. Marion setzte sich auf den Platz, unter dem die Wagenheizung war. Schön langsam konnte sie das Zähneklappern einstellen.

»Du hast es ja viel leichter«, sagte die Sandra. »Du kannst dich wenigstens an ihn erinnern.«
Marion fand nicht, daß sie es deswegen viel leichter hatte, aber sie widersprach nicht.

Für Sonntag war die Sandra zum späten Frühstück, das der Papa »Brunch« nannte, eingeladen. Der Julian kam auch. Ganz so, als ob es den Streit zwischen ihm und Marion nicht gegeben hätte, marschierte er herein, hockte sich zum Eßtisch und futterte drauflos. Ham and eggs mampfend, meinte er zu Marion: »Machst mir eh hinterher die Matheaufgabe!«
Marion nickte, der Papa grinste, die Mama schaute mißbilligend, und die Sandra sagte: »Laß dir's doch lieber von der Marion erklären, sonst kapierst es ja nie!«
»Geht dich doch nichts an, ob ich was kapiere!« Der Julian stopfte hinter Schinken und Ei ein Stück Semmel nach.
»Angehen tut's mich nichts«, sagte die Sandra gelassen. »War nur ein Ratschlag.«
»Brauch aber keinen!« Der Julian hielt der Mama das Kaffeehäferl hin. Er wollte Nachschub.
»Willst aber wohl nicht noch einmal sitzenbleiben«, sagte die Sandra. Die Mama benickte das zustimmend, und der Papa grinste weiter. Da drehte der Julian durch. Das volle Kaffeehäferl zitterte so stark in seiner Hand, daß der Kaffee überschwappte. Er

schrie Marion an: »Was erzählst du dem Trampel, daß ich sitzengeblieben bin?«
»Meine Schwester ist kein Trampel!« rief Marion und war total verwirrt über sich selbst. Zum ersten Mal in ihrem Leben hatte sie dem Julian richtig widersprochen! Der Julian war aber nicht minder verwirrt. Er stellte das Kaffeehäferl ab und glotzte Marion an. Marion hielt seinem Blick stand. »Und recht hat sie auch! Und in Wirklichkeit kannst deine Aufgabe eh allein! Bist ja nicht blöd!«
Erstaunlicherweise sagte der Julian darauf bloß: »Sowieso.« Und nach dem Brunch setzte er sich an Marions Schreibtisch und erledigte seine Mathe-Hausübung ganz alleine. Hinterher hielt er der Sandra das Heft vor die Nase und sagte: »Na, was sagst jetzt? Alles richtig! Aber du gehst ja noch in die Babyschule, du hast ja keinen Schimmer davon!«

Vor dem Schlafengehen, im Bad, beim Zähneputzen, meinte die Mama zu Marion: »Find ich echt toll, wie du heute mit dem Julian geredet hast! Hätt gar nicht mehr geglaubt, daß du das noch einmal schaffst!«
Marion zog die Zahnbürste aus dem Mund und spuckte weißen Schaum. »Kann doch meine Schwester nicht beleidigen lassen«, sagte sie.

12. Kapitel

In der Englischstunde, am Montag, während die Englischlehrerin die Vokabeln der letzten Stunde abprüfte, warf der Florian ein kleingefaltetes Brieferl auf Marions Pult. Die Englischlehrerin sah es, stürzte – wie der Vogel Greif – zu Marion hin und riß ihr das Brieferl aus der Hand. »Wir wollen doch alle gern wissen, was der Florian dem Fräulein Rubokowinsky mitzuteilen hat«, sprach sie hämisch, entfaltete das Brieferl und las vor: »Liebste Marion, willst Du mit mir gehen? Wenn ja, dann kratze Dich am Hinterkopf. Dein Dich liebender Florian.«
In der Klasse brach ein Affengelächter los. Sogar der Blutsbruder Alexander lachte! Bloß der Gogo verzog keine Miene. »So was nennt man saugemein«, zischte er Marion zu.
Das Affengelächter übertönend, rief die Englischlehrerin: »Na, Rubokowinsky? Was ist? Kratzt du dich? Oder kratzt du dich nicht?«
Marion spürte heiße Wut im Bauch brodeln. Sie versuchte, sich die heiße Wut nicht anmerken zu lassen. Sie hob eine Hand zum Hinterkopf, kratzte sich und sagte: »Klar kratze ich mich! Weil ich eh gern mit ihm gehe. Morgen ins Kino nämlich. Und falls sich da jemand etwas anderes gedacht haben

sollte, dann liegt das wohl an dessen schmutziger Phantasie!«

In der Klasse wurde es still. Die Englischlehrerin warf Marion einen bitterbösen Blick zu, steckte das Brieferl in die Jackentasche und fuhr im Abprüfen von unregelmäßig gebeugten Zeitwörtern fort.

Die Englischstunde über wagte Marion nicht, dem Florian Antwort auf sein Schreiben zu geben. Sie fühlte den gewissen »Kontrollblick« der Englischlehrerin unentwegt auf ihrem heftwärts gesenkten Kopf. Und in der Pause danach flüchtete der Florian aufs Klo. Um dem Spott der Klassenkollegen zu entgehen. Er kam erst gemeinsam mit dem Deutschlehrer in die Klasse zurück.

Marion riß das Mittelblatt aus ihrem Deutschheft und schrieb darauf:

Lieber Florian, ich will nicht mit Dir »gehen«, weil ich mit überhaupt niemandem »gehen« will. Aber gut Freund mit Dir will ich gerne weiter sein. Ich hoffe, daß Du das verstehst. Okay? Marion.

Sie faltete das Blatt zu einem kleinen Päckchen und überlegte, wie sie es am unauffälligsten dem Florian übergeben könnte. Eine zweite öffentliche »Lesung« wollte sie vermeiden. So nahm sie das Brieferl in die rechte Hand und den Bleistiftspitzer in die linke. Sie warf den Bleistiftspitzer zu Boden. Der

Bleistiftspitzer rollte durch den Mittelgang nach hinten. Marion sprang auf, lief dem Bleistiftspitzer hinterher und legte dabei das Brieferl auf Florians Pult.
Die Rosi stoppte den rollenden Bleistiftspitzer. »Da, bitte«, sagte sie und hielt Marion den Spitzer hin.
»Danke, Rosi«, sagte Marion, nahm den Spitzer und ging zu ihrem Platz zurück. Warum sie darauf verzichtet hatte, die Rosi »Frau Oberlehrer« zu nennen, war ihr selbst nicht klar. Und sie sah auch keinen Grund, darüber nachzudenken. Die Rosi reizte sie einfach nicht mehr dazu, gehässig zu werden! Basta!
Der Florian nahm Marions »Post« traurig, aber gefaßt zur Kenntnis. »Okay«, flüsterte er Marion nach der Deutschstunde zu. Und nach der Schule dann begleiteten der Florian und der Alexander, so wie früher, Marion nach Hause. Und Marion versuchte, auch so wie früher, nett und freundlich zu den beiden zu sein. Und das Angebot, am Nachmittag mit dem Florian und dem Alexander »etwas zu unternehmen«, lehnte sie, ebenfalls so wie früher, ab. Aber dieses Mal war es keine Ausrede, als sie vor dem Haustor sagte: »Ich kann heute wirklich nicht, ich habe nämlich etwas vor, das ich unmöglich verschieben kann!« Diesmal stimmte es. Was Marion für den Nachmittag vorhatte, war die »Rückerstat-

tungsaktion«. Und zwar eine ziemlich erweiterte! Marion und Sandra hatten beschlossen, nicht bloß die Videokassetten, sondern auch allen Kram aus der rosa Reisewalze dorthin zurückzubringen, wo er hergekommen war. Soweit als möglich jedenfalls! Und stückweise natürlich! In wöchentlichen Rationen!

Nach dem Mittagessen sagte Marion der Mama, daß gleich die Sandra kommen werde und daß sie dann mit der Sandra auf einen kleinen Oster-Einkaufsbummel gehen werde.

»Kommt da der Julian auch mit?« fragte die Mama besorgt. Einen, der gern stiehlt, schien sie nicht für einen guten Begleiter beim Einkaufen zu halten.

»Bloß nicht«, sagte Marion und mußte grinsen. Die Mama war ziemlich erleichtert. Marion grapschte sich heimlich den Kellerschlüssel und die kleine Taschenlampe und tat sie in die Jackentasche. Ungeduldig tigerte sie dann durch die Wohnung und schaute alle zwei Minuten aus einem straßenseitigen Fenster, um zu sehen, ob die Sandra nicht schon anmarschiert kam. Der Minz assistierte ihr beim Fensterschauen. Und als er rief: »Jetzt kommt sie«, rannte Marion ins Vorzimmer, schlüpfte in die Jakke, rief »tschüs«, lief aus der Wohnung, raste die Treppen hinunter, zur Kellertür, holte Schlüssel und Lampe aus der Jackentasche, sperrte die Tür auf

und knipste die Lampe an. »Bin schon da!« rief sie der Sandra zu, die gerade zum Haustor hereinkam.
»Fürchtest dich vor dem Keller?« fragte sie die Sandra.
»Warum sollt ich?« Die Sandra lachte und stieg treppabwärts. Marion folgte ihr, den Taschenlampenlichtkegel auf die Kellerstufen richtend.
»Und du weißt wirklich, woher der Kram stammt?« fragte die Sandra.
»Von den meisten Sachen schon«, antwortete Marion.

Die rosa Reisewalze war bereits ziemlich eingestaubt. Marion zog den Zipp auf. Kopfschüttelnd bestaunte die Sandra den gemischten Kram. Marion holte eine Packung Betonstifte aus der Reisewalze. »Die sind von der Eisenhandlung, gleich an der Ecke!«
Die Sandra griff nach einer Packung Kerzen, hielt die Taschenlampe so, daß sie das Preisschild auf der Kerzenschachtel lesen konnte, und murmelte: »Konsum, dreißig Schilling!«
»In welche Kosumfiliale wir das zurücktun, ist ja wohl Wurscht«, sagte Marion. Die Sandra nickte.
»Und die Schnellkleber da«, Marion griff wieder in die Reisewalze, »die sind aus dem Papiergeschäft im Nachbarhaus. Da war ich nämlich dabei, wie er die

gemopst hat. Nur hab ich's nicht gesehen. Er hat sie mir erst nachher gezeigt!«
»Und die Schuhcreme da?« Sandra deutete auf eine große Tube.
»Keine Ahnung, leider«, seufzte Marion.
»Und das?« Die Sandra holte einen Knäuel rotes Geschenkband aus der Walze.
»Auch aus dem Papiergeschäft«, sagte Marion.
»Reicht wohl für heute.« Die Sandra steckte das rote Band in die rechte Manteltasche und die Schnellklebertuben in die linke. Marion schob die Betonstifte in die rechte Jackentasche und die Kerzen in die linke. Die Sandra zog der Reisewalze den Zipp zu. Marion tat das Vorhängeschloß wieder an die Kellertür. Dem Lichtkegel der Taschenlampe hinterher, stiegen Marion und Sandra aus dem Keller hoch.
»Und wenn wir den ganzen Krempel los sind«, sagte die Sandra, »dann teilen wir das dem Julian mit! Und dann kapiert er vielleicht, daß es keinen Sinn hat, weiter was zu klauen!«

Zuerst gingen Marion und Sandra ins Papiergeschäft. Marion kaufte eine Oster-Glückwunschkarte. Im Laden war bloß eine Verkäuferin, und während Marion bei der Kasse bezahlte, legte die Sandra das rote Band und die Klebertuben in ein Regal, zwischen Kreppapier und Heftklammern.

Die Eisenhandlung war noch schneller »erledigt«. Dort fragte die Sandra den Verkäufer, ob er Alufolie in Extra-Doppelstärke habe. Hatte der Verkäufer nicht! Marion ging zu den Kübelstapeln hin, gab vor, die Kübel zu begutachten, und warf die Betonstifte hinein. Das machte ein ziemlich lautes Scheppergeräusch! Aber der Verkäufer achtete nicht darauf. Er war vollauf damit beschäftigt, der Sandra zu erklären, daß Alufolie in Doppel-Extrastärke fast nie verlangt werde und daher nicht vorrätig sei. Aber bestellen könne er sie wohl! »Danke, ich hätte sie heute gebraucht«, lehnte die Sandra das Anerbieten ab.
Mit den Kerzen machte sich Marion noch weniger Mühe. Sie betrat den Konsum, legte die Kerzenschachtel in einen Einkaufswagen, schlüpfte unter der Kette, die den Eingang vom Ausgang trennte, durch und verließ den Konsum flugs wieder.
Die Sandra hatte vor dem Konsum gewartet. »Geht ja wie geschmiert«, sagte sie. »Da können wir uns heute noch eine Portion holen!«
Dann marschierten sie zum Foto-Niedlich. Die Videokassetten hatte Sandra in der Umhängetasche. Beim Foto-Niedlich war kein einziger Kunde. Dafür lehnten etliche Verkäufer tatenlos im Laden herum. Einer von ihnen, ein kleiner Dicker, wieselte hinter Marion und Sandra her und fragte, ob er behilflich sein könne.

»Danke, nein«, sagte die Sandra. »Wir schauen uns bloß die Videokassetten an, ob was drunter ist, was wir unserer Omi zu Ostern schenken könnten!«
Die Sandra stellte sich zum Regal mit den Videos und tat, als studiere sie die Filmtitel. Sie wartete darauf, daß der kleine Dicke verschwinden möge. Als sich der dann endlich von ihnen ab- und dem Regal mit den Farbfilmen zuwandte, öffnete Sandra die Klappe ihrer Umhängetasche und griff nach den zwei Kassetten. Doch in diesem Augenblick kam blitzschnell ein langer, dünner Verkäufer um das Regal herum und rief: »Ja, wo gibt's denn so was!«
Im Nu war auch der kleine Dicke wieder zur Stelle. Eine Verkäuferin kam hinter ihm her. Und der lange Dünne erklärte seinen Kollegen, daß ihm die zwei Mädchen gleich verdächtig vorgekommen seien, daß er sie unauffällig beobachtet und gesehen habe, wie das eine Mädchen die zwei Kassetten in ihre Umhängetasche gesteckt habe!
Marion faßte nach Sandras Hand.
»Na, dann wollen wir die zwei jungen Damen einmal ins Büro zum Herrn Geschäftsführer bitten«, sagte der kleine Dicke, packte Marion an der Jakkenschulter und zog sie, quer durch den Laden, einer Glastür zu. Marion ließ Sandras Hand nicht los. Die Sandra stolperte neben ihr her. Und der lange Dünne und die junge Verkäuferin folgten ihnen. Marion war so verwirrt, daß sie bloß denken

konnte: Gibt's ja nicht! Wir bringen was zurück, und die halten uns für Diebe!
Hinter der Glastür war ein kleines Büro. Ein großer Schreibtisch stand darin, und an dem saß ein älterer Herr mit weißen Haaren. Auf einem Drehstuhl saß er. Eine Brille hatte er auf der Nase. Die schob er nun die Nase abwärts, betrachtete, über die Brillengläser hinweg, Marion und Sandra und sprach seufzend: »Schon wieder zwei? Und dabei noch richtige Kinder!« Dann deutete er auf zwei Stühle an einer Wand. »Hinsetzen, ihr zwei!« kommandierte er.
Marion und Sandra, noch immer Hand in Hand, wurden vom kleinen Dicken zur Wand geschoben und auf die Stühle gedrückt. Der lange Dünne nahm Sandra die Umhängetasche weg. »Da hat sie die Kassetten reingetan!« Er legte die Umhängetasche auf den Schreibtisch, öffnete die Klappe und zog die zwei Kassetten heraus.
Der Weißhaarige beschaute die Kassetten, sah das Foto-Niedlich-Schild. »Da gibt's ja wohl nichts mehr abzustreiten«, sagte er zu Marion und Sandra. Seine Verkaufsmannschaft winkte er zur Glastür raus, in den Verkaufsraum zurück. Die drei zogen ab. Der Weißhaarige betrachtete Sandra und Marion. »Seid ihr Zwillinge?« fragte er.
Marion und Sandra schüttelten den Kopf.
»Wer ist die ältere Schwester?« fragte der Weißhaarige.

Marion wollte »ich« sagen. Es gelang ihr nicht. Kein Ton kam über ihre Lippen. Der Schreck hatte sich auf ihre Stimmbänder geschlagen. So hob sie, wie in der Schule, die rechte Hand.

»Habt ihr einen Schülerausweis mit?« fragte der Weißhaarige.

Marion und Sandra schüttelten wieder den Kopf.

Der Weißhaarige kramte ungeniert in Sandras Umhängetasche. Aber dort war kein Schülerausweis zu finden. »Wie alt seid ihr denn?« fragte er weiter.

»Ich bin zehn, meine Schwester ist elf«, sagte die Sandra. Sie schien keinerlei Stimmbandprobleme zu haben.

»Und wie heißt ihr?« Der Weißhaarige kippte Sandras Umhängetasche und schüttete den Inhalt auf den Schreibtisch.

»Ich bin die Sandra, meine Schwester heißt Marion!« sagte die Sandra.

»Und wie noch?« Der Weißhaarige sah endlich ein, daß in der Umhängetasche kein Schülerausweis drinnen war und auch sonst kein Ausweispapier. Er stopfte Taschentuch, Kleingeld, Ansichtskarte, Hosenknopf, Haarspange und Kaugummi in die Tasche zurück.

Marions Stimmbänder funktionierten wieder einigermaßen. »Rubokowinsky«, krächzten sie.

»Wie?« Der Weißhaarige hatte das Gekrächze nicht

verstanden. Er hielt eine Hand hinter das rechte Ohr.
»Rubokowinsky«, wiederholte Marion. Jetzt fiel das Gekrächze deutlicher aus.
Der Weißhaarige nickte und schrieb auf seinen großen Notizblock: »Marion und Sandra Rubokowinsky«. Dann sagte er: »Die Polizei können wir uns sparen, strafmündig seid ihr ohnehin noch nicht. Aber eure Eltern muß ich wohl verständigen. Die müssen schließlich wissen, was ihr sauberer Nachwuchs so treibt. Wo erreiche ich euren Vater?«
Die Sandra drückte Marions Hand ganz fest. Und sagte zum Weißhaarigen: »Magister Rubokowinsky. Jetzt ist er im Büro. Die Nummer ist drei-drei-zwei-zwei-eins-eins, Durchwahl vier-vier-vier!«
Der Weißhaarige notierte die Ziffern, griff zum Telefonhörer und wählte. »Magister Rubokowinsky«, verlangte er dann, und Marion wußte nicht, ob sie die Sandra für total irrsinnig oder für irrsinnig klug halten sollte. Die Sandra drückte noch immer ganz fest ihre Hand, und das kam Marion so vor, als sollte das heißen: Laß mich nur machen! Ich weiß schon, was ich tue!
»Hier Meier, Elektro-Niedlich«, sprach der Weißhaarige in den Hörer. »Werter Magister Rubokowinsky, ich habe da Ihre Töchter Marion und Sandra bei mir. Tut mir leid, eine sehr, sehr peinli-

che Angelegenheit! Sie wurden von einem Mitarbeiter beim Ladendiebstahl erwischt.« Dann schwieg der weißhaarige Meier kurz, dann rief er in den Hörer: »Hallo! Hallo! Sind Sie noch dran, Herr Rubokowinsky?« Und dann sagte er: »Ich dachte schon, wir seien unterbrochen worden!« Und dann lauschte er und nickte dazu. Dann sprach er noch: »Gut, gut« und legte den Hörer auf. Hierauf seufzte er tief. »Na«, wandte er sich an Marion und Sandra. »Das war aber ein Schock für euren armen Vater! Gar nicht fassen hat er können, daß ihr so was tut! Richtig sprachlos durcheinander war er!«
»Können wir jetzt bitte gehen?« fragte die Sandra.
»Wo denkst du denn hin?« Der weißhaarige Meier schüttelte den Kopf. »Ihr wartet hier schön brav, bis euch euer Vater abholt! Was weiß denn ich, was ihr anstellt, wenn ich euch laufenlasse! Ist schon vorgekommen, daß Kinder dann, aus Angst vor der Strafe, einfach abhauen!«Der weißhaarige Meier hielt damit die Sache, soweit sie ihn betraf, für beendet, zog sich einen Packen bedrucktes Papier heran, blätterte darin herum und unterstrich allerhand mit einem roten Filzstift.
Die Sandra flüsterte Marion zu: »Ist doch die einzige Möglichkeit gewesen, den Julian rauszuhalten.«
Marion dachte: Da hat sie recht. Hätte der Meier die Mama angerufen, wäre alles aufgeflogen! Die Mama weiß, daß ich nicht klaue! Die Mama hätte

gleich kapiert, daß das etwas mit dem Julian zu tun hat! Und sie hätte nicht lockergelassen, bevor sie die Wahrheit herausgekriegt hätte!
Und dann dachte Marion noch: So was Edles wie meine Schwester gibt es so bald nicht noch einmal! Jedes andere Kind, das ich kenne, hätte jetzt nicht dichtgehalten! Wo sie doch in Wirklichkeit mit der ganzen blöden Sache nichts zu tun hat!

Fast eine halbe Stunde hockten Marion und Sandra an der Wand auf den zwei Stühlen, hielten Händchen und starrten vor sich hin.
Einmal hob der weißhaarige Meier seinen Kopf von den Papieren hoch und fragte: »Angst, ihr beiden?« Antwort bekam er keine. Und dann sagte er noch: »Strafe muß eben sein, wenn man so was tut!«
Dann wurde die Glastür aufgerissen. Der kleine Dicke stand in der offenen Tür und verkündete: »Der Vater ist da!«
Der weißhaarige Meier erhob sich. Der kleine Dicke trat zur Seite. Magister Fred Rubokowinsky betrat das Büro, starrte Marion und Sandra an, wußte anscheinend nicht, was er nun sagen sollte, wandte sich zum weißhaarigen Meier, gab ihm die Hand und sprach: »Ich danke Ihnen für Ihr Entgegenkommen, daß wir die Sache unter uns regeln können. Seien Sie sicher, es wird nicht mehr vorkommen. Weiß gar nicht, was in die Kinder gefah-

ren ist, muß wohl eine Kurzschlußhandlung gewesen sein, ist eben so ein dummes Alter!«
Die Sandra stand auf und zog Marion vom Stuhl hoch.
»Ich hoffe sehr, daß euch dieses Erlebnis eine Lehre fürs Leben sein wird«, sprach der weißhaarige Meier und schaute drein, als ob er nicht viel auf diese Hoffnung gebe.
Die Sandra nickte und stupste dabei Marion auffordernd in die Rippen. So nickte Marion auch.
»Ja, also, dann noch mal besten Dank!« Magister Rubokowinsky gab dem weißhaarigen Meier die Hand. Die Sandra streckte dem Meier auch die Hand entgegen, doch der wollte sich von kindlichen Ladendieben nicht mit Handschlag verabschieden. Um das eindeutig klarzustellen, legte er beide Hände auf den Rücken.
Der Magister Rubokowinsky schob Marion und Sandra hurtig zur Glastür hinaus und durch den Verkaufsraum. Dort lehnte die Verkaufsmannschaft wieder tatenlos herum und schaute, mit hochgezogenen Brauen, dem Abmarsch von Vater und Töchtern zu.
Vor der Elektro-Niedlich-Tür angekommen, nahm Magister Rubokowinsky Marion an der rechten Hand und Sandra an der linken und marschierte so schnell die Straße hinunter, als wäre eine Armee von Teufeln hinter ihm her. Vor einem großen,

schwarzen Auto, zwei Häuserblöcke weiter, blieb er stehen, ließ die Hände von Sandra und Marion los, holte den Wagenschlüssel aus der Jackentasche, drehte ihn nervös zwischen den Fingern und schaute auf seine Armbanduhr. »Ich muß jetzt leider ... ins Büro zurück ... zu einer dringenden ... Sitzung«, stotterte er, »aber...« Er wußte nicht weiter.
Marion und Sandra warteten.
»Aber ... ich melde mich ... bald ... ehrlich!«
»Wann?« fragte die Sandra. Riesengroße Glitzeraugen hatte sie. Total verzückt schaute sie den Magister Rubokowinsky an.
»Ich ruf dich heute abend an, Marion«, sagte der Magister Rubokowinsky zur Sandra. Dann nickte er Marion zu und sagte: »Und dich auch, Sandra!«
Hierauf wieselte er um das schwarze Auto herum, sperrte die Tür beim Fahrersitz auf und stieg ein.
Wie angewurzelt standen Marion und Sandra da und schauten zu, wie das schwarze Auto aus der Parklücke fuhr.
»Er ist viel schöner als auf den Fotos«, sagte die Sandra.
»Er hat mich nicht einmal mehr erkannt«, sagte Marion.
»Weil du dünner bist als ich, hat er dich für die Jüngere gehalten!« sagte die Sandra. Es klang entschuldigend.
»Er wird heute abend nicht anrufen, weder bei mir

noch bei dir«, sagte Marion. »Ich kenn ihn doch!«
»Er wird! Ganz sicher!« Sandra schaute hinter dem schwarzen Auto her, obwohl das längst nicht mehr zu sehen war. »Er ist uns ja jetzt auch zu Hilfe gekommen. Obwohl er dringend zu einer Sitzung müssen hat!« Richtig begeistert schaute sie drein. »Und überhaupt nicht geschimpft hat er! Wenn er uns nicht mögen würde, hätte er uns doch in der Scheiße sitzenlassen, hätte ja sagen können, daß wir ihn gar nichts angehen!«
»Komm weiter«, sagte Marion. »Wir stehen da den Leuten im Weg.« Sie nahm die Sandra an der Hand. Langsam gingen sie die Straße hinunter, auf Marions Haus zu.
Marion dachte: So eine Scheiße! Jetzt hat sie sich auf den ersten Blick in ihn verliebt! Jetzt hat sie das vor sich, was ich hinter mir habe!
»Ich wollt es nur nicht zugeben«, sagte die Sandra. »Aber seit ewig schon träum ich davon, daß ich ihn kennenlerne. Und ich hab auch immer gespürt, daß er nicht so gemein ist, wie meine Oma meint!« Die Sandra blieb stehen, sprang mit beiden Beinen in die Luft, brüllte »juchhe«, landete wieder auf dem Boden, umarmte Marion und flüsterte ihr ins Ohr: »Du, ich bin ganz, ganz glücklich!«
Obwohl Marion kein bißchen größer und viel dünner als Sandra war, kam es ihr mit einem Male so vor, als hielte sie da ein kleines Kind in den Armen.

Eines, das es zu beschützen gelte. Und das traute sie sich auch zu! Okay, dachte sie. Wenn er heute abend nicht anruft, dann rufe eben ich ihn an! Ab jetzt muß er uns einfach treffen! Da wird ihm gar nichts anderes übrigbleiben! Ich bin nämlich ein sturer Bock! Wenn ich mir etwas in den Kopf setze, dann zieh ich das durch!

Die Sandra ließ Marion los. »Ich fahr heim«, sagte sie. »Falls er nämlich gleich nach seiner Sitzung bei mir anruft! Damit ich ihn nicht verpasse!« Im Schritt-Schritt-Wechselschritt hüpfte Sandra neben Marion her, bis zu Marions Haustor. Dort umarmte sie Marion noch einmal und rannte dann der Straßenbahnhaltestelle zu.

Marion ging ins Haus hinein. Langsam stieg sie die Treppe hoch. Sie war im ersten Stock, da hörte sie Schritte hinter sich. Der Papa legte eine Hand auf ihre Schulter. »Schleichst ja wie eine alte Schnecke dahin«, sagte er.

»Fühl mich fast auch so«, sagte Marion.

»Ärger gehabt?« fragte der Papa.

»Weiß nicht, wie man das nennt, was ich gehabt habe«, sagte Marion.

Der Papa hob Marion hoch, legte sie, wie einen Mehlsack, Beine voran über die Schulter und lief mit ihr zur Wohnung hoch und drückte die Klingel. Die Mama öffnete die Tür und fragte: »Was hat denn das arme Kind?«

»Irgendwas, von dem sie nicht weiß, wie man es nennt«, keuchte der Papa.
Marion rutschte von seiner Schulter, zog die Jacke aus und hängte sie an die Garderobe.
»Brauchst du dabei vielleicht Hilfe?« fragte die Mama.
Marion schüttelte den Kopf.
»Sicher nicht?« fragte der Papa.
Marion schüttelte wieder den Kopf.
»Und falls dir einfällt, wie man das nennt, was du gehabt hast«, fragte der Papa, »wirst du es uns dann mitteilen?«
Marion ging zu ihrem Zimmer, drehte sich bei der Zimmertür um und sprach: »Ab jetzt werde ich mich wieder regelmäßig mit dem Herrn Rubokowinsky treffen, okay?«
Die Mama und der Papa starrten, ziemlich erschrocken, Marion an.
»Was dagegen?« fragte Marion.
»Nein, nein ... nur ... nur ... nur«, stotterte die Mama.
»Nur was?« Marion lehnte sich an den Türstock und verschränkte die Arme über der Brust.
»Ich hab nur Angst, daß du wieder Probleme mit ihm kriegst«, sagte die Mama.
»Diesmal kriegt er sie mit mir. Und ich nicht mit ihm!« Marion lächelte beruhigend der Mama und dem Papa zu und verschwand in ihrem Zimmer.

Gulliver Taschenbücher von Christine Nöstlinger

Hugo, das Kind in den besten Jahren
Phantastischer Roman
320 Seiten (78142) *ab 12*

Jokel, Jula und Jericho
Erzählung. Mit Bildern von Edith Schindler
124 Seiten (78045) *ab 7*

Die Kinder aus dem Kinderkeller
Aufgeschrieben von Pia Maria Tiralla, Kindermädchen in Wien
Mit Bildern von Heidi Rempen
88 Seiten (78096) *ab 8*
Ausgezeichnet mit dem Bödecker-Preis

Lollipop
Erzählung. Mit Bildern von Angelika Kaufmann
120 Seiten (78008) *ab 8*
Auf der Auswahlliste zum Deutschen Jugendbuchpreis

Am Montag ist alles ganz anders
Roman. 128 Seiten (78160) *ab 10*

Der Neue Pinocchio
Mit farbigen Bildern von Nikolaus Heidelbach
216 Seiten (78150) *ab 6*

Rosa Riedl, Schutzgespenst
Roman. 200 Seiten (78119) *ab 10*
Ausgezeichnet mit dem Österreichischen Jugendbuchpreis

Wetti & Babs
Roman. 264 Seiten (78130) *ab 12*

Zwei Wochen im Mai
Mein Vater, der Rudi, der Hansi und ich
Roman. 208 Seiten (78032) *ab 11*

Beltz & Gelberg
Beltz Verlag, Postfach 100154, 69441 Weinheim

Gulliver liest

Silvia Bartholl (Hrsg.)

Alles Gespenster!

Geschichten und Bilder. Mit einem Gespenstercomic von Helga Gebert
128 Seiten, Gulliver Taschenbuch (78143) *ab 9*
Durch dieses Buch geistern Gespenster aller Art: freundliche und vorwitzige, ängstliche, große und kleine. Selbst ein Gespensterbaby ist dabei!

Sophie Brandes

Cascada. Eine Inselgeschichte

Roman. Mit Bildern von Sophie Brandes
208 Seiten, Gulliver Taschenbuch (78179) *ab 10*
Liane zieht mit ihren Eltern und dem Bruder Tarzan auf eine Insel im Süden. Das neue Leben dort ist ziemlich aufregend! – Eine lebendige Familiengeschichte, von der neunjährigen Liane selbst erzählt.

Peter Härtling

Ben liebt Anna

Roman. Mit Bildern von Sophie Brandes
80 Seiten, Gulliver Taschenbuch (78001) *ab 9*
Der neunjährige Ben liebt Anna, das Aussiedlermädchen. Und auch Anna hat ihn eine Weile sehr lieb. Das ist für beide eine schöne, aber auch schwere Zeit …
Zürcher Kinderbuchpreis »La vache qui lit«

Margaret Klare

Liebe Tante Vesna

Marta schreibt aus Sarajevo
88 Seiten, Gulliver Taschenbuch (78169) *ab 9*
In Sarajevo ist Krieg, und das Leben in der Stadt hat sich völlig verändert. Martas Schule ist geschlossen, viele ihrer Freunde sind geflüchtet. Häuser werden zerstört, oft gibt es tagelang weder Strom noch Wasser … Margaret Klare hat die Erlebnisse der 10jährigen Marta aufgeschrieben.

Erwin Moser

Ein Käfer wie ich

Erinnerungen eines Mehlkäfers aus dem Burgenland
Mit Zeichnungen von Erwin Moser
212 Seiten, Gulliver Taschenbuch (78029) *ab 10*
Mehli, ein Käfer mit Sehnsucht, möchte gern fliegen, und so verstrickt er sich in allerhand Abenteuer. Seine Erlebnisse hat er selbst aufgeschrieben, »eigenfüßig« sozusagen.

Beltz & Gelberg

Beltz Verlag, Postfach 100154, 69441 Weinheim

Gulliver liest

Dagmar Chidolue

So ist das nämlich mit Vicky

Roman. Mit Bildern von Rotraut Susanne Berner

192 Seiten, Gulliver Taschenbuch (78135) *ab 9*

Nele Wagner und Vicky Capaldi passen eigentlich gar nicht zusammen. Trotzdem sind sie dick befreundet. Als die Wagners in die Sommerferien nach Spanien fahren, nehmen sie Vicky mit. So turbulent waren die Ferien der Wagners noch nie!

Hans-Joachim Gelberg (Hrsg.)

Geh und spiel mit dem Riesen

Erstes Jahrbuch der Kinderliteratur

304 Seiten, Gulliver Taschenbuch (78085) *Kinder & Erwachsene*

Geschichten, Bilder, Rätsel, Texte, Spiele, Comics und noch viel mehr – das Buch reizt zum Blättern und Entdecken, zum Schmökern, wo immer man es aufschlägt.

Deutscher Jugendbuchpreis

Karin Gündisch

In der Fremde

und andere Geschichten

72 Seiten, Gulliver Taschenbuch (78149) *ab 9*

Geschichten von Kindern, die mit ihren Eltern und Geschwistern aus Siebenbürgen weggegangen sind, um in Deutschland eine neue Heimat zu finden.

Simone Klages

Mein Freund Emil

Roman. Mit Bildern von Simone Klages

176 Seiten, Gulliver Taschenbuch (78156) *ab 9*

Seit dieser Emil mit dem komischen Nachnamen in der Klasse ist, läuft bei Katjenka alles schief. Kein Wunder, daß sie ihn nicht ausstehen kann! Aber dann müssen sie gemeinsam einen Aufsatz schreiben, und damit beginnt für beide eine aufregende Zeit.

Christine Nöstlinger

Die Geschichten von der Geschichte vom Pinguin

120 Seiten, Gulliver Taschenbuch (78155) *ab 10*

Emanuel liebt Pinguine. Emanuels Vater liebt Emanuel. Die Großtante Alexa liebt den Vater und Emanuel, und deshalb sagt sie auch nichts, als Emanuel ein Pinguinbaby aufzieht. Keine einfache Sache!

Auswahlliste zum Deutschen Jugendliteraturpreis

Beltz & Gelberg

Beltz Verlag, Postfach 100154, 69441 Weinheim

Taschenbücher
bei Beltz & Gelberg

Eine Auswahl
für LeserInnen ab 9

Peter Härtling
1 BEN LIEBT ANNA
Roman
Bilder von Sophie Brandes
80 S. (78001) ab 9

Sophie Brandes
12 HAUPTSACHE, JEMAND HAT DICH LIEB
Roman. Bilder von Sophie Brandes
160 S. (78012) ab 10

Walter Moers
25 DIE SCHIMAUSKI-METHODE
Vierfarbige Bildergeschichten
56 S. (78025) ab 10

Susanne Kilian
26 KINDERKRAM
Kinder-Gedanken-Buch
Bilder von Nikolaus Heidelbach
128 S. (78026) ab 10

Horst Künnemann/ Eckart Straube
27 SIEBEN KOMMEN DURCH DIE HALBE WELT
Phantastische Reise in 22 Kapiteln
Bilder von Eckart Straube
184 S. (78027) ab 10

Erwin Moser
29 EIN KÄFER WIE ICH
Erinnerungen eines Mehlkäfers
Zeichnungen von Erwin Moser
212 S. (78029) ab 10

Peter Härtling
35 ALTER JOHN
Erzählung
Bilder von Renate Habinger
112 S. (78035) ab 10

Klaus Kordon
37 ICH BIN EIN GESCHICHTEN-ERZÄHLER
Viele Geschichten und ein Brief
136 S. (78037) ab 10

Klaus Kordon
46 BRÜDER WIE FREUNDE
Roman
152 S. (78046) ab 10

Hans-Joachim Gelberg (Hrsg.)
50 ÜBERALL UND NEBEN DIR
Gedichte für Kinder in sieben Abteilungen
Mit Bildern von vielen Künstlern
304 S. (78050) Kinder & Erw.

Klaus Kordon
52 TAGE WIE JAHRE
Roman
136 S. (78052) ab 10

Iva Procházková
57 DER SOMMER HAT ESELSOHREN
Erzählung
Aus dem Tschechischen
Bilder von Svend Otto S.
220 S. (78057) ab 10

Peter Härtling
73 JAKOB HINTER DER BLAUEN TÜR
Roman
Bilder von Sabine Friedrichson
104 S. (78073) ab 10

Frantz Wittkamp
83 ICH GLAUBE, DASS DU EIN VOGEL BIST
Verse und Bilder
Bleistiftzeichnungen von Frantz Wittkamp
104 S. (78083) ab 10

Hans-Joachim Gelberg (Hrsg.)
85 GEH UND SPIEL MIT DEM RIESEN
Erstes Jahrbuch der Kinderliteratur
Mit teils vierfarbigen Bildern
304 S. (78085) Kinder & Erw.

Benno Pludra
86 DAS HERZ DES PIRATEN
Roman. Bilder von Jutta Bauer
176 S. (78086) ab 10

Hans-Joachim Gelberg (Hrsg.)
95 AM MONTAG FÄNGT DIE WOCHE AN
Zweites Jahrbuch der Kinderliteratur
Mit teils vierfarbigen Bildern
304 S. (78095) Kinder & Erw.

Hans Manz
98 ADAM HINTER DEM MOND
Zärtliche Geschichten
Bilder von Edith Schindler
112 S. (78098) ab 10

Simon & Desi Ruge
116 DAS MONDKALB IST WEG!
Wie Kumbuke und Lusche-lauschen eine Reise machen, sehr abenteuerlich, kaum zu glauben, etwa sechs Wochen im ganzen
Bilder von Peter Knorr
264 S. (78116) ab 10

Christine Nöstlinger
119 ROSA RIEDL, SCHUTZGESPENST
Roman für Kinder
200 S. (78119) ab 10

William Woodruff
121 REISE ZUM PARADIES
Roman. Aus dem Englischen
Bilder von Sabine Wilharm
224 S. (78121) ab 10

Marie Farré
125 MINA MIT DER UNSCHULDSMIENE
Roman. Aus dem Französischen
Farbige Bilder von Axel Scheffler
96 S. (78125) ab 10

Hans Christian Andersen
127 MUTTER HOLUNDER
und andere Märchen
Farbige Bilder von Sabine Friedrichson
200 S. (78127) Kinder & Erw.

Dagmar Chidolue
128 PONZL GUCKT SCHON WIEDER
Roman
Bilder von Peter Knorr
176 S. (78128) ab 10

Dagmar Chidolue
135 SO IST DAS NÄMLICH MIT VICKY
Roman. Bilder von Rotraut Susanne Berner
192 S. (78135) ab 9

Klaus Kordon
138 DIE TAUSENDUNDZWEITE NACHT UND DER TAG DANACH
Märchen. Bilder von Erika Rapp
184 S. (78138) ab 10

Juri Korinetz
140 EIN JUNGE UND EIN PFERD
Erzählung. Aus dem Russischen
Bilder von Anne Bous
96 S. (78140) ab 10

Silvia Bartholl (Hrsg.)
143 ALLES GESPENSTER!
Geschichten & Bilder
128 S. (78143) ab 9

Erwin Moser
145 JENSEITS DER GROSSEN SÜMPFE
Eine Sommergeschichte
Kapitelzeichnungen von Erwin Moser
200 S. (78145) ab 10

Christine Nöstlinger
146 ANATOL UND DIE WURSCHTELFRAU
Roman
208 S. (78146) ab 10

Karin Gündisch
149 IN DER FREMDE
und andere Geschichten
72 S. (78149) ab 9

Christine Nöstlinger
155 DIE GESCHICHTEN VON DER GESCHICHTE VOM PINGUIN
Roman
120 S. (78155) ab 10

Simone Klages
156 MEIN FREUND EMIL
Roman. Bilder von Simone Klages
176 S. (78156) ab 9

Christine Nöstlinger
160 AM MONTAG IST ALLES GANZ ANDERS
Roman
128 S. (78160) ab 10

Nasrin Siege
165 SOMBO, DAS MÄDCHEN VOM FLUSS
Erzählung
112 S. (78165) ab 10

Margaret Klare
169 LIEBE TANTE VESNA
Marta schreibt aus Sarajevo
88 S. (78169) ab 9

Dagmar Chidolue
174 MACH AUF, ES HAT GEKLINGELT
Roman
Bilder von Peter Knorr
184 S. (78174) ab 10

Andreas Werner
176 DAS GEISTERBUCH
Bilder, Comics und Geschichten
Mit einem Geisterlexikon
Teils vierfarbig
96 S. (78176) ab 10

Sophie Brandes
179 CASCADA, EINE INSELGESCHICHTE
Roman
Bilder von Sophie Brandes
208 S. (78179) ab 10

Mario Grasso's
186 WÖRTERSCHATZ
Spiele und Bilder mit Wörtern von A–Z
Teils vierfarbig
128 S. (78186) ab 10

Dagmar Chidolue
187 MEIN PAULEK
Roman
Bilder von Peter Knorr
152 S. (78187) ab 10

Fredrik Vahle
199 DER HIMMEL FIEL AUS ALLEN WOLKEN
Gedichte
Farbige Bilder von Norman Junge
136 S. (78199) ab 10

Peter Steinbach
200 DER KLEINE GROSSVATER
Phantastischer Roman
Bilder von Peter Knorr
216 S. (78200) ab 10

Sebastian Goy
205 DU HAST DREI WÜNSCHE FREI
Eine lange Geschichte
Bilder von Verena Ballhaus
120 S. (78205) ab 10

Christine Nöstlinger
213 DER GEHEIME GROSSVATER
Erzählung
160 S. (78213) ab 10

222 DAS GEHEIMNIS DER VIERTEN SCHUBLADE
und viele andere Geschichten aus dem Gulliver-Erzählwettbewerb für Kinder
ca. 222 S. (78222)
Kinder & Erw.

Beltz & Gelberg
Postfach 100154
69441 Weinheim

»Die wohl lustigste, sorgfältigste, anregendste Kinderzeitschrift auf dem deutschsprachigen Markt.«

Basler Zeitung

Der Bunte Hund

MAGAZIN FÜR KINDER IN DEN BESTEN JAHREN

Unterhaltung fürs ganze Jahr:
Geschichten, Rätsel, Bilder und so weiter von bekannten Autoren und Autorinnen, Künstlerinnen und Künstlern.
Mit Erzählwettbewerb für Kinder.

Erscheint dreimal im Jahr, 64 Seiten, vierfarbig,
DM 9,80 (Jahresbezug DM 26,–)
In jeder Buchhandlung.

Beltz & Gelberg
Beltz Verlag, Postfach 10 01 54, 69441 Weinheim

Gulliver Taschenbuch 233

Christine Nöstlinger, geboren 1936, lebt in Wien. Sie veröffentlichte Gedichte, Romane, Filme und zahlreiche Kinder- und Jugendbücher. Im Programm Beltz & Gelberg erschienen unter anderem *Wir pfeifen auf den Gurkenkönig* (Deutscher Jugendbuchpreis), *Maikäfer flieg!* (Buxtehuder Bulle, Holländischer Jugendbuchpreis), *Lollipop*, *Zwei Wochen im Mai*, *Hugo, das Kind in den besten Jahren*, *Oh, du Hölle!*, *Der Hund kommt!* (Österreichischer Staatspreis), *Der Neue Pinocchio*, *Wie ein Ei dem anderen*, *Eine mächtige Liebe*, das Jahrbuch *Ein und Alles* (zusammen mit Jutta Bauer), *Einen Vater hab ich auch*, *Der TV-Karl* und zuletzt *Vom weißen Elefanten und den roten Luftballons*. Für ihr Gesamtwerk wurde Christine Nöstlinger mit der internationalen Hans-Christian-Andersen-Medaille ausgezeichnet.

Christine Nöstlinger

Der Zwerg im Kopf

Bilder von Jutta Bauer

Für *Der Zwerg im Kopf* wurde Christine Nöstlinger mit dem Zürcher Kinderbuchpreis »La vache qui lit« ausgezeichnet.

Gulliver Taschenbuch 233
Einmalige Sonderausgabe
© 1989, 1996 Beltz Verlag, Weinheim und Basel
Programm Beltz & Gelberg, Weinheim
Alle Rechte vorbehalten
Einband von Franziska Biermann
Gesamtherstellung Druckhaus Beltz, 69494 Hemsbach
Printed in Germany
ISBN 3 407 78233 0

Den Zwerg im Kopf hatte Anna schon lange...

Den Zwerg im Kopf hatte Anna schon lange. Ein paar Tage nach ihrem sechsten Geburtstag, am Abend, war es passiert: Anna stand gähnend vor ihrem Bett und wollte die geblümte Steppdecke zurückschlagen. Da entdeckte sie den Zwerg. Auf einer rosaroten Rose saß er. Ein winziger Zwerg war das. Samt violetter Zipfelmütze nicht größer als Annas kleiner Fingernagel. Und eine ganz leise Stimme hatte er. So leise, daß Anna ihn erst verstehen konnte, als sie ihn – zwischen Daumen und Zeigefinger – ans Ohr hielt. Da hörte sie ihn dann jammern: »Gib doch acht, verdammt noch mal, du zerquetschst mich ja total!«

So setzte Anna den Zwerg in der Ohrmuschel ab, doch das war ihm auch nicht recht. Jetzt greinte er: »Spinnst du? Ich bin nicht schwindelfrei!«

Vor lauter Angst, aus der Ohrmuschel zu fallen und sich zu Tode zu stürzen, krallte der Zwerg seine Fingerchen in Annas Ohr hinein. Das tat so weh, daß Anna loskreischte und wie wild den Kopf schüttelte, um den Zwerg vom Ohr zu beuteln. Leider beutelte sie ihn nicht vom Ohr herunter, sondern ins Ohr hinein. Ganz tief hinein! Dabei verlor der Zwerg die violette Zipfelmütze. Die zog Anna schließlich, immer noch kreischend, aus dem Ohr heraus. Den Zwerg bekam sie nicht mehr zu fassen.

Anna rannte ins Wohnzimmer. Zum Papa. Der Papa saß auf der Sitzbank und stopfte den roten Socken von Anna. Den, der an der Ferse ein großes Loch hatte.

BERNER

»Papa, ich habe einen Zwerg im Kopf!« brüllte Anna. »Hol den sofort heraus!«
Der Papa legte den roten Socken und die Stopfnadel weg und lachte.
»Da ist er rein!« brüllte Anna und schlug sich auf das linke Ohr.
»Macht doch nichts«, sagte der Papa und lachte weiter. »Ein Zwerg im Kopf ist doch etwas Feines. Da kann dir der Zwerg ab jetzt immer die Gutenachtgeschichte erzählen. Ein Zwerg kann das garantiert viel besser als ich!«
Der Papa glaubte Anna nicht. Er hielt die Zwergen-Geschichte für einen von Annas hundert Tricks, nicht ins Bett gehen zu müssen.
»Du bist schön blöd!« brüllte Anna verzweifelt. Sie griff in den Nähkorb und holte eine Häkelnadel heraus. Mit der wollte sie den Zwerg aus dem Ohr ziehen. Der Papa riß ihr die Häkelnadel aus der Hand.
»Du bist schön blöd!« rief er. »Mit der Häkelnadel zerstichst du dir das Trommelfell und wirst taub!«
»Aber der Zwerg muß doch raus!« Anna fing zu schluchzen an.
Der Papa merkte, daß Anna nicht bloß Spaß machte. Er hob die schluchzende Anna hoch und trug sie ins Vorzimmer. Er holte die große Taschenlampe aus dem Vorzimmerschrank und leuchtete in Annas linkes Ohr hinein.
»Da ist kein Zwerg drinnen«, sagte er. »Tot umfallen soll ich, wenn ich lüge! Da ist bloß ein bißchen Ohrenschmalz drinnen und sonst gar nichts!«
Anna hörte zu schluchzen auf. Der Papa trug sie in ihr

Zimmer. Er legte sie ins Bett, deckte sie zu, gab ihr einen Kuß auf die Nasenspitze, einen Kuß auf die linke Wange, einen Kuß auf die rechte Wange und einen Kuß auf den Mund. Dann löschte er das Licht und ging aus dem Zimmer. Die Zimmertür ließ er offen. Das wollte Anna immer so haben. Hinter einer geschlossenen Tür konnte sie nicht gut einschlafen.

Anna lag im Dunkeln und dachte: Wahrscheinlich ist der Zwerg aus dem Ohr gefallen, wie ich ins Wohnzimmer gelaufen bin, wahrscheinlich liegt er jetzt irgendwo auf dem Fußboden herum. Ich sollte ihn suchen. Vielleicht hat er sich weh getan...

Dann schlief Anna ein. Das viele Schluchzen hatte sie nämlich sehr, sehr müde gemacht.

Am nächsten Morgen, noch vor dem Frühstück, machte sich Anna auf die Suche nach dem Zwerg. Auf allen vieren kroch sie durch die Wohnung. Jeden Winkel suchte sie ab. Den Zwerg fand sie nicht.

Dann sah sie, mitten im Zimmer vom Papa, den Staubsauger stehen. Da hatte der Papa also heute, in aller Herrgottsfrühe schon, Staub gesaugt! Da war also der Zwerg garantiert im Staubsauger drinnen!

Anna öffnete den Deckel vom Staubsauger und nahm den Staubbeutel heraus. Der war knallprall voll Dreck. Anna trug den Staubbeutel ins Badezimmer, stöpselte die Badewanne zu und leerte den Staubbeutel vorsichtig über der Wanne aus. Viel grausiger Dreck fiel in die Wanne, viel muffiger Staub wirbelte durch die Luft.

Vier Glasperlen, drei Heftklammern, zwei Groschenstük-

ke und eine Stecknadel fand Anna im grausigen Dreck. Doch bevor sie den Staubsaugerdreck noch fertig durchsucht hatte, kam der Papa ins Badezimmer und schrie: »Da trifft mich doch gleich der flüssige Schleimschlag! Hast du denn nichts als Blödmatsch im Hirn?«
»Ich suche nur den Zwerg«, entschuldigte sich Anna.
Aber der Papa hörte gar nicht hin. Wild fluchend zog er den Stöpsel aus der Badewanne, drehte die Handbrause auf und schwemmte den grausigen Dreck in den Abfluß.
Der grausige Dreck verstopfte den Abfluß. Der Papa lief in die Küche und kam mit dem Salzsäure-Abflußreiniger zurück; die ganze Dose schüttete er in den Abfluß. Der Salzsäure-Abflußreiniger löste zischend, stinkend und schäumend den grausigen Dreck auf.
Anna dachte: Wenn sich der Zwerg nicht schon beim Sturz aus meinem Ohr das Genick gebrochen hat, wenn er schon nicht im Staubsaugerdreck erstickt ist, wenn er schon nicht im Wasser ersoffen ist, dann hat ihn jetzt die Salzsäure aufgelöst!
Sie beugte sich über den Badewannenrand und murmelte ins Zischen, Stinken und Schäumen hinein: »Ruhe in Frieden, amen!«
Der Papa drehte wieder die Handbrause auf und spülte den Salzsäure-Abflußreiniger mit viel Wasser weg.
»Ich schwöre dir!« sagte er zu Anna. »Wenn das noch einmal passiert, dann gebe ich dich zur Adoption frei! Unter Garantie!«
»Dann bekomme ich wenigstens einen netten Papa«, sagte Anna, marschierte aus dem Badezimmer und überlegte, ob sie sich über den Tod vom Zwerg freuen sollte oder ob

sie darüber traurig sein müßte. Sie beschloß, nicht traurig zu sein. Der Zwerg war ja nicht sehr freundlich zu ihr gewesen. Und zum Spielen wäre er auch viel zu klein und zu wehleidig gewesen! Wer brauchte schon einen kleinfingernagelgroßen Zwerg, der nicht einmal schwindelfrei war?
Und außerdem wollte Anna mit Zwergen überhaupt nichts zu tun haben.

Zwei Wochen später, als Anna in ihrem Zimmer am Schreibtisch saß und aus großen, bunten Holzperlen eine lange Kette auffädelte, gähnte es in ihrem Kopf. Laut und deutlich. Und dreimal hintereinander. Und dann sagte der Zwerg: »Jetzt bin ich anscheinend wieder einmal ordentlich ausgeschlafen!«
Der Zwerg gehörte nämlich zu einer Zwergenrasse, die sehr viel Schlaf braucht. Er schlief immer ein, zwei, drei Wochen, manchmal sogar ein, zwei, drei Monate lang, dann war er ein bißchen wach. Fünf Minuten, ein halbes Stündchen, aber freiwillig nie länger als eine Stunde. Wenn es unbedingt sein mußte, schaffte er es natürlich auch, einen ganzen Tag lang wach zu sein. Doch das ging ihm dann enorm gegen seine Natur.
Anna dachte erschrocken: Verdammt, der Zwerg ist doch nicht tot!
Der Zwerg sagte: »Find ich aber ziemlich gemein von dir, daß du mich tothaben willst!«
Anna dachte: Wieso weiß der verdammte Zwerg, was ich mir denke?

Der Zwerg sagte: »Also bitte, schließlich sitze ich mitten in deinem Kopf, da werde ich doch wissen, was dein Hirn denkt!«
Am liebsten hätte Anna wieder laut losgekreischt und wie wild den Kopf geschüttelt. Aber daß Kreischen und Kopfschütteln gegen Zwerg-im-Kopf nichts hilft, das wußte sie nun ja schon. Und der Papa war auch nicht daheim. Der war im Büro. Nur die Frau Brauneis war da. Die kam jeden Vormittag unter der Woche, putzte die Wohnung, kochte Mittagessen und paßte auf Anna auf.
Die Frau Brauneis mochte Kindergeschrei nicht. Fuchsteufelswild wurde sie, wenn Anna nicht brav-leise war. Und von Zwerg-im-Kopf verstand sie garantiert noch viel weniger als der Papa.
Stocksteif und bleich um die Nasenspitze herum saß Anna da. Die Kette mit den bunten Holzperlen fiel ihr aus den Händen. Die Perlen glitten von der Schnur und rollten über den Boden.
Ein paar Perlen kullerten ins Vorzimmer hinaus. Gerade in dem Augenblick kam die Frau Brauneis aus dem Wohnzimmer in das Vorzimmer. Sie trat mit jedem Fuß auf eine Holzperle, kam ins Schlittern, segelte der Klotür entgegen, ging dort zu Boden, kreischte »Jessasna!«, holte die zwei Holzperlen unter ihrem Hintern hervor und stöhnte ganz fürchterlich. Dann rappelte sie sich hoch und humpelte zu Annas Zimmertür. Anklagend hielt sie Anna die zwei Holzperlen hin.
»Du bist mir vielleicht ein Kind«, keifte sie. »Wegen dir habe ich mir jetzt das Steißbein geprellt! Auf dich aufzupassen ist ja lebensgefährlich!«

Anna gab ihr keine Antwort. Sie war noch immer ganz bleich um die Nasenspitze herum und ganz stocksteif.
»Wenigstens um Entschuldigung könntest du mich bitten«, schimpfte die Frau Brauneis. »Aber Manieren hat dir ja anscheinend niemand beigebracht!«
Weil Anna wieder keine Antwort gab, drehte sich die Frau Brauneis um und machte sich daran, die verstreuten Perlen vom Vorzimmerboden aufzuklauben. Dabei schimpfte sie vor sich hin: »Für dieses Kind braucht der Mensch Nerven wie Schiffstaue so stark! Da stünde einem ja wirklich Gefahrenzulage und Schmerzensgeld zu. Schön langsam wird mir das zu bunt! Demnächst suche ich mir eine andere Arbeit!«
»Besser heute als morgen!« sagte der Zwerg in Annas Kopf. »Diese alte Sauertöpfin gehört ja zerlegt und durchgeputzt und frisch geölt!«

Da kam wieder Blut in Annas Nasenspitze, und stocksteif war sie auch nicht mehr. Der Zwerg, dachte sie, hat ja ganz brauchbare Ansichten!
»Sowieso«, sagte der Zwerg.
Wäre gar nicht so übel, dachte Anna, den Zwerg zur Unterhaltung zu haben. Mir ist ohnehin sehr oft sehr langweilig.
»Sowieso«, sagte der Zwerg.
Aber im Kopf drinnen, dachte Anna, brauche ich ihn nicht. Ich könnte ihm ein schönes Haus bauen. Aus einer Zigarrenkiste vom Papa. Für ihn gehen da leicht fünf Zimmer, Küche und Bad hinein.
»Z-z-z-z-z-z-z-z«, machte der Zwerg. Er schien sich das Angebot zu überlegen.

Und einen hübschen Vorgarten könnte ich basteln, dachte Anna. Aus grünem Filz. Und aus einem Zündholz ließe sich eine feine Wippschaukel machen!
»Z-z-z-z-z-z-z-z«, machte der Zwerg. Es klang nicht gänzlich abgeneigt.
Anna lief zur Stellage, wo auf einem Bord alle ihre Spielzeugautos standen.
Ein Auto könnte der Zwerg auch haben, dachte sie.
»Kannst dir eines aussuchen«, flüsterte sie. »Einen Mercedes oder einen BMW? Oder magst lieber einen Volvo-Laster mit Anhänger? Auch einen Jeep mit Vierradantrieb kannst haben. Oder willst lieber eine Eisenbahn?«
»Mit mir brauchst nicht zu flüstern«, sagte der Zwerg. »Das kannst dir sparen! Ich hör ja sowieso, was du dir denkst! Und dein liebes Angebot muß ich leider ablehnen. Nett wär's ja, aber es geht nicht. Ich bin ein Kopf-Zwerg. So wie ein Apfelwurm in einen Apfel gehört, gehöre ich in einen Kopf. Ich brauche Kopfwärme. Frische Luft bekommt mir nicht. Die steh ich gerade ein paar Minuten durch, ohne mich elend zu fühlen. Ich bleibe also besser, wo ich bin. Aber meine Zipfelmütze könntest du mir geben. Ohne die fühle ich mich ein bißchen nackt!«
Anna überlegte, wo die winzige Zipfelmütze hingekommen sein könnte. Wahrscheinlich, dachte sie, hat sie die Frau Brauneis beim Saubermachen weggeworfen.
»So gründlich putzt die alte Sauertöpfin auch wieder nicht«, sagte der Zwerg. »Wenn ich nicht irre, liegt meine Zipfelmütze unter deinem Bett, beim linken oberen Bettpfosten.«

Der Zwerg hatte recht. Die Mütze war unter dem Bett. Beim linken oberen Bettpfosten. Anna zupfte sie von Staubwuseln frei.
Sie dachte: Ist es gleich, bei welchem Ohr ich sie mir hineinstopfe?
»Im Grunde schon«, sagte der Zwerg. »Aber im Moment liegt mir dein rechtes Ohr bequemer.«
So stopfte Anna die kleine violette Zipfelmütze in ihr rechtes Ohr hinein. Sie spürte – aber nur ganz kurz – ein höllisches Kitzeln im Ohr. Dann gähnte es wieder in ihrem Kopf. Laut und deutlich. Und dreimal hintereinander. Bevor der Zwerg einschlief, murmelte er noch: »Und nies bitte nicht. Niesen reißt mich nämlich aus dem Schlaf!«
Sosehr sich Anna zuerst vor dem Zwerg erschreckt hatte, so zufrieden war sie nun, ihn zu haben. Sie dachte: Zwerg-im-Kopf ist doch echt super! Hat nicht jeder und bringt Spannung ins Kinderleben!
Diesmal gab der Zwerg keine Antwort. Anna war sich ganz sicher, ihn leise schnarchen zu hören.

Anna beschloß, den Zwerg geheimzuhalten…

Anna beschloß, den Zwerg geheimzuhalten. Daß ihr der Papa den Zwerg wieder nicht glauben würde, war sonnenklar! Außerdem rührte sich der Kerl ohnehin lange Zeit überhaupt nicht. Bloß an seinem leisen Schnarchen war zu merken, daß er noch immer in Annas Kopf war. Vielleicht hatte er seine munteren Minuten auch immer dann, wenn Anna gerade schlief.

Erst an einem Nachmittag Anfang September hörte Anna das Gähnen im Kopf wieder. Laut und deutlich. Und dreimal hintereinander.

In einem Kaufhaus stand Anna, als der Zwerg munter wurde. In der Abteilung für Koffer, Rucksäcke, Reisetaschen, Schulranzen und Aktenmappen. Einen durchsichtigen Plastikrucksack hielt sie in den Händen. Neben ihr stand ihre Mama, mit einem rosa Ranzen in den Händen.

Übermorgen sollte Anna nämlich zum ersten Mal in die Schule gehen!

»Also, Anna, das durchsichtige Dings da, das kannst du ganz unmöglich nehmen«, sagte die Mama. »In Schultaschen schaut es üblicherweise aus wie in Mülleimern, und Mülleimer gibt man nicht zur Besichtigung frei!«

Anna hätte zwar sehr gern den durchsichtigen Plastikrucksack als Schultasche gehabt, aber sie nickte bloß, als die Mama mit dem rosa Ranzen zur Kasse lief. Der Zwerg im Kopf war ihr im Moment wichtiger als alle Schultaschen der Welt!

Anna ging langsam hinter der Mama her und dachte: Guten Morgen, lieber Zwerg! Wird auch höchste Zeit, daß du dich wieder meldest!
»Ich habe leider keine Ahnung von der Zeit«, sagte der Zwerg und gähnte noch ein bißchen. »Die Zeit kommt mir leicht durcheinander. Manchmal kommen mir Sekunden wie Jahre vor, manchmal Jahre wie Sekunden.«
»Wie alt bist du denn überhaupt?« fragte Anna.
»Auch keine Ahnung«, antwortete der Zwerg. »Jedenfalls war ich schon in sehr vielen Köpfen. Und in den meisten davon ihr Lebtag lang!«

Die Mama hatte den Ranzen bezahlt, nahm Anna an der Hand und ging mit ihr aus dem Kaufhaus. »Was unternehmen wir jetzt?« fragte sie Anna.
»Fahren wir ein bißchen in den Wald«, schlug Anna vor.
Der Wald war draußen vor der Stadt. Mit dem Auto brauchte man gut eine halbe Stunde dorthin. Und beim Autofahren mußte die Mama auf den Verkehr achten und konnte nicht viel reden. Da hätte Anna Zeit gehabt, sich mit dem Zwerg zu unterhalten.
»In den Wald?« Die Mama bekam eine Kummerfalte über der Nase und schaute auf die Armbanduhr. »Anna, ich muß um vier Uhr bei der Probe sein«, sagte sie. »Das würde knapp werden. Da wäre ja kaum mehr als Hinfahren und wieder Zurückfahren drin.«
»Was ist denn bis vier Uhr noch drin?« fragte Anna.
»Kuchen und Cola in der Konditorei«, sagte die Mama.

»Na schön«, murmelte Anna und ging mit der Mama in eine Konditorei.
Beim Kuchenessen und beim Colatrinken unterhielt sich Anna sowohl mit der Mama als auch mit dem Zwerg. Das war ein bißchen anstrengend, aber es klappte tadellos, weil sie mit dem Zwerg ja nicht zu sprechen brauchte. Mit dem brauchte sie nur zu denken.
Von der Mama erfuhr Anna, daß die Mama übermorgen für zwei Wochen wegfahren mußte. Und daß sie Anna jeden Tag eine Ansichtskarte mit *vielen Bussis* hintendrauf schicken würde.
Vom Zwerg erfuhr Anna, daß er keinen Namen hatte und daß er weder ein Mann noch eine Frau war. »Diesen Unterschied gibt es bei unsereinem nicht«, erklärte der Zwerg. »Das haben wir nämlich nicht nötig, weil wir nicht geboren werden. Uns gibt es einfach so. Also brauchen wir auch keine Männer und keine Frauen, die uns gemeinsam machen!«
Als Anna dem Zwerg erzählte, daß sie ab übermorgen in die Schule gehen würde, freute sich der Zwerg. »Also, Schule mag ich«, sagte er. »Und dort war ich auch schon lange nicht mehr. Der letzte Kopf, in dem ich gewohnt habe, der war schon ausgelernt, als ich eingezogen bin!«
Auf gar keinen Fall wollte der Zwerg den ersten Schultag versäumen. »Weck mich ja auf, wenn es soweit ist«, sagte er. »Dreimal niesen, und ich bin voll da!«
Dann schlief der Zwerg wieder ein, und Anna konnte sich ganz der Mama widmen. Sie erzählte der Mama, daß der Papa gestern der Frau Brauneis gekündigt hatte.

»Jetzt, wo ich in die Schule gehe«, sagte sie, »brauchen wir die alte Sauertöpfin nicht mehr. Den Dreck putzen wir ab jetzt selber weg, und von dem Geld, das wir uns da sparen, leben wir in Saus und Braus. Ein Monat Brauneis-Lohn ist schon ein ganz tolles Fahrrad für mich.«
Dann fragte Anna: »Und wo bin ich am Nachmittag, wenn du nicht da bist?«

»Die Liesl hätte die nächsten zwei Wochen am Nachmittag frei«, sagte die Mama.
»Nur nicht!« rief Anna.
»Soll ich die Hannelore bitten?« fragte die Mama.
»Nur wenn es unbedingt sein muß«, sagte Anna. Sie war enttäuscht. Daß die Mama ausgerechnet an ihrem ersten Schultag wegfahren mußte, war gemein. Am ersten Schultag wurden doch alle Kinder von ihren Mamas abgeholt!
»Wärst du mit dem Franz-Josef einverstanden?« fragte die Mama.
Anna nickte. Der Franz-Josef war ein halbwegs ordentlicher Mama-Ersatz.
»Na gut«, sagte die Mama. »Ich frag ihn, ob er Zeit hat. Morgen sage ich dir dann Bescheid.« Die Mama schaute wieder auf die Armbanduhr und merkte, daß es schon zehn Minuten vor vier Uhr war, und wurde nervös.
»Setz mich halt in ein Taxi«, schlug Anna vor. »Wennst mich jetzt noch selbst heimfahrst, kommst ja viel zu spät zur Probe.«
Die Mama nickte erleichtert, bezahlte Kuchen und Cola und raste mit Anna zum nächsten Taxi-Standplatz. Sie drückte Anna einen Kuß auf die Stirn und dem Taxifahrer einen Geldschein in die Hand und wieselte davon.

»Na, wie fühlt sich denn so ein kleines Mädchen ganz allein auf großer Reise?« fragte der Taxifahrer, als er vor Annas Haus hielt.
Anna nahm den rosa Ranzen unter den Arm, sagte: »Ich bin ein großes Mädchen, und das war eine kleine Reise«

und stieg aus dem Wagen. Sie konnte es nicht leiden, »kleines Mädchen« genannt zu werden. Und Taxifahrten, ganz allein, war sie gewohnt. Gut zweimal die Woche steckte die Mama Anna in ein Taxi. Aber das ging ja einen wildfremden Taxifahrer gar nichts an!

Mit Anna und den Nachmittagen war das nämlich so: Für Annas Nachmittage war die Mama zuständig. Und die Mama konnte sich die Zeit nie ordentlich einteilen. Fast jeder Nachmittag endete damit, daß die Mama ein entsetztes Gesicht machte und rief: »O Gott, jetzt ist es wieder so spät geworden!«

Anna war ein ungemein verplantes Kind. Die Nachmittage verbrachte sie mit der Mama. Die Abende, die Nächte und die Morgen verbrachte sie mit dem Papa. Für die Vormittage war bis jetzt die Frau Brauneis zuständig gewesen, ab übermorgen würde es die Schule sein. Und an den Wochenenden hatten abwechselnd der Papa und die Mama Anna-Dienst.

Warum das so war? Weil Annas Eltern geschieden waren. Üblicherweise wohnen die Kinder von geschiedenen Eltern ja bei ihrer Mutter, und ihr Vater holt sie pro Woche einmal für einen Nachmittag ab. Oder alle vierzehn Tage einmal. Oder auch nur einmal im Monat. Oder nie. Je nachdem, wie die Eltern das beim Scheidungsrichter ausgemacht haben. Daran, daß das bei Anna anders war, war der Beruf der Mama schuld. Annas Mama war Schauspielerin, keine berühmte Schauspielerin, bei der sich die Leute Autogramme holen. Annas Mama spielte nur kleine Rollen in einem kleinen Theater. Aber auch die kleinen Theater haben am Abend Vorstellung. Und manchmal ging die Mama auf Tournee. Dann fuhr sie ein oder zwei Wochen lang von Stadt zu Stadt und spielte mit ihren Kollegen an jedem Abend woanders Theater. Wenn man so einen Beruf hat, kann man nur schwer mit einem Kind zusammenleben. Am Abend ist man nicht daheim, und am Morgen ist man nicht ausgeschlafen. Und wenn man auf Tournee gehen muß, kann man das Kind auch nicht einfach mitnehmen.

Der Papa von Anna war am Morgen immer putzmunter und ging am Abend gern früh ins Bett. Und wegfahren mußte er nie. Darum war es besser, wenn Anna bei ihm wohnte. Kompliziert wurde die Sache nur, wenn die Mama auf Tournee ging. Da mußte sich dann am Nachmittag jemand anderes um Anna kümmern, denn der Papa konnte sich nicht einfach freinehmen. Er mußte ja im Büro sein. Dann kümmerten sich die Liesl, die Hannelore oder der Franz-Josef um Anna.

Den Franz-Josef mochte Anna als Ersatz-Mama am liebsten. Der Franz-Josef war ein junger Mann, der keinen richtigen Beruf hatte. Einmal war er Zimmer-Ausmaler, einmal Gärtner, einmal Chauffeur, einmal Aushilfspostbote. Manchmal studierte er auch ein bißchen. Oder er hütete kleine Kinder. Anna hätte gern alle mamalosen Nachmittage mit dem Franz-Josef verbracht. Doch der Franz-Josef war nicht umsonst zu haben. Den mußte die Mama bezahlen. Und viel Geld hatte die Mama nicht. Schauspieler, die nicht berühmt sind, verdienen wenig.

Aber nun, zu Schulanfang, leistete die Mama ihrer Tochter den Franz-Josef für die ganzen zwei Wochen. Anna fand, daß ihr das auch zustand! Schulanfang ist schließlich keine

Kleinigkeit! Da braucht man schon jemanden, den man sehr gut leiden kann. Einen, der einem wirklich zuhört, wenn man ihm von der Schule erzählt, von der Frau Lehrerin, von den anderen Kindern, vom Schulwart, vom Turnsaal, von der Schulmilch und der Frau Schuldirektor. Die Liesl und die Hannelore waren dazu nicht zu gebrauchen. Die hörten Anna nie wirklich zu. Die taten nur so. Wenn Anna denen etwas erzählte, merkte sie ganz genau, daß die beiden bloß nickten und an etwas anderes dachten. Aber der Franz-Josef war in Ordnung. Der wollte alles über die Schule wissen. Den interessierte jede Kleinigkeit, die Anna erlebt hatte.
Vom Zwerg im Kopf erzählte Anna dem Franz-Josef trotzdem nichts. Der Zwerg wollte das nicht. »Laß das bloß bleiben«, hatte er Anna gewarnt. »Man kann nicht wissen, wie das ausgeht. Ein Mann, in dessen Kopf ich einmal gewohnt habe, der hat das herumerzählt, und da haben ihn dann alle Leute für komplett meschugge gehalten. Sie haben ihn in ein Krankenhaus mit Gittern vor den Fenstern und bumm-fest versperrten Türen gesteckt. Der Mann war ganz verzweifelt und unglücklich, und ich habe mir dann einen anderen Kopf zum Wohnen ausgesucht, weil ein verzweifelter, unglücklicher Kopf eine sehr ungemütliche Wohnung ist!«
So ein Schicksal wollte Anna nicht haben. Also erzählte sie nicht einmal dem Franz-Josef vom Zwerg. Obwohl sie ganz sicher war, daß der Franz-Josef viel Spaß am Zwerg gehabt hätte. Der Zwerg war nämlich, seit Anna zur Schule ging, erstaunlich oft munter.
Gleich am ersten Schultag, als ihn Anna wach geniest

hatte, hatte er putzmunter eine ganze Stunde geschafft. Annas Schule hatte ihm gefallen. »Ein toll freundliches Haus«, hatte er gelobt. »Ist hell und riecht auch gut. Die Schulen, wo meine ehemaligen Köpfe hingegangen sind, die waren zappenduster und haben gemuffelt wie ein Hasenstall!«

Annas Lehrerin fand er auch in Ordnung. »Nette Frau«, sagte er. »Brüllt nicht herum, stellt kein Kind in die Ecke und haut nicht mit dem Rohrstock auf die Finger! Sehr friedlich, die Frau!«

Der Zwerg konnte es kaum glauben, als ihm Anna sagte, daß Lehrer Kinder nicht schlagen dürfen.

»Aber ich war einmal in einem Kopf«, rief er, »der hat vom Lehrer so viele Kopfnüsse bekommen, daß ich fast zittrig davon geworden bin. Kaum haben wir ein bißchen an etwas anderes als Lesen und Schreiben und Rechnen gedacht, hat es schon päng-päng-päng auf unseren Schädel gemacht!«

Das muß ja vor hundert Jahren gewesen sein, überlegte Anna.

»Könnte gut sein«, murmelte der Zwerg. Er hatte ja nicht viel Ahnung von der Zeit.

Ziemlich enttäuscht war Anna darüber, daß der Zwerg sehr ungebildet war. Er wußte kein bißchen mehr als Anna! Weder vom Schreiben noch vom Lesen, und vom Rechnen auch nicht. Das verstand Anna nicht. Sie hielt dem Zwerg vor: Wenn du mit so vielen Köpfen jahrelang in die Schule gegangen bist, dann mußt du doch allerhand gelernt haben!

»Und ob! Das will ich wohl meinen!« rief der Zwerg. »Ich

war immer genauso klug oder genauso blöd wie der Kopf, in dem ich gewohnt habe. Einmal, da war ich in einem berühmten Mathematikprofessor. Da hab ich rechnen können, besser als ein Computer! Und wie ich im Kopf vom Dolmetscher war, da habe ich sieben Sprachen perfekt beherrscht. In Wort und Schrift! Aber weißt du, kaum bin ich wieder draußen aus einem Schädel, ist alles futsch.«

Wenn man sich die Sache richtig überlegt, ist das ja auch kein großes Wunder. Ein Zwerg, der samt violetter Zipfelmütze nicht größer ist als der kleine Fingernagel von einem sechsjährigen Mädchen, der hat einen Kopf so klein wie ein Reiskorn. In so einem Kopf muß das Hirn so winzig sein, daß man es mit bloßem Auge kaum mehr ausmachen kann. Was soll so ein klitzekleines, staubkorngroßes Hirn schon behalten können?

Trotzdem war der Zwerg Anna beim Lernen sehr nützlich. Er wußte zwar nicht mehr als Anna, aber er konnte in ihrem Hirn suchen, was sie vergessen hatte. Die vergessenen Sachen liegen ja irgendwo im Hirn herum, man findet sie bloß im Moment nicht. Der Zwerg fand sie immer. Und blitzschnell!

Fiel Anna nicht ein, was die Frau Lehrerin als Hausübung aufgegeben hatte, brauchte sie nur den Zwerg zu fragen. Der rief: »Einen Augenblick!«, dann rumorte es ein bißchen in Annas Kopf, und gleich danach sagte der Zwerg: »Da haben wir es schon! Wir lesen das Lesebuch auf Seite zehn und machen mit den Ölkreiden eine Zeichnung, wo Herbstblätter durch die Luft wirbeln!«

Auch wenn die Frau Lehrerin in der Rechenstunde Anna

fragte, wieviel zwölf weniger acht ist, mußte Anna nicht wirklich darüber nachdenken. Daß zwölf weniger acht vier ergibt, war ja bereits in ihrem Hirn abgelegt, und der Zwerg hatte das Ergebnis gleich bei der Hand.
Im Schultasche-Einräumen war der Zwerg absolute Spitze! Nie kam es vor, daß er etwas vergaß. Immer kam Anna mit allem, was sie brauchte, in der Schule an. Und wenn der Zwerg am Abend beim Schultasche-Einräumen so müde war, daß er Anna nicht alles aufzählte, was in den rosa Ranzen hineinmußte, dann erinnerte er Anna beim Frühstück daran.
Das war sehr angenehm für Anna. Aber für den Zwerg war es ein aufreibendes Leben. Er kam nicht mehr zu seiner gewohnten Portion Schlaf. Dauernd gähnte er jetzt. Nicht nur beim Aufwachen und vor dem Einschlafen. Oft mußte Anna mit ihm gähnen, weil Gähnen ja ansteckend ist. Und die Stimme vom Zwerg war auch schon ganz heiser. Soviel reden war er nicht gewohnt.

Am letzten Schultag vor Weihnachten…

Am letzten Schultag vor Weihnachten, nach der Weihnachtsfeier, nachdem die Frau Lehrerin allen Kindern »Frohe Weihnachten und ein glückliches neues Jahr« gewünscht hatte, sagte der Zwerg zu Anna: »So, mir reicht es jetzt aber auch. Ich schlafe durch, bis die Weihnachtsferien zu Ende sind. Ich bin total geschafft. Nies mich ja nicht wach, sonst bekomme ich garantiert einen furchtbaren Kreislaufkollaps!«

Aber Weihnachten kommt doch, dachte Anna. Mit Christbaum und Geschenken! Da kannst du doch nicht drüber wegschlafen! Weihnachten ist das Größte, was es im ganzen Jahr gibt!

»Für mich nicht«, murmelte der Zwerg, gähnte und schnarchte gleich darauf los.

Und ich hätte ihm einen eigenen kleinen Tannenbaum aus sieben Tannennadeln machen wollen, dachte Anna. Und eine neue Zipfelmütze hätte ich ihm auch schenken wollen. Eine aus roter Seide.

Anna überlegte, ob sie den Zwerg wach niesen sollte, um ihn davon zu überzeugen, wie wunderschön Weihnachten sei, doch dann ließ sie es bleiben. Daß er einen Kreislaufkollaps – was immer das sein mochte – bekam, wollte sie nicht riskieren. Sie dachte: Jetzt laß ich den Kerl einmal schlafen und niese ihn erst zur Bescherung wach.

Am vierundzwanzigsten Dezember hockte Anna den ganzen Vormittag in ihrem Zimmer und versuchte einen Tannenbaum aus sieben Tannennadeln zu kleben und eine wollfusselkleine Seidenmütze zu nähen. Es gelang ihr nicht. Da beschloß sie, den Zwerg Weihnachten verschlafen zu lassen. Wenn sie keine Geschenke für ihn hatte, brauchte sie den Zwerg wirklich nicht in Kreislaufkollapsgefahr bringen!

Anna hatte dem Zwerg zwar erklärt, daß Weihnachten »das Größte im ganzen Jahr« sei, aber so ganz glaubte sie das selbst nicht. Das sagte sie bloß immer, weil alle anderen Kinder das sagten und weil sie keine Ausnahme sein wollte. Doch in Wirklichkeit fürchtete sich Anna sogar ein bißchen vor Weihnachten, denn Weihnachten war bei Anna ein ziemlich kompliziertes Fest. Wegen der geschiedenen Eltern!
Der Papa und die Mama von Anna waren nicht so spinnefeind miteinander, daß sie nicht, Anna zuliebe, gemeinsam mit ihr hätten Weihnachten feiern können. Aber ein schöner, langer Vater-Mutter-Kind-Heiliger-Abend war trotzdem unmöglich, weil zu Weihnachten die Eltern der Mama aus Linz kamen und die Eltern vom Papa aus Graz. Und die Eltern der Mama wollten die Eltern vom Papa nicht sehen. Und die Eltern vom Papa wollten mit den Eltern der Mama nichts zu tun haben. Die Eltern der Mama sagten, der Papa sei an der Scheidung schuld. Die Eltern vom Papa sagten, die Mama sei an der Scheidung schuld. Und wenn die Eltern vom Papa und die Eltern der Mama zusammentrafen, dann stritten sie deswegen. Und Weihnachten ist schließlich das Fest des Friedens. Da kann man Streit nicht brauchen.

Darum mußte Anna so Weihnachten feiern: Am frühen Nachmittag feierte sie mit dem Papa und der Mama in der Papa-Wohnung. Dann fuhr der Papa zum Bahnhof und holte seine Eltern ab. Und Anna fuhr mit Mama in die Mama-Wohnung. Dort feierte sie mit der Mama und den Mama-Eltern Weihnachten. Und dann kam der Papa und holte Anna ab. Zum Feiern mit seinen Eltern in der Papa-Wohnung. Am Morgen vom Christtag holte die Mama sie wieder ab. Am zweiten Weihnachtstag war Anna dann wieder beim Papa. Am Christtag mußte sie die Mama-Eltern aushalten, am zweiten Weihnachtstag die Papa-Eltern.
Anna mochte ihre Großeltern nicht. Die einen hatten ihre Mama nicht lieb, die anderen hatten ihren Papa nicht lieb. Und beide waren schuld daran, daß es für Anna kein schönes, langes Weihnachtsfest mit dem Papa und der Mama gab! Da konnten die Großeltern noch so prächtige Geschenke anschleppen, Anna dachte bloß: Verdammt noch

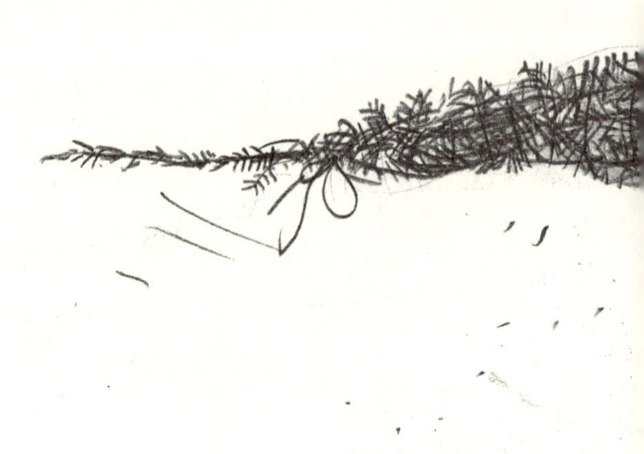

einmal, hättet ihr doch bloß die Sachen mit der Post geschickt!
Dieses Jahr wurde nicht einmal die kurze Vater-Mutter-Kind-Feier in der Papa-Wohnung schön. Der Papa war am Vormittag losgefahren, um einen Tannenbaum zu kaufen. Zu Mittag kam er mit einem Riesenbaum an, der reichte vom Fußboden bis zur Zimmerdecke.
»Da dürfte ich mich wohl etwas verschätzt haben«, seufzte der Papa.
Der Riesenbaum hatte so einen dicken Stamm, daß alle vier Christbaumständer, die der Papa aus dem Keller holte, zu klein waren. Also nagelte der Papa für den Baum aus Holzplatten ein Kreuz zusammen und sägte in das Kreuz

ein großes Loch für den Stamm. Das dauerte ziemlich lange. Als die Mama kam, hatte der Papa gerade erst den Christbaum senkrecht im Kreuz drinnen. Doch der Christbaum war noch komplett nackt.
Anna, die Mama und der Papa schufteten wie verrückt, um den Tannenbaum mit Kerzen, Kugeln, Fransenbonbons und Lametta anzuziehen. Und die Mama meinte alle paar Minuten ungeduldig: »Anna, jetzt reicht es aber schon!« Dabei reichte es noch lange nicht! Die Mama sagte das bloß, weil es immer später und später wurde. Punkt sechs Uhr standen doch ihre Eltern vor der Wohnungstür und klingelten! Die würden stocksauer sein, wenn ihnen niemand die Tür aufmachte!
Der Papa meinte auch, daß der Tannenbaum doch schon »superprächtig« ausschaue. Aber er schwindelte ebenfalls und sagte das, weil er Punkt sechs Uhr am Bahnhof sein mußte!
Anna protestierte. Die rosa Windbäckerei, die Schoko-Lebkuchen, die Strohsterne, die Sternspucker, die blechernen Weihnachtsmänner und die Buntpapierketten, die Anna gebastelt hatte, die mußten alle noch auf den Baum! Und die Silbertaler und die Goldzapfen!
Der Papa und die Mama sahen das ein und schmückten weiter mit Anna den Baum. Aber es macht nicht viel Spaß, mit zwei Leuten einen Christbaum aufzuputzen, wenn die andauernd auf die Uhr schauen und ganz nervös sind.
Um halb sechs war Anna endlich mit dem Christbaum halbwegs zufrieden. Da blieben dann gerade noch zwanzig Minuten zum Feiern. Anna kam nicht einmal dazu, sich

alle Geschenke, die der Papa und die Mama für sie unter den Baum gelegt hatten, anzuschauen.
»Wir müssen jetzt los, Anna«, sagte die Mama. »Du kommst ja am Abend ohnehin wieder her!«
Und der Papa tröstete Anna: »Bleiben dir noch ein paar Überraschungen für später!«

Anna jappelte hinter der Mama her zum Auto. Die Straße war glänzend-spiegelglatt. »Das auch noch«, schimpfte die Mama. »Glatteis hat mir gerade noch gefehlt. Da kann ich nur langsam fahren. Und meine Alten werden schon vor der Tür stehen. Das wird wieder ein Affentheater geben!«
Die Eltern der Mama standen noch nicht vor der Wohnungstür, als die Mama und Anna die Treppe heraufkamen. Doch kaum war die Mama im Vorzimmer drinnen, klingelte das Telefon. Die Mutter der Mama rief an und teilte mit, daß sie erst in St. Pölten seien. Wegen dem Glatteis. »Mehr als zwanzig Stundenkilometer kann der Vater nicht fahren«, sagte sie. »Bis wir bei euch sind, dauert es sicher noch zwei Stunden!«
»So was Blödes«, schimpfte Anna. »Da hätten wir noch in aller Ruhe zu dritt feiern können! Aber du hast ja gleich rennen müssen!«
»Hab ich ahnen können, daß auf der Autobahn Glatteis ist?« fragte die Mama. »Vor lauter Christbaum-Aufputzen hab ich doch nicht einmal gemerkt, daß unten auf der Straße Glatteis ist. Außerdem hat die Bahn wegen Glatteis keine Verspätung. Und ich kann gut drauf verzichten, meine Ex-Schwiegereltern wiederzusehen!«

»Und was ich will, ist dir Wurscht«, sagte Anna.
»Jetzt sei nicht so!« rief die Mama. »Halte mir nicht ausgerechnet an Weihnachten vor, daß wir keine normale Familie sind. Außerdem sind geschiedene Eltern eh schon normal. Jedes dritte Kind hat angeblich welche!«
Anna sagte: »Jedes zweite Kind hat einen Hund, und ich bekomme trotzdem keinen!«
»Ich würde dir schon einen kaufen«, sagte die Mama. »Aber dein Papa ist dagegen. Er läßt einen Hund nicht in seine Wohnung hinein, hat er gedroht!«
Anna wurde grantig. »Ich habe ja nicht gesagt, daß du mir einen Hund schenken sollst«, rief sie.
»Doch, hast du!« rief die Mama.
»Hab ich nicht«, rief Anna. »Ich hab nur gesagt: Wenn geschiedene Eltern normal sind, weil jedes dritte Kind welche hat, dann wäre es auch normal, daß ich einen Hund habe, weil den jedes zweite Kind hat. Wieso hab ich die normal grauslichen Sachen und nicht die normal guten? So hab ich das mit dem Hund gemeint!«
»Ach, Anna«, murmelte die Mama und machte ihren traurigen Dackelblick. Wenn die Mama so dreinschaute, konnte Anna nicht böse mit ihr sein.
»Ist ja eh Wurscht«, sagte Anna. »Zünden wir den Christbaum an!«
Der Christbaum in der Mama-Wohnung war nicht sehr groß. So groß wie Anna war er. Und nichts als weiße Kerzen, weißes Engelshaar und weiße Kugeln waren auf ihm.
»Sollten wir nicht besser damit warten, bis deine Großeltern kommen«, sagte die Mama. »Kennst ja deine Groß-

mutter. Die ist doch gleich wieder beleidigt, wenn sie sieht, daß die Kerzen schon gebrannt haben.«
»Okay, dann warten wir halt«, sagte Anna und drehte den Fernsehapparat auf.

Als endlich die Eltern der Mama kamen, erzählten sie zuerst einmal ausführlich vom Glatteis auf der Autobahn und von einem Serienunfall, dem sie gottlob gerade noch entkommen waren. Dann mußte sich die Großmutter im Badezimmer »frisch« machen und umziehen, weil sie das festliche Kleid in der Reisetasche mitgebracht hatte. »Im Auto«, sagte sie zu Anna, »hätte ich mir doch Plisseefalten in den schönen Rock gesessen!«
Endlos brauchte die Großmutter im Badezimmer.
Dreimal ging die Mama an die Badezimmertür klopfen und rief: »Mutti, jetzt mach doch schon! Wir müssen bescheren, sonst wird es zu spät!«
Fast neun Uhr war es, als die Großmutter mit frisch geringelten Löckchen, gepuderten Wangen, drei Perlenketten um den Hals und einem Goldgürtel um den Bauch aus dem Badezimmer marschierte.
Die Mama klingelte mit einem Glöckchen, der Großvater zündete die Kerzen am Christbaum an. Und die Türglocke schellte. Das war der Papa!
»Wieso ist denn der schon da?« fragte die Großmutter und schaute empört.
»Weil es gleich neun Uhr ist«, sagte Anna. Am liebsten hätte sie der Großmutter die Zunge herausgestreckt.
Die Mama ging die Wohnungstür öffnen. Die Großmutter

rief ihr nach: »Sag ihm, daß wir noch nicht soweit sind! Er soll in einer Stunde wiederkommen!«
Der Großvater sagte zu Anna: »Jetzt schau dir doch in Ruhe an, was wir dir mitgebracht haben. Soviel Zeit wird ja wohl noch sein!«
Die Mama kam ins Zimmer zurück.
»Ist er wieder gegangen?« fragte die Großmutter.
»Er wartet in der Küche«, antwortete die Mama. Sie schaute sehr unglücklich drein.
Anna fand, daß sie ganz unmöglich ihre Geschenke anschauen konnte, während der Papa allein in der Küche hockte. Noch dazu, wo die Küche nicht einmal ordentlich aufgeräumt war. Die Mama hatte in der Küche das Weihnachtsmahl gekocht. Und wenn die Mama kochte, gab es hinterher immer Unmengen von Schmutzgeschirr. Und das war noch nicht abgewaschen.
Anna sagte: »Ich schaue mir die Geschenke lieber morgen an!«
»Aber Kind!« rief die Großmutter.
»Laß sie nur«, sagte der Großvater zur Großmutter.
Anna wollte aus dem Zimmer gehen. Sie war schon bei der Tür, da rief die Großmutter: »Nicht einmal einen Abschiedskuß bekomme ich?«
Gern hätte Anna nein gesagt. Doch sie wußte genau, daß sich dann hinterher die Großmutter bei der Mama beschweren würde. Und der Mama vorhalten würde, sie könne Anna nicht erziehen!
Also ging Anna brav zurück und schmatzte einen Kuß auf die Puderwange der Großmutter. Und einen Kuß auf den Backenbart vom Großvater. Der Großvater-Kuß fiel ihr

weniger schwer. Dann lief Anna ins Vorzimmer und zog ihren Mantel an. »Papa, ich bin fertig«, rief sie zur Küche hin.
Der Papa kam aus der Küche. Er hatte nicht einmal den Mantel ausgezogen. Die Pelzmütze hatte er auch noch auf dem Kopf. »Na, dann wollen wir mal«, sagte der Papa zu Anna. Sehr froh schaute er nicht aus.
Die Mama stand bei der Zimmertür und murmelte: »So was von beschissen! Tut mir echt leid, Anna!«
»Bis morgen dann«, sagte Anna und versuchte zu lächeln.

Annas dritte Weihnachtsfeier war auch nur zu Anfang ein Erfolg. Jetzt hatte sie keine Eile mehr und konnte in aller Ruhe Geschenke auspacken. Und sich darüber freuen.
Mächtig viel hatte Anna bekommen. Eine rote Armbanduhr mit einer Mickymaus auf dem Zifferblatt, viele Spiele, Rollschuhe, ein Puppenhaus mit erstem Stock und Mansarde, Bücher, einen Garfield-Anhänger für die Halskette, einen weißen Skianzug, einen Mini-Supermarkt mit vielen Regalen, in denen winzige Packungen Waschpulver und Nudeln standen. Sogar drei kleine Einkaufswagen gab es. Und an der Kasse saß eine dicke Kassiererin aus Knetmasse. Der konnte man die Arme und die Beine verbiegen, wie man wollte.
Der Großvater und die Großmutter hatten als Geschenk ein Riesenpaket mitgebracht. So groß wie ein ganzer Schrank war das Paket. Und so schwer, daß Anna es keinen Zentimeter von der Stelle brachte.

»Das ist Bahnexpress mitgereist«, sagte der Großvater stolz. »Das hätten wir ja nicht ins Abteil reinbekommen!«
»Und ich habe mir gestern extra einen Gepäckträger fürs Autodach gekauft«, sagte der Papa. »Damit ich das Ding von der Bahn heimfahren kann!«
In der schrankgroßen Kiste war tatsächlich ein ganz tolles Geschenk! Ein Kletterturm mit Rutsche und eine große Schaumstoffmatte. Die gehörte unter den Kletterturm. Damit man sich nicht weh tat, wenn man vom Turm fiel oder zu rasant über die Rutsche kam.
Bis Mitternacht bauten der Papa und der Großvater den Kletterturm zusammen. Im Wohnzimmer stellten sie ihn auf. Annas Zimmer wäre für den Riesenturm zu klein gewesen.
Anna freute sich sehr über dieses Geschenk. So sehr, daß sie fast schon beschlossen hätte, diesen Heiligen Abend für einen sehr schönen zu halten. Doch dann, ganz zum Schluß, wurde er doch wieder mies. Und das kam so: Anna lag bereits in ihrem Bett, hatte die Mickymaus-Uhr am Handgelenk, den Garfield an der Halskette und blätterte in einem der Bücher, die sie bekommen hatte. Da fiel ihr ein, daß sie eigentlich noch ein bißchen klettern und rutschen könnte. Obwohl es schon so spät war! Die Großeltern und der Papa saßen im Papa-Zimmer. Wenn Anna ganz leise ins Wohnzimmer schlich, mußten die drei das gar nicht merken! Die wären nämlich ganz sicher dagegen gewesen, daß Anna nach Mitternacht noch herumturnte.
Anna schlich also ganz leise ins Wohnzimmer hinein. Zum

Kletterturm. Die Tür zum Papa-Zimmer war einen Spalt offen. Und Anna hörte den Papa sagen: »Na ja, manchmal wird es schon ein bißchen viel!«
Anna wollte wissen, was dem Papa manchmal ein bißchen viel wurde, und schlich zur Tür vom Papa-Zimmer.
»Ist doch klar, daß ein Mann das nicht schafft«, sagte die Großmutter.
»Einer geschiedenen Frau mit Kind geht es auch nicht besser«, sagte der Papa. »Im Gegenteil, die hat meistens keinen Mann, der das Kind jeden Nachmittag übernimmt!«
»Mag sein«, sagte die Großmutter. »Aber jedenfalls ist das kein Leben für dich. Noch dazu, wo du es nicht nötig hättest. Schließlich hast du eine Mutter, die noch sehr rüstig ist und jede Menge Zeit hat!«
Himmel, Arsch und Zwirn, dachte Anna, will die Großmutter am Ende zu uns ziehen?
Aber es kam noch ärger! Die Großmutter sagte: »Wir haben daheim ein großes Haus und einen riesigen Garten. Das ist eine ideale Umgebung für ein Kind. Und du kannst doch jedes Wochenende zu Besuch kommen. Würden wir dich wenigstens auch öfter sehen!«
Anna stieß die Tür auf. »Nie-nie-nie-nie im Leben«, rief sie, und dann fing sie zu schluchzen an.
Der Papa sprang auf. »Aber Anna«, rief er. »Hättest du nur zwei Sekunden länger gewartet, hättest du gehört, daß ich damit nie-nie-nie-nie im Leben einverstanden bin!«
Der Papa hob Anna hoch und lachte. »Was tät ich denn ohne dich?« fragte er und biß Anna in den Hals. Aber nur ganz leicht und sehr zärtlich.

»Aber wenn ich dir doch zuviel werde.« Anna war noch nicht beruhigt.
»Du doch nicht«, sagte der Papa. »Höchstens das Putzen und das Kochen. Aber da können wir uns ja wieder eine Sauertöpfin nehmen, wenn ich's gar nicht mehr schaffe. Leben wir halt weniger in Saus und Braus!«
Jetzt war Anna beruhigt. Der Papa trug sie in ihr Zimmer. »Laß die Frau doch reden«, sagte er leise. »Sie meint es nicht böse.«
»Es ist aber sehr böse«, sagte Anna.
Der Papa gab Anna einen Kuß auf die Nasenspitze, einen auf die rechte Wange, einen auf die linke Wange und einen auf den Mund. »Anna, ohne dich wäre ich doch verloren im Leben«, sagte er, bevor er aus dem Zimmer ging.

Anna setzte sich wieder auf, holte ein Papiertaschentuch aus der Nachttischlade und schneuzte sich. Vom Schluchzen war viel Rotz in ihrer Nase.
Blöde Großmutter, dachte sie, redet lauter Mist! Muß mir Weihnachten versauen! Aber es geht ja sowieso nicht nach ihrem Willen! Nie-nie-nie-nie im Leben!
Angst, zu den Papa-Eltern ziehen zu müssen, hatte Anna jetzt keine mehr. Aber so richtig froh war sie auch nicht mehr. Sie dachte: Gut, daß ich den Zwerg nicht wach geniest habe. Ein Weihnachtsfest zum Herzeigen war das heute nicht!

Als die Ferien zu Ende waren…

Als die Ferien zu Ende waren, schlief der Zwerg noch immer. Anna nieste ihn am Morgen des ersten Schultages wach, doch der Zwerg murmelte bloß: »Ich fühl mich noch nicht so recht« und schlief wieder ein.

Anna gab ihm noch zwei Wochen Schonzeit, dann nieste sie ihn wieder wach. Der Zwerg gähnte, nicht dreimal hintereinander, sondern gut dreißigmal hintereinander.

»Was Besonderes los?« fragte er dann.

Überhaupt nichts, dachte Anna. Stinkfad ist es!

»Dann hol ich mir noch ein Auge voll Schlaf«, murmelte der Zwerg und schnarchte wieder drauflos.

Anna war enttäuscht. Sie hatte den Zwerg ja gerade deswegen aufgeweckt, weil nichts Besonderes los war, weil ihr langweilig war. Weil sie vom Zwerg ein bißchen unterhalten werden wollte. Die Frau Lehrerin übte nämlich mit den »schlechten Kindern« gerade das Laut-Lesen. Anna konnte sehr gut lesen. Sowohl leise als auch laut. Daß sie von der Frau Lehrerin zum Vorlesen aufgerufen wurde, war also nicht zu erwarten. Aus lauter Enttäuschung über den schlafsüchtigen Zwerg sagte Anna laut: »Blöder Zwerg, du!«

Worauf sie der Hermann, der ihr Pultnachbar war, in die Rippen boxte und »selber blöder Zwerg« zischte. Er glaubte, mit »blöder Zwerg« sei er gemeint gewesen.

Dieser Hermann war überhaupt ein Problem! In dem hatte sich Anna gewaltig getäuscht. Am ersten Schultag hatte er ihr sehr gut gefallen. Weil er nämlich unheimlich hübsch

war. Lange schwarze Locken hatte er. Und große blaue Augen. Und eine sehr kleine, sehr gerade Nase mit drei allerliebsten Sommersprossen auf der Nasenspitze. Und blitzweiße, makellose Zähne hatte er auch. Und nach der allerletzten Mode war er gekleidet.
Als der Hermann Anna am ersten Schultag gefragt hatte, ob sie neben ihm sitzen wolle, hatte Anna glücklich genickt und gedacht, nun habe sie »das Große Los« gezogen.
Dem Zwerg hatte der Hermann gleich nicht gefallen. »Also, ich weiß nicht«, hatte er gesagt. »Dem Typ kann ich nichts abgewinnen. Der Kerl gefällt mir überhaupt nicht!«
Du kennst ihn doch gar nicht, hatte Anna gedacht.
»Aber ich hab so meine Vorahnungen«, hatte der Zwerg gesagt.
Das sind keine Vorahnungen, das sind Vorurteile, hatte Anna gedacht. Wenn man jemanden auf den ersten Blick nicht leiden kann, dann ist das ein Vorurteil. Und Vorurteile soll man nicht haben!
Da war der Zwerg beleidigt gewesen. »Okay«, hatte er gemurmelt, »ich sage kein Wort mehr gegen diesen Lackaffen! Aber du wirst schon noch Augen machen! Du wirst schon noch sehen, daß ich recht habe.«
Und der Zwerg hatte wahrlich recht behalten. Der Hermann war ein echter Widerling. Geizig war er. Ewig protzte er herum. Und dauernd beschwerte er sich bei der Frau Lehrerin über Anna.
Wenn Annas rote Ölkreide zerbröselt war und Anna sich, ohnehin nur für zwei klitzekleine Striche, die rote Ölkreide vom Hermann ausborgen wollte, umklammerte der Her-

mann seine Ölkreidenschachtel, als ginge es ihm ans Leben, und greinte: »Wie komme ich dazu, daß du mir meine Ölkreiden kurz schreibst? Gib auf deine Sachen besser acht, dann gehen sie nicht kaputt!«
Wenn eines von Annas Schulheften auch nur ein bißchen auf der Pulthälfte vom Hermann lag, hob er den rechten Arm hoch, wedelte mit ihm in der Luft herum und rief: »Bitte, Frau Lehrerin, die Anna nimmt mir schon wieder den ganzen Platz weg, bitte!«
Und als Anna einmal während einer Schulstunde großen Hunger bekommen hatte und heimlich, unter dem Pult, von ihrem Pausenbrot abgebissen hatte – obwohl es verboten war, während des Unterrichts zu essen –, da hatte der Hermann gleich wieder den Wedel-Arm oben gehabt und gemeldet: »Bitte, Frau Lehrerin, die Anna ißt und macht mir dabei lauter Brösel auf die Hose!«
Und total blödsinnig waren die Protzereien vom Hermann. Sagte ein Kind: »Wir haben ein Haus mit fünf Zimmern«, sagte der Hermann: »Aber wir haben ein Haus mit zehn Zimmern!« Dabei wußte jedes Kind in der Klasse, daß der Hermann überhaupt kein Haus hatte, sondern in einer Wohnung im Haus vom Supermarkt wohnte.
Sagte ein Kind: »Meine Autorennbahn ist sieben Meter lang«, sagte der Hermann: »Meine Autorennbahn ist siebzig Meter lang!«
Dabei wußte jedes Kind, daß es gar keine so lange Autorennbahn gibt.
Sagte ein Kind: »Wir haben einen Hund, einen Dackel mit langen Haaren«, sagte der Hermann: »Aber wir haben drei Hunde, große Bernhardiner mit noch viel längeren Haa-

ren!« Dabei wußten alle Kinder, daß der Hermann daheim überhaupt keinen Hund hatte.
So war der Hermann, und kein Kind in der Klasse konnte ihn leiden. Alle Kinder sagten zu Anna: »Anna, du bist echt arm dran, daß du neben diesem Deppen sitzen mußt!«
Anna kam sich deswegen auch wirklich recht arm vor. Noch dazu, wo sie nun ganz genau wußte, neben wem sie gern sitzen würde. Neben dem Peter wollte sie sitzen! Seit sie die Kinder in der Klasse gut kannte, war ihr das klar. Den Peter hatte sie besonders gern.
Der Peter war nicht so hübsch wie der Hermann, und so schöne Kleider hatte er auch nicht. Der Peter hatte blonde, ganz kurze Haare, graue Augen, eine kleine Knollennase, und seine Zähne standen ziemlich schief im Mund. Zwischen seinen oberen Schneidezähnen war ein breiter Spalt, durch den konnte er pfeifen. Fast so laut, als ob er ein Fußballschiedsrichter-Pfeiferl im Mund hätte! Die Hosen vom Peter waren abgewetzt und geflickt, weil er sie von seinem großen Bruder geerbt hatte. Und seine T-Shirts waren immer voll Flecken, weil er in den Pausen, im Schulhof, gern im Dreck herumkugelte.
Mit dem Peter war Anna in jeder Pause zusammen. Und nach der Schule, wenn Anna an der Straßenecke stand und auf die Mama wartete, wartete der Peter mit ihr, bis das Auto der Mama die Straße heraufgefahren kam.
Oft sagte der Peter zu Anna: »So was Blödes, daß wir uns nicht am ersten Schultag nebeneinandergesetzt haben!«
Neben dem Peter saß der Michi. Den fragte Anna einmal, ob er nicht bereit wäre, mit ihr den Platz zu tauschen. Doch der Michi lehnte das ab. »Wenn du neben der Susi sitzen

würdest«, sagte er, »tät ich sofort den Platz mit dir tauschen!« In die Susi war der Michi ein bißchen verliebt. »Aber neben den Hermann«, sagte er, »setz ich mich nie im Leben. Sonst passiert ein Mord! Den Kerl tät ich doch glatt umbringen!«

Anna klagte dem Papa ihr Leid mit dem Hermann. Der Papa meinte, Anna solle den »Widerling« einfach ignorieren. Und mit Humor ertragen. Er schlug vor: »Lach ihn doch einfach aus, wenn er dir dumm kommt!«
Aber das war kein guter Rat. Wenn Anna den Hermann auslachte, wurde er wütend und boxte Anna in den Bauch oder in die Rippen, zwickte sie in den Arm oder trat ihr auf die Zehen, riß sie an den Haaren oder spuckte sie an. Und weil Anna nicht genauso eine »Tratschen« wie der Hermann sein wollte, konnte sie sich bei der Frau Lehrerin nicht darüber beklagen. Und sich richtig wehren konnte sie auch nicht, denn im Boxen, Zwicken, Reißen, Treten und Spucken hatte sie keine Übung. Hin und wieder, wenn der Hermann sehr eklig war, versuchte Anna zwar, sich zu wehren, doch ihre Tritte und Boxer fielen immer recht mickrig aus. Und spucken konnte sie überhaupt nicht! Das kam ihr einfach zu widerlich vor!
Der Mama klagte Anna auch ihr Leid. Die Mama wollte in die Schule zur Frau Lehrerin gehen. »Da dring ich drauf«, sagte sie, »daß du von dem Ekel weggesetzt wirst! So einen Pultgenossen kann dir die Frau Lehrerin nicht zumuten!«
Doch Anna war dagegen. Sie erklärte der Mama: »Es ist

aber kein einziger Platz in der Klasse mehr frei. Wenn ich vom Hermann wegkomme, muß ein anderes Kind auf meinen Platz. Das kann ich niemandem antun, Mama! Echt nicht!«
»Tja, wenn du so ein edles Kind bist«, sagte die Mama, »dann kann dir wohl niemand helfen!«
»Vielleicht doch«, widersprach Anna.
»Und wer sollte das sein, der dir da helfen könnte?« fragte die Mama. Doch das sagte Anna der Mama nicht. Anna hoffte auf den Zwerg. Sie dachte: Wenn der verschlafene Kerl endlich wieder seine muntere Zeit hat, dann werde ich das mit ihm besprechen. Der Zwerg ist schlau, dem Zwerg fällt sicher etwas gegen den Hermann ein!

Der Zwerg bequemte sich erst Mitte Februar dazu, wieder richtig wach zu werden. »Aber ab jetzt bin ich superfit«, versprach er Anna. »Ab jetzt schaffe ich garantiert jede Menge munterer Vormittage!« Und dann fragte der Zwerg: »Wo sind wir denn überhaupt?«
Wir sind in der Wohnung der Mama, dachte Anna.
»Ist das die Frau, die dir den rosa Ranzen verpaßt hat, obwohl du lieber den durchsichtigen Rucksack gehabt hättest?« fragte der Zwerg.
Anna nickte. Dann kam die Liesl ins Zimmer. Die Liesl wohnte bei der Mama zur Untermiete. Die Wohnung der Mama war teuer. Die Mama brauchte jemanden, der zur Miete dazuzahlte.
»Deine Mama schaut aber heute viel hübscher aus«, sagte der Zwerg.

»Gar nicht wahr!« rief Anna laut. Daß der Zwerg die Liesl hübscher fand als die Mama, empörte Anna.
»Was ist gar nicht wahr?« fragte die Liesl.
»Wie bitte?« Anna tat erstaunt.
Die Liesl sagte: »Du hast eben ›gar nicht wahr‹ gerufen. Und ich frage dich nun, was denn gar nicht wahr ist!«
»Ich, ich habe kein Wort gesagt«, sagte Anna.
»Komisches Kind«, murmelte die Liesl und ging aus dem Zimmer.
»Blöde Kuh«, sagte Anna leise.
»Magst du deine Mama nicht?« fragte der Zwerg.
Wäre ja noch schöner, wenn die blöde Liesl meine Mama wäre, dachte Anna.
»Ach so!« rief der Zwerg. »Wenn das nicht deine Mama ist, dann ist es ja kein Wunder, daß sie heute viel hübscher ist!«
Meine Mama ist hübscher als die Liesl, dachte Anna.
»Echt nicht«, sagte der Zwerg.
Doch, dachte Anna.
»Streit nicht mit mir herum«, sagte der Zwerg. »Wir müssen ja nicht immer gleicher Meinung sein!« Dann kicherte der Zwerg und sagte: »Aber wenn ich mich in deinem Hirn umschaue, sehe ich, daß wir jetzt in einer anderen Angelegenheit gleicher Meinung sind. Das freut mich. Ich behalte nämlich gern recht!«
Keine Ahnung, was du meinst, dachte Anna.
»Deinen Pultnachbarn meine ich«, kicherte der Zwerg. »Ist ja nicht zu übersehen! Dein ganzer Kopf ist voll Herr Mann!« (So sprach der Zwerg *Hermann* aus.) »Wohin ich schaue, ist Zorn und Ärger über den Herrn Mann!«

Anna dachte: Also, zum Kichern find ich das wirklich nicht!
»Entschuldigung«, sagte der Zwerg. Jetzt klang seine Stimme wieder ernst. »Wenn es so arg ist, müssen wir etwas unternehmen. Auch wegen mir. Ich will nicht in Zorn und Ärger wohnen!«
Dann überleg dir was, dachte Anna. Ich mach inzwischen meine Hausübung. Die ist heute nämlich sehr lang. Und beim Überlegen kann ich dir sowieso nicht helfen. Ich überlege nämlich die Sache schon seit Wochen, und mir ist nichts Brauchbares eingefallen!
Als Anna mit der Hausübung fertig war, fragte sie beim Zwerg nach, ob ihm schon etwas gegen den Hermann eingefallen sei.
»Noch nicht ganz«, murmelte der Zwerg. »Aber ich knistere bereits sehr ideenreich, demnächst werde ich geistesblitzen!«
Dann will ich dich nicht stören, dachte Anna. Sie nahm ihr Hausübungsheft und ging zur Mama. Die Mama war im Zimmer der Liesl und besprach mit der Liesl die letzte Telefonrechnung.
Eigentlich stritten die beiden um die letzte Telefonrechnung.
»Wenn du dreimal in der Woche mit Italien telefonierst«, sagte die Mama, »mußt du mehr als die halbe Rechnung bezahlen!«
»Dafür quatschst du jeden Tag drei Stunden mit deinem verehrten Oskar herum«, sagte die Liesl, »und das gleicht sich ja wohl aus!«
»Ich? Drei Stunden am Tag?« rief die Mama. »Ich telefo-

HARMONI

niere nicht einmal zehn Minuten am Tag. Und da ruft mich der Oskar an, und das kostet uns nichts.«
»Daß ich nicht lache!« rief die Liesl und lachte böse.
»Im Moment verdienst du jedenfalls wesentlich mehr als ich«, rief die Mama, »also sei nicht so kleinlich! Bezahl zwei Drittel von der Telefonrechnung, und die Sache hat sich!«
»Wenn du dir nicht dauernd Klamotten kaufen würdest«, rief die Liesl, »würdest du mit deinem Geld auch auskommen!«
Bevor die Mama antworten konnte, sagte Anna: »Ich habe die Rechenaufgabe fertig. Kannst du sie mir durchschauen, Mama?«
»Deine Aufgabe wird wohl Zeit haben!« keifte die Liesl Anna an. »Hörst du nicht, daß ich mit deiner Mama etwas Wichtiges zu besprechen habe?«
Anna streckte der Liesl ein bißchen die Zunge heraus.
»Du bist gemein zur Mama«, sagte sie. »Meine Mama kauft sich gar nicht dauernd Klamotten. Aber du fährst mit ihrem Auto herum und verbrauchst ihr Benzin und tankst nicht nach.«
Die Liesl verdrehte die Augen und seufzte tief. In Wörter übersetzt hieß das: Herr im Himmel, warum mutest du mir jeden Nachmittag dieses schreckliche Kind zu?
»Anna, misch dich da nicht ein«, sagte die Mama. Der Mama war es anscheinend unangenehm, daß Anna die Sache mit dem Benzin erwähnt hatte.
»Ist doch wahr!« rief Anna. »Gestern sind wir mit dem letzten Tröpferl Benzin gerade noch zur Tankstelle gekommen.«

Die Liesl fauchte die Mama an: »Hübsch, wie du hinterrücks über mich redest.«
Die Mama gab der Liesl keine Antwort. Sie nahm Annas Hausübungsheft.
Vierundzwanzig Rechnungen hatte Anna geschrieben.
Nur einen Fehler entdeckte die Mama.
»Sehr gut, Anna«, lobte die Mama und gab Anna das Hausübungsheft zurück und stritt weiter mit der Liesl. Jetzt nicht mehr über die Telefonrechnung, sondern über den Benzinverbrauch.
Anna kehrte in das Zimmer der Mama zurück und besserte die falsche Rechnung aus. Das ging leicht, weil sie bloß aus einem Dreier einen Neuner machen mußte.
Na, fragte sie dabei den Zwerg, hat dich der Geistesblitz schon getroffen?
»Irgendwie schon«, sprach der Zwerg ziemlich zögernd.
Red schon, verlangte Anna ungeduldig.
»Ich muß mir das noch überlegen«, sagte der Zwerg. »Es wäre nämlich gefährlich für mich. Weil mir doch frische Luft schadet. Und weil ich überhaupt kein Held bin.«
Wieso Held? Was hast du dir denn überlegt? Anna zappelte vor Ungeduld.
»Also gut«, seufzte der Zwerg. »Morgen in der Schule werde ich in den Kopf vom Herrn Mann einsteigen und mich dort umschauen und erforschen, warum der Knabe so eklig ist. Wenn wir das wissen, können wir besser Gegenmaßnahmen ergreifen.«
Du bist ein Genie, dachte Anna.
»Danke«, sagte der Zwerg. Und dann sagte er noch: »Aber

keine Tricks, bitte! Nicht, daß du mich hinterher nicht mehr reinläßt. Ich wohne nämlich gern bei dir.«
Wo werd ich denn! Anna schüttelte den Kopf. Du bist doch das Beste, was ich hab.
»Echt?« fragte der Zwerg. Er schnüffelte ein bißchen. Anscheinend war er zu Tränen gerührt.

Am nächsten Tag, vor dem Achtuhrläuten...

Am nächsten Tag, vor dem Achtuhrläuten, als die Kinder noch in der Klasse herumstanden und die Frau Lehrerin mit dem Lehrer der Nachbarklasse bei der Klassentür tratschte, sprach der Zwerg: »Wenn es nach mir geht, dann wäre ich bereit.«
»Ich auch«, murmelte Anna. Sie war unheimlich aufgeregt.
»Also, dann gehen wir es halt an«, seufzte der Zwerg. »Aber genau nach Plan, wenn ich bitten darf! Sonst geht noch etwas schief. Und du weißt ja, frische Luft vertrage ich nur schlecht.«
Okay, genau nach Plan, dachte Anna. Der Plan ging so: Anna hatte zu warten, bis sich der Hermann auf seinen Platz gesetzt hatte. Dann mußte sie ganz dicht an den Hermann heranrücken. Bis ihre Schulter die seine berührte. Und so mußte sie bleiben, bis der Zwerg aus ihrem Ohr, den Hals hinunter-, die Schulter entlanggeklettert und auf die Schulter vom Hermann übergewechselt war.
Alles andere war dann Sache des Zwerges! Erst beim nächsten Läuten mußte Anna wieder aufpassen. Da mußte sie dann ihre Schulter an die Schulter vom Hermann drücken, damit der Zwerg den Heimweg antreten konnte.
Anna hatte sich für dieses Unternehmen extra eine andere Frisur gemacht. Ihre Haare, die sonst am Hinterkopf zusammengebunden waren, hingen heute über ihre Ohren und lagen, hübsch geringelt, auf ihren Schultern. So war der Zwerg, solange er auf Anna herumkletterte, in Dek-

kung. Und da der Hermann schwarze Ringellocken hatte, die seine Ohren bedeckten, war eigentlich für den Zwerg nur der Weg über die Schulter und den Hals vom Hermann wirklich gefährlich. Nur da war er zu sehen!
Anna setzte sich also auf ihren Stuhl und wartete. Der Hermann ging vom Papierkorb, wo er zwei Buntstifte gespitzt hatte, zu seinem Pult. Er setzte sich neben Anna. In diesem Augenblick begann die Schulglocke zu ratschen. Die Frau Lehrerin kam in die Klasse und ging zum Lehrertisch. Die Kinder, die noch herumstanden, liefen auf ihre Plätze. Anna dachte: ›Los‹ und lehnte ihre Schulter an die Schulter vom Hermann. Ihre Angst, der Hermann könnte von ihr wegrutschen, war ganz unbegründet gewesen! Der Hermann preßte seine Schulter fest gegen die ihre, stemmte sich richtig gegen Anna und zischte ihr zu: »Verdräng mich doch nicht immer! Du bist auf meiner Hälfte! Geh sofort in deine Hälfte zurück!«
Anna gab nicht nach! Fest drückte sie sich gegen den Hermann und schielte dabei mit Herzklopfen auf den Hals vom Hermann. Der Zwerg kletterte gerade den roten Rollkragen vom Hermann empor. Ohne Zipfelmütze! Gleich darauf war er in den schwarzen Locken vom Hermann verschwunden.
Anna gab dem Druck der Hermann-Schulter nach und setzte sich wieder aufrecht hin, ganz auf »ihrer Hälfte«. Tastend griff sie sich in die Locken. Ja, da hing die winzige Zipfelmütze! Anna zog die Zipfelmütze aus den Haaren und steckte sie in die Hosentasche. Und starrte geradeaus. Zur Frau Lehrerin hin. Die Frau Lehrerin klappte die Wandtafel auseinander. Sie nahm ein Stück weiße Kreide

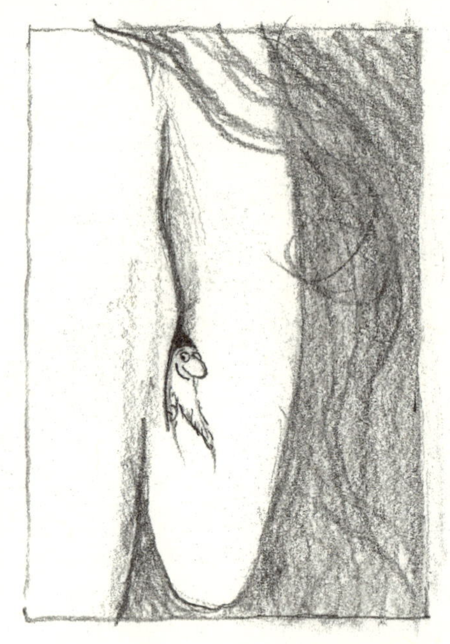

und schaute sich in der Klasse um. »Wer von euch will Schneeflocken malen?« fragte sie.
Ein paar Kinder hoben die Hände. Der Hermann hob die Hand nicht. Er rempelte Anna einen Ellbogen in die Rippen. Wahrscheinlich als Strafe dafür, daß sie ihn vorher »verdrängt« hatte.
Die Frau Lehrerin sah das und sagte: »Ich denke, am besten wird der Hermann Schneeflocken malen. Damit er auf vernünftige Gedanken kommt!«
Der Hermann stand auf. Er deutete auf Anna. »Sie hat zuerst gedrängt«, rief er.
»Hermann«, sagte die Frau Lehrerin, »jammer doch nicht immer wegen jeder Kleinigkeit! Komm jetzt raus und mach schöne Schneeflocken!«

Der Hermann ging zur Tafel. Die Frau Lehrerin drückte ihm die Kreide in die Hand. Der Hermann wollte zu malen anfangen, doch plötzlich verzog er das Gesicht, riß den Mund auf und ließ die Kreide fallen.
»Hermann, was ist denn?« fragte die Frau Lehrerin.
»Bitte, mir tut es im Kopf weh!« rief der Hermann. Er bückte sich nach der Kreide, aber er hob sie nicht auf. Gebückt stand er da und schlug sich mit beiden Händen gegen die Ohren. »Es sticht«, rief er. »Ganz schrecklich sticht es!«
Die Frau Lehrerin hob die Kreide auf und schaute den Hermann erstaunt an.
»Na, Hermann, dann setz dich halt wieder hin«, sagte sie. »Die Gerti wird die Schneeflocken malen!«

Die Gerti lief zur Tafel, und der Hermann ging gebückt, mit beiden Händen über den Ohren, zu seinem Platz zurück. Er setzte sich auf seinen Stuhl und fing zu stöhnen an. Die Hände tat er nicht von den Ohren.
»Ja, Hermann, was machen wir denn bloß mit dir?« fragte die Frau Lehrerin.
Sie schaute ziemlich ratlos drein.
»Wahrscheinlich ist er sehr wehleidig«, sagte die Gerti zur Frau Lehrerin. Die Frau Lehrerin nickte zwar nicht, aber sie schien der gleichen Ansicht zu sein. Sie kam zum Pult vom Hermann, griff ihm an die Stirn und sagte: »Fieber hast du keines, Hermann.«
Der Hermann preßte die Hände ganz fest gegen seine Ohren und wackelte mit dem Kopf. »Das halte ich nicht aus«, jammerte er, »das soll aufhören, aber sofort!«
Damit hatte Anna nicht gerechnet! Zwerg-im-Kopf tat doch nicht weh! Das kitzelte doch bloß ein bißchen, wenn der Zwerg einstieg! Entweder war der Hermann wirklich speziell wehleidig, oder in seinem Kopf schaute es ganz anders aus als in Annas Kopf!
Alle Kinder in der Klasse starrten den stöhnenden, wakkelnden Hermann an. Die Frau Lehrerin sagte zu Anna: »Sei so lieb und führ den Hermann zur Frau Direktorin. Sie soll beim Hermann daheim anrufen, daß man ihn abholt!«
Anna stand auf. Ihre Knie zitterten. Und waren wie aus Pudding.
Wie sollte das denn jetzt weitergehen? Das war ja schrecklich! Ganz furchtbar war das!
Der Hermann hatte nicht gehört, was die Frau Lehrerin

gesagt hatte. Er hatte ja noch immer beide Hände über den Ohren. Anna zog ihm die Hand von dem Ohr, bei dem der Zwerg eingestiegen war. Ihre ganze Kraft brauchte sie dazu. »Komm schon!« rief sie.
Der Hermann stand auf. Anna nahm ihn an der Hand. Damit er sie nicht wieder übers Ohr tun konnte. Sie wollte dem Zwerg eine Chance zur Flucht geben.
Anna führte den Hermann aus der Klasse, den Flur entlang, zur Direktion.
»So komm doch endlich!« sagte sie mit flehender Stimme. Sie sagte das zum Zwerg, doch der Hermann glaubte, Anna habe ihn gemeint, und jammerte: »Wenn es doch so sticht! Da kann ich nicht schneller gehen.«
Die Tür zur Direktion stand offen. Die Frau Direktorin saß hinter ihrem Schreibtisch. Sie sah Anna mit dem Hermann herankommen.
»Was gibt es denn, Kinder?« fragte sie.
»Im Kopf sticht es mich so!« rief der Hermann, riß seine Hand aus Annas Hand und hatte wieder beide Hände über den Ohren.
»Wahrscheinlich eine Mittelohrentzündung«, sagte die Frau Direktorin bekümmert.
Anna dachte: Ich muß unbedingt beim Hermann bleiben, weil ich meinen Zwerg nicht verlassen darf.
Die Frau Direktorin schob den Hermann zu einem Stuhl. »Setz dich hin, du Armer«, sagte sie.
Der Hermann sank auf den Stuhl. Die Frau Direktorin ging zum Telefon. »Wie heißt er?« fragte sie Anna.
»Hermann Schnack, eins be!« sagte Anna.
Die Frau Direktorin blätterte in dem Buch, in dem die

Adressen und Telefonnummern aller Schüler notiert waren.
»Da haben wir ihn ja, den Schnack«, sagte sie und wählte.
Anna beugte sich zum Hermann herunter. Sie tat, als habe sie riesiges Mitleid mit ihm. Sie legte ihren Kopf an seinen und sagte leise: »Halt nur durch, hab keine Angst, bitte! Irgendwie wird das schon wieder!«
Gerührt schaute die Frau Direktorin beim Telefonieren zu Anna. Daß Anna nicht mit dem Hermann, sondern zum Zwerg sprach, ahnte sie ja nicht.
Als die Frau Direktorin den Hörer aufgelegt hatte, sagte sie zu Anna: »Du bist eine gute Trösterin. Bleib bei ihm, bis seine Mama kommt.« Dann spannte sie ein Blatt Papier in die Schreibmaschine und tippte einen Brief.
Anna versuchte unauffällig, dem Hermann die Pfoten vom Kopf zu ziehen. Es gelang ihr nicht. Stur preßte der Hermann beide Hände an die Ohren. Allerdings lagen dabei seine Finger nicht ganz dicht aneinander.
Vielleicht, dachte Anna, ist der Zwerg schon zwischen den Fingern vom Hermann durchgeschlüpft? Vielleicht sitzt er jetzt irgendwo in den Locken vom Hermann und hat schreckliche Angst, weil er doch nicht schwindelfrei ist?
Anna streichelte dem Hermann zärtlich über den Kopf. Den Zwerg spürte sie nicht.
Dann ging alles sehr schnell. Die Mutter vom Hermann marschierte zur Tür herein, sagte zur Frau Direktorin: »Danke für den Anruf«, stürzte auf den Hermann zu, rief: »Mein armer Burli«, nahm den Hermann in die Arme, sagte zur Frau Direktorin: »Der Burli muß schleunigst ins

Bett«, und wieselte, mit ihrem Riesenbaby in den Armen, davon.
»Na, geh wieder in deine Klasse zurück«, sagte die Frau Direktorin zu Anna. »Und mach dir keine Sorgen um deinen Freund, er dürfte übermäßig schmerzempfindlich sein.«
Anna nickte und stolperte aus der Direktion. Bei einem Flurfenster blieb sie stehen. Von da konnte man auf die Straße sehen.
Vor dem Schultor parkte ein Taxi. Die Mutter vom Hermann kam aus der Schule und lief auf das Taxi zu. Der Fahrer stieg aus dem Wagen, riß eine hintere Wagentür auf, die Hermann-Mutter kroch mit ihrem Riesenbaby in das Auto hinein, der Fahrer schlug die Wagentür zu und stieg, beim Fahrersitz, ins Auto. Dann raste das Auto davon.
Anna ging in ihre Klasse zurück. Unheimlich traurig war sie. Sie setzte sich auf ihren Platz und versuchte, der Frau Lehrerin zuzuhören, aber sie verstand kein einziges Wort von dem, was die Frau Lehrerin erzählte. Sie merkte nicht einmal, daß jetzt beide Wandtafeln voll Schneeflocken waren. In ihrem Kopf war nichts als: mein Zwerg, mein armer Zwerg! Auch in der Pause blieb Anna auf ihrem Platz. Der Peter kam zu ihr und wollte sie von seinem Apfel abbeißen lassen. Anna schüttelte den Kopf.
»Keinen Hunger?« fragte der Peter.
Anna schüttelte den Kopf.
»Bist bös auf mich?« fragte der Peter.
Anna schüttelte den Kopf.
»He, du!« Der Peter stupste Anna auf die Nase. »Was ist?«

»Gar nichts«, murmelte Anna. Was sollte sie denn dem Peter sagen? Vielleicht: Mein Kopf-Zwerg hat das Hirn vom Hermann besichtigt, und jetzt weiß ich nicht, ob er noch im Schädel vom Hermann drin ist oder ob er irgendwo hilflos herumliegt. Und vielleicht hat ihn schon wer totgetreten!
Das konnte Anna dem Peter doch wirklich nicht sagen. Der hätte sie doch für verrückt gehalten.
»Mir tut der Hals weh«, krächzte Anna. Sie hielt das für eine brauchbare Ausrede.
Der Peter legte einen Arm um Annas Schultern. »Sicher hat dich das Hermann-Ekel angesteckt«, sagte er. »Du gehörst ins Bett. Ich sag es der Frau Lehrerin.«
Anna war gar nicht mehr daran gewöhnt, ohne Zwerg-im-Kopf zu denken, aber sie kapierte doch: Das ist gut! Das ist eine Chance!
Der Peter nahm den Arm von Annas Schultern und lief zur Frau Lehrerin.

Ein paar Minuten später saß Anna in der Direktion, und die Frau Direktorin telefonierte wieder. Zuerst rief sie bei der Mama daheim an. Anna hätte ihr gleich sagen können, daß da niemand den Hörer abheben würde. Die Liesl hatte heute Frühschicht. Die war Serviererin in einem Espresso. Und die Mama war im Rundfunk. Gestern hatte sie Anna erzählt, daß sie morgen, »in aller lausigen Herrgottsfrühe«, in das Rundfunkstudio müsse. Sie probte wieder einmal ein Hörspiel.
Dann rief die Frau Direktorin im Büro vom Papa an. Dort

erfuhr sie, daß der Papa von Anna »unterwegs« sei und erst zu Mittag erwartet werde.
»Ja, Anna, was tun wir denn da mit dir?« fragte die Frau Direktorin.
Anna griff in den Halsausschnitt ihres Pullovers und zog die Schlüsselkette heraus. Anna hatte wie immer die Wohnungsschlüssel vom Papa und von der Mama an einer goldenen Kette um den Hals hängen.
»Die Papa-Wohnung ist gleich um die Ecke«, krächzte Anna. »Und die Füße tun mir ja nicht weh. Und mit dem Hals muß ich nicht laufen.«
Das überzeugte die Frau Direktorin. Sie begleitete Anna in die Garderobe, wickelte ihr den Schal dreimal um den Hals, trug ihr auf, sich daheim sofort ins Bett zu legen, und brachte sie bis zum Schultor.
Dort krächzte Anna noch: »Danke, Frau Direktorin« und ging dann, mit kleinen, ein bißchen müden Schritten davon. So, wie sie sich vorstellte, daß ein halswehkrankes Kind eben geht, ging sie.

Bis an die Straßenecke...

Bis an die Straßenecke marschierte Anna brav Richtung Papa-Wohnung. Dann linste sie zur Schule zurück. Die Frau Direktorin stand nicht mehr beim Schultor.
Anna atmete erleichtert auf, machte kehrt und lief an der Schule vorbei die Straße hinunter, zweimal um eine Ecke, dem Supermarkt zu. Im Haus vom Supermarkt wohnte der Hermann.
Anna ging ins Supermarkt-Haus hinein und viermal zwanzig Stufen hoch, bis sie zur Tür mit dem Türschild *Schnack* kam. Sie drückte auf den Klingelknopf neben dem Türschild.
Die Hermann-Mutter machte die Wohnungstür auf. Erstaunt schaute sie auf Anna hinunter. »Bist du nicht das Mäderl, das in der Direktion bei unserem Burli gewesen ist?« fragte sie.
Anna nickte. »Ja«, sagte sie. »Ich bin die Anna, und ich möchte den Hermann besuchen.«
»Wieso ist denn heute schon die Schule aus?« fragte die Hermann-Mutter.
»Bitte, das weiß ich nicht«, log Anna und kam sich ziemlich blöde vor, denn wenn um halb zehn Uhr Unterrichtsschluß ist, dann wissen die Schüler doch den Grund für diesen überraschenden Glücksfall. Aber die Hermann-Mutter fragte gar nicht weiter nach und führte Anna zum Hermann in das Kinderzimmer.
Der Hermann lag in seinem Bett, in himmelblauer Bettwäsche; er blätterte in einer Mickymaus.

»Jetzt geht es unserem Burli schon wieder viel besser«, sagte die Hermann-Mutter. »Der Kopf tut ihm überhaupt nicht mehr weh.«
Herr im Himmel, dachte Anna, das ist ja furchtbar schrecklich! Soll das bedeuten, daß mein Zwerg nicht mehr in seinem Schädel ist?
»Aber in dem einen Ohr kitzelt es noch immer so blöd!« Der Hermann schlug sich mit der Mickymaus-Zeitschrift auf das rechte Ohr.
Gepriesen sei der Herr, dachte Anna, dann ist ja alles in Butterschmalz. Wer sonst als der Zwerg sollte im Ohr vom Hermann herumkitzeln? Anna ging zum Bett vom Hermann und setzte sich auf die Bettkante.
»Na, da siehst du es, Burli«, sagte die Hermann-Mutter. »Immer behauptest du, daß dich in der Schule kein Kind leiden kann. Und jetzt kommt dich die Anna besuchen. Das täte sie doch nicht, wenn sie dich nicht sehr liebhätte.« Die Hermann-Mutter strahlte, anscheinend vor lauter Glück.
»Na, sowieso mag ich ihn«, sagte Anna und kam sich sehr, sehr verlogen vor.
Der Hermann schaute Anna erstaunt an. Er wollte etwas sagen, doch da rief die Hermann-Mutter: »Anna, du wirst Hunger haben! Willst du ein Stück Torte oder lieber ein Stück Nußstrudel?«
»Den Nußstrudel gib ihr nicht«, raunzte der Hermann. »Den will ich haben.«
»Aber Burli, die Anna ist doch dein Gast«, sagte die Hermann-Mutter. »Einem Gast muß man auch die Sachen geben, die man selber gern hätte.«

»Mir ist Torte eh viel lieber«, sagte Anna.
Die Hermann-Mutter ging, um die Torte zu holen. Als sie aus dem Zimmer kam, beugte sich Anna zum rechten Ohr vom Hermann. »Wo kitzelt es denn?« fragte sie und starrte in das Ohr hinein.
»Zuerst hat es ganz tief drinnen gekitzelt«, jammerte der Hermann. »Aber jetzt auf einmal kitzelt es mehr außen.«
Anna hielt den Atem an. In der rechten Ohrmuschel vom Hermann, aus dem Gehörgang, tauchte der Kopf vom Zwerg auf.
»Und jetzt kitzelt es fast überhaupt nicht mehr«, stellte der Hermann erleichtert fest.
»Das ist ja wunderschön«, flüsterte Anna. Sie legte eine Hand unter das rechte Ohr vom Hermann. Der Zwerg kroch aus dem Gehörgang in die Ohrmuschel, rutschte über das Ohrläppchen hinunter und sprang in Annas Handfläche. Anna zog die Hand vom Hermann-Ohr weg.
»Ich bin ja so froh«, sagte sie.
»Und ich erst«, sagte der Hermann.
Anna hob die Hand vorsichtig an ihr eigenes Ohr und neigte den Kopf, damit der Zwerg bequem einsteigen konnte. Und die Zipfelmütze, die er vorher beim Einsteigen verloren hatte, reichte sie ihm noch nach.
Willkommen daheim, lieber Zwerg, dachte sie. Wie geht es dir denn? Ich hab schreckliche Angst um dich gehabt!
Zuerst sagte der Zwerg gar nichts. Er stöhnte bloß, ganz herzergreifend. Dann murmelte er: »Also, ich sag dir, in dem Kerl seinem Kopf geht es vielleicht zu! Da spielt sich

der helle Wahnsinn ab. Brrrrrrr! Ein Gefängnis ist ja das wahre Paradies gegen einen Aufenthalt in diesem Schädel!«
Hierauf gähnte der Zwerg einmal und war, bevor er ein zweites Mal gähnen konnte, eingeschlafen.
Am liebsten wäre Anna sofort aufgestanden und heimgegangen. Doch sie wollte nicht unhöflich sein. Also mampfte sie brav ein Stück von der entsetzlich süßen und entsetzlich fetten Torte, die die Hermann-Mutter gebracht hatte. Und weil es der Hermann wollte, spielte sie *Schwarzer Peter* mit ihm. Nach der dritten Partie reichte es ihr. Der Hermann benahm sich zu eklig. Weil er unbedingt gewinnen wollte, hielt er – wenn er nur noch zwei Karten in der Hand hielt – die Karte, die nicht der Schwarze Peter war, ganz fest und kreischte, wenn Anna diese Karte ziehen wollte: »Nein-nein-nein, die geb ich nicht her!«
»Weil er halt krank ist«, sagte die Hermann-Mutter dazu. »Wenn man krank ist, dann wird man ein bißchen komisch.«
»So ist er aber auch, wenn er gesund ist«, sagte Anna und stand auf.
Die Hermann-Mutter schaute bekümmert. »Magst nicht noch ein bisserl bleiben?« fragte sie.
»Danke, nein«, sagte Anna und gab dem Hermann zum Abschied die Hand.
Die Hermann-Mutter brachte Anna bis zur Wohnungstür. Dort sagte sie: »Weißt du, unser Burli ist eben ein Einzelkind.«
»Das bin ich auch«, sagte Anna.
»Aber er war leider nicht im Kindergarten«, sagte die Her-

mann-Mutter. »Darum tut er sich halt ein bisserl schwer mit anderen Kindern.«
»Ich war auch nicht im Kindergarten«, sagte Anna, gab der Hermann-Mutter die Hand und lief die Treppen hinunter. Die Hermann-Mutter seufzte und schaute traurig hinter Anna her.

Eigentlich hätte Anna ja nun in die Schule zurückkehren können. Aber das hätte wohl ein wenig merkwürdig ausgesehen. So schnell wird ein kranker Hals nicht wieder gesund!
Also ging Anna heim, in die Papa-Wohnung, und staunte nicht schlecht, als sie dort den Papa und die Mama fand. Und beide waren in heller Aufregung.
»Gerade wollte ich bei der Polizei anrufen«, rief der Papa. »Und Vermißtenanzeige erstatten!«
»Und ich war schon viermal auf dem Klo«, rief die Mama. »Ich habe Bauchweh aus lauter Angst um dich!«
Gleich nachdem die Frau Direktorin im Büro vom Papa angerufen hatte, hatte auch der Papa dort angerufen. Und da hatte er erfahren, daß seine arme Anna sehr krank sei und von der Schule nach Hause geschickt worden war. Und da war er natürlich schnurstracks heimgefahren! Und wie er seine Anna daheim nicht gefunden hatte, hatte er im Rundfunk angerufen und die Mama alarmiert. Und die Mama hatte ihre Hörspielprobe sofort abgebrochen und war angebraust!
»Wo warst du denn, du Wahnsinnskind?« riefen der Papa und die Mama. »Wir haben dich überall gesucht. Den Weg

von der Schule bis hierher sind wir gut zehnmal abgegangen. Sogar beim Franz-Josef haben wir angerufen.«
»Beim Hermann war ich«, sagte Anna. »Einen Krankenbesuch habe ich ihm abgestattet.«
»Wieso gehst du denn zu diesem blöden Kerl?« rief der Papa.
»Weil er etwas von mir gehabt hat, was ich unbedingt zurückhaben mußte«, sagte Anna. »Aber schon ganz unbedingt!«
Die Mama schrie: »Also, du bist total übergeschnappt! Bist krank und rennst in der Gegend herum!«
»Ich bin nicht krank«, sagte Anna. »Das hat sich bloß so ergeben.«
»Was hat sich bloß so ergeben?« schrie der Papa. »Hast du nun Halsweh? Oder hast du nicht Halsweh? Oder bist du einfach total plemplem?«
Anna stieg auf einen Stuhl und brüllte: »Ruhe jetzt! Sofort Ruhe, wenn ich bitten darf!«
Immer wenn Anna vom Papa oder von der Mama angeschrien wurde, kletterte sie auf einen Stuhl und schrie von dort aus zurück. Sie fand das gerechter so. Wenn Menschen einander schon anbrüllten, dann sollten sie sich wenigstens dabei in die Augen sehen können. Auf die »Kleinen« hinunterzubrüllen, fand Anna, ist ja keine Kunst.
Wie immer, wenn Anna vom Stuhl aus losbrüllte, mußten der Papa und die Mama lachen.
»Okay, okay«, sagte die Mama. »Das Fräulein Tochter hat wieder einmal gewonnen.«
»Ich schnurre ohnehin schon wieder wie ein alter Kater«,

sagte der Papa. Er hob Anna vom Stuhl und gab ihr einen Kuß auf die Nasenspitze. Einen von der feuchten Sorte, die Anna nicht leiden konnte.
»Und wie geht es jetzt weiter?« fragte die Mama. »Mit Ins-Bett-Legen und Halswickel- und Essigumschläge-Machen scheint ja wohl nun nichts zu laufen, oder?«
»Gott bewahre«, sagte Anna. »Ich bin ein kerngesundes Kind.«
»Und für so ein Balg nimmt man sich frei!« riefen der Papa und die Mama.
»Also bitte«, sagte Anna. »Wenn ihr euch wegen einer kranken Anna freigenommen habt, dann könntet ihr eigentlich die freie Zeit mit der gesunden Anna verprassen.«
»Und zwar wie?« fragte der Papa.
»Und zwar wo?« fragte die Mama.
»Gar nicht besonders wie und wo«, sagte Anna. »Spielen wir einfach was?«
»Dreier-Quartett?« fragte der Papa. Dreier-Quartett spielte er gerne.
»Memory?« fragte die Mama. Beim Memory-Spielen war sie immer Siegerin.
»Vater-Mutter-Kind«, sagte Anna.
Der Papa und die Mama seufzten.
Anna deutete auf die Mama. »Du bindest dir eine Schürze um und kochst für uns Bohnengulasch mit Burenwurst. Da haben wir alles dafür daheim!«
Anna deutete auf den Papa. »Und du setzt dich ins Wohnzimmer und liest die Zeitung und schimpfst auf die Regierung.«

Anna deutete auf ihre eigene Brust. »Und ich renne zwischen euch hin und her und falle euch unheimlich auf den Wecker!«
»Ein blödes Spiel«, murmelte die Mama.
»Und auf die Regierung hab ich doch schon beim Frühstück geschimpft«, murmelte der Papa.
»Es ist aber mein Lieblingsspiel«, sagte Anna.
»Na, dann wollen wir mal«, sagten der Papa und die Mama und holten die Schürze und die Zeitung.

Hätte Anna den Zwerg nicht wach geniest...

Hätte Anna den Zwerg nicht wach geniest, hätte der wohl noch wochenlang weitergeschlafen. Doch Anna gönnte ihm bloß vier Tage Ruhepause. Sie wollte schließlich genau wissen, was der Zwerg im Hermann-Kopf erlebt hatte und ob er entdeckt hatte, warum der Hermann so ein ekliges Kind war.

»O Gotterl eins«, sagte der wach genieste Zwerg gähnend, »im Herrn Mann seinem Schädel herrscht das totale wirrwarre Chaos. Es zuckt und zittert, blitzt und kracht, wimmert und wummert, nagt, sägt und kreischt. Unmöglich, da eine Übersicht zu bekommen. Jedenfalls kommt er sich ganz arm vor. Und denkt, er muß sich gegen die Gemeinheiten der anderen Kinder zur Wehr setzen.«

Anna seufzte. Dann war also deine ganze Mühe für die Katz? fragte sie.

»Ich weiß nicht recht«, sagte der Zwerg. »Ich habe jedenfalls versucht, in dem Schädel allerhand zurechtzubiegen und ein paar Kontakte umzupolen und eine neue Leitung zu legen. Man wird ja sehen, ob es etwas geholfen hat.«

Anna dachte: Einen Schmarrn hat es geholfen! Beim Schwarzer-Peter-Spielen war er so eklig wie immer. Kein bißchen freundlicher als früher!

»Na ja«, sagte der Zwerg. »Vielleicht wirkt sich meine Murkserei und Pfuscherei erst langsam aus. Vielleicht muß sich die neue Leitung, die ich gelegt habe, noch eindenken. Vielleicht muß erst noch ein bißchen Rost von dem, was ich zurechtgebogen habe, blättern. Das dauert manchmal.

Das geht nicht immer von einem Tag auf den anderen.«
Dein Wort in Gottes Ohr, dachte Anna. Viel Hoffnung darauf, daß der Zwerg recht haben könnte, hatte sie nicht.
»Wann kommt denn der Herr Mann wieder in die Schule?« fragte der Zwerg.
Angeblich nächsten Montag, dachte Anna. Gestern war seine Mutter in der Schule. Sie hat gesagt, es geht dem Hermann schon recht gut, aber er wird noch untersucht. Jeden Tag geht sie mit ihm zu einem anderen Arzt, weil das ja nicht normal ist, daß ein Kind plötzlich so furchtbare Schmerzen im Kopf hat, die dann wie weggeblasen sind.
Der Zwerg lachte. »Da bin ich aber froh«, kicherte er, »daß ich aus dem Kopf raus bin, bevor sie ihn geröntgt und elektronisch vermessen haben.«
Hätte man dich da entdeckt? fragte Anna.
»Keine Ahnung«, sagte der Zwerg. »Diese Erfahrung habe ich noch nicht hinter mir, und ich bin auch echt nicht neugierig drauf.«
Und dann fühlte sich der Zwerg wieder müde. Er war gerade noch bereit dazu, mit Anna die Rechen-Hausübung zu machen. Aber auch dabei gähnte er schon schauerlich, und als Anna das Rechenheft zuklappte, murmelte er: »Ich mach nur schnell ein Nickerchen« und war, bevor Anna das Heft in die Schultasche gesteckt hatte, eingeschlafen.
Anna störte das nicht. Sie wollte nämlich den Peter besuchen. Der Peter hatte Geburtstag. Nur Anna hatte er zum Geburtstagfeiern eingeladen. Sonst niemanden!

Anna war sehr stolz darauf. Und zum Geburtstagfeiern brauchte sie den Zwerg wirklich nicht.

Der Peter hatte nicht nur den großen Bruder, von dem er die geflickten Hosen und Hemden auftragen mußte, der Peter hatte auch drei Schwestern. Zwei große und eine kleine. Die kleine Schwester war winzig. Sie lag in einem Gitterbett, nuckelte an einem Schnuller und schaffte es nicht einmal, sich vom Bauch auf den Rücken zu drehen. Bloß den Kopf konnte sie ein bißchen heben. Und wenn man ihr einen Finger vor die Nase hielt, spuckte sie den Schnuller aus, lachte und grapschte sich mit einem Händchen den Finger und hielt ihn fest.
Die zwei großen Schwestern vom Peter waren schon so groß, daß sie angemalte Lippen und rot lackierte Fingernägel hatten und blond gebleichte Strähnchen in den braunen Locken.
Der große Bruder vom Peter hieß Paul und war elf Jahre alt. Er schaute dem Peter sehr ähnlich. Und er war nicht so hochnäsig wie andere elfjährige Buben, die mit kleinen, siebenjährigen Kindern nicht spielen wollen.
Die Mama vom Peter war ein bißchen dick und sehr freundlich. Und eine ganz tolle Tortenbäckerin. Auf der Geburtstagstorte vom Peter prunkte ein daumengroßer Marzipan-Peter; den hatte sie selbst gemacht!
Die Wohnung vom Peter war nicht groß. Da war ein Wohnzimmer, in dem schliefen in der Nacht, auf einem Ausklappbett, der Papa und die Mama vom Peter. Und das Baby in seinem Gitterbett. Dann gab es noch zwei

winzige Zimmerchen. Eines für die zwei großen Schwestern, eines für den Peter und den Paul. Im Peter-Paul-Zimmer waren ein Etagenbett und zwei kleine Schreibtische und zwei Sessel. Mehr ging da nicht hinein.
Darum hatte der Peter auch keine richtige, große Geburtstagsparty machen können. Die Kinder hätten keinen Platz zum Spielen gehabt, ja, nicht einmal einen Platz zum Sitzen.
Doch den Peter störte das nicht. »Hauptsache, daß du da bist!« sagte er zu Anna, als er mit ihr und den Geschwistern beim Küchentisch saß und die Geburtstagstorte anschnitt.
»Du bist nämlich seine erste große Liebe«, sagte die eine große Schwester zu Anna. Und weil der Peter deswegen knallrot im Gesicht wurde, sagte die andere große Schwester zu ihm: »Also, jetzt lauf bloß nicht rot an, Peter! Für die Liebe braucht man sich nicht zu schämen.«
Und der Paul fragte Anna: »Und du, liebst du den Peter auch?«
Weil man sich für die Liebe nicht zu schämen braucht, wurde Anna gar nicht rot im Gesicht, sondern sagte bloß: »Na klar!«
Da holte die Mama vom Peter zwei große Flaschen Cola aus dem Eisschrank und sechs Gläser aus der Kredenz und sagte: »Na, dann wollen wir auf das große Liebesglück anstoßen!«
»Unser Liebesglück wäre aber doppelt so groß«, sagte der Peter, »wenn wir in der Schule nebeneinandersitzen könnten.«

Anna nickte. »Stimmt!« sagte sie.
Die Mama vom Peter schenkte die Gläser voll Cola. »Das muß doch zu schaffen sein«, sagte sie.
»Überhaupt jetzt«, sagte der Paul, »wo dieser blöde Hermann eh nicht da ist. Da ist doch der Platz neben der Anna frei.«
»Aber der Hermann kommt am Montag wieder«, sagte Anna.
»Muß er sich halt auf den Platz vom Peter setzen«, sagte die eine große Schwester.
»Das wird der Michi nicht mögen«, sagte Anna. »Der Michi will nicht neben dem Hermann sitzen!«
»Also, den Michi, den kenn ich«, sagte die Mama vom Peter. »Der soll ruhig neben dem Hermann sitzen. Der kann sich gegen den Hermann viel besser wehren als du.«
»Genau«, sagte der Paul.
»Aber ob das die Frau Lehrerin erlaubt?« fragte Anna.
»Das laß nur mich machen«, rief der Peter. »Gleich morgen in der Früh frag ich sie. Das werd ich schon hinkriegen.«
»Und wenn es der Peter nicht schafft«, sagte die Mama vom Peter, »dann gehe ich in die Schule und regle das.«
Sie reckte ihre dicke Brust weit vor, hob die Arme und winkelte sie ab wie ein Bodybuilder, der seine Bizepse vorzeigt, machte eine grimmige Miene und sprach: »Ich bin nämlich enorm durchschlagskräftig, wenn es darauf ankommt.«
Anna war glücklich. Nicht nur wegen der Hoffnung auf

lauter wunderschöne Vormittage neben dem Peter. Ihr gefiel es beim Peter daheim. Die Peter-Geschwister, fand sie, waren die nettesten Kinder, die sie kannte. Sogar das Baby gefiel Anna. Obwohl sie bisher Babys noch nie besonders hatte leiden mögen.
Als der Papa am Abend Anna abholte, fragte Anna die Mama vom Peter: »Darf ich bald wiederkommen?«
»Aber Anna!« rief der Papa. »Dräng dich doch nicht so auf! Das gehört sich nicht!«
»Klar gehört sich das!« sagte die Mama vom Peter zum Papa, und zu Anna sagte sie: »Von mir aus kannst du jeden Tag kommen. Bei uns kommt es auf einen mehr oder weniger auch nicht mehr an.«
Den ganzen Heimweg über erzählte Anna dem Papa, wie schön es beim Peter gewesen war. Und als sie daheim ankamen, sagte sie: »Ich hätte auch gern viele Geschwister! Schwestern und Brüder und ein Baby. Dann wäre immer wer da, mit dem ich spielen und reden könnte und Spaß haben.«
»Okay«, sagte der Papa. »Heirate ich halt wieder und erzeuge dir Geschwister.«
»Du spinnst ja!« rief Anna. »Nur Babys will ich nicht! Und große Brüder und Schwestern kannst du mir doch nicht erzeugen, das hättest du machen müssen, bevor ich zur Welt gekommen bin.«
»Heirate ich halt eine Frau, die schon große Kinder hat«, sagte der Papa. »Da gibt es auch jede Menge davon.«
»Die Frau, die so nette Kinder hat wie die Geschwister vom Peter, die führ mir erst einmal vor«, rief Anna.
»Ich werd mich bemühen«, sagte der Papa.

»Laß es bleiben«, sagte Anna. »Schaffst du sowieso nie im Leben.«
»Ich schaff alles«, sagte der Papa. »Wenn ich will!«
»Untersteh dich!« rief Anna, griff nach dem roten Sofakissen und warf es dem Papa an den Kopf.
»Ich hab doch nur Spaß gemacht«, sagte der Papa und legte das rote Kissen wieder aufs Sofa.
»Und ich kann solche Späße nicht leiden«, sagte Anna und lief aus dem Wohnzimmer.
Der Papa kam hinter ihr her. »Aber Anna«, sagte er. »Du hast keinen Humor. Echt nicht!«
Anna nahm den rosa Ranzen, der im Vorzimmer an der Garderobe lehnte, und ging in ihr Zimmer. Jetzt hat er mir den ganzen glücklichen Tag verpatzt, dachte sie. Heiraten! Neue Kinder kriegen! Spaß gemacht! Und wenn es doch kein Spaß war?
Anna machte den rosa Ranzen auf, drehte ihn um und kippte alles, was im Ranzen war, auf den Boden.
»Was machst du denn da?« fragte der Papa. Er stand in der offenen Zimmertür.
»Ich räume meine Schultasche aus, siehst du ja«, fauchte Anna.
»Sonderbare Methode«, sagte der Papa. »Soll ich mit dem Staubsauger kommen und nachhelfen?«
»Ach, laß mich doch in Ruhe«, fauchte Anna.
»Ehrenwort, Anna«, sagte der Papa. »Ich such mir keine neue Frau. Keine mit Kindern und auch keine ohne Kinder. Das schwöre ich dir!« Der Papa hob die rechte Hand und reckte Zeigefinger und Mittelfinger hoch.
»Großes Ehrenwort?« fragte Anna.

»Größer geht es gar nicht mehr«, sagte der Papa.
»Okay!« Anna lächelte dem Papa zu. Sie bückte sich und sammelte den verstreuten Schulkram wieder ein. Der Papa half ihr dabei. Und dann setzte sich der Papa an Annas Schreibtisch und spitzte Annas Buntstifte. Alle vierundzwanzig. Und aus rotem Glanzpapier machte er Annas Lesebuch einen neuen Einband. Und hinterher kochten der Papa und Anna Nachtmahl. Risi-Pisi mit Naturschnitzel kochten sie, Annas Lieblingsspeise.
Beim Nachtmahlessen sagte der Papa: »Irgendwie haben wir zwei es doch auch ganz schön, oder?«
Anna nickte. Irgendwie hatte der Papa, fand sie, recht.

Es war gar nicht nötig…

Es war gar nicht nötig, daß die Mama vom Peter in die Schule kam und ihre Durchschlagskraft bewies. Der Peter schaffte es ganz alleine.
»Das ist überhaupt nicht schwierig gewesen«, sagte er lachend, als er sich auf den Hermann-Platz neben Anna gesetzt hatte und seinen Schulkram in das Pult stopfte. »Ich habe die Frau Lehrerin gar nicht lange überreden müssen, sie war gleich einverstanden. Blöd von mir, daß ich das nicht schon längst getan habe.«
Höchstwahrscheinlich wäre die Frau Lehrerin nicht so schnell einverstanden gewesen, hätte sie geahnt, welche Kettenreaktion das auslösen würde!
Kaum hockte nämlich der Peter zufrieden neben Anna, meldete sich der Michi und fragte, ob sich nun die Susi auf den freien Platz neben ihm setzen dürfe.
Als die Frau Lehrerin das erlaubt hatte, meldete sich die Alexandra, die bisher neben der Susi gesessen war, und fragte, ob sich nun der Sascha auf den freien Platz neben ihr setzen dürfe.
Als die Frau Lehrerin auch das erlaubt hatte, wollte die Ruth den »alten Platz« vom Sascha haben. Und dann wollte die Angela den »alten Platz« von der Ruth haben. Und so ging das weiter und weiter, bis fast die Hälfte der Kinder »umgezogen« war und die Pausenglocke ratschte. Schließlich blieb ein Pult in der ersten Pultreihe unbesetzt. Das Pult vor Anna und Peter.
Die Frau Lehrerin sagte: »Da wird dann wohl der Her-

mann sitzen, wenn er wieder gesund ist. Und neben ihm die Alma, wenn sie aus Tirol zurückkommt.«
Der Peter flüsterte Anna zu: »Das ist gut. Da wird das Hermann-Ekel Augen machen! Ich kenne die Alma. Mit der war ich im Kindergarten. Die hat keine Haare auf den Zähnen, die hat Borsten auf den Zähnen.«
Die Alma war seit ein paar Wochen in Tirol bei ihrer Tante. Weil ihre Eltern einen Autounfall gehabt hatten und nun total vergipst im Krankenhaus lagen. Die Alma mußte in Tirol bleiben, bis ihre Eltern wieder gesund waren.
Anna hatte wegen der Alma ein schlechtes Gewissen. Hätte sich der Peter nicht zu mir gesetzt, dachte sie, würde die Alma nicht das Hermann-Ekel als Pultnachbarn bekommen. Und sie kann sich gar nicht dagegen wehren, weil sie nicht da ist. Und was nützen schon Borsten auf den Zähnen gegen den Hermann? Nichts!
Anna nahm sich vor, sozusagen als Ausgleich, zur Alma ganz lieb zu sein. Sie dachte: Wenn die Alma wieder da ist, dann bringe ich ihr jeden Tag eine Nektarine mit. Nektarinen, hat sie mir einmal erzählt, sind ihre Lieblingsobstsorte. Und mein kleines grünes Stoffkrokodil werde ich ihr schenken. Ob die Alma das kleine grüne Stoffkrokodil mochte, wußte Anna nicht. Aber Anna mochte es sehr gern. Es herzuschenken war ein echtes Opfer. Und mit einem echten Opfer, fand Anna, konnte man ein schlechtes Gewissen am besten beruhigen.
Als der Hermann am Montag wieder in die Schule kam und erfuhr, daß er nun seinen Platz in der ersten Pultreihe hatte, sagte er bloß: »Ist mir doch ganz egal!« Aber es war ihm anzumerken, daß er damit nicht einverstanden war.

Anna saß nun schräg hinter dem Hermann. Sie beobachtete ihn den ganzen Vormittag lang. Sie wollte feststellen, ob es dem Zwerg gelungen war, im Kopf vom Hermann irgend etwas zu verändern.
Aber das war nicht so leicht zu entscheiden! Einerseits mußte Anna zugeben: Der Hermann sitzt ruhig auf seinem Platz. Er stänkert nicht. Er rempelt nicht. Er beschwert sich nicht bei der Frau Lehrerin. Er benimmt sich wie ein normales Kind.
Aber andererseits sagte sich Anna: Neben dem Hermann sitzt ja heute niemand, den er rempeln kann und über den er sich bei der Frau Lehrerin beschweren kann! Er hat das Pult für sich allein, kein fremder Buntstift kann auf »seine Hälfte« rollen, und niemand will sich den Radiergummi von ihm borgen. Und heute hat noch niemand mit ihm geredet und ihm erzählt, daß er daheim eine Katze, einen Hund oder ein ferngesteuertes Motorboot hat. Also hat der Hermann auch noch gar nicht angeben und behaupten können, daß er daheim drei Katzen, sieben Hunde und eine ganze ferngesteuerte Flotte hat!
In der großen Pause dachte Anna: So, jetzt werde ich die Sache erforschen! Sie nahm zwei Buntstifte und drückte die Buntstiftminen so fest gegen das Pult, daß sie abbrachen. Dann beugte sie sich zum Hermann vor.
»Du, Hermann«, sagte sie und zeigte dem Hermann die abgebrochenen Buntstifte, »borg mir bitte deinen Bleistiftspitzer! Ich hab keinen mit! Dabei hab ich zu Hause zehn Spitzer und eine Spitzmaschine.«
Gleich, dachte Anna, wird er sagen, daß er daheim hundert Spitzer und zehn Spitzmaschinen hat!

Der Hermann sagte es nicht.
Er schwieg.
Na, wennschon, dachte Anna. Gibt er zufällig einmal nicht an! Aber seinen Bleistiftspitzer rückt er deswegen noch lange nicht raus, der Geizkragen!
Doch da hatte sich Anna geirrt. Der Hermann holte seinen Bleistiftspitzer aus der Schultasche. Er gab ihn Anna. »Aber spitz nicht ewig«, sagte er. »Sonst wird er nämlich stumpf.«
Anna ging mit den zwei Buntstiften und dem Spitzer zum Papierkorb.
»Na bitte, da siehst du es!« sagte der Zwerg in ihrem Kopf. Ganz von alleine und ohne Gähnen war er diesmal wach geworden.
Das kann eine Ausnahme sein, dachte Anna. Sie spitzte die Buntstifte, ging zum Hermann zurück, legte den Spitzer auf sein Pult und setzte sich auf den freien Stuhl neben dem Hermann. Sie lümmelte sich auf das Pult, so daß ihr linker Ellbogen weit in die »Hälfte« vom Hermann hineinreichte.
Der Hermann schaute ein bißchen unfreundlich, aber er sagte wieder nichts. Nur der Zwerg sagte: »Na bitte, da siehst du es!«
Anna hob das linke Bein und stieß dem Hermann die Schuhspitze in die rechte Wade. »Na, bist jetzt wieder ganz gesund?« fragte sie. Und stieß mit der Schuhspitze noch einmal zu.
Der Hermann sprang auf und rief: »Frau Lehrerin, bitte, Frau Lehrerin!«
Die Frau Lehrerin saß an ihrem Tisch und blätterte in

einem Buch. Sie hob den Kopf. »Was ist denn, Hermann?« fragte sie.
Der Hermann stand mauloffen da. Es war ganz klar: Er wollte sich über Anna beschweren. Aber es gelang ihm nicht.
»Na, Hermann?« fragte die Frau Lehrerin.
»Bitte, Frau Lehrerin, die Anna«, sagte der Hermann.
»Was ist denn mit der Anna?« fragte die Frau Lehrerin.
»Bitte, sie hat«, sagte der Hermann.
»Was hat sie denn?« fragte die Frau Lehrerin.
»Bitte, nichts, Frau Lehrerin«, sagte der Hermann und setzte sich wieder hin.
»Hermann, Hermann«, murmelte die Frau Lehrerin, schüttelte den Kopf und schaute wieder in ihr Buch.
Der Hermann hockte da, noch immer mauloffen, rieb sich mit beiden Händen die getretene Wade und konnte anscheinend nicht begreifen, was da mit ihm geschehen war.
»Na?« fragte der Zwerg sehr stolz. »Wie findest du den Herrn Mann? Bin ich nicht doch ein ganz passabler Umpoler, Verbieger und Leitungsleger!«
Bist du, dachte Anna, auf Ehrenwort!
»Freut mich, daß du es anerkennst«, sagte der Zwerg. »Auch unsereiner wird nämlich hin und wieder gerne gelobt.«
Dann läutete die Glocke die Pause aus, und Anna kehrte auf ihren Platz, zum Peter, zurück.
Der Peter deutete auf den Hermann. »Was war denn das?« fragte er. »Kannst du mir das erklären?«
»Nein, keine Ahnung«, flüsterte Anna und war froh, daß

die Frau Lehrerin in die Hände klatschte und rief: »Jetzt wird nicht mehr getratscht, jetzt wird gearbeitet, meine Herrschaften!«
Man belügt ja schließlich seinen besten Freund nicht gerne. Dem besten Freund will man immer die Wahrheit sagen. Aber wenn die Wahrheit so unglaublich ist, dann ist das auch nicht gut möglich.
Vom nächsten Schultag an brauchte sich der Peter aber ohnehin nicht mehr über den Hermann zu wundern. Der Hermann war wieder eklig wie eh und je! Er drängelte, er raunzte, er gab an, er beschwerte sich bei der Frau Lehrerin über den Michi, weil ihn der Michi in der Garderobe angeblich gestoßen hatte. Und er erzählte in den Pausen, daß er in den Sommerferien nach Alaska fliegen werde, um dort mit seinem Onkel Eisbären zu jagen.
Nur zu Anna war der Hermann nicht eklig. Zu Anna war er freundlich und lieb und nett. Und immer wieder fragte er sie: »Anna, kommst du mich wieder einmal besuchen? Zum Schwarzer-Peter-Spielen? Und eine Torte kriegst du auch wieder, wenn du kommst!«
Und nach dem Unterricht, wenn sich die Kinder in der Garderobe die Straßenschuhe und die Mäntel anzogen, dann fragte der Hermann die Anna immer: »Darf ich dich heimbegleiten?« Doch Anna lehnte das ab. Entweder sagte sie: »Ich gehe nicht heim, ich gehe nämlich zum Peter!« Oder sie sagte: »Ich gehe nicht heim, ich warte an der Straßenecke auf die Mama. Die holt mich mit dem Auto ab. Und der Peter wartet mit mir!«
Eine Zeitlang fiel dem Peter gar nicht auf, daß der Hermann nun so freundlich zu Anna war. Er merkte es erst, als

ADAMS

der Hermann Anna einmal einen wunderschönen Apfel schenkte. Einen, den er vorher an seiner Hose blitzblank poliert hatte.
Dem Peter gefiel es nicht, daß Anna den Apfel vom Hermann nahm. »Von dem Ekel tät ich nichts nehmen, echt nicht!« sagte er zu Anna.
Und als er dann einmal hörte, wie der Hermann Anna zum Schwarzer-Peter-Spielen und Torte-Essen einlud, da sagte er zu Anna: »Aber du gehst doch nicht zu dem Ekel, oder? Weil, wenn du nämlich zu dem gehst, dann bin ich bös auf dich. Du bist meine Freundin! Ich teile dich mit niemandem!«
»Sowieso geh ich nicht zu dem!« sagte Anna.
»Ehrenwort nicht?« fragte der Peter.
»Ehrenwort nicht«, sagte Anna.
»Schwörst du es bei deinem Augenlicht?« fragte der Peter.
»Wozu denn?« Anna fand das ein bißchen übertrieben.
»Weil ich nämlich schrecklich eifersüchtig bin«, sagte der Peter.
»Okay, ich schwöre es bei meinem Augenlicht!« sagte Anna. Sie freute sich, daß der Peter auf sie eifersüchtig war. Eifersucht, dachte sie, ist doch ein Zeichen von großer Liebe.
»Überhaupt nicht!« meldete sich der Zwerg im Kopf. »Eifersucht ist lästig und dumm und sonst nichts. Und hat mit Liebe nicht viel zu tun.«
Anna dachte: Ach, was weißt denn du schon von Liebe!
»Eine Menge«, sagte der Zwerg.

Einen Schmarrn weißt du, dachte Anna. Du bist kein Mann, und du bist keine Frau. Einer wie du hat doch von so etwas keine Ahnung!
Da war der Zwerg beleidigt und gab keine Antwort mehr.

Dreimal die Woche mindestens...

Dreimal die Woche mindestens war Anna nun am Nachmittag beim Peter. Und von Mal zu Mal gefiel es ihr dort besser. Richtig daheim fühlte sie sich! Auch den Vater vom Peter mochte sie sehr gern. Aber den sah sie immer nur für ein halbes Stündchen, bevor sie nach Hause gehen mußte. Der Vater vom Peter war Filialleiter in einer großen Eisenwarenhandlung. Wenn er am Abend von der Arbeit heimkam, legte er sich immer auf das Sofa im Wohnzimmer. Er hatte dicke, blaue Krampfadern an den Beinen. Vom vielen Herumstehen und Herumrennen in der Eisenwarenhandlung. Die Beine taten ihm sehr weh. Trotzdem war er immer gut aufgelegt. »Kinder, Kinder, herkommen!« rief er, wenn er auf dem Sofa lag. »Erzählt eurem alten Vater, was sich in der großen, weiten Welt so tut!«
Und dann setzten sich der Peter und der Paul und die zwei großen Schwestern ans Sofa und erzählten dem Vater, was sie alles erlebt hatten.
Und die Mutter vom Peter brachte das Baby und legte es dem Vater auf den Bauch.
Dem Baby gefiel es dort. Auch wenn es vorher gegreint und gekreischt hatte, auf dem Bauch vom Vater lachte es nur.
»Ist ja kein Wunder«, sagte der Peter-Vater dazu. »Ich habe eben eine liebenswürdige Ausstrahlung.«
Da konnte ihm Anna nur recht geben!
Anna wäre am liebsten jeden Tag nach der Schule mit dem

Papa

Peter heimgegangen. Und die Familie vom Peter hätte nichts dagegen einzuwenden gehabt. Aber Anna konnte das ihrer Mama nicht antun. Die Mama beklagte sich so schon sehr.
»Anna, du hast ja gar keine Zeit mehr für mich«, sagte sie. »Auf deine Nachmittage bin schließlich seit eh und je ich abonniert.«
Nur wenn die Mama am Nachmittag Probe hatte oder mit dem Theater wegfahren mußte, dann war sie froh, daß Anna jetzt beim Peter »Familienanschluß« hatte. Denn nun brauchte sie den teuren Franz-Josef nicht mehr zu bezahlen. Und sie brauchte sich auch nicht mehr Annas Protest anzuhören, wenn sie die Liesl oder eine andere Freundin zur Anna-Betreuung ausgesucht hatte.
Die Mama wollte, daß Anna nur an den Nachmittagen zum Peter ging, wo sie für Anna keine Zeit hatte. Anna lehnte das ab. »Also, das ist mir viel zuwenig«, sagte sie zur Mama. »Da sehe ich den Peter viel zu selten.«
»Und so wie es jetzt ist«, jammerte die Mama, »sehe ich dich viel zu selten!«
»Aber ich habe den Peter doch so lieb«, sagte Anna. »Da reicht der Vormittag einfach nicht.«
»Und mich hast du nicht lieb?« fragte die Mama und schaute ganz traurig drein.
»Red nicht so komisch!« rief Anna. »Das ist doch etwas ganz anderes.«
»Einen Schmarrn ist das etwas anderes!« rief die Mama. »Was hab ich denn von deiner Liebe, wenn du keine Zeit mehr für mich hast?«
Da wußte Anna keine Antwort. Doch gottlob war der

Zwerg gerade munter, und der sagte: »Find ich zum Kotzen, das ist ja die reinste Erpressung!«
Also sagte auch Anna zur Mama: »Du, das find ich zum Kotzen, das ist ja die reinste Erpressung!«
»Wieso?« fragte die Mama.
»So halt«, murmelte Anna, weil sie wieder keine richtige Antwort wußte. Doch der Zwerg im Kopf sagte: »Hätt sie sich nicht scheiden lassen und hätte sie nicht so einen blöden Beruf, könnte sie dich wohl oft genug sehen!«
Also fügte Anna dem »So halt« noch hinzu: »Hättest du dich nicht scheiden lassen und hättest du nicht so einen blöden Beruf, dann könntest du mich wohl oft genug sehen!«
Und da wußte nun die Mama keine Antwort mehr! Und weil sie keinen Zwerg im Kopf hatte, der ihr »einsagte«, konnte sie bloß »Anna, ach, Anna« murmeln und traurige Dackelaugen machen.
Wäre der Zwerg nicht gewesen, hätten Anna die traurigen Dackelaugen garantiert sehr beeindruckt. Mama-traurig war für Anna immer schwer auszuhalten. Anna wollte der Mama schon versprechen, ab nun wieder öfter für sie Zeit zu haben, doch da murmelte der Zwerg: »Man merkt, daß die Frau beim Theater ist. Fall nicht drauf rein! Wenn sie echt will, kann sie dich auch öfter sehen, ohne daß du auf die Peter-Nachmittage verzichtest.«
Also fiel Anna nicht drauf rein und schaute einfach zu Boden, um die traurigen Dackelaugen nicht sehen zu müssen. Und die Mama merkte, daß der Dackelblick heute gar nichts nützte, und sagte schließlich: »Okay, wenn da nichts zu machen ist, werde ich bei deinem Papa eben mehr Wo-

chenenden beantragen, das muß ja auch gehen. Die Peter-Zeit kann nicht nur von meiner Zeit mit dir abgezogen werden, da muß auch dein Papa etwas hergeben von seiner Zeit mit dir.«
»Da hab ich nichts dagegen«, sagte Anna. »Das macht unter euch aus, wie ihr wollt!«
Und der Zwerg sagte: »Na, siehst du, man muß sich nur durchsetzen können, sonst ist man nämlich auf immer und ewig das Tupferl!«
Noch am selben Abend telefonierte dann die Mama mit Annas Papa.
Der Papa stritt mit der Mama ziemlich lange am Telefon herum.
Er wollte nicht einsehen, daß die Mama ab nun mehr Wochenend-Zeit mit Anna beanspruchte. »Ein Wochenende du, ein Wochenende ich«, rief er in den Hörer. »So ist das ausgemacht, und so bleibt es auch. Basta!«
Was die Mama darauf antwortete, konnte Anna natürlich nicht verstehen, aber es war sicher nichts Freundliches, denn der Papa rief: »Ich bitte mir einen anderen Ton aus! Sonst beende ich das Gespräch!« Und: »Jetzt beherrsche dich aber!« Und: »Mit Beleidigungen kommst du bei mir schon gar nicht weiter!«
Doch dann fing der Papa selbst zu schimpfen an. »Du bist und bleibst eine lächerliche Person«, rief er. Und: »So was von hysterischer Frau!« Und: »Kreisch nicht wie eine Motorsäge, mir fallen ja die Ohren ab!«
Anna stand an der Wohnzimmertür und bemühte sich, nicht zu weinen. Aber sehr elend war ihr zumute.
»Der ist um nichts besser als deine Mama«, sagte der

WICHTIG!

Zwerg. »Die beiden sind so stur, daß es nicht mehr normal ist!«
Anna nickte, und der Zwerg gähnte und murmelte: »Ich mache jetzt ein kleines Nickerchen! Dieses unschöne Telefongespräch hat mich mitgenommen! Das will ich gar nicht mehr länger anhören!«
Viel Hilfe bist du mir nicht, dachte Anna.
»Du bist ungerecht.« Der Zwerg gähnte wieder. »Seit ich bei dir wohne, bin ich ohnehin viel, viel öfter wach als früher. So wach wie bei dir hab ich mein Lebtag nie sein brauchen! Mehr schaff ich einfach nicht!« Und schon schnarchte der Kerl wieder.
Anna nieste. Einmal, zweimal, dreimal. Der Zwerg rührte sich nicht. Anna nieste noch dreimal. Der Zwerg greinte: »Ich will schlafen!«
Anna nieste wieder dreimal. Der Zwerg jammerte: »Gib Ruh, sonst geh ich kaputt!«
Anna nieste trotzdem weiter. Ununterbrochen. Unzählige Male. Als ob sie einen Sack Pfeffer in die Nase bekommen hätte. Sie fühlte sich schrecklich trostlos und verzagt. Und wozu hatte sie denn einen Zwerg im Kopf, wenn ihr der nicht in trostlosen, verzagten Stunden beistand?
So ein Egoist, dachte Anna. Schert sich nur um sich selber! Merkt gar nicht, daß er mich jetzt trösten sollte!
Da kreischte der Zwerg: »Trösten bringt doch da überhaupt nichts! Tun mußt du was! Mach dem blöden Telefongespräch endlich ein Ende. Du bist doch kein Pingpongball, den sich die zwei Affen nach Lust und Laune zuschubsen dürfen. Sag ihnen das! Steh nicht da herum und warte auf Trost!«

Anna holte tief Luft und ging zum Papa hin. Sie zupfte den Papa am Pullover. »Du, Papa!« sagte sie.
Der Papa schimpfte in den Telefonhörer hinein und scherte sich nicht um Anna. Da zog Anna heftiger am Pullover vom Papa und schrie: »Du, Papa, so hör doch!«
Der Papa drehte sich nicht einmal zu Anna um. Er schimpfte weiter.
Anna ließ den Pullover los und boxte den Papa mit beiden Fäusten in den Hintern und brüllte: »Aufhören, sofort aufhören! Ich will nicht, daß du mit meiner Mama so blöd streitest!«
Der Papa ließ erschrocken den Hörer sinken und drehte sich zu Anna um.
»Ich bin kein Pingpongball«, brüllte Anna. »Ihr zwei Affen könnt mich nicht nach Lust und Laune herumschubsen!«
Der Zwerg flüsterte: »Sag ihm, daß du am Wochenende zum Peter gehst, wenn sie sich nicht einig werden!«
»Und wenn ihr euch nicht einig werdet«, brüllte Anna, »dann geh ich ab jetzt auch am Wochenende zum Peter!«
Anna riß dem Papa den Telefonhörer aus der Hand und schrie in den Hörer hinein: »Hast du es gehört, Mama?«
»Natürlich, mein Schatz«, sagte die Mama. »War ja wohl laut genug!«
Anna drückte dem Papa den Hörer wieder in die Hand, marschierte in ihr Zimmer und knallte die Tür hinter sich zu.
»Na, hab ich's recht gemacht?« fragte sie den Zwerg.

»Super-prima«, sagte der Zwerg gähnend.
Okay, dachte Anna, dann schlaf jetzt ein. Daß du mir kaputtgehst, will ich nicht.
Der Zwerg gab Anna keine Antwort. Er schnarchte. Anna fand, daß das Schnarchen sehr zufrieden klang.

Kaum zehn Minuten später kam der Papa zu Anna ins Zimmer. »Du, Anna«, sagte er. »Deine Mama und ich, wir hätten dir einen Vorschlag zu machen.«
»Und der wäre?« fragte Anna.
»Damit weder deine Mama noch ich zu kurz kommen«, sagte der Papa, »könnten wir ja auch die Wochenenden zu dritt verbringen. Als Vater-Mutter-Kind. Ist ja dein Lieblingsspiel.«
»Sehr vernünftig«, sagte Anna.
»Okay«, sagte der Papa. »Dann werde ich deiner Mama ausrichten, daß du einverstanden bist.« Der Papa ging ins Vorzimmer, zum Telefon. Anna hörte ihn seufzen. Ganz tief seufzte er. Anna dachte: Was seufzt er denn da so? Es gibt noch was Schlimmeres im Leben, als die Wochenenden mit der Mama zu verbringen! Er wird sich schon daran gewöhnen! Und wenn er sich nicht daran gewöhnt, kann man auch nichts machen.
Daß man in »geschiedenen Familien« Probleme nie zur totalen Zufriedenheit aller lösen kann, das hatte Anna längst kapiert.

Die neue Wochenendlösung gefiel Anna…

Die neue Wochenendlösung gefiel Anna, denn Anna war gern ein »normales« Kind, und ein »normales« Kind hat eben am Wochenende einen Papa und eine Mama und braucht sich nicht zwischen einem Papa-Sonntag und einem Mama-Sonntag zu entscheiden.
Aber die Papa-Mama-Wochenenden hatten noch einen anderen Vorteil. Wenn Anna am Wochenende mit dem Papa und der Mama zusammen war, mußte sie weder den Oskar noch die Karla aushalten.
Die Karla war »eine liebe Freundin« vom Papa. Seit einem Jahr war sie eine liebe Freundin. Vorher war sie nur seine Bürokollegin gewesen. Die Karla kam am Sonntag immer den Papa besuchen und war dann mit von der Partie, wenn Anna und der Papa in den Tiergarten gingen oder einen Ausflug machten oder in ein Restaurant essen gingen. Und wenn Anna und der Papa beschlossen, am Sonntag daheim zu bleiben, dann kam die Karla mit einer ganzen Reisetasche voll Fleisch und Gemüse und Mehl und Butter und Schokolade und kochte in der Papa-Wohnung ein Sonntagsmittagessen mit vier Gängen.
Der Oskar war ein »lieber Freund« der Mama und kam immer zu Besuch, wenn Anna am Sonntag bei der Mama war. Wenn Anna mit der Mama Eis essen ging oder ins Kino oder in den Stadtpark, dann war er dabei.
Der Oskar und die Karla waren sehr freundlich und lieb zu Anna. Anna konnte die beiden trotzdem nicht besonders leiden. Den Oskar konnte sie nicht leiden, seit die Haus-

besorgerin vom Mama-Haus einmal zu ihr gesagt hatte: »Na, Anna, was meinst du? Wär der Herr Oskar nicht ein lieber Papa für dich?«
Die Karla konnte Anna nicht leiden, seit sie der Michi gefragt hatte: »Du, Anna, die Frau, mit der du und dein Papa gestern im Bad wart, wird das deine neue Mama?«
Anna wollte weder einen neuen Papa noch eine neue Mama haben. Normale Kinder haben Papa und Mama nicht doppelt!
Der Peter verstand das nicht. Er sagte: »Warum denn nicht? Wenn diese Karla und dieser Oskar lieb zu dir sind, ist das doch in Ordnung. Wirst du doch doppelt liebgehabt, das schadet ja nicht!«
Der Paul fand zwei Paar Eltern sogar recht gut. »Na, hör einmal«, sagte er. »Das ist doch ein Super-Gewinn! Da kriegst du dann zweimal Taschengeld, zweimal Geburtstagsgeschenke und zweimal Weihnachtsgeschenke!«
Und die großen Schwestern vom Peter sagten: »Und wenn ein Papa und eine Mama böse auf dich sind, hast du noch immer einen Papa und eine Mama, die nett zu dir sind!«
Die Mama vom Peter verstand Anna. Sie sagte zum Peter und zum Paul und zu den großen Schwestern: »Ach, ihr spinnt ja! Ihr habt ja keine Ahnung!«
Und der Papa vom Peter sagte auch: »Anna, nimm diese Deppen nicht ernst. Die wissen ja nichts vom Leben!«
Anna dachte manchmal: Wenn der Peter-Papa meine Mama heiraten würde und die Peter-Mama meinen Papa, da hätte ich nichts dagegen, denn dann wären wir eine

wunderbare, große Familie. Vor dem Einschlafen malte sie sich das manchmal ganz genau aus: In ein großes Haus würden sie dann alle ziehen. In ein Haus mit einem Garten dahinter. Und ein riesengroßes Wohnzimmer hätten sie. In dem würden sie alle am Abend zusammensitzen und viel Spaß haben.
Wenn Anna sich das ausdachte und der Zwerg gerade munter war, lachte er sie deswegen aus. »So eine blöde Idee«, kicherte er.

Mit dem Zwerg hatte Anna jetzt oft ein bißchen Streit. Meistens fing der Streit mit dem Zwerg in der Schule an. Und immer ging der Streit um den Hermann. Der Zwerg war nämlich unheimlich stolz darauf, daß er im Kopf vom »Herrn Mann« erfolgreich herumgebastelt hatte. Dauernd lobte er seine Kopf-Arbeit.
Ich seh aber nicht viel Erfolg, dachte Anna, gerade hat er wieder den Michi bei der Frau Lehrerin vertratscht. Nur weil der Michi während der Stunde vom Butterbrot abgebissen hat!
»Aber zu dir ist er doch lieb«, sagte der Zwerg. »Zu dir ist er kein bißchen mehr grauslich, seit ich in seinem Kopf war!«
Und als der Hermann Anna einmal drei Kirschen schenkte, kam der Zwerg richtig ins Schwärmen. »Ist ja toll!« rief er. »Schenkt er dir glatt Kirschen! Mein Werk! Gratuliere mir!«
Anna fand, wegen drei mickriger Kirschen dem Zwerg zu gratulieren, sei doch etwas zuviel verlangt. Sie dachte: Die

hat mir der Hermann eh nur geschenkt, weil sie wurmig sind! (Was falsch war! Die drei Kirschen waren überhaupt nicht wurmig.)
Der Zwerg keifte: »Pfui, schäm dich! Du bist ein gemeines Stück! Immer machst du den Herrn Mann mies!«
Ich mag ihn halt nicht, dachte Anna. Man muß ja auch nicht jeden mögen.
Damit war der Zwerg nicht einverstanden. »Doch!« behauptete er. »Wenn er dich mag, mußt du ihn auch mögen!«
Und wenn der Hermann die Anna zu sich nach Hause einlud, zum Schwarzer-Peter-Spielen und zum Torte-Essen, wollte der Zwerg auch immer, daß Anna die Einladung annahm. »So tu ihm doch die Freude«, rief er. »Warum besuchst du ihn nicht? Wenn er es doch so gerne hätte! Mußt ja nicht dauernd zum Peter rennen! Ein bißchen Abwechslung könnte uns nicht schaden!«
Ich will aber nicht, dachte Anna.
»Aber ich will«, rief der Zwerg. »Und es kann nicht alles nur nach deinem Kopf gehen, wenn ich darin sitze. Ich wohne schließlich hier zur Miete, und ein Mieter hat auch seine Rechte!«
Weil der Zwerg nicht lockerließ, versprach ihm Anna, den Hermann zu besuchen. Dir zuliebe, dachte sie, tu ich es! Aber nur einmal! Ein einziges Mal! Und nach einer Stunde gehe ich wieder! Verstanden?
»Verstanden!« sagte der Zwerg.
Doch Anna verschob den Besuch beim Hermann von einer Woche auf die andere. Das Problem war nämlich: Der Peter war ja in der Schule immer bei Anna. Nie wich er von

ihrer Seite. Also stand er auch dabei, wenn der Hermann die Anna fragte: »Wann kommst du denn endlich zu mir auf Besuch?«
Da schaute dann der Peter fuchsteufelswild und zischte Anna zu: »Willst du wirklich zu diesem Trottel gehen?«
Vor dem Peter wagte Anna nicht, die Einladung vom Hermann anzunehmen. Wegen dem Hermann wollte sie keinen Streit mit dem Peter haben.
Das mußt du doch einsehen, erklärte Anna dem Zwerg. Wie soll ich denn dem Peter erklären, daß ich den Hermann besuche? Der Peter weiß doch nicht, daß es dich gibt! Also muß er denken, ich mag den Hermann. Und er will nicht, daß ich außer ihm jemanden mag!
Jeden Tag erklärte Anna das dem Zwerg. Aber der Zwerg wollte es nicht einsehen. Und eines Tages dann war er stocksauer und rief: »Diesen Blödsinn habe ich mir nun lange genug angehört. Ich lege mich jetzt schlafen und will erst wieder aufgeweckt werden, wenn du beim Herrn Mann zu Besuch bist. Und ich schwöre es dir: Sollte ich von alleine munter werden, und du bist dann noch immer nicht beim Herrn Mann, dann ziehe ich aus! Dann suche ich mir einen anderen Kopf zum Wohnen! Einen, der mir auch hin und wieder einmal einen klitzekleinen Wunsch erfüllt!«
Da war Anna furchtbar erschrocken. Zwerg, lieber Zwerg, dachte sie, jetzt hast du aber bloß Spaß gemacht!
Der Zwerg gab ihr keine Antwort. Daß er schon eingeschlafen war, glaubte Anna nicht. Dem ist es ernst, dachte Anna. Bitter-bitter-ernst!
In den nächsten Tagen wagte Anna nur ganz wenig zu denken. Um den Zwerg ja nicht aufzuwecken. Und jeden

Nieser, auch den kleinsten, vermied sie. Und schrecklich verwirrt war sie. Keine Lösung für das Problem sah sie! Besuchte sie den Hermann, war der Peter böse auf sie. Besuchte sie den Hermann nicht, kündigte der Zwerg ihr den Kopf auf!
Und wenn der Paul nicht Scharlach bekommen hätte, wäre Anna dieses schwierige Problem sicher überhaupt nicht losgeworden.
Wenn ein Kind Scharlach bekommt, dann müssen nämlich auch seine Geschwister von der Schule wegbleiben, weil Scharlach sehr ansteckend ist. Und die Geschwister könnten ja schon angesteckt sein und in der Schule dann die anderen Kinder anstecken. Also durfte auch der Peter, als der Paul Scharlach bekommen hatte, nicht in die Schule gehen. Obwohl er sich pumperlgesund fühlte. Und Anna durfte ihn auch nicht daheim besuchen. Nur telefonieren durfte sie mit ihm. Für Anna war das schrecklich. Sie war beim Peter daheim schon so richtig zu Hause gewesen! Jetzt mußte sie wieder jeden Nachmittag in der Mama-Wohnung sein und kam sich dort fast wie in der Fremde vor.

Nach einer Woche mit lauter Mama-Nachmittagen und einem Mama-Papa-Wochenende, als Anna am Sonntagabend im Bett lag, fiel ihr plötzlich ein: Eigentlich könnte ich dem Zwerg ja jetzt seinen blöden Wunsch erfüllen! Ich könnte den Hermann besuchen, gleich morgen nachmittag. Da hat die Mama ohnehin wieder einmal Hörspielaufnahme. Und der Franz-Josef hat keine Zeit für mich. Wenn

ich nach der Schule mit dem Hermann heimgehe, erspare ich mir einen Nachmittag mit der blöden Liesl. Und der Peter merkt nichts davon, daß ich beim Hermann bin!
Ganz begeistert war der Hermann, als ihm Anna in der großen Pause sagte: »Du, heute geht es, heute kann ich dich besuchen. Wenn du magst, komme ich gleich nach der Schule mit.«
Den ganzen Weg zum Supermarkt-Haus hin nieste Anna. Dem Hermann gefiel das gar nicht. »Kriegst du einen Schnupfen?« fragte er.
»Könnte leicht sein«, sagte Anna grinsend und nieste weiter drauflos.
»Nies bitte nicht in meine Richtung«, sagte der Hermann. »Sonst krieg ich auch den Schnupfen, ich bin da sehr empfindlich.«
»T-t-t-t-schuldigung«, nieste Anna, dem Hermann direkt ins Gesicht, und der Hermann, der vorher dicht neben Anna gegangen war, sprang einen Schritt zur Seite und marschierte im Abstand von einem Meter zu Anna weiter.
Knapp vor dem Supermarkt-Haus hatte Anna den Zwerg endlich wach geniest.
»Wird langsam auch Zeit, daß du meinen Wunsch erfüllst«, sagte der Zwerg.
Wieso, dachte Anna zum Zwerg, war doch erst gestern, wo du mir mit deinem Auszug gedroht hast! Anna meinte, einem, der keine Ahnung von der Zeit hat, könne man da leicht etwas vorschwindeln. Aber einem, der im Kopf sitzt, kann man eben doch nicht so leicht etwas vorschwindeln!

»Lüg nicht«, sagte der Zwerg.
Wieso weißt du, daß ich lüge, dachte Anna.
»Immer, wenn du lügst«, sagte der Zwerg, »gibt es in deinem Kopf so ein gewisses Geräusch. Klingt wie ein leiser Furz, stinkt aber nicht!«
Blöd, dachte Anna.
»Und außerdem«, sagte der Zwerg, »war ich schon ein paarmal munter. Nur hab ich noch gewartet. Man muß ja nicht jede Drohung gleich wahr machen. Ich wär schrecklich ungern weggezogen. Warum soll ich etwas tun, was ich nicht tun mag?«
Die Treppe hoch ging der Hermann wieder dicht neben Anna. Sie nieste ja nicht mehr.
Vor der Wohnungstür vom Hermann sagte der Zwerg: »Ich hoffe, daß du zum Herrn Mann lieb und freundlich sein wirst! Er liebt dich nämlich. Und es ist schlimm, zu lie-

ben und nicht wiedergeliebt zu werden. Und ich fühle mich in der Angelegenheit verantwortlich. Weil ich diese Liebe zu dir in die Wege geleitet habe!«
Anna kam nicht mehr dazu, den Zwerg zu fragen, was er da – um Himmels willen – in die Wege geleitet hatte, denn der Hermann hatte an der Wohnungstür geklingelt, und die Mutter vom Hermann riß die Tür auf und redete so schnell wie ein Wasserfall. Sie nahm Anna den rosa Ranzen vom Rücken und die Mütze vom Kopf. Sie knöpfte ihr die Jacke auf und zog sie ihr vom Leib und erklärte dabei, wie sehr sie sich freue, Anna wiederzusehen, und daß Anna ab jetzt viel-viel-viel öfter kommen müsse und daß es Schinkenfleckerln zum Mittagessen gebe und ob Anna die möge? Und ob sie hinterher Eis oder Pudding oder beides haben wolle und wie das mit der Hausübung sei, ob die kurz oder

lang sei, und ob Anna sie mit dem Hermann machen wolle oder erst am Abend dann, daheim.
Anna war total eingenebelt von dem Wasserfallgerede und ließ sich ins Wohnzimmer führen und von der Hermann-Mutter zu einem Stuhl schieben. Sie setzte sich auf den Stuhl und dachte: Bei so einer Mutter muß das Kind ja plemplem werden!

Erst beim Schinkenfleckerlessen dann…

Erst beim Schinkenfleckerlessen dann, als die Hermann-Mutter Fleckerl kauen und schlucken mußte und nicht mehr soviel reden konnte, fragte Anna beim Zwerg nach, wie er das gemeint habe, mit der »Liebe« und dem »In die Wege leiten«.

Und während die Hermann-Mutter sowohl Pudding als auch Eis auftischte und der Hermann zusätzlich noch Schlagobers verlangte, erklärte der Zwerg der Anna, wie er das gemeint hatte. Er sagte: »Ist doch klar. Er hat dich geboxt und gezwickt und vertratscht. Und ich bin in ihn hinein, um zu erforschen, warum er das tut. Aber in seinem Hirnwirrwarr, in dem ganzen Geblitze und Gezucke und Geknister, habe ich echt nicht feststellen können, warum er das tut. Um sich in dem Hirn genau auszukennen, müßte man jahrelang drin sitzen. Aber eines ist doch klar: Wenn man jemanden liebt, dann boxt und zwickt und vertratscht man den nicht. Und ist auch nicht geizig zu dem. Und da habe ich dann zwei Stellen in seinem Hirn entdeckt, eine winzige und eine etwas größere…« Der Zwerg schwieg.

So rede doch schon weiter, dachte Anna ungeduldig.

»Und da habe ich mir gedacht, ich probiere es halt«, sagte der Zwerg.

Was hast du probiert? Anna wurde immer ungeduldiger.

»Na, zwischen der winzigen Stelle und der etwas größeren Stelle habe ich eine Leitung gebastelt«, sagte der Zwerg.

»Und rundherum hab ich Plunder weggeräumt und gelokkert, was zu fest gesessen ist, und verbogen, was im Weg war!« Die Stimme vom Zwerg wurde ungeduldig. »Das alles hab ich dir doch schon lang und breit erzählt!«
Anna dachte: Kein Wort von einer winzigen und einer etwas größeren Stelle hat er gesagt!
»Hab ich nicht?« fragte der Zwerg scheinheilig. »Na ja, dann hab ich es halt vergessen.«
Jetzt erklär mir die zwei Stellen endlich, dachte Anna.
»Also, das ist doch wohl klar«, sagte der Zwerg. »Die winzige Stelle war die, wo er ANNA gespeichert hat, und die etwas größere Stelle war die, wo er LIEBE gespeichert hat!«
Ich flipp aus, dachte Anna.
»Und deshalb mußt du ihn eben auch liebhaben«, sagte der Zwerg. »Es wäre ungerecht, daß ich ihm eine Liebe zusammenbastle, und er kriegt keine zurück. Das wäre unglückliche Liebe, und unglückliche Liebe ist ein Schaden. Und es ist mir streng verboten, in einem Kopf Schaden anzurichten!«
Anna dachte: Da hättest du mich vorher fragen sollen, ob ich damit einverstanden bin.
»Wie denn?« rief der Zwerg. »Das ist mir doch erst eingefallen, als ich schon im Kopf vom Herrn Mann drinnen war. Hätt ich vielleicht wieder raus und zu dir rein und wieder raus und zu ihm rein sollen? Ich bin kein Langstreckenläufer. Und daß mir frische Luft nicht bekommt, weißt du doch! Ich hab schon eine mittlere Sauerstoffvergiftung, wenn ich bloß aus deinem Ohr rausschaue!«
Aber du kannst mich doch nicht einfach zur Liebe zwin-

gen, dachte Anna. Und plötzlich durchzuckte sie ein schrecklicher Gedanke: Konnte der Zwerg das wirklich nicht? Wer sollte ihn denn daran hindern, auch in ihrem Kopf herumzubasteln und vielleicht gar die Leitung zwischen »Peter« und »Liebe« durchzuknipsen und zu »Herrn Mann« umzuleiten?
»Ehrenwort, das mache ich nicht!« rief der Zwerg empört. »Das geht überhaupt nicht. Weil du weißt, daß ich in dir bin. Nur in Köpfen, die nichts von mir wissen, kann ich herumpfuschen!«
Anna war sich trotzdem nicht sicher, ob der Zwerg die reine Wahrheit sagte.
»Find ich aber echt schäbig von dir«, rief der Zwerg, »daß du kein Vertrauen zu mir hast!«
Warum sollte ich eigentlich, dachte Anna. Denn eines ist doch gewiß: Du weißt immer, was ich denke, aber ich weiß nie, was du denkst! Ich weiß nicht einmal genau, wann du schläfst und wann du wach bist. Sogar dein Schnarchen könnte der reinste Betrug sein. Schnarchen kann man auch, wenn man munter ist!
Da war der Zwerg beleidigt! Schwer beleidigt! »Kein Wort mehr rede ich mit dir«, sagte er. »Kein einziges Wort!«
Weil du nicht die Wahrheit hören willst, dachte Anna. Weil ich nämlich recht habe und du das nicht zugeben willst!
Da sagte der Zwerg dann doch noch etwas. Er sagte mit bitterböser Stimme: »Was kann denn ich dafür, daß du zu blöd bist, um meine Gedanken zu verstehen? Bin ich vielleicht schuld daran, daß du so ein läppischer Knallkopf bist?«
Und da war auch Anna beleidigt. Schwer beleidigt. Kein

einziges Wort mehr rede ich mit dir, dachte sie. Nie im Leben mehr! Von mir aus kannst du ausziehen und dorthin gehen, wo der Pfeffer wächst!
Richtig speiübel war Anna nach dem Pudding-Eis-Schlagobers-Mampfen. Ob sie sich einfach »überfressen« hatte oder ob ihr vom Streit mit dem Zwerg übel geworden war, wußte sie nicht. Am liebsten wäre sie heimgegangen. In die Papa-Wohnung. Ganz allein zu sein, niemanden sehen zu müssen, wäre ihr im Moment am liebsten gewesen. Aber erstens hatte es der Papa nicht gern, wenn Anna allein daheim war. Zum Allein-daheim-Sein, sagte er immer, sei Anna noch zu klein. Und zweitens befürchtete Anna eine Wasserfallansprache der Hermann-Mutter, wenn die merkte, daß Anna nicht länger bei »ihrem Burli« bleiben wollte. Also ging Anna mit dem Hermann ins Kinderzimmer. Sie spielten ein bißchen mit der Autorennbahn. *Schwarzer Peter* spielten sie auch. Der Hermann spielte manierlich. Wenn er nur noch zwei Karten in der Hand hielt und Anna nach der griff, die nicht der Schwarze Peter war, schaute er zwar sauer, doch so blöd, die Karte festzuhalten und »die geb ich nicht her« zu kreischen, war er nicht mehr.
Anna versuchte den ganzen Nachmittag, dem Zwerg und sich selbst zu beweisen, daß es im Kopf vom Hermann gar keine funktionierende Leitung zwischen ANNA und LIEBE gab. Sie war gemein zum Hermann. Sie stänkerte, wo sie nur konnte. Sie fragte: »Wo sind denn die Bernhardinerhunde, von denen du erzählt hast? Und wo ist denn euer Haus mit den zehn Zimmern? Habt ihr das vielleicht im Keller unten?« Und sie schaute die Autorennbahn an und

sagte grinsend: »Da fehlen aber heute gute fünfundsechzig Meter, wo sind denn die hingekommen?«
Der Hermann wurde knallrot im Gesicht und schaute zu Boden. Das ärgerte Anna. Sie wollte ja, daß der Hermann böse wurde, zwickte, boxte, spuckte, trat und zu seiner Mutter lief, um sich über Anna zu beschweren.
Dann hätte der Zwerg einsehen müssen, daß der Hermann die Anna gar nicht liebhatte. Und hätte auch nicht mehr verlangen können, daß Anna den Hermann liebhaben müsse. Und der ganze dumme Streit hätte ein Ende gehabt!
Doch der Hermann tat Anna den Gefallen nicht. Ganz im Gegenteil. Er schenkte Anna sogar das Matchbox-Auto, das er erst vor ein paar Tagen von seinem Onkel bekommen hatte. Und einen Kugelschreiber, der fliederfarben schreiben konnte, schenkte er ihr auch. Nicht einmal, als ihm Anna auf die Zehen trat, muckte er viel auf. Er schrie bloß: »Auweh!« Doch das, mußte Anna zugeben, hätte gewiß auch jedes andere Kind getan. Sogar der Peter!
Knapp bevor Anna heimging, sagte der Hermann zu ihr: »Du, ich würde so gern wieder neben dir sitzen. Und ich benehme mich auch garantiert nimmer so blöd wie früher!«

Total grantig und mieselsüchtig kam Anna daheim an. Und der Papa machte sie noch grantiger und noch mieselsüchtiger. Unbedingt wollte er wissen, warum denn Anna am Nachmittag beim Hermann gewesen sei. Ob sie ihn am Ende gar nicht mehr für blöd halte? Ob sie jetzt vielleicht

NEIN

mit ihm Freundschaft geschlossen habe? Und was denn da der Peter dazu sagen würde? Wo ihm Anna doch erzählt habe, daß der Peter ein eifersüchtiger Knabe sei?
Der Papa merkte einfach nicht, daß Anna über den Hermann nicht reden wollte. Und als Anna ihm das sagte, hielt er noch immer nicht den Mund. Da wollte er dann wissen, warum sie denn nicht über den Hermann reden wolle.
»Ich merke doch«, sagte er, »daß mein gutes Kind ein Problem hat! Über Probleme soll man reden! Mieselsüchtig schweigen und grantig dreinschauen bringt da gar nichts!«
»Sei nicht so aufdringlich«, rief Anna.
»Du willst auch immer alles von mir wissen«, rief der Papa.
»Und du sagst mir auch nicht alles!« rief Anna.
»Nur dann, wenn du es sowieso nicht verstehen würdest!« rief der Papa.
»Und bei mir gibt's auch Sachen, von denen du sowieso nichts verstehst!« rief Anna.
»Vielleicht versteh ich es aber doch«, sagte der Papa. »Denn da ist ja ein Unterschied zwischen uns. Du warst noch nie erwachsen. Darum verstehst du vom Erwachsensein nicht alles. Aber ich war einmal ein Kind. Darum müßte ich alles vom Kindersein verstehen!«
»Na schön«, sagte Anna und überlegte, wie sie dem Papa ihr Problem erklären könne, ohne den Zwerg zu erwähnen.
»Also, seit neuestem liebt mich der Hermann«, begann Anna.
»Aha«, sagte der Papa. Das schien er zu verstehen.

»Aber ich liebe ihn natürlich nicht«, fuhr Anna fort.
»Logo!« sagte der Papa. Das schien er auch zu verstehen.
»Und da gibt es jemanden«, Anna seufzte tief, »der behauptet, es wäre meine Pflicht, den Hermann zu lieben, und wenn ich das nicht tue, dann will der kein Wort mehr mit mir reden!«
»So ein Depp!« sagte der Papa.
»Sowieso!« sagte Anna.
»Also, ich meine«, sagte der Papa, »wenn ein Depp nicht mehr mit dir reden will, dann ist das ja kein gar so gewaltiger Schaden!«
Anna hatte den Verdacht, der Zwerg könnte munter sein. Und zu Kreuze kriechen wollte sie vor dem Kerl nicht! Also sagte sie: »Da hast du recht! Der Depp soll sich brausen!«
Anna tat, als ginge es ihr nun wieder gut. Sie half dem Papa beim Nachtmahlkochen. Dill-Erdäpfel machte er. Anna schälte die Erdäpfel und schnitt den Dill klein. Den Küchentisch deckte sie auch. Aber viel Lust zu essen hatte sie nicht. Nur drei Bissen würgte sie hinunter.
»Weil ich zu Mittag beim Hermann soviel gegessen habe«, schwindelte sie dem Papa vor.
Dann ging Anna in ihr Zimmer und legte sich aufs Bett. Und weil es mucksmäuschenstill im Zimmer war, hörte sie den Zwerg im Kopf leise schnarchen.
Gemeiner Sack, der, dachte Anna. Nur ein roher, gefühlloser Kerl kann nach so einem Riesenstreit einfach einschlafen! Wie es mir geht, ist dem blöden Runzelzwerg egal. Der macht sich um den Hermann mehr Sorgen als um

mich! Soll er wirklich ausziehen! Soll er in den Hornochsenschädel vom Hermann umziehen!

Mitten in der Nacht wurde Anna munter. Das war ihr noch nie passiert. Sonst schlief sie wie ein Murmeltier im Winter. Anna lag im Stockfinsteren, drehte sich vom Rücken auf den Bauch, vom Bauch auf den Rücken und dann wieder auf den Bauch. Sie hörte die Kirchturmglocke Mitternacht schlagen, sie hörte einen Betrunkenen unten auf der Straße singen und ein Auto mit quietschenden Reifen um die Ecke fahren. Den Zwerg hörte sie nicht schnarchen. Sie dachte: Ich glaube, der Zwerg hat mich aufgeweckt.
»Stimmt«, sagte der Zwerg. »Weil ich nicht länger mit dir böse sein mag. Ich halte das nicht aus!«
Ich auch nicht, dachte Anna.
»Und da gibt es nur eine Lösung.« Der Zwerg seufzte. »Ich muß noch einmal in den Kopf vom Herrn Mann hinein und die Leitung, die ich gebastelt habe, zerstören!«
Das wäre die Lösung, dachte Anna.
»Sowieso.« Der Zwerg seufzte wieder. »Ich bringe das gleich morgen hinter mich. Aber das ist dann echt das letzte Mal, daß ich an die frische Luft gehe!«
Du bist ein Super-Zwerg, dachte Anna.
Dann gähnten Anna und der Zwerg im Duett dreimal dreimal und waren beim neunten Gähnen eingeschlafen.

So einfach, wie der Zwerg gedacht hatte…

So einfach, wie der Zwerg gedacht hatte, war das mit der Reparatur im Kopf vom Hermann doch nicht. Am ersten Tag, an dem der Zwerg in den Hermann einsteigen wollte, kam der Hermann mit Watte in den Ohren in die Schule.
»Die Watte hab ich drin«, erzählte er Anna, »weil so ein Wind heute geht. Sonst krieg ich wieder Ohrenweh.«
»Aber in der Klasse weht kein Wind«, sagte Anna, faßte den Hermann an einem Ohr und wollte die Watte herausziehen.
»Laß das!« rief der Hermann. Und der Zwerg rief auch: »Laß das!« Er meinte, das habe keinen Sinn. »Wenn er sich neue Watte reinstopft, während ich in seinem Kopf bin, bin ich eingesperrt! Verschieben wir die Sache lieber auf den nächsten windstillen Tag!«
Der nächste windstille Tag war erst drei Tage später, und der Hermann erschien ohne Wattestoppeln in den Ohren. Doch an diesem Tag kam auch die Alma zum ersten Mal wieder in die Schule und saß nun neben dem Hermann. Die Alma war so lange in Tirol gewesen, daß sie sich gar nicht mehr erinnern konnte, welch komischer Kerl der Hermann war. Sie beklagte sich nicht über ihren neuen Sitzplatz. Sie war auch nicht beleidigt, als ihr der Hermann einen Ellbogen in die Rippen rammte, weil sie einen ihrer Buntstifte auf »seine Hälfte« gelegt hatte. Sie trat dem Hermann bloß kräftig auf die Zehen und sagte: »Warzenschwein du, benimm dich!«

Und in der Pause nahm sie dem Hermann das Wurstbrot aus der Hand und biß dreimal tüchtig ab, ohne sich um das Gezeter vom Hermann zu scheren. Lachend und mampfend sagte sie: »Reg dich ab, Alter, bist ja nicht am Verhungern!« Und als die Susi dann erzählte, daß sie jede Woche fünf Schilling Taschengeld bekomme, und der Hermann prahlte, daß er pro Woche hundert Schilling Taschengeld bekomme, da streckte die Alma dem Hermann eine Hand hin und sagte: »Wennst soviel Geld hast, dann rück mir einen Fünfziger raus, ich krieg nämlich gar kein Taschengeld!«
Anna dachte: Die Alma hat genau die richtige Art, mit dem Hermann umzugehen!
»Find ich auch«, sagte der Zwerg. »Drum werd ich die Leitung im Kopf vom Herrn Mann nicht einfach abzwakken, sondern von ANNA zu ALMA verlegen!«
Anna kicherte. Eine große Liebe zur Alma gönnte sie dem Hermann-Ekel wirklich.
»Aber da müssen wir noch ein paar Tage warten«, sagte der Zwerg. »In seinem Hirn muß sich ALMA erst so richtig einspeichern!«

Am nächsten Montag hielt der Zwerg die Zeit für gekommen. Doch in der ersten Schulstunde konnte er sich nicht an die Arbeit machen, denn da war Turnen, und während der Hermann im Turnsaal herumhüpfte, war schlecht Leitungen verlegen. »Du hast ja keine Ahnung«, sagte er, »wie hauchzart diese Dinger sind. Da genügt schon die kleinste Erschütterung, und alles geht schief!«

In der großen Pause dann bemühte sich Anna wirklich, so dicht an den Hermann heranzukommen, daß der Zwerg umsteigen konnte. Doch der Hermann hatte mit der Alma Streit angefangen, und die Alma hatte dem Hermann eine Ohrfeige gegeben, und nun rauften die beiden herum und stellten das Gerangel erst ein, als die Glocke die Pause ausläutete. Und die folgenden Pausen dauerten nur fünf Minuten. Fünf Minuten reichten dem Zwerg zur Arbeit nicht.

Zwei Wochen lang versuchten Anna und der Zwerg den Kopf-Wechsel. Irgend etwas kam jeden Tag dazwischen! Einmal saß der Zwerg schon in Annas Ohrmuschel parat, und dann lief der Hermann aufs Klo. Einmal hockte der Zwerg sogar schon sprungbereit auf Annas Schulter, doch dann drängte sich die Susi zwischen Anna und den Hermann und erzählte Anna, daß ihre Mama wieder ein Baby bekomme und daß sie das gar nicht freue.

Der einzige Erfolg all dieser Umsteigversuche war, daß nun alle Kinder in der Klasse glaubten, Anna sei die Freundin vom Hermann. Weil Anna ja dauernd in der Nähe vom Hermann war.

»In der Schule wird das nichts«, sagte der Zwerg schließlich. »Du mußt ihn daheim besuchen!«

Anna gab dem Zwerg recht und sagte zum Hermann: »Wenn du magst, komme ich morgen nachmittag zu dir!«

»Das ist super!« Der Hermann freute sich die Ohren rot. Und die Alma rief: »Ich komme auch zu dir, Hermann!«

»Dich hab ich gar nicht eingeladen«, sagte der Hermann.
»Ich komm auch ohne Einladung«, sagte die Alma großzügig.
Der Nachmittag beim Hermann, zusammen mit der Alma, wurde ganz lustig. Der Hermann war zwar nicht sehr freundlich zur Alma, doch die Alma nahm ihm das nicht übel. Sie schimpfte bloß: »Altes Stinktier, gib Ruh«, wenn er sich blöd benahm.
Aber aus dem Kopf-Wechsel vom Zwerg wurde wieder nichts. Diesmal war der Zwerg schuld. »Ich fühl mich nicht«, gähnte er. »Ist ja auch kein Wunder. Seit ewig bin ich schon munter. Ich bin überstrapaziert. Wenn ich jetzt rausgeh, haut mich die frische Luft um!« Dann gähnte er und schlief ein. Anna versuchte gar nicht, ihn wach zu niesen. Daß ein mühselig wach geniester Zwerg zu rein gar nichts zu gebrauchen war, wußte sie ja bereits.

Am letzten Schultag dieser Woche wurde der Zwerg von selbst munter. »Ich hab mir eine tolle Idee zusammengeträumt«, sagte er. »Geh mit dem Herrn Mann ins Kino. Da sitzt er zwei Stunden neben dir im Dunkeln. Da kann ich mich in aller Ruhe mit seinen Leitungen beschäftigen!«
Also lud Anna den Hermann ins Kino ein. Für Samstagnachmittag. Die Alma hörte das und rief: »Fein! Da komm ich mit!«
»Du bist nicht eingeladen«, raunzte der Hermann.
»Komm nur mit«, sagte Anna. »Zu dritt macht es ohnehin viel mehr Spaß!«

Die Mama und der Papa waren ziemlich erstaunt, daß Anna für das Vater-Mutter-Kind-Wochenende einen Samstagnachmittag-Kinobesuch, gemeinsam mit dem Hermann und der Alma, eingeplant hatte.
»Wieso mit dem Ekel?« fragte die Mama. Und der Papa murmelte: »Ich hab gedacht, dieses Problem sei erledigt!«
Da der Papa aber bloß gemurmelt und nicht richtig gefragt hatte, fühlte sich Anna zu keiner Antwort verpflichtet.
Dick und Doof in der Fremdenlegion hatte Anna aus dem Kinoprogramm in der Zeitung ausgesucht.
Mit dem Auto vom Papa fuhren die Mama und der Papa und Anna zuerst zum Haus von der Alma und holten die Alma ab. Dann fuhren sie zum Supermarkt-Haus. Dort wartete schon der Hermann beim Haustor. Besorgt schaute Anna dem Hermann entgegen. Weil nämlich ein bißchen Wind wehte. Aber der Hermann hatte gottlob keine Watte in den Ohren!
Der Papa und die Mama hatten keine Lust auf *Dick und Doof*. Sie kauften an der Kinokasse drei Karten und drückten sie Anna in die Hand. »Wir setzen uns ins Kaffeehaus nebenan«, sagte der Papa.
»Wenn das Kino aus ist, holt uns ab«, sagte die Mama.

Im Kino setzte sich der Hermann zwischen Anna und Alma. Gleich als das Licht erlosch, sagte der Zwerg: »Ich geh es an. Halt mir die Daumen!«
Und was tu ich, wenn er wieder stöhnt und jammert? dachte Anna.

»Dann lach laut los«, sagte der Zwerg. »Du sitzt ja in einem Kino, wo ein Lustspiel gespielt wird. Du mußt lauter lachen, als der Herr Mann jammert und stöhnt!«
Anna spürte ein sanftes Kitzeln im Ohr. Sie lehnte sich an den Hermann und sagte leise: »Darf ich mich an dich lehnen? Da sehe ich nämlich besser.«
»Ja, ja, lehn dich nur an«, sagte der Hermann.
Vorne, auf der Filmleinwand, stritten Dick und Doof. Die Leute lachten. Anna schielte zur Schulter vom Hermann. Sehen konnte sie den Zwerg nicht. Dazu war es zu dunkel. Aber der Hermann stöhnte nicht und jammerte nicht. Er schaute zur Filmleinwand hin und kicherte.
Anna war sehr erleichtert. Gutgegangen-nichts-geschehen, dachte sie. Doch kaum hatte sie das gedacht, spürte sie schon wieder das sanfte Kitzeln im Ohr, und gleich darauf kreischte der Zwerg: »Verdammt und zugenäht! So eine bodenlose Sauerei!«
Was ist denn? dachte Anna erschrocken.
»Er hat die Ohren voll Ohrentropfen«, stöhnte der Zwerg. »Voll öliger Ohrentropfen. Fast wär ich reingeglitscht und im Öl ersoffen.« Der Zwerg schnaufte. »Da hätt mein letztes Stündlein aber geschlagen gehabt!«
Der Zwerg schüttelte sich vor Abscheu so heftig, daß Anna richtiges Kopfstechen davon bekam.
Hör auf, dachte sie, das ist ja nicht zum Aushalten!
»Entschuldigung«, sagte der Zwerg und hielt still. Aber er seufzte erbärmlich.
Mach nicht so ein Theater, dachte Anna, irgendwann einmal wird der Hermann doch keine Tropfen mehr in den Ohren haben! Und dann kannst du die Leitung abzwak-

ken. Ein paar Tage wird der Kerl ja wohl ungeliebt weiterleben können!
»Du verstehst überhaupt nichts!« rief der Zwerg. »Du bist echt blöd! Wirklich!« Dann sagte er nichts mehr. Ob er schlief, ob er beleidigt war oder ob er sich bloß Dick und Doof anschaute, wußte Anna nicht.
Nach dem Kino holten Anna, die Alma und der Hermann den Papa und die Mama vom Kaffeehaus ab.
Auf der Heimfahrt, als sie den Hermann und die Alma schon abgeliefert hatten, sagte die Mama: »Also, gar so ein Ekel scheint mir der Hermann nicht zu sein!« Und der Papa sagte: »Wirkt ganz manierlich, der Knabe! Auf alle Fälle ist er hübsch!«
Knapp vor sechs Uhr kamen der Papa, die Mama und Anna in die Papa-Wohnung. Der Papa und die Mama gingen ins Wohnzimmer. Die Mama hatte einen Packen Zettel mitgebracht. Sie mußte ihre Steuererklärung machen und kannte sich dabei nicht aus. Der Papa hatte versprochen, ihr zu helfen.
Anna setzte sich ins Vorzimmer ans Telefon. Jeden Tag, Punkt sechs Uhr am Abend, telefonierte sie mit dem Peter. Einen Tag rief sie beim Peter an, einen Tag rief der Peter bei Anna an. Heute war der Peter an der Reihe.
Es wurde fünf Minuten nach sechs, es wurde zehn Minuten nach sechs, doch das Telefon klingelte nicht. Also rief Anna beim Peter an. Die eine große Schwester kam ans Telefon. »Du, der Peter will nicht mit dir reden«, sagte sie.
Anna war so erschrocken, daß sie gar nicht fragen konnte, warum der Peter nicht mit ihr reden wollte. Doch die große

Schwester erzählte es ihr auch so. »Der Michi hat ihn heute angerufen«, sagte sie. »Und der hat behauptet, daß du jetzt die Freundin vom Hermann bist. Und daß du heute mit dem Hermann ins Kino gegangen bist. Wir haben ihm eh alle gesagt, daß das ein Blödsinn ist!« Die große Schwester schwieg. Anscheinend wartete sie auf eine Erklärung von Anna. Weil keine kam, fragte sie: »Oder ist es doch so?«

Anna sagte mit Zitterstimme: »Es ist schon so, aber es ist ganz anders.«

Da seufzte die große Schwester und sagte: »Na ja, das müßt ihr wohl untereinander ausmachen.«

»Wie denn?« Jetzt schluchzte Anna. »Wenn er doch mit mir nicht reden will!«

»Am Montag kommt er wieder in die Schule«, sagte die große Schwester. »Die Ansteckungsgefahr ist vorbei. Wenn er wieder neben dir sitzt, wird er dir ja wohl zuhören müssen!« Und dann sagte sie noch: »Anna, heul nicht wegen dem eifersüchtigen Deppen!«

Anna legte den Telefonhörer auf und heulte los. Sie schluchzte so laut, daß es der Papa und die Mama bis ins Wohnzimmer hinein hörten. Sie kamen ins Vorzimmer gelaufen und fragten, was denn – um Himmels willen – los sei. Aber mehr als »ich bin so unglücklich, so schrecklich un-un-unglücklich« bekamen sie nicht zu hören.

Recht verwirrt war Anna…

Recht verwirrt war Anna, als sie am Sonntagmorgen munter wurde. Der Polsterstuhl, aus dem man ein Notbett machen konnte, stand aufgeklappt neben ihrem Bett. Auf ihm lag die Mama und schlief. Sie hatte einen Pyjama vom Papa an und war mit dem karierten Plaid zugedeckt. Seit die Mama nach der Scheidung weggezogen war, hatte sie nie mehr in der Papa-Wohnung übernachtet.
»Wegen dir schläft sie da«, sagte der Zwerg. Er gähnte nicht. Also mußte er schon längere Zeit munter sein.
Wieso wegen mir? dachte Anna.
»Na, weil du dich so aufgeführt hast«, sagte der Zwerg.
Anna versuchte, sich an den gestrigen Abend zu erinnern. Da war das schreckliche Telefongespräch mit der Peter-Schwester gewesen, dann hatte sie geweint, und die Mama und der Papa hatten sie zu trösten versucht.
Und dann?
»Geweint ist wohl untertrieben«, sagte der Zwerg. »Du hast geheult wie ein Rudel hungriger Wölfe, und das Schluchzen hat dich gebeutelt, als hättest du einen Preßlufthammer geschluckt, und mindestens drei Krügel Tränen sind über deine Wangen gerollt!«
Na und, dachte Anna, bei Liebeskummer ist das eben so!
»Sogar im Schlaf noch«, sagte der Zwerg, »hast du gezittert und geschluchzt. Und da hat deine Mama gemeint, sie müsse dich in der Nacht bewachen!«
Das ist lieb von der Mama, dachte Anna.

»Ja, ja«, sagte der Zwerg. »Um mancher Leute Kummer wird sich eben gekümmert!«
So soll es ja auch sein, dachte Anna.
»Aber um meinen Kummer schert sich kein Schwein!« sagte der Zwerg. »Und mir geht es wohl noch viel mieser als dir!«
Jetzt übertreibt er wieder einmal, dachte Anna.
»Ich übertreib nicht«, rief der Zwerg. »Ich bin in der Klemme wie noch nie!«
Wieso? fragte Anna.
»Muß ich dir das hundertmal erklären?« zeterte der Zwerg. »Weil es für mich oberstes Gebot ist, in Köpfen keinen Schaden anzurichten. Und ich habe dem Hermann die Liebe zu dir eingeleitet. Und du liebst ihn nicht zurück. Also ist das ein Schaden für ihn. Und wegen dem blöden Ohrenöl kann ich den Schaden nicht beheben!«
Na ja, dachte Anna, das stimmt. Aber so schlimm ist das ja nun auch wieder nicht!
»Mir geht es an den Kragen!« kreischte der Zwerg. »Ich habe Mist gebaut, und wenn unsereiner Mist baut, dann trocknet er ein und schrumpft und wird zu einer harten Winzigkeit, die höchstens für einen Lauskopf taugt!«
»Nein!« Anna war so entsetzt, daß sie es laut rief. Davon wurde die Mama munter. Sie richtete sich auf und schaute zu Anna. Doch Anna tat, als schliefe sie noch, und drehte sich zur Wand. Jetzt hatte sie für die Mama keine Zeit! Jetzt war der Zwerg wichtiger!
Die Mama stieg vom Polstersessel-Bett und ging auf Zehenspitzen aus dem Zimmer. Anna starrte auf die Streifentapete an der Wand hinter dem Bett. Sie dachte:

Der Zwerg schrumpft, der Zwerg trocknet ein, der Zwerg muß in einen Lauskopf! Das darf nicht sein, da muß man etwas unternehmen dagegen!
»Und was?« Die Stimme vom Zwerg klang hoffnungslos.
Dann muß ich eben den Hermann lieben, dachte Anna. Für den Zwerg tu ich alles.
»Du bist eine Heldin«, sagte der Zwerg. Er schniefte. Anscheinend zog er Tränenrotz durch die Nase hoch.
Ich tu ja nur, was notwendig ist, dachte Anna. Aber ein bißchen kam sie sich schon wie eine Heldin vor. Und damit sie nicht, vor lauter Rührung über sich selbst, auch noch zu schniefen anfing, sprang sie aus dem Bett.
Im Vorzimmer traf Anna den Papa. »Guten Morgen, mein Schatz«, sagte der Papa und schaute Anna mit einem richtigen Röntgenblick an.
»Guten Morgen«, murmelte Anna und lief in die Küche. Dort war die Mama. Sie sagte: »Guten Morgen, mein Schatz« und hatte auch einen richtigen Röntgenblick.
Anna dachte: Gleich wird sie mir, wegen gestern abend, Löcher in den Bauch fragen!
Aber die Mama fragte bloß, ob Anna Kakao oder Kaffee wolle. »Kakao«, sagte Anna und setzte sich an den Küchentisch. Dann kam der Papa und setzte sich zu Anna. Die Mama schenkte ihm Kaffee ein. Anna bekam ihren Kakao und knusprigen Toast. Sie trank Kakao und knabberte Toast. Die Röntgenblicke vom Papa und von der Mama waren ihr lästig. Sie dachte: Die schauen mich an, als hätte ich über Nacht ein grünes und ein rosa Auge bekommen!

»Sie halten dich bloß für meschugge«, sagte der Zwerg.
Anna schaute den Papa und die Mama an und rief: »Ich bin aber nicht meschugge!«
»Hat doch niemand behauptet«, sagte der Papa mit ganz sanfter Stimme.
»Nur bitte, wenn du stundenlang weinst«, sagte die Mama mit noch sanfterer Stimme.
»Und uns nicht sagst, warum du das tust«, fuhr der Papa fort.
»Dann macht man sich halt Sorgen«, beendete die Mama den Satz.
Und der Zwerg sagte: »Okay, sag ihnen, was los ist. Für meschugge halten sie dich eh schon. Schlimmer kann es also nicht werden!«
Anna nickte, dann sagte sie zum Papa und zur Mama: »Also, ich habe einen Zwerg im Kopf!«
Der Papa, der gerade einen Schluck Kaffee trinken wollte, verschluckte sich, hustete und spuckte Kaffee. Hustend und spuckend rief er: »Jetzt fang doch nicht schon wieder mit dem Blödsinn an!«
Anna ignorierte den Einwand vom Papa. »Und mein Zwerg«, sagte sie, »war beim Hermann im Kopf und hat eine Leitung zwischen mir und der Liebe gelegt. Und wenn ich den Hermann nicht liebe, muß der Zwerg in einen Lauskopf. Aber wenn ich den Hermann liebe, wird der Peter nie mehr gut mit mir!«
Der Papa ließ die Kaffeetasse fallen. Sie zerbrach auf dem Tisch zu drei großen Scherben. Dunkelbraune Brühe floß über den Tisch und tropfte der Mama die Pyjamahosenbeine naß.

»Und nun möchte ich wissen«, sagte Anna, »wie wenig man lieben darf, damit es gerade noch Liebe ist!«
Anna wartete auf Antwort. Doch der Papa hustete und spuckte bloß weiter, und die Mama wischte braune Brühe von ihren Beinen.
»Die glauben dir natürlich nicht«, sagte der Zwerg. Er seufzte. »Werde ich wohl Beweismittel spielen müssen. Ich tauche im linken Ohr auf!«
Anna ging zum Küchenfenster.
Sie stellte sich dort so auf, daß die helle Morgensonne prall auf ihr linkes Ohr fiel.
»Kommt her«, sagte sie. »Schaut euch den Zwerg doch an!«
Der Papa hörte zu husten und zu spucken auf und kam mit der Mama zum Fenster. Sie beugten sich zu Annas Ohr. Daß sie an den Zwerg nicht glaubten, war ihnen anzusehen.
Na los, mach schon, Zwerg, dachte Anna.
Sie spürte das gewisse Ohrkitzeln.
Die Mama flüsterte: »Was ist denn das?«
Der Papa flüsterte: »Großer Gott, da kommt ja etwas Violettes heraus!«
»Das ist seine Zipfelmütze«, sagte Anna.
Dann spürte sie das Piken in der Ohrmuschel. Das kam von den kleinen Zwergenfingern, die sich in der Haut festkrallten.
»Echt! Ein Zwerg!« flüsterte die Mama.
»Ich dreh durch!« flüsterte der Papa.
Der Zwerg nahm die Zipfelmütze vom Kopf und brüllte, so laut er konnte, aber das war ziemlich leise: »Gott zum

Gruße!« Dann setzte er die Zipfelmütze wieder auf, flutschte ins Ohr zurück und war verschwunden.
Der Papa wankte zum Küchentisch und plumpste auf die Sitzbank. Die Mama setzte sich neben ihn.
Anna dachte: Mir scheint, die drehen wirklich durch! Besonders der Papa! Der ist ja so bleich im Gesicht wie frisch gefallener Schnee!
»Na, na«, sagte der Zwerg. »Wenn ich Winzling den Anblick der zwei Riesen durchstehe, werden sie meinen Anblick wohl auch aushalten können!«
Gut eine halbe Stunde lang hockten der Papa und die Mama sprachlos nebeneinander. Anna saß ihnen gegenüber und wartete. Der Zwerg war längst eingeschlafen.
Die Mama fand zuerst die Sprache wieder. Sie räusperte sich und sagte dann: »Damit werden wir wohl leben müssen!«
Worauf sich auch der Papa räusperte und sagte: »Aber wie ich das schaffen soll, weiß ich nicht!«
Anna rief: »Jetzt tut euch nichts an! Ihr lebt ja fast schon ein Jahr lang mit dem Zwerg. Nur habt ihr es halt nicht gewußt!«
»Auch wahr«, sagte die Mama.
»Und er kommt eh nicht mehr aus meinem Ohr raus«, sagte Anna. »Weil ihn das zu sehr mitnimmt. Das hat er nur gemacht, damit ihr mir glaubt.«
»Weiß außer uns noch jemand davon?« fragte der Papa.
»Niemand«, versicherte Anna.
»Der Peter auch nicht?« fragte der Papa.
»Der auch nicht«, sagte Anna. »Und ich sag es auch keiner Menschenseele mehr.«

Da seufzte der Papa erleichtert auf. Anna mußte, trotz ihres doppelten Liebeskummers, lächeln. Sie gab dem Papa einen Kuß auf die Wange. Und der Mama gab sie auch einen Kuß auf die Wange. »Ist halb so schlimm«, flüsterte sie dabei.
Ziemlich groß und stark kam sie sich plötzlich vor. Die zwei hocken da, dachte sie, als wäre ihnen die ganze Familie weggestorben. Dabei haben wir doch bloß einen Zwerg dazubekommen!

Wie wenig man lieben darf, damit es gerade noch Liebe ist, wußte Anna am Montagmorgen immer noch nicht. Obwohl sie dieses Problem am Sonntag mit der Mama und dem Papa stundenlang besprochen hatte.
Die Mama hatte gemeint, Anna brauche sich da gar keine Sorgen zu machen. »Du liebst doch den Hermann sowieso«, hatte sie erklärt. »Du warst zu Besuch bei ihm, du hast ihn ins Kino mitgenommen. Und du machst dir Sorgen und Gedanken um ihn. Irgendwie ist das doch Liebe!«
Anna hatte eingewendet: »Die Sorgen und die Gedanken macht sich der Zwerg um Hermann!«
»Also, das ist doch Jacke wie Hose«, hatte die Mama gemeint. »Der Zwerg gehört schließlich zu deinem Hirn. Was in dir drinnen ist, bist du.«
Und der Papa machte sich die Sache überhaupt ganz leicht. Er sagte, Anna sei ein guter Mensch. Und gute Menschen hätten alle anderen Menschen »irgendwie« lieb. Und da der Hermann zu allen anderen Menschen gehöre, müsse ihn Anna »irgendwie« auch liebhaben. Auch wenn sie es gar nicht merke.
Anna war damit nicht zufrieden. Das »irgendwie« störte sie. Ob »irgendwie« ausreichen werde, den Zwerg am Eintrocknen und Schrumpeln zu hindern, bezweifelte sie. Doch so schluchz-unglücklich wie am Samstagabend war sie nicht mehr. Daß der Papa und die Mama nun Bescheid wußten, tat ihr gut. Sie hatte wieder ein bißchen Hoffnung, daß doch noch alles in Ordnung kommen könnte.

Das glaubte der Papa auch. Am Montagmorgen, beim Frühstück, sagte er zu Anna: »Wirst sehen, der Peter ist sicher nicht lange bös auf dich. Einer, der dich liebhat, schafft das doch gar nicht!«
Und als sich Anna auf den Schulweg machte, sagte der Papa zum Abschied: »Vielleicht ist er überhaupt nicht böse auf dich. Vielleicht hat seine Schwester maßlos übertrieben!«

Die Schwester vom Peter hatte leider nicht übertrieben. Der Peter war schon in der Klasse, als Anna kam. Er war von Kindern umringt. Die erzählten ihm, was während seiner Abwesenheit in der Schule alles passiert war.
Anna setzte sich auf ihren Platz. Sie hatte ziemliches Herzklopfen. Schräg vor ihr hockte der Hermann und räumte seinen Schulkram aus. Er drehte sich zu Anna um. »Du«, sagte er, »meine Mama lädt dich für nächsten Samstag ins Kino ein. In ein ganz tolles, in der Stadt drinnen. Zu einem brandneuen Film!«
Eh klar, dachte Anna, daß uns seine Mama in ein schöneres Kino zu einem besseren Film führt! Doch dem Zwerg zuliebe lächelte sie dem Hermann freundlich zu und murmelte: »Fein, da freue ich mich aber schrecklich.«
Die Schulglocke ratschte, die Kinder, die beim Peter gestanden waren, liefen auf ihre Plätze, und der Peter lief nach vorne zum Lehrertisch hin, zur Frau Lehrerin. Anna hörte ihn sagen: »Bitte, ich möchte nicht mehr neben der Anna sitzen. Darf ich mich wegsetzen? Wohin, ist mir ganz egal.«

»Das kommt gar nicht in Frage«, sagte die Frau Lehrerin. »Ich mache doch nicht alle paar Wochen einen neuen Sitzplan. Du hast unbedingt neben der Anna sitzen wollen. Außerdem fangen in ein paar Wochen ohnehin schon die Ferien an. Die paar Wochen wirst du es wohl neben der Anna aushalten können. Nach den Ferien, im neuen Schuljahr, kannst du dir dann einen anderen Platz aussuchen.«
Ein bitterböses Gesicht machte der Peter, als er sich neben Anna setzte.
»Du bist gemein«, flüsterte Anna.
Der Peter schaute Anna nicht einmal an.
»Ich habe dir doch nichts getan«, flüsterte Anna.
Der Peter schaute stur nach vorne, zur leeren Tafel hin.
»Warum glaubst du denn gleich, was dir der Michi alles erzählt?« flüsterte Anna.
Der Peter schaute weiter stur zur Tafel und zischte Anna zu: »Weil es wahr ist! Alle sagen es! Oder warst du vielleicht nicht bei ihm daheim? Und mit ihm im Kino, ha?«
Anna war froh, daß die Frau Lehrerin zum Peter herschaute und rief: »Peter! Aufpassen! Nicht tratschen! Geredet wird in der Pause! Wir sind nicht im Kaffeehaus!«
Anna dachte: Nie im Leben kann ich das dem Peter richtig erklären, ohne etwas vom Zwerg zu sagen. Du, Zwerg, dachte sie, warum kann ich nicht einfach auch dem Peter von dir erzählen?
»Ach, mach, was du willst!« sagte der Zwerg mit matter Stimme. »Mir ist die Sache über den Kopf gewachsen! Ich gebe dir keinen Rat mehr. Ich kann nicht. Jeder steht sich

selbst am nächsten. Ich hab bloß Angst, daß ich in einen Lauskopf muß. An etwas anderes kann ich überhaupt nicht mehr denken!«
Der Zwerg schluchzte. »Tut mir leid, Anna. Ich kann nichts dafür. Ich schlafe am besten wieder ein und warte darauf, ob ich als verschrumpelte Winzigkeit aufwache. Mach's gut, Anna!«
Vor lauter Mitleid mit dem armen Zwerg hätte Anna beinahe auch zu schluchzen angefangen. Doch sie biß die Zähne zusammen und schluckte tapfer alle Tränen hinunter. Und sie überlegte: Wenn der Peter den Zwerg nur ein einziges Mal sehen könnte, dann müßte er mir alles glauben! Dann würde er mich wieder liebhaben!
»Glaub bloß nicht, daß ich noch einmal rauskomme«, schluchzte der Zwerg. »Letzten Endes haben meine Ausgänge bloß Unheil angerichtet. Man soll eben nie wider seine Natur handeln! Das war mir eine Lehre, die ich ab jetzt beherzige. Erzähl von mir, wem du willst! Von mir aus der ganzen Klasse und der Frau Lehrerin auch. Aber rechne nicht mit mir als Beweismittel!«
Anna wagte nicht, den Zwerg umzustimmen. So verzweifelt, wie der Zwerg war, das sah Anna ein, konnte er sich wirklich nicht um ihren Kummer kümmern. Ihr war ja bloß eine Liebe zerbrochen. Was war das schon gegen das drohende Schicksal, eine steinharte Winzigkeit in einem Lauskopf zu werden?
Anna dachte zum Zwerg: Schlaf ein, armer Zwerg! Irgendwie kriege ich das schon allein hin. Verlaß dich nur auf mich.
In keiner Pause redete der Peter mit Anna. Den Hermann

freute das. Der Hermann sah das nämlich ganz falsch. Er glaubte, Anna wolle mit dem Peter nicht mehr reden.
Zu Mittag, in der Garderobe, sagte der Hermann zu Anna: »Wenn du jetzt am Nachmittag nimmer zum Peter gehst, dann kannst du ja immer zu mir kommen.«
»Vielleicht«, murmelte Anna. »Ich werde sehen.« Mehr Freundlichkeit schaffte sie nicht. Aber dem Hermann reichte es. Er freute sich so sehr, daß er rot im Gesicht wurde. Und das wiederum freute Anna. Sie dachte: Er fühlt sich geliebt von mir. Fein! Das ist ja die Hauptsache!
Als Anna aus der Schule ging, kam der Hermann mit ihr zur Straßenecke. »Ich warte mit dir auf deine Mama«, sagte er.
Anna vertrieb ihn nicht. Allein an der Straßenecke zu stehen war ohnehin langweilig.
Die Alma kam auch zu ihnen. »He«, sagte sie, »ich gehöre zu euch. Ihr seid meine Freunde.«
Und dann sagte die Alma zum Hermann: »Du, meine Mama hat mir erlaubt, daß ich heute mit dir heimgehe. Da können wir zusammen die Hausübung machen. Und überhaupt ist es zu zweit lustiger als alleine!«
Der Hermann schaute nicht gerade begeistert drein, aber er protestierte nicht.
Dann kam das Auto der Mama die Straße herauf und hielt auf der gegenüberliegenden Straßenseite. Anna lief über die Straße und stieg zur Mama ins Auto. Sie winkte dem Hermann zu, bis die Mama an der nächsten Straßenkreuzung abbog. Winken, dachte Anna, ist eine Freundlichkeit, die mit Liebhaben zu tun hat! Anna war zufrieden mit

sich. So, wie ich mich heute zum Hermann benommen habe, dachte sie, ist keine Gefahr, daß der Zwerg schrumpelt und vertrocknet.

»Wie war der Peter?« fragte die Mama besorgt.
»Er redet nicht mehr mit mir«, sagte Anna.
»Depp, der«, murmelte die Mama.
Anna nickte.
»Aber früher oder später«, sagte die Mama, »wäre das auch ohne Zwerg und Hermann passiert. Eifersüchtige Menschen finden immer einen Grund zur Eifersucht, auch wenn es gar keinen gibt.«
Anna dachte: Mag sein, aber deswegen kann ich meine Liebe zum Peter ja nicht einfach abdrehen wie einen Wasserhahn! Und den Paul und die Schwestern und das Baby und die Eltern vom Peter, die hab ich ja auch lieb. Daß ich die nimmer sehen kann, ist fast genauso schlimm.
Als ob die Mama Gedanken lesen könnte, murmelte sie: »Ja, ja, das ist ein Jammer!«
In der Mama-Wohnung machte Anna zuerst die Hausübung, dann half sie der Mama einen großen Sack mit alten Kleidern für die Rote-Kreuz-Sammlung vollzustopfen. Und dann wuschen die Mama und Anna die Fliesen im Badezimmer. Dabei fragte die Mama: »Wie wär's denn, wenn du dem Peter einen Brief schreibst?«
»Was soll ich denn reinschreiben, wenn ich doch vom Zwerg nichts schreiben darf?« fragte Anna.
»Die Sache müßte auch ohne Zwerg zu erklären sein«, sagte die Mama. Sie warf den Wischlappen ins Putzwasser,

trocknete sich die Hände ab und sagte: »Das kriegen wir schon hin. Im Briefschreiben war ich immer Spitze!«
Die Mama ging in ihr Zimmer, nahm die Schreibmaschine aus dem Regal, stellte sie auf den Tisch, setzte sich hinter die Schreibmaschine, spannte ein rosa Blatt Papier in die Maschine und tippte: LIEBER PETER! Dann nahm sie die zwei Zeigefinger, mit denen sie getippt hatte, von den Tasten und steckte sie in den Mund und biß an den Nägeln herum. Anna setzte sich neben die Mama und wartete. Zu reden wagte sie nicht. Sie hatte Angst, die Mama beim Brief-Ausdenken zu stören.
Die Mama nahm die Zeigefinger aus dem Mund und hieb wieder in die Tasten. Mit angehaltenem Atem starrte Anna auf die Buchstaben, die das Typenrad auf das rosa Papier druckte:
WEIL DU MICH NICHT VERSTEHST, ERKLÄRE ICH DIR ALLES BRIEFLICH. ES IST SO:
Das, dachte Anna, hätte ich auch geschafft. Aber wie geht es nun weiter?
Die Mama tippte weiter:
DER HERMANN HAT MICH SEHR GERN. SEIT ICH DAS WEISS, FÜHLE ICH MICH VERPFLICHTET, FREUNDLICH ZU IHM ZU SEIN. AUSSER MIR IST EH NIEMAND NETT ZU IHM. UND JEDER MENSCH BRAUCHT IRGEND JEMANDEN, DER LIEB ZU IHM IST. SONST WIRD DER HERMANN NOCH VIEL KOMISCHER, ALS ER JETZT SCHON IST. ABER MIT MEINER GANZ GROSSEN LIEBE ZU DIR HAT DAS ÜBERHAUPT NICHTS ZU TUN. UND WENN DU MIR DAS NICHT GLAUBST, DANN BIST DU EIN GRANDIOSER HORNOCHSE UND MEINER LIEBE GAR NICHT WÜRDIG!

Die Mama zog das rosa Papier aus der Schreibmaschine.
»Kannst du den letzten Satz nicht weglassen?« fragte Anna.
»Warum?« Die Mama schüttelte den Kopf. »Der letzte Satz ist der beste! Glaub mir das!«
Die Mama drückte Anna die Füllfeder in die Hand. »Unterschreib«, sagte sie. Anna zögerte. Sie sagte: »Wenigstens den ›Hornochsen‹ könnten wir weglassen.«
Die Mama schüttelte wieder den Kopf. »Er ist ja einer«, beharrte sie. »Und die Wahrheit darf gesagt werden! Und wenn ich den Hornochsen wegstreiche, dann schaut der Brief wie ein Bittschreiben aus. Und du bist doch kein Bettler. Oder?«
»Bin ich nicht«, sagte Anna, schraubte die Füllfeder auf und schrieb HERZLICHE GRÜSSE, DEINE ANNA unter den Brief.
Die Mama steckte den Brief in ein rosa Kuvert.
Anna schrieb die Adresse vom Peter auf das Kuvert. Dann trugen die Mama und Anna den Brief zur Post. Anna hauchte einen Kuß auf das rosa Kuvert, bevor sie es in den Postkasten steckte.

Am nächsten Tag in der Schule…

Am nächsten Tag in der Schule redete der Peter noch immer kein Wort mit Anna.
Anna dachte: Ist ja klar! Den Brief hat er ja noch nicht bekommen. Den bringt der Briefträger heute vormittag. Den liest er erst zu Mittag!
In der großen Pause, im Hof unten, fragte Alma die Anna: »Du, Anna, willst du heute nachmittag zu mir kommen? Der Hermann kommt auch. Ich hab ein tolles Kasperltheater. Da können wir zu zweit spielen, und der dritte schaut zu!«
Doch Anna hatte keine Zeit fürs Kasperltheater. Sie mußte mit der Mama zum Zahnarzt gehen. Die Mama hatte ein großes Loch im hintersten Zahn, rechts unten. Und die Mama hatte schreckliche Zahnarzt-Angst. Ohne Anna schaffte sie den Besuch beim Zahnarzt nicht. Da machte sie vor der Haustür vom Zahnarzt einfach kehrt und fuhr wieder heim!
So verbrachte Anna also einen Zahnarzt-Nachmittag. Nicht, daß der Zahnarzt den ganzen Nachmittag im Mund der Mama herumgebohrt hätte! Aber zuerst zitterte die Mama aus lauter Zahnarzt-Angst. Und Anna mußte ihr gut zureden. Dann fuhren sie im Taxi zum Zahnarzt. »So nervös, wie ich bin«, sagte die Mama, »kann ich kein Auto lenken, ich würd ja glatt bei Rot über die Kreuzung fahren und in den nächsten Laternenmast rein!«
Dann saß Anna neben der Mama eine Stunde im Wartezimmer vom Zahnarzt und versuchte, die Mama von der

Zahnarzt-Angst abzulenken. Sie schaute mit der Mama Illustrierte an.
Als die Mama an der Reihe war, wollte sie dem Mann, der neben ihr saß und wartete, den Vortritt lassen. »Ich hab es gar nicht eilig«, sagte sie zu dem Mann.
Aber der Mann hatte es auch nicht eilig und lehnte das Angebot der Mama ab. Anscheinend hatte er auch große Zahnarzt-Angst.
»Jetzt nimm dich aber zusammen, Mama«, sagte Anna, zog die Mama vom Stuhl hoch und schob sie ins Ordinationszimmer.
Während der Zahnarzt bohrte, hielt Anna der Mama die Hand. Der Zahnarzt lachte darüber. »Das ist ja die total verkehrte Welt«, sagte er, »wo die Kinder die Mütter begleiten und trösten müssen!«

Nach dem Zahnarzt-Besuch war die Mama so erschöpft, daß sie sich ausruhen mußte. Anna fuhr mit der Mama, wieder mit einem Taxi, in die Papa-Wohnung. Die Mama legte sich im Wohnzimmer auf das Sofa. Anna machte ihre Hausübung. Zehn Sätze hatte sie zu schreiben. Wenn der Zwerg nicht wach war, tat sich Anna mit dem Rechtschreiben immer ein bißchen schwer. Zehn Fehler machte Anna in zehn Sätzen. Dreimal schrieb sie ein Hauptwort mit einem kleinen Anfangsbuchstaben, zweimal ein Zeitwort mit einem großen Anfangsbuchstaben, dreimal vergaß sie ein stummes »h«, und zweimal schrieb sie ein »ie«, wo gar keines hingehörte.
Die Mama kontrollierte die Hausübung, doch sie war so matt, daß sie keinen einzigen Fehler bemerkte. Die zehn

Fehler entdeckte dann am Abend der Papa, als er Anna beim Schultasche-Einräumen half. Da war die Mama schon nach Hause gefahren.
Der Papa machte sich mit dem Tintentod über die Hausübung her und besserte die zehn Fehler erstklassig aus.
»Du bist ein sehr netter Papa«, lobte ihn Anna.
»Du bist ja auch eine sehr nette Tochter«, sagte der Papa.
Dann schauten der Papa und Anna noch ein bißchen fern. Und dann badeten sie zusammen in viel Schaum und wuschen sich gegenseitig die Köpfe. Anna erzählte beim Kopfwaschen dem Papa vom Brief, den die Mama in ihrem Namen geschrieben hatte. Der Papa hielt den Brief für eine gute Idee. Und was die Mama in dem Brief geschrieben hatte, gefiel ihm auch. »Wenn der Peter das liest«, sagte der Papa, »muß er einfach wieder nett zu dir sein!«
Über den Zwerg redete Anna mit dem Papa nicht. Sie hatte gemerkt, daß der Papa das nicht wollte. Sie hatte den Verdacht, daß der Papa den Zwerg am liebsten vergessen wollte.

Anna war am nächsten Morgen das erste Kind in der Klasse. Nicht einmal die Frau Lehrerin war schon da. Die saß noch im Lehrerzimmer unten.
Anna setzte sich hinter ihr Pult. Sie war so aufgeregt, daß ihre Hände zitterten. Als sie das Schulzeug ausräumte, zitterten ihre Hände so stark, daß Radiergummi und Buntstifte auf den Boden fielen.

Langsam füllte sich die Klasse. Um Anna herum wurde es laut. Die Alma kam zu Anna und erzählte ihr, daß sie gestern mit Hermann einen ganz tollen Kasperltheater-Nachmittag gehabt habe. »Einmal haben wir uns zwar ein bißchen geprügelt«, sagte sie, »weil der Hermann blöd war, aber sonst war es Spitze.«
Und als der Hermann dann kam, erzählte er Anna auch, daß der Nachmittag bei der Alma »Spitze« gewesen sei. »Die Alma ist lustig«, sagte er. »Und eine Million Witze kann sie! Und drei ganz unanständige Lieder kennt sie auch! Wenn sie die singt, zerkugelst du dich vor Lachen! Heute nachmittag kommt die Alma zu mir. Kommst du auch?«
»Ich weiß noch nicht so recht«, sagte Anna. »Meine Mama holt mich ja ab. Ich muß sie fragen, ob sie es erlaubt.«
Der Hermann schien über Annas Antwort nicht enttäuscht. »Na, wenn's heute nicht geht«, sagte er, »dann komm halt morgen. Weißt du, ab jetzt werde ich immer mit der Alma am Nachmittag zusammensein. Ich muß ihr nämlich bei den Hausübungen helfen. In Tirol, wo sie so lange war, da haben sie in der Schule was anderes gelernt. Bei vielen Sachen kennt sie sich noch nicht so richtig aus.«
Der Peter kam erst beim Läuten in die Klasse herein. Er setzte sich neben Anna, schob seine Schultasche ins Pult, zog den Brief, den ihm Anna geschrieben hatte, aus der Schultasche und legte ihn Anna in den Schoß.
Der Brief war noch immer zugeklebt. Mit rotem Filzstift hatte der Peter in großen Buchstaben auf das Kuvert geschrieben: ANNAHME VERWEIGERT!

Anna steckte den Brief in den rosa Ranzen und dachte: Das gibt es ja nicht! Das darf ja nicht wahr sein! Nicht einmal gelesen hat er meinen Brief! Und das soll Liebe sein! Nur ein echter Hornochse liebt so!
Einen richtigen, glühendroten Zorn hatte Anna bekommen! Zum Traurigsein war gar kein Platz mehr in ihrem Kopf. Den ganzen Vormittag über blieb Anna rotglühend zornig. Und sie fand das prima! Zorn machte längst nicht so unglücklich wie Traurigsein. Da konnte man den Radiergummi so wild aufs Pult schleudern, daß er bis zur Decke hochsprang, und mit dem Kugelschreiber so fest auf die Heftseite drücken, daß das Papier in Fetzen ging. Und in der großen Pause saß Anna allein im Hof unten auf der Bank vor den Fliederbüschen und hieb mit den Schuhabsätzen in den Kies, daß der Staub nur so hochwirbelte. Dabei murmelte sie vor sich hin: »Hornochse, Hornochse, blöder-blöder-blöder Hornochse!«
Als die Pause zu Ende war und Anna von der Bank aufstand, waren zwei tiefe Löcher im Boden, und Annas Schuhabsätze waren schiefgetreten. Der Gummibelag hing in Fransen herunter. Und der glühendrote Zorn war weg.
Anna beschloß, am Nachmittag etwas für den armen Zwerg zu tun. Sie dachte: Ich werde zum Hermann gehen und lieb zu ihm sein!
Doch als Anna zu Mittag, in der Garderobe, dem Hermann das sagen wollte, war der Hermann schon weg.
»Der ist gerade mit der Alma raus«, sagte die Susi, »ganz auf ein Herz und eine Seele!«
Anna lief zum Schultor. Sie sah den Hermann und die

Alma auf die Straßenkreuzung zugehen. Der Hermann hatte in jeder Hand eine Schultasche. In der rechten die seine, in der linken die von der Alma.
»He, wartet auf mich!« rief Anna und rannte zur Straßenkreuzung. Doch als sie dort ankam, war die Fußgängerampel auf Rot geschaltet, und der Hermann und die Alma waren schon auf der gegenüberliegenden Straßenseite.
»Hallo, Hermann!« rief Anna und winkte. Der Hermann und die Alma hörten sie nicht. Die beiden standen vor dem Schaufenster der Spielwarenhandlung und schauten Stofftiere an.
Der Hermann hatte die beiden Schultaschen abgestellt und einen Arm um Almas Schultern gelegt.
Anna ließ den Arm sinken und dachte: Also, das verändert ja die Lage enorm!
»Find ich auch«, sagte der Zwerg. Seine Stimme klang fröhlich.
Seit wann bist du wach? dachte Anna.
»Dein glühroter Zorn hat mich aufgeweckt«, sagte der Zwerg. »Es ist derart heiß in deinem Schädel geworden, daß ich komplett ins Schwitzen gekommen bin!«
Und wie fühlst du dich? fragte Anna besorgt.
»Tadellos«, sagte der Zwerg. »Saftig und prall wie eh und je. Die Lauskopfgefahr scheint gebannt zu sein!« Der Zwerg kicherte. »Find ich ja prächtig«, sagte er, »daß mir der Herr Mann die Arbeit abgenommen hat. Der hat sich die Leitung zwischen LIEBE und ALMA selbst gelegt!«
Dürfte stimmen, dachte Anna.
»Und darum«, sagte der Zwerg, »brauchst du dich mit dem Herrn Mann nicht mehr herumzuplagen. Er mag die

Alma, die Alma mag ihn. Das reicht. Von zwei Mädchen geliebt zu werden wäre Luxus!«
Genau, dachte Anna. Überhaupt dann, wenn es einem der zwei Mädchen unheimlich schwerfallen würde!
Das Auto der Mama kam die Straße heraufgefahren und hielt neben Anna. Anna stieg ins Auto.
»Na?« fragte die Mama.
Anna machte den rosa Ranzen auf, holte den Brief heraus und gab ihn der Mama.
»So eine Frechheit!« rief die Mama. »Dem Hornochsen gehört ja eine geknallt!« Die Mama drehte sich zu Anna um. »Bist du sehr traurig, mein Schatz?«
Anna schüttelte den Kopf.
»Echt nicht?« Die Mama schien es nicht recht zu glauben.
»Unheimlich zornig war ich«, sagte Anna. »Aber das hat sich auch schon gelegt!« Anna hob ein Bein hoch und legte es auf die Lehne vom Beifahrersitz. »Schau, Mama.« Anna zeigte auf den Schuhabsatz. »Aus lauter Zorn hab ich mir die Schuhe kaputtgemacht!«
Die Mama schaute erstaunt auf den schiefen Sandalenabsatz, von dem der Gummibelag zerfranst herunterhing.
»Der andere schaut genauso aus«, sagte Anna.
»Wie hast du denn das geschafft?« fragte die Mama.
»Ich hab meinen Zorn in den Kies hineingescharrt«, sagte Anna.
»Eine gute Idee«, sagte die Mama. »Das muß ich mir merken, für den Bedarfsfall!«
Und dann fuhren die Mama und Anna zum nächsten Schuhgeschäft und kauften neue Sandalen für Anna, rote

Riemchensandalen mit Glitzersteinen auf den Riemchen.
Die Mama kaufte sich auch Sandalen. Weiße, mit ganz hohen Absätzen.
»Und jetzt«, sagte die Mama nach dem doppelten Sandalenkauf, »habe ich mein ganzes Geld ausgegeben.« Sie kramte in der Geldbörse. »Was da drinnen ist, reicht nicht mal mehr zum Pizzaessen im Restaurant!«
»Wofür reicht es denn?« fragte Anna.
»Für vier Topfkolatschen* und zwei Cola«, sagte die Mama. Also gingen die Mama und Anna in eine Bäckerei und kauften vier Topfkolatschen und zwei Cola und setzten sich in den Park und aßen die Kolatschen und tranken die Cola.
Die Mama blinzelte in die Sonne und fragte: »Wie geht es dem Zwerg?«
»Wieder gut«, sagte Anna und erzählte der Mama von der neuen Liebe zwischen dem Hermann und der Alma.
»Toll«, sagte die Mama. Und dann fragte sie: »Schläft er gerade? Oder ist er wach?«
»Ich bin beim Einschlafen«, murmelte der Zwerg und gähnte.
»Er ist beim Einschlafen«, sagte Anna.
Die Mama beugte sich zu Anna und flüsterte ihr ins Ohr: »Schlaf gut, lieber Zwerg!«
Anna lehnte den Kopf an die Schulter der Mama. »Weißt du«, sagte sie, »der Papa kommt mit meinem Zwerg

* Topfkolatsche – kleiner, gefüllter Hefekuchen

nicht zurecht. Dem Papa ist er unheimlich, glaube ich.«
»Könnte leicht sein«, sagte die Mama. »Mußt ja auch nicht mit ihm über den Zwerg reden. Reicht ja, wenn du mit mir über ihn reden kannst.«
»Und dir ist er nicht unheimlich?« fragte Anna.
»Ach wo.« Die Mama schüttelte den Kopf. »Nur ein bißchen neidisch bin ich, daß ich keinen im Kopf hab.«

Eine ganze Woche lang...

Eine ganze Woche lang redete der Peter kein Wort mit Anna. Am ersten Tag dieser Woche schaute er Anna nicht einmal an.
Stur nach vorne zur Tafel schaute er, und der Zwerg motzte: »Der Hornochse wird noch die totale Genickstarre bekommen!«
Am zweiten Tag warf der Peter hin und wieder Anna einen giftigen Blick zu, und der Zwerg motzte: »Der Hornochse hat Sehstörungen, der hält dich für eine eklige Kreuzspinne!«
Am dritten Tag starrte der Peter unentwegt zum Hermann und zur Alma. Schön langsam merkte er nämlich, daß die beiden »dicke Freunde« waren und daß der Hermann weit mehr mit der Alma redete als mit Anna, und der Zwerg motzte: »Jetzt versteht der Hornochse die Welt nicht mehr!«
Am vierten Tag schielte der Peter dauernd zu Anna. In den Stunden und in den Pausen auch, und der Zwerg motzte: »Der Hornochse würde gern Kontakt zu uns aufnehmen, aber er weiß nicht, wie er es anfangen soll!«
Und am letzten Schultag in dieser Woche, als Anna in der großen Pause im Hof unten mit der Susi Gummitwist hüpfte, stellte sich der Peter zu ihr. Ein paarmal machte er sogar den Mund auf, als ob er etwas sagen wollte, doch dann klappte er ihn wieder zu.
Anna dachte: Er will wieder mein Freund sein! Sie wollte dem Peter aufmunternd zulächeln, doch der Zwerg rief:

»He, spinn nicht! Laß den Hornochsen ein bißchen im eigenen Saft schmurgeln!«
Auch wahr, dachte Anna und lächelte nicht.
Am Sonntag, am Abend dann, klingelte das Telefon in der Papa-Wohnung. Der Papa und Anna waren gerade erst heimgekommen. Sie waren mit der Mama baden gewesen. Der Papa hob den Telefonhörer ab. »Für dich, Anna«, sagte er und hielt Anna den Hörer hin. »Der Peter«, flüsterte er.
Anna nahm den Hörer. »Ja, bitte?« sagte sie.
»Du, Anna«, sagte der Peter. »Könntest du mir morgen in der Schule den Brief noch einmal geben. Ich würde ihn doch gern lesen.«
»Den Brief hab ich weggeworfen«, log Anna. Der Brief lag auf ihrem Schreibtisch, unter dem Briefbeschwerer. Anna wollte ihn nicht mehr hergeben. Im Brief stand ja etwas von »großer Liebe«, und Anna war sich nicht mehr ganz sicher, ob das noch stimmte.
»Kannst mir den Brief nicht noch einmal schreiben?« fragte der Peter.
»Soweit kommt's noch, du Hornochse«, motzte der Zwerg, und Anna sagte, ohne es wirklich zu wollen, dem Zwerg nach: »Soweit kommt's noch, du Hornochse!«
Da murmelte der Peter: »Entschuldigung« und legte den Hörer auf.
Vorlauter Zwerg du, dachte Anna grantig, dauernd drängst du mir deine Meinung auf! Ich hab das gar nicht sagen wollen.
»Pardon«, murmelte der Zwerg. »Ab jetzt halte ich mich zurück und mische mich nicht mehr ein!«

Und das tat der Zwerg dann auch. Weder am Montag noch am Dienstag gab er irgendeinen Kommentar zum Peter ab. Obwohl er ganz gewiß allerhand über den Peter zu motzen und zu stänkern gehabt hätte. Der Peter hockte nämlich wie ein todkrankes Kind neben Anna. Bleich war er, trübe Augen hatte er, mit niemandem redete er, in den Pausen blieb er auf seinem Platz, sein Jausenbrot aß er auch nicht, und wenn ihn die Frau Lehrerin etwas fragte, antwortete er mit so leiser Stimme, daß ihn die Frau Lehrerin gar nicht verstand und noch einmal nachfragen mußte.
Anna dachte: Wenn er mich jetzt fragt, ob ich wieder seine Freundin sein will, dann sage ich ja!
Nicht einmal da meldete sich der Zwerg zu Wort. Aber der Peter fragte ohnehin nicht. Doch er war wortlos freundlich zu Anna. Als Anna die Füllfederpatrone leer geschrieben hatte und keine volle Patrone mehr im Bleistiftetui hatte, holte der Peter seine Reservepatrone aus der Füllfeder und schob sie Anna zu. Als Anna auf ihrer Zeichnung einen Strich wegradieren wollte und ihr harter Radiergummi schmierige Streifen aufs Papier machte, reichte ihr der Peter seinen weichen Radiergummi. Und in jeder Pause holte der Peter ein Bonbon aus seiner Schultasche und legte es auf Annas Pulthälfte. Anna aß die Bonbons und war sehr gerührt.
Mittwoch, am Abend, als Anna vor dem Papa-Haus aus dem Auto der Mama stieg, stand die eine große Schwester vom Peter in der Tornische. »Ich habe auf dich gewartet«, sagte sie zu Anna. »Weil ich mit dir reden muß. Weil es so nicht weitergeht. Weil der Peter schon ganz krank vor Liebeskummer ist.«

Die große Schwester ging mit Anna ins Haus hinein und die Treppe hoch. »Der Peter dreht echt noch durch«, sagte sie. »Er schnappt uns noch über!«
Ehrlich besorgt schaute die große Schwester drein. »Weißt du, was er mir gestern heulend und schluchzend erklärt hat?«
»Nein«, sagte Anna.
»Aber sag es ja niemandem weiter«, sagte die große Schwester. »Weil das niemand erfahren darf!«
»Sowieso nicht«, sagte Anna.
Die große Schwester blieb mitten auf der Treppe stehen. Sie beugte sich ein bißchen zu Anna und flüsterte: »Er hat behauptet, er sei an der blöden Eifersucht nicht schuld. Schuld daran sei ein Zwerg mit gelber Schirmmütze. Der wohne in seinem Kopf. Und der sage ihm solche Sachen ein.«
»O du meine Güte«, kreischte der Zwerg. »Ein Gelber! Die Gelben spinnen ja!«
Anna wußte nicht, was sie zur großen Schwester sagen sollte. Sie schwieg und stieg weiter die Treppe hoch. Die große Schwester hielt Annas Schweigen für Entsetzen. Sie kam hinter Anna her und sagte: »Aber ich bin mir sicher, daß sich sein Irrsinn wieder legt, wenn du gut mit ihm wirst!«
Anna holte, bei der Wohnungstür angekommen, die Schlüsselkette aus dem Halsausschnitt vom T-Shirt und sperrte die Wohnungstür auf. Der Papa stand im Vorzimmer. »Ach, du bringst Besuch mit?« fragte er.
»Nein«, sagte die große Schwester. »Ich gehe schon wieder. Ich habe der Anna nur etwas berichten müssen.«

Dann flüsterte sie Anna zu: »Also, kein Wort zu irgend jemandem, bitte!« und lief der Treppe zu.
Dem Papa glitzerte die Neugier aus den Augen. »Was wollte sie denn?« fragte er.
»Nur ein Zwergen-Problem«, sagte Anna. Da verschwand der Papa, wie ein gut geölter Blitz, in der Küche. Mit Zwergen-Problemen wollte er nichts zu schaffen haben.
Anna ging auch in die Küche, setzte sich auf die Eckbank, schaute dem Papa beim Nachtmahlkochen zu und fragte den Zwerg: Wieso spinnen die mit den gelben Schirmmützen?
Der Zwerg sagte: »Wieso sie spinnen, weiß ich auch nicht. Aber daß sie total meschugge sind, ist unsereinem bekannt. Sie neigen jedenfalls dazu, in den Köpfen, wo sie wohnen, Mißtrauen und Verdacht zu verbreiten!«
Anna fragte den Zwerg: Und wenn ich mit ihm rede? Wenn ich ihm gut zurede? Ins Ohr vom Peter hinein?
Zuerst gab der Zwerg keine Antwort. Erst als Anna dachte: He? Was ist? Ich hab dich was gefragt!, sagte der Zwerg: »Die sind doch stur wie die Böcke! Von dir läßt sich so einer gar nichts sagen!« Dann schwieg der Zwerg wieder.
Anna merkte, daß er nachdachte. Sie kannte ihren Zwerg schließlich. Sie wartete geduldig, bis der Zwerg weiterredete. »Einen Gelben muß man in unserer Muttersprache anreden«, sagte er. »Unsereiner ist nämlich zweisprachig. Wir beherrschen fließend Mensch und Zwerg!«
Wie klingt Zwergisch? wollte Anna wissen.
»Für dich klingt es gar nicht«, sagte der Zwerg. »Wir kommen untereinander tonlos zurecht. Das blitzt elektrisch

von Hirn zu Hirn, geht aber nur dicht an dicht. Zwergisch reicht nicht weit!«

»Wie weit?« fragte Anna.

»So weit, wie dein kleiner Finger dick ist«, sagte der Zwerg.

Anna stand auf. »Kannst du das Nachtmahl um eine Stunde nach hinten verschieben?« fragte sie den Papa. »Ich muß noch einmal weg!«

»Zum Peter?« fragte der Papa.

Anna nickte.

»Geh bei der Ampel über die Straße«, sagte der Papa.

Anna nickte.

»Viel Glück, Anna«, rief der Papa hinter ihr her, als Anna aus der Wohnung lief.

Die Mama vom Peter machte Anna die Tür auf. »Bist mir schon richtig abgegangen«, sagte sie.
»Und du mir erst«, sagte Anna. Sie ging ins Wohnzimmer. Der Peter-Papa lag auf dem Sofa. Das Baby hatte er auf dem Bauch. Das Baby spuckte den Schnuller aus und lachte Anna entgegen. Und der Peter-Papa rief: »Fein, daß du wieder da bist!«
Die große Schwester, die bei Anna gewesen war, saß beim Eßtisch, lackierte ihre Fingernägel und zwinkerte Anna zu. Die andere große Schwester kam aus dem Schwestern-Zimmer. »Ach, unsere Anna«, rief sie. »Da hat ja alle Seelennot ein Ende!« Sie deutete auf das Peter-Paul-Zimmer. »Der Paul ist bei seinem Freund. Geh nur rein. Da seid ihr ungestört!«
Der Peter stand am Fenster und schaute hinaus. Ganz so, als hätte er nicht gehört, daß Anna gekommen war. Dabei mußte er es gehört haben. Durch die dünnen Wände in der Peter-Wohnung hörte man jedes Wort!
Anna ging zum Peter hin. Sie nahm ihn an der Hand und führte ihn zum Etagenbett. Sie setzte sich auf die Kante vom unteren Bett. Der Peter setzte sich neben sie. Sie rutschte ganz dicht an den Peter heran und lehnte ihren Kopf an den vom Peter. So, daß ihr linkes Ohr an seinem rechten war.
»Ich hab nämlich einen mit violetter Zipfelmütze«, sagte sie. »Und der wird jetzt mit deinem reden. In Zwergisch-Elektrisch. Das können wir nicht hören.«
Lange Zeit saßen der Peter und Anna so. Ohr an Ohr. Sie redeten nicht, um die Zwerge nicht zu stören. Sie hielten einander bloß fest an den Händen. Zu hören war von den

Zwergen tatsächlich nichts. Bloß ein zartes Kribbeln spürte Anna im Ohr. Dann hatte das Kribbeln ein Ende, und Anna merkte am leichten Kitzeln, daß der Zwerg wieder ins Ohr hineinflutschte. Gleich darauf sagte er: »Der Gelbe läßt untertänigst um Entschuldigung bitten! Er hat eingesehen, daß er dich zu Unrecht verdächtigt hat!«
Anna nickte und rückte ein bißchen vom Peter weg, damit sie ihm ins Gesicht schauen konnte. Der Peter hatte die Augen geschlossen. Anna dachte: Er unterhält sich mit seinem Zwerg!
Dann öffnete der Peter die Augen und sagte zu Anna: »Er schwört, daß er mir keinen Blödsinn mehr einreden wird. Aber er verspricht oft was und hält es dann nicht.«
»Meiner spielt auch manchmal verrückt«, sagte Anna. »Aber wenn ich mit ihm streite, gibt er zum Schluß doch immer nach.«
»Ich werd einfach nicht mehr auf ihn hören«, sagte der Peter. Er rutschte wieder dicht an Anna und legte seinen Kopf an den ihren. Ohr an Ohr saßen sie da. Aber jetzt kribbelte es in den Ohren nicht mehr.
»Meiner schläft sicher schon«, sagte der Peter. »Er braucht viel Schlaf.«
»Meiner auch«, sagte Anna.
So saßen der Peter und Anna, bis die Peter-Mama an die Zimmertür klopfte und rief: »Marillenknödel gibt's! Wenn ihr nicht bald kommt, sind alle weg!«
Da sprangen der Peter und Anna auf und liefen, Hand in Hand, ins Wohnzimmer. Zehn Knödel waren noch übrig. Die aßen der Peter und Anna auf.
Jeden Knödel teilten sie.

PAUER

Von jedem Knödel aß der Peter eine Hälfte und Anna die andere Hälfte. Sogar aus einem Glas tranken sie gemeinsam, Mund an Mund, Apfelsaft.
Nach dem Nachtmahl begleitete die ganze Peter-Familie Anna heim. Sogar der Peter-Papa ging mit, obwohl er so müde Beine hatte. Und Anna durfte das Baby im Kinderwagen schieben.
An der Ecke, vor dem Papa-Haus, kam ihnen eine Frau entgegen, die grüßte die Peter-Mama, blieb stehen und sagte: »Na so was! Ich hab geglaubt, Sie hätten fünf Kinder. Dabei haben Sie ja sechs!«
Total ernst antwortete die Peter-Mama: »Ja, ja, sechs haben wir. Wär ja ein Jammer, wenn's nur fünf wären.«
Erst als die Frau weitergegangen war und sie es nicht mehr hören konnte, fingen sie alle zu lachen an. Bis zum Haustor vom Papa-Haus lachten sie.
Der Papa stand oben am offenen Wohnzimmerfenster und winkte Anna zu. Anna und der Peter, die großen Schwestern und der Paul, das Baby und die Peter-Eltern winkten zurück.
Anna sagte zum Peter: »Wenn du am Sonntag mit der Mama und dem Papa und mir in den Prater gehst, dann glauben auch alle Leute, daß meine Eltern zwei Kinder haben.«
Dann lief Anna ins Haus hinein und raste die Treppen hoch. Der Papa stand in der offenen Wohnungstür. »Alles okay?« fragte er.
»Total okay«, schnaufte Anna. »Ich bin das sechste Kind der Peter-Eltern, und der Peter ist das zweite Kind von dir und der Mama.«

»Dann gibt es ja jetzt zwei Kinder mehr auf der Welt«, murmelte der Papa.
»Der Mann rechnet doch falsch, oder?« fragte der Zwerg.
Anna dachte: Einerseits schon, aber andererseits wieder nicht.
»Das ist mir zu kompliziert«, sagte der Zwerg und gähnte, laut und deutlich. Und dreimal hintereinander. Anna gähnte mit ihm, laut und deutlich. Und dreimal hintereinander.
»Ja, ja«, sagte der Papa. »Glück macht müde!«
»Dann bin ich wohl der glücklichste Zwerg der Welt«, murmelte der Zwerg und schnarchte los.

Gulliver Taschenbücher von Christine Nöstlinger

Hugo, das Kind in den besten Jahren
Phantastischer Roman
320 Seiten (78142) *ab 12*

Jokel, Jula und Jericho
Erzählung. Mit Bildern von Edith Schindler
124 Seiten (78045) *ab 7*

Die Kinder aus dem Kinderkeller
Aufgeschrieben von Pia Maria Tiralla, Kindermädchen in Wien
Mit Bildern von Heidi Rempen
88 Seiten (78096) *ab 8*
Ausgezeichnet mit dem Bödecker-Preis

Lollipop
Erzählung. Mit Bildern von Angelika Kaufmann
120 Seiten (78008) *ab 8*
Auf der Auswahlliste zum Deutschen Jugendbuchpreis

Am Montag ist alles ganz anders
Roman. 128 Seiten (78160) *ab 10*

Der Neue Pinocchio
Mit farbigen Bildern von Nikolaus Heidelbach
216 Seiten (78150) *ab 6*

Rosa Riedl, Schutzgespenst
Roman. 200 Seiten (78119) *ab 10*
Ausgezeichnet mit dem Österreichischen Jugendbuchpreis

Wetti & Babs
Roman. 264 Seiten (78130) *ab 12*

Zwei Wochen im Mai
Mein Vater, der Rudi, der Hansi und ich
Roman. 208 Seiten (78032) *ab 11*

Beltz & Gelberg
Beltz Verlag, Postfach 100154, 69441 Weinheim

Christine Nöstlinger

Wie ein Ei dem anderen

Roman

144 Seiten, geb. (80074) *ab 10*

Frech sein ist alles, denkt Marion manchmal. Und wenn der Herr Zweigerl sagt, Rubokowinsky heißt man besser nicht, weil das ein zu schwieriger Name ist, dann kann das Marion nicht erschüttern. Es macht halt nichts, daß sie so heißt, nicht Berner wie ihre kleinen Brüder. Mit ihrem neuen Papa kommt sie im übrigen glänzend aus. Aber von ihrer angeblichen Doppelgängerin will sie lieber nichts wissen. Als sie dann eines Tages die Sandra kennenlernt, passiert allerhand. Dabei ist es ziemlich egal, ob sich die beiden »wie ein Ei dem andern« gleichen. Auf ihre Freundschaft kommt es an. Davon könnte sich eigentlich auch Julian, Marions große Liebe, eine Scheibe abschneiden. Aber der kapiert wohl nichts.

Beltz & Gelberg

Beltz Verlag, Postfach 100154, 69441 Weinheim

Christine Nöstlinger
Einen Vater hab ich auch
Roman
192 Seiten, geb. (79652) *ab 11*

Feli, die eigentlich Felicitas heißt, kommt gut mit ihren »geteilten« Eltern zurecht. Sie lebt bei der Mutter, und was die nicht erlaubt, genehmigt meist der Vater. Erst als ihre Mutter diesen tollen Redaktionsjob in München annimmt, gerät alles durcheinander. Feli will auf keinen Fall von Wien weg. Schon gar nicht will sie Lorenz, ihre große Liebe, aus den Augen lassen. Also beschließt Feli zum Vater zu ziehen. Aber der hat zur Zeit leider keinen Platz in seinem Ein-Zimmer-Loft. Feli wird bei der Graus-Verwandtschaft untergebracht. Doch das sind Ordnungsfanatiker, die sie einfach nicht ertragen kann. Besonders nachdem die Sache mit dem Igel-Bürsten-Spruch passiert ist. Jetzt muß der Vater sie aufnehmen! Und Feli entdeckt einen ganz anderen Vater, als sie bisher kannte. – Eine fetzig-komische Geschichte, die übrigens von Feli selbst erzählt wird.

Beltz & Gelberg
Beltz Verlag, Postfach 100154, 69441 Weinheim

Gulliver liest

Silvia Bartholl (Hrsg.)

Alles Gespenster!

Geschichten und Bilder. Mit einem Gespenstercomic von Helga Gebert

128 Seiten, Gulliver Taschenbuch (78143) *ab 9*

Durch dieses Buch geistern Gespenster aller Art: freundliche und vorwitzige, ängstliche, große und kleine. Selbst ein Gespensterbaby ist dabei!

Sophie Brandes

Cascada. Eine Inselgeschichte

Roman. Mit Bildern von Sophie Brandes

208 Seiten, Gulliver Taschenbuch (78179) *ab 10*

Liane zieht mit ihren Eltern und dem Bruder Tarzan auf eine Insel im Süden. Das neue Leben dort ist ziemlich aufregend! – Eine lebendige Familiengeschichte, von der neunjährigen Liane selbst erzählt.

Peter Härtling

Ben liebt Anna

Roman. Mit Bildern von Sophie Brandes

80 Seiten, Gulliver Taschenbuch (78001) *ab 9*

Der neunjährige Ben liebt Anna, das Aussiedlermädchen. Und auch Anna hat ihn eine Weile sehr lieb. Das ist für beide eine schöne, aber auch schwere Zeit …

Zürcher Kinderbuchpreis »La vache qui lit«

Margaret Klare

Liebe Tante Vesna

Marta schreibt aus Sarajevo

88 Seiten, Gulliver Taschenbuch (78169) *ab 9*

In Sarajevo ist Krieg, und das Leben in der Stadt hat sich völlig verändert. Martas Schule ist geschlossen, viele ihrer Freunde sind geflüchtet. Häuser werden zerstört, oft gibt es tagelang weder Strom noch Wasser … Margaret Klare hat die Erlebnisse der 10jährigen Marta aufgeschrieben.

Erwin Moser

Ein Käfer wie ich

Erinnerungen eines Mehlkäfers aus dem Burgenland

Mit Zeichnungen von Erwin Moser

212 Seiten, Gulliver Taschenbuch (78029) *ab 10*

Mehli, ein Käfer mit Sehnsucht, möchte gern fliegen, und so verstrickt er sich in allerhand Abenteuer. Seine Erlebnisse hat er selbst aufgeschrieben, »eigenfüßig« sozusagen.

Beltz & Gelberg

Beltz Verlag, Postfach 100154, 69441 Weinheim

Gulliver liest

Dagmar Chidolue

So ist das nämlich mit Vicky

Roman. Mit Bildern von Rotraut Susanne Berner

192 Seiten, Gulliver Taschenbuch (78135) *ab 9*

Nele Wagner und Vicky Capaldi passen eigentlich gar nicht zusammen. Trotzdem sind sie dick befreundet. Als die Wagners in die Sommerferien nach Spanien fahren, nehmen sie Vicky mit. So turbulent waren die Ferien der Wagners noch nie!

Hans-Joachim Gelberg (Hrsg.)

Geh und spiel mit dem Riesen

Erstes Jahrbuch der Kinderliteratur

304 Seiten, Gulliver Taschenbuch (78085) *Kinder & Erwachsene*

Geschichten, Bilder, Rätsel, Texte, Spiele, Comics und noch viel mehr – das Buch reizt zum Blättern und Entdecken, zum Schmökern, wo immer man es aufschlägt.

Deutscher Jugendbuchpreis

Karin Gündisch

In der Fremde

und andere Geschichten

72 Seiten, Gulliver Taschenbuch (78149) *ab 9*

Geschichten von Kindern, die mit ihren Eltern und Geschwistern aus Siebenbürgen weggegangen sind, um in Deutschland eine neue Heimat zu finden.

Simone Klages

Mein Freund Emil

Roman. Mit Bildern von Simone Klages

176 Seiten, Gulliver Taschenbuch (78156) *ab 9*

Seit dieser Emil mit dem komischen Nachnamen in der Klasse ist, läuft bei Katjenka alles schief. Kein Wunder, daß sie ihn nicht ausstehen kann! Aber dann müssen sie gemeinsam einen Aufsatz schreiben, und damit beginnt für beide eine aufregende Zeit.

Christine Nöstlinger

Die Geschichten von der Geschichte vom Pinguin

120 Seiten, Gulliver Taschenbuch (78155) *ab 10*

Emanuel liebt Pinguine. Emanuels Vater liebt Emanuel. Die Großtante Alexa liebt den Vater und Emanuel, und deshalb sagt sie auch nichts, als Emanuel ein Pinguinbaby aufzieht. Keine einfache Sache!

Auswahlliste zum Deutschen Jugendliteraturpreis

Beltz & Gelberg

Beltz Verlag, Postfach 100154, 69441 Weinheim

Taschenbücher
bei Beltz & Gelberg

Eine Auswahl
für LeserInnen ab 9

Peter Härtling
1 BEN LIEBT ANNA
Roman
Bilder von Sophie Brandes
80 S. (78001) ab 9

Sophie Brandes
12 HAUPTSACHE, JEMAND HAT DICH LIEB
Roman. Bilder von Sophie Brandes
160 S. (78012) ab 10

Walter Moers
25 DIE SCHIMAUSKI-METHODE
Vierfarbige Bildergeschichten
56 S. (78025) ab 10

Susanne Kilian
26 KINDERKRAM
Kinder-Gedanken-Buch
Bilder von Nikolaus Heidelbach
128 S. (78026) ab 10

Horst Künnemann/ Eckart Straube
27 SIEBEN KOMMEN DURCH DIE HALBE WELT
Phantastische Reise in 22 Kapiteln
Bilder von Eckart Straube
184 S. (78027) ab 10

Erwin Moser
29 EIN KÄFER WIE ICH
Erinnerungen eines Mehlkäfers
Zeichnungen von Erwin Moser
212 S. (78029) ab 10

Peter Härtling
35 ALTER JOHN
Erzählung
Bilder von Renate Habinger
112 S. (78035) ab 10

Klaus Kordon
37 ICH BIN EIN GESCHICHTEN-ERZÄHLER
Viele Geschichten und ein Brief
136 S. (78037) ab 10

Klaus Kordon
46 BRÜDER WIE FREUNDE
Roman
152 S. (78046) ab 10

Hans-Joachim Gelberg (Hrsg.)
50 ÜBERALL UND NEBEN DIR
Gedichte für Kinder in sieben Abteilungen
Mit Bildern von vielen Künstlern
304 S. (78050) Kinder & Erw.

Klaus Kordon
52 TAGE WIE JAHRE
Roman
136 S. (78052) ab 10

Iva Procházková
57 DER SOMMER HAT ESELSOHREN
Erzählung
Aus dem Tschechischen
Bilder von Svend Otto S.
220 S. (78057) ab 10

Peter Härtling
73 JAKOB HINTER DER BLAUEN TÜR
Roman
Bilder von Sabine Friedrichson
104 S. (78073) ab 10

Frantz Wittkamp
83 ICH GLAUBE, DASS DU EIN VOGEL BIST
Verse und Bilder
Bleistiftzeichnungen von Frantz Wittkamp
104 S. (78083) ab 10

Hans-Joachim Gelberg (Hrsg.)
85 GEH UND SPIEL MIT DEM RIESEN
Erstes Jahrbuch der Kinderliteratur
Mit teils vierfarbigen Bildern
304 S. (78085) Kinder & Erw.

Benno Pludra
86 DAS HERZ DES PIRATEN
Roman. Bilder von Jutta Bauer
176 S. (78086) ab 10

Hans-Joachim Gelberg (Hrsg.)
95 AM MONTAG FÄNGT DIE WOCHE AN
Zweites Jahrbuch der Kinderliteratur
Mit teils vierfarbigen Bildern
304 S. (78095) Kinder & Erw.

Hans Manz
98 ADAM HINTER DEM MOND
Zärtliche Geschichten
Bilder von Edith Schindler
112 S. (78098) ab 10

Simon & Desi Ruge
116 DAS MONDKALB IST WEG!
Wie Kumbuke und Lusche-lauschen eine Reise machen, sehr abenteuerlich, kaum zu glauben, etwa sechs Wochen im ganzen
Bilder von Peter Knorr
264 S. (78116) ab 10

Christine Nöstlinger
119 ROSA RIEDL, SCHUTZGESPENST
Roman für Kinder
200 S. (78119) ab 10

William Woodruff
121 REISE ZUM PARADIES
Roman. Aus dem Englischen
Bilder von Sabine Wilharm
224 S. (78121) ab 10

Marie Farré
125 MINA MIT DER UNSCHULDSMIENE
Roman. Aus dem Französischen
Farbige Bilder von Axel Scheffler
96 S. (78125) ab 10

Hans Christian Andersen
127 MUTTER HOLUNDER
und andere Märchen
Farbige Bilder von Sabine Friedrichson
200 S. (78127) Kinder & Erw.

Dagmar Chidolue
128 PONZL GUCKT SCHON WIEDER
Roman
Bilder von Peter Knorr
176 S. (78128) ab 10

Dagmar Chidolue
135 SO IST DAS NÄMLICH MIT VICKY
Roman. Bilder von Rotraut Susanne Berner
192 S. (78135) ab 9

Klaus Kordon
138 DIE TAUSENDUNDZWEITE NACHT UND DER TAG DANACH
Märchen. Bilder von Erika Rapp
184 S. (78138) ab 10

Juri Korinetz
140 EIN JUNGE UND EIN PFERD
Erzählung. Aus dem Russischen
Bilder von Anne Bous
96 S. (78140) ab 10

Silvia Bartholl (Hrsg.)
143 ALLES GESPENSTER!
Geschichten & Bilder
128 S. (78143) ab 9

Erwin Moser
145 JENSEITS DER GROSSEN SÜMPFE
Eine Sommergeschichte
Kapitelzeichnungen von Erwin Moser
200 S. (78145) ab 10

Christine Nöstlinger
146 ANATOL UND DIE WURSCHTELFRAU
Roman
208 S. (78146) ab 10

Karin Gündisch
149 IN DER FREMDE
und andere Geschichten
72 S. (78149) ab 9

Christine Nöstlinger
155 DIE GESCHICHTEN VON DER GESCHICHTE VOM PINGUIN
Roman
120 S. (78155) ab 10

Simone Klages
156 MEIN FREUND EMIL
Roman. Bilder von Simone Klages
176 S. (78156) ab 9

Christine Nöstlinger
160 AM MONTAG IST ALLES GANZ ANDERS
Roman
128 S. (78160) ab 10

Nasrin Siege
165 SOMBO, DAS MÄDCHEN VOM FLUSS
Erzählung
112 S. (78165) ab 10

Margaret Klare
169 LIEBE TANTE VESNA
Marta schreibt aus Sarajevo
88 S. (78169) ab 9

Dagmar Chidolue
174 MACH AUF, ES HAT GEKLINGELT
Roman
Bilder von Peter Knorr
184 S. (78174) ab 10

Andreas Werner
176 DAS GEISTERBUCH
Bilder, Comics und Geschichten
Mit einem Geisterlexikon
Teils vierfarbig
96 S. (78176) ab 10

Sophie Brandes
179 CASCADA, EINE INSELGESCHICHTE
Roman
Bilder von Sophie Brandes
208 S. (78179) ab 10

Mario Grasso's
186 WÖRTERSCHATZ
Spiele und Bilder mit Wörtern von A–Z
Teils vierfarbig
128 S. (78186) ab 10

Dagmar Chidolue
187 MEIN PAULEK
Roman
Bilder von Peter Knorr
152 S. (78187) ab 10

Fredrik Vahle
199 DER HIMMEL FIEL AUS ALLEN WOLKEN
Gedichte
Farbige Bilder von Norman Junge
136 S. (78199) ab 10

Peter Steinbach
200 DER KLEINE GROSSVATER
Phantastischer Roman
Bilder von Peter Knorr
216 S. (78200) ab 10

Sebastian Goy
205 DU HAST DREI WÜNSCHE FREI
Eine lange Geschichte
Bilder von Verena Ballhaus
120 S. (78205) ab 10

Christine Nöstlinger
213 DER GEHEIME GROSSVATER
Erzählung
160 S. (78213) ab 10

222 DAS GEHEIMNIS DER VIERTEN SCHUBLADE
und viele andere Geschichten aus dem Gulliver-Erzählwettbewerb für Kinder
ca. 222 S. (78222)
Kinder & Erw.

Beltz & Gelberg
Postfach 100154
69441 Weinheim

»Die wohl lustigste, sorgfältigste, anregendste Kinderzeitschrift auf dem deutschsprachigen Markt.«

Basler Zeitung

Der Bunte Hund

MAGAZIN FÜR KINDER IN DEN BESTEN JAHREN

Unterhaltung fürs ganze Jahr:
Geschichten, Rätsel, Bilder und so weiter von bekannten Autoren und Autorinnen, Künstlerinnen und Künstlern.
Mit Erzählwettbewerb für Kinder.

Erscheint dreimal im Jahr, 64 Seiten, vierfarbig,
DM 9,80 (Jahresbezug DM 26,–)
In jeder Buchhandlung.

Beltz & Gelberg
Beltz Verlag, Postfach 10 01 54, 69441 Weinheim

Gulliver Taschenbuch 236

Christine Nöstlinger, geboren 1936, lebt in Wien. Sie veröffentlichte Gedichte, Romane, Filme und zahlreiche Kinder- und Jugendbücher. Im Programm Beltz & Gelberg erschienen unter anderem *Wir pfeifen auf den Gurkenkönig* (Deutscher Jugendbuchpreis), *Maikäfer flieg!* (Buxtehuder Bulle, Holländischer Jugendbuchpreis), *Lollipop*, *Zwei Wochen im Mai*, *Hugo, das Kind in den besten Jahren*, *Oh, du Hölle!*, *Der Hund kommt!* (Österreichischer Staatspreis), *Der Neue Pinocchio*, *Der Zwerg im Kopf* (Zürcher Kinderbuchpreis »La vache qui lit«), *Wie ein Ei dem anderen*, das Jahrbuch *Ein und Alles* (zusammen mit Jutta Bauer), *Einen Vater hab ich auch*, *Der TV-Karl* und zuletzt *Vom weißen Elefanten und den roten Luftballons*. Für ihr Gesamtwerk wurde Christine Nöstlinger mit der internationalen Hans-Christian-Andersen-Medaille ausgezeichnet.

Christine Nöstlinger

Eine mächtige Liebe

Geschichten für Kinder

Mit farbigen Bildern von Janosch
zur Erzählung »Einer«

Gulliver Taschenbuch 236
Einmalige Sonderausgabe
© 1991, 1996 Beltz Verlag, Weinheim und Basel
Programm Beltz & Gelberg, Weinheim
Alle Rechte vorbehalten
Einband von Franziska Biermann
Gesamtherstellung Druckhaus Beltz, 69494 Hemsbach
Printed in Germany
ISBN 3 407 78236 5

Inhalt

*Botschaft an die Kinder in der Welt zum Andersen-Tag**

Auf der Welt ist sehr wenig so, wie es sein sollte. Auf der Welt ist fast alles so, wie es nicht sein sollte.

Nur wenigen Menschen geht es gut. Den meisten Menschen geht es schlecht.

Und dort, wo es den Erwachsenen schlecht geht, geht es den Kindern noch schlechter.

Laut schreien, kämpfen, sich mit anderen zusammentun, etwas verändern scheint also im Moment nötiger, als ein Buch zu haben und darin zu lesen. Aber wenn man die Welt verändern will, muß man Bescheid wissen. Man muß das Falsche vom Richtigen auseinanderhalten können. Man darf nicht auf Lügen hereinfallen. Die Menschen lügen mit Wörtern und Sätzen. Aufgeschriebene Wörter und Sätze lassen sich besser als gehörte Wörter und Sätze auf »falsch oder richtig« kontrollieren.

Es ist sicher nicht so – wie viele Leute sagen – , daß Fernsehen dumm mache und Bücher klug machen. Aber das Fernsehen gehört auf der ganzen Welt denen, die an der Macht sind, und die sind dafür, daß es auf der Welt so ist, wie es ist. Viele Bücher sind auch dafür. Aber es gibt

* In jedem Jahr am 2. April (Geburtstag von Hans Christian Andersen)
Für ihr Gesamtwerk erhielt Christine Nöstlinger den höchsten internationalen Jugendbuchpreis, die Hans-Christian-Andersen-Medaille.

eine Menge Bücher, in denen man lesen kann, wie es auf der Welt wirklich zugeht, und warum es auf der Welt so zugeht.

Um zu wissen, was ihr laut schreien sollt, um zu wissen, wofür ihr kämpfen sollt, um zu wissen, wo ihr mit dem Verändern anfangen sollt, können Bücher eine Hilfe sein, die ihr von sonst niemandem bekommt.

Was meine Tochter sagt

Meine Tochter sagt, immer wenn die Sonne hinter der Tabakfabrik untergeht, dann stinkt es.

Ich warte, bis die Sonne hinter der Tabakfabrik untergeht. Ich schnuppere. Ich rieche nicht, daß es stinkt.

Meine Tochter sagt, immer wenn die Sonne über dem großen Haus aufgeht, dann wird alles im Zimmer hellgrün.

Ich warte, bis die Sonne über dem großen Haus aufgeht. Ich schaue, aber ich sehe nicht, daß irgend etwas im Zimmer hellgrün wird.

Meine Tochter sagt, immer wenn sich eine Wolke vor die Sonne schiebt, dann saust es in den Ohren.

Ich warte, bis eine Wolke über der Sonne ist, aber in meinen Ohren saust es nicht.

Meine Tochter sagt, immer wenn die Sonne ganz stark scheint, dann schmeckt das Cola wie Milchkaffee.

Ich warte, bis die Sonne ganz stark scheint, und trinke Cola.

Mein Cola schmeckt wie Cola.

Meine Tochter sagt, mitten in der Nacht, wenn die Sonne nicht da ist, dann fühlt sich ihr Leintuch an wie Schmirgelpapier.

Ich warte, bis die Sonne weg ist. Bis es stockdunkel ist. Doch auch mitten in der Nacht ist mein Leintuch glatt und weich.

Meine Mutter sagt, alles, was meine Tochter über die Sonne erzählt, ist Unsinn. Aber das kann nicht stimmen. Meine Tochter ist ein sehr kluges Kind. Die erzählt keinen Unsinn.

Tomas

Tomas ist fünf Jahre alt. Seine Mutter nennt ihn: *Kleiner Tomas*. Sein Vater ruft ihn: *Großer Tomas*. Seine Schwester sagt zu ihm: *Blöder Tomas*. Die Großmutter nennt ihn: *Tomi-lein-lein*. Die Tante sagt zu ihm: *Dick-Tom*. Die Nachbarin sagt zu ihm: *Tomas*.

Die Mutter will, daß der *kleine Tomas* den Teller leer ißt. Der Vater will, daß der *große Tomas* nicht weint, wenn er traurig ist. Die Schwester will, daß der *blöde Tomas* unter dem Bett liegen und bellen soll, weil sie einen Hund braucht. Die Großmutter will, daß *Tomi-lein-lein* zu allen Leuten brav »guten Tag« sagt. Die Tante will, daß *Dick-Tom* Buchstaben auf ein Blatt Papier malt. Die Nachbarin will überhaupt nichts von *Tomas*. Die Mutter stört es, daß der *kleine Tomas* in der Nase bohrt. Den Vater stört es, daß der *große Tomas* die Erbsen aus dem Teller holt und auf den Tisch legt. Die Schwester stört es, daß der *blöde Tomas* mit dem Filzstift einen roten Strich in ihr Rechenheft macht. Die Großmutter stört es, daß *Tomi-lein-lein* nur einschlafen kann, wenn die Nachttischlampe brennt. Die Tante stört es, daß *Dick-Tom* singt, wenn sie der Mutter etwas erzählen will. Die Nachbarin stört überhaupt nichts an *Tomas*.

Tomas sagt: »Ich möchte, daß die Nachbarin meine Mutter und mein Vater und meine Schwester und meine Großmutter und meine Tante wird!«

Die Mutter und der Vater und die Schwester und die Großmutter und die Tante rufen im Chor: »Dann geh doch zur Nachbarin, *Klein-Groß-Blöd-Dick-Tomi-lein-lein!*«

Aber die Nachbarin will den *Tomas* überhaupt nicht haben.

Die große Gemeinheit

Manchmal erzählen erwachsene Leute von den großen Gemeinheiten, die ihnen erwachsene Leute damals – als sie noch Kinder waren – angetan haben. Denen, die zuhören, kommt es dann oft gar nicht schrecklich vor. Die denken sich: Was regt sich der auf, wenn dem nichts Ärgeres im Leben passiert ist, dann soll er froh sein! Doch was für einen arg ist, kann man nur selber wissen.

Wenn der Ernsti von viel früher erzählt und von der großen Gemeinheit, die man ihm angetan hat, dann ist das eine Weihnachtsgeschichte.

Es ist schon fast vierzig Jahre her. Der Ernsti war neun Jahre alt. Er wohnte auf dem Land in einem kleinen Dorf. Seine Eltern waren dort die Kaufmannsleute. Und er war ihr ältester Sohn. Einen kleinen Bruder und eine ganz kleine Schwester hatte er auch.

Die anderen Leute im Dorf nahmen Weihnachten nicht wichtig. Die waren Bauern. Bei denen gab es zu Weihnachten nur einen winzigen Christbaum, mit nichts anderem drauf als ein paar weißen Kerzen. Und die Bauernkinder bekamen zu Weihnachten Fäustlinge oder eine Mütze oder einen Schal. Und weiße Semmeln. Sonst gab es nur selbstgebackenes Brot. Das schmeckt gut, wenn es frisch ist. Aber die Bauern backten nur alle drei Wochen. Brot, das drei Wochen alt ist, schmeckt nicht gut. Da freut man sich schon über weiße Semmeln, doch sehr wichtig sind sie einem auch wieder nicht.

Die Kaufmannskinder und die Doktorkinder waren die einzigen Kinder im Dorf, für die Weihnachten mehr bedeutete als weiße Semmeln und Fäustlinge. Die Mutter von dem Ernsti liebte Weihnachten besonders. Sie tat immer sehr geheimnisvoll. Einmal in der Woche fuhr sie in die Stadt, und wenn sie wiederkam und es war schon Herbst, dann hatte sie auch immer ein Päckchen in der Tasche, das war fest verschnürt, und sie sagte: »Das hat mir das Christkind mitgegeben!«

Alle Päckchen, die das Christkind der Ernsti-Mutter mitgegeben hatte, kamen in die Kredenz vom Wohnzimmer, und der Schlüssel von der Kredenz war in der Schürzentasche der Ernsti-Mutter. Niemand außer ihr und dem Christkind durfte in die Kredenz hineinschauen.

Anfang Dezember brachte sie auch den Adventskalender. Und der Ernsti zählte jeden Tag, wievielmal er noch ins Bett gehen oder schlafen mußte, bevor der Weihnachtstag endlich da war. Und er dachte auch immer an die Kredenz. Denn die Weihnachtsgeschenke waren eine sehr unsichere Sache. Sagte der Ernsti: »Ich wünsche mir zu Weihnachten neue Ski!«, dann wiegte die Ernsti-Mutter den Kopf und sagte: »Ich weiß wirklich nicht, ob du dem Christkind brav genug warst für neue Ski!« Aber dann lächelte sie doch wieder so geheimnisvoll, daß der Ernsti dachte: Sicher bekomme ich Ski!

Und dann wieder, wenn der Ernsti etwas tat, was nicht besonders brav war, dann sagte die Ernsti-Mutter: »Da wird gleich das Christkind kommen und alle Päckchen zurückholen!«

In der Gegend, wo der Ernsti lebte, schneite es schon im November, und der Schnee schmolz den ganzen Winter nicht weg. Jeden Tag, bis zum April hin, konnte man Ski fahren. Und oft mußte man Ski fahren. Im Winter holte der Ernsti die Milch vom Bauern auf den Skiern. Und in die Schule fuhr er auch auf Skiern. Skier waren wichtig für den Ernsti. Und genauso wichtig waren die Bücher. Die Bücher brachte das Christkind. Wenn man nur einmal im Jahr Bücher bekommt, dann ist man schon sehr neugierig, ob es auch die richtigen Bücher sind. Wenn man nur einmal im Jahr Bücher bekommt, dann braucht man Bücher zum Immer-wieder-Lesen. Bücher, wo Seiten drin sind, die man jeden Abend lesen kann.

Täglich fragte der Ernsti seine Mutter: »Krieg ich die ›Deutschen Heldensagen‹ zu Weihnachten?« Und die Ernsti-Mutter lächelte und sagte: »Da mußt du das Christkind fragen!«

Das ganze Glück also hing vom Christkind ab, und der Ernsti-Mutter machte das Spaß. Sie hielt das auch für ein gutes Erziehungsmittel. Fast zwei Monate lang hatte sie brave Kinder, die immer folgten und nur ganz selten schlimm waren oder frech, damit sie das Christkind nicht verärgerten. Die Kinder wußten natürlich, daß es kein

Christkind gibt, aber das wagten sie nicht zu sagen; auch das hätte das Christkind verärgern können.

Mit jedem Tag zu Weihnachten hin jedenfalls wurde der Ernsti aufgeregter, und an manchen Abenden lag er im Bett und dachte darüber nach, ob er das größte Verbrechen der Welt wagen sollte. Das größte Verbrechen der Welt war, den Schlüssel zur Kredenz aus der Schürze der Mutter zu nehmen und nachzusehen, ob die ›Deutschen Heldensagen‹ drin waren. Und jeden Tag durchforschte er erfolglos den Dachboden und den Keller und schaute nach einem länglichen Paket; Ski paßten ja nicht in die Kredenz.

Und dann kam der 24. Dezember. Der Ernsti war schon längst wach, als es draußen noch dämmerte. Und er war schon fertig angezogen und vor dem Haus, als sein Vater noch beim Frühstück saß. Er wollte mit dem Vater den Christbaum vom Bauern holen. Entsetzlich lang wartete er vor dem Haus. Und er fror erbärmlich. Dann lief er ins Haus zurück, den Vater holen. Der Vater und die Mutter waren im Zimmer beim kleinen Bruder. Der kleine Bruder hatte vorgestern gehustet, gestern hatte er Fieber bekommen, und nun lag er im Bett und hatte hohes Fieber. Dabei war es doch noch zeitig am Morgen; um diese Zeit hat man selten hohes Fieber. Er keuchte auch sonderbar und gab keine Antwort, wenn man ihn etwas fragte.

Die Mutter rief den Doktor an, aber der war nicht zu Hause. Nur die Frau vom Doktor war zu Hause. Die versprach: »Gleich wenn er zurückkommt, schick ich ihn rüber!«

Der Ernsti ging wieder vors Haus. Er machte Schneebälle und warf sie gegen den Zaun. Er rutschte den eisigen Weg zur Straße auf dem Hintern hinunter und wartete, daß endlich der Doktor käme und daß endlich der Vater käme, um den Christbaum mit ihm zu holen. Er wurde immer ungeduldiger.

Zu Mittag holte ihn das Dienstmädchen ins Haus und schimpfte sehr. Sie sagte, wenn er dauernd im Schnee herumrenne, würde er auch bald so krank sein wie der kleine Bruder.

Der Ernsti blieb in der Küche sitzen.

Dann kam der Doktor, und er sagte, der kleine Bruder habe eine Lungenentzündung und müsse ins Spital. Damals gab es noch kein Penicillin, und eine Lungenentzündung war eine sehr schwere Krankheit. Die Mutter weinte. Der Vater weinte nicht, aber er hatte auch schreckliche Angst um seinen kleinen Sohn.

In eine Decke gewickelt, brachten die Männer vom Rettungsdienst den kleinen Bruder auf einer Trage zum Auto. Sie schoben ihn hinein und schlossen die Autotür. Dann stiegen sie ein und fuhren weg.

Der Vater holte seinen alten Volkswagen aus der Garage, und die Mutter setzte den grünen Hut auf und schlüpfte in den Fuchsmantel und weinte und schneuzte sich. Das Dienstmädchen weinte auch, und die ganz kleine Schwester plärrte. (Aber die plärrte oft.)

Um den Ernsti kümmerte sich niemand. Er lief hinter seiner weinenden Mutter her, als die zum Auto ging. »Wo fahrt ihr denn hin?« fragte er.

»In die Stadt, ins Spital«, schluchzte die Mutter.

Die Stadt war weit weg, ein Spital hatte der Ernsti noch nie gesehen. Er hatte sehr lange gewartet, war sehr lange brav gewesen, hatte sich beherrscht und das größte Verbrechen der Welt nicht begangen. Jeden Tag hatten sie ihm gesagt: »Am 24. Dezember wird man ja sehen, ob du dem Christkind brav genug gewesen bist!« Und nun war der 24. Dezember, und seine Eltern stiegen ins Auto und wollten einfach wegfahren.

Der Ernsti hielt die Mutter am Mantel fest, hinderte sie am Einsteigen und fragte: »Und was ist jetzt mit den Geschenken?«

Da schrie ihn der Vater an: »Dein kleiner Bruder ist todkrank, und du Schweinskerl denkst nur an die Geschenke!« Und dann schubste er den Ernsti vom Auto weg.

Das Dienstmädchen hat dann den Christbaum vom Bauern geholt und aufgeputzt. Spät am Nachmittag sind der Vater und die Mutter von der Stadt zurückgekommen. Die Mutter hat nicht mehr geweint, weil die Ärzte im Spital geschworen hatten, daß der kleine Bruder in ein paar Wochen ganz sicher wieder gesund sein wird.

Geschenke hat es für den Ernsti in diesem Jahr natürlich auch gegeben. Ob es Ski und ›Deutsche Heldensagen‹ waren, weiß der Ernsti heute nicht mehr. Er erinnert sich nur noch an das schreckliche Gefühl: Sie halten mich alle für einen schlechten Menschen! Und er wußte nicht, ob sie damit recht hatten. Und das war das Ärgste für ihn.

Heute noch verteidigt sich der Ernsti deswegen und beteuert, daß er auch um den kleinen Bruder Angst gehabt hat, und sagt, daß man doch kein schlechter Mensch ist, wenn man neben der Angst auch noch an den Lohn für das Bravsein denkt.

Weihnachten übrigens mag er nicht mehr. Und Ski und ›Heldensagen‹ und andere Sachen, die Kinder gern mögen, kauft er seinen Töchtern lieber an ganz gewöhnlichen Donnerstagen oder Freitagen und schenkt sie dann auch gleich her; ob die Töchter an diesen Tagen brav waren, interessiert ihn überhaupt nicht.

Hugos Hühner

Am Gründonnerstag – das ist der Tag vor Ostern, an dem fast alle Leute Spinat essen – ging Hugos Mutter zum Fleischer, um den Osterschinken zu bestellen. Neben der Fleischerei war ein Blumenladen, und in der Auslage vom Blumenladen lag ein Rasenziegel, umkränzt von Veilchen und Primeln und Schneeglöckchen. Und in der Mitte des Rasenziegels saßen sechs winzige, dottergelbe Küken.

Hugos Mutter sagte zu sich: »Die sind aber sehr lieb!«

Am Karfreitag – das ist der Tag vor Ostern, an dem fast alle Leute kein Fleisch essen – ging Hugos Mutter zum Fleischer, um den Osterschinken abzuholen. Sie kam wieder am Blumenladen vorbei. Diesmal liefen die sechs winzigen, dottergelben Küken zwischen den Veilchen und den Primeln und den Schneeglöckchen herum.

Hugos Mutter sagte zu sich: »Die sind aber ganz, ganz wunderlieb!«

Am Karsamstag – das ist der Tag vor Ostern, an dem fast alle Leute Eier färben – ging Hugos Mutter zum Friseur. Zufällig war die Dame, die neben Hugos Mutter zu sitzen kam, die Blumenhändlerin mit den sechs winzigen, dottergelben Küken in der Auslage.

Hugos Mutter sagte zur Blumenhändlerin: »Die Küken in Ihrer Auslage sind ganz, ganz ungeheuer wunderlieb!«

Unter der Trockenhaube dann schlief Hugos Mutter – weil sie vom großen Osterputz sehr müde war – ein. Und da hatte sie einen Traum. Im Traum sah sie ihr Wohnzimmer: Auf dem Hirtenteppich, vor der Sitzbank lagen die Ostergeschenke für ihren Hugo. Die Schokoeier, die Marzipanhasen, die Bausteine, die Unterhemden und die Bilderbücher. Alles, was Hugos Mutter in den letzten Wochen für ihren Hugo zusammengetragen hatte. Und dazwischen liefen die sechs winzigen, dottergelben Küken herum. Und dann sah Hugos Mutter – im Traum – Hugos Augen. Hugos Augen waren so groß wie Wagenräder vor Staunen, und alles Glück der Welt lag in ihnen.

Als das Lehrmädchen die Trockenhaube abstellte, wachte Hugos Mutter auf. Sie erzählte dem Lehrmädchen und der Blumenfrau von ihrem Traum, und da sagte die Blumenfrau: »Das muß kein Traum bleiben. Ich borge Ihnen die Küken über Ostern.«

»Das würden Sie für meinen Hugo tun?« rief Hugos Mutter begeistert.

»Aber natürlich«, sagte die Blumenfrau. »Wir sperren den Laden um fünfzehn Uhr. Gleich nachher bringe ich Ihnen die Küken!«

Hugos Mutter erklärte der Blumenfrau genau, in welchem Haus, hinter welcher Tür sie wohne, dann ging sie nach Hause und summte dabei glücklich vor sich hin, vor Freude über die Freude, die ihr Hugo bald haben würde.

Am Nachmittag ging Hugos Vater mit Hugo spazieren. »Daß ihr ja nicht vor fünfzehn Uhr zurückkommt!« sagte Hugos Mutter geheimnisvoll.

Als Hugo und sein Vater vom Osterspaziergang zurückkamen, war alles genauso wie im Traum von Hugos Mutter: Der Teppich, die Sitzbank, die Geschenke, die Küken und Hugos Augen. (Nur Hugos Vater schaute entsetzt. Doch vor lauter Glück über das Glück in Hugos Augen fiel das Hugos Mutter nicht auf.) Es wurde ein Ostern wie noch nie!

Hugo spielte mit den Küken. Er sagte nicht, wie früher oft: »Mir ist so langweilig!« Er aß, was sonst selten vorkam, seinen Teller schnell leer, damit er wieder zu seinen Küken laufen konnte, und er freute sich, was niemand für möglich gehalten hätte, sogar auf die Schule. »Die werden alle staunen«, sagte er, »wenn ich ihnen von meinen lebendigen Küken erzähle!«

Am Dienstag nach Ostern ging Hugos Mutter zum Blumenladen. Sie wollte die Blumenfrau fragen, ob Hugo die Küken nicht noch ein paar Tage behalten dürfe, weil er sie so liebgewonnen habe.

Der Blumenladen war geschlossen.

Die Blumenfrau wird den Osterurlaub verlängert haben, dachte Hugos Mutter und freute sich.

Sie kaufte in der Tierhandlung eine Tüte Kükenfutter und lief nach Hause. Wie sie zur Wohnungstür kam, hörte sie drinnen in der Wohnung Hugos Vater schimpfen und Hugo weinen.

Hugos Mutter machte die Wohnungstür auf und sah ihren Hugo. Er hielt ein Paket in der Hand. Darauf stand: *Siam-Patna-Reis-1A-Qualität*. Der Vorzimmerboden war voll Reis. Die Küken pickten Reis, und Hugos Vater rief: »Jetzt schau dir die Schweinerei an!«

Und Hugo schluchzte: »Mama, ich habe doch nur Magd auf dem Bauernhof gespielt!«

»So hör doch zu schimpfen auf«, flüsterte Hugos Mutter Hugos Vater zu. »Unser Hugo ist doch so glücklich mit den Wusi-Henderln!«

Hugos Vater hörte zu schimpfen auf. Er sagte kein Wort, als seine gute Hose, die er über einen Stuhl gelegt hatte, voll Kükendreck war. Er sagte kein Wort, als die Nachbarin kam und schnüffelte und fragte, was denn da so stinke. Doch als er in der nächsten Nacht zehnmal munter wurde, weil sich die Küken sein Bett und seinen Bauch als Schlafplatz ausgesucht hatten, da wurde es ihm zu bunt.

Am nächsten Morgen sagte Hugos Vater: »Ich habe die Grippe!« Er blieb im Bett, bis Hugo zur Schule und Hugos Mutter einkaufen gegangen war. Dann sprang er aus dem Bett, zog sich an, sammelte die Küken in eine Schachtel und trug sie zum Blumenladen.

Der Blumenladen war noch immer geschlossen. Am

Rollbalken hing ein weißer Zettel mit schwarzem Rand, auf dem stand, daß die Blumenfrau zu Ostern bei einem Verkehrsunfall ums Leben gekommen war.

Hugos Vater stellte die Schachtel mit den Küken vor den Rollbalken. Es war ein kalter Tag. Die Küken piepsten und drängten sich verschreckt in einer Schachtelecke zusammen.

Hugos Vater wollte schnell weggehen, aber da kam eine alte Frau. Die schaute zuerst auf die Kükenschachtel, dann auf Hugos Vater und sagte: »He, Mann, die Küken erfrieren hier doch!«

»Die Küken gehören der Blumenfrau!« sagte Hugos Vater.

»Die Blumenfrau ist tot!« sagte die alte Frau und zeigte auf den weißen Zettel mit dem schwarzen Rand. Und dann schaute sie Hugos Vater so sonderbar an, daß er die Kükenschachtel wieder nahm und wegging.

Bis zur Straßenbahn-Haltestelle ging Hugos Vater mit der Kükenschachtel. Dort drehte er sich um und schaute zurück. Die alte Frau stand noch immer beim Blumenladen. Hugos Vater dachte: Die ist sicher kurzsichtig, die kann mich nicht mehr sehen!

Bei der Straßenbahn-Haltestelle war nur ein kleines Mädchen, das guckte in den Himmel und bohrte dabei in der Nase. Hugos Vater dachte: Die schaut in den Himmel, die bemerkt sicher nichts!

Er stellte die Kükenschachtel neben die Haltestellentafel und ging langsam weiter. Er hatte kaum fünf

Schritte gemacht, da rief das nasebohrende Mädchen: »Hallo, bitte ...« Er machte noch drei schnelle, große Schritte, dann hatte ihn das Mädchen eingeholt. Es bohrte nicht mehr in der Nase, sondern machte einen Knicks und hielt ihm die Kükenschachtel entgegen.

Da gab Hugos Vater auf. »Danke, mein liebes Mädchen«, seufzte er und trug die Schachtel nach Hause. Als Hugos Mutter vom Einkaufen nach Hause kam, liefen die Küken wieder fröhlich auf dem Teppich herum. Hugos Vater lag im Bett. Er saß blaß und traurig aus. Hugos Mutter wunderte sich nicht darüber. Grippekranke Leute schauen oft blaß und traurig aus.

Die ganze nächste Woche über war Frieden in Hugos Familie. Hugo ging in die Schule, kam nach Hause und spielte mit den Küken. Hugos Mutter freute sich, weil Hugo so zufrieden war. Und Hugos Vater machte jeden Tag vier Überstunden und kam erst spät am Abend nach Hause. Da schliefen die Küken längst. Krach gab es erst am Sonntag beim Mittagessen.

Eine große Schüssel Hühnerreis – aus dänischen, gefrorenen Hühnerbrüsten – stand auf dem Tisch. Die Küken saßen rund um die Hühnerreis-Schüssel und wärmten sich am Schüsselrand. Hugos Vater erzählte Hugos Mutter vom Büro und von seiner Arbeit. Hugos Mutter erzählte Hugos Vater von ihrer Freundin Lore und vom letzten Kaffeetratsch. Und Hugo klaubte die Erbsen aus seinem Hühnerreis. Weil er Erbsen nicht ausstehen konnte. Er legte die Erbsen auf das Tischtuch. In

Zweierreihen. Wie Schulkinder, die einen Ausflug machen. Und eine Erbse legte er neben die Zweierreihe. Die war ein bißchen größer als die anderen, und die war der Lehrer. Wie nun die Küken die Erbsen sahen, wuselten sie aufgeregt vom Schüsselrand weg und zu den Erbsen hin, über den Teller von Hugos Vater drüber, mitten durch seinen Hühnerreis. Und dann stritten sie sich um die Erbsen. Pickten Erbsen und peckten aufeinander los. Sie stießen und drängten, gelber Kükenflaum flog herum, und Hugos Limonadenglas kippte um.

Die Limonade floß über den Tisch und tropfte auf die Hose von Hugos Vater, und der sprang auf und brüllte: »Jetzt ist aber Schluß!«

»So sei doch nicht so böse«, sagte Hugos Mutter.

»Ich bin noch viel böser«, rief Hugos Vater. »Von Tag zu Tag werden die Viecher größer und lästiger!« Hugos Vater beutelte Limonadentropfen von seiner Hose und zeigte dabei auf die Hosenbeine, auf viele kleine grauweiße Tupfen, die eingetrockneter Hühnerdreck waren. »Soll ich denn im Hühnerdreck verkommen?« brüllte er.

»Du brauchst nicht im Hühnerdreck zu verkommen«, sagte Hugos Mutter. »Den putze ich schon weg.« Und dann sagte sie noch: »Ich putze nämlich hier allen Dreck! Deinen auch!«

Aber Hugos Vater war nun schon ganz wütend und brüllte: »Aber ich scheiße weder meine Hosen noch den Teppich voll.«

So einen schrecklich ordinären Satz hatte Hugos Mutter überhaupt noch nicht gehört. Sie wurde ganz weiß im Gesicht. Weiß wie ein altes Leintuch. Und Hugo begann vor Schreck zu zittern. Er zitterte am ganzen Körper. Er zitterte wie noch nie im Leben. (Nicht einmal in der Geisterbahn, als ihm das Gerippe mit fünf Knochenfingern übers Gesicht gefahren war, hatte er so gezittert.)

Hugos leintuchweiße Mutter nahm ihren Hugo in die Arme und flüsterte: »Hugo, mein Hugo, hör doch zu zittern auf. Ich verspreche dir, du darfst deine geliebten Pip-Hendi behalten. Ich werde das schon machen, mein allerliebster Hugo!«

Da zog sich Hugos Vater eine andere Hose an. Eine, die nur einen einzigen weiß-grauen Tupfer hatte, und ging in die Wirtschaft an der Ecke, ein großes Bier trinken.

Als Hugos Vater mitten in der Nacht heimkam, saß Hugos Mutter im Bett und war gar nicht mehr leintuchweiß. »Lieber Mann«, sagte sie zu Hugos Vater, »du hast heute unserem Hugo das ganze Glück aus den Augen gestohlen. Das darf nicht wieder vorkommen!« Sie zeigte zum Kinderzimmer hin. »Der Arme zittert noch im Schlaf!«

Und dann erklärte Hugos Mutter Hugos Vater, daß sie eine Lösung für das Problem habe. Sie sagte: »In zwei Monaten bekommen wir das Geld von unserem Bausparvertrag. Dann können wir dem alten Onkel Egon den Schrebergarten abkaufen. Dort gibt es einen Hühnerstall! Dorthin geben wir dann die Küken. Da stören sie dich nicht mehr. Und Hugo kann weiter glücklich sein!« So redete Hugos Mutter über eine Stunde auf Hugos Vater ein und streichelte ihn dabei auch zärtlich. Und endlich seufzte Hugos Vater und murmelte: »Na schön! Kaufen wir den verdammten Garten!« Und dann schlief er gleich ein.

Von dieser Nacht an schluckte Hugos Vater jeden Morgen vier Beruhigungspillen und wartete, daß die Zeit verging und das Geld für den Garten kommen würde.

Die Küken waren jetzt keine flaumigen Bällchen mehr, sondern rebhuhngroße, zerzauste Junghühner. Sie piepsten nicht mehr, sondern krächzten merkwürdig und laut. Außerdem konnten sie einen Meter hoch und zwei Meter weit fliegen, und Dreck machten sie wie richtige Hühner.

Ein einziges Mal noch tat Hugos Vater etwas gegen die Hühner: Eines Morgens kam er ins Badezimmer, da hockten sie zu sechst in der Badewanne und ließen sich weder durch gute noch durch böse Worte vertreiben, und da bekam Hugos Vater eine Riesenwut und drehte die kalte Brause auf, und die Hühner kreischten entsetzt los und flatterten klatschnaß aus der Wanne und aus dem Badezimmer.

Hugos Mutter wickelte sofort jedes Huhn in ein vorgewärmtes Handtuch und legte sie auf die Sitzbank zum

Trocknen und sprach zärtlich und leise auf die Handtuchrollen ein.

Zu Hugos Vater sagte sie nur: »Gottlob, daß Hugo noch schläft. Wenn er das gesehen hätte, wäre er krank geworden vor Kummer!«

Hugo – das muß gesagt werden – hatte die Hühner, seit sie so groß und fett waren, gar nicht mehr lieb. Sie gingen ihm sogar unheimlich auf die Nerven. Sie hockten auf seinem Tisch und verdreckten sein Lesebuch. Sie peckten Löcher in seinen Lieblingsteddy, zupften ihm die Holzwolle aus dem Bauch. Sie zerscharrten Hugos halbgelegtes Puzzle und weckten ihn oft schon gackernd und kreischend eine Stunde, bevor sein Wecker klingelte.

Doch Hugo konnte seiner Mutter nicht sagen, daß er die Hühner nicht mehr lieb hatte. Es ist nicht einfach zu erklären. Ungefähr war es so:

Hugo wußte, daß ihn seine Mama für einen Hugo hielt, der Hühner enorm liebte. Und da glaubte er, daß seine Mama nur einen Hugo, der Hühner liebte, gern haben konnte. Von einem Hugo, der Hühner nicht ausstehen konnte, dachte er, wäre seine Mama bitter enttäuscht. Einen solchen Hugo, meinte er, könne seine Mama nicht liebhaben. Und er wollte natürlich, daß ihn seine Mama lieb hatte. Also tat er weiter so, als ob er die verdammten Hühner sehr, sehr lieb hätte.

Es war wirklich nicht einfach für ihn! Hugos Mutter hatte natürlich davon keine Ahnung. Sie versorgte die

Hühner, putzte – so gut es ging – ihren Dreck und tätschelte dreimal täglich Hugos Wangen und versprach ihm, die lieben Wusi-Hendi ewig zu erhalten. Die Hühner hockten zufrieden dabei, und zwei gackerten so sonderbar, daß Hugos Mutter sagte: »Hugo, ich denke, du bekommst zwei wunderbare Hähne!«

Hugos Vater ging dieser Satz mitten durch den Bauch!

Hugos Vater schnitt dieser Satz ins Herz! Zwei Hähne! Zwei Hähne, die jeden Morgen kikeriki riefen!

Hugos Vater begann von zwei Hähnen zu träumen. Ihm wurde übel, wenn er ein Foto von einem Hahn sah. Er bekam Durchfall, wenn er an einer Wirtschaft ein Schild mit der Aufschrift: BRATHÄHNCHEN las.

Man kann ruhig sagen: Seine Angst vor den zwei Hähnen war noch größer als sein Ärger mit den sechs Hühnern. Hugos Vater hatte bloß eine Hoffnung: das Geld vom Bausparvertrag, den Garten vom Onkel Egon und die Hühnerställe. (Und im übrigen hatte er keine Ahnung, daß sein Sohn dieselbe Hoffnung hatte.)

Leider starb eine Woche, bevor die Sparkasse das Bausparvertragsgeld an Hugos Vater auszahlen sollte, der alte Onkel Egon. Und den Schrebergarten erbte der Cousin Albert. Der wollte den Schrebergarten nicht verkaufen. Der wollte den Hühnerstall abreißen, ein Haus bauen und Erdbeeren pflanzen.

Hugos Vater war verzweifelt. Er rannte in der ganzen Stadt herum und fragte jeden, den er kannte, und viele, die er nicht kannte, ob sie einen Schrebergarten mit Hühnerstall zu verkaufen hätten. Einige Leute hatten wirklich Schrebergärten zu verkaufen – sogar mit Hühnerstall – , aber sie verlangten unheimlich viel Geld. Viel mehr Geld, als Hugos Vater zu erwarten hatte.

»Wir können uns keinen Schrebergarten mit Hühnerstall leisten«, sagte Hugos Vater total erschöpft, als er eines Abends vom Schrebergarten-Suchen heimkam. Hugo, der gerade beim Fernseher saß und die Gute-Nacht-Geschichte anschaute, fuhr hoch und rief: »Nein!« Ganz entsetzt rief er. Und hinterher murmelte er noch dreimal tief erschüttert: »Nein, nein, nein!« (Er hatte sich schon so sehr auf den Schrebergarten und die hühnerfreie Wohnung gefreut.)

Hugos Mutter, die auch der Gute-Nacht-Geschichte zugesehen hatte, legte Hugos »Nein!« falsch aus. »Keine Angst, mein Hugolein«, sagte sie. »Wir werden es auch ohne Garten schaffen. Deine Hühner kannst du behalten!«

Hugos Vater war vom Schrebergarten-Suchen schon so erschöpft, daß er überhaupt nichts dagegen sagte. Er legte sich ohne Nachtmahl ins Bett, schlief ein und träumte einen von den schrecklich-bösen Hähnen-Träumen. Den, wo ihm zwei blutrote Hähne Maiskörner aus dem Nabel herauspickten und er ganz entsetzt war, daß so viele Maiskörner in seinem Nabel Platz hatten.

Eines Tages war Hugo allein zu Hause. Hugos Vater war

im Büro, Hugos Mutter beim Friseur. Hugo wollte seine Rechenaufgabe machen. Sein Rechenheft hatte er schon auf dem Tisch liegen. Da mußte er dringend aufs Klo. Und als er vom Klo zurückkam, hockten die zwei fettesten Hühnerviecher auf seinem Tisch und stritten um sein Rechenheft. Jedes hatte ein Heftblatt im Schnabel und zerrte und riß und scharrte dabei.

Hugo sagte sich, daß es so nun wirklich nicht länger weitergehen könne! Er dachte sehr lange nach. Und da fiel ihm ein, daß er die Hühner heimlich wegbringen könnte. Daß seine Mama ganz sicher nie im Leben auf den Gedanken kommen würde, ihr Hugo habe das getan. Ganz sicher würde sie glauben, Hugos Papa habe es getan. Mein Papa, dachte Hugo, ist groß und stark. Der hält es leicht aus, wenn ihn die Mama nicht mehr lieb hat!

Hugo holte den großen Wanderrucksack aus der Abstellkammer, und dann holte er ein Huhn von der Stehlampe herunter, eins zog er aus seinem Bett heraus, eins unter der Spüle hervor, und eins nahm er vom Bücherregal. Mehr als vier Hühner gingen in den Wanderrucksack leider nicht hinein.

Hugo nahm den Rucksack auf den Rücken und verließ das Haus. Er marschierte bis zur Schrebergartensiedlung BIRNENGLÜCK, ging den Hauptweg hinunter, bog in einen Nebenweg ein, nahm den Rucksack vom Rücken und öffnete ihn. Die Hühner flatterten heraus, kreischten wütend und liefen weg.

Hugo seufzte erleichtert, nahm den leeren Rucksack, lief den Nebenweg zurück, bog in den Hauptweg ein, schaute sich beim Einbiegen um und sah, daß seine Hühner in einen Garten gekrochen waren, und in dem Garten waren Hühnerställe, und seine Hühner wurden gerade von einem Dutzend anderer Hühner begrüßt.

Obwohl Hugo die Hühner gar nicht mehr lieb hatte, freute er sich doch, daß sie es so gut getroffen hatten.

Als Hugo nach Hause kam, waren Hugos Mutter und Hugos Vater schon zu Hause. Hugos Mutter kroch auf allen vieren durch die Wohnung und klagte dabei: »Wusiwusi-Pipi-Hendi, wo seid ihr?«

Und Hugos Vater saß auf der Sitzbank und hielt beschwörend die rechte Hand auf die Brust gedrückt und rief: »Ich schwöre, ich habe ihnen nichts getan, ich schwöre, ich bin unschuldig!«

Hugo stellte den Rucksack in die Abstellkammer, dann ging er ins Wohnzimmer. »Mama, was ist denn geschehen?« fragte er. Hugos Mama erhob sich, nahm ihren Hugo fest in die Arme und sagte: »Hugo, es sind nur mehr zwei Pipi-Hendi da!« Hugo versuchte ein sehr trauriges Gesicht zu machen. Um seine Mama nicht zu enttäuschen. Um seiner Mama geliebter Hugo zu bleiben. Er schluchzte unheimlich echt: »Wo sind denn meine lieben Henderln?«

»Ein schlechter Mensch hat sie weggetragen«, sagte Hugos Mutter und schaute Hugos Vater dabei bitterböse an. »Einer, dem saubere Hosen wichtiger sind als deine glücklichen Augen!«

Und bevor Hugos Vater noch irgend etwas sagen konnte, nahm Hugos Mutter die letzten zwei Hühner von der Hutablage, klemmte sie unter die Arme und rief: »Komm, Hugo, wir übersiedeln zur Oma! Dort sind wir alle in Sicherheit!« Und dann fügte sie noch hinzu: »Und gleich morgen kaufe ich dir vier neue Pipis, damit du wieder fröhliche Augen bekommst!«

Hugo zögerte.

»Na, komm schon, Hugo«, rief Hugos Mutter.

Hugo wollte nicht kommen. Hugo wollte nicht zur Oma. Hugo wollte mit seinem Papa Lego spielen. Hugo wollte – um Himmels willen – nicht vier neue Hühner haben! Und sein Papa saß so traurig auf der Sitzbank. Er war zwar groß und stark, aber er schien es doch nicht so gut auszuhalten, daß ihn die Mama nicht mehr lieb hatte. So sagte Hugo also: »Die vier Hühner habe ich weggetragen! Im Rucksack! Sie sind mir auf die Nerven gegangen! Es tut mir leid, aber ich mag keine Hühner!«

Zum Nachtmahl gab es zwei gebratene Hühner und Pommes frites dazu, und Hugos Mutter sagte, daß frisches Hühnerfleisch eben doch viel besser schmeckt als tiefgefrorenes. Und dann ging Hugos Mutter in die Küche und buk für Hugo ein Himbeer-Soufflé, weil Hugo schrecklich gern Himbeer-Soufflé aß und Himbeer-Soufflé schrecklich viel Arbeit macht. Damit Hugo merkte, daß sie auch einen Hugo, der Hühner nicht leiden mochte, sehr gern hatte.

Hugo half seiner Mama beim Soufflébacken. Er reichte ihr ein Ei nach dem anderen, damit die Mama die Eier aufschlagen und mit dem Quirl schaumig rühren konnte.

Dann war nur noch ein winzig kleines Ei auf dem Küchentisch. »Das auch noch?« fragte Hugo.

»Nein, das nicht!« sagte Hugos Mutter. Das winzig kleine Ei hatte sie nämlich im Bauch eines der Nachtmahlhühner gefunden, als sie die Hühner ausgenommen hatte.

Hugos Mutter legte den Quirl weg, nahm das winzig kleine Ei in die Hand und streichelte es. Einen Augenblick lang schaute sie traurig drein, fast so, als ob sie weinen wollte. Doch dann lachte sie und legte das winzig kleine Ei in die Brotdose und sagte: »Das Ei hebe ich mir ewig auf, Hugo. Das Ei soll mich immer daran erinnern, daß jeder Hugo selber am besten weiß, was er gern hat.«

Da freute sich der Hugo sehr.

Und sooft er jetzt ein Stück Brot aus der Brotdose holt, schaut er nach, ob das winzig kleine Ei noch da ist.

Und das Ei ist noch da.

Von der Wewerka

Die Geschichte ist wahr. Das hat den Nachteil, daß eine wahr erzählte Geschichte auch ein wahr erzähltes Ende braucht und ein wahr erzähltes Ende oft nicht das hübscheste ist. Also, die Geschichte geht so:

Die Wewerka ist elf Jahre alt. Sie kann gut häkeln und stricken, gut bockspringen und singen. Sie kann mittelmäßig rechnen und zeichnen. Rechtschreiben kann sie nicht. Überhaupt nicht. Sie schreibt nicht nur die »schweren« Wörter falsch, sondern auch die »leichten« Wörter. Darum sitzt sie jetzt in der ersten Klasse vom B-Zug der Hauptschule und nicht in der ersten Klasse vom Gymnasium, wie das ihre Mutter gern gehabt hätte.

Auf die Deutschschularbeiten und die Ansagen bekommt die Wewerka immer einen Fünfer. Die Mutter macht jeden Nachmittag ein Diktat mit der Wewerka, und jedes falsche Wort muß die Wewerka dann zehnmal hinschreiben. Doch das nützt nichts. Am nächsten Tag schreibt die Wewerka die Wörter wieder falsch.

Die Deutschlehrerin von der Wewerka heißt Böck, Frau Fachlehrerin Emma Böck. Die Böck schnaubt empört, wenn sie die Arbeiten von der Wewerka korrigiert, und malt riesengroße Fünfer mit einem extradicken Filzstift unter die rotgemusterten Arbeiten. Und die Mutter von der Wewerka unterschreibt die Fünfer seufzend und macht an solchen Tagen die Diktate doppelt so lang wie sonst.

Einmal hat die Wewerka wieder einen Fünfer bekommen. Und den hat sie nicht hergezeigt. Sie ist mit dem Schularbeitsheft auf das Schulklo gegangen und hat das Heft hinter der Klomuschel, hinter den Heizungsrohren, versteckt. Zu Hause hat sie gesagt: »Wir haben die Schularbeit noch nicht zurückbekommen, weil die Böck krank ist.«

Und in der nächsten Deutschstunde hat sie zur Böck gesagt: »Ich habe das Heft zu Hause vergessen!«

Und in der nächsten Deutschstunde hat sie zur Böck gesagt: »Meine Mutter hat keine Zeit gehabt zum Unterschreiben!«

»So, so«, hat die Böck gesagt und bös geschaut.

Am Freitag hat der Schulwart die Klos mit Lysol gewaschen und das Heft hinter den Heizungsrohren gefunden.

Er hat es der Böck gebracht.

In der nächsten Deutschstunde hat die Böck gefragt: »Wewerka, wo ist dein Heft?«

Und die Wewerka hat wieder gesagt, daß die Mutter keine Zeit gehabt hat, und das nächste Mal hat sie gesagt, daß die Mutter fortgefahren ist. Und dann, daß die Mutter es vergessen hat. Und dann, daß der Vater das Heft noch anschauen will.

Und dann hat die Böck verlangt, daß die Mutter mit dem Schularbeitsheft in die Schule kommt. Die Wewerka hat gesagt, ja, morgen wird die Mutter kommen.

Morgen dann hat die Böck gefragt: »Wewerka, kommt heute deine Mutter mit dem Heft?«

»Ja, in der Zehn-Uhr-Pause!« hat die Wewerka gesagt.

Um zehn hat die Böck die Wewerka ins Lehrerzimmer holen lassen. »Wo ist deine Mutter? Wo ist das Heft?«

Die Wewerka hat der Böck versichert, daß die Mutter gleich da sein wird.

»Bist du ganz sicher?« hat die Böck gefragt.

Die Wewerka hat beteuert, daß sie ganz sicher ist.

»Ganz sicher?« hat die Böck wiederholt, und dabei hat sie das Schularbeitsheft von der Wewerka aus der Tasche geholt und auf den Tisch gelegt.

Die Wewerka hat auf das Heft gestarrt, aber sie hat wieder gesagt: »Ja, gleich muß sie kommen!«

»Na, dann warten wir!« hat die Böck gesagt. Sie hat den Arm, den mit der Armbanduhr, auf den Tisch gelegt, auf das Heft drauf, und hat den Sekundenzeiger der Armbanduhr beobachtet. Immer wenn eine volle Minute um war, hat sie die Wewerka gefragt: »Wann kommt nun die Mutter mit dem Heft?«

»Gleich wird sie da sein«, hat die Wewerka geflüstert.

Dann war die große Pause längst um, und die Schüler der 3a sind fragen gekommen, wo denn die Frau Fachlehrerin Böck bleibt. Sie haben jetzt Englisch bei ihr. Da ist es der Böck langweilig geworden. Sie hat mit der Faust auf das Heft geschlagen und gebrüllt: »Was ist denn das da?«

»Meine Mutter wird gleich mit dem Heft da sein«, hat die Wewerka geflüstert.

Die Böck ist zum Direktor gerannt. »So ein Kind«, hat sie gesagt, »ist der Gipfel. Weil es nicht nur nicht rechtschreiben kann, sondern auch noch verlogen ist!«

Der Direktor hat gesagt: »Es kann nicht nur nicht rechtschreiben und ist verlogen, sondern es ist auch saudumm, weil es noch weiterlügt, wenn der Beweis schon auf dem Tisch liegt!«

Die Mutter von der Wewerka hat gesagt: »Das Kind kann nicht nur nicht rechtschreiben und ist verlogen und saudumm, sondern auch sehr lieblos und herzlos, weil es seiner Mutter das alles antut!«

Jetzt sind sie alle furchtbar böse auf die Wewerka. Aber sie wären noch viel böser, wenn sie wüßten, daß die Wewerka in jeder freien Minute davon träumt, groß und stark zu werden und dann die Frau Fachlehrerin Emma Böck zu erwürgen. Sie stellt sich das sehr schön vor. Ganz langsam wird sie es tun. Auf die Armbanduhr wird sie dabei schauen. Und immer wenn eine Minute um ist, wird sie locker lassen, und die Böck wird Luft schnappen. Und wenn die Böck Luft schnappt, wird die Wewerka fragen: »Sind Sie eine gute Lehrerin, Frau Fachlehrerin Böck?«

Und die Böck wird noch mit dem letzten Fuzerl Luft

»Ja, ich bin eine gute Frau Fachlehrerin« japsen, »ja, ich bin ...« So lange, bis die Wewerka dem ein Ende macht.

Ich bin das Kind der Familie Meier

Ich bin das Kind der Familie Meier und heiße Burli.

Ich wäre viel lieber bei Meiers der Hund! Dann hieße ich Senta und dürfte so laut bellen, daß sich der Nachbar beim Hausverwalter beschwert.

Und niemand würde zu mir sagen:

»Mund halten, Burli!«

Ich wäre auch gerne bei Meiers die Katze. Dann hieße ich Muschi und würde nur fressen, was ich wirklich mag, und den ganzen Tag auf dem Fenster in der Sonne liegen.

Und niemand würde zu mir sagen:

»Teller leer essen, Burli!«

Am liebsten wäre ich bei Meiers der Goldfisch.

Dann hätte ich gar keinen Namen.

Ich würde still und glänzend im Wasser schwimmen und meiner Familie beim Leben zuschauen.

Manchmal würden die Meiers zu meinem Fischglas kommen und mit ihren dicken Fingern ans Glas tupfen und auf mich einreden.

Doch das Glas wäre dick, und durch das Wasser käme kein Laut bis zu mir.

Dann würde ich mein Fischmaul zu einem höflichen Grinsen verziehen, aber meine Fischaugen würden traurig auf den Meier schauen, der der kleinste von allen Meiern ist, und ich würde mir denken: Armer Burli!

Links unterm Christbaum

Ich war damals acht Jahre alt, und mein größter Wunsch war ein Hund. Ein großer Bernhardinerhund. Der Wirt im Nachbarhaus hatte früher so einen Hund gehabt. Der hatte immer vor der Wirtshaustür gelegen, und ich war oft bei ihm gehockt und hatte ihn gestreichelt und hinter den Ohren gekrault. Und wenn ich ihm mein nacktes Bein hingehalten hatte, hatte er das Bein mit seiner weichen, nassen Zunge abgeschleckt.

Nun war der Bernhardiner vom Wirt tot, und ich wollte einen eigenen Bernhardiner haben. Doch ich hätte mich auch mit einem anderen Hund zufriedengegeben. Bis auf einen Rehpinscher – vor dem mir grauste – wäre mir jeder recht gewesen. Hunden galt meine ganze Sehnsucht. Wenn ich die anfaßte, wenn ich von denen betapscht wurde, spürte ich so eine mächtige Zufriedenheit in mir, wie ich sie nie spürte, wenn ich Menschen anfaßte oder von ihnen betapscht wurde.

Zu jedem Geburtstag und Namenstag, zu Ostern und zu Weihnachten, immer, wenn man mich fragte: »Was wünschst du dir?«, sagte ich: »Einen Hund, bitte!«, und meine Mutter sagte darauf ungeduldig: »Hör doch endlich auf mit dem Unsinn!«

Meine Mutter mochte Hunde nicht sehr. Doch wenn damals nicht Krieg gewesen wäre, wenn die Zeiten besser gewesen wären, hätte sie vielleicht nachgegeben, beeindruckt von so viel kindlicher Hartnäckigkeit. Aber so, wie wir lebten, war es unmöglich, einen Hund zu halten. Für einen Hund, auch für einen kleinen, hätten die Fleischmarken der ganzen Familie nicht gereicht. Meine Mutter erklärte mir das immer wieder, zeigte mir jeden Samstag das Stück Fleisch, das unsere Wochenration war, und sagte: »Schau dir das an! Und davon soll auch noch ein Hund mitfressen?«

Ich war stur. »Andere Leute haben auch einen Hund!« sagte ich und zählte auf, wer in der Gegend einen Hund hatte.

Meine Mutter sagte, daß der Meier-Hund eben ein Nazi-Hund sei und gute Nazis in lausigen Zeiten besser an Fleisch herankommen – und daß der Schodl-Hund nur deshalb zu halten sei, weil die Frau Schodl eine Tante auf dem Land hat, die Fleisch schickt – und daß die anderen Hunde in der Gegend ohnehin schon halb verhungert seien.

Ich gab trotzdem nicht nach. Meine Sehnsucht nach Hundsfell und Hundsschnauze war zu stark. Außerdem war ich gewohnt, daß meine Wünsche erfüllt wurden. Als ich mir den Puppenwagen gewünscht hatte, hatte ihn meine Mutter gegen ihren schönen Fuchskragen eingetauscht, und als ich einen Kaufmannsladen haben wollte, hatte ihn mein Großvater – weil es keinen zu kaufen gab – in wochenlanger Arbeit gebastelt. Ich glaubte daran, daß man nur besonders stark wünschen muß, damit ein Wunsch in Erfüllung geht.

Es war ein paar Wochen vor Weihnachten, da fragte mich mein Großvater: »Na, was glaubst du, bekommst du zu Weihnachten?«

Da er mich nicht gefragt hatte, was ich mir wünsche, sondern was ich bekommen werde, sagte ich nichts vom Hund, sondern redete von Buntstiften und Puppenkleidern und einem Service für die Puppenküche.

»Und von mir?« fragte der Großvater.

Ich hatte keine Ahnung. Letztes Jahr zu Weihnachten hatte er mir seinen Füllfederhalter geschenkt, weil ich für die Schule einen gebraucht hatte und nirgendwo einer aufzutreiben gewesen war.

»Neue Hausschuhe?« probierte ich. Der Großvater war mit einem Schuhhändler befreundet, der gab ihm manchmal geheime Schätze aus seinem Vorkriegslager. Der Großvater lächelte und schüttelte den Kopf. »Was viel, viel Schöneres«, sagte er. »Da wirst du Augen machen!« Er beugte sich zu mir und flüsterte mir ins Ohr: «Etwas, das lebt! Mehr verrate ich nicht!«

Mehr brauchte er mir auch gar nicht zu verraten! Etwas, das lebt und viel, viel schöner ist, das war ein Hund!

Ich umarmte den Großvater und küßte ihn auf den Mund, was ich sonst nie tat, weil mich sein Schnurrbart störte.

»Aber nix verraten, hörst!« mahnte der Großvater.

Das schwor ich hoch und heilig. Ich war ja nicht dumm, wußte ja, daß »Überraschungen« das Wichtigste an Weihnachten sind. Niemand sollte erfahren, daß der Großvater geplaudert hatte!

Ganz heimlich holte ich den alten Strohkorb vom Dachboden, und als mich meine Mutter dabei ertappte, wie ich aus meiner neuen Dirndlschürze ein Kissen nähte und es mit Watte füllte, mogelte ich und sagte, daß ich mir ein Puppenbett bastle. Und als meine Mutter dahinterkam, daß ich meine »Deutschen Heldensagen« bei der Hermi gegen eine feste neue, rote Hundeleine eingetauscht hatte, band ich mir die Hundeleine um den Bauch und behauptete, sie gefalle mir als Gürtel.

Es beunruhigte mich auch nicht, als meine Mutter eine Woche vor Weihnachten zur Nachbarin sagte: »Das Kind will einen Hund, aber das geht natürlich nicht!«

Ich kannte die Erwachsenen! Die taten immer so. Wegen der Überraschung! Den Puppenwagen und den Kaufmannsladen hatten sie auch als ganz »unmöglich« und »ausgeschlossen« hingestellt, und dann hatten sie doch unter dem Christbaum gestanden.

Am Heiligen Abend war ich aufgeregt wie noch nie. Aber ich war, ganz gegen meine Art, sehr leise aufgeregt, und ich versuchte auch meine Schwester am Lautsein zu hindern, weil ich auf ein leises Bellen, ein sanftes Jaulen lauschte. Mein Hund mußte ja schon im Haus sein, den ndie Tierhandlungen hatten bereits geschlossen.

In der Wohnung, entschied ich, konnte der Hund nicht sein. Unsere Wohnung war klein. Da hätte ich ihn bemerkt. Ich stieg auf den Dachboden hinauf, und ich stieg sogar in den Keller hinunter, obwohl ich vor dem Keller große Angst hatte. Aber auch im Keller war kein Bellen und kein Winseln. Es gab nur noch eine Möglichkeit: Mein Hund mußte bei der Nachbarin sein!

Natürlich war mein Hund bei der Nachbarin! Warum sonst wohl hatte die gesagt »heute nicht, mein Kind«, als ich sie hatte besuchen wollen. Sonst ließ sie mich doch immer in die Wohnung. Sonst freute sie sich, wenn ich zu ihr kam.

Es war anzunehmen, daß mir der Großvater den kleinsten Hund gekauft hatte, der aufzutreiben war, weil der kleinste Hund am wenigsten fraß.

»Schnackerl«, überlegte ich mir, war der beste Name für so einen winzigen Hund.

Punkt sieben Uhr war bei uns zu Hause immer die »Bescherung«, darum mußten meine Schwester und ich um halb sieben in einem kleinen Zimmer verschwinden, damit meine Mutter die Geschenke unter den Christbaum stellen und die Kerzen anzünden konnte.

Ich saß in dem Zimmer und biß an meinen Fingernägeln und hoffte, daß der Hund, wenn er schon so klein war, wenigstens lange, weiche Haare hatte. Ganz deutlich hörte ich meinen Großvater die Wohnung verlassen. Am schlapfenden Hausschuhgang erkannte ich das. Dann hörte ich die Türglocke an der Nachbarwohnung, kurz darauf wieder die Schlapfenschritte vom Großvater – und dann bimmelte das Weihnachtsglöckchen.

Meine Schwester stürzte aus dem Zimmer, und ich ging langsam hinterher, weil man auf das große Glück nicht losrennen kann. Dem muß man sich Schritt um Schritt nähern, sonst schnappt man über vor Glück.

Unser Christbaum reichte bis zur Zimmerdecke, unzählige Kerzen waren darauf und brannten flackernd, und viele Wunderkerzen sprühten einen Sternenhimmel in das Zimmer.

Links unter dem Christbaum, das war jedes Jahr so, lagen die Geschenke für mich. Ich sah eine neue Schultasche und Buntstifte und ein Puppenservice. Und dann war da noch ein großes Ding, verdeckt von einem weißen Tuch. Der Großvater stand neben dem Ding und zog das weiße Tuch weg. Ein Vogelkäfig mit einem Wellensittich war darunter. Blau war der Wellensittich. Der Großvater bückte sich, öffnete die Tür vom Vogelkäfig und holte den blauen Sittich heraus.

»Hansi heißt er «, sagte der Großvater. »Na, komm, nimm ihn!«

Er setzte den Vogel auf seinen Zeigefinger und hielt ihn mir dicht vors Gesicht. »Na, so nimm ihn doch«, verlangte er.

Ich griff nach dem Vogel und nahm ihn in die Hand und schloß sie zur Faust. Auf der einen Seite der Faust schaute der blaue Vogelkopf heraus, auf der anderen Seite der blaue Schwanz.

Der Vogel pickte mich mit seinem scharfen Schnabel in die Haut zwischen Daumen und Zeigefinger. Ich schrie »Au« und preßte die Faust fest zusammen, dann öffnete ich sie wieder.

Der Vogel flog nicht weg. Er fiel zu Boden. Er war tot. Ich fing zu weinen an.

Der Großvater und meine Mutter und meine Schwester redeten mir gut zu. Daß es doch kein Unglück sei, sagten sie. Daß man so einen blauen Vogel nach den Feiertagen nachkaufen könne. Und daß ich doch »nichts dafür« könne. Und daß ich doch an so einem schönen Tag nicht traurig sein soll, wegen einem kleinen blauen Vogel. Aber ich hörte nicht zu weinen auf, denn ich spürte ganz genau, daß ich »etwas dafür« konnte. Und ich schämte mich, weil sie mich für besser hielten, als ich war. Und weil es mir nicht gelang, wegen dem toten Vogel zu weinen. Ich beweinte einen Hund, den es nie gegeben hatte, den außer mir niemand kannte. Und weil ihn außer mir niemand kannte, konnte mich auch niemand seinetwegen trösten. Und weil mich niemand tröstete, fühlte ich mich schuldig. Schon oft hatte man mir gesagt, daß ich an etwas »schuld« sei. Nie hatte ich das anerkannt. Nun sagte es mir niemand – und das machte die Schuld doppelt schwer.

Ich bestrafte mich damit, daß ich nie mehr den Wunsch nach einem Hund erwähnte. Das machte es ein bißchen leichter. Aber leicht war es trotzdem nicht, ein Kind zu sein und zu wissen, daß man eine ist, die aus Enttäuschung Vögel totmacht.

Die Glücksnacht

Der Hansi wurde munter, weil ihn der Franzi in die Rippen boxte. »Du, Hansi«, flüsterte der Franzi, »in der Küche ist einer!«

Der Hansi machte die Augen auf. Er konnte nichts sehen. Es war stockfinster im Zimmer.

»Ich hab ihn lachen gehört«, flüsterte der Franzi.

Der Hansi setzte sich im Bett auf. Jetzt hörte er das Lachen auch. Eine tiefe Männerstimme lachte. Dann hörte der Hansi die Stimme von seiner Mutter. Sie sagte: »Nicht so laut. Du weckst die Kinder auf!«

Die tiefe Männerstimme lachte wieder. Diesmal leiser.

Der Hansi und der Franzi stiegen aus dem Bett. Der Hansi stieß mit einem Knie gegen den Sessel. Der Franzi sagte: »Gib acht, du Depp!«

Der Hansi und der Franzi tappten vorsichtig im Dunkeln durch das Zimmer, bis zur Küchentür. Der Franzi tastete das kühle Holz der Tür nach der Klinke ab. Die Klinke war viel weiter oben, als der Franzi gedacht hatte. Der Franzi drückte die Klinke langsam und leise hinunter.

Die Küchentür ging einen Spalt weit auf. Der Franzi sah durch den Spalt seine Mutter. Sie saß am Küchentisch, trank etwas aus einer Kaffeetasse, hielt eine Zigarette in der Hand und hatte einen rosa Büstenhalter und einen violetten Unterrock an. Vor ihr stand ein Mann in einer grauen Hose und einem roten Hemd. Er stand mit dem Rücken zum Türspalt.

Der Hansi wollte auch durch den Türspalt schauen. Weil der Franzi den Türspalt nicht freigab, gab der Hansi dem Franzi einen Stoß. Der Franzi erschrak und ließ die Türklinke los. Die Tür ging auf und quietschte dabei. Der Mann mit der grauen Hose und dem roten Hemd drehte sich um. Er schaute auf den Hansi und den Franzi und sagte: »Verdammt!«

Die Mutter stellte die Kaffeetasse auf den Tisch. Sie stand auf und rief: »Was fällt euch denn ein! Sofort ins Bett mit euch! Marsch, marsch, dalli, dalli!«

Der Hansi und der Franzi liefen zum Bett zurück. Den Weg konnten sie jetzt leicht finden, weil aus der Küche Licht ins Zimmer kam. Die Mutter schloß die Küchentür.

Der Hansi und der Franzi legten sich ins Bett und schlossen die Augen.

»Das war der Herr Wewerka vom siebener Haus«, sagte der Franzi.

»Ja, der Herr Wewerka«, sagte der Hansi. Dann schliefen sie ein.

Für den Hansi und den Franzi war diese Nacht eine Glücksnacht. Der Hansi und der Franzi hatten immer viel zuwenig Geld. Ihre Mutter war Hilfsarbeiterin und verdiente nicht viel. Sie konnte dem Hansi und dem Franzi kein Taschengeld geben. Höchstens jeden Sonntag fünf Schilling. Was nicht genug ist, wenn eine Kinokarte schon zwanzig Schilling kostet. Und zwei Kinokarten vierzig Schilling. Doch seit der Glücksnacht hatten der Hansi und der Franzi immer genug Geld fürs Kino. Sie hatten sogar genug Geld, um ihren Freund, den Pepi, ins Kino mitzunehmen. Auch für Popcorn und Bubble-Gum reichte das Geld. Sooft sie nämlich jetzt den Herrn Wewerka auf der Straße sahen und freundlich »Guten Tag, Herr Wewerka!« sagten, schenkte ihnen der Herr Wewerka einen Zehner. Und wenn sie den Herrn Wewerka zusammen mit der Frau Wewerka sahen und freundlich »Guten Tag, Herr Wewerka, guten Tag, Frau Wewerka!« sagten, schenkte ihnen der Herr Wewerka sogar einen Zwanziger.

Da war es natürlich kein Wunder, daß der Hansi und der Franzi dem Herrn Wewerka sehr oft begegneten. Für einen Zehner oder einen Zwanziger lohnt es sich schon, eine Stunde oder zwei vor dem Wewerka-Haus zu warten.

Oder vor dem Geschäft, in dem der Herr Wewerka angestellt war.

Oder vor dem Fußballplatz, wo der Herr Wewerka am Sonntagvormittag war.

Wenn der Hansi und der Franzi so auf den Herrn Wewerka warteten, fragte der Hansi manchmal den Franzi: »Wieso schenkt uns der Wewerka immer Geld?«

»Wahrscheinlich hat er uns sehr gern«, sagte dann der Franzi.

»Aber warum schaut er uns dann immer so bös an?« fragte der Hansi.

Doch das konnte sich der Franzi auch nicht recht erklären.

Streng – strenger – am strengsten

Kathi wußte genau: Es geht ganz einfach. Man wickelt den Faden um den linken Zeigefinger, hinter Mittelfinger und Ringfinger vorbei, und vor dem kleinen Finger läßt man ihn wieder heraus. Dann nimmt man eine Nadel in die rechte Hand und eine in die linke. Und sticht mit der Nadel von der rechten Hand in die erste Masche von der Nadel von der linken Hand und holt den Faden, den, der von der ersten Masche der rechten Hand zum Zeigefinger der linken Hand geht, durch die erste Masche der Linken-Hand-Nadel durch. Und dann zieht man die erste Masche von der Linken-Hand-Nadel herunter, und die durchgezogene Schlinge ist jetzt die erste Masche von der Rechten-Hand-Nadel.

Kathi war das sehr klar. Aber stricken konnte sie trotzdem nicht. Einmal rutschte die Rechte-Hand-Nadel aus dem verdammten Dings und einmal die Linke-Hand-Nadel. Dann zog sich der Faden durch das falsche Loch, und dann waren plötzlich zwei oder drei Fäden da, und die Maschen wurden von Reihe zu Reihe weniger, und Kathi konnte sich nicht erklären, wohin sie gekommen waren.

Mama sagte: »Kathis Finger sind noch zu klein und zu dünn.«

Oma sagte: »Stricken ist sowieso unmodern und lohnt sich nicht.«

Papa sagte: »Stricken verdirbt die Augen und macht den Rücken krumm.«

Berti, der Bruder, sagte: »Häkeln geht leichter.«

Der Opa setzte sich in den Lehnstuhl und strickte Kathi vier Reihen vor. Zwei schlicht, zwei kraus, im Wechsel. Er sagte: »Stricken ist schön, aber nur, wenn man es freiwillig macht.«

Die Frau Handarbeitslehrerin Krause aber sagte: »Kathi, du strickst auf eine Fünf! Wenn du es nicht bald lernst, bekommst du einen Fünfer ins Zeugnis!«

Kathi ging nach Hause und heulte.

Die Mama, die Oma, der Papa, der Opa und Berti lachten und sagten: »Aber Kathi, man kriegt keinen Fünfer in Handarbeiten. Das hat es noch nie gegeben! Ehrenwort!«

»Sie hat's aber gesagt, Ehrenwort«, schluchzte Kathi.

»Sie hat nur gedroht«, sagte die Mama.

»Sie erzieht nach der alten Methode«, sagte die Oma.

»Die soll dich mal«, sagte Berti.

»Einfach ignorieren«, sagte Papa.

»Sie kann dir höchstens einen Vierer geben«, sagte der Opa.

Kathi fand auch einen Vierer schlimm genug. Aber das sagte sie nicht. Sie kannte ihre Familie. Die würden doch alle nur sagen, daß ein Vierer eine lustige Sache sei, und der Opa und die Oma würden dann wieder mit sämtlichen Lateinfünfern und Griechischvierern angeben, die sie als Kind bekommen hatten.

Weil ihre Familie nichts von ihrem Kummer verstand, beriet sich Kathi am nächsten Tag in der Schule mit Evi.

Evi hatte nämlich bereits dreißig Zentimeter wunderbar gleichmäßigen schweinsrosa Topflappen. Und alle siebenundsiebzig Maschen, die sie unten angeschlagen hatte, hatte sie oben immer noch.

»Bring mir bitte Stricken bei«, sagte Kathi zu Evi.

Evi schüttelte den Kopf. Und dann erklärte sie Kathi – sehr leise, damit es die anderen nicht hörten: »Die dreißig Topflappenzentimeter hat meine Mutti gemacht!«

»Hast du denn«, flüsterte Kathi und bekam vor lauter Schreck eine Gänsehaut auf dem Rücken, »das Topflappending mit nach Hause genommen?«

Evi nickte.

Kathi war ganz ergriffen. Topflappen-nach-Hause-nehmen war streng verboten. Topflappen-nach-Hause-nehmen war ungeheuerlich!

Die Topflappen hatten nach der Stunde samt dem schweinsrosa Garnknäuel in ein weißes Tuch gewickelt zu werden. Den weißen Binkel mußte man dann ins Handarbeitsköfferchen legen, das Köfferchen verschließen und der Handarbeitsordnerin aushändigen.

So hatte das zu geschehen! Und jedes Zuwiderhandeln, das hatte die Handarbeitslehrerin gesagt, würde streng – strenger – am strengsten bestraft werden!

Kathi hatte vor der Handarbeitslehrerin und vor streng-strenger-am strengsten große Angst. Aber Kathi wollte keinen Fünfer und auch keinen Vierer im Zeugnis haben.

Am Ende der nächsten Handarbeitsstunde klopfte Kathis Herz so laut, daß Kathi sicher war, die Handarbeitslehrerin, vorn beim Lehrertisch, müßte es hören. Doch die holte gerade eine verlorengegangene Masche im Topflappen der Schestak Anni hoch und hörte nichts. Kathi schielte zu Evi. Evi nickte. Kathi schob den Topflappen samt schweinsrosa Garnknäuel und Nadeln unter das Pult. Dann wickelte sie zwei angebissene Äpfel in das weiße Tuch und legte den Apfelbinkel in das Köfferchen. Wegen der Handarbeitsordnerin. Die war eine Streberin, und es hätte leicht sein können, daß sie das Köfferchen gepackt und gerufen hätte: »Bitte, Frau Lehrerin, das ist so leicht, ich glaub, da ist gar nix drinnen, bitte, Frau Lehrerin!«

Die Handarbeitsordnerin nahm die angebissenen Äpfel ohne Verdacht entgegen.

Kathi trug das Topflappendings in der Schultasche nach Hause. Sie war sehr stolz und hatte ein sehr schlechtes Gewissen. Zusammen ergab das ein komisches Gefühl.

Kathi zeigte den Topflappen der Mama, und die Mama lachte Tränen darüber. Außerdem versprach sie, bis nächsten Montag genauso fleißig zu sein wie die Mutter von der Evi.

Das Topflappending lag nachher einige Stunden auf dem Küchentisch, und das schweinsrosa Garnknäuel lag gegenüber vom Küchentisch, vor dem Gasherd. Dann kam die Oma in die Küche, stolperte über den Garnfaden und zog dadurch das Topflappendings vom Küchentisch. Dabei rutschten die Nadeln heraus und rollten unter die Küchenkredenz.

Eine Stunde später kam die Katze in die Küche. Sie balgte mit dem Garnknäuel herum und trug es ins Wohnzimmer.

»Da hängt ja ein Faden dran, Schnurlimurli«, sagte der Opa. »Komm, Schnurlimurli, wir reißen den Faden ab! Sonst kann der Schnurlimurli nicht schön spielen!«

Der Opa riß den schweinsrosa Faden ab, und die Katze packte sich den Knäuel ins Maul und sprang zum Fenster hinaus.

Das Topflappendings lag noch in der Küche auf dem Fußboden, als Berti nach Hause kam. Er kam vom Fußballspielen.

»Berti, putz dir die Hufe ab«, rief der Papa. »Ich habe heute überall gesaugt und gewischt!«

Berti war ein artiger Junge und sofort bereit, den Dreck von seinen Schuhen zu putzen. Doch der Kasten mit dem Schuhputzzeug stand draußen im Vorzimmer. Außerdem war es nicht sicher, ob im Schuhputzzeugkasten wirklich ein Putzlappen war. Da entdeckte Berti auf dem Küchenboden ein kleines, grau-rosa Dings. Ein häßliches, dreieckiges Dings. Er nahm es in die Hand und stellte fest, daß es garantiert nur zum Schuhputzen geeignet war. Er hielt das Dings unter den Wasserstrahl des Abwasch, und dann fuhr er gewissenhaft damit über die Sohlenränder seiner Schuhe.

Das Dings wurde tiefbraun davon. Berti warf es in den Mistkübel.

Nach dem Nachtmahl setzte sich die Familie zum Fernsehen. Sie schauten sich etwas an, wo ein dicker Mensch, der aussah wie ein Meerschwein, die Zuseher aufforderte, nach einem Ausschau zu halten, der aussah wie der Postbeamte. Gerade als die Oma aufschrie und behauptete, der Postbeamte sei ganz sicher der Fleischhauer, der ihr die stinkenden Knacker verkauft hatte, und gerade als die Mama rief, die Oma solle sich nicht aufhetzen lassen, fiel Kathi der Topflappen ein. Sie fragte: »Mama, trennst du jetzt den Lappen auf und machst mir dreißig Zentimeter neu?«

Der Opa sagte: »Das mach ich! Bring ihn her!«

»In der Küche liegt er«, sagte die Mama.

Kathi ging in die Küche und fand keinen Topflappen. Kathi suchte überall in der Wohnung. Und weil Kathi zu heulen anfing, drehte der Papa das Meerschwein ab, und alle halfen Kathi suchen und fanden keinen Topflappen.

Dann fiel dem Opa ein, daß die Katze ein rosa Knäuel gehabt hatte, und der Oma fiel ein, daß sie über den Faden gestolpert war, und Berti fiel ein, daß er seine Schuhe geputzt hatte.

Kathi kippte den Mistkübel um und suchte zwischen Eierschalen und Dreck, doch sie erkannte das Topflappendings nicht. Sie hielt es für eine gebrauchte Filtertüte. Kathi heulte so sehr, daß sogar die Stirnfransen naß wurden. Dabei schluchzte sie: »Dafür kriegt man die streng-strenger-am strengsten Strafe! Dafür kriegt man alles, was es in der Schule gibt!«

Die Mama sagte, das sei doch gar kein Problem. Sie wird morgen früh ein Knäuel schweinsrosa Wolle kaufen und den Lappen neu stricken.

Doch so einfach war das nicht. Kathi hatte das schweinsrosa Garn von der Handarbeitslehrerin bekommen. Der hatte es der Stadtschulrat zugeteilt. Und der Stadtschulrat hatte das Garn »en-gros-für-alle-Mädchen-der-Stadt« bei einer Fabrik machen lassen. Jedenfalls gab es nirgends in der ganzen Gegend ein ähnlich schweinsfarbenes, ähnlich häßliches Garn.

Kathi heulte sich wieder die Stirnfransen naß. Die Mama sagte, es sei trotzdem sehr einfach. Sie wird das schon in Ordnung bringen!«

»Das kann niemand mehr in Ordnung bringen«, schluchzte Kathi.

»Doch«, sagte die Mama, »am Montag geh ich mit dir in die Schule und sag der Lehrerin, daß ich von dir verlangt habe, daß du das Dings mit nach Hause nimmst, und daß es jetzt die Katze gefressen hat und daß dich keine Schuld trifft! Laß mich das nur machen! Ich mach das schon!«

Kathi hörte zu heulen auf. Aber sie blieb blaß. Am Samstag aß sie keine Nachspeise. Am Sonntag aß sie überhaupt nichts. Und in der Nacht von Sonntag auf Montag wachte sie sechsmal auf. So nervös war sie. Vielleicht wachte sie auch deswegen auf, weil die Kinderzimmertür neben der Klotür war und die ganze Nacht über die Wasserspülung gezogen wurde. Das kam davon, daß der Mama schlecht war. Die Mama hatte am Sonntagabend drei Stück Gänsebraten gegessen, und das vertrug ihre Galle nicht.

Am Morgen, als Kathi aufstand, lag die Mama im Bett, war grün im Gesicht und stöhnte. Die Oma saß bei ihr und hielt ihr die Hand.

»Mama, du mußt mit mir zur Handarbeitslehrerin gehen«, sagte Kathi.

Die Mama murmelte »aaah-auauau-oooooh« und drehte sich zur Wand.

»Gehst du mit mir in die Schule?« fragte Kathi die Oma.

»Liebling, ich muß bei der Mama bleiben«, flüsterte die Oma.

Kathi fragte den Papa, doch der Papa mußte ins Büro.

Kathi fragte den Opa, und der Opa sagte: »Gut, Kathi, gehn wir!«

Der Opa ging mit Kathi zur Schule. Doch knapp vor der Schule, an der Ecke, gab es ihm einen Stich. Unten im Kreuz. Er konnte nicht mehr aufrecht stehen. Nur mehr ganz gekrümmt. Kathi kannte diesen Zustand am Opa. Wenn er diesen Zustand hatte, konnte er nur mehr »ogottogott« sagen. Auf keinen Fall aber konnte er der Handarbeitslehrerin die Sache mit dem Topflappendings erklären.

Der Opa stöhnte: »Ogottogott – tut mir leid, Kathi, aber ich muß – ogottogott – ins Bett.« Er drehte sich um und humpelte schief nach Hause.

Kathi wollte ihm nachlaufen. Sie wollte auch nach Hause. Doch da kamen Evi und die Schestak und die Karin und noch zwei andere aus ihrer Klasse und zogen sie mit zum Schultor.

Kathi saß auf ihrem Platz, Fensterreihe, 3. Pult-Innenseite, und überlegte: Wenn die Mama plötzlich krank geworden ist und der Opa den Stich bekommen hat, kann ja auch die Handarbeitslehrerin krank werden!

Die Handarbeitslehrerin war nicht krank geworden. Sie kam in die Klasse, sagte »setzen« und gab der Handarbeitsordnerin den Schlüssel zum Handarbeitsschrank. Die Ordnerin und eine Ordnerin-Helferin teilten die Köfferchen aus. Kathi öffnete ihr Köfferchen. Den weißen Binkel machte sie nicht auf. Sie saß still und machte sich hinter dem breiten Rücken der Schestak Anni klein. Manchmal schielte sie über den Mittelgang nach vorne zur Evi. Die Evi tat, als stricke sie. Ihr Lappen war schon vierzig Zentimeter lang.

»So«, sprach die Handarbeitslehrerin, »heute tragen wir Noten ein! Meier, Gerti, komm her!«

Die Meier saß in der letzten Bankreihe. Sie packte ihr Strickzeug ein und wanderte nach vorne.

Kathi hörte: »Sehr ungleichmäßig, Maschen fallengelassen, mehr bemühen.« Dann wanderte die Meier Gerti mit dem Strickzeug auf ihren Platz zurück. Dabei schnitt sie Gesichter. Die Kinder kicherten.

»Evi, bitte«, sagte die Handarbeitslehrerin. Die Evi lief hinaus und zeigte ihre vierzig Zentimeter vor. Die Handarbeitslehrerin war mit den vierzig Zentimetern zufrieden. Nur die Kettmaschen fand sie etwas zu locker. »Aber«, lobte sie, »fast ein Einser, wahrscheinlich sogar ein Einser!«

Dann schickte sie die Evi auf ihren Platz zurück. Nachher rief sie die Satlasch und die Huber und die Karin und die Ilse Schneck, und dann rief sie: »Kathi!«

Kathi stand langsam auf. Sie dachte streng-strenger-am strengsten. Sonst dachte sie nichts. Wenn sie die Karin – hinter ihr – nicht geschubst hätte, hätte sie gar nicht bemerkt, daß die Evi die linke Hand neben dem Pult in den Mittelgang hinausstreckte. In der Hand von der Evi waren die vierzig Zentimeter Topflappen.

Kathi ging auf den Topflappen zu.

»Kathi, beeil dich doch«, rief die Handarbeitslehrerin. Aber sie schaute nicht auf Kathi, sondern kritzelte emsig mit rotem Kugelschreiber im Notenbüchlein.

Kathi griff nach dem Topflappen. Ihre Hände zitterten. Der Topflappen fiel auf den Boden. Eine Nadel rutschte klappernd heraus.

Die Handarbeitslehrerin schaute vom Notenbüchlein hoch. »Paß doch auf, Kathi«, sagte sie.

Kathi bückte sich und hob den Topflappen auf. Fünfzehn schweinsrosa Maschen hingen traurig und nadellos an der Strickerei.

»Vorsicht, Kathi, sonst laufen sie weiter«, rief die Handarbeitslehrerin.

Kathi stand still und starrte auf die schutzlosen, gefährdeten Maschen.

Die Handarbeitslehrerin sprang vom Stuhl auf und lief zu Kathi. Sie nahm Kathi vorsichtig den Topflappen aus den Händen. »Sind ja schon drei Reihen weit gefallen«, jammerte sie. Dann trug sie den Topflappen nach vorn, zum Lehrertisch. Zart und vorsichtig und sanft trug sie ihn. Wie man ein kleines, krankes Kind trägt. Sie setzte sich zum Tisch, und wie man zu einem kleinen, kranken Kind spricht, sprach sie auf den Topflappen ein: »Na, du siehst aber aus« und »Das werden wir schon hinbringen« und »Na, siehst du, dich haben wir schon oben.«

Kathi stand neben dem Lehrertisch. Ihr Herzklopfen war ganz laut. In ihren Ohren sauste es, und vor ihren Augen, in der Luft, flogen kleine violette Punkte herum ... Streng-strenger-am strengsten, gleich ist es soweit, gleich merkt sie es, dachte Kathi. Oder eine aus der Klasse sagt es ihr. Vielleicht sogar die Evi, dachte Kathi.

Die Handarbeitslehrerin schnaubte laut durch die Nase.

Jetzt ist es soweit, dachte Kathi. Jetzt!

»So, Kathi«, sagte die Handarbeitslehrerin, »das hätten wir geschafft!« Sie drückte der Kathi die Strickerei in die Hände und steckte ihr das Garnknäuel in die Schürzentasche und sprach: »Vorsichtig tragen, nicht schlafen beim Gehen!«

Kathi ging langsam zu ihrem Platz.

Alle lila Tupfen in der Luft, vor den Augen, waren weg. In den Ohren sauste es nicht mehr, und das Herz klopfte langsam. Kathi war gerade bei ihrem Platz, da rief die Handarbeitslehrerin noch: »Übrigens, sehr brav, Kathi! Du warst sehr fleißig! Siehst du, man muß sich nur bemühen!«

Kathi nickte.

Die Handarbeitslehrerin beugte sich über ihr Notenbüchlein und schrieb emsig. Kathi setzte sich. Sie holte die Äpfel aus dem weißen Tuch und biß in einen Apfel. Obwohl er angebissen und eine Woche alt war, schmeckte er herrlich. Kath aß beide Äpfel auf. Dann gab sie die vierzig Topflappenzentimeter über den Mittelgang hinüber zur Meier Gerti, und die Gerti gab sie der Satlasch und die Satlasch der Evi. Dabei fielen etliche Maschen von den Nadeln. Doch die Mutter von der Evi brachte das bis nächsten Montag wieder in Ordnung.

Kathi hat den Topflappen der Evi noch mehrere Male am Montag vorgezeigt. Einmal nach dem Abketten und einmal mit blauem Häkelrand und einmal in durchsichtiges Papier verpackt. Die Frau Handarbeitslehrerin war von Mal zu Mal zufriedener mit Kathi. Ins Jahreszeugnis schrieb sie ihr einen Einser. Kathi freute sich mächtig darüber. Und immer, wenn jetzt in der Schule etwas passiert, wo die Kathi furchtbar erschrickt und streng-strenger-am strengsten denken muß, dann fällt ihr das Topflappendings ein, und dann lächelt die Kathi. Und bekommt nie mehr Herzklopfen und Ohrensausen und lila Punkte vor den Augen.

»Die Kathi ist viel selbstbewußter geworden und viel sicherer!« hat die Klassenlehrerin am Sprechtag zur Mama und zum Papa von Kathi gesagt. Die Mama und der Papa von der Kathi waren darüber sehr glücklich. Und darum ist es furchtbar ungerecht von ihnen, daß sie immer sagen, »Mädchenhandarbeiten« sei ein ganz unnützer, altmodischer Gegenstand, der nicht mehr in den modernen Schulunterricht paßt.

Gugerells Hund

Herr und Frau Gugerell hatten ein Haus, einen Garten, ein Auto, eine Waschmaschine, einen Farbfernseher, eine Tiefkühltruhe und ein Ölgemälde. Außerdem hatte Frau Gugerell noch ein Diamanthalsband, und Herr Gugerell hatte ein Motorboot.

Sie hatten sozusagen: A l l e s.

Doch der Frau Gugerell fehlte etwas. Oft saß sie auf der Terrasse und dachte nach, was ihr fehle. Und eines Abends wußte sie es. Sie rief: »Ich weiß was mir fehlt! Mir fehlt eine Familie!«

»Wie bitte?« fragte Herr Gugerell.

»Zu einer Familie gehören mehr als zwei«, rief Frau Gugerell, und dann rief sie noch, daß sie unbedingt eine Familie werden wolle.

»Na gut, na gut«, sagte Herr Gugerell, »dann bitten wir halt den Onkel Edi und die Tante Berta, daß sie zu uns ziehen. Dann sind wir zu viert und eine Familie.«

»Nein«, schrie Frau Gugerell, »dann sind wir ein Altersheim!«

»Krieg halt ein Kind!« schlug Herr Gugerell vor.

Frau Gugerell wollte kein Kind. Sie wollte geschwind eine Familie werden, und bis man ein Kind hat, dauert es mindestens neun Monate. Außerdem bekommt man da einen dicken Bauch. Den mochte sie nicht haben.

Da wußte Herr Gugerell keinen Rat mehr. Doch plötzlich bellte irgendwo ein Hund. Frau Gugerell sprang auf und stieß vor Aufregung den Tisch um, und die Pfirsichbowle tropfte auf Herrn Gugerells Hose. Frau Gugerell rief: »Das ist es! Ein Hund! Mit einem Hund sind wir zu dritt, und mit einem Hund sind wir eine Familie!«

Am nächsten Tag gingen sie in eine Tierhandlung. Eigentlich war es eine Vogelhandlung, aber hinten im Laden war auch ein junger Hund. Der Tierhändler sagte: »Das ist ein Gelegenheitskauf!«

Herr Gugerell kaufte den Gelegenheitskauf für seine Frau.

Frau Gugerell taufte den Gelegenheitskauf »Guggi«. Sie besorgte ein Körbchen mit hellblauen Rüschen rundherum und mit Rädern unten dran und legte Guggi hinein.

Sie fuhr Guggi spazieren, sie sang ihm Lieder vor, sie fütterte ihn mit der Flasche, sie badete ihn jeden Abend, und nachher wog sie ihn und war sehr stolz, weil Guggi jeden Tag um zwei Kilo mehr wog. An manchen Tagen wog Guggi um drei Kilo mehr. Bald war Guggi ziemlich groß.

Und bald war Guggi schon viel größer als Herr und Frau Gugerell. Er war genauso groß wie der Wohnzimmerteppich.

Das freute Frau Gugerell. Herrn Gugerell freute es nicht. Wenn Guggi in einer Tür lag – was er gerne tat – und Herr Gugerell durch die Tür wollte, mußte er über

Guggi klettern, und Guggi hatte das nicht gerne. Aber richtig fest gebissen hatte Guggi Herrn Gugerell nur ein einziges Mal – das war, als ihn Herr Gugerell aus dem Ehebett vertreiben wollte.

Und mit dem Essen gab es auch Schwierigkeiten. Guggi fraß viel. Frau Gugerell mußte viel für Guggi kochen. Kalbssuppe mit Butterkeksen drin, Apfelmus mit Knochensplittern und Lebertranpudding. Das Kochen für Guggi machte so viel Arbeit, daß Frau Gugerell nicht mehr extra für Herrn Gugerell kochen wollte. Sie meinte, er sollte von Guggis Fressen mitessen.

Aus diesen und noch etlichen anderen Gründen wollte Herr Gugerell Guggi loswerden. Eines Abends ließ er 50 Schlaftabletten in Guggis Apfelmus fallen. Als Guggi die Schüssel leergeschlabbert hatte, schlief er ein. Im Wohnzimmer auf dem Teppich.

Herr Gugerell wartete, bis seine Frau im Ehebett war und schnarchte. Dann versuchte er, Guggi aus dem Haus zu tragen. Doch Guggi war viel zu schwer. Herr Gugerell holte sein Auto und fuhr es zur Terrassentür. Er holte ein Seil aus dem Kofferraum und band es an der hinteren Stoßstange fest. Das andere Seilende wickelte er mühsam um Guggi und den Teppich herum. Dann fuhr Herr Gugerell los.

Er fuhr bis zum See. Bis zu seinem Motorboot. Er löste das Seil von der Stoßstange und band es ans Boot. Dann setzte er sich ins Boot und fuhr los.

Es war eine rabenschwarze Nacht. Ohne Mond und

ohne einen einzigen Stern. Als Herr Gugerell ziemlich weit vom Ufer weg war, nahm er sein Taschenmesser und schnitt das Seil durch.

Dann fuhr er zum Ufer zurück, stieg ins Auto um, brauste nach Hause und legte sich in sein Bett und schlief ein.

Aber:

Hunde sind treu, und Hunde können schwimmen, und 50 Schlaftabletten sind für einen Kerl wie Guggi nicht viel.

Es dämmerte gerade, da kam Guggi zurück. Er beutelte das Wasser aus dem Fell und hüpfte ins Ehebett zwischen Herrn und Frau Gugerell.

Obwohl Herr Gugerell alles leugnete, bemerkte Frau Gugerell doch, was geschehen war. Weil der Wohnzimmerteppich fehlte und weil sie die Schleifspuren durch die Tulpenbeete sah.

Sie gab Herrn Gugerell eine Ohrfeige, und am nächsten Tag ging sie zum Gericht und reichte die Scheidung ein. Wegen zu wenig Familiensinn.

Bei der Scheidung wurde alles genau aufgeteilt. Das Haus und das Auto und die Waschmaschine und das Motorboot. Als alles gerecht auf Herrn und Frau Gugerell aufgeteilt war, sprach der Richter: »Ehem, ehem, jetzt bleibt nur noch der Hund!«

»Der gehört mir!« rief Frau Gugerell.

»Wo ist die Rechnung für den Hund?« fragte der Richter. Da zog Herr Gugerell die Hundsrechnung aus der

Tasche, und der Richter verkündete: »Der Hund wird Herrn Gugerell zugesprochen!«

Frau Gugerell bekam einen Schreikrampf, der auch nicht aufhörte, als man ihr drei Krüge Wasser über den Kopf schüttete. Sie wurde von der Rettung in die Nervenheilanstalt gebracht.

Herr Gugerell ging nach der Scheidung ins Wirtshaus und trank acht Bier und acht Korn und ließ sich dann vom Wirt auf ein Zimmer tragen. Er erwachte am nächsten Tag zu Mittag und trank zwei Bier und zwei Korn und spielte mit den Wirtshausgästen Tarock und trank wieder acht Bier und acht Korn. Und dann war es Abend. Doch weil Herr Gugerell kein Geld mehr in der Tasche hatte, trug ihn der Wirt in kein Zimmer, sondern warf ihn hinaus.

Draußen regnete es, und Herr Gugerell hatte keinen Schirm mit. So ging er nach Hause. Er war sehr betrunken. Darum sah er im Wohnzimmer statt einem Guggi drei Guggis, und alle drei Guggis weinten. Herr Gugerell bekam, wenn er betrunken war, leicht Mitleid. Er wankte im Zimmer herum, bis er den wirklichen Guggi unter den drei Guggis gefunden hatte. Er plumpste auf Guggi und weinte auch.

Guggi und Herr Gugerell weinten sich in den Schlaf.

Sie wurden munter, als das Telefon klingelte. Der Chef von Herrn Gugerell war dran und schrie, daß Herr Gugerell fristlos entlassen sei, wenn er nicht sofort ins

Büro käme. Da rannte Herr Gugerell los. Er arbeitete den ganzen Tag, und drei Überstunden mußte er auch machen.

Als er aus dem Büro kam, hatten alle Läden geschlossen. Herr Gugerell fuhr zu einer Wurstbude und kaufte dem Wurstmann alle Debreziner und alle Burenwürste ab. Und fuhr dann mit 120 Sachen nach Hause.

Guggi saß hinter der Haustür und weinte. Als er die Würste sah, hörte er zu weinen auf. Er fraß alle Würste. Doch in den Würsten war sehr viel Paprika und noch mehr Pfeffer. Das war Guggi nicht gewohnt. Er bekam einen Riesendurst und japste nach Luft. Herr Gugerell holte einen Kasten Bier aus dem Keller. Guggi trank zwanzig Flaschen Bier. Dann schlief er ein und seufzte im Schlaf.

Herr Gugerell hockte sich zu Guggi. Er schlief nicht, aber er seufzte auch und dachte: »Meine arme Frau hatte recht! Ich hatte wirklich nicht den richtigen Familiensinn!«

Von diesem Abend an gab sich Gugerell Mühe, Guggi zu lieben. Das war sehr schwierig. Guggi brauchte Zärtlichkeit und Apfelmus mit Knochensplittern und Fürsorge und Lebertran. Und jemanden zum Spielen brauchte er auch.

Herr Gugerell spielte und kochte am Morgen. Dann raste er ins Büro.

In der Mittagspause raste er zurück und gab Guggi Zärtlichkeit und Lebertran.

Am Abend nach Büroschluß kaufte Herr Gugerell ein und lief wieder nach Hause und kochte wieder und spielte wieder und sorgte für Guggi.

Trotzdem wurde Guggi von Tag zu Tag dünner und zotteliger und hatte Durchfall und Magenweh, weil Herr Gugerell das Mus samt den Kerngehäusen kochte und die Knochensplitter nicht klein genug rieb. Herr Gugerell wurde auch immer dünner und bekam Durchfall und Magenweh, weil er die ständige Hasterei nicht vertrug.

Und traurig war Guggi auch. Er wollte nämlich nicht allein bleiben. Wenn Herr Gugerell am Morgen und am Mittag ins Büro ging, winselte und schluchzte Guggi hinter ihm her, daß es Herrn Gugerell ins Herz schnitt. Einmal nahm Herr Gugerell Guggi ins Büro mit, aber das war nichts, weil sich der Chef und die Sekretärin sehr vor Guggi fürchteten. Die Sekretärin sperrte sich aus Angst ins Klo, und der Chef drohte wieder einmal mit der Kündigung.

Einmal versuchte es Herr Gugerell mit dem Babysitterdienst. Er bestellte einen Babysitter. Es kam ein junges Fräulein, das sagte: »Wo ist denn unser Kleines?«

Als das Fräulein Guggi sah, war es empört und erklärte, es sei kein Ungeheuersitter, sondern ein Babysitter und verließ das Haus.

Da beschloß Herr Gugerell schweren Herzens, Guggi zu verkaufen. Er gab ein Inserat in die Zeitung; »Prachthund, 2 m 20 cm lang, an selbstlose, zärtliche Person abzugeben.«

Es kamen etliche selbstlose, zärtliche Personen, und einige davon wollten Guggi kaufen. Doch Guggi ließ das nicht zu. Er knurrte und fletschte die Zähne, wenn ihm die selbstlosen Personen in die Nähe kamen.

Herr Gugerell konnte ihn nur mühsam beruhigen. »Sieh mal«, sagte Herr Gugerell, »sieh mal, Guggi, ich liebe dich ja, aber ...«

Und dann erklärte er Guggi haargenau, wieviel Arbeit und Plage er habe, seit die Frau Gugerell geschieden und in der Nervenheilanstalt war. Und daß das so nicht weitergehen könne und daß Guggi das begreifen müsse, sagte er.

Guggi blickte aus traurigen Hundeaugen auf Herrn Gugerell und leckte mit trauriger Hundezunge Herrn Gugerells Hand. Dann seufzte Guggi und erhob sich und trottete in die Küche.

Guggi holte die Bratwürste von Herrn Gugerell aus dem Eisschrank und die Pfanne aus dem Küchenschrank und die Margarine aus der Butterdose und briet Herrn Gugerell die Würste.

Ein paar Minuten später kam Guggi mit dem Bratwurstteller im Maul ins Wohnzimmer zurück, und sein treuer Hundeblick sagte: »Wenn ich dir den Haushalt führe und alles sauber halte, darf ich dann bei dir bleiben?«

»Aber natürlich, aber natürlich, lieber Guggi«, sagte

Herr Gugerell und war ganz ergriffen vor Rührung und gab Guggi die halben Bratwürste ab.

Von nun an ging alles glatt. Am Morgen holte Guggi die Zeitung und die Milch und die Semmeln. Allerdings bekam Herr Gugerell nur Pulverkaffee, weil Guggi mit der Espressomaschine nicht zurechtkam. Nach dem Frühstück schrieb Herr Gugerell eine Einkaufsliste und gab Guggi das Wirtschaftsgeld für den Tag. Wenn Herr Gugerell ins Büro fuhr, stand Guggi mit dem Besen bei der Haustür und winkte, und Herr Gugerell winkte zurück.

Guggi war ein sparsamer und wirtschaftlicher Hund. Er lief den ganzen Vormittag in der Gegend herum, bis er die billigsten Gurken und das beste Fleisch fand. Guggi ließ sich nie von den Kaufleuten betrügen. Einmal tief knurren genügte, daß die Milchfrau die ranzige Butter gegen frische umtauschte. Bald war Guggi so gut in den Haushalt eingearbeitet, daß ihm am Nachmittag noch Zeit blieb, für Herrn Gugerell Socken zu strikken.

Am Abend saßen Guggi und Herr Gugerell immer auf der Terrasse und tranken Pfirsichbowle und schauten in den Himmel voll Sterne oder in den Himmel ohne Sterne. Herr Gugerell war glücklich. Nur eines beunruhigte ihn: Guggis Hundeblick. Guggis Hundeblick schien zu sagen: Mir fehlt etwas! Mir fehlt etwas!

Und eines Abends, als sie zusammensaßen – Guggi manikürte sich die Nägel, und Herr Gugerell las die

Abendzeitung – , da brüllte irgendwo eine Kinderstimme.

Guggi sprang auf, und vor Aufregung stieß er den Tisch um, und die Pfirsichbowle tropfte auf Herrn Gugerells Hose. Guggis treuer Hundeblick schien zu sagen: Ich hab's! Ich weiß, was mir fehlt!

»Na gut, na gut«, sagte Herr Gugerell – und mit der einen Hand putzte er die Pfirsichstücke von der Hose und mit der anderen Hand tätschelte er Guggi hinter den Ohren ... »Na gut, na gut, lieber Guggi«, sagte er und seufzte dabei.

Dann holte er das Telefonbuch und suchte die Nummer von der Nervenheilanstalt. Guggi saß neben ihm und quietschte vor Freude wie eine alte Tür im Wind und klopfte mit dem Schwanz den Egerländermarsch; der war das Lieblingslied von Frau Gugerell. Herr Gugerell wählte die Nummer der Nervenheilanstalt und sprach lange mit dem Oberarzt.

Nachdem Herr Gugerell zehnmal »ja« und fünfmal »jajaja« gesagt hatte, sagte er noch zweimal »jawohl« und zum Schluß: »Also morgen mittag, Herr Oberarzt!« und dann legte er auf.

Am nächsten Tag hatte Guggi viel zu tun. Guggi besorgte ein Gartenbett mit Rädern unten dran. Er kochte Apfelmus und kaufte eine große Flasche Lebertran. Und um das Gartenbett herum nähte er drei Reihen rosa Rüschen. Zu Mittag war alles fertig.

Guggi stellte sich zum Gartentor und wartete. Als

Herrn Gugerells Auto um die Kurve bog, wischte er sich je eine Freudenträne aus jedem Auge.

Frau Gugerell lag hinten im Auto. Sie war sehr schwach und sehr mager von der langen Krankheit. Und sehr hilflos und zittrig war sie auch. Guggi nahm sie zärtlich in die Arme und trug sie durch den Garten und legte sie sanft ins rosa-gerüschte Bett.

Guggi saß den ganzen Nachmittag bei Frau Gugerell. Er schob das Gartenbett sanft hin und her, er vertrieb die Fliegen und die Hummeln. Er bellte Schlaflieder und fütterte Frau Gugerell mit Apfelmus und Lebertran.

Herr Gugerell saß daneben und seufzte. Als es Abend wurde, schlich er ins Haus. Er ging in die Küche und nahm sich eine Schüssel mit Mus und ein Glas Lebertran dazu. Er setzte sich zum Küchentisch und aß, und dabei murmelte er: »Man muß den richtigen Familiensinn haben!«

Weil es aber furchtbar schwierig ist, Familiensinn zu haben, stand Herr Gugerell auf und holte aus dem Badezimmer das Schlaftablettenröhrchen und warf alle Schlaftabletten in den Ausguß. Und am nächsten Tag verkaufte er sein Motorboot.

Ich

Ich habe – wie die Erwachsenen das nennen – einen S-Fehler.

Das heißt, ich stoße beim Reden mit der Zunge an die Zähne.

Wenn sich meine Brüder einen Spaß machen wollen, dann machen sie meinen S-Fehler nach; denn das geht leicht!

Ich habe einen Freund.

Der hat auch einen S-Fehler.

Aber es ist nicht sehr schön, mit jemandem nur deshalb befreundet zu sein, weil er den gleichen Fehler hat.

Ein Brief an Leopold...

Pertenschlag, 11.4.

Lieber Leopold,

der Opa meint, ich brauche keinen Brief schreiben, weil Du ohnehin am Wochenende kommst, aber ich bin halt ein Mensch, der seine Regelmäßigkeiten gern hat, und heute ist Mittwoch, und Mittwoch ist Leopold-Brief-Tag. Ich wüßte gar nicht, was ich am Mittwoch zwischen neun und elf tun soll, wenn ich keinen Brief an Dich schreibe. Der Opa sagt, ich soll lieber was gegen die Mäuse tun! Wir haben nämlich seit ein paar Tagen welche. Die Fensterbretter in der Stube sind jeden Morgen voll Mäuse-Scheiße. Der Opa hat gestern eine Falle aufgestellt, aber die Biester sind schlau. Die haben den Speck aus der Falle geholt, ohne daß sie zugeschnappt ist. Und Gift können wir keines auslegen, weil der Jakob doch ein derart blödes Dackelvieh ist, welches immer das frißt, was es nicht soll. Am klügsten wäre, wir würden wieder eine Katze nehmen. Der Grassl hat vier junge. In ein, zwei Wochen sind sie soweit, daß sie von der Katzenmutter wegkönnen. Lange, schwarze Haare haben die. Die Grassl-Katze muß ein Techtelmechtel mit einem Angora-Kater gehabt haben. Der Huber und der Stauderer haben auch Katzen, die sie loswerden wollen. Dem Huber seine sind langweilige Gefleckte, dem Stauderer seine schauen aus wie handgestrickt, braun-weiß, im Ringelstrumpfmuster. Die würden mir besonders gefallen. Aber der Opa will ja keine Katze mehr, seit sie ihm den Konrad totgefahren haben.

Wenn Du am Wochenende kommst, schau Dir alle jungen Katzen an und such eine für mich aus. Ich bin mir ganz sicher: Wenn Du mit einer winzigen Katze daherkommst und dem Opa erklärst, daß Du die Katze magst und doppelt so gern zu uns auf Besuch kommen wirst, wenn wir wieder eine Katze haben, dann läßt er die Katze hier. Noch dazu, wo gerade Dein Geburtstag ist! Es ist ja auch lächerlich: Ein erwachsener alter Mann kann doch nicht jahrelang um einen fetten Kater trauern!

Der Huber Ernsti freut sich auch schon auf Dich. Obwohl er am Wochenende mit seinem Onkel in den Safari-Park fahren könnte, hat er beschlossen, hier zu bleiben, weil Du kommst. Übrigens! Frag Deine Mama, ob sie eine Jacke oder eine Hose von Dir hat, die Dir zu klein geworden ist. Der Ernsti würde dringend was Ordentliches zum Anziehen brauchen.

Der Huber, der Querschädel, kauft Traktor um Traktor – sogar einen eigenen Mähdrescher hat er sich angeschafft – , aber dem Ernsti gönnt er nichts. Der muß mit einer Hose herumlaufen, die ihm zu weit und zu kurz ist, und das Hosentürl hat er mit einer Sicherheitsnadel zugemacht.

Du, Leopold, ich freu mich auf Dich!

Schau drauf, daß Deine Mama zeitig mit Dir wegfährt, damit du nicht erst am Nachmittag ankommst und mein Mittagessen nicht total verbrutzelt.

Der Opa sagt gerade, er will auch ein paar Zeilen für dich dazuschreiben, aber ich werde den Brief jetzt schnell ins Kuvert stecken und zukleben und so tun, als hätte ich ihn nicht gehört. (Er behauptet sowieso immer, daß ich schwerhörig bin!) Sonst liest er nämlich den ganzen Brief – neugierig wie er ist –, und dann wäre mein Plan wegen der neuen Katze verpatzt.

Bis Samstagvormittag

Deine Oma

PS: Nimm dir ordentliche Schuhe mit!

PPS: Ich mach Dir eine Stefanie-Torte, eine ganz große. Mit Vanillecreme drinnen, ja?

Die Kummerdose

Es war einmal ein kleiner Junge, der hatte großen Kummer. Jo hieß der kleine Junge mit dem großen Kummer.

Immer wenn der Jo ganz traurig war, setzte er sich in den Hof, zu den Abfalltonnen, und weinte. Dort war er ganz allein. Dort störte ihn niemand. Dort war sein Kummerplatz.

Aber einmal, als der Jo auf seinem Kummerplatz saß, kam die Frau Pribil mit ihrem Mistkübel in den Hof. Sie leerte den Mist in die Abfalltonne und sah den Jo. Und merkte, daß er weinte. »Hast du Kummer, Jo?« fragte sie.

Der Jo nickte. Sprechen konnte er wegen der Tränen nicht. Sie machten ihm den Hals so eng, daß kein Wort durchkam.

Die Frau Pribil beugte sich zum Jo und sagte leise: »Du, Jo! Kummer kann man wegbekommen! Ehrlich!«

Der Jo schüttelte den Kopf. Den meinen nicht, sollte das heißen. Meiner ist zu groß!

»Doch«, sagte die Frau Pribil. Sie kramte in ihrer Einkaufstasche, holte eine Dose heraus und klappte sie auf. Die Dose war außen golden und innen grün. Sie hielt dem Jo die aufgeklappte Dose unter die Nase. »Kummer sitzt im Bauch«, sagte sie. »Man kann ihn heraushusten! Du mußt den Kummer in die Dose hineinhusten. Dann klappe ich den Deckel zu, und der Kummer ist eingesperrt!«

Der Jo glaubte das nicht, aber er wollte die Frau Pribil nicht kränken. So hustete er ein bißchen in die Dose hinein.

»Du hustest zu schwach«, sagte die Frau Pribil. »So geht das nicht! Du mußt husten, daß dein ganzer Bauch wackelt und die Rippen krachen!«

Da hustete der Jo keuchhustenstark! Sein Bauch wakkelte, seine Rippen krachten, sein Kopf wurde ganz rot. Er bekam ein heißes Gefühl im Bauch, es drückte in der Brust, dann würgte es im Hals, und dann kam ein häßlicher, zischender, sehr hoher, schriller Ton aus seinem Mund.

»Na, siehst du!« rief die Frau Pribil und klappte geschwind die Dose zu. »Jetzt haben wir ihn!«

»Echt?« fragte der Jo.

»Na, du mußt doch merken, wie es dir geht, oder?« fragte die Frau Pribil.

Der Jo überlegte, wie es ihm ging. Weinen wollte er nicht mehr. Kein bißchen mehr. Fast heiter war ihm zumute. Richtig zum Lachen war ihm.

»Jetzt darfst du die Dose aber nicht aufmachen«, sagte die Frau Pribil. »Sonst flutscht der Kummer wieder heraus. Die Dose schließt luftdicht ab. Sie erstickt den Kummer. Ohne Luft stirbt jeder Kummer. Aber dazu braucht es seine Zeit!«

»Wie lange braucht es?« fragte der Jo.

»Für einen großen Kummer braucht es Stunden, für einen kleinen ein paar Minuten, kommt ganz auf den Kummer an!«

Die Frau Pribil gab dem Jo die Dose. Der Jo steckte die Dose in die rechte Hosentasche. Leider hatte die Hosentasche ein großes Loch. Die Dose fiel durch das Loch, rutschte das Hosenbein entlang, plumpste auf den Boden, rollte durch den Hof und sprang auf. Ein häßlicher, zischender, sehr hoher, schriller Ton kam aus der Dose und sauste pfeifend die Hauswand hoch.

Die Frau Pribil und der Jo schauten erschrocken zu den offenen Fenstern. Hinter denen hob ein Gejammer und Gegrein an.

Im dritten Stock jammerte die Frau Meier: »Warum sind denn alle so bös zu mir! Warum mag mich denn keiner!« Im zweiten Stock schluchzte der Herr Berger: »Warum tut mir denn jeder unrecht? Warum sind alle so gemein?« Im ersten Stock klagte die Frau Huber: »Warum lachen mich denn alle aus? Ich kann doch nichts für meine Eselsohren und meine Hasenzähne!«

Und im Parterre wimmerte der Herr Hofer: »Nichts gönnen sie mir! Keinen Kaugummi, kein Zuckerl, keine Schokolade!«

»Die haben jetzt meinen Kummer«, sagte der Jo.

Die Frau Pribil nickte.

»Soll ich ihn einsammeln gehen?« fragte der Jo. »Wenn du meinst«, sagte die Frau Pribil.

Der Jo lief von Tür zu Tür und klingelte und bat die

Frau Meier und den Herrn Berger, die Frau Huber und den Herrn Hofer, in die goldene Dose zu husten. Aber die Frau Meier und der Herr Berger, die Frau Huber und der Herr Hofer waren dumm. Sie verjagten den Jo. Sie glaubten nicht ans Weghusten.

»Scher dich zum Kuckuck«, rief die Frau Meier.

»Laß mich in Frieden«, rief der Herr Berger.

»Du hast ja nicht alle!« rief die Frau Huber.

»Hau ab, sonst schmier ich dir eine«, rief der Herr Hofer.

Sie schlugen ihre Türen zu und weinten und jammerten und schluchzten und klagten weiter.

Der Jo steckte die Kummerdose in die linke Hosentasche. Die hatte kein Loch. »Wer nicht will, der hat schon«, sagte er leise zu sich.

Er ging in den Hof, setzte sich zu den Abfallkübeln und pfiff ein Lied. Ein schönes, langes Lied. Eines mit dreizehn Strophen.

Die Kummerdose hat der Jo jetzt immer in der linken Hosentasche. Manchmal holt er sie heraus und hustet ein bißchen hinein. Manchmal borgt sich die Frau Pribil die Kummerdose ein bißchen aus. Und hustet hinein. Aber sonst weiß niemand etwas von der Kummerdose.

Sonst hält sie der Jo ganz geheim.

Jonny

Jonny geht nach Hause. Jonny kommt von der Schule. Jonny singt. Jonny singt nur deshalb, weil hinter ihm der Diringer aus seiner Klasse geht und der Diringer nicht merken soll, wie vergrämt der Jonny ist. Der soll denken, daß dem Jonny der Vierer aufs Diktat ganz Wurscht ist, und der Fünfer auf die Rechenprobe auch. Den Diringer jedenfalls, diesem Muster-Einser-Himbeerburli, wird der Jonny nicht merken lassen, daß ihn schlechte Noten stören.

Die schlechten Noten stören ihn ja auch gar nicht. Das Gesicht der Lehrerin stört den Jonny. Der Mund der Lehrerin stört den Jonny. Der Mund mit den Silberrosa-Lippenstift-Lippen. Wenn der Silberrosa-Lippenstift-Lippen-Mund sagt: »Na ja, der Jonny!« Und die Augen der Lehrerin stören den Jonny. Die Lehrerinnen-Augen sind grau, mit einem dünnen schwarzen Tuschestrich am oberen Lid und grünem Lidschatten darüber. Wenn die Lehrerinnen-Augen den Diringer anschauen, sind sie hübsch. Fast so hübsch wie die Augen bei der Wimperntusche-Fernsehreklame. Wenn die Lehrerinnen-Augen den Jonny anschauen, muß der Jonny denken: Die mag mich nicht. Der wär's lieber, ich wär gar nicht hier.

Jonny ist bei der Kreuzung vor der Siedlung. Die Ampel ist rot. Der Diringer holt den Jonny ein. Der Diringer redet, redet von einer Tante Anna und einem Auto, das auf dem Teppich herumfährt, wenn man auf einen Knopf drückt. »Ferngesteuert«, sagt der Diringer.

Jonny gibt keine Antwort. Die Ampel wird grün. Jonny geht über die Straße. Der Diringer bleibt neben ihm. Er fragt: »Auf welcher Stiegen wohnst denn?«

»Vierzig«, murmelt der Jonny.

»Ich wohn auf der siebziger Stiege«, sagt der Diringer.

»Na und?« sagt der Jonny.

»Nix na und«, sagt der Diringer, »ich hab dir's nur g'sagt!«

»Interessiert mich aber nicht!« sagt der Jonny.

Die neue Siedlung, in der Jonny und der Diringer wohnen, ist sehr groß. Jonny hat die Wohnungen gezählt. Das geht leicht. Die Häuser stehen in Reihen. In acht Reihen, und in jeder Reihe sind zwölf Häuser, und jedes Haus hat sechs Stiegen, und jede Stiege sieben Stockwerke, und jedes Stockwerk drei Wohnungstüren. 8 mal 12 mal 6 mal 7 mal 3 ergibt 12096 Wohnungstüren.

Der Diringer redet noch immer. Daß er heute nachmittag für die Rechenschularbeit lernen wird.

»Trottel«, sagt der Jonny.

Der Diringer sagt: »Du Depp«, dann bleibt er stehen. Er will nicht mehr neben Jonny gehen.

Jonny geht weiter. Auf dem Weg liegt eine Konservenbüchse. Jonny spielt Fußball mit ihr. Den Weg entlang, bis zur sechsten Häuserreihe, um die Ecke, bis zur Vierziger-Stiege.

Vor dem Haustor stehen die Frau Steiner und die Frau Dolezal.

Jonny gibt der Konservenbüchse einen Tritt, sie fliegt über den Rasen, landet auf dem Weg vor der siebenten Häuserreihe.

Die Frau Dolezal fragt den Jonny, ob er ihre Gabi gesehen hat. Und die Frau Steiner fragt ihn, ob er ihren Hansi gesehen hat.

»Nein«, sagt der Jonny.

Das stimmt nicht. Jonny hat die Gabi und den Hansi gesehen. Die beiden stehen vorn beim Kaugummiautomaten und versuchen, die Kaugummi herauszuholen, ohne Geld einzuwerfen.

Jonny will zwischen der Dolezal und der Steiner ins Haus schlüpfen.

»Putz dir die Schuhe ab«, keift die Steiner.

Jonny stellt sich auf den Fußabstreifer und scharrt mit den Füßen wie ein Zirkuspferd, das Zucker haben will.

»Hör schon auf!« keift die Dolezal. Und: »Daß du net wieder Aufzug fahrst! Unter zwölf ist's verboten.«

Jonny rennt die Treppen hinauf. Zehn Stufen – drei weiße Türen – zehn Stufen – ein Milchglasfenster – zehn Stufen – drei weiße Türen – zehn Stufen – ein Milchglasfenster ...

Im siebten Stock bleibt Jonny stehen. Er greift zwischen Hemdkragen und Hals und zieht eine Schnur aus dem Hemd. An der Schnur hängt der Wohnungsschlüssel. Jonnys Mutter will das so.

Jonny sperrt die Wohnungstür auf, hängt seine Jacke an einen Haken der Garderobe.

Alle anderen Haken sind leer. Jonnys Schwester ist im Kindergarten. Jonnys Vater in der Werkstatt. Jonnys Mutter in der Seifenfabrik.

Jonny geht in die Küche. In der Küche riecht es. Es duftet nicht. Es stinkt nicht. Es riecht. Jonny mag den Geruch nicht. Er öffnet das Küchenfenster.

Auf dem Gasherd steht ein Topf. Auf dem Deckel vom Topf liegt ein Zettel. Darauf steht: *Aufwärmen, Gas klein drehen, Bussi Mutti.*

Jonny liest den Zettel nicht, weil er genau weiß, was drauf steht. Jeden Tag liegt so ein Zettel auf dem Topf. Und Jonny weiß auch, was im Topf drin ist: Nudeln von gestern, ein Stück kleingeschnittene Knackwurst und eine Menge Tomatensoße. Die Tomatensoße hat Jonnys Mutter heute früh gekocht. Um sechs Uhr am Morgen. Zwischen dem Soßemachen und dem Tomatenmarkverrühren hat Jonnys Mutter noch ein Hemd gebügelt, eine Strumpfhose gestopft und einen Pullover gewaschen. Deshalb hat die Soße Bröckerln bekommen, und außerdem ist die Tomatensoße versalzen.

Jonny sucht in den Küchenschubladen. Er findet ein Sackerl mit kandierten Kirschen und einen Beutel mit Nußkernen. Jonny geht ins Wohnzimmer, legt sich auf die Sitzbank, ißt die Kirschen und die Nußkerne und überlegt: Jetzt sollte ich die Tomatensoße essen und dann das Diktat verbessern und die Rechenprobe auch und dann die Zeichnung vom Waldrand fertig machen und dann die Schuhe von der Mama zum Schuster tragen.

Jonny hat zu alldem keine Lust. Die Soße hat Bröckerln und das Diktat hat dreißig Fehler, und die Rechenprobe muß er ganz neu schreiben, hat die Lehrerin gesagt. Die Zeichnung vom Waldrand ist viel zu braun, und den Schuster kann der Jonny nicht leiden.

Jonny schleckt die klebrigen Finger ab und fischt eine Illustrierte unter der Sitzbank hervor. In der Illustrierten sind eine Menge Königinnen und eine Menge nackte Frauen. Mit dem Berger zusammen schaut der Jonny gern nackte Frauen an, und mit der Mama zusammen gern Königinnen. Wenn Jonny allein ist, mag er weder Königinnen noch nackte Frauen. Jonny schmeißt die Illustrierte unter die Sitzbank zurück. Er steht auf und geht auf den Balkon. Er lehnt sich ans Balkongitter. Gegenüber sind 6 mal 7 mal 3 leere Balkons. Jonny schaut nach links und nach rechts. Leere Balkons mit verwelkten Pelargonienstöcken in den Blumenkästen.

Er beugt sich vor und schaut nach unten. Auf dem Balkon unter ihm liegt ein kaputter Liegestuhl, auf dem Balkon darunter sieht Jonny ein Sesseleck.

Jonny holt eine Schnur aus der Hosentasche. Die

Schnur ist dünn und lang. Jonny läßt die Schnur vom Balkon hängen. Sie reicht bis zum dritten Stock. Der Wind treibt sie hin und her. Plötzlich macht die Schnur in Jonnys Hand einen Ruck. Und dann ist die Schnur weg. Am Balkon im fünften Stock – dem mit dem Sesseleck – lehnt jetzt ein Mädchen. Es hält Jonnys Schnur in der Hand und grinst.

Jonny starrt wütend auf das Mädchen. Es hat schwarze Haare und blaue Augen und eine sehr kleine Nase. Jonny mag sehr kleine Nasen. »Gib mir meine Schnur«, schreit Jonny.

»Hol dir's!« Das Mädchen mit der sehr kleinen Nase grinst.

»Das ist eine echte Drachenschnur«, brüllt Jonny.

»Na und?« Das Mädchen läßt die echte Drachenschnur baumeln.

»Du hast mir's gestohlen!« Jonny beugt sich weit vor.

»Na und!« Das Mädchen wickelt die Schnur um die Hand.

Jonny ruft: »Kannst nix anderes wie *na und* sagen?«

»Na und?« sagt das Mädchen.

»Bist du die Meier-Michi aus dem fünften Stock?« fragt Jonny, obwohl er genau weiß, daß das Mädchen die Meier-Michi aus dem fünften Stock ist. Das Mädchen nickt. »Ich heiße Jonny«, sagt der Jonny.

»Weiß ich«, sagt die Meier-Michi

»Ich hab ja auch gewußt, daß du die Meier-Michi bist«, sagt der Jonny.

Die Meier-Michi nickt wieder, dann fragt sie: »Wenn ich das Schnürl raufschmeiß? Kannst es fangen?«

Jonny sagt, ja klar kann er das Schnürl fangen. Aber die Meier-Michi meint, sie kann die Schnur nicht so hoch werfen, und dann meint sie, der Jonny soll doch herunterkommen und sich die Schnur holen.

Jonny starrt nach unten auf die sehr kleine Nase unter den blauen Augen. Die blauen Augen über der sehr kleinen Nase starren nach oben zu Jonny.

Jonny geht vom Balkon, ins Wohnzimmer, ins Vorzimmer. Er holt seine Geldbörse aus der Schultasche, schlüpft in die Jacke, geht aus der Wohnung und langsam die Treppe hinunter. Im fünften Stock bleibt er stehen. Er lehnt sich an die Aufzugtür und wartet. Die Meier-Tür geht auf. Die Meier-Michi hält ihm die Drachenschnur entgegen.

»Behalt sie«, sagt der Jonny, »ich brauch sie nimmer. Ich geh jetzt schaukeln!«

»Auf den Kinderspielplatz?« fragt die Meier-Michi.

»Bist blöd?« sagt der Jonny. »Ich bin doch kein Baby. Ich geh zum alten Wirtshaus runter. Zu den großen Schaukeln, die ganz rund-uma-dum gehn. Die wo einmal Hutschen vier Schilling kostet!«

»Nimmst mich mit?«

Der Jonny sagt nicht ja und nicht nein.

»Nimmst mich mit?« fragt die Meier-Michi noch einmal.

»Von mir aus«, murmelt der Jonny.

Die Meier-Michi greift in den Halsausschnitt ihres Kleides und zieht eine dünne Kette aus dem Ausschnitt. Daran baumelt ein Schlüssel. Die Meier-Michi versperrt die Tür und sagt: »Blöd, gelt! Aber die Mama hat sonst Angst, daß ich den Schlüssel verlier.«

Jonny greift unter die Jacke und holt ein Stück von seiner Schlüsselschnur heraus. »Ich hab auch so eine Hundsketten«, sagt er.

Die Meier-Michi sagt: »Andere Kinder haben eine goldene Ketten mit einem Schutzengel dran.«

»Ich brauch keinen Schutzengel«, erklärt der Jonny, »ich paß selber auf mich auf.« Und dann sagt er: »Du, Michi, wir hutschen ganz hoch! Immer rund-uma-dum, rund-uma-dum, und wenn nicht viel Leute dort sind, dann laßt uns der alte Hutschenmann für vier Schilling eine halbe Stunde hutschen, und ich hutsch dich dann so schnell, daß dir die Luft in die Ohren zischt!«

Die Meier-Michi nickt. Sie geht neben Jonny die Treppe hinunter. »Fein wird das werden«, sagt sie. »Ich schrei dann ganz laut, wenn wir rund-uma-dum hutschen.«

»Schrei nur, schrei soviel du willst«, sagt der Jonny.

Die Meier-Michi macht dem Jonny vor, wie sie schreien wird. Ganz laut und ganz hoch und ganz lang. Der Jonny schreit mit. Noch lauter. Aber nicht so hoch.

Sie laufen an der Steiner und der Dolezal vorbei, die noch immer vor der Haustür stehen. Die Steiner und die

Dolezal schimpfen hinter ihnen her, wegen des lauten, hohen, tiefen und langen Geschreis.

Die Michi und der Jonny rennen quer über den Rasen, auf dem eigentlich nur Hunde sein dürften. Sie schreien noch immer und lachen und wissen beide ganz genau, daß die großen Hutschen beim Wirtshaus unten seit drei Wochen abgerissen sind. Und das alte Wirtshaus auch. Dort baut die Siedlungsgenossenschaft eine neunte Häuserreihe auf.

Die Zwillingsbrüder

Es werden einmal zwei wunderschöne Zwillingsbrüder sein. Arme und Beine werden sie haben und dazu noch Flügel. Flügel mit dunkelblauen Federn. Menschenhaare werden sie haben, blond und glänzend wie pures Gold. Und einen prächtigen Vogelschnabel. Vom Hals bis zu den Zehen wird ihr Leib mit dunkelblauen Federchen bedeckt sein. Sie werden laufen und schwimmen und fliegen können, und dieses Land hier wird ihnen gehören. Im Sommer werden sie im Wasserschloß wohnen, im Winter in der Felsgrotte. Sie werden einander sehr, sehr liebhaben und tagaus, tagein nur glücklich sein. Bis zu ihrem dreißigsten Geburtstag werden sie gar nicht wissen, daß es auch Leid und Kummer auf dieser Welt gibt. Doch an ihrem dreißigsten Geburtstag werden viele, viele Menschen aus dem Nachbarland über die Grenze kommen. Ganz gewöhnliche Menschen – ohne Schnäbel, ohne Flügel, ohne Federn. Daß ihnen ihr eigenes Land zu klein geworden ist, werden sie sagen. Und daß ab jetzt auch dieses Land ihnen gehört! Und daß sie jeden töten werden, der dagegen aufbegehren will! Und die armen Zwillinge werden dagegen machtlos sein, weil zwei gegen so viele gar nichts ausrichten können.

Die ganz gewöhnlichen Menschen werden Häuser bauen und Straßen und Brücken, Gärten werden sie anlegen, sogar zwei richtige Städte werden entstehen. Eine am rechten Flußufer und eine am linken Flußufer. Und die ganz gewöhnlichen Menschen werden die Zwillinge auslachen! Was sind denn das für komische Wesen, werden sie fragen. Nicht Mensch, nicht Vogel, werden sie sagen. Das muß ein Irrtum der Natur sein, der solche Mißgeburten hervorgebracht hat! Sie werden Jagd auf die Zwillinge machen. Mit großen Netzen werden sie ausziehen, um sie zu fangen. Den einen werden sie aus dem Fluß fischen, den anderen werden sie von einer Baumkrone herunterholen. Den einen werden sie in die Stadt am rechten Flußufer bringen, den anderen in die Stadt am linken Flußufer. Auf den Hauptplätzen der Städte werden sie hölzerne Käfige errichten. Da hinein werden sie die Zwillinge sperren. »Für unsere Kinder«, werden sie sagen. »Der Anblick dieser Naturirrtümer ist sehr lehrreich!«

Doch gleich in der ersten Nacht, noch vor Mitternacht, werden die Zwillinge die hölzernen Käfigstangen zerpeckt haben. Für so starke Schnäbel wie die ihren wird das eine Kleinigkeit sein! In stockfinsterer Nacht werden sie dann herumirren und nach dem geliebten Bruder suchen. Und sie werden sich sagen: So wie ich ausschaue, bin ich am Morgen auf den ersten Blick erkannt und wieder eingesperrt. Und dann wird der Käfig aus Eisen sein, und Eisenstäbe kann mein Schnabel nicht durchpecken! Und dann werden sie denken: Aber wenn ich mir die Flügel ausreiße und die Federn auch, kann mich niemand mehr so schnell erkennen! Also werden sie sich ans schmerzhafte Werk machen, und bei Sonnenaufgang werden sie gerupft und nackend sein, nur noch zwei kleine blutige Stellen am Rücken werden davon zeugen, daß da einmal Flügel gewesen sind. Und die langen Goldhaare werden sie sich auch kurz beißen. Bloß gegen ihre Schnäbel werden sie nichts tun können. Doch wenn man den Kopf gesenkt und im Schatten hält, läßt sich ein Vogelschnabel und eine große Menschennase kaum auseinanderhalten.

Dann wird der Bruder in der Stadt am rechten Flußufer einen Betrunkenen finden, der vor einer Wirtshaustür schläft. Dem wird er Rock, Hose, Hemd und Schuhe ausziehen und sich das Zeug selbst anziehen.

Der Bruder in der Stadt am linken Flußufer wird nicht soviel Glück haben. Der wird in ein Haus einbrechen müssen, um sich Kleider aus einem Schrank zu holen.

Und dann wird der Morgen da sein, die Zwillinge werden durch die Straßen der Städte gehen, niemand wird sie erkennen. Tagelang werden sie verzweifelt nach einander suchen! Schließlich werden sie die Städte verlassen, um den Bruder anderswo im Land zu finden. Auf der Brücke, die vom rechten Flußufer zum linken führt, werden sie einander treffen. Der Bruder, der aus der Stadt am rechte Flußufer kommt, wird unter der Brücke sitzen und sich ein wenig ausruhen. Und der Bruder, der aus der Stadt am linken Flußufer kommt, wird auf der Brücke stehenbleiben und sich über das Brückengeländer beugen, um ins Wasser zu schauen. Er wird seinen

Bruder sehen und sogar guten Tag zu ihm sagen. Aber weil er nicht wissen wird, daß sich auch sein geliebter Bruder die Federn gerupft, die Flügel ausgerissen und die Haare abgebissen hat, wird er ihn nicht erkennen. Und der, der unter der Brücke sitzt, wird ebenfalls nach einem goldhaarigen, prächtig gefiederten Flügelwesen ausschauen und darum der elenden Jammergestalt auf der Brücke bloß guten Tag zumurmeln. Und dann werden sie sich wieder auf die Suche machen, Tag um Tag, Jahr um Jahr. Alt und gebrechlich werden sie werden, hundertmal werden sie noch einander begegnen, ohne einander zu erkennen. Und wenn sie nicht irgendwann einmal sterben werden, dann werden sie ewig herumirren und einander suchen. Viele, viele, bittere Tränen werden sie umeinander weinen, und überall dort, wo eine ihrer Tränen hinfällt, wird im Nu eine winzige dunkelblaue Blume wachsen, eine mit feinen Goldäderchen auf den Blättern. Und die Menschen werden diese Blumen *Brudertreu* nennen, ohne zu wissen, wie recht sie damit haben.

Einer

Es war einmal einer, der hatte niemanden und nichts.

Der hatte keinen Vater und keine Mutter und keinen Bruder und keine Schwester und keinen Freund und keine Frau.

Der hatte kein Haus und kein Bett und keinen Tisch und keinen Geldbeutel und kein Buch und keinen Regenschirm.

Der hatte nicht einmal einen Namen.

Wenn die Leute von ihm sprachen, sagten sie: »Da kommt einer« oder »Da will einer ein Stück Brot« oder »Da friert einer im Regen« oder »Da schläft einer am hellichten Tag auf der Wiese» oder »Da hat einer Eier gestohlen« oder »Da geht einer vorbei.«

Wenn ihn jemand nach seinem Namen fragte, was nur selten geschah, sagte er: »Ach, ich bin so einer.«

Und dort, wo er öfter hinkam, grüßten ihn die Kinder auf der Straße: »Guten Tag, Herr Einer!«

Und sie liefen hinter ihm her und baten ihn: »Herr Einer, schenk uns was!«

Da suchte Einer in den Taschen seiner verbeulten Hose und seines zerrissenen Rockes, kehrte die Taschen um und zeigte den Kindern, daß sie leer waren.

Doch wenn die Kinder weiter baten, schaute sich Einer um und fand immer etwas, was er ihnen schenken konnte:

eine schillernde, getupfte Vogelfeder,
die an einem Zweig hing,
einen glatten, glänzenden Stein,
der am staubigen Weg lag,
ein Stück von einer Wurzel,
das aussah wie ein alter Mann,
einen Glasscherben, der
in allen Regenbogenfarben strahlte,
eine blau-weiß gesprenkelte Eierschale,
die aus einem Nest gefallen war,
einen golden schimmernden Messingknopf,
der an einer Hausmauer lag,
einen Knochen, den die Sonne
schneeweiß gebleicht hatte,
oder eine wunderbare Distelblüte.

Die Kinder freuten sich immer, wenn Einer kam.

Die Erwachsenen freuten sich nicht; sie hatten um ihre Eier Angst.

Einer liebte die heiße Sonne und den blauen Himmel und das duftende Gras und die blühenden Bäume. Er wanderte immer dorthin, wo gerade Sommer war. Am liebsten war Einer weit unten im Süden, am Meer, weil dort die Sommer sehr lang und sehr warm sind, und die Winter, wenn man Glück hat, ohne viel Regen und Schnee. Den Winter mochte Einer nicht. Wer kein Haus und kein Bett und keinen Ofen hat, der findet den weißen, glitzernden Schnee nicht schön.

Und wer keinen Vater und keinen Freund und keine Frau hat, der friert und zittert im Regen.

Einer kam in viele Länder. Er gab den Ländern Namen. Dobar-dan-Land nannte er das Land, wo ihn die Kinder mit »Dobar-dan« begrüßten. Und wenn die Kinder, denen er begegnete, »Kali-mera« riefen, wußte er: Jetzt habe ich die Grenze zum Land der Kali-mera-Leute überschritten.

Für Einer gab es auch ein Bon-jour-Land und ein Buenos-dias-Land.

Natürlich wußte Einer, weil er ja nicht dumm war, daß andere Leute seine Länder Jugoslawien und Griechenland und Frankreich und Spanien nannten. Aber er fand die Namen, die er selber erfunden hatte, viel schöner. Und da er keiner war, der sich an das hielt, was die anderen meinten, blieb er bei seinen eigenen Ländernamen.

Einmal, als es im Süden wieder sehr heiß war und das Gras von der Sonne braungedörrt, da dachte Einer: Jetzt wird es im Land der Guten-Tag-Leute langsam warm.

Er machte sich auf die Wanderschaft. Er ging viele Tage, und wenn ihm jemand entgegenkam, grüßte er: »Kali mera« und später »Dobar dan« und freute sich, daß es bald »Guten Tag« heißen würde. Im Land der Guten-Tag-Leute ließ der Sommer dieses Jahr lange auf sich warten. Bis tief in das Frühjahr hinein hatte es geschneit und geregnet. Die Kirschen hätten längst reif sein müssen, aber sie hingen noch klein und grün an den Bäumen.

Der Erdboden war auch noch sehr kalt, und in den Seen konnte man noch nicht baden.

Besonders kalt war es in den Bergen, über die Einer wandern mußte. So gefroren hatte Einer überhaupt noch nie! Als er von den Bergen herab in das Land der Guten-Tag-Leute kam, war seine Nase rot, seine Augen schmerzten und seine Zähne klapperten. Seine Beine waren zittrig, und auf seiner Brust drückte es arg.

Einer ging weiter, solange ihn die zittrigen Beine trugen; aber das war nicht weit. Er fand einen Heustadl und kroch ins Heu. Bevor er einschlief, dachte er: Morgen früh wird es mir bestimmt besser gehen.

Es ging ihm aber nicht besser. Einer hatte eine Lungenentzündung. Das wußte er aber nicht, weil ja kein Arzt da war, der es ihm gesagt hätte. Jedenfalls konnte Einer nicht aufstehen, und der Schweiß tropfte ihm von der Nase, und das Heu klebte an seinem nassen Körper. Obwohl seine Haut ganz heiß war, fror er fürchterlich.

So fand ihn ein junger Dicker. Der junge Dicke kam zum Übernachten in den Heustadl. Er legte sich ins Heu, rollte seine Jacke zu einem Kopfpolster zusammen, legte den Kopf darauf und wollte einschlafen. Da hörte er Einer stöhnen. Zuerst erschrak der junge Dicke sehr. Er glaubte nämlich ein bißchen an Gespenster, und Einers Stöhnen hörte sich wirklich fürchterlich an. Der junge Dicke zitterte vor Angst. Doch dann hustete Einer. Von Gespenstern, die husten, hatte der junge Dicke noch nie

etwas gehört. So wurde er wieder mutig. Er knipste die Taschenlampe an und durchsuchte das Heu und entdeckte Einer. Der junge Dicke fühlte Einer den Puls, und was er da zusammenzählte, gefiel ihm nicht. Er beschloß, Einer in das nächste Dorf zu bringen und ihn dort beim Arzt abzuliefern. So lud er sich Einer auf die Schultern.

Das war nicht einfach; denn der junge Dicke war ziemlich klein, und Einer war ziemlich groß. Und der junge Dicke war sowieso schon sehr müde. Unter der ungewohnten Last wurde er natürlich noch viel müder.

Er hatte noch nicht einmal den halben Weg geschafft, da konnte er schon nicht mehr weiter. »Was soll ich nur machen?« jammerte er.

Da bemerkte er, ein paar Meter vom Straßenrand entfernt, ein kleines Haus mit erleuchteten Fenstern. Der junge Dicke schleppte Einer zu dem Haus und legte ihn vor die Tür. Dann klopfte er ein paarmal. Als er im Haus Schritte hörte, lief er davon.

In dem Haus wohnte eine junge, kugelrunde Frau. Sie wohnte ganz allein. Als sie das Klopfen hörte, ging sie aufmachen. Zuerst sah sie niemanden, denn sie schaute geradeaus und nicht auf den Boden. Sie wollte die Tür schon wieder zumachen, da entdeckte sie Einer.

Die kugelrunde Frau war eine gute und gescheite Frau. Sie wußte sofort, daß Einer Hilfe nötig hatte. Und Gott sei Dank war die kugelrunde Frau auch eine sehr starke Frau! Sie trug Einer in ihr Haus und legte ihn in ihr breites, weiches Bett und zog ihn aus.

Und dann kam die kugelrunde Frau etliche Nächte nicht zum Schlafen und etliche Tage nicht zu ihrer gewohnten Arbeit. Sie machte Einer Brustwickel und packte ihm die Füße in Essigpatschen. Sie rieb ihm die Brust mit heißem Anisöl ein und bestrich ihm den Bauch mit Senfmehlsoße. Sie schob ihm alle zehn Minuten einen Löffel voll Käsepappeltee in den Mund. Sie trocknete ihm die schweißnasse Stirn und machte ihm lauwarme Halsumschläge.

Nach neun Tagen und neun Nächten hatte es die kugelrunde Frau geschafft. Einers Haut war nicht mehr heiß, und sein Atem ging ruhig. Nur schwach, sehr schwach war Einer noch.

Die kugelrunde Frau sagte zu Einer: »Bleib bei mir, bis du wieder ganz stark bist. Du mußt viel essen und lange schlafen, dann wirst du wieder stark.«

Einer war das recht. Seine Beine zitterten noch beim Gehen, und außerdem mochte er die kugelrunde Frau. Sie roch so gut, und ihre Haut war so glatt und warm. Einer fand auch die Haare der kugelrunden Frau sehr schön. Und ihre Nase. Und ihre Augen. Und ihren Mund.

Wenn die kugelrunde Frau in ihrem geblümten Kleid,

mit der weißen Schürze vor dem Bauch, beim Herd stand und Kaffee kochte oder Krapfen buk, tat Einer nichts anderes als ihr zuzusehen. So sehr gefiel ihm die kugelrunde Frau.

Viel besser gefiel ihm die kugelrunde Frau noch, wenn sie nackt war. Am Abend, wenn sie das Haus versorgt hatte, zog sie sich aus und kroch zu Einer in das breite, weiche Bett. Dann legte Einer seine Hände auf die warme, glatte Haut der Frau. Zuerst wurden Einers Fingerspitzen davon warm, und plötzlich war Einer voll von der Wärme der kugelrunden Frau. Diese Nächte waren für Einer noch schöner, als wenn er am Meer lag und ihm die Sonne auf den Rücken brannte.

Einer blieb den ganzen Sommer über bei der kugelrunden Frau, obwohl er schon längst wieder sehr stark war.

Die kugelrunde Frau hatte neben ihrem Haus eine Weinlaube. Eines Tages bemerkte Einer, daß die Weintrauben auf der Laube reif waren. Da wurde er unruhig.

Als eine Woche später die Blätter vom Birnbaum gelb und rot waren, wurde er noch unruhiger. Und als auf den Telegrafendrähten keine einzige Schwalbe mehr saß, wurde er noch viel, viel unruhiger. In der Nacht konnte er nicht schlafen und drehte sich fortwährend im Bett um. Davon wurde die kugelrunde Frau wach, weil er ja dauernd an sie stieß. »Was hast du?« fragte sie.

Einer sagte: »Ich bin vom vielen Essen und Trinken und Schlafen schon so stark. Stärker kann ich gar nicht mehr werden.«

Die kugelrunde Frau gab keine Antwort. Sie begriff, daß Einer weggehen wollte. Die Frau lag noch lange wach neben Einer. Aber schließlich schlief sie doch ein.

Einer schlief nicht ein. Er lag ganz still, weil er die kugelrunde Frau nicht mehr wecken wollte. Er dachte an das Meer und an die Olivenbäume. Er dachte an die großen Schiffe und an die kleinen Wolken. Obwohl seine

Hand auf der Haut der kugelrunden Frau lag und die Haut genauso glatt und warm war wie sonst auch, spürte Einer die Wärme nicht – so sehr sehnte er sich nach dem blauen Himmel und der heißen Sonne.

Als die kugelrunde Frau am nächsten Morgen aufwachte, lag sie allein im Bett. Sie dachte gleich, daß Einer in den Süden gewandert war. Trotzdem suchte sie nach ihm: in der Weinlaube, im Keller, auf dem Dachboden, im Garten und im Wald hinter dem Haus. Weil die kugelrunde Frau Einer nirgends fand, ging sie wieder ins Haus und legte sich ins Bett und weinte.

Einer wanderte in den Süden. Er schaute nicht nach rechts und nicht nach links. Er nahm sich keine Zeit, die Fische in den Bächen zu beobachten. Er nahm sich keine Zeit, den Hasen auf den Feldern zuzuschauen. Er hielt sich auch nicht lange auf, in den Heustadln nach Eiern zu suchen. Er lief, als ob jemand hinter ihm her wäre. Bei gutem Wetter gelangte er über die Berge. Als er die Berge hinter sich hatte, seufzte er erleichtert auf und wanderte langsam weiter. Nun kam es ihm nicht mehr so vor, als ob jemand hinter ihm her wäre.

Einmal, als er am Meer lag und schlief, träumte er von der kugelrunden Frau. Er träumte, daß er mit ihr am Meer saß, und seine Hand lag auf ihrer Haut. Die Haut der kugelrunden Frau war wundervoll glatt und warm, und die Sonne schien heiß vom Himmel. Das war ein herrlicher Traum! Einer lächelte, während er schlief und träumte. Doch als er aufwachte, konnte er sich an den Traum nicht mehr erinnern.

Einer wanderte durch viele Länder, und immer schien die Sonne. Er kam durch schöne Städte. Er kam an alten Schlössern vorbei. Er übernachtete in Kirchen mit roten Kirchenfenstern. Er liebte Kirchen, wo in den Fenstern viel rotes Glas war. Entdeckte er so eine, schlich er am Abend hinein. Nach dem Segen ging der Mesner durch die Kirche und schaute nach, ob alles in Ordnung war. Deshalb versteckte sich Einer dann in einer Bank oder hinter dem Altar oder hinter einem Blumenstrauß. In einer Kirche gibt es viele Winkel, wo man sich verstekken kann.

Der Mesner sperrte die Kirchentür zu, und Einer hatte die ganze, große Kirche für sich allein. Solange es noch hell war, schaute sich Einer alle Bilder in der Kirche an. Und meistens war auch etwas an die Decke gemalt. Manchmal, wenn es dämmrig wurde, zündete Einer eine von den vielen Kerzen an und holte sich ein Gesangbuch aus einer Bank und sang sich selber Lieder vor.

Das war sehr schön.

Noch schöner aber war das Erwachen am Morgen, wenn die ersten Sonnenstrahlen durch die roten Glasscheiben fielen. Wenn Einer Glück hatte, standen vor den Fenstern auch noch Bäume, und es wehte der Wind. Dann war da einmal Licht und einmal Schatten in der Kirche. Und drang das Sonnenlicht durch die roten Glasscheiben, wurde es purpurrot. Es hüpfte über die Bänke und über die Altartische, über die Bilder und über die Statuen. Erst war alles flimmernd getupft, dann waren nur noch wenige Punkte da, und plötzlich war die ganze Kirche flammend rot. Einer schaute dem zu, bis er den Mesner an der Kirchentür hörte.

Manchmal bemerkte dann der Mesner Einers Schatten an der Wand, oder er hörte, wenn Einer mit dem Fuß irgendwo anstieß. Dann murmelte der Mesner: »War da nicht einer?«

Eines Tages begegnete Einer einem Wanderzirkus, der über die Landstraße zog. Das war kein großer, prächtiger Zirkus. Der Direktor hatte keinen Frack und keinen Zylinder. Es gab auch keine Löwen, keine Tiger und keine Eisbären. Es gab auch keinen Schimmel, auf dem die Tochter vom Zirkusdirektor hätte reiten können. Nur einen alten, grauen Gaul gab es, der zog den einzigen Zirkuswagen.

Da waren auch kein Dompteur, kein rechnendes Schwein, kein Trapezkünstler und kein küssender Delphin, sondern: der Zirkusdirektor, der zaubern konnte, seine Frau, die kochte, Geld einsammelte und Trommel schlug, ihre Tochter, die zehn Räder hintereinander schlagen, seiltanzen und auf den Händen gehen konnte. Sie hieß mit ihrem Künstlernamen Gummiprinzessin Candida.

Dann gab es noch einen alten Mann, der mit einem Affen Kunststücke vorführte, und einen jungen Mann, der mit der Gummiprinzessin Candida seiltanzte und auf einer Mundharmonika spielte, die nicht größer war als eine halbe Zündholzschachtel.

Die Zirkusleute luden Einer zur Vorstellung am Abend und danach zum Nachtmahl ein. Darum ging Einer mit ihnen weiter.

Der alte, graue Gaul zog den Zirkuswagen. Einer lief mit den Zirkusleuten hinterher. Als sie zu einem Dorf kamen, blieb das Pferd stehen, die Frau Zirkusdirektor lief auf den Dorfplatz und trommelte, bis alle Leute aufmerksam wurden. Dann rief sie: »Die Sensation! Gummiprinzessin Candida! Der klügste Affe der Welt! Die kleinste Mundharmonika! Der beste Zauberer! Kommen Sie! Sehen Sie! Einmalig! Hinreißend!«

Am Abend kamen mindestens zehn Erwachsene und dreißig Kinder vor das Dorf auf die Wiese, wo der Zirkuswagen stand. Sie setzten sich ins Gras.

Die Frau Zirkusdirektor ging mit einem Tablett herum und sammelte Geld ein. Dann holte sie ihre Trommel, schlug einen Wirbel und rief: »Wir beginnen! Das achte Weltwunder!«

Einer gefiel das alles, und als der Zirkusdirektor fragte, ob er als Clown mitspielen wollte, sagte er ja.

Die Frau Direktor schminkte ihm das Gesicht weiß und den Mund purpurrot und die Augenbrauen kohlschwarz und zog ihm vielzuweite Hosen und vielzugroße Schuhe an. Sie drückte ihm eine winzige Geige in die Hand und schickte ihn auf die Wiese, wo Gummiprinzessin Can-

dida gerade ihre Nummer beendete. Einer verbeugte sich vor den Zuschauern. Dabei stolperte er über die vielzulange Hose und fiel hin. Beim Aufstehen verlor er einen der vielzugroßen Schuhe. Einer suchte den vielzugroßen Schuh. Dabei riß ihm ein Hosenträger, und die Hose rutschte ihm über den Bauch hinunter. Einer setzte sich geschwind auf die Wiese, damit die Hose nicht weiterrutschen konnte. Er versuchte, auf der Geige zu spielen. Doch die gab nur häßliche Töne von sich. Einer warf die Geige weg, sprang auf und lief, die Hose mit beiden Händen haltend, zum Zirkuswagen zurück. Dabei verlor er den zweiten vielzugroßen Schuh.

Die Kinder und die Erwachsenen klatschten wie verrückt. Die Zirkusleute waren von Einer begeistert. Sie sagten, er sei ein wundervoller Clown.

Nach der Vorstellung saß Einer bei den Zirkusleuten. Der Direktor und Candida erzählten von dem großen, prächtigen Zirkus, den sie einmal haben würden. Der alte Mann mit dem Affen erzählte von dem großen, prächtigen Zirkus, den er einmal gehabt hatte, und der Mann mit der winzigen Mundharmonika erzählte, daß er bald noch eine winzigere Mundharmonika haben werde, und dann würden die großen, prächtigen Zirkusdirektoren kommen und ihn engagieren.

Die Frau Zirkusdirektor zählte das Geld, das sie eingesammelt hatte, und freute sich, daß es für Brot und Käse eine Woche lang reichte.

Einer zog zwei Wochen mit dem Zirkus herum. Jeden Abend spielte er Clown. Doch nach zwei Wochen hatte er sich in den großen Schuhen und in der lange Hose so gut zurechtgefunden, daß er die vielzugroßen Schuhe nicht mehr verlor und über die vielzulange Hose nicht mehr stolperte. Und die Geige hatte er so gut gestimmt, daß es hübsch klang, wenn er mit dem Bogen über die Saiten strich. Da lachte niemand mehr über ihn, nicht einmal die Kinder.

Einer verabschiedete sich von den Zirkusleuten und zog allein weiter.

Ein paar Tage später lernte er einen alten Kapitän kennen. Der alte Kapitän war der Besitzer eines kleinen Frachters. Mit dem Frachter fuhr er die Küste entlang und zu den kleinen Inseln. Einmal hatte er sein Schiff mit Pfirsichen vollgeladen, ein anderes Mal mit Öl oder Holz.

Manchmal fuhr er ein paar reiche Urlauber auf dem Meer spazieren, die das Leben zur See kennenlernen wollten. Einer hockte mit dem Kapitän zwei Abende lang zusammen, und der Kapitän kaufte ihm Rotwein und Pizzas und erzählte ihm von Seeräubern und Rauschgiftschmugglern. Als der Kapitän wieder an Bord gehen mußte, nahm er Einer mit.

Einer gefiel es auf dem Schiff gut. Er half dem Koch beim Kartoffelschälen. Er half auch den drei Matrosen ein bißchen. Er schrubbte die Kapitänskajüte und polierte die Messingknöpfe an der Sonntagsjacke des Kapitäns. Doch meistens saß er an der Reling und schaute auf das Meer und ließ sich die Sonne auf den Rücken scheinen. Der Kapitän saß oft bei ihm und erzählte ihm aus seinem Leben.

Als Einer von dem Frachter wieder an Land ging, war es im Süden schon sehr heiß. Es war die Zeit, in der Einer immer dachte: Jetzt wird es im Land der Guten-Tag-Leute langsam warm. Da ging Einer, wie jedes Jahr, nach Norden. Er ging aber sehr langsam, und als er nahe dem Land der Guten-Tag-Leute war, hörte er überhaupt auf zu gehen.

Er dachte: Ich werde diesen Sommer über im Land der Dobar-dan-Leute bleiben.

Er dachte: Ich werde mir Melonen von den Feldern holen und rote und grüne Paprika.

Er dachte: Ich werde auf den Feldern schlafen, weil es hier so warm ist.

Er dachte: Ich werde keinen Pullover brauchen und keine dicke Hose.

So blieb Einer im Land der Dobar-dan-Leute, nahe der Grenze zum Land der Guten-Tag-Leute, und er hatte es dort sehr gut.

Einmal hatte Einer seit Tagen nichts Ordentliches gegessen. Nur Melonen von den Feldern, und die machen nicht satt. Bei den Bauernhöfen war nichts zu holen. Die Hoftüren waren versperrt, und dahinter bellten die Hunde.

Ein paar Hühner entdeckte Einer auf der Straße. Er hätte sich gern eines davon gefangen und gebraten. Aber anderer Leute Hühner nehmen bringt noch mehr Ärger, als anderer Leute Eier nehmen. Wegen einem gestohlenen Ei setzt sich kein Gendarm ins Auto und sucht den Dieb. Bei einer gestohlenen Henne kann das aber schon passieren – wenn die Bäuerin sehr jammert. So verzichtete Einer auf den Hühnerbraten und wanderte zum Dorf hinaus.

Er kam zu einem Bach, einem ziemlich breiten, tiefen Bach.

Einer setzte sich an den Bachrand und schaute ins Wasser. Da sah er einen großen, dicken Fisch.

Der Fisch schwamm nicht, sondern stand ganz still. Einer beugte sich weit nach vorne und griff geschwind mit beiden Händen nach dem großen, dicken Fisch.

Der Fisch wehrte sich und zappelte und schlug mit den Flossen. Es war gar nicht leicht, ihn festzuhalten.

Wenn einer so hungrig ist wie Einer, dann läßt er nicht so leicht los.

Einer fiel in den Bach und rutschte auf den glitschigen Steinen am Grunde des Wassers aus. Er kam mit dem Kopf unter Wasser, und die Mütze schwamm ihm beinahe davon. Aber als Einer aus dem Bach stieg, hielt er den großen, dicken Fisch noch immer in den Händen. Einer suchte dürre Zweige und machte ein Feuer. Er bestreute den Fisch mit Salz, das er in seinem Beutel hatte.

Er suchte auf der Wiese nach Kräutern. Er fand eine ganze Handvoll Rosmarin und Salbei und Wacholder und Bohnenkraut. Die steckte er dem Fisch in den Bauch. Dann briet er den Fisch, und der große, dicke Fisch wurde knusprigbraun; sein Fleisch war schneeweiß. Die besten Köche in den teuersten Restaurants der Welt hätten Einer um diesen Fisch beneidet!

Einer aß den ganzen großen Fisch auf. Dann war er so satt und vollgegessen, daß er sich nicht mehr rühren konnte.

Er schlief zwei Tage und zwei Näche lang auf der Wiese. Und als er endlich ausgeschlafen war, fühlte er sich noch immer satt und hatte noch immer den köstlichen Fischgeschmack im Mund und den wunderbaren Fischduft in der Nase.

Da war Einer sehr glücklich.

Eines Tages, es war schon fast Herbst, saß Einer am Straßenrand und aß eine Melone. Da sah er einen Mann auf der Straße gehen. Der Mann kam von Norden, wo das Land der Guten-Tag-Leute ist. Der Mann hatte einen zerlumpten Mantel an und Schuhe mit Löchern. Er war so einer wie Einer. Er blieb bei Einer stehen, zeigte auf die Berge im Norden und sagte: »Dort drüben ist es schon sehr kalt. Die Leute heizen schon ihre Öfen.« Der

Mann, der so einer war wie Einer, ging weiter, und Einer schaute gegen Norden.

Wie es jetzt im Land der Guten-Tag-Leute wohl aussah? Ob die Bäume noch Blätter hatten? Ob die Sonne zu Mittag noch wärmte? Ob es noch Blumen gab? Und die kugelrunde Frau? Heizte sie schon ihren Kachelofen, oder saß sie in der Küche beim Herd?

Einer hatte es plötzlich sehr eilig. Er wollte keine Minute länger warten. Er holte seinen alten, zerrissenen Pullover aus dem Beutel und zog ihn über das Hemd. Seine Mütze drückte er fest auf den Kopf, und die Schuhe schnürte er enger. Den wolligen Schal wickelte er zweimal um den Hals und kreuzte die Enden auf der Brust. Das hielt warm. So verpackt kam Einer gut über die Berge. Im Land der Guten-Tag-Leute war kein Blatt mehr an den Bäumen. Auf den Stoppelfeldern saßen die Krähen. Der Himmel war grau, und aus den Schornsteinen stieg Rauch auf und machte den Himmel noch grauer.

Die kugelrunde Frau stand im Garten, als Einer kam.

Sie hängte Bettücher an die Wäscheleine. Die weißen Vierecke flatterten im Wind. Sie erinnerten Einer an Segelboote auf dem Meer.

Die kugelrunde Frau sah Einer und ließ das Bettuch, das sie gerade in der Hand hielt, fallen. Sie stieß einen Schrei aus. Keinen erschrockenen Schrei, sondern einen glücklichen. Sie lief zu Einer und fiel ihm um den Hals.

Das war ein sehr angenehmes Gefühl für Einer, und für die kugelrunde Frau auch.

Die kugelrunde Frau kochte für Einer Bohnen mit Speck und holte Wein aus dem Keller. Sie machte in dem dicken, grünen Kachelofen Feuer.

Eines Tages merkte die kugelrunde Frau, daß sie ein Kind bekommen würde. Sie freute sich darüber und wurde von Tag zu Tag kugelrunder.

Am Abend, wenn sie im Bett lagen, legte Einer seine Hände auf den Bauch der Frau. Dann spürte er manchmal, wie sich das Kind im Bauch der kugelrunden Frau bewegte.

Und manchmal, wenn Einer vor dem Kachelofen saß und sich den Rücken wärmte, dann stellte er sich das Kind vor.

Er dachte an ein dickes, blondes Mädchen mit blauen Augen.

Als dann das Kind aus dem Bauch der kugelrunden Frau kroch, war Einer sehr erstaunt. Das Kind hatte keine blauen Augen und keine blonden Locken. Und dick war es auch nicht – es war ein kleines, dünnes, schwarzhaariges Wesen mit braunen Augen und mageren Armen, und es sah sehr verfroren aus.

»Ist das ein Mädchen?« fragte Einer.

»Das ist ein Hans«, sagte die kugelrunde Frau.

»Sehen Hänse immer so aus?« erkundigte sich Einer.

Die kugelrunde Frau lächelte stolz und sagte: »So hübsch sind nicht alle Hänse!«
Einer sang dem Hans oft Lieder vor; er hatte es ja in den roten Kirchen geübt. Wenn die kugelrunde Frau dem kleinen Hans »Schlaf, Kindlein, schlaf« vorsang, dann fing der kleine Hans zu weinen an. Wenn ihm aber Einer »Christi Mutter stand mit Schmerzen bei dem Kreuz ...« vorsang, dann lachte der kleine Hans. Und sang Einer das Lied in der Sprache der Buenos-dias-Leute oder in der Sprache der Bon-jour-Leute, dann lachte der kleine Hans noch mehr.

Und an den Fußsohlen wollte der Hans gekitzelt werden. Und in den Garten getragen werden wollte er auch.

Und dem Hans in die wenigen schwarzen Haare einen Scheitel bürsten, das konnte auch nur Einer.

Da dachte Einer, daß ihn der kleine Hans eigentlich sehr nötig habe.

Oft fuhren Einer und die kugelrunde Frau den Hans im Kinderwagen spazieren. Die Leute freuten sich, wenn sie Einer mit der kugelrunden Frau und dem Hans sahen. Sie hatten keine Angst mehr um ihre Weintrauben. Weil Einer ja mit der kugelrunden Frau zusammen war, und die hatte Eier und Weintrauben genug.

Die Leute sagten auch nicht mehr: »Da kommt einer« oder »Da geht einer vorbei.« Die Leute sagten jetzt: »Da kommt der Vater von Hans« oder »Da geht der Vater von Hans vorbei.«

Und wenn ihn jemand nach seinem Namen fragte, was

jetzt gar nicht selten geschah, dann sagte Einer: »Nennt mich Hans, nach meinem Sohn.«

Und manche Leute sagten jetzt zur kugelrunden Frau »Frau Hans«.

Aber als der Herbst kam und die Weintrauben auf der Laube reif und die Blätter am Birnbaum rot und gelb waren, da wurde Einer traurig.

Und als dann die Weintrauben abgeerntet und auf dem Birnbaum nur noch zwei kleine Blätter waren, da wurde Einer ganz blaß und mager vor lauter Traurigkeit.

Einer fror. Die kugelrunde Frau konnte soviel Holz in den Ofen stecken, wie sie wollte: Einer saß am Fenster und fror. Manchmal sagte er: »Alle Schwalben sind schon im Süden.«

Oder: »Bald wird es schneien!«

Dabei schaute er so unglücklich drein, daß es der kugelrunden Frau fast das Herz brach. Und weil sie kein gebrochenes Herz haben wollte, so packte sie eines Tages drei Vorratswürste und ein Dutzend Winterbirnen und ein großes Stück Käse in den Rucksack und sagte zu Einer: »Da! Schnall den Rucksack auf den Buckel und geh! Den Winter über kommen wir gut allein zurecht!«

Und sie sagte: »Einer ist unglücklich, wenn er gehen muß, ein anderer ist unglücklich, wenn er bleiben muß.«

»Und du?« fragte Einer.

»Ich gehöre zu denen, die gern bleiben«, antwortete die kugelrunde Frau.

Sie hielt Einer den Rucksack hin, und Einer schnallte sich den Rucksack auf den Buckel.

»Bis zum nächsten Sommer«, sagte er und ging, vom Haus weg, die Straße hinunter, dem Dobar-dan-Land, dem Kali-mera-Land und anderen Ländern, für die er erst einen eigenen Namen würde erfinden müssen, zu.

Die kugelrunde Frau stand vor dem Haus, den Hans hielt sie auf dem Arm.

»Er kommt wieder«, sagte sie zum Hans, »er kommt ganz sicher wieder! Aber wenn man wiederkommen will, muß man zuerst einmal weggehen. Stimmt's?«

Der Hans war noch viel zu klein, um zu verstehen, was die kugelrunde Frau gesagt hatte. Er nickte ihr trotzdem zu und lachte.

Florenz Tschinglbell

Sisi und Sigi waren Geschwister. Sie stritten jeden Tag, und jeden zweiten Tag prügelten sie sich, wobei Sigi immer den kürzeren zog, weil er nur boxte, Sisi aber zwickte und kratzte und biß und mit den Füßen trat.

Sisi und Sigi stritten nie wegen Kleinigkeiten. Dinge wie abstehende Ohren, kaputte Elektro-Autos, eingedrückte Puppenaugen, verbogene Heftdeckel, Hasenzähne und Dreckfinger störten weder Sisi noch Sigi.

Sisi und Sigi stritten immer wegen der gleichen Sache.

Sisi erzählte etwas.

Sigi behauptete, was Sisi da erzähle, sei gelogen.

Sisi rief, nein, es sei die reine Wahrheit.

Sigi schrie: »Nur ein Doppeldepp glaubt dir das!«

Sisi wurde dann so wütend, daß sie Sigi zwickte oder kratzte oder biß oder trat.

Und dann boxte Sigi.

Und dann kam die Mutter und drohte mit Ohrfeigen. Als ob im Kinderzimmer nicht schon genug herumgeprügelt wurde!

Nach den angedrohten Ohrfeigen vertrugen sich Sisi und Sigi wieder ein bißchen. Sie vertrugen sich so lange, bis Sisi wieder eine Geschichte erzählte, die Sigi nicht glaubte.

An dem Tag, von dem ich erzählen will, saßen Sisi und Sigi im Kinderzimmer und vertrugen sich ein bißchen.

»Weißt du was zum Spielen?« fragte Sigi.

»Blek Pita«, sagte Sisi.

»Kenn ich nicht«, sagte Sigi.

»Heißt *Schwarzer Peter* auf englisch«, erklärte Sisi.

»Und warum«, fragte Sigi, »warum sagst du das englisch?«

Sisi holte die Schwarze-Peter-Schachtel aus der Tischlade, drehte sie hin und her und sprach: »Ach, das hab ich mir so angewöhnt, von meiner Freundin, der Florenz Tschinglbell, die redet ja englisch!«

»Hör auf«, rief Sigi, »hör sofort auf!« Sigi hätte sich nämlich noch gern ein bißchen mit Sisi vertragen. Aber wenn Sisi mit Florenz Tschinglbell anfing, ging das leider nicht.

Seit einer Woche hatte Sisi das. Seit einer Woche behauptete sie, eine Freundin zu haben, die Florenz Tschinglbell hieß und Vampirzähne und Schuhnummer 50 hatte und lange meergrün-blaue Haae und einen Hund mit Reißzähnen namens Lin-Fu, der statt wauwau tschingtschang bellte, weil er ein großer gelber chinesischer Hund war.

Sigi konnte nicht an diese Freundin glauben. Noch dazu, wo sie im Kanal wohnte. Im Kanal beim Kino, über dessen Einstieg eine Litfaßsäule war.

Sigi rief also noch einmal: »Hör sofort auf!«

Doch Sisi hörte nicht auf. Sie öffnete die Kartenschachtel. »Schau her«, sagte sie und zeigte auf die oberste Karte.

Sigi schaute hin. Er betrachtete die oberste Karte. Der Tower von London war darauf.

Sisi erklärte triumphierend: »Na! Wie käm ich denn zum Tower von London, wenn ich nicht die Florenz Tschinglbell zur Freundin hätt, ha?«

»Du Kuh, du«, brüllte Sigi, »für wie blöd hältst du mich denn? Weil du eine Karte von meinem Städtequartett zu deinen Schwarzen-Peter-Karten steckst, so glaub ich noch lang nicht an den Vampirzahnhund!«

»Er hat Reißzähne«, sagte Sisi, »sie hat die Vampirzähne!«

Sigi gab keine Antwort. Er wollte sich nicht noch mehr aufregen.

Sisi holte eine Karte aus der Schachtel. Es war die Karte mit der Marienkäferfrau. Die Karte war auf der unteren Hälfte braun-grau und verbogen. Sisi schaute die Karte an und meinte verträumt: »Sigi, siehst den Dreckfleck da? Da haben wir in der Litfaßsäule Blek Pita gespielt, und da ist mir die Karte in den Kanal gefallen.«

Sigi bekam vor Wut fast keine Luft zum Atmen. »Die Karte«, keuchte er, »ist dir am Sonntag ins Kakao-Häferl gefallen!« Sisi schüttelte den Kopf. »Ich war doch dabei«, keuchte Sigi weiter.

Sisi sagte: »Gar nicht wahr!« Und dann: »Du hast geträumt!«

Sigi boxte Sisi die Marienkäferkarte aus der Hand.

Sisi biß Sigi in den Arm.

Sigi boxte Sisi in den Bauch.

Sisi kratzte Sigi quer übers Gesicht.

Der Vater kam ins Kinderzimmer und schrie: »Friede – Friede!« Da Sisi und Sigi ziemlich wohlerzogene Kinder waren, hörten sie sofort auf zu kämpfen.

Sisi sagte: »Papa, er glaubt mir schon wieder nicht!«

Sigi sagte: »Papa, sie lügt schon wieder so!«

Der Vater war nicht einer, der von seinen Kindern nur die Namen und die Schuhgröße weiß. Der Vater kannte die Schwierigkeiten von Sigi und Sisi genau. Aber der Vater hatte einen anderen Nachteil. Er glaubte, alle Probleme auf der Welt seien mit ein bißchen Witz und Spaß und Humor zu lösen. Der Vater zwinkerte also Sigi verschwörerisch zu und sagte grinsend zu Sisi: »Na, Sisilein, was glaubt er dir denn nicht?«

»Er glaubt mir die Tschinglbell nicht!« klagte Sisi.

»Ich glaub dir die Tschinglbell!« rief der Vater und zwinkerte wieder.

Sigi blinzelte zurück und bat Sisi scheinheilig, ihm doch von der Tschinglbell zu erzählen.

Und Sisi erzählte. Von den meergrün-blauen Haaren, von den sehr spitzen Vampirzähnen, von der Schuhnummer 50, von Lin-Fu und seinen Reißzähnen und seinem Tschingtschang-Gebell. Und vom Kanal unter der Litfaßsäule natürlich auch.

Den Vater freute das ungemein. Er war eben ein heiterer Mensch.

Sigi flüsterte ihm zu: »Alles gelogen! In der Litfaßsäule ist eine Kiste mit Sand zum Streuen. Und den Schlüssel dazu hat der Straßenkehrer!«

»Vielleicht ist der Straßenkehrer der Vater von ihr?« flüsterte der Vater zurück. Der Vater hatte zu laut geflüstert. Sisi rief: »Seid nicht so dumm! Der Straßenkehrer ist ein türkischer Gastarbeiter, und die Florenz Tschinglbell ist Engländerin!«

»Redest du englisch mit ihr?« fragte Sigi und blinzelte dem Vater zu.

Der Vater zwinkerte zurück wie eine Blinklichtampel. Es war schön, daß er sich mit seinem Sohn so gut verstand.

Sisi sagte: »Die Florenz redet so englisch, daß man sie auch versteht, wenn man nicht Englisch kann!«

»Aha, aha«, riefen Vater und Sohn Sigi im Chor. Sie verstanden sich immer besser.

»Lad sie doch ein«, sagte der Vater, »ich möcht' sie kennenlernen!«

Sisi wollte nicht. Sie sagte, das sei ganz unmöglich, weil Lin-Fu recht bissig sei und auch Florenz die Vampirzähne benutzte, wenn sie wütend wurde. Und sie wurde ziemlich leicht wütend.

»Wir werden sie besuchen«, rief der Vater.

»Wir klopfen an die Litfaßsäule, bis sie aufmacht«, schrie Sigi.

»Sie macht nur auf«, sagte Sisi, »wenn man sich telefonisch anmeldet.«

»Sie hat Kanaltelefon?« Der Vater grinste hinter der vorgehaltenen Hand und trat Sigi gegen das Schienbein, damit er zu kichern aufhörte.

»Keines mit Hörer und Wählscheibe«, verkündete Sigi, »nur so ein Loch in der Mauer, und da kommt meine Stimme heraus, wenn ich mich anmelde.«

»Und wo telefonierst du hinein?« fragte der Vater.

Sisi wollte es nicht sagen. Erstens, weil es geheim war, und zweitens, weil es Tschinglbell verboten hatte, und drittens, weil es angeblich gefährlich war.

Der Vater und Sigi schmeichelten: »Sisi, bitte, bitte, Sisi!«

»Na gut, ich sag es«, seufzte Sisi, »am Klo! In die Klomuschel hinein!«

Sigi und der Vater kreischten los wie die Affen. Sie sprangen im Zimmer herum und brüllten: »Durchs Klo, durchs Klo, sie telefoniert durchs Klo!«

Dann liefen sie zum Klo. Sigi zog die Spülung, und der Vater brüllte in die Muschel: »Hallo, hallo, hier Klo vom zweiten Stock! Florenz Tschinglbell, hörst du mich? Hier spricht der Vater von Sisi! Es ist dringend, dringend!«

»Hört auf«, sagte Sisi, »sie hält gerade ihren Mittagsschlaf!«

Dem Vater war das gleichgültig. Jetzt zog er die Spülung, und Sigi brüllte in die Muschel.

Die Mutter kam aus dem Wohnzimmer und beschwerte sich. »Plemplem«, rief sie, »das hört doch der Meier durchs Klo durch!«

Der Vater hörte mit dem Spülungziehen auf und Sigi mit dem Brüllen. Vor dem Meier hatten sie Angst. Der Meier klopfte immer mit dem Besen, wenn es laut wurde, und Briefe an die Hausverwaltung schrieb er auch.

»Wir haben nur Spaß gemacht«, entschuldigte sich der Vater.

»Heidenspaß!« sagte Sigi.

Sisi lehnte an der Kinderzimmertür und biß an ihrem linken Daumennagel.

»Bist du uns böse?« fragte der Vater.

Sisi schüttelte den Kopf. »Nicht böse«, sagte sie leise, »aber ich habe Angst um euch!«

»Warum hast du Angst?« Die Mutter verstand gar nichts.

»Ihre Zähne sind so scharf«, murmelte Sisi.

Auf einmal hörte man auf dem Gang vor der Wohnungstür schwere, laute Schritte, die näher kamen, und ein grün-blauer Meergeruch kroch durch das Schlüsselloch.

Dann rüttelte es an der Wohnungstür, und eine Stimme, genauso kreischend wie eine Kreissäge, sagte: »Ju haben schreid for mi! Ei em hier! Open das Dor, ju lausige Bastards, ju!«

Sisi ging mit kleinen Schritten durchs Wohnzimmer, vorbei an ihrem Vater, vorbei an Sigi. Sie hatte in jedem

Auge eine große Träne. Wenn der Vater auch ein bißchen zu witzig war und Sigi auch nie etwas glauben wollte – sie hatte die beiden doch sehr liebgehabt. Ich werde sie sehr vermissen, dachte Sisi und öffnete ihrer Freundin die Tür.

Der Bohnen-Jim

Es war einmal ein kleiner Junge, der hieß Jim, und der hatte eine kleine Schwester, die Jenny. Die Jenny war fast noch ein Baby. Richtig sprechen konnte sie nicht. Sie konnte erst einen Satz sagen. Der Satz hieß: »Das will Jenny haben!«

Jenny zeigte immer auf Jims Spielsachen und schrie: »Das will Jenny haben!« Und sie hörte erst zu schreien auf, wenn sie bekommen hatte, was sie wollte.

Eines Tages fand der Jim eine wunderschöne Bohne. Sie war groß und schwarz, mit weißen Streifen und rosa Punkten. Der Jim schmierte die Bohne mit Schmalz ein. Da glänzte sie ungeheuer schön. Wie der Jim so saß und seine schöne Bohne bewunderte, kam die Jenny. Sie sah die Bohne und schrie: »Das will Jenny haben!« Sie schrie sehr laut.

Der Mutter ging das Geschrei auf die Nerven.

Die Mutter sagte: »Jim, gib ihr doch die blöde Bohne!«

Die Bohne war aber nicht blöd, sondern wunderschön, und der Jim wollte sie nicht hergeben. Er machte eine feste Faust um die Bohne und hielt die Faust in die Luft. Die Jenny schrie und sprang nach der Faust. Und die Jenny war sehr kräftig und konnte sehr hoch springen. Sie bekam die Faust zu fassen und zog Jims Arm zu sich herunter und versuchte in die Faust zu beißen. Und die Mutter rief: »Jim, sei ein lieber Bruder! Gib ihr die Bohne!«

Der Jim wollte kein lieber Bruder sein. Diesmal nicht! Er wollte seine Bohne nicht hergeben. Die Jenny biß den Jim in die Finger. Der Jim brüllte los und öffnete die Faust. Die Bohne fiel zu Boden und sprang unter den Schrank.

Der Jim und die Jenny knieten vor dem Schrank nieder und versuchten, die Bohne zu erwischen. Die Bohne lag ganz weit hinten, an der Wand. Jennys Arm war zu kurz, um an die Bohne zu kommen. Jims Arm reichte. Er griff nach der Bohne und bekam sie zwischen die Finger und dachte: Wenn ich sie hervorhole, nimmt sie mir die Jenny weg! Und die Mutter hilft mir nicht! Sie hält immer zur Jenny! Und da hatte der Jim einen Einfall. Er holte die Bohne hervor und steckte sie, so schnell, daß Jenny nichts dagegen tun konnte, in den Mund. Er dachte: Hinter meinen Zähnen kann sie nichts hervorholen! Da beiße ich nämlich zu.

Die Jenny versuchte trotzdem, die Bohne hinter Jims Zähnen hervorzuholen. Und der Jim biß zu! Aber dabei verschluckte er leider die wunderschöne Bohne! Sie rutschte ihm einfach den Schlund hinunter. Wahrscheinlich, weil sie mit Schmalz eingeschmiert war. Schmalz macht nicht nur glänzend, sondern auch schlüpfrig!

Die Jenny greinte noch ein bißchen um die Bohne, aber dann fand sie ein anderes Ding, von dem sie schreien konnte: »Das will Jenny haben!«

Nach ein paar Tagen wurde dem Jim sonderbar im Bauch. Und in seinem Hals kratzte es. Und in den Ohren kitzelte es. Richtig übel war dem Jim. Die Mutter holte den Arzt. Der Arzt sagte: »Jim, mach den Mund auf. Ich muß schauen, ob du einen roten Hals hast!«

Der Jim hatte keinen roten Hals. Er hatte einen grünen Hals. Der Arzt starrte in Jims grünen Hals. Er hatte noch nie einen grünen Hals gesehen. Das sagte er aber nicht. Er sagte: »Er brütet etwas aus! Man kann es noch nicht sagen! Warten wir ein paar Tage zu!« Der Jim wartete zu. Es wurde von Tag zu Tag ärger. Auch in der Nase juckte es. Und das Halskratzen wurde immer schlimmer.

So ging das zwei Wochen. Dann erwachte Jim eines Morgens und gähnte und hielt sich beim Gähnen die Hand vor den Mund und spürte, daß da etwas über seine Lippen hing. Er sprang aus dem Bett und lief zum Spiegel. Aus seinen Ohren, aus seiner Nase und aus seinem Mund blitzte es grasgrün. Kleine Blätter waren das!

Die Mutter holte wieder den Arzt.

Der Arzt zupfte an Jims Blättern herum, kratzte sich die Glatze und sprach: »Das ist ja eher ein Fall für einen Gärtner!«

So rief die Mutter nach einem Gärtner. Der kam und riß ein Blatt aus Jims rechtem Nasenloch und sprach: »Klarer Fall! Da treibt eine Bohne aus! Das muß eine wunderschöne Bohne gewesen sein!«

Der Jim nickte. Sprechen konnte er nicht, wegen der Blätter im Mund.

Der Arzt sagte: »Ich muß mich erst mit der Ärztekammer beraten!«

Der Gärtner sagte: »Ich muß mich erst mit der Gärtner-Innung beraten!«

Dann gingen der Arzt und der Gärtner, beide kopfschüttelnd, davon.

Von Stunde zu Stunde wuchs mehr und mehr Grünzeug aus Jim. Es wurde immer länger und dichter.

Die Mutter konnte den Jim nicht im Haus behalten. Sie trug ihn in den Garten und setzte ihn ins Rosenbeet. Rechts und links von ihm schlug sie Stecken in die Erde. Daran band sie die Bohnenranken.

Gott sei Dank war Sommer. Der Jim fror nicht. Manchmal war ihm sogar recht heiß. Dann spritzte ihn die Mutter mit dem Gartenschlauch ab. Manchmal regnete es. Wenn es fürchterlich stark schüttete, kam die Mutter und hielt einen Regenschirm über ihn. Dann begann der Jim zu blühen. Orangefarben waren seine Blüten. Und dann kamen die grünen Bohnen aus Jim.

Schöne, gerade, hellgrüne Bohnen. Die Mutter pflückte jeden Tag ein Körbchen voll. Und das Bohnengrünzeug wuchs noch immer weiter. Dunkelgrün und ganz dicht war es jetzt. Jim saß darin wie in einem Zelt. Man konnte ihn fast gar nicht mehr sehen. Manchmal hörte ihn die Mutter husten und niesen, denn es wurde schon Herbst, und die Nächte waren recht kalt.

Eines Morgens waren die Bohnenblätter gelb. Zu Mittag waren sie braun. Und am Abend waren die Blätter ganz verdorrt und fielen zu Boden. Die Mutter konnte durch die dürren Ranken auf den Jim sehen. Sie winkte ihm zu, dann lief sie zum Gärtner.

Der Gärtner kam, und er wunderte sich überhaupt nicht. »Bohnen sind einjährige Pflanzen«, sagte er. Er holte alle Ranken und Stengel von Jims Kopf und zog sie aus Jims Ohren und Jims Nase und Jims Mund. Das ging leicht und tat dem Jim nicht weh.

Jim ging mit der Mutter ins Haus. Die Mutter öffnete den Küchenschrank. Sie zeigte auf sechzig Einsiedegläser voll grüner Bohnen. Sie sagte: »Jim, die sind alle von dir!«

Von nun an aß der Jim jeden Freitag, wenn die anderen Haferbrei bekamen, seine guten, grünen Bohnen.Die Jenny saß bei ihrem Haferbreiteller und zeigte auf Jims grüne Bohnen und schrie: »Das will Jenny haben!«

Doch die Mutter sagte bloß: »Jenny, halt den Mund!«

Was mein Vater sagt

Mein Vater sagt:

Die, die in einsamer Nacht Frauen überfallen, sollte man erhängen.

Die, die über alles schimpfen und Krawall schlagen, sollte man erhängen.

Die, die Banken überfallen und Geiseln nehmen, sollte man erhängen.

Und die, die Männer sind und trotzdem lange Haare haben, die sollte man natürlich auch erhängen.

Immer will er alle erhängt sehen!

Nie redet er vom erschlagen
oder erschießen
oder erwürgen
oder erstechen
oder vergiften.

Ich habe ihn gefragt, was er denn eigentlich gegen die anderen Todesarten habe, da hat er zu mir gesagt:

Die, die andere Leute erschlagen
oder erschießen
oder erwürgen
oder erstechen
oder vergiften,
sollte man auch erhängen.

Meine Oma

Ich kann meine Oma nicht leiden. Sie hat mir zwar nichts getan, aber mir graust so vor ihr. Sie hat eine gelbe, faltige Haut, und das Fett unter der Haut ist schrecklich wabbelig und weich.

Nur ihre Füße sind glatt und rund, weil sie voll Wasser sind. Und wenn man mit einem Finger in diese Beine sticht, entsteht dort eine Beule nach innen.

Ihre Augen haben gar keine richtige Farbe, und zwischen ihren weißen Haaren sieht man die Kopfhaut.

Und das falsche Gebiß nimmt sie immer aus dem Mund und wischt mit einem Taschentuch daran herum, weil Kümmelkörner oder andere Essenreste darauf kleben.

Einmal jammert sie, daß sie nicht aufs Klo gehen kann.

Einmal jammert sie, daß sie dauernd aufs Klo gehen muß.

Und wenn ich ihr mit der Nagelschere die Schnurrbarthaare schneiden muß, dann wird mir speiübel.

Meine Mutter sagt, daß mir vor meiner Großmutter nicht grausen darf, sie sagt, wir werden alle einmal alt und zittrig und brauchen jemanden, der uns dann die Schnurrbarthaare schneidet.

Das sehe ich ein, aber meine Oma kann ich deswegen doch nicht besser leiden.

Ich schiele

Ich schiele.

Das macht den anderen Spaß.

Manchmal klebt mir der Arzt ein Heftpflaster über das linke Brillenglas.

Das mögen die Kinder in meiner Klasse besonders gern.

Dann lachen sie besonders laut.

Und am lautesten lacht der Karli.

Der lacht dann so viel und so laut, daß die anderen gar nicht merken, daß er noch viel mehr schielt als ich.

Mein Großvater

Mein Großvater füttert gerne die Spatzen im Hof mit Brotbröseln. Er liebt die Spatzen.

Die Tauben mag er nicht.

Er trägt immer ein paar getrocknete Kirschkerne in der Tasche. Und einen Gummiring. Wenn sich die Tauben dem Futterplatz nähern, schießt er nach ihnen.

Der Kummer meines Großvaters aber ist, daß sich die Spatzen ebenso betroffen fühlen wie die Tauben, was der Situation auch entspricht, denn mein Großvater schießt furchtbar schlecht.

Es erstaunt mich jedoch sehr, daß ich weder für die Tauben noch für die Spatzen, sondern für meinen Großvater so großes Mitleid empfinde.

Der schwarze Mann

Es war einmal ein kleiner Junge, der hieß Willi. Sehr brav war der Willi nicht. Dauernd tat er etwas, was der Mutter nicht gefiel. Und jedesmal, wenn sich die Mutter über ihn ärgerte, drohte sie: »Willi, wenn du so schlimm bist, wird der schwarze Mann kommen und dich holen!«

Der Willi dachte oft an den schwarzen Mann und malte sich aus, wie der wohl aussehen mochte. Er stellte sich den schwarzen Mann sehr groß vor und sehr breit, mit riesigen Händen und grünen Augen im krebsroten Gesicht, mit Borstenhaaren und einer Teufelszunge und Vampirzähnen.

Einmal saß der Willi in seinem Zimmer und zerlegte den Wecker. Er wollte nachschauen, warum ein Wecker läuten kann. Gerade als er den letzten Knopf von der Weckerhinterseite gezogen hatte, ging die Tür auf. Der schwarze Mann kam herein. Aber er sah ganz anders aus, als der Willi gedacht hatte. Er war uralt und ziemlich schäbig. Und nicht größer als ein Regenschirm. Er hatte weiße Haare mit Ringellocken und Runzeln im Gesicht. Und keine Zähne im Mund. Und trübe, wasserblaue Augen.

Der schwarze Mann schaute auf den Willi und auf den Wecker und schüttelte den Kopf und sagte: »Ohne Schraubenzieher wirst du da nicht weiterkommen!«

Der schwarze Mann zog einen Schraubenzieher aus der Hosentasche und gab ihn dem Willi. Aber der Willi konnte mit dem Schraubenzieher nicht umgehen. Immer wieder rutschte er ihm aus dem Schraubenschlitz.

Der schwarze Mann plagte sich mit dem Willi und dem Wecker lange herum. Dann war der Wecker zerlegt. Warum der Wecker läuten konnte, verstand der Willi aber noch immer nicht. Gerade als es ihm der schwarze Mann erklären wollte, machte die Mutter die Tür auf. Der schwarze Mann kroch schnell unter das Bett vom Willi, und der Willi saß allein mit dem zerlegten Wecker auf dem Fußboden, als die Mutter zu schimpfen anfing.

Sie schimpfte fürchterlich. »Willi«, schrie sie. »Kinder wie dich holt der schwarze Mann! Das sage ich dir!« Sie sammelte die Weckerräder und die Weckerschrauben vom Boden auf und murmelte dabei: »Das Kind haben wir nicht mehr lange! Das holt der schwarze Mann!«

Der schwarze Mann blieb beim Willi. Am Tag spielte er mit ihm, in der Nacht schlief er beim Willi im Bett. Nur wenn die Mutter ins Kinderzimer kam, kroch er geschwind unter das Bett.

Der schwarze Mann hatte schöne Einfälle. Wenn der Willi den Hagebuttentee nicht trinken wollte, goß der schwarze Mann mit dem Tee den Gummibaum. In der Nacht, wenn der Willi von einem Geräusch munter wurde und nicht mehr einschlafen konnte, erzählte der schwarze Mann Geschichten. Oder der schwarze Mann bemalte die Mauer hinter Willis Bett mit lauter kleinen schwarzen Männern. Oder er holte heimlich aus der Küche Mehl und Essig und Majoran und Salz und Kakao und machte daraus in Willis Nachttopf einen dicken Brei.

Und jeden Dienstag, wenn es Kohlsuppe gab, war der schwarze Mann besonders nützlich. Der Willi mochte nämlich keine Kohlsuppe. Wenn der Willi in der Küche eine Stunde vor dem Kohlsuppenteller gesessen war und noch immer keinen Löffel gegessen hatte, trug die Mutter den Suppenteller ins Kinderzimer und sagte: »Willi, hier bleibst du, bis der Teller leer ist!«

Der schwarze Mann war ganz gierig nach Kohlsuppe. Kaum war die Mutter aus dem Zimmer, löffelte er den Teller leer.

Eines Tages saßen der Willi und der schwarze Mann im Kinderzimmer und dachten nach, ob sie die Briefmarkensammlung vom Vater zum Spielen holen sollten. Sie dachten so angestrebt nach, daß sie die Mutter nicht kommen hörten.

Als die Zimmertür aufging, kroch der schwarze Mann schnell unter das Bett. Doch diesmal war er nicht schnell genug! Die Mutter sah seinen Hintern unter der Bettdecke verschwinden. Sie fragte: »Willi, was hast du da unter dem Bett?« Der Willi antwortete: »Den schwarzen Mann!«

»So ein Blödsinn!« rief die Mutter. Sie bückte sich und

schaute unter das Bett und schaute dem schwarzen Mann mitten ins runzlige Gesicht.

Da stieß sie einen Schrei aus, sprang auf, lief in die Küche und kam mit einem Besen zurück. Sie stocherte mit dem Besen unter das Bett und schrie: »Was für ein ekliges Zeug ist denn das?«

Unter dem Bett begann es fürchterlich zu knurren und zu zischen und zu fauchen und zu knarren. Dann wakkelte das Bett. Ganz so, als ob ein Erdbeben wäre. Und dann kippte das Bett, und der schwarze Mann stand da. Aber er war nicht mehr so groß wie ein Regenschirm, sondern so groß wie ein Kleiderständer und furchtbar breit, und er wuchs weiter und war bald so groß wie ein Schrank. Und krebsrot war er im Gesicht. Und seine Augen funkelten grün. Die Ringellocken waren borstig steif und standen vom Kopf ab, und den Mund hatte er voll spitzer, langer Zähne.

Die Mutter flüchtete in die Küche, der schwarze Mann lief hinter ihr her. Die Mutter kroch unter den Küchentisch.

Der schwarze Mann brüllte: »Unverschämtes Weib! Wagt es, den schwarzen Mann in den Hintern zu stechen! Was fällt der Frau bloß ein?«

»Willi, liebes Kind«, wimmerte die Mutter. »Sag dem schwarzen Mann, daß der mir nichts tun soll, bitte!«

Der Willi sagte: »Schwarzer Mann, die Mutter fürchtet sich, erschreck sie nicht.«

»Gut, daß sie sich fürchtet, sie hat Grund dazu!« brüllte der schwarze Mann. Aber er brüllte schon ein wenig weniger laut.

»Schwarzer Mann, sei nett«, sagte der Willi. »Geh ins Kinderzimmer zurück, bitte! Die Mutter hat es ja nicht bös gemeint!«

»Wenn du meinst«, sagte der schwarze Mann.

Er verschluckte alle seine Vampirzähne und schrumpfte und schrumpfte. Zuerst auf Kleiderständergröße, dann auf Regenschirmgröße. Die Borstenhaare ringelten sich, die Augen wurden wieder wasserblau, blaß und runzelig wurde er auch wieder. Alt und freundlich und schäbig schaute er aus.

»Dann geh ich halt«, murmelte er und marschierte ins Kinderzimmer zurück.

Die Mutter kroch unter dem Küchentisch hervor. »Ach, Willi«, stöhnte sie. »Ach, Willi! Nie mehr sage ich ein Sterbenswort vom schwarzen Mann! Ehrlich wahr!«

Der Willi nickte und sagte: »Ja, Mutter! Das wird gut sein, sonst erschrickst du wieder so sehr!«

Eine mächtige Liebe

Kitti und ihre Eltern wohnten im ersten Stock. Im zweiten Stock wohnten Michl und seine Eltern. Die Wohnung im dritten Stock stand leer. Sie gehörte der »Frau General«. Die war im Pflegeheim, und der Mann, dem das Haus gehörte, wartete ungeduldig darauf, daß die Frau General endlich starb, weil er die Wohnung vorher an niemand anderen vermieten durfte.

Bevor die Frau General ins Pflegeheim gegangen war, hatte sie alle Blumentöpfe auf den Gang vor die Wohnungstür gestellt: Das Philodendron, die Zimmerlinde, den Gummibaum, den Christusdorn und eine Menge anderer grüner Stauden.

Kitti und Michl hatten der Frau General versprochen, die Blumen zu hüten. Und sie hielten ihr Versprechen. Zweimal die Woche gossen sie die Blumen, alle zwei Wochen einmal taten sie Blumendünger ins Gießwasser, und jeden Monat einmal schrieben sie der »Frau General« einen Brief, in dem stand, daß die Blumen gut weiterlebten und keine gelben Blätter hatten und tüchtig wuchsen.

Kitti und Michl nannten den Gang im dritten Stock: unseren Urwald. Sie waren gern dort. Nicht nur zum Blumengießen. Michl hatte eine blaue Luftmatratze in den Urwald gebracht. Kitti hatte eine rote Decke und zwei gelbe Kissen hinaufgetragen. Im Sommer lag die

Decke auf der Luftmatratze, und die Kissen – hübsch ordentlich mit eingeknickten Oberkanten – lehnten am Ende der Matratze, dort, wo sie an die Mauer stieß. Im Winter bauten Kitti und Michl aus der Decke ein Zelt. Die Luftmatratze und die Kissen war dann im Zelt drinnen.

Man mußte genau hinschauen, um das Zelt überhaupt zu bemerken. Es war fast verdeckt von den dunklen Philodendronblättern und den hellen Zimmerlindenblättern und den gestreiften Wasserlilienblättern und den gesprenkelten Gummibaumblättern.

Die Eltern von Kitti und Michl lachten über den Urwald. Sie sagten: »Die zwei lieben sich mächtig! Ein Urwald ist zum Mächtiglieben gerade richtig!«

Und ein bißchen ärgerten sie sich auch über den Urwald. Sie sagten: »Da richtet man den Kindern für teures Geld herrliche Kinderzimmer ein, und dann hocken sie dauernd auf dem zugigen Gang herum!«

Wenn Kitti im Winter Schnupfen hatte, schimpfte die Mutter: »Das kommt davon, weil du dauernd da oben bist!«

Wenn Michl im Sommer Kopfweh hatte, schimpfte die Mutter: »Das kommt davon, weil du dauernd da oben bist!«

Aber in Wirklichkeit waren Kitti und Michl gar nicht »dauernd« im Urwald. Sie gingen ja in die Schule, sie schliefen in den Kinderzimmerbetten, und schwimmen und eislaufen und ins Kino gingen sie auch. Und wenn im

Fernsehen ein hübscher Film war, dann schauten sie den bei Michels Eltern oder bei Kittis Eltern im Wohnzimmer an. Eins allerdings stimmte – wenn Michl oder Kitti sagten: »Wir gehen jetzt nach Hause«, dann meinten sie das sechs Quadratmeter große Stück Gang vor der Tür der Frau General.

Als Kitti und Michl den Urwald drei Jahre lang hatten, ließen sich Kittis Eltern scheiden. Kittis Vater zog aus. Er nahm zwei vollgepackte Koffer mit, den ledernen Fernsehstuhl, den Schreibtisch und vier Kisten Bücher.

Während die Möbelpacker den Kram die Treppen runterschleppten, waren Kitti und Michl im Urwald oben. Im Zelt. Denn es war Winter. Michl fragte Kitti, ob sie nun sehr traurig sei. Kitti sagte: »Nein, er hat sich in eine blonde Dame verliebt, ohne die kann er nicht mehr sein. Außerdem war er ohnehin fast nie mehr da. Und jeden Sonntag, hat er gesagt, wird er mich abholen. Da seh ich ihn dann länger als bisher!«

Der Vater holte Kitti wirklich jeden Sonntag ab. Und er brachte ihr immer ein teures Geschenk mit. Kitti trug alle Geschenke in den Urwald. Sie wünschte sich von ihrem Vater nur Dinge, die im Urwald zu brauchen waren: einen Recorder, eine zweite Decke, einen winzigen Tisch, eine riesige Taschenlampe, einen kleinen Teppich und einen großen Besen samt Schaufel. Und zu Weihnachten schenkte ihr der Vater einen Fernsehapparat, der mit Batterien betrieben war. Im Urwald gab es ja keine Steckdose.

Michl vergrößerte das Zelt. Sein Vater half ihm dabei. Sie bauten ein festes Lattengerüst und bespannten es mit Decken.

In eine Decke schnitt Michls Mutter ein rechteckiges Loch und steppte durchsichtige Plastikfolie dahinter. Wie ein richtiges Fenster war das.

Michl und Kitti fanden das neue große Zelt so hübsch und so praktisch, daß sie es auch im Sommer stehen ließen. Sie blieben jetzt oft ziemlich lange im Urwald oben. Weil sie den eigenen Fernseher hatten und den kleinen Tisch zum Essen und Licht aus der großen Taschenlampe. Und weil Kittis Mutter fast jeden Abend Besuch hatte. Otto hieß der Besuch. Früher hatte Kittis Mutter darauf bestanden, daß Kitti um neunzehn Uhr – pünktlich – aus dem Urwald herunterkam. Seit der Otto zu Besuch kam, meinte sie: »Wenn es dir Spaß macht, kannst du länger bleiben. So klein bist du ja nicht mehr!« Und zum Otto sagte sie: »Weißt du, die Kitti und der Michl lieben sich nämlich mächtig!«

Michl fragte Kitti: »Sag, magst du den Otto eigentlich gut leiden?« Kitti antwortete: »Ich weiß nicht. Aber die Mama mag ihn sehr. Darauf kommt es schließlich an!«

Zu Kittis elftem Geburtstag bekam sie von ihrem Vater eine Haushaltsleiter. Die brauchten Kitti und Michl dringend, um den Urwald abzustauben. Das Philodendron, die Zimmerlinde und der Gummibaum waren bereits an die drei Meter hoch und stießen mit den obersten Blättern an die Decke.

Michl schenkte Kitti eine selbstgebackene Torte mit zwölf Kerzen; eine kleine für jedes Lebensjahr und eine große, die war das Lebenslicht.

Am Geburtstagsabend saßen Michl und Kitti im Zelt im Urwald. Sie hatten eine Spitzendecke über den winzigen Tisch gebreitet, darauf stand die Torte, und alle zwölf Kerzen brannten. Michl und Kitti aßen die halbe Torte auf. Die andere Hälfte wollte Michl in den Eisschrank seiner Mutter stellen, damit sie morgen am Abend weiteressen könnten. Doch Kitti sagte: »Michl, ich bring die Torte dem Otto runter. Der freut sich über was Süßes. Und die Mama freut sich, wenn sich der Otto freut!«

»Meine Mutter glaubt«, sagte Michl, »daß deine Mutter demnächst den Otto heiraten wird!«

»Ja, das glaube ich auch«, sagte Kitti. »Sie hat ihn sehr gern. Sie will nicht, daß er am Abend weggeht, und sie hätte ihn auch gern beim Frühstück neben sich. Und wenn er einen Tag gar nicht kommt, dann ist sie traurig. Also wird es besser sein, wenn sie heiraten!«

Später dann – so gegen neun Uhr – kam Kitti mit der halben Torte ins Wohnzimmer ihrer Mutter. Der Otto freute sich über die Torte. Und die Mutter freute sich, weil sich der Otto freute. Der Otto holte eine Flasche

Sekt aus dem Eisschrank und ließ den Stöpsel knallend aus der Flasche sausen und füllte drei Gläser. Das für Kitti nur halb. Kitti stieß mit Otto und der Mutter auf eine glückliche Zukunft an.

»Weil wir schon bei der Zukunft sind«, sagte die Mutter, »da will ich gleich etwas mit dir besprechen!« Und dann erklärte sie Kitti, daß der Otto gern Kittis neuer Vater werden wolle und daß sie sich schrecklich freuen würde, wenn Kitti nichts dagegen einzuwenden habe.

Kitti sagte, sie habe nichts dagegen einzuwenden.

Die Mutter küßte Kitti, und der Otto lächelte ihr zu. Und dann sagte Kittis Mutter: »Und jetzt kommt noch eine Überraschung, Kind!« Die Überraschung war: Der Otto bekam ab nächsten Ersten einen besseren Posten in seiner Firma. Da verdiente er dann doppelt soviel wie vorher. Und die Firma stellte ihm auch eine Wohnung zur Verfügung. Eine riesige Wohnung. Den ganzen ersten Stock einer schönen Villa.

»Und nun rate mal, wo die Villa steht, Kind» rief die Mutter, und ihre Augen glänzten und glitzerten wie gläserne Christbaumkugeln.

Kitti wollte nicht raten.

»In Salzburg steht die Villa!« rief die Mutter. »Im wunderschönen Salzburg! In meiner Lieblingsstadt! Wir übersiedeln nämlich nach Salzburg!«

»Nein«, sagte Kitti, stand auf, ging aus dem Wohnzimmer, ging in das Kinderzimmer, legte sich ins Bett und murmelte dabei ununterbrochen: »Nein!«

Die Mutter kam zu ihr und redete gut eine Stunde auf sie ein. Sie zeigte ihr ein Foto von der wunderschönen Villa und versprach, auf dem Dachboden der Villa einen riesigen Urwald aufzustellen. Sie behauptete, in Salzburg seien die Schulen und die Lehrer viel freundlicher, die Spielplätze schöner, die Luft sei gesünder, und die Leute seien viel netter. Nur ein dummes kleines Mädchen, sagte die Mutter, könne so borniert sein, daß es nicht nach Salzburg ziehen wolle.

»Ich geh nicht vom Michl weg«, sagte Kitti.

»In Salzburg wirst du einen anderen Freund finden«, sagte die Mutter.

»Such du dir einen anderen Freund«, sagte Kitti.

»Aber ich liebe den Otto«, rief die Mutter.

»Und ich liebe den Michl«, rief die Kitti.

»Ich schwör dir«, sagte die Mutter, »in einem Jahr hast du den Michl komplett vergessen!«

»Vergiß du den Otto komplett!« sagte Kitti.

»Du wirst noch ein Dutzend anderer Freunde finden«, sagte die Mutter.

»Such du dir ein Dutzend anderer Freunde«, schrie Kitti, drehte sich zur Wand und schloß die Augen.

Da verließ die Mutter seufzend das Kinderzimmer. Kitti hörte sie mit dem Otto reden und hoffte, sie würde dem Otto nun erklären, daß man ganz unmöglich nach Salzburg ziehen könne.

Kitti stieg aus dem Bett und schlich zur Wohnzimmertür, weil sie hören wollte, wie der Otto diese Botschaft aufnahm. Sie hörte den Otto sagen: »Na ja, sie wird das schon überwinden!«

Kitti wartete, daß die Mutter dem Otto eine Antwort gab, aber es blieb still. Kitti machte die Tür einen Spalt weit auf und sah, daß die Mutter den Otto küßte. Der Kuß dauerte lange. Kitti ging ins Bett zurück, bevor der Kuß zu Ende war.

Am nächsten Morgen, vor der Schule, ging Kitti zur Wohnung ihres Vaters. Der Vater wollte gerade ins Büro fahren. Nur weil Kitti sagte, daß es sehr dringend sei, zog er den Mantel wieder aus und setzte sich mit Kitti ins Wohnzimmer. Kitti wollte dem Vater vom Otto und von Salzburg erzählen, aber der Vater wußte das alles schon. Er sagte: »Deine Mutter und ich haben das alles schon besprochen. Wir kommen nicht zu kurz. Ab jetzt hol ich dich nur jedes zweite Wochenende, dafür bleibst du aber dann zwei Tage bei mir!«

Kitti erklärte dem Vater, daß es ihr gar nicht um die Vater-Tage ginge, sondern um den Michl. Da war der Vater ein bißchen beleidigt und sagte: »Kind, das kann ich nun wirklich nicht ändern!«

»Doch«, rief Kitti. »Das kannst du!«

»Wie denn?« fragte der Vater.

»Ganz einfach«, sagte Kitti. »Ich hab mir das heute nacht überlegt. Die Mama zieht mit dem Otto nach Salzburg, und du ziehst in unsere Wohnung zurück. Und ich bleibe bei dir!«

»Das ist ausgeschlossen«, rief der Vater.

Er zählte eine Menge Gründe auf, warum das ausgeschlossen sei: daß er keinen Haushalt führen könne, sagte er. Daß er dauernd Überstunden machen müsse und sich kaum um Kitti kümmern könne. Und daß er doch die blonde Dame habe. Und daß er die, demnächst schon, heiraten werde. Das sei so gut wie ausgemacht. Und die blonde Dame, die habe ein kleines Haus am Stadtrand, ein reizendes kleines Haus. In dieses Haus, sagte der Vater, werde er nach der Heirat einziehen. »Aber Kindchen«, sagte er, »wenn ich dann wieder verheiratet bin und wenn du wirklich nicht bei diesem Otto in Salzburg wohnen willst, dann kannst du zu uns ziehen. Meine Frau wird sich freuen. Sie mag Kinder.«

Kitti erklärte dem Vater noch einmal, daß es ihr um den Michl ginge, daß sie gar nichts davon habe, wenn sie mit seiner neuen Frau und ihm in einem reizenden Haus wohnen könne.

»Kindchen, so sei doch nicht so stur«, rief der Vater.

Da verabschiedete sich Kitti und ging in die Schule.

Nach der Schule, zu Mittag, nahm Michl Kitti zu seiner Mutter mit. Michl fragte die Mutter, ob Kitti ab nächsten Monat bei ihm im Kinderzimmer schlafen könne und ob die Mutter bereit sei, Frühstück-Mittagessen-Nachtmahl an Kitti abzugeben und ihre Wäsche zu waschen.

»Bügeln und Knöpfe annähen«, sagte Kitti, »kann ich selber.«

Michls Mutter lachte. Dann meinte sie, unter Umständen wäre sie dazu bereit. Zum Beispiel, wenn Kittis Mutter verreisen müsse. Oder krank sei. So aber, ganz ohne richtigen Grund, sei das blanker Unsinn. Und außerdem, sagte sie, würde das Kittis Mutter gar nicht erlauben.

Am Abend saßen Kitti und Michl in ihrem Zelt im Urwald. Sie zerschlugen mit einem Hammer eine rosa Sparsau und einen grünen Sparhund und klaubten einen großen Haufen Münzen aus den Scherben und stopften die Münzen in die Hosentaschen. Michl ließ die Luft aus der Luftmatratze und rollte sie zusammen. Kitti faltete die Decke zu einem Paket, legte die zwei Kissen darauf und band eine feste Schnur darum.

»Mehr haben wir am Anfang auch nicht gehabt«, sagte Michl.

»Und mehr brauchen wir auch nicht!« sagte Kitti.

Sie gingen die Treppen leise hinunter, verließen das Haus und liefen zum Bahnhof. Sie schauten auf dem Fahrplan nach, welcher Zug als nächster wegfahren sollte. Der nächste Zug war ein Schnellzug nach Paris. Und die erste Station hatte er in St. Pölten.

Sie kauften zwei Kinderkarten nach St. Pölten. Sie stiegen in den Zug und setzten sich in ein leeres Abteil. »Wenn jemand kommt und uns fragt«, sagte Michl, »dann sagen wir, wir sind Geschwister und fahren zu unserer Großmutter!«

Aber es kam niemand. Erst als der Zug im Bahnhof von St. Pölten einrollte und Michl und Kitti schon bei der

Waggontür standen, ging ein Schaffner vorbei. Aber der sagte bloß: »Na, ihr beiden!« Dann war er wieder weg.

Kitti und Michl hatten noch drei Hosentaschen voll Münzen. Und Hunger hatten sie auch. Ins Bahnhofsrestaurant wollten sie nicht gehen. Drei Männer in Uniform standen beim Schanktisch. Das waren Nachtwächter einer Wach- & Schließgesellschaft. Kitti hielt sie für Gendarmen.

Kitti und Michl gingen vom Bahnhof auf die Straße hinaus. Es war bald Mitternacht. Alle Läden und alle Kaffeehäuser und Restaurants hatten geschlossen. Sie gingen zuerst die Straße hinunter, dann zum Bahnhof zurück, dann die Straße hinauf und wieder zum Bahnhof zurück. Sie setzten sich in den Wartesaal. Außer ihnen war niemand dort. Michl rollte die Luftmatratze auf. Kitti nahm die Schnur vom Decken-Kissenpaket. Sie legten die Luftmatratze auf die Wartebank, legten sich drauf, schoben die Kissen unter die Köpfe und deckten sich mit der Decke zu.

Als sie erwachten, standen ein Gendarm und ein Schaffner vor ihnen. Der Gendarm lachte: »Da haben wir ja das Liebespaar«, sagte er. Und:»Das muß aber eine mächtige Liebe sein!«

Der Gendarm nahm Michl und Kitti mit zur Gendarmerie. Dort waren noch drei andere Gendarmen, die waren auch sehr heiter.

Kitti und Michl bekamen Tee und Wurstbrote von

den Gendarmen. Und kaum eine Stunde später ging die Wachzimmertür auf, und Michls Vater und Kittis Mutter kamen herein. Michls Vater sagte zu Michl: »Du kleiner Spinner, du!«

Kittis Mutter rief: »Ach, Kindchen!« und umarmte und küßte Kitti.

Die Gendarmen lachten noch immer. »Ladet uns aber auch zur Hochzeit ein!« rief der Gendarm, der Kitti und Michl im Wartezimmer gefunden hatte, hinter ihnen her, als sie das Wachzimmer verließen.

»Was habt ihr euch denn eigentlich vorgestellt?« fragte Michls Vater im Auto, auf der Heimfahrt. »Was hättet ihr denn tun wollen?«

Kitti gab keine Antwort. Michl sagte: »Aber es war das einzige, was wir noch versuchen konnten!«

Zwei Wochen später fuhr Kitti mit ihrer Mutter und dem Otto nach Salzburg. Sie fuhren im Auto vom Otto. Der Otto saß am Steuer. Kitti und ihre Mutter saßen hinten im Wagen.

»Weinst du, Kind?« fragte die Mutter.

Kitti schüttelte den Kopf.

Sie weinte wirklich nicht.

Die Mutter legte einen Arm um Kittis Schultern. »Wir werden es schön haben, wir drei. Du wirst schon sehen«, sagte sie.

Kitti rückte von der Mutter weg und drückte sich gegen die Autotür.

»Aber Kind«, sagte die Mutter. »Aber Kind!« Sie packte Kitti bei den Schultern und zog sie an sich und hielt sie fest. »Aber Kind«, murmelte sie und drückte ihr Gesicht in Kittis Haare.

»Laß mich los! Ich mag das nicht!« rief Kitti.

Die Mutter ließ Kitti los. Kitti rückte wieder zur Tür hin.

»Hast du mich gar nicht mehr lieb?« fragte die Mutter.

»Nein«, antwortete Kitti, und während sie dann in das entsetzte Gesicht der Mutter sah, spürte sie seit vielen Tagen zum erstenmal wieder so etwas Ähnliches wie ein Gefühl der Freude.

Was nur dem Franzerl sein Schutzengel weiß

Manchmal, mitten in der Nacht, wird der Franzerl munter. Dann liegt er ganz still und rührt sich nicht, weil er Angst hat. Er würde gern zu seiner Mutter ins Bett kriechen. Aber das Bett von der Mutter ist weit, und die Mutter sagt, sie ist müd und möchte wenigstens in der Nacht ihre Ruhe haben.

Es gibt keinen Dracula und keinen Vampir, und der Kopf vom Frankenstein, der ist aus Holz. Aber manchmal, mitten in der Nacht, wenn der Franzerl munter wird und ganz still liegt und sich nicht rührt, dann wär es ihm lieber, der Dracula und der Frankenstein und der Vampir wären im Bett bei ihm, als daß er so allein daliegt und sich nicht einmal zittern traut, aus lauter Angst.

Anmerkung: Der Franzerl heißt mit ganzem Namen Franz Josef Steinmeisl und feiert im nächsten Jahr seinen siebzigsten Geburtstag.

Auszug aus einer alten Stadtchronik

... Am Tag, als die Kinder die Macht ergriffen, war so viel an dringlichen Anträgen zu erledigen, die schon aus der Vor-Revolutionszeit anlagen, daß der Große Kinderrat in Sachen »Wohnen« nicht zum Beraten, geschweige denn zum Handeln kam. Schulische Veränderungen, Taschengeldausgabe aus Steuermitteln und diverse Veränderungen zugunsten aller Menschen, die das vierzehnte Lebensjahr noch nicht vollendet hatten, mußten beschlossen werden. Vor allem aber mußten die Erziehungsberechtigungsentzüge ausgesprochen werden. Und in den Tagen danach fand die Kinder-Bewegung weit über die Staatsgrenzen hinaus große Verbreitung, also mußte man zuallererst einmal den ausländischen Kindern solidarisch beistehen. Und als die Lage in den Nachbarländern befriedigt war, gab es Flügelkämpfe zwischen den Radikal-Kindern und den Liberal-Kindern im Großen Kinderrat, die alles andere verdrängten.

Erst als eine Delegation unabhängiger Kinder mit Spruchbändern zum Haus des Großen Kinderrates zog, wobei man laut skandierte:

»Unsere Wohn-Situation
ist blanker Hohn!«

und sich am Wege zum Großen Rat immer mehr und

mehr Kinder dieser Demo anschlossen, nahm der Große Kinderrat das Wohnproblem auf die Tagesordnung.

In Ruhe konnte allerdings nicht beraten werden, denn durch die offenen Fenster des Sitzungssaales drangen tausendstimmig viele Parolen herein und hinderten die Abgeordneten an gelassener, emotionsfreier Diskussion.

Donnernd und wütend brüllte es von der Straße her:

»Hätten Geschwister mehr Lebensraum,
täten sie einander weniger haun!«

Und:

»Neun Quadratmeter sind zu klein,
wir wollen in die Wohnzimmer rein!«

Und:

»Uns stauchen sie wie Ölsardinen,
was wir uns wahrlich nicht verdienen!«

Der radikale Flügel des Großen Rates wollte sofort eine Verordnung erlassen, daß ab nächsten Montag der größte Raum einer Wohnung, üblicherweise das Wohnzimmer, den Kindern zu überlassen sei.

Dagegen protestierten die Kinder-der-Mitte. Die Eltern, sagten sie, seien auf die Wohnzimmer versessen. Garantiert würden sie gegen die Verordnung putschen, und ein Eltern-Putsch sei im Moment nicht leicht unter Kontrolle zu bringen.

Die Kinder-der-Mitte waren für die Einführung eines

gemäßigten Wohnraum-Aufteilungs-Schlüssels, 1:2 (zugunsten der Kinder). Sie rechneten erregt herum, wollten die Sache an einem Beispiel von 2 Stück Kindern und 2 Stück Erwachsenen auf 100 m^2 Wohnraum zur Diskussion stellen, wobei ihnen aber eine sechs-periodisch in die Quere kam und sie sich nicht einigen konnten, ob nun aufzurunden oder abzurunden sei und zu wessen Gunsten man dies tun solle.

Da im Großen Rat aber, quer durch alle Fraktionen, eine Menge schlechter Kopfrechner saß, wurde der vorgeschlagene Wohnraum-Aufteilungs-Schlüssel überhaupt nicht kapiert (mit und ohne periodische Sechs nicht!), und der Antrag der Kinder-der-Mitte wurde abgelehnt. Als es dann noch tausendstimmig zu den Sitzungssaalfenstern hereinbrüllte:

»Weg mit den Kinderräten,
die uns so unfähig vertreten!«,

brach Panik unter den Abgeordneten aus, und Schuschi Schlitzquastel, eine Unabhängige, bei Gesinnungsgenossen als »Die Problemlöserin«, bei Gegnern als »Das Schlitzohr« bekannt, konnte sich in der allgemeinen Ratlosigkeit mit ihrem Vorschlag durchsetzen, und es wurde in aller gebotenen Eile ein Gesetz beschlossen, das lautete: »Ab nächsten Montag sind verboten: Stockbetten für Kinder und Tisch- beziehungsweise Arbeitsplatten für Kinder unter einem Ausmaß von 70 x 140 cm.« Die

Eltern, an allerhand unerfreuliche Maßnahmen der letzten Zeit gewohnt, waren nicht besonders empört, als sie die Verlautbarung hörten. »Soll sein!« murmelten sie. »Diesmal ist die Schikane ja direkt eine minimale!« Sie hatten gegen die neuen Kinder-Norm-Möbel vor allem deshalb nichts einzuwenden, weil die Einzelbetten und die Arbeitsplatten von kinderstaatswegen und gratis ausgeliefert und die alten Kinderzimmermöbel im Zuge dieser Aktion auch gleich eingesammelt wurden.

Am Wochenende vor dem Stichtag-Montag hub nun stadtweit ein Riesengeschiebe und Gerücke an. Aus Genossenschaftshäusern, Gemeindebauten und Eigentumswohnungen fluchte und stöhnte und keuchte es ganz gewaltig. 90% der Kinderzimmer waren zu klein, um Einzelbetten und große Arbeitsplatten aufzunehmen!

So kamen die Eltern – wie Schuschi Schlitzquastl weise vorhergesehen hatte – ganz von allein auf die Lösung, die neuen Kinder-Norm-Möbel in den Wohnzimmern aufzustellen. Weil aber die üppigen Sitzlandschaften der Wohnzimmer in den ehemaligen Kinderzimmern natürlich nicht unterzubringen waren, auch die winzigen Kellerabteile diese Plüsch- und Ledermonstren nicht fassen konnten und Dachböden meistens gar nicht vorhanden waren, transportierten die Eltern die Wohnlandschaften in die Gemeinschaftswaschküchen, die ohnehin kaum mehr benutzt wurden, weil in allen Wohnungen, in Küchen oder Bädern, Privat-Maschinen standen.

Viele, viele Eltern trafen sich, Sitzelemente schleppend, in den Waschküchen, setzten sich zum Verschnaufen ins Weiche, Gepolsterte, kamen miteinander ins Gespräch und fanden es sehr gemütlich so, ohne Kindergeschrei und ganz unter sich.

Dieser Tag, ursprünglich als »Tag der Einführung der Kinder-Norm-Möbel« gedacht, ging in unsere Geschichte als »Gründungstag der Elterngärten« ein.

Sepp und Seppi

Es waren einmal ein Seppi und ein Sepp.

Der Seppi war der Sohn, und der Sepp war der Papa.

Der Sepp hatte den Seppi sehr lieb, und der Seppi hatte den Sepp noch viel lieber.

Der Seppi und der Sepp wohnten mit der Rosi in einem kleinen hellblauen Haus.

Die Rosi war die Mama.

Oben im Haus wohnten sie. Unten im Haus war das Geschäft vom Sepp. Der Sepp verkaufte Äpfel und Zündhölzer, Seife und Essiggurken, Fliegenklatschen und Heringe, Knöpfe und Vogelfutter, Salat und Radieschen und alles, was die Leute sonst noch brauchen.

Der Seppi war immer beim Sepp.

Am Morgen weckte er ihn auf und ging mit ihm ins Badezimmer.

Gähnte der Sepp, gähnte der Seppi, wusch sich der Sepp die Ohren, wusch sich der Seppi die Ohren.

Rasierte sich der Sepp, tat der Seppi, als ob er sich auch rasieren müßte. Mit der Seifenschale fuhr er über seine Wangen und brummte dabei. Das klang wie ein Geräusch, das der Rasierapparat vom Sepp machte.

Am Vormittag verkauften der Sepp und der Seppi Zündhölzer und Äpfel, Essiggurken und Seife, Heringe und Fliegenklatschen, Vogelfutter und Knöpfe, Radieschen und Salat und alles, was die Leute sonst noch brauchen.

Schmeckte dem Sepp das Mittagessen, schmeckte es dem Seppi auch.

Meckerte der Sepp über das Essen, meckerte der Seppi auch.

Hielt der Sepp nach dem Essen einen Mittagsschlaf, legte sich der Seppi zu ihm. Las der Sepp aber nach dem Essen lieber Zeitung, schaute der Seppi Bilderbücher an.

Und am Abend, wenn der Sepp das Geschäft zugesperrt hatte, spielte er mit dem Seppi Zugentgleisung oder Autorennen. Oder sie spielten mit dem Bauernhof. Oder sie bauten ein Haus. Und eine Kirche. Und ein ganzes Dorf.

Wenn die Rosi dem Sepp einen roten Pullover mit weißen Sternen strickte, muß sie dem Seppi auch einen roten Pullover mit weißen Sternen stricken.

Und als der Sepp im Winter vor dem Haus auf dem Eis ausrutschte und sich den linken Knöchel brach und ein Gipsbein bekam, wickelte der Seppi sein linkes Bein in viel weißes Klopapier und humpelte stöhnend herum.

Manchmal konnte der Sepp den Seppi aber nicht brauchen.

Wenn er mit dem Lieferwagen auf den Markt fuhr, um Obst und Gemüse zu holen, nahm er den Seppi nie mit.

Dann spielte der Seppi daheim: Marktfahren.

Aus zwei Sesseln machte er den Lieferwagen. Der Schwimmreifen war das Lenkrad, zwei Taschenlampen waren die Scheinwerfer.

Und wenn er eine Panne hatte, schob er den Lieferwagen zur Rosi. Die Rosi war der Mechaniker. Die putzte die verdreckten Zündkerzen oder flickte das Loch im Auspuff.

Wenn der Sepp ins Wirtshaus ging, durfte der Seppi auch nicht mit. Dann spielte er daheim: Wirtshaus.

Mit dem Teddy und dem Kasperl saß er am Tisch.

»Wirt, noch ein Bier!« rief er.

Die Rosi war der Wirt und brachte ihm Limonade.

Der Teddy war der Huber. Zu dem sagte der Seppi: »Huber, red keinen Blödsinn!« (Weil der Sepp, wenn er aus dem Wirtshaus kam, oft sagte: »Der Huber hat wieder lauter Blödsinn geredet.«)

Und zum Friseur ging der Sepp auch allein.

Dann spielte der Seppi daheim: Friseur.

Er setzte sich auf den Klavierhocker, legte sich ein weißes Handtuch um die Schultern und sagte zum Klavier: »Vorne lang, hinten kurz! Und Schnurrbart stutzen. Aber dalli-dalli, mein lieber Sohn daheim wartet auf mich!«

Einmal, an einem Sonntag, als der Seppi den Sepp aufwecken wollte, war das Bett vom Sepp leer. Im Badezimmer war der Sepp nicht, auf dem Klo war er nicht. Nirgendwo war er!

»Wo ist er« fragte der Seppi die Rosi.

»Mit dem Huber zum Angeln«, sagte die Rosi.

»Was ist Angeln?« fragte der Seppi.

»Fisch fangen«, sagte die Rosi.

»Wo?« fragte der Seppi.

»Beim großen Teich vor der Fabrik«, sagte die Rosi.

»Warum hat er mich nicht mitgenommen?« fragte der Seppi.

»Weil dir Fischfangen keinen Spaß machen würde«, sagte die Rosi.

Das glaubte der Seppi nicht. Alles, was dem Sepp Spaß machte, machte garantiert auch ihm Spaß.

Der Seppi wusch sich nicht, er aß kein Frühstück.

Er zog sich an, und als die Rosi auf dem Klo war, schnappte er seine Rollschuhe und schlich aus dem Haus. Auf Zehenspitzen und ganz heimlich.

Vor der Haustür schnallte der Seppi die Rollschuhe an. Weil man mit Rollschuhen schneller voran kommt als ohne. Und weil der Seppi den Sepp schnell finden wollte.

Der Seppi war schon einmal mit dem Sepp und der Rosi beim großen Teich vor der Fabrik gewesen. Er konnte sich gut daran erinnern. Einen langen Schornstein hatte die Fabrik. Und Enten waren auf dem Teich geschwommen.

Der Seppi rollte die Straße hinunter,
am Kino vorbei, an der Schule vorbei,

an der Bushaltestelle vorbei,
am Park, am Schwimmbad
und am Bahnhof vorbei.

Bald muß der lange Schornstein der Fabrik zu sehen sein, dachte er.

Er rollte an Gartenzäunen vorbei
und an einer Wiese
und durch einen kleinen Wald. –

Aber den langen Schornstein der Fabrik sah er noch immer nicht. Bloß sehr müde und sehr hungrig war er. Und schrecklich ratlos.

Er setzte sich unter einen Baum am Wegrand. Ziemlich lange saß der Seppi unter dem Baum, da kam ein Bub den Weg herauf.

»He, du«, rief der Seppi. »Wo ist der Teich mit der Fabrik dahinter?«

»Welche Fabrik, welcher Teich?« fragte der Bub.

»Die Fabrik mit dem Schornstein und der Teich mit den Enten«, sagte der Seppi.

»Gibt es hier nicht«, sagte der Bub.

»Sicher nicht?« fragte der Seppi.

»Wir haben nur einen Teich ohne Enten. Neben der Kirche«, sagte der Bub.

»Den kann ich nicht brauchen«, sagte der Seppi. »Ich suche meinen Papa, der angelt im Teich vor der Fabrik.«

»In unserem Teich angelt auch jemand«, sagte der Bub.

Da dachte der Seppi: Aha! Die Mama hört ja nie richtig hin, wenn der Sepp etwas erzählt. Der Mann beim Teich neben der Kirche ist sicher der Papa!

»Soll ich dich zu unserem Teich führen?« fragte der Bub.

Der Seppi nickte.

Er schnallte die Rollschuhe ab, hängte sie über die Schulter und ging neben dem Buben her.

»Ich bin der Rudi«, sagte der Bub. »Weil ich gerne Kipferln esse, nennen sie mich auch Kipferl-Rudi.« Er holte aus der linken Hosentasche ein Kipferl und biß hinein.

»Laß mich auch einmal abbeißen!« bat der Seppi.

»Nein, das Kipferl brauch ich selber, sonst fall ich vom Fleisch«, sagte der Rudi. Er holte aus der rechten Hosentasche noch ein Kipferl und gab es dem Seppi.

Mit drei großen Bissen hatte der Seppi das Kipferl verschlungen. »Ich habe heute noch nichts gegessen gehabt«, sagte er zum Kipferl-Rudi.

Da holte der Rudi noch ein Kipferl aus der Hemdtasche.

»Nimm«, sagte er. »Das ist meine Reserve-Notration!«

Der Seppi aß das Kipferl und sagte mit vollen Backen: »Wenn wir bei meinem Papa sind, bekommst du dafür eine Tafel Schokolade!«

Der Sepp hatte immer ein paar Tafeln Schokolade im Handschuhfach vom Auto.

Als sie zum Teich neben der Kirche kamen, war der Seppi bitter enttäuscht. Der Mann, der dort angelte, war alt und klein und dick. Schon von weitem sah der Seppi, daß das nicht der Sepp war. Traurig fragte er: »Gibt es nicht doch noch einen anderen Teich?«

»Ich erkundige mich«, sagte der Kipferl-Rudi.

Er steckte zwei Finger in den Mund und pfiff darauf. Einen schrillen Pfiff stieß er aus.

»Damit der Hupen-Franzi kommt«, erklärte er dem Seppi. »Der kommt viel herum, der kennt sich aus.«

Es dauerte gar nicht lange, dann hörte der Seppi leises Hupen. Und dann wurde das Hupen lauter und immer lauter, und ein knallrotes Auto kam angefahren.

»Was gibt's?« rief der Franzi.

Der Kipferl-Rudi holte drei winzige Schoko-Kipferln aus der hinteren Hosentasche, gab dem Seppi eines, gab dem Franzi eines, steckte selber eines in den Mund und sagte: »Er sucht den großen Teich vor der Fabrik!«

»Der ist am anderen Ende der Stadt!« sagte der Hupen-Franzi. Er deutete in die Richtung, aus der der Seppi gekommen war.

»Ich bin aber schon so müde.« Dem Seppi stiegen Tränen in die Augen.

Der Franzi kletterte aus dem Tretauto. »Setz dich rein«, sagte er zum Seppi.

Da wischte sich der Seppi die Tränen aus den Augen und setzte sich ins Auto.

Der Kipferl-Rudi schnallte sich den rechten Rollschuh

vom Seppi an, der Hupen-Franzi schnallte sich den linken Rollschuh vom Seppi an.

Der Kipferl-Rudi stellte den linken Fuß auf die hintere Stoßstange vom Tretauto, der Hupen-Franzi stellte den rechten Fuß auf die hintere Stoßstange vom Tretauto.

»Halt dich fest«, rief der Kipferl-Rudi.

»Es wird nämlich rasant«, rief der Hupen-Franzi.

Mit einer Hand hielt sich der Seppi fest, mit der anderen drückte er auf die Hupe.

Der Kipferl-Rudi und der Hupen-Franzi flitzten mit dem Seppi los,

durch den kleinen Wald und an der Wiese,

an den Gartenzäunen vorbei,

am Bahnhof, am Schwimmbad, am Park, an der Bushaltestelle, der Schule, dem Kino vorbei und die Straße hinauf.

»Halt, stopp, stehenbleiben«, brüllte der Seppi nach hinten.

»Wir sind noch nicht beim Teich vor der Fabrik«, brüllten der Kipferl-Rudi und der Hupen-Franzi nach vorne.

Doch weil der Seppi wie verrückt mit den Armen herumfuchtelte, hielten sie an. Vor dem kleinen hellblauen Haus hielten sie.

Vor der Haustür standen der Sepp und die Rosi.

Als sie sahen, wer da im Tretauto hockte, kamen sie angelaufen.

»Ich hab schon Bauchweh aus lauter Angst um dich«, rief die Rosi.

Der Sepp hob den Seppi aus dem Tretauto.

»Ich habe nach dir gesucht«, sagte der Seppi.

»Nächsten Sonntag nehme ich dich zum Angeln mit«, sagte der Sepp. »Großes Ehrenwort!«

»Nächsten Sonntag ist mein Geburtstagsfest«, sagte der Hupen-Franzi zum Seppi. »Alle meine Freunde kommen. Kommst du auch?«

»Es gibt viele, viele Kipferln«, sagte der Rudi.

Der Seppi rutschte aus den Armen vom Sepp. »Fische fangen würde mir ohnehin keinen Spaß machen«, sagte er zum Sepp.

Da schaute der Sepp ein bißchen traurig.

Doch der Seppi tröstete ihn.

»Kannst ja wieder den Huber mitnehmen«, sagte er. »Dann bist du nicht alleine!«

Am nächsten Sonntag ging der Seppi zum Geburtstagsfest. Und lernte auch noch den Toni kennen und die Lotte und den Peter.

Von diesem Sonntag an hatte der Seppi viele Freunde.

Und er brauchte viel Zeit für sie. Er mußte den Sepp oft alleine lassen.

Aber der Sepp hatte den Seppi trotzdem sehr lieb.

Und der Seppi hatte den Sepp trotzdem noch viel lieber.

Und weckte ihn jeden Tag auf und gähnte, wenn der Sepp gähnte, und meckerte über das Essen, wenn der Sepp meckerte, und wusch sich nur dann die Ohren, wenn sich der Sepp die Ohren wusch.

Und manchmal hatte der Seppi auch noch Zeit, um mit dem Sepp mit der Eisenbahn zu spielen.

Oder mit dem Bauernhof.

Oder mit der Autorennbahn.

Oder mit den Bausteinen.

Dann freute sich der Sepp die Ohren rot und rief: »Heute geht's mir gut!«

Anna und die Wut

Es war einmal eine kleine Anna, die hatte ein großes Problem. Sie wurde unheimlich schnell und schrecklich oft wütend. Viel schneller und viel öfter als alle anderen Kinder. Und immer war ihre Wut gleich riesengroß!

Wenn die riesengroße Wut über Anna herfiel, färbten sich ihre Wangen knallrot, ihre seidigen Haare wurden zu Igelstacheln, die knisterten und Funken sprühten, und ihre hellgrauen Augen glitzerten dann rabenschwarz.

Die wütende Anna mußte kreischen, fluchen und heulen, mit dem Fuß aufstampfen und mit den Fäusten trommeln. Sie mußte beißen und spucken und treten. Manchmal mußte sie sich auch auf den Boden werfen und um sich schlagen.

Anna konnte sich gegen die riesengroße Wut nicht wehren. Aber das glaubte ihr niemand. Die Mama nicht, der Papa nicht, und die anderen Kinder schon gar nicht. Die lachten Anna aus und sagten: »Mit der kann man nicht spielen!«

Das Schlimmste an Annas riesengroßer Wut war aber, daß jeder etwas davon abkriegte, der der wütenden Anna in die Nähe kam. Auch die, die ihr überhaupt nichts getan hatten.

Wenn Anna beim Schlittschuhlaufen stolperte und hinfiel, wurde sie wütend. Kam dann der Berti und wollte ihr wieder hochhelfen, schrie sie ihn an: »Laß mich bloß in Ruhe, du Depp!«

Wollte Anna ihrer Puppe Ännchen Zöpfe flechten und schaffte das nicht, weil die Haare von Ännchen dafür viel zu kurz waren, wurde sie wütend und warf die Puppe gegen die Wand.

Bat Anna die Mama um ein Bonbon, und die Mama gab ihr keines, wurde sie wütend und trat dem Papa auf die Zehen. Bloß, weil die Zehen vom Papa gerade näher bei Anna waren als die Zehen der Mama.

Baute Anna aus den Bausteinen einen Turm, und stürzte der ein, bevor er fertig war, wurde Anna wütend und warf die Bausteine zum Fenster hinaus. Und einer davon traf die Katze am Kopf.

Am wütendsten wurde Anna, wenn die anderen Kinder über sie lachten. Da konnte es dann sein, daß sie auf vier große Buben losging. Doch vier große Buben sind viel stärker als eine kleine Anna!

Zwei packten Annas Arme, zwei packten Annas Beine. So liefen sie mit der kreischenden und spuckenden Anna im Park herum und riefen: »Gleich platzt der Giftzwerg vor Wut!« Und alle anderen Kinder kicherten.

Und oft tat sich die wütende Anna selbst weh. Trat sie wütend gegen ein Tischbein, verstauchte sie sich die große Zehe. Oder sie schlug wütend um sich und stieß sich dabei den Ellbogen am Türrahmen blau.

Einmal biß sie sich sogar vor lauter Wut so fest in den eigenen Daumen, daß Blut aus dem Daumen spritzte.

Zwei Wochen lang mußte Anna hinterher mit einem dikken Verband am Daumen herumlaufen.

»So kann das nicht weitergehen«, sagte die Mama. »Anna, du mußt lernen, deine Wut runterzuschlukken!«

Anna gab sich große Mühe. Sooft sie die Wut kommen spürte, schluckte sie drauflos!

Um besser schlucken zu können, trank sie Wasser literweise. Doch davon bekam sie bloß einen Schlabber-Blubber-Bauch und Schluckauf. Und die Wut wurde noch größer, weil sie sich nun auch über das lästige »Hick-hick« ärgern mußte.

»So kann das nicht weitergehen«, sagte der Papa. »Anna, wenn du die Wut nicht runterschlucken kannst, dann gibt es nur mehr eines: Du mußt der Wut eben aus dem Weg gehen!«

Anna gab sich große Mühe. Weil sie der Wut aus dem Weg gehen wollte, ging sie den großen Buben aus dem Weg, und den anderen Kindern auch; damit niemand über sie lachen konnte.

Sie ging nicht mehr Schlittschuh laufen. Sie spielte nicht mehr mit der Puppe Ännchen. Sie bat die Mama nicht mehr um ein Bonbon. Sie baute aus den Bausteinen keinen Turm mehr.

In den Park ging sie auch nicht mehr. Sie saß nur mehr daheim in ihrem Zimmer, auf ihrem Korbstühlchen, hatte beide Hände auf den Armlehnen liegen und starrte vor sich hin.

»So kann das nicht weitergehen«, sagten die Mama und der Papa.

»Doch!« sagte Anna. »Wenn ich hier sitzenbleibe, dann findet mich die Wut nicht!«

»Willst du nicht wenigstens ein bißchen stricken?« fragte die Mama.

»Nur nicht!« antwortete Anna. »Da fällt mir dann eine Masche von der Nadel, und ich werde wütend!«

»Willst du nicht wenigstens aus dem Fenster schauen?« fragte der Papa.

»Nur nicht!« antwortete Anna. »Da könnte ich leicht etwas sehen, was mich wütend macht!«

So blieb Anna im Korbstühlchen sitzen, bis am Sonntag der Opa zu Besuch kam. Der brachte für Anna eine Trommel und zwei Schlegel mit. Er sagte: »Anna, mit der Trommel kannst du die Wut wegjagen!«

Zuerst glaubte Anna das gar nicht. Doch weil der Opa Anna noch nie angeschwindelt hatte, war sie dann doch bereit, die Sache zu probieren.

Aber dazu mußte sie zuerst einmal eine ordentliche Wut kriegen.

Anna holte die Bausteine, baute einen Turm und sagte zum Opa: »Wenn der nicht zwei Meter hoch wird, krieg ich einen Wutanfall!«

Nicht einmal einen Meter hoch war der Turm, da stürzte er schon ein.

»Verdammter Mist!« brüllte Anna.

Der Opa drückte ihr die Schlegel in die Hände und

hielt ihr die Trommel vor den Bauch, und Anna trommelte los!

Der Opa hatte nicht geschwindelt. Das Trommeln verscheuchte die Wut! Anna mußte sogar lachen, als sie den kaputten Turm anschaute!

Den ganzen Sonntag tat Anna Sachen, von denen sie wußte: Da könnte mich leicht die riesengroße Wut überfallen!

Sie nähte einen Knopf an. Als im Faden vier Knoten mit Schlingen waren und Anna ihre Haare schon igelsteif werden spürte, riß sie den Faden ab und trommelte. Gleich wurden aus den knisternden Stacheln wieder Seidenfransen, und die Wut war weg!

Dann lief Anna ins Wohnzimmer und drehte den Fernseher an. Weil es gerade einen Krimi zu sehen gab und die Mama nie erlaubte, daß Anna einen Krimi anguckte.

Die Mama kam und drehte den Fernseher ab. Annas Wangen wurden knallrot vor Wut!

Diesmal mußte sie ziemlich lange trommeln, doch es gelang wieder! Die Knallröte verschwand, ganz friedlich und sanft fühlte sich Anna, als sie die Trommel wegstellte.

Am Montag ging Anna mit der Trommel in den Park.

»Da kommt ja der kleine Giftzwerg«, rief ein großer Bub, und die anderen Kinder lachten.

Annas Augen glitzerten rabenschwarz, wie wild schlug

sie auf die Trommel und marschierte an dem großen Buben vorbei.

Da rissen alle Kinder vor Staunen die Augen und die Mäuler auf und marschierten hinter Anna her.

Dreimal machte Anna im Park die Runde, dann ließ sie endlich die Trommelschlegel sinken.

Alle Kinder klatschten Beifall und riefen: »Du kannst ja wunderschön die Trommel spielen!«

Das meinten sie wirklich ehrlich.

Seither hat Anna die Trommel immer, vom Morgen bis zum Abend, vor den Bauch gebunden. Die Schlegel baumeln von ihrem Gürtel. Und kein Kind sagt mehr: »Die Anna spinnt!«

Alle Kinder wollen mit ihr spielen. Dauernd bitten sie Anna: »Sei lieb, trommel uns ein bißchen was vor!«

Anna ist gern so lieb. Aber langsam weiß sie schon nicht mehr, woher sie soviel Wut kriegen soll!

Als die Väter weg waren

In der Schule hatte ich mehrere Freundinnen. Die wichtigste war die Huber Lisi. Die Huber Lisi war langweilig und blöd. Doch sie war die Tochter vom Zuckerbäcker Huber. Wenn ich eine Stunde mit ihr, in ihrem Hof, auf der Klopfstange turnte, stahl sie für mich aus der Backstube ein Stück Schusterbubentorte. Das war ein Stück harte Oblate mit Gelatine-Sacharin-Schaum oben drauf. Ein Stück von der Schusterbubentorte kostete damals zwar nur zwanzig Pfennig. Das war nicht viel. Aber außerdem mußte man für die Schusterbubentorte noch eine Fünf-Deka-Brotmarke hergeben. Und im ganzen Bezirk gab es keine Mutter, die ihrer Tochter eine kostbare Brotmarke für eine Schusterbubentorte gegeben hätte. An wen der Zuckerbäcker Huber seine Schusterbubentorten eigentlich verkaufte, war mir nicht klar. Die Lisi sagte mir: »Mensch, hast du eine Ahnung! Es gibt Leut, die haben Brotmarken zum Saufüttern! So viele!«

Woher die Leute die vielen Brotmarken hatten, wußte die Lisi auch nicht. Damals brauchte man für fast alles Marken. Die Marken waren kleine Eckerln auf der Lebensmittelkarte. Lebensmittelkarten für Kinder und für Säuglinge und für Arbeiter und für Schwerarbeiter und für gewöhnliche Leute. Auf den Lebensmittelkarten für gewöhnliche Leute waren die wenigsten Eckerln. Die

Lebensmittelkarten teilte am Monatsanfang die Hausbesorgerin aus. Es gab Eckerln für Milch und Eckerln für Brot und Eckerln für Fleisch und Eckerln für Fett. Dann gab es noch Sonder-Eckerln. Hin und wieder verlas dann der Radio-Sprecher, daß auf dem Sonderabschnitt Nummer so-und-so der Lebensmittelkarte pro Person 200 Gramm Butterschmalz oder 300 Gramm Orangen aufgerufen wurden.

Je länger der Krieg dauerte, umso weniger Fleisch und Brot und Fett bekam man für die Lebensmittelkarten-Eckerln. Und Sonderaufrufe hatte es schon lange keine mehr gegeben.

Außerdem konnte noch der Arzt Milch und Butter verschreiben. Einmal hat mir unser Doktor für ein halbes Jahr pro Tag einen halben Liter Milch verschrieben. Weil ich so mager war. Da war meine Mutter sehr froh. Ich mochte nämlich keine Milch trinken. Meine Mutter konnte die Milchrezepte heimlich bei unserer Nachbarin gegen Eier eintauschen. Unsere Nachbarin hatte einen Schrebergarten. In dem Schrebergarten hatte sie zwei Hühner.

Von Monat zu Monat gab es weniger zu essen, und Kleider und Schuhe gab es schon gar nicht. Dafür gab es immer mehr Bomben und immer mehr Leute, die sagten: »Den Krieg gewinnen wir nie! Der ist schon längst verloren!«

Die Leute sagten das, obwohl es streng verboten war, und die Nazis, die noch ein Jahr vorher nach der Gestapo geschrien hätten, die schwiegen jetzt, wenn sie so etwas hörten. Nur die Frau Donner rief immer wieder: »Wenn das unser Führer wüßte!«

Doch wir fürchteten uns nicht vor der Frau Donner. Manchmal, wenn sie aus dem Haus ging, dann schoß der Berger Schurli mit der Steinschleuder hinter ihr her. Traf er sie, schrie sie auf, drehte sich um und drohte wütend mit der Faust. Dann brüllte ich: »Wenn das unser Führer wüßte!«

Hinter unserer Küche war ein kleines Kammerl. Das Kammerl war vollgestopft mit alten Sesseln, einem zerlegten Gitterbett, einem zerbrochenen Hutschpferd, einem zerschlissenen grünen Diwan und einem alten Kasten. Weil unsere Wohnung so klein war und es uns überall an Platz fehlte und mein Vater seit Jahren in Rußland als Soldat war, hatte meine Mutter alle Sachen, die meinem Vater gehörten, in den alten Kasten geräumt.

Ich ging oft in das kleine Kammerl. Ich setzte mich auf den grünen, zerschlissenen Diwan und kramte in dem alten Kasten. Ich kannte jeden Socken in der Schachtel, und ich kannte jedes gestopfte Loch in den Socken. Und das Etui mit den kleinen Spielkarten. Und den weichen, roten Pullover. Ich schlüpfte mit den Füßen in die eleganten braun-weißen Schuhe, Größe siebenundvierzig. Ich wickelte mir die bunten Krawatten um den Bauch. Ich schüttelte die roten und die weißen Pokerwürfel im grauen Lederbecher. Ich betrachtete die Fotos im gelben

Pappumschlag. Auf jedem Foto war mein Vater. Ich war starr vor Glück, so einen schönen Vater zu haben. Ich schneuzte mich auch vorsichtig in das blauseidene Stecktuch. Ich roch an den Anzügen.

Meine Mutter sagte oft: »Die Christel, die kann sich an den Vater gar nicht erinnern! So lange ist er schon weg!« Da irrte sich meine Mutter. Ich erinnerte mich sehr gut an meinen Vater. An die vielen schwarzen Haare auf seinem Kopf, und an meine Hand, die sich in den Haaren festhielt. An seine Haut, die viel dunkler und wärmer war als die der meisten Leute. An seine langen, dünnen Finger und die Zigaretten dazwischen und die blaue Schachtel NIL daneben. An seinen schmalen Schnurrbart, der mich am Hals kitzelte.

Und daran erinnere ich mich auch: Ich bin in der Küche. Vor mir steht meine Mutter. Sie schimpft fürchterlich auf mich hinunter. Und plötzlich ist mein riesengroßer, schöner Vater neben mir. Er hebt mich hoch und setzt mich auf seine Schultern, und ich bin ganz weit oben, neben meinem Kopf die weiße Kugel der Küchenlampe und eine staubige Spinnwebe, und meine Mutter ist sehr weit unten. So weit unten, daß ich ihr Schimpfen nicht mehr höre.

Ich liebte die Sachen, die in dem kleinen Kammerl in dem Kasten waren, und ich liebte den Mann, der in Rußland war. Ich liebte ihn viel mehr als alle anderen Leute, mit denen ich zusammenlebte.

Der Vater vom Berger Schurli, meinem Freund, war

tot. Totgeschossen in der Nähe von Stalingrad. Das war schon lange her. Damals hatten sie eine Anzeige mit einem schwarzen Rand und einem schwarzen Hakenkreuz an die schwarze Haustafel gehängt. Auf der ist gestanden, daß der Gefreite Georg Berger für Führer und Vaterland gefallen ist. Und darunter ist gestanden: *In stolzer Trauer, die Hinterbliebenen.*

Aber die Hinterbliebenen waren gar nicht in stolzer Trauer. Die Frau Berger hat wochenlang geschrien und geheult und geflucht. Und der Berger Schurli, der hat einfach nicht begreifen wollen, daß sein Vater tot ist. Er hat immer gesagt: »Wenn mein Vater aus dem Krieg kommt, dann werden wir ...« Oder: »Wenn mein Vater auf Urlaub kommt, dann ...«

Ich sagte oft zum Schurli: »Dein Vater ist tot. Der kommt nicht wieder, nie!«

Da fing dann der Schurli zu weinen an und behauptete, ich sei gemein und lüge.

Die Koch Margit, die mit mir in die Klasse ging, wußte, daß ihr Vater tot war. Er war in einem Flugzeug über Afrika verbrannt. Die Koch Margit war in stolzer Trauer. Sie sagte oft zu uns: »Mein Vater ist für euch alle gefallen!« Und dann wollte sie mit uns spielen und die Anschafferin sein. Aber sie wußte nur blöde Spiele. Wir ließen sie nie mitspielen.

Der Vater von der Schön Hilde war in Rußland vermißt. Meine Großmutter sagte, das ist genausoviel wie tot.

Der Vater vom Bauer Otto war in Sibirien in Gefangenschaft. Meine Großmutter sagte, bei den Russen in Gefangenschaft zu sein, ist noch viel ärger als tot.

Manchmal weinte meine Mutter, wenn von meinem Vater sehr lange kein Brief oder keine Feldpostkarte gekommen war. Dann bekam ich Angst.

Zuckerschlecker

Wenn man von der Zeit schreiben will, in der man ein Kind war, muß man vorsichtig sein, weil schwer auseinanderzuhalten ist, an was man sich wirklich erinnert, was einem andere erzählt haben und was man seither aus seinen Erinnerungen gemacht hat. Da gibt es in meiner Erinnerung – zum Beispiel – einen grasgrünen, runden Zuckerschlecker an einem dünnen weißen Holzstiel, und dazu gehört noch ein gelbes Porzellanhäferl, auf das ein brauner Teddybär gemalt war, und ein Stück Lochstikkereispitze mit glänzendem, weinrotem Stoff dahinter; aber der grasgrüne Schlecker ist das Wichtigste an der Erinnerung, er macht sie gut und warm.

Man hat mir erzählt, daß das der erste Zuckerschlekker gewesen ist, den ich in meinem Leben bekommen habe. Ich war damals acht Jahre alt. Es muß zeitig in der Früh gewesen sein, denn in dem gelben Häferl mit dem Teddybären war Kakao, und Kakao habe ich nur zum Frühstück getrunken. Ich muß im Bett meiner Großmutter gesessen sein, denn nur das Bettzeug meiner Großmutter war mit Lochstickerei verziert, und nur die Steppdecke meiner Großmutter war mit glänzendem, weinrotem Stoff überzogen.

Aber die Geschichte, an deren Ende ein grasgrüner, runder Zuckerschlecker in meiner Hand ist, gehört nicht zu meiner Erinnerung, die hat man mir erzählt. Ich erinnere mich nur an meine weinende Mutter. Beim Küchentisch hat sie immer gesessen, den Kopf hat sie auf der Tischplatte liegen gehabt, und weil sie sehr stark geweint hat, haben ihre Schultern gezuckt. Oft ist mein Großvater neben ihr gestanden und hat ihr eine Hand auf die zuckende Schulter gelegt und hat gesagt: »Solang sie ihn nicht als vermißt melden, brauchst noch nicht weinen.«

Meine Mutter weinte, weil mein Vater in Rußland war und weil seit vielen Wochen weder ein Brief noch eine Feldpostkarte von ihm gekommen war. Sie glaubte, mein Vater sei längst tot.

»Ja, warum soll er denn tot sein?« hat mein Großvater einmal gefragt, um meine Mutter zu trösten.

Da hat meine Mutter geschrien: »Ja, warum soll er denn nicht tot sein? Der Scheiß-Krieg ist ja zum Sterben da!«

Dann kam ein Brief, aber nicht von meinem Vater, sondern von einer Wehrmachtsstelle. Meine Mutter saß eine Stunde lang vor dem verschlossenen Brief, sie machte ihn nicht auf. Sie hatte Angst. Sie dachte, in dem Brief steht, daß der Unteroffizier Walter Göth für Führer und Vaterland an der russischen Front gefallen sei.

Mein Großvater machte dann den Brief auf. In dem Brief stand, daß der Unteroffizier Walter Göth schwer verwundet und mit einer Lungenentzündung in Warschau im Lazarett liegt.

Meine Mutter hat einen Bruder, der schon als ganz junger Bursch ein Nazi geworden war; als die Nazis noch längst nicht an der Macht waren, als die Nazi-Partei noch verboten war. Dieser Bruder war damals bei der SS und saß in Berlin und war ein ziemlich wichtiger Mann im Führerhauptquartier. Meine Mutter rief ihren Bruder an, und er verschaffte ihr die Erlaubnis, nach Warschau zu fahren, um meinen Vater zu besuchen. Mein Großvater hat gesagt: »Da ist der verdammte Sauhund von einem Nazi wenigstens einmal zu was gut!«

Mein Vater war sterbenskrank. Sein Bett stand in einem kleinen Zimmer, das die Leute im Lazarett »das Sterbekammerl« nannten. Dorthin schoben die Krankenschwestern die Betten der Soldaten, von denen sie meinten, daß sie in den nächsten Stunden sicher sterben würden. Sie wollten den anderen Soldaten in den Krankenzimmern den Anblick der toten Soldaten ersparen. »Wenn alle paar Stunden einer im Zimmer stirbt«, sagten die Krankenschwestern, »dann werden die anderen überhaupt nicht gesund.« Sie sagten: »Ans Sterben muß man sich langsam gewöhnen!«

Die Ärzte und die Krankenschwestern im Lazarett waren ans Sterben gewöhnt. Sie amputierten Tag und Nacht zerschossene Beine und Arme, sie flickten aufgerissene Bäuche, sie operierten Granatsplitter aus Fleisch und Knochen, sie spritzten Morphium, wenn einer allzu laut vor Schmerzen brüllte. Und jeden Tag wurden neue sterbenskranke Soldaten von der Front angeliefert, und jede

Nacht starb die Hälfte von ihnen. Meinen Vater rechneten sie zu der Hälfte, die sterben mußte.

Aber dann erhielt der Chefarzt vom Lazarett einen Anruf aus Berlin aus dem Führerhauptquartier. Ich weiß nicht, was der Bruder meiner Mutter dem Chefarzt alles sagte, jedenfalls verlangte er einen täglichen telefonischen Bericht über das Befinden des Unteroffiziers Walter Göth an das Führerhauptquartier, und mein Vater war plötzlich eine sehr wichtige Person. Sie rollten ihn wieder aus dem Sterbekammerl heraus. Einer, über den das Führerhauptquartier täglich Meldung haben wollte, der durfte einfach nicht krepieren. Und als mein Vater trotz aller Fürsorge vom Chefarzt und den Oberärzten und den Krankenschwestern zu krepieren drohte, da ordnete der Chefarzt, der nicht viel von Lungenentzündungen verstand, weil er Facharzt für Urologie war, das Äußerste an: Er ließ einen Arzt aus dem Ghetto holen. Im Ghetto waren die Juden, die noch nicht vergast worden waren. Um das Ghetto herum war viel Stacheldraht, und da waren auch Wachtürme in regelmäßigen Abständen. Auf denen saßen deutsche Soldaten, die schossen jeden Juden tot, der aus dem Ghetto fliehen wollte.

Ein deutsches Wehrmachtsauto holte nun jeden Vormittag den jüdischen Arzt, der früher ein berühmter Lungenspezialist gewesen war, aus dem Ghetto und brachte ihn zu meinem Vater.

Mein Vater hatte sehr hohes Fieber. So viel Fieber,

daß man es auf dem Fieberthermometer nicht messen konnte, weil das Quecksilber das ganze Glasröhrchen ausfüllte.

Mein Vater erinnert sich an den jüdischen Arzt nur wie an ein Stück von einem Fiebertraum: ein weißes Krankenzimmer, ein graues Hitlerbild an der Wand, über ihn gebeugt ein alter, sehr dürrer Mann mit einem weißen Bart und einem schwarzen, zerfetzten Mantel, auf dessen einem Ärmel ein Judenstern war. Der jüdische Arzt redete auch nicht mit meinem Vater. Vielleicht konnte er nicht deutsch. Vielleicht wollte er mit einem deutschen Soldaten nicht reden. Er schmierte meinem Vater die Brust und den Rücken mit einer heißen Salbe ein und legte ihm flache Kissen, mit merkwürdig riechenden Kräutern gefüllt, auf die Brust. Wenn er bei meinem Vater war, durfte kein anderer Arzt und keine Krankenschwester im Zimmer sein.

Mein Vater wurde wieder gesund. So gesund, wie man werden kann, wenn sechsundvierzig Granatsplitter die Beinhaut der Knochen verletzt haben und das Herz nicht mehr richtig schlägt.

Eine Krankenschwester erzählte meinem Vater, daß der Chefarzt dem jüdischen Arzt das Erschießen angedroht hatte, für den Fall, daß er meinen Vater nicht vom Sterben abhält. Vielleicht hat der jüdische Arzt meinen Vater nur deshalb gesund gemacht. Andrerseits hat der jüdische Arzt sicher gewußt, daß ihn die Deutschen demnächst ohnehin umbringen. Aber niemand kann wissen, wozu man sich zwingen läßt, um ein paar Wochen länger am Leben zu sein. Auch wenn das ein Leben hinter Stacheldraht, in Dreck und Hunger ist.

Angeblich redete mein Vater damals in den Fieberträumen wirr. »Saunazi« und »Scheißhitler« rief er laut und schlug dabei wild mit den Armen herum. Meine Mutter, die neben seinem Bett saß, redete dann ganz laut auf ihn ein, obwohl sie wußte, daß keines ihrer Worte in seine Fieberträume eindrang. Sie redete so laut, damit niemand hörte, was mein Vater sagte. Sie konnte ja nicht wissen, wer im Lazarett ein böser Nazi war. Daß jemand wegen »Scheißhitler« und »Saunazi« angezeigt und verurteilt wurde, war damals leicht möglich.

Meinen Vater plagt es, daß ihn der jüdische Arzt wahrscheinlich für einen großen Nazi gehalten hat. Für einen, der gerne Russen und Polen umbringt und Juden besonders gerne. Für einen, der grinsend an Ghettos vorbeigeht.

»Aber *Scheißhitler* muß er verstanden haben«, sagt mein Vater manchmal. »Wenn ich wirklich dauernd *Scheißhitler* gebrüllt habe, dann hat er das verstanden. Das hat damals jeder verstanden!« So tröstet sich mein Vater. Er hatte ja keine Gelegenheit mehr, dem jüdischen Arzt zu danken und mit ihm zu reden, denn als das Fieber endlich sank, als das, was die Ärzte »Krisis« nennen, vorüber war, kam der jüdische Arzt nicht mehr.

Meine Mutter, die jeden Vormittag den Besuch des jüdischen Arztes vor dem Krankenzimmer abwartete, konnte mit ihm auch nicht reden, denn vor der Krankenzimmertür warteten zwei Soldaten mit Maschinenpistolen, die führten den Professor, wenn er aus dem Zimmer meines Vaters kam, weg. Meine Mutter brachte es nicht fertig, die Soldaten zu bitten, ein bißchen zu warten, den Professor nicht gleich am Ärmel zu packen, ihn nicht gleich wegzuführen. Sie sollte kein Wort mit den Soldaten reden, weil sie voll Haß und voll hilfloser Wut auf die zwei Soldaten war. Und sie schämte sich vor dem Professor. Sie sagt, ein paarmal, wie man ihn an ihr vorbeigeführt hat, hat er sie angeschaut, als ob er sie anspucken wollte. Sie sagt, man kann überhaupt nicht beschreiben, wie ihr zumute war. Froh war sie, daß es meinem Vater von Tag zu Tag besser ging, aber aus den anderen Zimmern wurden die Soldaten in das Sterbekammerl gefahren. Und keiner holte sie wieder heraus. Meine Mutter sagt, sie fühlte sich schuldig. Weil sie und mein Vater Ausnahmen waren. Keine andere Frau saß bei ihrem kranken Mann. Kein anderer Soldat hatte einen jüdischen Arzt, der ein berühmter Spezialist war.

Als meine Mutter zehn Tage in Warschau war, war ihre Aufenthaltsgenehmigung abgelaufen. Sie hätte mit ihrem Bruder telefonieren können, daß er die Aufenthaltsgenehmigung verlängern läßt, aber sie tat es nicht. Sie fuhr nach Hause. Am Bahnhof, bevor sie in den Zug stieg, kaufte sie für mich – um zwei Zuckermarken und zwanzig Pfennig – den grasgrünen, runden Zuckerschlecker an dem dünnen weißen Stiel.

Meine Mutter brauchte vier Tage, bis sie in Wien war, weil die Eisenbahnschienen an vielen Stellen von Bomben zerstört waren, und manchmal gab es dort, wo die Lokomotive Kohlen bekommen sollte, keine Kohlen. Außerdem fuhr der Zug sehr langsam. Viel zu viele Waggons mit verwundeten Soldaten, die nach Deutschland zurückgebracht werden sollten, waren an der Lokomotive dran. Und oft blieb der Zug irgendwo stehen und stand dort stundenlang, und keiner wußte, warum das so war.

Meine Mutter kam sehr früh am Morgen in Wien an. Sie ging vom Bahnhof zu Fuß nach Hause. Bomben hatten auch in Wien die Straßenbahnschienen zerstört. Als sie kam, saß ich im Bett meiner Großmutter, zugedeckt mit der Steppdecke mit der Lochstickerei, und trank den Kakao aus dem gelben Häferl mit dem braunen Teddybären. Meine Mutter erzählte dem Großvater und der Großmutter von Warschau und von meinem Vater. Und sie redete laut, weil meine Großmutter schwerhörig war. Ganz gewiß habe ich alles gehört, und ganz gewiß habe ich auch alles verstanden, von den Juden, die im Ghetto verhungerten oder vergast wurden, von den Soldaten, denen die Beine fehlten und manchmal die Arme auch, von den sechsundvierzig Granatsplittern in meinem Vater drinnen, von seinem Herzleiden und vom jüdischen Professor im zerlumpten Mantel mit dem gelben Stern.

Ich hielt das weiße Staberl vom Zuckerschlecker so

fest umklammert, daß mir die Finger weh taten, und ich dachte: Aber sie haben dort Zuckerschlecker! Grasgrüne Zuckerschlecker! Wenn sie dort Zuckerschlecker haben, dann kann es doch nicht so arg sein! Wenn sie dort Zuckerschlecker haben, dann muß es denen doch auch irgendwie gutgehen!

Ich habe mir das lange vorgesagt, und in der Schule nachher habe ich es auch den anderen vorgesagt. Der Kern Margit, deren Vater über Afrika abgestürzt war, der Mader Irmi, deren Vater vermißt war, der John Hansi, deren Vater in Gefangenschaft war, und der Meisl Erika, deren Vater seit Monaten nicht mehr geschrieben hatte. Ich habe ihnen den Schlecker gezeigt, und ich habe sie einmal schlecken lassen und habe gesagt: »Der ist von dort, wo mein Vater ist! Dort gibt es Zuckerschlecker! Alle Geschäfte sind dort voll Zuckerschlekker!«

Das war nämlich damals eine Zeit, in der man niemanden zum Trösten hatte. Da mußte man sich selber trösten mit einem Zuckerschlecker.

Die Texte dieser Sammlung wurden nach dem Manuskript gesetzt oder nach der ersten Druckfassung neu durchgesehen; einige wurden von der Autorin verändert. Eine Reihe von Texten wurde in Anthologien erstveröffentlicht; hierzu folgende Hinweise:

Als die Väter weg waren in: 4. Jahrbuch der Kinderliteratur, »Der fliegende Robert«, hrsg. von Hans-Joachim Gelberg, Weinheim 1977
Anna und die Wut erstmals als Bilderbuch mit Bildern von Christiana Nöstlinger, Wien 1990. © Jugend und Volk Wien
Auszug aus einer alten Stadtchronik in: 7. Jahrbuch der Kinderliteratur, »Augenaufmachen«, hrsg. von Hans-Joachim Gelberg, Weinheim 1984
Der Bohnen-Jim in: »Die Kinderfähre«, hrsg. von Hans Bödecker, Stuttgart 1972. Danach als Bilderbuch »Das will Jenny haben«, Hannover 1981 (vergriffen) und u. d. T. »Der Bohnen-Jim«, mit Bildern von R. S. Berner, Weinheim 1986
Der schwarze Mann (unter dem Titel »Der schwarze Mann und der große Hund«) in: »Die Kinderfähre«, hrsg. von Hans Bödecker, Stuttgart 1972. Danach als Bilderbuch «Der schwarze Mann und der große Hund«, Weinheim 1973 (vergriffen)
Die Glücksnacht in: 3. Jahrbuch der Kinderliteratur, »Menschengeschichten«, hrsg. von Hans-Joachim Gelberg, Weinheim 1975
Die große Gemeinheit in: »Warten auf Weihnachten«, hrsg. von Barbara Homberg, Hamburg 1978
Die Kummerdose in: »Die Kinderfähre«, hrsg. von Hans Bödecker, Stuttgart 1972. Danach als Bilderbuch »Der kleine Jo«, Hannover 1981 (vergriffen)
Die Zwillingsbrüder in: »Daumesdick. Der neue Märchenschatz«, hrsg. von Hans-Joachim Gelberg, Weinheim 1990
Ein Brief an Leopold in: 5. Jahrbuch der Kinderliteratur, »Das achte Weltwunder«, hrsg. von Hans-Joachim Gelberg, Weinheim 1979
Eine mächtige Liebe in: 5. Jahrbuch der Kinderliteratur, »Das achte Weltwunder«, hrsg. von Hans-Joachim Gelberg, Weinheim 1979
Einer in: 1. Jahrbuch der Kinderliteratur, »Geh und spiel mit dem Riesen«, hrsg. von Hans-Joachim Gelberg, Weinheim 1971; hier in der veränderten Bilderbuchfassung (mit Bildern von Janosch), Weinheim 1980
Florenz Tschinglbell in: »Da kommt ein Mann mit großen Füßen«, hrsg. von Renate Boldt und Uwe Wandrey, Reinbek 1973
Gugerells Hund erstmals als Bilderbuch, Wien 1980 (vergriffen)

Jonny in: »Da kommt ein Mann mit großen Füßen«, hrsg. von Renate Boldt und Uwe Wandrey, Reinbek 1973
Links unterm Christbaum in: »Wenn Weihnachten kommt«, hrsg. von Barbara Homberg, Reinbek 1982
Mein Großvater in: 2. Jahrbuch der Kinderliteratur, »Am Montag fängt die Woche an«, hrsg. von Hans-Joachim Gelberg, Weinheim 1973
Sepp und Seppi in: 8. Jahrbuch der Kinderliteratur, »Die Erde ist mein Haus«, hrsg. von Hans-Joachim Gelberg, Weinheim 1988. Auch als Bilderbuch mit Bildern von Christiana Nöstlinger, Weinheim 1989.
Streng – strenger – am strengsten in: 3. Jahrbuch der Kinderliteratur, »Menschengeschichten«, hrsg. von Hans-Joachim Gelberg, Weinheim 1975
Tomas in: 2. Jahrbuch der Kinderliteratur, »Am Montag fängt die Woche an«, hrsg. von Hans-Joachim Gelberg, Weinheim 1973
Von der Wewerka in: 3. Jahrbuch der Kinderliteratur, »Menschengeschichten«, hrsg. von Hans-Joachim Gelberg, Weinheim 1975
Was meine Tochter sagt in: 2. Jahrbuch der Kinderliteratur, »Am Montag fängt die Woche an«, hrsg. von Hans-Joachim Gelberg, Weinheim 1973
Was nur dem Franzerl sein Schutzengel weiß in: 3. Jahrbuch der Kinderliteratur, »Menschengeschichten«, hrsg. von Hans-Joachim Gelberg, Weinheim 1975
Zuckerschlecker in: »Damals war ich vierzehn«, hrsg. von Winfried Bruckner u. a., Wien 1978

Gulliver Taschenbücher von Christine Nöstlinger

Hugo, das Kind in den besten Jahren
Phantastischer Roman
320 Seiten (78142) *ab 12*

Jokel, Jula und Jericho
Erzählung. Mit Bildern von Edith Schindler
124 Seiten (78045) *ab 7*

Die Kinder aus dem Kinderkeller
Aufgeschrieben von Pia Maria Tiralla, Kindermädchen in Wien
Mit Bildern von Heidi Rempen
88 Seiten (78096) *ab 8*
Ausgezeichnet mit dem Bödecker-Preis

Lollipop
Erzählung. Mit Bildern von Angelika Kaufmann
120 Seiten (78008) *ab 8*
Auf der Auswahlliste zum Deutschen Jugendbuchpreis

Am Montag ist alles ganz anders
Roman. 128 Seiten (78160) *ab 10*

Der Neue Pinocchio
Mit farbigen Bildern von Nikolaus Heidelbach
216 Seiten (78150) *ab 6*

Rosa Riedl, Schutzgespenst
Roman. 200 Seiten (78119) *ab 10*
Ausgezeichnet mit dem Österreichischen Jugendbuchpreis

Wetti & Babs
Roman. 264 Seiten (78130) *ab 12*

Zwei Wochen im Mai
Mein Vater, der Rudi, der Hansi und ich
Roman. 208 Seiten (78032) *ab 11*

Beltz & Gelberg
Beltz Verlag, Postfach 100154, 69441 Weinheim

Gulliver liest

Silvia Bartholl (Hrsg.)

Alles Gespenster!

Geschichten und Bilder. Mit einem Gespenstercomic von Helga Gebert

128 Seiten, Gulliver Taschenbuch (78143) *ab 9*

Durch dieses Buch geistern Gespenster aller Art: freundliche und vorwitzige, ängstliche, große und kleine. Selbst ein Gespensterbaby ist dabei!

Sophie Brandes

Cascada. Eine Inselgeschichte

Roman. Mit Bildern von Sophie Brandes

208 Seiten, Gulliver Taschenbuch (78179) *ab 10*

Liane zieht mit ihren Eltern und dem Bruder Tarzan auf eine Insel im Süden. Das neue Leben dort ist ziemlich aufregend! – Eine lebendige Familiengeschichte, von der neunjährigen Liane selbst erzählt.

Peter Härtling

Ben liebt Anna

Roman. Mit Bildern von Sophie Brandes

80 Seiten, Gulliver Taschenbuch (78001) *ab 9*

Der neunjährige Ben liebt Anna, das Aussiedlermädchen. Und auch Anna hat ihn eine Weile sehr lieb. Das ist für beide eine schöne, aber auch schwere Zeit ...

Zürcher Kinderbuchpreis »La vache qui lit«

Margaret Klare

Liebe Tante Vesna

Marta schreibt aus Sarajevo

88 Seiten, Gulliver Taschenbuch (78169) *ab 9*

In Sarajevo ist Krieg, und das Leben in der Stadt hat sich völlig verändert. Martas Schule ist geschlossen, viele ihrer Freunde sind geflüchtet. Häuser werden zerstört, oft gibt es tagelang weder Strom noch Wasser ... Margaret Klare hat die Erlebnisse der 10jährigen Marta aufgeschrieben.

Erwin Moser

Ein Käfer wie ich

Erinnerungen eines Mehlkäfers aus dem Burgenland

Mit Zeichnungen von Erwin Moser

212 Seiten, Gulliver Taschenbuch (78029) *ab 10*

Mehli, ein Käfer mit Sehnsucht, möchte gern fliegen, und so verstrickt er sich in allerhand Abenteuer. Seine Erlebnisse hat er selbst aufgeschrieben, »eigenfüßig« sozusagen.

Beltz & Gelberg

Beltz Verlag, Postfach 10 01 54, 69441 Weinheim

Gulliver liest

Dagmar Chidolue

So ist das nämlich mit Vicky

Roman. Mit Bildern von Rotraut Susanne Berner

192 Seiten, Gulliver Taschenbuch (78135) *ab 9*

Nele Wagner und Vicky Capaldi passen eigentlich gar nicht zusammen. Trotzdem sind sie dick befreundet. Als die Wagners in die Sommerferien nach Spanien fahren, nehmen sie Vicky mit. So turbulent waren die Ferien der Wagners noch nie!

Hans-Joachim Gelberg (Hrsg.)

Geh und spiel mit dem Riesen

Erstes Jahrbuch der Kinderliteratur

304 Seiten, Gulliver Taschenbuch (78085) *Kinder & Erwachsene*

Geschichten, Bilder, Rätsel, Texte, Spiele, Comics und noch viel mehr – das Buch reizt zum Blättern und Entdecken, zum Schmökern, wo immer man es aufschlägt.

Deutscher Jugendbuchpreis

Karin Gündisch

In der Fremde

und andere Geschichten

72 Seiten, Gulliver Taschenbuch (78149) *ab 9*

Geschichten von Kindern, die mit ihren Eltern und Geschwistern aus Siebenbürgen weggegangen sind, um in Deutschland eine neue Heimat zu finden.

Simone Klages

Mein Freund Emil

Roman. Mit Bildern von Simone Klages

176 Seiten, Gulliver Taschenbuch (78156) *ab 9*

Seit dieser Emil mit dem komischen Nachnamen in der Klasse ist, läuft bei Katjenka alles schief. Kein Wunder, daß sie ihn nicht ausstehen kann! Aber dann müssen sie gemeinsam einen Aufsatz schreiben, und damit beginnt für beide eine aufregende Zeit.

Christine Nöstlinger

Die Geschichten von der Geschichte vom Pinguin

120 Seiten, Gulliver Taschenbuch (78155) *ab 10*

Emanuel liebt Pinguine. Emanuels Vater liebt Emanuel. Die Großtante Alexa liebt den Vater und Emanuel, und deshalb sagt sie auch nichts, als Emanuel ein Pinguinbaby aufzieht. Keine einfache Sache!

Auswahlliste zum Deutschen Jugendliteraturpreis

Beltz & Gelberg

Beltz Verlag, Postfach 100154, 69441 Weinheim

Taschenbücher
bei Beltz & Gelberg

Eine Auswahl
für LeserInnen ab 9

Peter Härtling
1 BEN LIEBT ANNA
Roman
Bilder von Sophie Brandes
80 S. (78001) ab 9

Sophie Brandes
12 HAUPTSACHE, JEMAND HAT DICH LIEB
Roman. Bilder von Sophie Brandes
160 S. (78012) ab 10

Walter Moers
25 DIE SCHIMAUSKI-METHODE
Vierfarbige Bildergeschichten
56 S. (78025) ab 10

Susanne Kilian
26 KINDERKRAM
Kinder-Gedanken-Buch
Bilder von Nikolaus Heidelbach
128 S. (78026) ab 10

Horst Künnemann/ Eckart Straube
27 SIEBEN KOMMEN DURCH DIE HALBE WELT
Phantastische Reise in 22 Kapiteln
Bilder von Eckart Straube
184 S. (78027) ab 10

Erwin Moser
29 EIN KÄFER WIE ICH
Erinnerungen eines Mehlkäfers
Zeichnungen von Erwin Moser
212 S. (78029) ab 10

Peter Härtling
35 ALTER JOHN
Erzählung
Bilder von Renate Habinger
112 S. (78035) ab 10

Klaus Kordon
37 ICH BIN EIN GESCHICHTENERZÄHLER
Viele Geschichten und ein Brief
136 S. (78037) ab 10

Klaus Kordon
46 BRÜDER WIE FREUNDE
Roman
152 S. (78046) ab 10

Hans-Joachim Gelberg (Hrsg.)
50 ÜBERALL UND NEBEN DIR
Gedichte für Kinder in sieben Abteilungen
Mit Bildern von vielen Künstlern
304 S. (78050) Kinder & Erw.

Klaus Kordon
52 TAGE WIE JAHRE
Roman
136 S. (78052) ab 10

Iva Procházková
57 DER SOMMER HAT ESELSOHREN
Erzählung
Aus dem Tschechischen
Bilder von Svend Otto S.
220 S. (78057) ab 10

Peter Härtling
73 JAKOB HINTER DER BLAUEN TÜR
Roman
Bilder von Sabine Friedrichson
104 S. (78073) ab 10

Frantz Wittkamp
83 ICH GLAUBE, DASS DU EIN VOGEL BIST
Verse und Bilder
Bleistiftzeichnungen von Frantz Wittkamp
104 S. (78083) ab 10

Hans-Joachim Gelberg (Hrsg.)
85 GEH UND SPIEL MIT DEM RIESEN
Erstes Jahrbuch der Kinderliteratur
Mit teils vierfarbigen Bildern
304 S. (78085) Kinder & Erw.

Benno Pludra
86 DAS HERZ DES PIRATEN
Roman. Bilder von Jutta Bauer
176 S. (78086) ab 10

Hans-Joachim Gelberg (Hrsg.)
95 AM MONTAG FÄNGT DIE WOCHE AN
Zweites Jahrbuch der Kinderliteratur
Mit teils vierfarbigen Bildern
304 S. (78095) Kinder & Erw.

Hans Manz
98 ADAM HINTER DEM MOND
Zärtliche Geschichten
Bilder von Edith Schindler
112 S. (78098) ab 10

Simon & Desi Ruge
116 DAS MONDKALB IST WEG!
Wie Kumbuke und Luschelauschen eine Reise machen, sehr abenteuerlich, kaum zu glauben, etwa sechs Wochen im ganzen
Bilder von Peter Knorr
264 S. (78116) ab 10

Christine Nöstlinger
119 ROSA RIEDL, SCHUTZGESPENST
Roman für Kinder
200 S. (78119) ab 10

William Woodruff
121 REISE ZUM PARADIES
Roman. Aus dem Englischen
Bilder von Sabine Wilharm
224 S. (78121) ab 10

Marie Farré
125 MINA MIT DER UNSCHULDSMIENE
Roman. Aus dem Französischen
Farbige Bilder von Axel Scheffler
96 S. (78125) ab 10

Hans Christian Andersen
'7 MUTTER HOLUNDER
und andere Märchen
Farbige Bilder von Sabine Friedrichson
200 S. (78127) Kinder & Erw.

Dagmar Chidolue
:8 PONZL GUCKT SCHON WIEDER
Roman
Bilder von Peter Knorr
176 S. (78128) ab 10

Dagmar Chidolue
35 SO IST DAS NÄMLICH MIT VICKY
Roman. Bilder von Rotraut Susanne Berner
192 S. (78135) ab 9

Klaus Kordon
38 DIE TAUSENDUNDZWEITE NACHT UND DER TAG DANACH
Märchen. Bilder von Erika Rapp
184 S. (78138) ab 10

Juri Korinetz
40 EIN JUNGE UND EIN PFERD
Erzählung. Aus dem Russischen
Bilder von Anne Bous
96 S. (78140) ab 10

Silvia Bartholl (Hrsg.)
43 ALLES GESPENSTER!
Geschichten & Bilder
128 S. (78143) ab 9

Erwin Moser
45 JENSEITS DER GROSSEN SÜMPFE
Eine Sommergeschichte
Kapitelzeichnungen von Erwin Moser
200 S. (78145) ab 10

Christine Nöstlinger
46 ANATOL UND DIE WURSCHTELFRAU
Roman
208 S. (78146) ab 10

Karin Gündisch
49 IN DER FREMDE
und andere Geschichten
72 S. (78149) ab 9

Christine Nöstlinger
155 DIE GESCHICHTEN VON DER GESCHICHTE VOM PINGUIN
Roman
120 S. (78155) ab 10

Simone Klages
156 MEIN FREUND EMIL
Roman. Bilder von Simone Klages
176 S. (78156) ab 9

Christine Nöstlinger
160 AM MONTAG IST ALLES GANZ ANDERS
Roman
128 S. (78160) ab 10

Nasrin Siege
165 SOMBO, DAS MÄDCHEN VOM FLUSS
Erzählung
112 S. (78165) ab 10

Margaret Klare
169 LIEBE TANTE VESNA
Marta schreibt aus Sarajevo
88 S. (78169) ab 9

Dagmar Chidolue
174 MACH AUF, ES HAT GEKLINGELT
Roman
Bilder von Peter Knorr
184 S. (78174) ab 10

Andreas Werner
176 DAS GEISTERBUCH
Bilder, Comics und Geschichten
Mit einem Geisterlexikon
Teils vierfarbig
96 S. (78176) ab 10

Sophie Brandes
179 CASCADA, EINE INSELGESCHICHTE
Roman
Bilder von Sophie Brandes
208 S. (78179) ab 10

Mario Grasso's
186 WÖRTERSCHATZ
Spiele und Bilder mit Wörtern von A–Z
Teils vierfarbig
128 S. (78186) ab 10

Dagmar Chidolue
187 MEIN PAULEK
Roman
Bilder von Peter Knorr
152 S. (78187) ab 10

Fredrik Vahle
199 DER HIMMEL FIEL AUS ALLEN WOLKEN
Gedichte
Farbige Bilder von Norman Junge
136 S. (78199) ab 10

Peter Steinbach
200 DER KLEINE GROSSVATER
Phantastischer Roman
Bilder von Peter Knorr
216 S. (78200) ab 10

Sebastian Goy
205 DU HAST DREI WÜNSCHE FREI
Eine lange Geschichte
Bilder von Verena Ballhaus
120 S. (78205) ab 10

Christine Nöstlinger
213 DER GEHEIME GROSSVATER
Erzählung
160 S. (78213) ab 10

222 DAS GEHEIMNIS DER VIERTEN SCHUBLADE
und viele andere Geschichten aus dem Gulliver-Erzähl-wettbewerb für Kinder
ca. 222 S. (78222)
Kinder & Erw.

Beltz & Gelberg
Postfach 100154
69441 Weinheim

Der Bunte Hund

MAGAZIN FÜR KINDER IN DEN BESTEN JAHREN

Unterhaltung fürs ganze Jahr:
Geschichten, Rätsel, Bilder und so weiter von bekannten Autoren und Autorinnen, Künstlerinnen und Künstlern.
Mit Erzählwettbewerb für Kinder.

Erscheint dreimal im Jahr, 64 Seiten, vierfarbig,
DM 9,80 (Jahresbezug DM 26,–)
In jeder Buchhandlung.

Beltz & Gelberg
Beltz Verlag, Postfach 10 01 54, 69441 Weinheim

Gulliver Taschenbuch 235

DIE PERSONEN:
(die Julia!)
ICH
(IN WIRKLICHKEIT IST ER VIEL SCHÖNER...)
der Stefan!
JULIA
gar nicht so einfach!
der Pummel!
die CORINNA
die Didi
der Fruchtbinkel!
der Hademar
die Mama!
die Windisch!
der Papa!
...UND VIELE, VIELE ANDERE!!!

Christine Nöstlinger

Oh, du Hölle!

Julias Tagebuch

Zeichnungen von
Christine Nöstlinger jun.

Christine Nöstlinger, geboren 1936, lebt in Wien. Sie veröffentlichte Gedichte, Romane, Filme und zahlreiche Kinder- und Jugendbücher. Im Programm Beltz & Gelberg erschienen unter anderem *Wir pfeifen auf den Gurkenkönig* (Deutscher Jugendbuchpreis), *Maikäfer flieg!* (Buxtehuder Bulle, Holländischer Jugendbuchpreis), *Lollipop*, *Zwei Wochen im Mai*, *Hugo, das Kind in den besten Jahren*, *Der Hund kommt!* (Österreichischer Staatspreis), *Der Neue Pinocchio*, *Der Zwerg im Kopf* (Zürcher Kinderbuchpreis »La vache qui lit«), *Eine mächtige Liebe*, das Jahrbuch *Ein und Alles* (zusammen mit Jutta Bauer), *Einen Vater hab ich auch*, *Der TV-Karl* und zuletzt *Vom weißen Elefanten und den roten Luftballons*. Für ihr Gesamtwerk wurde Christine Nöstlinger mit der internationalen Hans-Christian-Andersen-Medaille ausgezeichnet.

Gulliver Taschenbuch 235
Einmalige Sonderausgabe
© 1986, 1996 Beltz Verlag, Weinheim und Basel
Programm Beltz & Gelberg, Weinheim
Alle Rechte vorbehalten
Einband von Franziska Biermann
Gesamtherstellung Druckhaus Beltz, 69494 Hemsbach
Printed in Germany
ISBN 3 407 78235 7

Montag, 2. Juni

Jetzt sind sie endlich abgezogen, und ich habe einen echten Muskelkrampf in den Mundwinkeln, vom stundenlangen „Keep smiling"! Man rafft es ja nicht!

Montag, den…

Jetzt sind sie endlich abgezogen, und ich habe einen echten Muskelkrampf in den Mundwinkeln vom stundenlangen Keep-smiling.

Man rafft es ja nicht!

Da kommen sie alle angelatscht und machen mir einen schönen Geburtstag. Weil sie mich ja alle soooooooooooo liebhaben. Mir zu Ehren haben sie sogar getan, als ob sie sich ausgezeichnet miteinander vertrügen. Ganz auf »Liebe und Waschtrog« haben sie gespielt. Die Mutti hat vom Papa weder die ausständigen Alimente angemahnt, noch hat sie darauf hingewiesen, daß man mit dem, was der Papa für mich bezahlt, nicht einmal ein Baby ordentlich ernähren kann. Der Papa hat der Mutti nicht vorgehalten, daß er ihr nach der Scheidung das Haus gelassen hat, und die Möbel auch, und nachher wie ein »gerupfter Hahn« dagestanden ist.

Die beiden Großmütter waren auch recht sanft. Keine hat über das Kind der anderen auch nur eine einzige spitze Bemerkung gemacht. Und die beiden Großväter waren richtig nett zueinander. Der Mutti-Opa hat sich vom Papa-Opa einen ellenlangen Sermon über die Leiden eines »gesetzestreuen« Steuerberaters angehört. Und der Papa-Opa hat den Mutti-Opa über den Angelsport referieren lassen und hat überhaupt nicht erwähnt, daß er Angler für die allerdümmsten Menschen auf Gottes Erdboden hält: noch dazu, wenn einer, wie der Mutti-Opa, gar keine Fische essen mag.

Sogar die Tante Elfriede hat Ruhe gegeben, und ihre lästige Mutzi-Maus war – in Grenzen natürlich – erträglich. Wenn die Mutzi-Maus meine Schwester wäre, könnte die Tante Elfriede schon längst jede Woche zweimal mit einem Blumensträußlein zu einem Kindergrab pilgern! Als meine Schwester würde die nicht überleben! Ein blöderes Stück als meine Kusine gibt es wahrlich nicht mehr. Ein Autogrammalbum hat sie! Mit siebenundzwanzig »prominenten

Unterschriften« darin. Und die Fingernägel lackiert sie sich ferkelrosa. »Weil rot«, hat sie gesäuselt, und dabei mit Unschuldsblick auf meine roten Fingernägel geschaut, »das ist nämlich vulgär!« Und Spitzentanz lernt die Kuh! Den Mutzimausibrocken möchte ich einmal gern auf der »Spitze« sehen.

Aber heute hat sie fast überhaupt nichts geredet, weil sie sich dauernd was zum Futtern in den Mund gestopft hat. Bloß den Papa hat sie unentwegt angeglotzt. Das tut sie immer. Man kann direkt sehen, wie es hinter ihrer Stirn denkt: *Huch! So schaut ein geschiedener Papa aus! Schrecklich!* (Dabei weiß doch jeder in der Familie, daß sich ihr Papa liebend gern von der Tante Elfriede scheiden lassen möchte und die Tante Elfriede bloß die Einwilligung verweigert.)

Jedenfalls sind heute alle, die zu meiner Familie gehören, friedlich und wie vom Fotografen fürs Fotoalbum arrangiert um unseren Eßtisch herumgesessen und haben Kaffee und Tee und Wein und Bier und Schnaps getrunken und meine Geburtstagstorte weggeputzt, bis zum letzten Bröserl. Daß ich den Abend meines vierzehnten Geburtstags vielleicht lieber ohne sie – den Papa natürlich ausgenommen – verbracht hätte, ist ihnen sicher nicht in den Sinn gekommen. Wie denn auch? Familienmitglieder sind schließlich die liebsten und nettesten Leute auf Erden!

Und jeder hat mich zehnmal gefragt, ob er es mit dem Geschenk für mich auch »richtig getroffen« habe. An und für sich kann ich ja ziemlich verlogen sein. Aber Entzückensschreie über die Unterwäsche der Papa-Oma (in »lachs« mit einem Dynamo-Moskau-Slip) und Tante Elfriedes Jungmädchentasche (mit Goldbügel und Krokomusterdruck) und Mutti-Opas Alltagschemie in sieben Bänden (mit 5 Farbtafeln pro Band) bringe ich einfach nicht.

Vatis Kuvert mit dem Scheck wäre zwar recht brauchbar, aber was nützt mir der schönste Scheck, wenn ihn mir die Mutti aus der Hand nimmt und sagt: »Davon kaufen wir dir die Sommerschuhe und den Kram, den du für den Urlaub brauchst!«

Auch Muttis Gaben werden immer toller und toller. Die Frau ist in gewisser Hinsicht wirklich der Gipfel. Was sie sich seinerzeit als junges Mädchen gewünscht und nicht bekommen hat, kauft sie nun für mich. Dieses verdammte Tagebuch zum Beispiel! Seit Jahren schreibe ich meinen ganzen Frust und meine spärliche Lust, wenn mir danach zumute ist, in linierte A4-Hefte mit Korrekturrand und blauem Dekkel. Diese Hefte hätten es auch weiterhin gut getan. Aber Mutti hat sich halt seinerzeit immer ein Tagebuch gewünscht, »glühend heiß gewünscht«, sagt sie.

Die Spitzenbluse und der Seidenrock waren höchstwahrscheinlich auch solche Glutwünsche von ihr. Und dazu noch in Leberblümchenblau! Weil das angeblich so gut zu meinen Augen und meinem Teint paßt!

Seit drei Wochen, seit geschlagenen drei Wochen, bleibe ich, sooft ich mit Mutti in der Stadt unterwegs bin, vor jedem Schaufenster stehen, in dem giftgrüne Klamotten liegen und bewundere sie mit übertrieben vielen spitzen »Ohhhhhhs« und »Ahhhhhhs« und »Schau doch, süüüüüüüüüß«.

Aber Schnecken! Ich möchte bloß wissen, ob meine Frau Mutter echt nicht überzuckert hat, daß ich mir eine giftgrüne Hose und eine giftgrüne Jacke wünsche, oder ob ihr scheißegal ist, was ich mir wünsche. Möglich wäre sowohl das eine als auch das andere. Daß sie mir oft nicht richtig zuhört, weil sie mit ihrem eigenen Kram zuviel beschäftigt ist, steht fest. Und daß sie immer besser weiß, was für mich gut ist, ebenfalls. »Wenn's nach dir ginge«, sagt sie ja oft, »würdest du dich herrichten wie eine alte Vogelscheuche.«

Aber ich denke, ich habe die Geburtstags-Schau trotzdem gut über die Runden gebracht. Man muß ja vor Glück nicht unbedingt jubeln. Manche Leute werden vor lauter Glückseligkeit angeblich auch stumm. Meine Familie scheint mein Verhalten dahingehend gedeutet zu haben. Jedenfalls hat mich keiner mit dem gewissen Undankbares-Geschöpf-du-Blick angeschaut. Irgendeine Bemerkung der Sorte Und-anderswo-verhungern-die-Kinder war auch nicht zu hören. Und Schuldgefühle hat auch keiner gezeigt. Was will man also mehr?

Das Armband von der Mutti-Oma ist außerdem gar nicht so übel. Die Corinna nämlich, die wünscht sich schon lange so ein Klimper-Klunker-Dings. Sie würde es sicher gern gegen ihre giftgrüne Hose eintauschen. Und der Tausch wäre annähernd gerecht; denn die Hose hat neunhundert Schilling* gekostet und ist schon oft getragen. Eine Gürtelschlaufe fehlt ihr auch. Und das Armband – die Oma in ihrer dezenten Art hat es extra erwähnt – hat siebenhundertfünfzig Schilling gekostet und ist brandneu. Ich könnte sagen, daß ich das Armband auf dem Schulweg verloren habe. Das nimmt mir jeder ab, denn im Verlieren von Sachen bin ich

* 900 Schillinge sind ungefähr 140.– Mark; für fünfzehn DM bekommt man ungefähr 100 Ö'Schilling. Alle speziellen österreichischen bzw. Wiener Dialektwörter u.ä. wurden bewußt nicht geändert, dürften aber allgemein verständlich sein.

einsame Spitze. Aber wie erkläre ich, daß ich urplötzlich zu einer giftgrünen Hose gekommen bin? Geschenkt bekommen? Das geht nicht. Da würde die Mutti doch gleich greinen: »Aber Julia, was fällt dir ein! Geschenke in dieser Preisklasse kann man nicht annehmen.« Und ich müßte der Corinna die Hose zurückgeben.

Ich werde die Angelegenheit mit der Corinna bereden. Die Corinna ist ein schlaues Kerlchen. Eine echte Tricki-Micki. Ihr fällt garantiert der richtige Dreh ein. Die Corinna ist echt zu bewundern. Wo es um »krumme Touren« geht, hat sie einen sagenhaften Einfallsreichtum. In der Schule ist das auch so. Statt daß sie drei Stunden Vokabeln lernt, arbeitet sie lieber sechs Stunden an einem ganz raffinierten Schwindelzettel. Erschummelte Erfolge sind ihr lieber als reell erarbeitete. Wie wir einmal über Berufe geredet haben, die wir später gerne haben würden, hat sie zu mir gesagt: Edel-Ganovin, das wär was!

Morgen bekommen wir die Lateinschularbeit zurück. Daß ich mir jetzt noch die Daumen halte, ist wohl eine etwas verspätete Hilfsaktion.

PS:

Die Mutti-Oma hat etwas im Bauch. Morgen muß sie ins Spital, zu einer 3-Tage-Untersuchung. Die Mutti macht sich deswegen anscheinend große Sorgen. Ich komme mir hundsgemein schlecht vor, aber ich spüre keine Angst um die Mutti-Oma in mir. Ich glaube, wenn sie sterben würde, ich könnte nicht einmal weinen. Würde der Papa-Opa sterben, wäre ich sehr traurig.

Dienstag, 3. Juni

In der Schule war es heute wirklich zum Kotzen!!!

atque ego
Vok.!
fletu represso
loqui posse coe
"Quaeso," inquam,
sanctissime atqu
haec est vita, ut
= Oxymoron!
audio dicere, qui
moror in terris?
Nisi enim deus is

SPEI
WÜRG
KOTZ!

3 ORAKEL:

3 HUNDE BIS ZUR STRASSENBAHN-HALTESTELLE

1 MENSCH MIT KRÜCKSTOCK IN DER STRASSENBAHN

WUNDE

... wenn die Didi schon in der Klasse ist ...

... dann wird es ein DREIER!

die Henne

UNERFREULICH, SEHR UNERFREULICH!

DAS RÜCKGABESPEKTAKEL!!!

DAS LASSE ICH MIR ABER ECHT NICHT GEFALLEN!

DIE ROSI

Dienstag, 3. Juni

In der Schule war es heute echt und ehrlich zum Kotzen! Wir haben die Lateinschularbeiten zurückbekommen. Ich hatte mit einem Vierer gerechnet, einen Fünfer befürchtet und auf einen Dreier gehofft. Aber meine Hoffnung war ein bißchen größer als meine Angst. Und auf dem Weg zur Schule ist die Hoffnung immer größer geworden, weil alle drei Orakel, die ich gemacht habe, positiv ausgefallen sind.

Bei der Haustür habe ich zu mir gesagt: Wenn dir bis zur Straßenbahnhaltestelle drei Hunde entgegenkommen, dann wird es ein Dreier. Drei Hunde sind mir entgegengekommen, dazu noch drei riesige.

Bei der Straßenbahnhaltestelle habe ich zu mir gesagt: Wenn in der Straßenbahn ein Mensch mit Krückstock ist, dann wird es ein Dreier. In der Straßenbahn waren sogar zwei alte Frauen mit Krückstock.

Und beim Schultor habe ich zu mir gesagt: Wenn die Didi schon in der Klasse ist, dann wird es ein Dreier. Die Didi war in der Klasse. Und wenn man bedenkt, daß die Didi viermal die Woche zu spät in die Schule kommt und ich ziemlich früh dran war, dann war das schon ein echt gewagtes Orakel.

Relativ gelassen wartete ich also die vierte Unterrichtsstunde ab, obwohl die Corinna neben mir wahnsinnig flippte und andauernd stöhnte: »Wirst sehen, wirst sehen, sie gibt uns Fünfer! Ich hab das im Urin! Sie will uns eine Nachprüfung verpassen!«

Wie immer, fünf Minuten nach dem Läuten, spazierte die Henne in die Klasse. Sie klatschte den Schularbeitsheftestoß angewidert auf den Lehrertisch und schaute sauer. »Unerfreulich, sehr unerfreulich«, moderierte sie das Rückgabespektakel ein. Aber ich atmete erleichtert auf und lehnte mich locker entspannt zurück, denn mein Heft war im oberen Drittel. Meine Idee, den Heftrand mit grünem Filzstift einzufärben, war ein Geistesblitz der genialen Sorte! So erspare ich mir wenigstens den Hab-ich-einen-Fünfer-Streß bei der langatmigen Rückgabezeremonie der Henne. Und daß die einmal den Heftestoß anders als von sehr-gut-oben bis nicht-genügend-unten ordnen könnte, ist nicht anzunehmen.

Ich hatte tatsächlich befriedigend. Sogar mit einem + davor! Da dies meine letzte Schularbeit in Latein war, bringt mir dieser Dreier einen glatten Vierer fürs Zeugnis. Ich war unheimlich happy.

Aber dieser schöne Zustand währte leider nur zehn Minuten, denn dann sagte die Rosi laut und empört: »Das lasse ich mir nicht bieten! Das ist doch wirklich die Höhe der Frechheit!«

Die Rosi sitzt drei Pulte vor mir. Aber bei der Lateinschularbeit ist sie neben mir gesessen, weil die Henne bei den Schularbeiten immer wild in der Gegend herum versetzt. Nach welchen Prinzipien sie das tut, ist niemandem recht klar. Was sich die Rosi nicht gefallenlassen wollte, war der Vierer (mit einem – davor), den ihr die Henne auf die Schularbeit gegeben hatte.

Die Rosi drehte sich zur Gabi und zischelte der Gabi etwas zu. Und die Gabi drehte sich zur Didi und zischelte der Didi etwas zu. Und die Didi drehte sich zu mir und sagte: »Die Rosi möchte kurz dein Heft haben!«

Ich ließ mein Heft nach vorne wandern. Mir war klar, was die Rosi wollte. Unsere Fehler vergleichen wollte sie, weil ich die ganze Lateinschularbeit von ihr abgeschrieben hatte. In Latein bin ich ja eine Dreifachnull!

Gerade als die Pausenglocke bimmelte, hatte die Rosi ihre vergleichenden Studien beendet, und kaum war die Henne zur Tür draußen, brüllte sie: »Da und da und da und da... dieselben Fehler! Und die Julia hat sogar noch zwei dazu! Und zwar zwei sehr schwere Fehler! So was von einer Sauerei ist ja wirklich bodenlos!«

Alle liefen zur Rosi und umringten sie und schauten sich unsere Hefte an und sagten, es sei ja schon immer sonnenklar gewesen, daß die Henne die Noten wie im großen Lotto zu verteilen beliebe.

»Aber jetzt, bitte schön, ist die alte Kuh festgenagelt!« rief die Rosi. »Das garantiere ich euch! Mein Papa wird mit den zwei Heften ins Unterrichtsministerium gehen. Da wird die Henne dann Augen machen!«

Die ganze Pause über versuchten wir, der Rosi das auszureden. Aber sie blieb stur. Nicht einmal mein Heft wollte sie mir zurückgeben. Das habe ich ihr aus der Hand reißen müssen. So eine blöde Blunzen! Was soll denn das bringen, außer Ärger für mich?

Vorteil hat die Rosi keinen davon. Sie hat auf alle Lateinschularbeiten Vierer und steht also sowieso auf einem Vierer, ganz gleich, ob sie jetzt einen Dreier oder einen Vierer hat. Aber bei mir kommt die Scheiße zum Dampfen, wenn auffliegt, daß ich von der Rosi alles abgeschrieben habe. Dann wird meine Arbeit nämlich überhaupt nicht benotet, und dann habe ich statt einem Notendurchschnitt von vier

Komma null einen von vier Komma zwei, und dann hängt es ganz von der Laune der Henne ab, ob ich mich einer mündlichen Prüfung zu unterziehen habe oder nicht. Und wenn die, was garantiert der Fall wäre, auf einen Fünfer ausginge, dann stiege mein Notendurchschnitt auf vier Komma drei periodisch, und die Henne würde mir eine Nachprüfung anhängen, und ich hätte einen total versauten Sommer.

Die halbe Klasse hat auf die Rosi eingeredet wie auf ein krankes Pferd und ihr die Lage erklärt, aber die Wapplerin hat bloß immer wieder stur gesagt: »Das laß ich mir aber nicht gefallen. Mir geht es um die Gerechtigkeit!«

Sonst ist die Rosi gar nicht so vernagelt und verbohrt. In ihrem Hirn muß eine Schraube locker geworden sein. Wie kommt sie dazu, mich einfach der Gerechtigkeit aufzuopfern? Wo soll denn überhaupt beim Notengeben eine Gerechtigkeit sein? Die Parallelklasse hat in Latein den Steiner. Der gibt Schularbeiten mit Kindergarten-Niveau. Bei dem gibt es nie Fünfer. Und während der Schularbeit geht' er durch die Pultreihen und zeigt auf Fehler in den Schularbeitsheften. Ist das vielleicht gerecht, daß eine Klasse eine strenge Schreckschraube als Lehrerin hat und die andere Klasse einen gütigen Zwerg-Wichtel?

Die Corinna hat sich einen Ausweg für mich ausgedacht: Ich soll, meint sie, eine ganze Flasche Tinte über die Schularbeit schütten. Dann kann nicht einmal mehr der Herr Unterrichtsminister persönlich erkennen, ob ich haargenau dieselben Fehler wie die Rosi habe und noch zwei schwere dazu! Und mehr als eine lange Strafpredigt von der Henne, meint die Corinna, sei für so ein Delikt wie Tinte verschütten nicht zu erwarten.

Nach der Schule habe ich fast eine Stunde am Schreibtisch gesessen. Mit der Tintenflasche in der einen Hand und dem Schularbeitsheft in der anderen Hand. Ich habe mich einfach nicht getraut. Direkt erniedrigend, welchen Respekt unsereiner vor dem Schulkram hat!

PS:

Ich habe es geschafft! Jetzt hängt das Lateinheft zum Trocknen im Badezimmer an der Wäscheleine.

Damit es nicht allzu verdächtig ausschaut, habe ich gleich die letzten drei Schularbeiten blau eingefärbt.

Der Teppichboden in meinem Zimmer hat von der Blaufärberei auch ein paar Kleckse abbekommen. Ich habe versucht, sie mit Wasser und Seifenflocken auszuwaschen. Das hätte ich besser bleibenlassen! Wo vorher kleine, dunkelblaue Spritzer waren, sind jetzt große, hellblaue Wolken.

Wenn das die Mutti sieht, wird sie gleich wieder sagen, daß sie mir ja von Anfang an von einem weißen Teppichboden abgeraten habe, weil Weiß für ein »Dreckschweindl« keine passende Farbe sei.

Dabei bin ich kein Dreckschweindl! Wäre ich eines, hätte ich die kleinen Spritzer nicht wegzuwaschen versucht. Und der Boden wäre tadellos in Ordnung. Da sieht man es wieder einmal! Saubermachen ist sinnlos!

PPS:

Oh, du tintenblaue Hölle! Gerade als ich mit dem aufgetrockneten Schularbeitsheft aus dem Badezimmer komme, klingelt das Telefon, und die Rosi ruft an. »Ich will dir nur sagen«, säuselt sie, »daß mein Papa wegen der Henne und

befriedigend
Dienstag, 3. Juni
PPS.: Oh, du tintenblaue Hölle!!!
...ich will Dir nur sagen...
DAS DARF DOCH NICHT WAHR SEIN!
DIESE KUH!!!

der Lateinschularbeit nichts unternehmen wird.« Und dann quatscht sie noch allerhand daher von »mit den Mitschülern Solidarität haben müssen« und so Zeug der kollegialen Sorte.

Auf ihrem Mist ist das sicher nicht gewachsen. Wahrscheinlich ist der Vater von der Rosi ein vernünftiger Mensch.

Ich könnte der Wapplerin eine runterhauen! Kann sie mir ihre edlen Erkenntnisse nicht zwei Stunden früher morsen?

Mittwoch, 4. Juni

Die Mutti macht heute Überstunden, weil die Huber krank ist. Sie wird erst gegen neun Uhr nach Hause kommen, hat sie mir am Telefon gesagt. Die Mutti macht gern Überstunden, weil uns das zusätzliches Geld bringt. Und sie macht auch oft Überstunden, weil die Huber anscheinend kein zusätzliches Geld braucht und sich weigert, Überstunden zu machen. Ich weiß, daß wir das zusätzliche Geld gut brauchen können, aber das ist eigentlich kein Leben für die Mutti. Unter der Woche nichts als arbeiten und schlafen und dazwischen ein bißchen fernschauen. Und am Wochenende nichts als schlafen und Haus putzen und auch ein bißchen fernsehen.

Ich sollte Mathematik lernen. Ich sollte Biologie lernen. Ich sollte Geschichte lernen. Ich sollte für den Physiktest lernen. Ich sollte, ich sollte, ich sollte, ich sollte, ich sollte...

Ich kann aber nicht. Ich kann aber echt nicht. Ich kann aber echt überhaupt nicht. **EHRLICH!**

Wahrscheinlich kann ich deshalb nichts lernen, weil ich mich nicht entscheiden kann, was ich zuerst lernen soll. Am besten wäre es, ich blättere mir die diversen Hefte auf den Schreibtisch, wie die Karten zum Patiencelegen, und dann stucke ich mir den ganzen Kram simultan ins Hirn.

Dieser lausige Endspurt in den ersten zwei Juniwochen macht mich richtig depressiv. Und immer, wenn ich depressiv bin, bekomme ich einen riesigen Hunger. Berge könnte ich jetzt in mich hineinstopfen. Bloß gibt es nicht einmal einen genießbaren Krümel im Haus. Zumindestens keinen von der Sorte, die ich mag.

MITTWOCH, 4. JUNI:

ICH KANN NICHT! ICH KANN NICHT! ICH KANN NICHT!

Ich sollte Mathematik lernen!

Ich sollte Vokabel lernen!

OH GRAUS!!

Ich sollte Biologie lernen!

Ich sollte Geschichte lernen!

ICH KANN ECHT NICHT!

Ich sollte,

ich sollte,

ich sollte!

Nein, nein, nein! Ich kann nicht!

EIN CHAOS!

Ich kann aber nicht.

Ich kann aber echt nicht.

Ich kann aber echt überhaupt nicht.

EHRLICH!!!

ICH KANN NICHT!
ICH KANN NICHT!
ICH KANN ECHT NICHT!
ICH KANN NICHT! SELBST WENN ICH WOLLTE! ICH KAN

Zum Einkaufen ist es auch schon zu spät. Und daß die Mutti etwas Ordentliches mitbringt, damit ist nicht zu rechnen. Wahrscheinlich ist, daß sie heimkommt und Gulasch auftaut. Immer, wenn sie Überstunden macht, haben wir zum Spätnachtmahl Gulasch. Und Brot dazu. Dabei hasse ich Gulasch!

Ich könnte eigentlich den Papa anrufen und ihn fragen, ob er mich nicht auf eine Pizza ausführen will.

Oder noch besser:

Ich werde ihn anrufen und ihm sagen, daß ich die blöden Mathe-Beispiele nicht verstehe, und ihn bitten, daß er sie mir erklärt.

Da kann er schwer nein sagen. Blöd sterben darf ein halbwegs guter Vater seine Tochter nicht lassen!

Und wenn er dann fragt, wo wir uns treffen wollen – bei ihm oder bei mir –, dann schlage ich als Treffpunkt die Pizzeria vor.

Und die Mutti kann auch nicht meckern, wenn ich ihr sage, daß ich zwecks Vertiefung meines kargen mathematischen Wissens ein Extra-Treffen mit dem Papa arrangiert habe. Nur weil bei der Scheidung ausgemacht wurde, daß ich den Papa jeden Samstag und jeden Sonntag sehen darf, muß ich mich noch lange nicht daran halten. Ich verstehe überhaupt nicht, warum auch die Mutti auf diese idiotische Einteilung so fixiert ist.

Wenn ich mit ihr darüber reden will, schaltet sie regelmäßig auf total stur und sagt bloß: »So ist es eben vom Gericht beschlossen worden. Ausgemacht ist ausgemacht!«

Mich hat keiner gefragt! Ich habe niemandem etwas zugesagt. Mit mir hat kein Gericht etwas ausgemacht!

Ich will eine Pizza mit Oliven und Schinken und Artischocken und Mozzarella. Und die werde ich kriegen. Ganz gleich, was die Mutti und ein Gericht miteinander ausgemacht haben!

PS:

Ich habe den Papa angerufen. Er ist doch ein wahrer Schatz. Er hat gleich gefragt, ob wir uns nicht in der Pizzeria treffen wollen.

Er weiß ja, wie gern ich Pizza esse!

Übrigens war eine Frau am Telefon, wie ich angerufen habe. »Haaaaanes, Telefon«, hat sie gerufen. Und in den Hörer hat sie gebrummt: »Er kommt sofort.« Mit einer ganz tiefen Stimme hat sie gebrummt.

Sonst hat sie nichts zu mir gesagt.

Die Kitti kann das nicht gewesen sein.

Erstens hat die Kitti nicht so eine tiefe Stimme. Und zweitens hätte die Kitti mit mir getratscht, bis der Papa ans Telefon gekommen wäre.

Vorige Woche hat sie mich auch gefragt, wie es mir geht und was die Schule so macht und ob ich vielleicht eine junge Katze möchte, eine Freundin von ihr hätte eine zu verschenken. Und mit »Hallo Julia« hätte sie mich auf alle Fälle begrüßt. Ich kenne diese Kitti nur vom Telefon her. Und jetzt ist sie anscheinend schon wieder »abserviert« und durch eine Neuerwerbung ersetzt.

Schade! Der Papa hat mir erzählt, daß sie einmal Miss Weinberg vom Burgenland war. Eine echte »Miss« hätte ich mir gerne gegeben. Angeblich sind ja alle Missen strohdumm, weil man ja wirklich ziemlich blöd sein muß, wenn man im Bikini über einen Laufsteg wandert und sich von allen Leuten beglotzen läßt und sich dann scheckig freut, wenn man einen Busen und einen Popo hat, der vor ihren Augen Vorzugs-Gnade findet. Aber richtig strohdumm hat diese Kitti am Telefon nicht geklungen.

Donnerstag, 5. Juni

Die Henne ist schneeweiß im Gesicht geworden, als sie mein Lateinschularbeitsheft gesehen hat. Ihre Unterlippe hat zu beben angefangen. Sogar ihre großen Schlappohren haben gebebt. Nicht einmal richtig strafgepredigt hat sie vor lauter Entsetzen. Bloß »aber Kind, aber Kind«, hat sie gestammelt, und dann hat sie geklagt: »Ein Schularbeitsheft ist doch ein Dokument, mein Kind. Weißt du das nicht? Was tun wir da bloß nur, was tun wir da bloß nur?«

Ich habe geantwortet: »Aber bitte, ich muß ja eh nichts mehr hineinschreiben.«

Doch der Henne war das kein Trost. Total verstört war sie. Lehrer haben vor dem Schulkram anscheinend noch viel mehr Respekt als unsereiner. Und dann hat mich die Henne gefragt: »Kind, wie konnte denn das passieren?«
Damit hatte sie den einzigen wunden Punkt der Angelegenheit getroffen, denn meine Füllfeder hat natürlich Tintenpatronen. Wer benutzt denn heute noch die alten Kolbendinger, die man aus der Tintenflasche zu füllen hat? Bloß meine Mutti-Oma hat so ein Uraltding. Und die ist mir Gott sei Dank gleich eingefallen. Ich habe der Henne erklärt, daß meine Füllfeder kaputt ist und daß ich mir die Füllfeder von meiner Oma ausgeborgt habe und daß ich sie füllen wollte und daß ich leider – weil ich das ja noch nie gemacht hatte – ungeschickt hantiert habe, und schon war das Malheur da!

»Aber Kind, da tut man das Schularbeitsheft doch vorher weg«, hat die Henne gejammert, und ich habe schuldbewußt-reuig-zerknirscht den Kopf gesenkt.

Die Henne hat noch dreimal tief geseufzt, dann hat sie die

Didi zur Tafel gerufen und ihr einen Satz zum Übersetzen diktiert. Anscheinend ist damit die Tintenaffäre erledigt!

Seit zwei Wochen lehnt jeden Morgen, wenn ich zur Straßenbahnhaltestelle komme, ein irrer Typ an der Stange mit der Haltestellentafel. Er ist unheimlich groß (garantiert 1,90 m oder noch länger) und hat lange, sehr blonde Haare (mit Ringellocken). Unentwegt kaut er Kaugummi. Und wenn er sich bewegt, wirkt das sehr elegant-lässig. Ich schätze ihn auf mindestens sechzehn Jahre. Meistens hat er eine Zeitung unter den Arm geklemmt. Schultasche hat er keine. Aber das sagt nicht viel. Bei uns in der Schule kommen viele aus den oberen Klassen oft ohne Schultasche.

Der Typ steigt immer mit mir in denselben Wagen ein und stellt sich neben mich. Er tut so, als würde er die Zeitung lesen. Aber er schielt über den Rand der Zeitung zu mir her. Und zweimal schon, als ich zur Haltestelle kam und mir eine Straßenbahn gerade vor der Nase wegfuhr, ist der Typ auch an der Stange von der Haltestellentafel gelehnt. Er hat die Straßenbahn sausen lassen, um auf mich zu warten. Das steht eindeutig fest!

Warum redet er dann nicht mit mir? Ob er schüchtern ist? In den Trost-und-Rat-Spalten habe ich zwar schon oft gelesen, daß auch ein Mädchen einen Burschen ansprechen kann, wenn er ihr gefällt, aber wie – um Himmels willen – soll ich ihn denn anquatschen?

Wie heißt du?, oder: *Wo fährst du hin?*, oder: *Gehst du auch in die Schule?*, oder gar: *Heute ist aber ein echtes Sauwetter!*

Das klingt doch alles urblöd! Und die Wahrheit sagen,

nämlich: *DU GEFÄLLST MIR UNHEIMLICH GUT!*, das bringe ich nicht. Die Corinna meint, ich solle so tun, als suche ich etwas in meiner Geldbörse. Und dann solle ich ein paar Münzen fallen lassen. Und dann, meint sie, würde sich der Typ nach dem Geld bücken und es aufheben und mir zurückgeben. Und ich würde mich bedanken, und das Gespräch – wenn er an einem Interesse hat – wäre schon in Gange!

Vielleicht probiere ich das morgen. Aber ich muß etwas anderes fallen lassen. Ich bin so total pleite, daß ich nicht einmal ein paar Münzen zum Anbandeln habe. Vier 2-Groschen-Stücke besitze ich. Da lohnt sich das Bücken gar nicht.

Meine Taschengeldsituation gehört endlich bereinigt. Seit vier Jahren bekomme ich jetzt den lumpigen Hunderter pro Monat. Und daher bekomme ich am Ersten gar nichts, weil ich mir schon immer von der Corinna und der Didi oder sonst wem Geld geborgt habe und den lumpigen Hunderter zum Schuldenzahlen verwenden muß.

Eine Vierzehnjährige braucht schließlich mehr Geld als eine Zehnjährige. Und wenn man einrechnet, daß wir eine durchschnittliche Inflationsrate von sieben Prozent im Jahr haben, dann hat mein lumpiger Hunderter achtundzwanzig Prozent an Kaufkraft verloren und ist nur noch zweiundsiebzig Schilling wert. Das müßten meine werten Erzeuger doch einsehen! Das müßte man ihnen doch nicht erst lange erklären!

Früher, als die Mutti und der Papa noch zusammen waren, wäre es mir überhaupt nicht schwergefallen, einfach mit der Faust gehörig auf den Tisch des Hauses zu knallen und meine gerechten Forderungen anzumelden. Aber jetzt ist alles so maßlos verzwickt. Die Mutti jammert dauernd, daß sie mit dem Geld nicht auskommt. Und daß der Papa mit seinem Geld nicht auskommt, merkt man ja; sonst wäre er mit den Alimenten nicht drei Monate im Rückstand. Einer, der aus Geiz nicht zahlt, ist mein Papa absolut nicht.

Es ist ja auch logo und klaro! Jetzt muß der Papa für seine Wohnung Miete zahlen, und die Mutti blecht fürs Haus die Kreditraten. Und ein eigenes Auto hat sich die Mutti auch zugelegt. Wie soll sie denn ins Büro kommen, wenn sie der Papa nicht mehr hinfährt? Der Notar, bei dem die Mutti arbeitet, hat seine Kanzlei am anderen Ende der Stadt. Mit der Straßenbahn wäre das eine Weltreise.

Und der Papa geht oft ins Wirtshaus essen. Und zwei Wohnungen müssen im Winter geheizt werden. Und in zwei Wohnungen brennt am Abend Licht. Und alles, was der Papa früher in unserem Haus selbst repariert hat, muß die Mutti jetzt von Handwerkern machen lassen, und die kosten viel Geld. Und der Papa bringt seine Schmutzwäsche in die Wäscherei, und die verlangt für jedes gebügelte Hemd ein kleines Vermögen. Und einmal die Woche kommt eine Putzfrau zum Papa. Im Grunde genommen muß alles doppelt bezahlt werden: die Telefongrundgebühr, die TV-Gebühr, die Radiogebühr... Und der Papa hat sich einen neuen Fernsehapparat kaufen müssen, weil er uns den alten dagelassen hat. Und die Mutti hat eine neue Stereoanlage kaufen müssen, weil der Papa unsere mitgenommen hat. Und neue Möbel hat sich der Papa kaufen müssen. Für die zahlt er noch die Raten ab.

Geschieden leben ist doppelt so teuer wie verheiratet leben. Ich sehe das ja alles irgendwie ein. Nur warum ich deshalb taschengeldmäßig unter die Armutsgrenze fallen soll, sehe ich eigentlich nicht ein. Ich habe mich ja nicht scheiden lassen.

Nur echt reiche Leute können sich anscheinend eine Scheidung wirklich leisten.

Die Corinna meint, ich habe darauf keine Rücksicht zu nehmen. Sie tut das auch nicht. Ganz im Gegenteil, sagt sie. Sie kassiert doppelt! Ihr Papa weiß nicht, daß sie von ihrer Mama Taschengeld kriegt. Und ihre Mama weiß nicht, daß sie von ihrem Papa Taschengeld kriegt. Aber das geht bei ihr auch viel einfacher, weil ihre Eltern sich so spinnefeind sind, daß sie kein Wort miteinander reden und sich nie treffen. Bei mir ist das anders. Und bei mir ist es wie verhext! Jedesmal, wenn ich mir vornehme, daß ich der Mutti endlich meine Taschengeldmisere vortrage, erzählt sie mir von ihrer Geldmisere und davon, daß wir mehr Schulden als Haare am Kopf haben. Und jedesmal, wenn ich dem Papa mit der leidigen Angelegenheit kommen will, erzählt er mir von seinen leidigen Finanzen und davon, daß ihm »das Wasser bis zum Hals steht«. Und dann traue ich mich nicht mehr, mit meinen Taschengeldsorgen rauszurücken. Shit!

Freitag, 6. Juni

Heute bei der Geschichtsprüfung habe ich echtes Schwein gehabt. Weil der Raffzahn drei Wochen krank gewesen und daher nicht zum Prüfen gekommen ist, hat er die Prüfungen im gemischten Doppel arrangiert. Immer zwei zu zwei, damit er es schneller über die Runden bringt. Ich bin gemeinsam mit dem Michael drangekommen. Der Raffzahn hat dem Michael die Fragen gestellt, und nur, wenn der Michael keine Antwort gewußt hat, habe ich einspringen müssen. Da der Michael aber ein ziemlicher Wiffzack ist, war das nur dreimal der Fall, und alle drei Mal habe ich halbwegs Bescheid gewußt.

Mit »Ein gut für euch beide«, hat uns der Raffzahn entlassen. Er war so zufrieden mit uns, daß er die Raffzähne gebleckt hat, was bei ihm ein Lächeln bedeuten soll. Aussehen tut es allerdings so, als wollte er einen beißen.

Die giftgrüne Hose von der Corinna habe ich auch schon! Sie paßt mir tadellos, wesentlich besser als der Corinna. Weil ich dünnere Oberschenkel habe und bei mir die Hose, um die Schenkel herum, nicht so prall ausgefüllt ist.

Der Mutti sage ich einfach, daß ich die grüne Hose gegen meine blaue Hose eingetauscht habe. Hose gegen Hose, dagegen kann sie nichts haben! Damit kränke ich ja die Oma nicht.

Meine blaue Hose habe ich in der Truhe, unter mein altes Spielzeug, gestopft. In die Truhe schaut die Mutti nie hinein. Und vom Armband erwähne ich jetzt einmal gar nichts. Es fällt doch niemandem auf, ob das Ding in der Lade liegt oder nicht! Und falls mich die Mutti doch einmal fragen soll-

13. MAI 1943: KAPITULATIO
DES DEUTSCHEN AFRIKAKORPS
10. JULI 1943: LANDUNG DER ALLIIERTE
IN SIZILIEN. 25. JULI 1943: MUSSOLINI WIR
ABGESETZT UND VERHAFTET. 12. SEPTEMBER
1943: HITLER LÄSST MUSSOLINI BEFREIEN.
4. JUNI 1944: ALLIIERTE TRUPPEN MAR-
SCHIEREN IN ROM EIN. 6. JUNI 1944: BEGINN
DER INVASION DER ALLIIERTEN IN D
NORMANDIE.

DAS IST DER RAFFZAHN...

RAFF ZAHN!

Freidag, 6. Juni

Heude bei der
Geschichdeprüfung
hab ich echdes
Schwein gehabd.
Weil der Raffz
ochen krank
nichd zum
gekommen
en Doppel
er schne
ferdig 1
mid de

te, warum ich das Armband nie trage, werde ich sagen, daß ich so einen Klimperklunker nicht an mir herumbaumeln lassen mag. Dafür hat die Mutti Verständnis.

Der Typ in der Straßenbahn hat einen Sonnenbrand auf der Nase. Knallrot war seine Nase heute in der Früh. Aber der Kerl schaut sogar mit einer knallroten Nase unverschämt gut aus. Stefan würde als Name gut zu ihm passen. Bloß heißen die Leute selten so, wie sie aussehen. Blonde Leute haben oft braune Namen, und dunkelhaarige Leute haben oft blonde Namen. Stefan ist eindeutig ein blonder Name. Sabine und Gabi sind auch blonde Namen, Bernhard und Silvia sind braune Namen. Wieso mir das so vorkommt, weiß ich auch nicht. Vielleicht war der erste Stefan, den ich irgendwo in einer Sandkiste kennengelernt habe, blond. Und die erste Silvia, mit der ich im Kindergarten gespielt habe, war vielleicht braunhaarig.

Nach Büroschluß werde ich den Papa abholen. Morgen und übermorgen hat er leider keine Zeit. Er muß zu einem Wochenend-Seminar von der Gewerkschaft fahren, weil er Betriebsrat ist. Die Mutti will, daß ich spätestens um neun Uhr wieder daheim bin. »Morgen ist schließlich Schule, Julia«, hat sie gesagt, als ich sie im Büro angerufen und ihr die veränderte Lage erklärt habe.

Ich gehe doch auch nicht um neun Uhr schlafen, wenn ich daheim bin! Gestern haben die Mutti und ich bis Mitternacht ferngeschaut! Ich habe den Verdacht: Sie will einfach nicht allein daheim sein. Ich sehe ja ein, daß es nicht spaßig ist, einzeln im Wohnzimmer herumzuhocken. Aber warum geht sie nicht auch irgendwohin, wenn sie keine Überstunden machen muß?

Freunde hat sie doch genug. Am Montag, zum Beispiel, war die Alice bei uns und hat die Mutti für heute abend zum Heurigen eingeladen. Aber die Mutti hat abgelehnt. »Ich kann die Julia nicht allein lassen«, hat sie gesagt. »Wo ich schon am Nachmittag nie daheim bin. Und am Abend, wegen der blöden Überstunden, oft auch nicht.«

»Mich kannst du ruhig allein lassen«, habe ich gesagt. »Geh doch zum Heurigen. Mir macht das echt nichts aus.«

Die Mutti hat das nicht gelten lassen. Da ist sie echt schizo! Sie bleibt daheim, damit ich nicht einsam bin. Und ich soll daheim bleiben, damit sie nicht einsam ist. Wir sind doch keine siamesischen Zwillinge! Und mehr als zusammen fernschauen, ist in unserer Abendunterhaltung ohnehin nicht drin. Fernschauen kann ich auch allein. Und was ich echt mit jemandem bereden möchte, sind sowieso keine Themen für die Mutti. Ich glaube, wenn ich sie fragen würde, wie ich mit dem Typ aus der Straßenbahn in Nahkontakt treten könnte, trifft sie glatt der Schlag! »Aber Julia, aber Julia...«, würde sie stammeln, »du bist doch erst vierzehn!« Die Mutti hat ihren ersten Freund mit sechzehn gehabt und schließt daraus, daß sechzehn Jahre das richtige Alter für die erste Liebe ist.

So Sachen wie die Tintenaktion sind auch nichts für sie. Würde ich ihr davon erzählen, würde sie unter Garantie sagen, daß ich mehr lernen solle und daß Unredlichkeit auf lange Sicht nur Verdruß bringe und daß man gerade in Latein in den ersten Jahren viel lernen müsse, sonst fehle einem das in den oberen Klassen. Mutti ist nämlich in der siebenten Klasse in Latein sitzengeblieben!

Mutti behauptet zwar, mit ihr könne man »einfach alles« bereden, aber das redet sie sich nur ein. Sie war ja nicht einmal bereit, mir ehrlich zu erklären, warum sie sich vom Papa scheiden lassen will! Sooft ich sie damals danach gefragt habe, hat sie nur Ausreden für mich gehabt und irgend etwas von »wir haben uns auseinandergelebt« dahergeredet. Hätte der Mutti-Opa nicht einmal vor mir zur Mutti-Oma gesagt: »Der Weiberheld steigt doch jede Woche mit einer anderen ins Bett«, hätte ich keinen Schimmer gehabt, was sich in unserem trauten Heim wirklich abspielt. Dabei war das doch völlig hirnverbrannt von der Mutti!

Daß sie nicht mit einem Mann verheiratet sein will, der sie dauernd betrügt und jeden Monat eine andere Freundin hat, ist einzusehen. Aber solange ich ihr den Schmarrn vom »Auseinanderleben« abgenommen habe, war ich stinksauer auf sie. Ich habe mir gedacht: Bloß weil die Mutti spinnt, muß mein Papa aus dem Haus!

Seit ein paar Monaten kenne ich die Scheidungsgründe meiner Eltern aber haargenau. Ich habe im Wandschrank, in der Dokumentenmappe, meine Impfkarte gesucht, weil wir sie in die Schule mitbringen mußten wegen der Schluckimpfung gegen die Kinderlähmung. Da habe ich unter dem ganzen Dokumentenkram das Scheidungsurteil gefunden. Heiliger Bimbam, stehen da vielleicht Sachen drinnen! Ich hab vor Schreck Schluckauf bekommen.

Die Mutti hat dem Papa einen Privatdetektiv nachgeschickt, damit der beweist, daß der Papa der Mutti untreu geworden ist. Der Detektiv hat der Mutti immer genau Bericht erstattet. Sogar Fotos vom Papa und seiner damaligen Freundin hat er gemacht. Und dann hat der Privatdetektiv die Rechnung für seine harte Arbeit an den Papa geschickt. Und der Papa hat darüber so eine Wut gekriegt, daß er der Mutti einen Krach gemacht hat, und im Laufe dieses Kraches hat er ihr einen Kristallaschenbecher ans Schlüsselbein geworfen, und die Mutti hat davon eine schmerzhafte Prellung bekommen, die ihr ein Arzt bestätigt hat.

Wir haben doch gar keinen Kristallaschenbecher und haben nie einen gehabt! Und wann soll denn das passiert sein? Am Vormittag, wenn ich in der Schule war, waren der Papa und die Mutti doch zur Arbeit.

Das ist jetzt zwar schon alles über zwei Jahre her, aber an solch wilde Sachen könnte ich mich doch erinnern, selbst wenn sie vor hundert Jahren passiert wären. Ich erinnere mich ja auch noch daran, daß die Mutti damals oft geweint hat und daß der Papa am Abend oft weg war. Ich weiß sogar noch, daß die Mutti den Papa einmal angebrüllt hat: »Du glaubst doch nicht, daß ich mich von dir dauernd verscheißern lasse!« (Scheiße mit »ver« vorne dran war mir nämlich damals brandneu.)

Und daß die Mutti einmal zum Papa gesagt hat: »Jedes Wort, das aus deinem Mund kommt, ist gelogen, du kannst ja überhaupt nur noch lügen«, das weiß ich auch noch.

Allerdings habe ich damals oft bei den Mutti-Großeltern geschlafen.

Vielleicht haben meine Eltern die wilden Streits nur dann ausgetragen, wenn ich nicht daheim war.

Die Corinna meint, daß nicht alles, was in Scheidungsurteilen steht, stimmen muß. Ihre Eltern, sagt die Corinna, haben bei der Scheidung das Blaue vom Himmel gelogen, damit die Scheidung schneller über die Runden geht und weniger kostet und der Richter einsieht, daß sie nicht mehr miteinander leben können.

Das glaube ich aber im Falle von Mutti und Papa nicht. Denn wenn man schon etwas erfindet, erfindet man doch etwas Hübscheres als Hinterher-Spioniererei und Aschenbecher-aufs-Schlüsselbein. Oder?

Der Aschenbecher aufs Schlüsselbein stört mich gar nicht so besonders viel. Der Papa ist manchmal sehr jähzornig. Da kann das schon passieren, daß er was in die Hand nimmt und wirft. Aber der Privatdetektiv irritiert mich maßlos. So was hätte ich der Mutti nie im Leben zugetraut. Das ist doch echt fies. Ich würde sie gern fragen, warum sie das getan hat. Aber dann müßte ich zugeben, daß ich das Scheidungsurteil gelesen habe. Und sie würde sagen, daß ich damit ihre Intimsphäre verletzt habe. Sie ist sicher der Ansicht, daß mich das alles nichts angeht. Ich weiß selbst nicht, ob es mich etwas angeht. Einerseits geht es mich natürlich etwas an, weil das meine Eltern sind, die sich da so blödsinnig aufgeführt haben, und weil ich ein Recht darauf habe zu wissen, was meine Eltern tun und welche Menschen sie sind. Andererseits kann meine Mutti natürlich auch ihre Geheimnisse haben. Ich habe ja auch die meinen. Und überhaupt wär's mir sowieso lieber gewesen, ich hätte das Urkunden-Urteil-Dings nicht unter die Finger gekriegt. Ein paar Illusionen über meine werten Erzeuger hätte ich mir gern behalten.

Samstag, 7. Juni

Es ist ein echter Wahnsinn, aber es stimmt trotzdem: Mein Straßenbahntyp heißt tatsächlich Stefan! Was aber nicht heißt, daß ich mit ihm geredet habe. Es war so: Ich komme, zwanzig vor acht Uhr wie immer, zur Haltestelle. Er lehnt – auch wie immer – mit der Zeitung unter dem Arm an der Stange und kaut sein Kaugummi. Ich stelle mich in einem Respektsabstand von einem Meter neben ihn, schaue ihn nicht an und hole einen Kaugummi aus der Hosentasche und stecke ihn in den Mund. Eigentlich mag ich seit Jahren schon keinen Kaugummi mehr, aber ich habe mir wegen dem Typ extra ein Packel Kaugummi gekauft, weil ich mir gedacht habe: Kauen wir wenigstens gemeinsam, wenn wir schon nichts miteinander reden, das verbindet auch irgendwie!

Die Straßenbahn kommt, und wir steigen ein. Zuerst ich, er hinter mir. Gegenüber vom »Einstieg«, am Kasten, wo man die Vorverkaufsscheine markieren muß, lümmelt ein kleiner, schwarzhaariger Pummel, einer mit mehr Pickeln im Gesicht als ein Normalmensch Poren hat. Einen Fettbauch hat der Pummel auch. Der hängt ihm in einem rotweiß karierten Hemd über den Hosenbund und schaut vorne, zwischen den Hemdknöpfen, behaart heraus. Der Pummel hebt die rechte Hand und sagt: »Hallo, Stefan, wie geht's, Alter?«

Ich bin dermaßen verdattert, daß mein Typ wirklich Stefan heißt, daß ich über meine eigenen Hufe stolpere, quer durch den Wagen holpere und dem Pummel mitten auf den Fettbauch falle.

Der Pummel grinst und sagt: »Hoppla, gnä' Frau, welch Ehre am frühen Morgen!«

Ich wurschtle mich aus dem karierten Fettbauch heraus, bin garantiert knallrot im Gesicht und flüchte mich auf den nächsten freien Sitzplatz, obwohl ich sonst in der Straßenbahn nie sitze, weil sich das für drei Stationen gar nicht lohnt. Ich hole mein Englisch-Vokabelheft heraus und murmle englische Wörter vor mich hin.

Kaum habe ich eine Seite heruntergebetet, wird es sehr kariert um mich herum, und der Pummel beugt sich über mich. »Hallo, gnä' Frau«, sagt er. »Wollen wir nicht aus unserem Zusammenstoß eine noch innigere Bekanntschaft machen? Darf ich mich vorstellen? Ich bin Gustav der Zweite, der Stärkere, der Hit der Saison.«

»Hallo«, antworte ich, »ich bin die Julia.«

Nie im Leben hätte ich dem Kerl meinen Namen gesagt, wenn er mit meinem Typ nicht bekannt gewesen wäre. Nicht, weil er so häßlich ist. Dafür kann er ja nichts. Aber so eine blöde Draufgänger-Angeber-Art nervt mich wahnsinnig. Dafür hab ich überhaupt nichts übrig.

»Und der Jüngling an der Halteschlaufe dort«, der Pummel deutet mit seinem Knackwurstdaumen nach hinten, »das ist der Stefan, mein langjähriger Schulkumpan.«

Ich drehe mich um und lächle dem Stefan zu. Der Stefan lächelt hauchzart zurück.

»Gehen gnä' Frau ins Gymnasium?« fragt der Pummel und deutet mit seinem Knackwurstdaumen nach vorne, der Schule zu.

Ich nicke.

»Dann steigen gnä' Frau ja gleich wieder aus«, stöhnt der

Pummel und macht ein Trauergesicht und versucht vergeblich, seine Fettstirn in Falten zu legen.

Ich nicke wieder.

Der Pummel kratzt sich mit dem Knackwurstdaumen sein Aknekinn. »Wie wär's denn, gnä' Frau«, fragt er, »wenn wir heute nachmittag unsere Bekanntschaft vertiefen würden?«

Ich lächle, so auf ja-nein-vielleicht-weiß-noch-nicht, und schiele dabei zum Stefan, weil ich sehen will, ob der auch an einer Bekanntschaftsvertiefung Interesse hat.

Der Pummel wummert mir eine Fettpfote auf die Schulter. »Na, geben doch gnä' Frau ihrem Jungmädchenherzen einen Stoß«, sagt er. »Das würde zwei lonely boys high stimmen.«

Ich stecke mein Vokabelheft in den Rucksack. Soweit ich es aus den Augenwinkeln erkennen kann, ist dem Stefan nicht anzusehen, ob ihn ein Nachmittagtreffen »high« stimmen würde. Der Pummel haut mir wieder eine Pfote auf die Schulter. »Wie wär's heut' um drei?« fragt er. »Bis halb drei haben wir zwei Armen nämlich Schule.«

Ich stehe auf und will schon ja sagen, da fällt mir ein, daß die Mama für heute nachmittag einen Besuch bei der Oma arrangiert hat. Wie sie erfahren hat, daß der Papa dieses Wochenende keine Zeit für mich hat, hat sie sich anscheinend verpflichtet gefühlt, mich mit anderen Familienmitgliedern zu entschädigen. Also sage ich: »Tut mir leid, für heute nachmittag habe ich schon etwas vor.«

»Und morgen?« fragt der Pummel.

Ich gehe zum Ausstieg, sehe, daß sich der Stefan hinter der Zeitung verschanzt, aber über den Rand der Zeitung zu uns schaut, und sage: »Morgen wäre ich frei!«

Der Pummel geleitet mich zum Ausstieg. »Wäre Punkt zwölf, beim Kinderbassin im Ottakringer Bad, ein Treffpunkt, der gnä' Frau passen würde?« fragt er.

Ich sage bloß »o.k.«, und weil die Straßenbahn schon in die Haltestelle einfährt, kann ich gar nicht mehr fragen, wie denn das sein soll, wenn es morgen regnet. Dabei haben sie in den 7-Uhr-Nachrichten im Radio für morgen Regenschauer angesagt. Hoffentlich war der Wetterbericht falsch!

Im Moment jedenfalls schaut es ziemlich sonnig aus. Vielleicht hält mir ein gütiger Schutzengel das drohende Adriatief für zwölf Stunden zurück. Ich bin ziemlich happy.

Erstaunlich eigentlich, wie man vom tiefsten Tief – vom seelischen, meine ich – wegkommen kann. Heute in der Früh war ich nämlich noch in einem total zernepften Down. Von gestern abend her. Mein Papa ist ein Affenarsch, ein lausiger. Auch wenn er noch so lieb ist.

Ich bin gestern dahinter gekommen, daß der Kerl überhaupt nicht auf ein Gewerkschaftsseminar muß. Gelogen hat er! Mit einer Mrs. Hoschek fliegt er nach London. Heute, um 7.15 ist er abgeflogen. Für Montag, 8.20, hat er den Rückflug gebucht. Ich habe die zwei Flugtickets auf seinem Nachttisch gefunden. Eine Engländerin ist diese Hoschek sicher nicht.

In den Flugtickets steht ja immer Mr. oder Mrs.

Mich hat diese Flugticket-Entdeckung total k.o. geschlagen. Warum, weiß ich auch nicht so genau. Natürlich fände ich es schöner, wenn der Papa mit mir, statt mit dieser Hoschek, irgendwohin fliegen würde. Aber das war es nicht! Natürlich fände ich es auch schöner, wenn der Papa der Mutti den Alimenterückstand zahlen würde, anstatt Flugscheine zu kaufen. Aber das war es auch nicht!

Ich glaube, daß er mich anlügt, das hat mich so sagenhaft down gemacht. Daß er mich jetzt schon genauso verscheißert wie früher die Mutti!

Nicht einmal, als ich ihm die zwei Flugscheine unter die Nase gehalten habe, hat er die Wahrheit zugegeben. Was ich mir bloß immer zusammenreime, hat er gejammert! Das Gewerkschaftsseminar finde doch in London statt! Und die Hoschek sei doch seine Betriebsratskollegin! Und er habe mir das ohnehin alles erzählt! Ob ich denn schon ein verkalktes Großmutterl sei, das sich an nichts erinnern könne!

Ich habe getan, als ob ich ihm das abnehmen würde. Er hat natürlich gemerkt, daß ich nur so tue. Und der Abend war versaut. Zwischen uns ist eine Jalousie runtergegangen. Pünktlich um neun Uhr war ich daheim. Die Mutti hat sich gefreut.

Daß einem die, mit denen man zusammenlebt, hin und wieder nicht die Wahrheit sagen, finde ich nicht weiter schlimm. Ich lüge ja auch manchmal, um mir das Leben leichter zu machen. Aber mit dem Papa lebe ich nicht mehr zusammen. Ich sehe ihn bloß ein paar Stunden pro Woche. Dadurch ist er sowieso ein Goldfisch für mich geworden. Kaum habe ich ihn in der Hand, glitscht er mir schon wieder durch die Finger und läßt sich nicht mehr fassen.

An den vielen Tagen, wo ich den Papa nicht sehe, stelle ich ihn mir oft vor. Da denke ich dann: Jetzt sitzt er im Büro und arbeitet, jetzt fährt er nach Hause und flucht über den Verkehr, jetzt kegelt er mit dem Harri, seinem Freund, jetzt schaut er sich den Nachtfilm im Fernsehen an. Oder eben:

Jetzt hört er sich im Gewerkschaftsheim einen Vortrag an! Wenn er aber in London mit der Hoschek spazierengeht, während ich ihn mir im Gewerkschaftsheim vorstelle, dann kriege ich den Goldfisch überhaupt nicht mehr zwischen die Finger.

Doch was soll's! Ändern kann ich es sowieso nicht. Ich freue mich lieber auf morgen, auf Punkt zwölf beim Kinderbassin. Hoffentlich ist der Stefan innen genauso nett wie außen. Und jetzt bereite ich mich seelisch auf den Oma-Besuch vor. Das werden wieder drei Wahnsinnsstunden! Nur von Darmspiegelungen und Magenröntgen, von Nieren und Gallen und Lebern wird geredet werden. Und der Opa wird grantig sein, weil nur von den Organen der Oma geredet werden wird, obwohl er auch Organe hat, die untersucht werden sollten, seiner Ansicht nach. Und die Oma wird direkt beleidigt sein, daß man bei ihr im Krankenhaus nichts Ernsthaftes gefunden hat!

PS:

Der Corinna habe ich nicht erzählt, daß ich meinen Typ aus der Straßenbahn morgen im Bad treffen werde. Ich wollte nicht, daß sie auch ins Bad kommt. Sie ist zwar meine Freundin, aber wenn es um Burschen geht, kennt sie kein Pardon. Der Stefan würde ihr sicher gefallen. Bei blonden, großen Typen flippt sie aus. Und ich brauche nicht gleich beim ersten Rendezvous harte Konkurrenz.

Sonntag, 8. Juni

Es ist neun Uhr, und der Himmel ist grau wie ein Granitgrabstein und hängt ganz weit unten, und die Mutti sagt, daß nur echt Wahnsinnige bei so einem Wetter auf die Idee kommen, ins Bad zu gehen.

Es ist zehn Uhr, und das Straßenpflaster ist schwarz getupft von Regentropfen, und die Mutti sagt, daß sie mir verbietet, bei so einem Wetter ins Bad zu gehen, weil meine Mandeln zu Angina neigen und meine Nase zu Schnupfen und sie ihre fünf Tage Pflegeurlaub schon in meine März-Angina investiert habe, und sie habe keine Lust, ihren sauer verdienten Normal-Urlaub für Krankenpflege zu vertun.

Es ist elf Uhr, und der Regen hat aufgehört. Am Horizont ist fast schon ein hellblauer Streifen zu sehen. Die Mutti sieht ihn nicht, aber die ist ja farbenblind! Sie behauptet, daß es gleich wieder regnen wird. Wird es aber nicht. Ohne daß ich den dicken Baumwollpulli in die Badetasche packe, sagt sie, darf ich nicht aus dem Haus. Von mir aus! Pack ich das Unikum halt ein. Ob ich es anziehe, ist allerdings eine andere Frage!

Es ist acht Uhr am Abend, und ich habe einen Tag hinter mir, von dem ich nur sagen kann: den wünsche ich meinem ärgsten Todfeind!

Punkt zwölf Uhr war ich, wie verabredet, beim Kinderbassin. Der Himmel war jetzt schon zur Hälfte blau und zu einem Drittel sogar blitzblau. Aber ein bißchen kalt war es noch, und ich zog mir den Pulli über, weil ich mir mit Gänsehaut absolut nicht gefalle. Ich setzte mich auf den Beckenrand und streckte die Zehen ins Wasser. Das Wasser war kalt. Im Becken war kein einziges Kind. Nur ein verbeulter kleiner Gummiball, ein paar Blätter und ein Stangerl von einem Eislutscher schwammen im Wasser.

Fünf Minuten hockte ich auf dem Beckenrand, mein Hintern war schon eiskalt, dann brüllte es hinter mir: »Grüß Gotterl, gnä' Frau! Gustav der Zweite, der Stärkere, meldet sich trotz Schlechtwetter frohgemut zur Stelle!«

Ich sprang auf, sagte »hallo« und schaute mich nach dem Stefan um, aber der war weit und breit nicht zu sehen.

In der Badehose schaut der Pummel noch viel verbotener aus! Sagenhafte X-Beine hat er. Und Plattfüße wie Löschpapierwiegen. Und auf alle Fälle hat er dreimal soviel Busen wie ich. Und in seinem Bauchnabel könnte man garantiert einen Kugelschreiber versenken, und kein Fuzerl davon würde rausschauen. Und das Gesicht hatte sich das arme Schwein kosmetisch behandelt! Alle gelben Eitertupferln hatte er ausgedrückt. Lauter brandrote Beulen waren auf seiner Stirn und auf seinen Wangen und am Kinn und auf der Nase.

»Wollen gnä' Frau vielleicht beim Büffet etwas konsumieren?« fragte er und grinste von einem Henkelohr bis zum anderen.

»Kein Geld«, sagte ich.

»Gnä' Frau sind doch eingeladen«, sagte er. »Gustav der Zweite, der Stärkere, hat mehr Moos als eine alte Fichte.«

Wir gingen zum Büffet, und ich wollte ihn fragen, wo denn der Stefan sei, aber irgendwie brachte ich das nicht.

Wir tranken jeder ein Cola, und der Pummel aß dazu noch drei Wurstsemmeln mit fetter Wurst drinnen. Aus einer kleinen Tasche in der Badehose holte er beim Zahlen ein ganzes Bündel Geldscheine, Zwanziger und Fünfziger und Hunderter. Und wenn ich mich nicht täusche, war sogar ein Fünfhunderter darunter. Der Pummel erzählte mir allerhand. Daß er und der Stefan in die HTL gehen, Abteilung Maschinenbau. Der Vater vom Pummel ist auch ein Maschinenbauingenieur und hat eine kleine Fabrik, in der irgendwas erzeugt wird, was eine größere Fabrik braucht. Und dann sagte er, es sei ein Riesenglück gewesen, daß gestern sein Moped »eingegangen« sei. Sonst wäre er nicht mit der Straßenbahn in die Schule gefahren und hätte mich nicht kennengelernt. Je länger er redete, um so normaler wurde er. Eigentlich war er ganz nett. Gar nicht mehr so auf Draufgänger-Angeber und Hoppla-jetzt-komme-ich. Gnä' Frau nannte er mich auch nicht mehr.

Typen, die so verwegen ausschauen wie der Pummel, haben ja leider nur zwei Möglichkeiten. Entweder werden sie so verbitterte, verbohrte, unangenehme Biester wie die Jutta in unserer Klasse, oder sie machen, so wie der Pummel, auf Happy-Peppi und geben für alle den Wurstel ab.

Bis um halb zwei saß ich mit dem Pummel beim Büffet. Dann sagte er: »Gehen wir auf die Wiese. Ich habe eine Pritsche belegt. Eine Luftmatratze und den Rekorder habe ich auch mit.«

Wir gingen zur Wiese hinter dem Schwimmbecken. Und ich hatte noch immer die Hoffnung, daß jetzt endlich der Stefan auftauchen werde. Wer jedoch bei den Pritschen auftauchte, waren die Corinna und die Didi und die Martina.

Die drei hatten drei Pritschen weiter ihr Lager aufgeschlagen. Ich habe gedacht, ich versinke in den Erdboden!

Wenn der verdammte Pummel wenigstens weiter normal geblieben wäre. Aber Schnecken! Gleich hatte er wieder seine fürchterliche Happy-Peppi-Masche drauf: »Darf ich mich den Damen vorstellen, Gustav der Zweite, der Stärkere, der Hit der Saison!«

Und: »Wollen die gnä' Frauen ihren Jungmädchenpopo auf unserer Luftmatratze zur Ruhe betten?«

Und: »Darf Gustav der Zweite, der Stärkere, den gnä' Frauen einen Longdrink herbeischaffen?«

Und mich nannte er unentwegt »allerliebstes Julchen« und wollte mir einen seiner Mortadella-Arme um die Schultern legen.

Die Corinna und die Didi und die Martina starrten ihn an, als sei er geradewegs von einem anderen Planeten heruntergeplumpst. Und mich schauten sie an, als ob ich ein akuter Fall für das Irrenhaus wäre. Und je mehr die drei staunten und starrten und kicherten, um so stärker häkelte der Pummel an seiner Happy-Peppi-Masche und machte sich dabei andauernd selbst zur Sau.

Daß er unlängst mit seinem Moped einen Dreifachsalto geschlagen habe, erzählte er. Weil er einer schwarzen Katze ausgewichen sei.

»Und gar nichts ist mir passiert, gnä' Frauen! Fett schwimmt eben nicht nur oben, Fett ist auch ein irrsinnig guter Schalldämpfer!« Und dazu klatschte er sich auf den Bauch. Ha-ha-ha! Und in der Schule, behauptete er, sitze er auf zwei Stühlen, allein hinter einem Pult. Ha-ha-ha!

Und Turnverbot habe er auch. Weil er schon zweimal die

Ringe aus der Deckenverankerung gerissen und die Stangen vom Barren total verbogen habe. Ha-ha-ha!

So ein Blödsinn!

Als er dann für die »gnä' Frauen« zum Büffet um Cola lief, bekamen die Didi und die Martina und die Corinna einen Lachanfall. »Was hast du dir denn da aufgezwickt?« kreischten sie. » So was gibt's ja gar nicht!«

Ich sagte bloß sehr gelassen: »Ja, wißt ihr denn nicht, daß ich seit neuestem Sachen sammle, die es gar nicht gibt?«

Ich hatte absolut keine Lust, den dreien von meinen bitter enttäuschten Erwartungen zu erzählen. Und einen Funken Hoffnung hatte ich ja auch noch, daß der Stefan endlich auftauchen werde und daß die drei dann schon sehen würden, wen ich mir in Wirklichkeit aufgezwickt hatte!

Aber Schnecken!

Der Pummel kam mit den Colas zurück und zog weiter seine One-Man-Show ab. Mit dem Geld in seiner Badehosentasche protzte er auch gewaltig herum. Dreimal zählte er es. Und er deutete an, daß er es »seinem alten Herrn« aus der Hosentasche »gefladert« habe. Der trägt das Geld nämlich angeblich »pinkelweise« mit sich herum, und am Abend, wenn er »im Öl« sei, bemerke er einen Griff in die Hosentasche überhaupt nicht.

Die Didi hatte keine Ahnung, was »im Öl sein« heißt. Der Pummel klärte sie auf und zählte dann zehn Minuten lang lauter sonderbare Ausdrücke fürs Betrunkensein auf und vergaß natürlich auch nicht zu erwähnen, daß er selbst jedes Wochenende gehörige Mengen Alkohol zu sich nehme, wenn er sich nicht gerade »einrauche«.

Nach einer Stunde hatten die Corinna, die Didi und die

Martina genug vom Pummel und seinen Aufschneidereien. »Dann wollen wir nicht länger stören«, sagte die Martina und grinste ganz unverschämt.

Die Didi sagte: »War mir eine Ehre, deinen neuen Freund kennengelernt zu haben.«

Die Corinna sagte nichts. Schließlich ist sie meine beste Freundin. Aber man sah ihr genau an, was sie sich dachte, und das war nichts Schmeichelhaftes für mich!

Dann liefen die drei zu ihrer Pritsche zurück und kicherten wie die Hyänen, und ich traute mich endlich, den Pummel zu fragen: »Sag, dein Freund, der Stefan, kommt der gar nicht mehr, oder wie?«

»Der hat keine Zeit heute«, sagte der Pummel. Er sagte das so, als ob das weder für ihn noch für mich wichtig wäre.

»Warum nicht?« bohrte ich nach.

»Warum was nicht?« fragte der Pummel. Ganz so, als habe er bereits wieder vergessen, daß vom Stefan die Rede gewesen war.

»Warum der Stefan keine Zeit hat?« beharrte ich.

»Keine Ahnung«, sagte der Pummel. »Kannst ihn ja morgen in der Straßenbahn selber fragen.« Damit war für ihn das Thema abgeschlossen. Er drehte den Rekorder so laut auf, daß der Mann und die Frau von der Nebenpritsche Beschwerde einlegten.

Am liebsten wäre ich heimgegangen. Aber ich habe mir gedacht: Gleich, nachdem er gesagt hat, daß der Stefan nicht kommt, kannst du nicht wegrennen. Das schaut blöd aus und ist unhöflich!

Also bin ich beim Pummel sitzengeblieben. Die Martina und die Didi und die Corinna haben dauernd zu uns hergelinst und miteinander getuschelt und gekichert. Da habe ich eine Riesenwut bekommen, und die wollte ich mir herausturnen. Manchmal geht das. Ich bin aufgestanden und habe zum Pummel gesagt: »Ich gehe auf den Spielplatz, zu den Turngeräten!«

Der Pummel ist auch aufgestanden. Er hat gesagt: »Ich gebe dir das Geleit.« Dann hat er sich bei mir einhängen wollen. Da bin ich schnell losgerannt, und der Pummel ist mir nachgewatschelt.

Ich bin von Pritsche zu Pritsche gesprungen. Von leerer Pritsche zu leerer Pritsche natürlich. Die Pritschenreihe, die bereits im Schatten war, war total unbelegt.

Und dann komme ich zu einer Pritsche, wo aus einem losen Pritschenbrett ein riesiger Nagel raussteht und springe direkt auf den Nagel, und der bohrt sich mir in die rechte Fußsohle. Oh, du Hölle! Ich habe gebrüllt wie ein brünstiger Stier ohne Kuh! Richtig festgenagelt war ich! Die Spitze vom Nagel ist am Vorderfuß, zwischen der großen Zehe und der Zeigezehe, wieder herausgekommen.

Die Corinna und die Didi und die Martina sind angerannt gekommen, und ein paar andere Leute auch noch, und irgendwer hat geschrien: »Ich hole den Bademeister!« Und der Pummel hat mir das Händchen gehalten und gesagt: »Julia, kipp mir bloß nicht um, wir werden das gleich haben.«

Dann ist der Bademeister gekommen. Mir war schon ganz schwarz vor den Augen. Mit goldenen Sternen dazwischen. Der Bademeister hat das lose Pritschenbrett festgehalten, und der Pummel hat meinen Fuß vom Nagel gezogen. Ganz weiß ist er dabei im Gesicht geworden. Und gemurmelt hat er: »Ich werd ohnmächtig!« (Das habe ich nicht

Sonntag, 8. Juni
Nur Wahnsinnige gehen bei so einem Wetter ins Bad!
AUA!!!
OH DU HÖLLE!!!
Ich habe einen Nachmittag hinter mir, von dem ich nur sagen kann: den wünsche ich meinem ärgsten Todfeind!

selbst gesehen und gehört, das hat mir nachher die Corinna erzählt. Ich war so k.o., daß es mir bloß in den Ohren gerauscht hat und die Sterne im Schwarzen vor meinen Augen waren.)

Der Pummel ist nicht ohnmächtig geworden. Er hat mich sogar noch in den Sanitätsraum getragen. Dort hat mir der Bademeister einen Notverband angelegt. Und ich habe dann die Mutti angerufen. Die Mutti ist mit dem Auto angeflitzt gekommen, und wir sind ins Krankenhaus zur Ambulanz gefahren. Dort haben sie mir eine Tetanus-Injektion verpaßt und einen besseren Verband angelegt.

Und jetzt habe ich sehr viel weiße Mullbinde am rechten Fuß und kann nur auf einem Bein hüpfen, und das Loch, das der verdammte Nagel in den Fuß gebohrt hat, sticht und brennt höllisch.

In einen Schuh komme ich mit dem Mull-Klumpfuß garantiert nicht hinein. Und selbst wenn ich hineinkäme, gehen könnte ich trotzdem nicht, weil ich auf dem Fuß nicht auftreten kann. Ich habe es probiert. Ich habe die Zähne fest zusammengebissen. Aber es war unmöglich! Held bin ich anscheinend keiner!

Gerade wollte die Mutti von mir wissen, wer denn der »arme Unglücksrabe« gewesen sei, der sich nach dem Bad so »rührend« um mich gekümmert habe und so schrecklich mitleidig-besorgt gewesen sei.

»Der ist mein allerneuester Flirt«, habe ich geantwortet.

Die Mutti hat bloß gelacht. Eigentlich gemein! Was wäre denn, wenn ich den Pummel wirklich mögen würde? Dann wäre das doch sehr kränkend für mich.

Blödsinn? Die Mutti weiß natürlich, daß so einer wie der

Pummel niemandem – und mir schon gar nicht – gefällt. Und das ist eigentlich noch gemeiner! Ich meine, nicht von der Mutti. Von uns allen. Er kann ja nichts dafür, daß er so aussieht, wie er aussieht.

Ob das ein sogenannter Kummerspeck ist, den der Pummel hat? Angeblich fressen sich ja die meisten Leute aus Seelennot das viele Fett an. Aber so viel Kummer, wie der Pummel Speck hat, gibt es ja gar nicht. Oder doch?

Einen irren Vorschlag hat mir der Pummel übrigens gemacht. Er hat behauptet, er könnte mir die Mathematik-Schularbeit machen. Der Pummel hat daheim so einen Walkie-Talkie. Am Mittwoch, wenn wir Mathe-Schularbeit haben, soll ich die eine Walkie-Talkie-Hälfte auf unseren Schul-Lokus stellen. Hinter die Klomuschel. Und der Pummel würde sich mit der anderen Walkie-Talkie-Hälfte in den kleinen Park neben der Schule setzen. Mit Schreibblock und Rechner. (Daß er deswegen die Schule schwänzen müßte, macht ihm nichts aus, sagt er. Er hat schon alle Prüfungen hinter sich.) Und wenn der Mathe-Professor die Beispiele verteilt hat, dann müßte ich aufs Klo eilen und dem Pummel die Angaben durchsagen. (Wie ein Walkie-Talkie funktioniert, meint der Pummel, kapiert man sehr leicht.)

Auf die kurze Entfernung, zwischen Schulklo und Beserlpark, sagt der Pummel, funktioniert auch die Verständigung anstandslos. Und dann würde der Pummel meine vier Beispiele hurtig ausrechnen. (So Klein-Mäderl-Rechnungen, sagt er, macht ein HTL-As im Handumdrehen.) Und nach einer Viertelstunde müßte ich bloß wieder aufs Klo gehen, und er würde mir dann die Beispiele durchfunken.

Ob das wirklich möglich wäre? Der Pummel schwört Stein und Bein, daß sie das in seiner Schule schon oft gemacht haben. Und daß es immer geglückt ist. Aber ich glaube, da gibt er bloß an. Denn:

Erstens wird der Mathe-Piesinger doch schon mißtrauisch, wenn ich drei Minuten nach Schularbeitsbeginn aufs Klo gehe. Der Mensch ist doch nicht blöd!

Zweitens wird er noch mißtrauischer, wenn er sieht, daß ich auf dem Klo bin und mein kopierter Angabenzettel nicht auf dem Pult liegt.

Drittens könnte mich ja jemand aus einer anderen Klasse hören, wenn ich auf dem Klo sende und empfange. Und nicht alle Schüler halten dicht.

Viertens wäre der Mathe-Piesinger aber schon sehr erstaunt, wenn ich dann noch ein zweites Mal aufs Klo rennen würde. Da müßte ich sagen, daß ich die Kackerilla habe. (Aber da müßte ich ja auch in den anderen Stunden die Kakkerilla vorspielen.)

Fünftens müßte ich ziemlich lange auf dem Lokus bleiben. Vier Beispiele, haargenau nach Diktat aufnehmen, das dauert seine Zeit.

Und sechstens hätte ich schließlich noch die Beispiele vom Zettel abzuschreiben. So ganz unauffällig läßt sich das leider auch nicht erledigen. Dazu noch beim Piesinger, der nicht (wie andere Lehrer) Zeitung liest, während wir uns abrackern, sondern in der Klasse auf und ab marschiert und uns in die Hefte linst.

Das alles ist also, *siebentens,* reinste Illusion! Aber faszinierend, das muß man zugeben, ist die Idee.

Montag, 9. Juni

Die halbe Nacht bin ich wachgelegen, weil es in meinem Fuß gehämmert und gepocht hat. Erst lange nach Mitternacht bin ich eingeschlafen. Geträumt habe ich schrecklich viel wirres Zeug, vom Bad und vom Stefan und von einer Straßenbahn, die zwischen den Pritschen herumgefahren ist. Und der Pummel war der Straßenbahner.

Munter geworden bin ich drei Minuten nach halb acht Uhr! Hab ich vielleicht einen Heidenschreck bekommen. In der Schule zu spät anlatschen, ist nämlich saudumm, wenn man die erste Stunde Mathe hat und einem der Piesinger ohnehin nicht sehr gut leiden kann und in zwei Tagen Mathe-Schularbeit sein wird.

Vor lauter verschlafenem Schreck habe ich meinen löchrigen Fuß vergessen und bin aus dem Bett gesprungen. Leider nicht mit dem linken Fuß zuerst, sondern mit dem rechten. Mit viel Gewimmer bin ich auf die Matratze zurückgeplumpst. Richtig schwarz war mir vor den Augen, schwarz mit kleinen Goldpunkten gesprenkelt.

Da kommt die Mutti ins Zimmer zu mir. Sie hat bereits ihren weißen Wahnsinnshut auf, den mit der Dauerwellenkrempe und den drei Seidenrosen. Und die Autoschlüssel hat sie auch schon in der Hand.

Sage ich (und in meiner Stimme ist noch ein Hauch von Gewimmer): Warum hast du mich denn nicht aufgeweckt? Jetzt komme ich doch zu spät!

Sagt sie (und deutet dabei auf meinen Mullfuß): Du kommst überhaupt nicht zu spät, weil du gar nicht in die Schule gehst!

Sage ich: Unmöglich! Heute ist die letzte Stunde vor der Mathe-Schularbeit. Da übt er Beispiele, die kommen könnten.

Sagt sie (und schüttelt den Kopf): Mit dem Fuß schaffst du den Schulweg nie im Leben!

Sage ich (flehend): Kannst du mich nicht hinfahren, gute Frau?

Sagt sie (und bekommt ihre sture Querfalte auf der Stirn): Dein Fuß braucht Ruhe. Willst du jetzt drei Stockwerke hinunterhüpfen und in der Schule wieder drei Stockwerke hochhüpfen? Und wie kommst du zu Mittag heim? Mit der Rettung vielleicht?

Sage ich (sehr klagend): Aber die Schularbeit . . .

Sagt sie (sehr heiter): Die wird eben ohne dich stattfinden. Ich glaube, das wird ihr nicht viel ausmachen. Du bleibst die ganze Woche daheim.

Sage ich (noch klagender): Aber mein Mathematik-Vierer, der wackelt.

Sagt sie (noch heiterer): Laß ihn wackeln, wenn ihm das gefällt. Diese blöden Noten hängen mir schön langsam zum Hals heraus.

Sage ich (empört): Dir? Du bist vielleicht gut!

Sagt sie (nun nicht mehr heiter, sondern fast wütend): Dauernd höre ich nichts als Notendurchschnitt und Test und Nachprüfung und Wiederholungsprüfung. Was soll denn der ganze Scheiß? Ob du auf eine Schularbeit einen Vierer oder einen Fünfer bekommst, ist in Wirklichkeit so uninteressant wie die Seite fünf in der Kronenzeitung.

Sage ich (total mauloffen): Moment mal, Frau Mutter! –

Unterbricht sie mich (nun echt wütend): Ach was, ich hab

es satt, warum soll ich dauernd was predigen, woran ich selber nicht glaube? (Sie setzt sich auf meine Bettkante.) Du bist ein kluges Kind, das weiß ich. Ob dir irgendein Pauker einen Fünfer oder einen Vierer gibt, ändert daran nichts! (Sie springt auf.) So weit kommt's noch, daß du wegen irgendwelcher saudummen X-Quadrate und Y-Drittel auf einer wunden Sohle in die Schule wankst! (Sie schaut auf die Uhr.) Und jetzt muß ich rennen, die Huber kommt heut nicht ins Büro. Sie saust aus meinem Zimmer und schreit im Vorzimmer. Tschüß, bis zum Abend, hab's halbwegs fein! Schinken und Eier sind im Eisschrank. Der Erika sag ich, daß sie dir ein Packel Milch bringt! Und wenn du nicht zurechtkommst, ruf die Oma an. Die kommt gern! (Die Haustür knallt zu.)

Jetzt ist es zwölf Uhr. Ich habe mir gerade Schinken mit Ei gemacht. Auf einem Bein hüpfend zu kochen, ist gar nicht so leicht. Und ich kann es noch immer nicht fassen! Meine Frau Mutter kann doch nicht einfach über Nacht ihre Geisteshaltung komplett ändern? Das will nicht in mein Hirn hinein. Ich werde jetzt Mathe lernen. Erstens könnte es ja sein, daß die Mutti ihre Geisteshaltung gar nicht geändert hat und ihre erfrischende Morgenansprache bloß eine vorübergehende Geistesverwirrung war. Und zweitens nützt mir, punkto Mathematik, letzten Endes auch die einsichtigste Mutter kein bißchen. Wenn ich am Mittwoch bei der Schularbeit fehle, muß ich mich nächste Woche einer mündlichen Prüfung stellen. Und wenn ich die mündliche Prüfung verhaue, gibt mir der Piesinger unter Garantie eine Nachprüfung, und dann muß ich den ganzen Sommer über lernen. Ob mich die Mutti für ein kluges Kerlchen hält oder nicht.

Und einen Nachhilfelehrer würde ich dann auch brauchen. Und gute Nachhilfelehrer haben ihren Preis. Und die Mutti hat sowieso zu wenig Geld. Und mein lieber Herr Papa gibt sein Geld ja lieber für Wochenendflüge aus. Und ich seh auch gar nicht ein, warum ein Gutteil vom Familieneinkommen in einen pensionierten Knacker investiert werden soll, der mir das Ferienleben sauer macht!

Die Mutti ist auch am Abend dabei geblieben, daß ihr alle Schulnoten – im Grunde genommen – schnurz und piepe sind. Sie hat gesagt, das war schon immer ihre Ansicht. Seit ihrer eigenen Schulzeit. Bloß hat sie geglaubt, daß man das seinen Kindern nicht sagen dürfe. Wegen guter Erziehung und so. Aber jetzt hat sie einen Schock bekommen. Der Sohn von der Huber nämlich, der Xandi, wollte sich gestern abend auf dem Dachboden erhängen. Weil er drei Nichtgenügend ins Zeugnis bekommen wird. Heute in der Früh, um sechs Uhr, hat die Huber heulend bei uns angerufen und es der Mutti erzählt. Im allerletzten Moment hat die Huber den Xandi gefunden. Und zum Glück wohnt im Haus von der Huber ein Arzt. Der hat den Xandi wiederbelebt.

Und da hat die Mutti beschlossen, daß sie mir doch besser ihre wahren Ansichten sagen muß. Nicht, daß sie glaubt, ich könnte mich auch aufhängen. Aber sicher ist sicher, hat sie sich gedacht.

Ganz flau wird mir im Bauch, wenn ich mir den Xandi, mit einem Strick um den Hals, auf dem Dachboden vorstelle. In der Zeitung habe ich ja schon oft gelesen, daß sich ein Schüler wegen schlechter Noten umgebracht hat. Oder von daheim fortgelaufen ist. Aber ich habe mir immer gedacht, daß Kinder, die so etwas tun, furchtbar grausliche Eltern haben müssen. Und daß das die Kinder sind, die geprügelt werden und Irrsinnsstrafen bekommen. Richtige Sado-Freaks als Eltern habe ich mir vorgestellt. Aber so eine Mutter ist die Huber sicher nicht. Und der Emil, der Huber-Vater, der wirkt sogar echt gemütlich und lustig.

Die Mutti hat auch gemeint, daß die Huber und der Emil mit dem Xandi nie besonders arg geschimpft haben, wegen der Schule. Die Huber, sagt die Mutti, hat sich schon längst damit abgefunden gehabt, daß der Xandi die Klasse wiederholen muß. Unlängst hat sie sogar zur Mutti gesagt: »Was soll's. Auch der Einstein ist einmal sitzengeblieben.« Und dem Emil war es angeblich komplett Wurscht, weil er zwar nicht der Einstein ist, weil er aber seinerzeit zweimal sitzengeblieben ist und sich trotzdem für einen klugen Emil hält.

Wie es dem Xandi jetzt wohl geht? Es muß ein sehr blödes Gefühl sein, wenn du dich umbringen willst, und sie finden dich, und dann lebst du noch. Ob man sich da eher beschissen oder eher doch glücklich fühlt?

Die Mutti meint, daß der Xandi zu ehrgeizig war. Früher hat er nämlich immer lauter Sehr gut gehabt. Und dann plötzlich sind die Noten schlecht geworden. Und das, meint die Mutti, hat er nicht »verkraftet«.

Kann ja sein, aber ich raffe es trotzdem nicht. Wenn einer ehrgeizig ist, dann lernt er doch. Und wenn einer kein Volltrottel ist, dann schafft er die Schule doch.

Wenn ich Fünfer kriege, ist das was anderes. Ich bin im ersten Halbjahr ein faules Luder. Nur darum weiß ich vor Schulschluß nicht aus und ein. Aber ein ehrgeiziger Schüler verhält sich ja nicht so.

Dienstag, 10. Juni

Heute, um halb neun am Morgen, hat es an der Haustür geklingelt. Zuerst wollte ich gar nicht aus dem Bett raus. Ich dachte mir: Das ist sicher nur der Briefträger oder irgendso ein Wicht, der mir ein Zeitungsabo andrehen will! Doch weil das Klingeln nicht aufhörte, hüpfte ich zur Haustür. Wie ein Autobus schaute ich, als ich den fetten Pummel, mit einem Rosenstrauß in den Patschhänden, auf dem Türabstreifer stehen sah. »Da staunen gnä' Frau wohl«, sagte er und grinste wie ein Sparschwein.

Der gute Knabe hatte um halb acht vor meiner Schule Posten bezogen und alle heraneilenden Mädchen daraufhin inspiziert, ob sie die Corinna, die Didi oder die Martina sein könnten. Die Corinna und die Martina hat er nicht entdeckt, aber drei Minuten nach acht kam die Didi angekeucht. Die hätte er auch nicht erkannt! Aber sie erkannte ihn natürlich. Und von ihr hat er sich meine Adresse sagen lassen.

Der Pummel hat drei Stunden Mathe mit mir gelernt. Im Mathe-Erklären ist Gustav der Zweite, der Stärkere, wirklich einsame Spitze. Er kann das wesentlich besser als der Mathe-Piesinger. Er kann es auch besser als der Papa. Heute vormittag habe ich mehr kapiert als in den letzten vier Wochen. Ich würde mir zutrauen, morgen eine positive Schularbeit zu schreiben.

Der Pummel ist überhaupt ziemlich nett, wenn er, nach der ersten Anfangsviertelstunde, seine Happy-Peppi-Masche abgelegt hat.

Ich hätte nichts dagegen, ihn zum Freund zu haben. Aber

ich habe den Verdacht, daß er auf mehr als Freundschaft aus ist. Er schaut mich so hunde-glupschäugig an. Und patscht mir dauernd eine Pfote irgendwohin. Und als ich ihn nach dem Stefan gefragt habe, hat er sehr sauer dreingeschaut. Es besteht der begründete Verdacht, daß der Pummel in mich verliebt ist. Und diesbezüglich will ich ihm wirklich keine Hoffnungen machen. Ich und der Pummel, das wäre ja total absurd.

Aber wie verhält man sich da bloß? So lange er seine Liebe nicht gesteht, kann ich ihm ja wohl nicht gut sagen: Hör einmal, Gustav der Zweite, der Stärkere, aus uns beiden wird nichts, liebesmäßig, schlag dir das aus dem Kopf!

Aber wenn er mir seine Liebe gesteht, dann ist es schon zu spät. Dann hat er sich Hoffnungen gemacht und ist traurig. Himmel, Arsch und Wolkenbruch, wie ist das mit der Liebe doch verzwickt.

Mittwoch, 11. Juni

Ich habe es gewagt und habe es geschafft! Ein gutes Gefühl ist das! So richtig auf: jung-dynamisch-progressiv! Die Mutti hat mich mit dem Auto in die Schule gefahren, der Peter und der Michael haben mich die Treppen hochgeschleppt, und ich habe die Mathe-Schularbeit geschrieben. Das zweite und das vierte Beispiel habe ich einwandfrei richtig. Meine Ergebnisse stimmen mit denen vom Anatol und der Susi überein, und die beiden haben immer alles richtig. Und mein erstes Beispiel dürfte zumindestens bis zur Hälfte richtig sein, denn der Mathe-Piesinger ist neben mir stehengeblieben, hat sich das erste Beispiel angeschaut und genickt und genickt und genickt und zufrieden vor sich hin gebrummt. Dann hat er die Stirn gerunzelt und auf die letzten paar Zeilen gezeigt und gesagt: »Schau dir das noch einmal an, da stimmt was nicht!« Ich habe den Schluß vom ersten Beispiel noch ein paarmal durchgerechnet und immer ein anderes Ergebnis bekommen. Eines davon ist richtig. Bloß habe ich – in meiner Ratlosigkeit – die falschen Ergebnisse nicht durchgestrichen. Jetzt kommt es ganz auf die Laune vom Piesinger an, ob er das gelten läßt oder nicht. Läßt er's gelten, bekomme ich einen Dreier. Aber eigentlich brauche ich den gar nicht, mir reicht ein glatter Vierer, und der ist mir gewiß. Herz, was willst du mehr!

Um zehn Uhr hat mich der Papa von der Schule abgeholt und ist mit mir nach Hause gefahren. Bis Mittag war er bei mir. Wir haben Scrabble gespielt. Und der Papa hat mir Zürcher Geschnetzeltes gekocht. Mit Rösti und Salat. Es war echt schnuckelig.

Wenn mich wer fragt, sage ich ja immer, daß ich die Scheidung meiner Eltern längst weggesteckt habe. Meistens glaube ich das wirklich. Aber wenn der Papa – so wie heute – bei uns im Haus ist und herumgeht und pfeift und kocht und redet und mit mir spielt, dann werde ich doch ganz elegisch und denke mir: So sollte es immer sein! Und dann träume ich mir vor, daß sich der Papa wieder mit der Mutter versöhnt und zu uns zieht und auf ewig bleibt.

Der Papa hat mir aus London ein T-Shirt mitgebracht. Und ein Paar Sandalen. Die Dame Hoschek hat einen wesentlich besseren Geschmack als ihre Vorgängerinnen. Das T-Shirt ist schwer in Ordnung. Giftgrün und glänzend. Es paßt zur Hose von der Corinna. Und die Sandalen sind überhaupt eine Wucht. Sie sind ganz bunt. Rot-grün-blau-gelb-rosa-orange und lila. Jedes Lederbändchen hat eine andere Farbe. Und der rechte Absatz ist rot. Und der linke Absatz ist blau.

Die Klamotten, die Papas Exfreundinnen für mich ausgesucht haben, waren meistens reif zum Umtausch. Nur war leider nie ein Rechnungszettel dabei, mit dem ich hätte umtauschen können. Besonders diese Sabine, voriges Jahr, die war der Urgipfel an Geschmackswahnsinn. Einmal ist der Papa mit einem rosa Plüschmuff angekommen. Der hatte Schweinsohren und eine Schweinsschnauze und Kulleraugen aus Filz.

Und einmal verehrte er mir einen blaugeblümten Rüschenregenschirm.

Ich habe gedacht, ich breche zusammen.

Weil ich das T-Shirt und die Sandalen sehr gelobt habe,

war der Papa anscheinend stolz auf seine London-Braut und hat endlich zugegeben, daß diese Hoschek nicht seine Betriebsratskollegin ist und daß er zum Vergnügen nach London geflogen ist. Er hat behauptet, es falle ihm schwer, mit mir über seine Freundinnen zu reden. Angeblich schaue ich immer so sauer, wenn er bloß einen Frauennamen erwähnt. Lächerlich! Ich schaue höchstens sauer, wenn er wegen einer Freundin keine Zeit für mich hat. Freundinnen kann er haben, so viel er will, solange die Damen meine Vater-Zeit nicht okkupieren.

Wahrscheinlich wäre ich echt sauer, wenn er wieder heiraten und wieder ein Kind bekommen würde. Konkurrenz als Tochter wünsche ich mir wahrlich nicht. Aber der Papa wird im Herbst vierzig Jahre alt. In diesem Alter kriegt man ohnehin keine neuen Kinder mehr. Vor allem dann nicht, wenn man schon für ein altes Kind Alimente zahlen muß und kein Millionär ist!

Der Pummel war schon wieder da. Am Nachmittag ist er mit einem Packerl vom Zuckerbäcker angekommen. Er wollte wieder mit mir Mathematik lernen. Aber ich bin doch nicht meschugge und lerne noch etwas nach der letzten Schularbeit.

Jetzt bin ich mir ganz sicher, daß der Pummel mehr als eine normale Freundschaft mit mir will. Er wollte mich küssen! Es hätte ein Kuß auf die Wange werden sollen, aber ich bin ihm geschickt ausgewichen. Ich habe schnell den Kopf weggedreht, so, als hätte ich seine Absicht gar nicht bemerkt, und der Pummel hat in die Luft geschmatzt. Peinlich, peinlich! So kann das nicht weitergehen. Für morgen nachmittag hat der Pummel wieder seinen Besuch angekündigt. Ich habe ihm gesagt, er soll vorher anrufen. Ich muß nämlich zum Arzt gehen und meinen Fuß inspizieren lassen.

»Und ich weiß noch nicht, wann ich hingehen kann«, habe ich dem Pummel vorgelogen. Natürlich weiß ich, wann unser Arzt Ordination hat. Aber höchstwahrscheinlich kommt mich morgen nachmittag die Corinna besuchen. Und ich stehe nicht drauf, daß sie den Pummel bei mir sieht. Mir hat schon gereicht, daß sie mich mit ihm zusammen im Bad gesehen hat. Wenn sie sieht, daß sich der Kerl auch häuslich bei mir niederläßt, hält sie ihn doch glatt für das, was er gern wäre, und glaubt mir nicht, daß da nichts läuft.

Auf der Ferse vom löchrigen Fuß kann ich schon ein bißchen auftreten. Mit einem Schlapfen am rechten Fuß humple ich prächtig. Aber morgen werde ich der Schule trotzdem noch fernbleiben. Am Freitag melde ich mich wieder gesund. Und wenn ich ganz ehrlich bin, auch nur deshalb, damit ich den Stefan wieder in der Straßenbahn sehen kann. Schließlich sind es nur noch drei Wochen bis zu den Ferien. Wenn sich bis dahin zwischen ihm und mir nichts ergibt, ergibt sich nie mehr etwas!

Donnerstag, 12. Juni

Oh, du Hölle, hab ich vielleicht was hinter mir! Ich habe jetzt noch kugelrunde Staunaugen und Denkblasen über dem Hirn, von dem, was mir widerfahren ist.

Für fünf Uhr war ich beim Dr. Berger bestellt, damit er das Loch in meinem Fuß begutachtet. (Loch ist das übrigens gar keines mehr, und der Dr. Berger hat mich sehr gelobt, weil ich so schnell zuheile.)

Da mein Schlüsselbund zwanzig Schlüssel hat (die brauche ich natürlich nicht, die sind nur dran, damit der Bund üppig und dadurch in der Schultasche leichter aufzufinden ist) und ich das rote Kleid angezogen hatte und das rote Kleid keine Taschen hat und ich keine Handtasche nehmen wollte, bin ich ohne Hausschlüssel weggegangen. Ich habe die Haustür einfach hinter mir zugezogen. (Obwohl es der Mutti wegen der Einbrecher lieber wäre, ich würde oben und unten und in der Mitte absperren. Aber wer soll bei uns schon was stehlen?) Bis ich vom Dr. Berger wieder zurück bin, habe ich mir gedacht, ist ja die Mutti vom Büro längst daheim. (Denn Überstunden waren für heute keine angesagt.)

Und wirr im Kopf war ich sowieso, weil mich die Corinna zwei Stunden lang angequatscht und dabei bitterlich geweint hatte. Ihre Mama will nun endgültig den Erwin heiraten. Und die Corinna kann doch den Erwin nicht ausstehen. Und seine zwei Töchter schon gar nicht. Und der Erwin will nach der Hochzeit mit seinen Töchtern zur Corinna ziehen. Die Corinna soll deswegen ihr großes Zimmer räumen und in das Kabinett hinter der Küche ziehen. Das Kabinett geht auf den Lichthof hinaus. Die zwei Erwin-Töchter sollen in ihr schönes Zimmer einziehen. Zu zweit könnten sie in dem Kabinett wirklich nicht gut hausen.

Ich habe zur Corinna gesagt: »Dann zieh doch einfach zu deinem Vater und laß die Bagage allein.«

Aber da hat die Corinna erst recht zu weinen angefangen. Der Vater nämlich, der will sie gar nicht. Der hat schon wieder eine andere Frau und zwei neue Kinder, und die neue Frau mag die Corinna überhaupt nicht.

Die Großmutter von der Corinna hätte nichts dagegen, wenn die Corinna zu ihr ziehen würde. Aber das will die Mama von der Corinna nicht. Da ist sie strikt dagegen. Sie hat zur Corinna gesagt: »Wenn du absolut nicht mit dem Erwin und seinen Kindern zusammenleben kannst, dann werd ich ihn eben nicht heiraten.« Sie hat das so gesagt, wie: O.k., zerstör mir nur mein Lebensglück, du kleine, niederträchtige Egoistin.

Jetzt hat die Corinna – so oder so – den Schwarzen Peter in der Hand. Gibt sie nach, kann sie mit dem blöden Erwin und seinen Töchtern in einer Wohnung leben und unglücklich sein. Gibt sie nicht nach, ist sie auf ewig am Unglück ihrer Mutter schuld. Wirklich fein fädeln die Erwachsenen solche Sachen ein!

Wäre ich von dem, was mir die Corinna erzählt hat, nicht so wirr und irr im Kopf gewesen, wäre mir sicher eingefallen, daß die Mutti heute nach Büroschluß ja gar nicht heimkommt, weil sie sich mit der Alice trifft, und weil die beiden dann zu einer Geburtstagsparty von einer dritten Freundin gehen. So ist mir das aber erst eingefallen, als ich aus der Ordination vom Dr. Berger kam. Natürlich hätte ich bei der

Alice anrufen können. Aber das wollte ich nicht. Die Mutti erklärt doch dauernd, daß sie ein »ungutes Gefühl« habe, wenn sie mich am Abend allein läßt und weggeht. Und ich erkläre ihr dann immer, daß das lächerlich sei, weil ich kein Baby mehr bin und sehr gut allein zurecht komme. Und dann sollte ich, wenn sie sich einmal aufrafft, hinter ihr hergreinen? Die Mutti hätte quer durch die ganze Stadt fahren müssen, um mir die Haustür aufzusperren. Und ihre läppische Theorie, daß ich ohne sie nicht zurecht komme, wäre auch bestätigt worden.

Also überlegte ich mir, während ich die Treppe beim Dr. Berger mühsam hinunterhumpelte, was da zu tun sei. Und mir fiel ein, daß der Papa ja auch noch einen Hausschlüssel hat. Den hat er nie zurückgegeben. Ich humpelte zu einem Telefonhäuschen und rief beim Papa an. Es war dauernd besetzt. Da der Papa einen ganzen Anschluß hat, nahm ich an, er müsse daheim sein und telefonieren. Ganz sicher war ich mir! Ich humpelte also zur Straßenbahn und fuhr zum Papa. Der Papa wohnt ziemlich weit weg von uns, in einem Hochhaus, im elften Stock. Als ich mit dem Lift hochfuhr, tat mir mein Fuß ziemlich weh. Die Latscherei von der Straßenbahn, quer durch den Stadtpark, bis zum Haus vom Papa, war doch etwas zuviel für den armen Haxen gewesen. Noch dazu, wo ich mich sehr beeilt hatte, aus Angst, der Papa könnte inzwischen wieder weggehen.

Die Wohnung vom Papa ist ziemlich klein. Sie hat ein winziges Badezimmer, ein winziges Vorzimmer, eine winzige Küche und ein großes Zimmer, in dem der Papa wohnt und schläft. Als ich vor der Tür vom Papa stand, hörte ich Wassergeriesel. Ich dachte: Ach, der Papa duscht!

Ich klingelte dreimal kurz und einmal lang. Dieses Klingelzeichen habe ich mir mit dem Papa ausgemacht. Ich wartete auf ein »Moment, Julischka, ich komm gleich!« vom Papa. Aber außer dem Wassergeriesel war nichts zu hören. Also klingelte ich wieder kurz-kurz-kurz-lang. Da hörte das Wassergeriesel auf, und eine Frauenstimme rief: »Wer ist denn da, bitte?«

Ich erkannte die Stimme sofort. Es war die Frau, mit der ich am Telefon gesprochen hatte. Die mit der tiefen Stimme.

»Ich bin's«, sagte ich. Ich weiß schon, das war eine saudumme Antwort. Aber irgendwie ist doch alles saudumm, was man durch eine verschlossene Tür zu einer unbekannten Frau sagen kann, die in der Badewanne des Vaters steht.

»Wer ist ich?« fragte die tiefe Stimme. Den Hintergrundgeräuschen nach stieg die Frau aus der Badewanne.

Ich bekam eine Wut. Ich weiß schon, das war ebenfalls eine saudumme Reaktion. Aber irgendwie ist es auch saudumm, wie eine Hausiererin vor der Tür des Vaters stehen und sich ausfragen lassen zu müssen. Und weil alles so saudumm war, beschloß ich, wieder zu gehen. Ich humpelte zum Lift zurück. Der war natürlich in einem anderen Stockwerk. Bevor ich ihn zu mir geholt hatte, ging die Tür vom Papa auf. Die Frau schaute heraus. Sie hatte den Bademantel von Papa an. Tropfnasse Ringellocken hingen auf ihre Schultern. Die Frau schaute mich an. »Bist du die Julia?« fragte sie.

Logo und klaro, daß sie gleich wußte, wer ich bin. Schließlich hat der Papa, locker über sein Zimmer verteilt, sieben Fotos von mir an den Wänden hängen, eines sogar in Postergröße.

Mir blieb also gar nichts anderes übrig, als zur Wohnungstür zurückzuhumpeln, obwohl gerade der Lift angekommen war.

»Ich wollte zum Papa«, sagte ich.

»Er ist leider noch nicht da«, sagte die Frau und ließ mich ins Vorzimmer hinein.

Ich sagte: »Eigentlich will ich gar nicht den Papa, eigentlich will ich nur den Hausschlüssel von unserem Haus.«

»Da kann ich dir leider nicht helfen«, sagte die Frau. »Ich weiß nicht, wo der sein könnte.«

Das verstärkte die Wut, die ich vor der Wohnungstür bekommen hatte, ganz gewaltig. Warum? Weil die Dame so tat, als gehörte sie in die Wohnung und zum Papa, und als sei ich nur irgendein Besuch. Dabei ist es doch umgekehrt! Ich gehöre zum Papa. Und die Frauen wechseln! Die wechseln sogar manchmal so schnell, daß ich sie nicht einmal zu Gesicht kriege.

Ich humpelte ins Zimmer, zum Nachttisch vom Papa, holte unseren Hausschlüssel aus der Lade und steckte ihn in die Hosentasche.

Die Frau sagte: »Du, Julia, ich weiß aber nicht, ob das deinem Vater auch recht ist.«

Jetzt platzte mir aber denn doch endgültig der Kragen! Sie weiß nicht, ob ich mir den Hausschlüssel nehmen darf! Schnepfe, die! Gans, die! Uhu, der!

Ich legte mich aufs Bett vom Papa. Erstens, weil mir mein Fuß echt weh tat, und zweitens, weil ich demonstrieren wollte, daß ich hier das Hausrecht habe. Mehr Hausrecht jedenfalls als gewisse andere Leute.

Ich weiß schon, das war auch saudumm. Zuerst will ich

gar nicht in die Wohnung hinein, und dann will ich mich in ihr breitmachen! Wenn es um den Papa geht, paßt bei mir eben allerhand nicht zusammen.

»Was ist denn mit deinem Fuß geschehen?« fragte mich die Frau. »Hast du dir weh getan?«

Ich nickte und sagte bloß: »Ein rostiger Zehnerstift hat sich leider durchgebohrt.«

Die Frau schaute entsetzt, dann fragte sie: »Darf ich dir was anbieten? Tee oder Milch? Mineralwasser haben wir auch, glaube ich.«

Mir etwas anbieten! Das tut die Hausfrau einem Gast! Und wenn keine Hausfrau im Haus ist, dann übernimmt die Tochter diese Pflicht! Und überhaupt! »Haben WIR!« Wer ist da WIR?

Am liebsten hätte ich gesagt: Werte Dame, ich glaube, Sie verwechseln sich mit mir! Da ich aber ein wohlerzogenes Kerlchen bin, sagte ich gar nichts und schüttelte bloß den Kopf.

Da fragte mich die Person doch glatt: »Oder ein Himbeerwasser vielleicht?«

Ich und Himbeerwasser! Als ob ich noch in den Kindergarten ginge! Um der Schnepfe zu zeigen, wie falsch sie liegt, richtete ich mich ein bißchen auf und sprach lächelnd: »Einen Espresso hätt' ich gern, aber einen kurzen, bitte.«

»Wird gemacht.« Die Schnepfe lächelte auch, fuhr sich mit allen zehn Fingern durch die Haare, die nun nicht mehr ganz tropfnaß waren.

Dafür waren jetzt die Schultern von Papas Bademantel waschelnaß.

Die Schnepfe verschwand in der Mini-Küche, und ich

grinste mir eins, denn unsere alte elektrische Espressomaschine, die jetzt beim Papa steht, hat ihre Tücken. Wenn man das Sieb mit dem Kaffee nicht sehr gekonnt einlegt, dann dichtet die Dichtung nicht, und man braut Kaffee, den bloß eine Wahrsagerin zum Kaffeesudlesen brauchen kann. Gleich darauf grinste ich noch mehr, weil ich die Schnepfe in der Küche fluchen hörte. Und dann streckte sie den nassen Pudelkopf aus der Küche und sagte: »Es tut mir leid, aber mit der Scheißmaschine wird kein Kaffee. Die muß kaputt sein. Darf es auch ein Filterkaffee sein?«

Ich erhob mich, übertrieben sanft seufzend, humpelte übertrieben hinkend in die Küche und putzte den Kaffeesud von allen Espressomaschinenteilen, wo er nichts verloren hat, und machte mir dann einen Espresso, einen erstklassigen.

»Toll, wie du das kannst,« rief die Schnepfe, so richtig anbiedernd. »Machst du mir auch einen? Und zeigst du mir, was ich da falsch mache?«

Ich machte ihr einen Espresso. Aber wie man es richtig machen muß, zeigte ich ihr nicht. Freundschaftsangebote, die nicht von mir ausgehen, schätze ich selten.

Wir gingen mit den Kaffeetassen ins Zimmer zurück. Ich setzte mich aufs Bett, die Frau hockte sich neben mich. Wir redeten nichts. Wir tranken bloß unsere Espressi. Die Frau holte Zigaretten und ein Feuerzeug aus der Bademanteltasche und angelte sich den Aschenbecher vom Nachttisch. »Du auch?«

Sie hielt mir die Zigarettenschachtel hin. Ich schüttelte den Kopf. Erstens rauche ich nicht. Und zweitens kenne ich das schon! Die Sabine, voriges Jahr, die hat mir auch einmal eine Zigarette angeboten, und ich habe sie genommen, und nachher hat sie zum Papa gesagt, ich sei ein »gefährdetes Kind«, weil ich mit dreizehn schon »paffe wie eine Alte«.

Ich beobachtete die rauchende Schnepfe diskret aus den Augenwinkeln und stellte fest, daß sie nicht größer war als ich und dicker auch nicht. Aber bestimmt schon über dreißig Jahre alt. Also auch nicht viel jünger als die Mutti, denn die ist vierunddreißig. Das erstaunte mich. Bisher waren die Freundinnen vom Papa immer ziemlich jung.

Dann sagte die Frau: »Entschuldigung, ich habe mich ja noch gar nicht vorgestellt...«

»Spielt keine Rolle«, unterbrach ich sie. »Sie sind die Susi Hoschek.« Daß die Hoschek Susi heißt, hatte mir der Papa erzählt, als er seinen London-Trip gebeichtet hatte.

Die Frau drückte ihre Zigarette aus, obwohl die noch ziemlich lang war, stand auf, fuhr sich wieder mit allen zehn Fingern durch die Haare und sagte: »Da bist du leider im Irrtum. Ich heiße Käthe Windisch.«

Peinlich, peinlich.

Ich stellte meine Kaffeetasse auf den Nachttisch und stand auf. »Dann geh ich jetzt«, murmelte ich.

»Wart einen Moment, ich bring dich heim«, sagte sie.

Weil mein Fuß beim Auftreten abscheulich weh tat, nahm ich das Angebot an. Die falsche Hoschek zog den Bademantel aus und einen Slip und eine Bluse und eine Jeans an. Ganz ohne Hemmungen zog sie sich vor mir um. Dabei konnte ich feststellen, daß ihr Körper jünger ist als ihr Gesicht. In den Augenwinkeln hat sie viele kleine Falten, und ein winziges Doppelkinn hat sie auch. Aber kinnabwärts ist sie total glatt und straff und perfekt kurvig.

Wir fuhren mit dem Lift in die Tiefgarage, und ich humpelte hinter der falschen Hoschek zu einem VW-Käfer mit Fetzendach. Auf dem Beifahrersitz lag ein Adidas-Latschen, ein riesiger. Größe 46, schätzungsweise. Die falsche Hoschek warf den Latschen auf die Rücksitze.

»Mein Herr Sohn«, sagte sie, »neigt dazu, seine Besitztümer in alle Winde zu streuen.«

Wir fuhren aus der Garage, die falsche Hoschek fragte mich weder nach meiner Adresse noch nach dem Weg. Zügig peilte sie die Gegend an, in der ich wohne, und kurvte auf dem schnellsten Weg – durch kleine Gassen – unsere Siedlung an. Und ohne zu zögern hielt sie direkt vor unserer Haustür. Ich war piff-paff! Sogar die Corinna zählt jedesmal, wenn sie mich besuchen kommt, die Haustüren von der Ecke an ab und klingelt dann an der siebenten Tür, weil alle Reihenhäuser gleich aussehen, und die Vorgärten auch, und die winzigen Nummernschilder an den Türen vom Gehsteig aus nur für weitsichtige Leute zu entziffern sind.

Ich fand die Sache aufklärungsbedürftig!

»Wieso wissen Sie eigentlich, wo ich wohne?« fragte ich.

»Na, beiß mich deswegen nicht gleich tot«, sagte die falsche Hoschek. Anscheinend hatte meine Frage nicht sehr freundlich geklungen.

Ich wartete noch ein paar Sekunden, und weil keine weiteren Erklärungen mehr kamen, sagte ich: »Danke fürs Heimbringen«, und stieg aus. Bevor ich die Wagentür zuschlug, sagte die falsche Hoschek: »Ich habe ein paarmal deinen Vater abgeholt, als er noch hier gewohnt hat.«

Jetzt sitze ich da, mit Denkfalten auf der Stirn, und die

Denkblasen blubbern mir nur so aus dem Hirn, weil ich mir das nicht erklären kann! Der Papa ist vier Monate vor der Scheidung von uns weggezogen. Die Dame Windisch kennt den Papa also schon mindestens zweieinhalb Jahre. Wieso kenne ich dann die Dame Windisch nicht?

Ich habe von der Hoschek gehört, ich habe mit der Kitti telefoniert, ich war mit der Sabine und der Gerti gut bekannt, ich habe die Karin, die Poldi, die Beate und die Agnes besichtigt und noch allerhand »Eintagsfliegen«, deren Namen mir im Moment nicht einfallen, zu Gesicht bekommen. Von einer Käthe Windisch war nie etwas zu sehen und zu hören! Einerseits geht mich das Liebesleben von Papa nichts an. Andererseits geht es mich aber sehr wohl etwas an, denn die »festeren Damen« mischen sich in mein Leben ein. Die Gerti – zum Beispiel – wollte immer »mit von der Partie« sein, wenn ich mich mit dem Papa getroffen habe, und auf Vater-Mutter-Kind spielen. Die Sabine wiederum wollte die Zeit, die der Papa für mich aufbringt, möglichst kurz halten. Dauernd habe ich damals vom Papa gehört: »Ich muß pünktlich bei der Sabine sein, sie hat Kinokarten!« Und wenn sie keine Kinokarten besorgt hatte, dann hatte sie einen Braten im Rohr oder Besuch eingeladen oder mußte von ihrer Mutter aus Stinkenbrunn abgeholt werden. Und die Poldi hatte einen dreijährigen, schielenden Sohn und war der Ansicht, daß ich diesen Idioten am Spielplatz im Volksgarten zu beaufsichtigen habe, während sie mit dem Papa in der Meierei Martini trinkt. Die Karin war Skifahrerin und wollte jedes Wochenende in den Schnee fallen und legte keinen Wert darauf, mich dabei zu haben, und fand, der Papa möge sein Tochter-Wochenende gegen zwei Werktagsabende mit mir umtauschen. Und die Beate hetzte den Papa sogar gegen mich auf. Einmal hat sie behauptet, ich habe Geld aus ihrer Handtasche genommen. Und der Papa hätte es fast geglaubt. Die Agnes wollte sich bei mir »einweinberln« und spielte auf wir-zwei-Freundinnen-verstehen-uns-prima. Sie rief mich fast jeden Tag daheim an und wollte mich auch ohne Papa treffen, aber da wurde die Mutti stocksauer.

Diese Käthe Windisch geht mich also etwas an! Eintagsfliege ist sie gewiß keine. Eintagsfliegen bekommen vom Papa keinen Wohnungsschlüssel, stellen ihr Auto nicht auf seinen Garagenplatz und kennen unser Haus nicht.

Ich möchte nicht plötzlich – wie die Corinna – vor der unschönen Tatsache stehen, daß sich ein Elternteil von mir etwas anheiratet; noch dazu etwas, das einen Sohn mit 46er Adidas-Latschen hat. Holzauge sei wachsam, sagt mir eine innere Stimme!

PS:

Ich könnte eigentlich die Mutti nach der Windisch fragen. Wenn die Windisch den Papa schon vor der Scheidung gekannt hat, müßte die Mutti Bescheid wissen. Der Detektiv hat ihr doch alles berichtet.

Aber ob die Mutti ehrlich Auskunft geben wird, ist eine Frage! Probieren kann ich es auf jeden Fall. Im Moment stehe ich ja unheimlich gut mit ihr.

Freitag, 13. Juni

Mein Stefan heißt mit dem Familiennamen Sipek. Er hat am zwanzigsten September Geburtstag. Siebzehn Jahre wird er dann. Am liebsten ißt er Steaks, medium gebraten, und Fische mag er auch. Er hat eine große Schwester und einen kleinen Bruder. Und seine Eltern dürften nicht gerade die Allerangenehmsten sein, die man ergattern kann auf Erden. In der Schule hat er fast nur gute Noten. Wenn er schlechte Noten hätte, dann dürfte er gar nicht in die Schule gehen, hat er gesagt, dann hätte ihn sein Vater in eine Lehre gesteckt. Der kleine Bruder geht noch in den Kindergarten, er ist erst fünf Jahre alt. Wie er auf die Welt gekommen ist, war die Mutter vom Stefan über vierzig. Heiliger Strohsack! Das ist ja beinahe eine Großmutter!

Was weiß ich sonst noch vom Stefan? Wenn er lacht, bekommt er drei Grübchen. Eines im Kinn und eines in jeder Wange. Wenn er nachdenkt, bekommt er eine Senkrechtfalte auf der Stirn, und wenn er verlegen ist, zupft er am rechten Ohrläppchen herum. Geld hat er genausowenig wie ich. Und das Haus, in dem er wohnt, ist das Haus gegenüber der Straßenbahnhaltestelle.

Ich bin heute am Morgen zu früh zur Straßenbahn gekommen, weil ich für den Weg, wegen dem Humpelfuß, sechs Minuten dazugerechnet habe. Aber humpeln ist anscheinend gar nicht sehr zeitraubend. In den üblichen vier Minuten war ich bei der Bim-bim, und der Stefan lehnte noch nicht an der Haltestellentafel. Ich wartete zwei Straßenbahnen ab, dann war es drei Minuten vor acht Uhr, und ich wollte wieder kehrtmachen und heimgehen, denn erstens hatte ich mich ja bloß wegen der gemeinsamen Straßenbahnfahrt mit dem Stefan zum Schulegehen entschlossen, und zweitens wäre ich sowieso zu spät gekommen, und drittens tat mir der Fuß unheimlich weh, weil ich auf den Invaliden-Patschen verzichtet und den wehen Fuß samt Verband in einen Tennisschuh gezwängt hatte. Und der Tennisschuh drückte höllisch. Blöd war nur, daß in der ersten Straßenbahn, die ich hatte sausen lassen, die Henne gestanden war. Und ich wußte nicht, ob sie mich gesehen hatte. Gerade, als ich beschlossen hatte, daß das eigentlich völlig belanglos sei, weil ich der Henne sagen könnte, ich sei auf dem Weg ins Krankenhaus, zur Fuß-Kontrolle gewesen, kam der Stefan aus dem Haus gegenüber der Haltestelle. Die Fußgängerampel war auf Rot. Er konnte nicht über die Straße gehen. Und genau in diesem Augenblick kam eine Straßenbahn in die Haltestelle gefahren. Da außer mir niemand bei der Haltestelle stand und auch niemand aussteigen wollte, hielt der Fahrer bloß sehr kurz und fuhr weiter, bevor die Fußgängerampel grün wurde.

Jetzt mußte dem Stefan sonnenklar sein, daß ich auf ihn wartete. Peinlich, peinlich! Aber schließlich war ja auch mir klar, daß er schon zweimal auf mich gewartet hatte. Und mir ist er deswegen ja auch nicht blöd vorgekommen!

Der Stefan kam, als die Ampel grün war, über die Straße und zu mir her. Diesmal grüßte er mich. »Servus, Julia«, sagte er. Er hatte sich also beim Pummel nach meinem Namen erkundigt. Und dann sagte er noch: »Ich habe nämlich verschlafen.« Ich nickte wie eine Blöde. Er schaute auf meinen Fuß. »Tut er noch weh?« fragte er.

Ich nickte wieder wie eine Blöde.

»Der Gustav hat mir erzählt, wie es passiert ist«, sagte er, und ich nickte wieder wie eine Blöde. Er schaute auf seine Armbanduhr. »Zurecht kommen wir heute nicht mehr«, sagte er und seufzte.

Fast hätte ich wieder wie eine Blöde genickt, doch das verbot ich mir und sagte: »Ich gehe heute gar nicht in die Schule. Ich bin noch krank gemeldet. Ich wollte bloß ausprobieren, wie ich gehen kann.«

Das war ja nun eindeutig eine Idiotenausrede. Wer probiert schon, um acht am Morgen, mit einem Rucksack in der Hand, ob er wieder laufen kann? Aber es war auch eindeutig ein Angebot, und ich bekam rasantes Herzflattern vor Spannung, ob der Stefan dieses Angebot annehmen werde.

Der Stefan bekam die Senkrechtfalte naseaufwärts. »Ach so«, sagte er. »Gehst du wieder heim?«

»Schön langsam«, sagte ich.

Er schaute zu seinem Haus hinüber. »Ich hätt' eigentlich auch keine Lust auf die Schule«, sagte er. »Bloß steht meine Mutter beim Fenster da drüben.« Er deutete zum ersten Stock. »Die braucht das nicht unbedingt zu wissen. Ich steige in die nächste Straßenbahn und fahr eine Haltestelle. Dann komm ich zurück. Wo treffen wir uns?«

»Ich fahr die Haltestelle mit dir«, schlug ich vor und nahm Storchenstellung ein, weil mein weher Fuß im Tennisschuh unheimlich weh zu tun angefangen hatte.

Als die Straßenbahn kam, biß ich die Zähne zusammen und humpelte zum Einstieg. Fast wäre ich nicht übers Trittbrett rauf gekommen. So weh wie jetzt hatte mir der blöde Fuß nicht einmal am Unfalltag getan. Vor Schmerz stiegen mir sogar Tränen in die Augen.

PEINLICH, PEINLICH WIE ICH MICH ANGESTELLT HABE:
Das kann ja nicht einmal der wehe Fuß entschuldigen. !!!
...und ich nickte wie eine Blöde!
...„tut der Fuß noch weh" fragte er und ich nickte wie eine Blöde!
STRASSENBA
PEINLICH, PEINLICH!!!
...fast hätte ich wieder wie eine Blöde genickt, doch das verbot ich mir und sage: „
16
Freitag, 13. Juni
IMMER NUR BLÖD GENICKT!!!
...Julia, Julia!
Julia mit der Idiotenausrede!

Heldenhaft hielt ich die Station durch. Bei der Haltestelle half mir der Stefan aus dem Wagen. Ich hüpfte auf einem Bein zum Gehsteig und zog mir den Tennisschuh aus. Das war vielleicht eine Erleichterung! Aber der Stefan meinte, ich dürfe nicht auf dem Verband durch den Straßendreck gehen. Da könnte Schmutz in die Wunde kommen.

»Hast einen Schilling?« fragte er und zupfte an seinem Ohrläppchen herum. »Ich bin nämlich total pleite.«

»Ich auch«, sagte ich. Aber ein Schillingstück fand ich doch im Hosensack. »Wozu willst den?« fragte ich.

»Für ein Plastiksackel.« Der Stefan nahm den Schilling und lief in das Sportgeschäft bei der Haltestelle. Gleich darauf kam er mit einer riesigen Plastiktragetasche wieder. Den Schilling hatte er auch noch.

»Geschenkt bekommen«, sagte er und gab mir den Schilling zurück. Dann steckte er meinen Fuß in die Tragetasche, holte ein Gummiringerl aus der Hemdtasche und fixierte damit die Tragetasche um meinen Knöchel herum.

Wir gingen nicht die Hauptstraße zurück, wir bogen in eine Seitengasse ein. Der Stefan hatte Angst, seine Mutter könnte uns entgegenkommen. »Die bringt jeden Morgen um diese Zeit den kleinen Bruder in den Kindergarten.«

Mein Fuß fühlte sich in der Tragetasche recht wohl. Aber lange auf ihm herumspazieren wollte ich doch nicht. Und da wir beide kein Geld hatten, war das kleine Café in unserer Siedlung keine Möglichkeit. Und der Eissalon auch nicht. So fragte ich den Stefan, ob er mit mir nach Hause kommen wolle.

Er wollte. Aber erst, als er kapiert hatte, daß meine Mutter im Büro war.

Wir setzten uns auf die Terrasse vor dem Wohnzimmer. Die Erika, unsere linke Nachbarin, kam alle zehn Minuten auf ihre Terrasse. Einmal goß sie Blumen, einmal staubte sie die Korbsessel ab, einmal goß sie Wasser in die Vogeltränke, einmal versprühte sie Ameisengift, einmal zupfte sie welke Blätter von den Pelargonien. Sonst ist sie am Vormittag nie auf der Terrasse.

So eine Reihenhaussiedlung wie die unsere schaut ja ganz nett aus. Viele Bekannte beneiden uns um die Terrasse und den kleinen Garten dahinter. Es wäre ja auch wirklich schön, in der Sonne sitzen zu können und dafür nicht extra in einen Park gehen oder aus der Stadt fahren zu müssen. Aber ungestört! Und das ist man bei uns nicht. Was auf den Terrassen und in den Gärten vorgeht, kriegen die Nachbarn Länge mal Breite mit. Ehrlich! Wenn die Mutti und ich am Abend auf der Terrasse sitzen, und nebenan spielen die Erika und der Hermann Karten, dann hören wir sogar, daß der Hermann furzt und zählen mit, und die Mutti flüstert mir zu: »Dreizehnmal ist sogar für ihn ein Rekord. Die müssen Kohl gehabt haben.« Und ich flüstere dann zurück: »Nein, Gulasch haben sie gehabt. Ich hab es rübergerochen.«

Und wenn die Ingrid und der Peter, auf der rechten Seite von uns, von ihrem Vater eine Ohrfeige bekommen, hört man die Ingrid und den Peter nicht nur weinen, man hört auch vorher die Watschen klatschen.

Da ich nicht wollte, daß die Erika alles, was ich mit dem Stefan rede, mitbekommt, gingen wir ins Wohnzimmer. Der Stefan war hingerissen von unseren Schallplatten. Er ist nämlich ein Jazzfan. Und jetzt denkt er, daß ich auch einer bin. Dabei ist die Mutti der Jazzfan. Ich habe den Irrtum nicht aufgeklärt. Bis um halb eins hat sich der Stefan Charlie-Parker-Platten angehört. Dann hat er noch drei Wurstbrote gegessen und eine Flasche Bier getrunken. Und ich habe ihm eine Schachtel von Muttis Reservezigaretten geschenkt. Die Charlie-Parker-Platte, die wir doppelt haben, wollte ich ihm auch schenken. Doch er hat sie nicht mitgenommen. Wir haben uns darauf geeinigt, daß die Platte ihm gehört, daß er sie aber bei mir läßt und sie immer hören kann, wenn er mich besuchen kommt. Und das heißt: Er will in Zukunft weiter mit mir zusammen sein!

Um halb zwei ist der Stefan heimgegangen. Er wollte sich für morgen oder übermorgen etwas mit mir ausmachen. Aber am Wochenende hat der Papa ein Abonnement auf mich.

Nur für den Fall, daß der Papa nicht an beiden Tagen Zeit hat, habe ich dem Stefan versprochen, daß ich ihn anrufen werde. Beim Papa passiert es ja manchmal, daß er plötzlich etwas anderes vorhat. Diesmal würde mich das gar nicht so besonders stören.

PS:

Die Erika hat der Mutti natürlich erzählt, daß ich am Vormittag daheim war und Besuch hatte. Richtig geärgert hat sie sich, als die Mutti sagte: »Vernünftig von ihr. Ich hab ihr ja gleich gesagt, daß sie noch nicht richtig gehen kann.« Natürlich hat mich die Mutti nachher gefragt, wer denn der Knabe war, von dem ihr die Erika erzählt hat. Ich habe ihr vorgemogelt, das sei einer aus meiner Schule gewesen. Einer, der keine Lust auf Schule gehabt habe. Warum ich das erzählt habe, ist mir selbst ein Rätsel. Für die Mutti ist es ja

Jacke wie Hose, ob der Stefan in meine Schule geht oder in eine andere. Vielleicht gerate ich einfach dem Papa nach und mag Lügen mehr als die Wahrheit.

Apropos Papa! Beim Nachtmahl habe ich die Mama gefragt, ob sie eine Käthe Windisch kennt.

»Natürlich«, hat die Mama gesagt. »Warum fragst du?«

»Weil sie in der Badewanne vom Papa badet«, habe ich geantwortet. Da hat die Mama den Kopf geschüttelt und gemurmelt: »Es ist sagenhaft! Alte Liebe scheint wirklich nicht zu rosten.«

Diese Auskunft reichte mir natürlich nicht. Aber die Mutti wollte zuerst mit keinen weiteren Informationen herausrücken. Ich solle den Papa fragen, meinte sie. Das sei schließlich sein Liebesleben und nicht das ihre. Aber dann brachte ich die Mutti doch zum Plaudern. Also: Die Käthe Windisch ist mit der Mutti in die Schule gegangen, von der ersten Volksschulklasse bis zur Matura. Damals hat sie aber noch Janda geheißen. Und in der sechsten Klasse hat sich die Janda-Windisch in den Papa verliebt. Zwei Jahre war sie mit ihm zusammen. Dann hat sich der Papa in die Mutti verliebt. Aber die Mutti wollte ihrer Freundin den Freund nicht wegschnappen, doch dann hat der Papa die Janda-Windisch »stehenlassen« und sich eine andere angelacht, und da hat die Mutti der anderen den Papa »weggeschnappt«; gegen die hat sie ja nicht fair sein müssen. Und dann haben der Papa und die Mutti geheiratet. Die Käthe war trotzdem böse auf sie. Und hat die Freundschaft mit ihr abgebrochen. Und wie es dann zur Scheidung gekommen ist, hat die Käthe durch eine andere Freundin davon erfahren und hat den Papa »getröstet«. Der Scheidungsgrund war sie nicht. Nach der Scheidung, hat mir die Mama erzählt, war der Papa ein paar Wochen mit der Käthe Windisch zusammen. Bis er die Gerti kennengelernt hat. Mehr weiß die Mama auch nicht.

Eigentlich finde ich es toll, wenn eine Liebe so lange anhält! Das riecht direkt nach »wahrer Liebe«.

Samstag, 14. Juni

Für zehn Uhr bin ich mit dem Papa verabredet. Es ist fünf Minuten vor zehn, und angezogen bin ich auch noch nicht. Aber der Papa ist nie pünktlich. Meistens ruft er zehn Minuten nach dem ausgemachten Termin an und sagt, daß er sich »ein bisserl« verspäten wird.

Der Papa und ich werden ins Burgenland fahren. Wir werden dort in einem Hotel übernachten.

Die Mutti macht heute Großputz. Wenn die Sonne zu den dreckigen Fenstern hereinscheint, wird sie unruhig und rennt um Wasserkübel und Lappen. Im Winter ist sie nicht so putzsüchtig. Ich habe ein schlechtes Gewissen. Ich hätte in den letzten Tagen wirklich ein bißchen Haushaltshilfe spielen können, wo ich ohnehin nicht in der Schule war. Dann müßte die Mutti ihr freies Wochenende nicht verputzen. Ich bin ein faules Schwein! Ab Montag werde ich jeden Tag eine Stunde Haushalt machen. Großes Ehrenwort!

Eigentlich wäre es schön, wenn die Mutti ins Burgenland mitkommen würde. Aber das haut nicht hin. Zweimal, nach der Scheidung, habe ich auf so einem Vater-Mutter-Kind-Trip bestanden, aber die beiden haben sich bloß angekeift.

Es ist zehn Minuten vor elf, und der Papa hat angerufen, daß er erst um zwölf kommen wird. An seinem Auto ist angeblich etwas kaputt, und er bastelt mit dem Harri seit sieben in der Früh am Motor herum. Vielleicht stimmt es wirklich. Aber warum hat der Scheißer dann nicht gleich um sieben Uhr angerufen? Dann wäre ich in die Schule gegangen. Der Fuß tut mir fast gar nicht mehr weh. Und den Invalidenschlapfen brauche ich auch nicht mehr, weil die Mutti eine Weltidee gehabt hat. Ich trage am gesunden Fuß einen Tennisschuh von mir und an dem löchrigen Fuß einen Tennisschuh von der Mutti. Der ist um eineinhalb Nummern größer. Mein Tennisschuh ist grün, der von der Mutti ist rosa. Dafür habe ich am Fuß mit dem grünen Schuh einen rosa Socken. Und am Fuß mit dem rosa Schuh einen grünen Sokken. Und da ich mir auch noch den grün-rosa-geblümten Rock von der Mutti geborgt habe, schaut das jetzt aus, als wäre alles modische Absicht.

Jetzt ist es zwölf Uhr, und der Papa ist noch immer nicht da. Die Corinna hat angerufen und hat mir berichtet, daß der Hugo die Noten verlesen hat. Ich bekomme in Chemie einen Dreier. Weil ich im Halbjahr auch einen Dreier hatte. Und immer fleißig mitgearbeitet habe! Der Hugo ist ein echtes Schnuckelchen! Ich und fleißig mitarbeiten! Da lacht ja der ganze Hühnerhof. Aber fleißig war ich in den Chemiestunden wirklich. Wie eine Brummhummel habe ich immer die Lateinhausübungen abgeschrieben.

Der Pummel hat auch angerufen. Er wollte mich ins Bad einladen. Er wollte mich besuchen kommen. Er wollte mich auf dem Moped spazierenfahren. Er wollte mich auf ein Eis einladen. »Gustav der Zweite, der Stärkere, bricht zusammen, wenn er seine Julia nicht sieht«, hat er ins Telefon gestöhnt.

Was heißt da »seine Julia«? Das wäre eine Chance gewesen, ihm zu erklären, daß ich nicht *seine* Julia bin und daß liebesmäßig für ihn keine Chance bei mir ist. Aber ich feiges Stück habe ihm bloß erklärt, daß ich keine Zeit habe, weil

Samstag, 14. Juni:

...ich hätte in die Schule gehen können!

GIFT-GRÜN

ROSA

GR. 40

GR. 38

ROSA!

GRÜN!

...UND SOWAS IST MEIN VATER!!!

Oh Gott, dieser geeichte Lügen-bolzen!

SÄUSEL

SÄUSEL

...und in Physik einen Dreier ohne Prüfung!

HAHA-HEHE!

Der Physik-Hugo ist ein Schnuckelchen!!!

HIHI

DA LACHT JA DER GANZE

HOHO

HÜHNERHOF!!!

Mausi, es tut mir wirklich leid! Mäuselchen, sei mir nicht gram!!!

ich mit meinem Papa wegfahre. Da hat der Kerl gelacht und gesagt: »Na ja, gegen einen Papa kann Gustav der Zweite, der Stärkere, nicht in Konkurrenz treten. Bis Montag dann, Küßchen, mein Engel!«

Was soll das: bis Montag dann? Will er mich am Ende gar von der Schule abholen? Hoffentlich nicht! Die in meiner Klasse halten mich doch für deppert, wenn sie sehen, daß ich in Begleitung so einer Fettkugel unterwegs bin.

Mir reicht es. Es ist ein Uhr. Die Mutti hat mich gefragt, ob ich ein Mittagessen von ihr möchte. Sehr zögernd hat sie gefragt. Und jeder Bemerkung über Papas Unpünktlichkeit. hat sie sich enthalten. Aber dreingeschaut hat sie wie: Armes Kind, was hab ich dir für einen Vater ausgesucht!

Hunger hätte ich zwar, doch wenn ich jetzt etwas esse, bin ich satt, wenn mein geliebter Arsch-Papa endlich kommt. Aber er wird nicht satt sein, und er wird Mittagessen wollen. Und dann hocke ich im Restaurant und schaue ihm beim Futtern zu. Und weil ich ein Gierschlund bin, bestelle ich mir dann auch etwas. Und ich bin ohnehin schon fetter als nötig. Der Rock von der Mutti hat mir heute früh einen richtigen Schock versetzt. Er paßt mir nämlich um die Mitte tadellos. Bis vor ein paar Wochen habe ich immer, wenn ich Muttis Röcke genommen habe, einen Gürtel – zum Engermachen – gebraucht. Ich bin in letzter Zeit aufgegangen wie eine Buchtel beim Backen. Dagegen muß etwas unternommen werden. Es hupt vor dem Haus! Kurz-kurz-kurz-lang. Na, endlich!

Sonntag, 15. Juni

Ich bin eigentlich zum Schreiben viel zu müde, aber einschlafen kann ich auch nicht, weil ich rundherum den Ursonnenbrand habe. Bis auf die Zehen und die Hände und das bißchen Haut, das vom Bikini verdeckt war, ist alles an mir knallrot. Die Mutti hat mich mit einem Essigsaure-Tonerde-Gel eingeschmiert.

Das hat zuerst gekühlt und wohlgetan, doch jetzt ist es zu einer Glasur aufgetrocknet, die spannt und zieht und juckt. Ich möchte mir das Zeug herunterduschen.

Die Mutti behauptet, duschen sei bei Sonnenbrand streng verboten.

Wenn ich morgen noch so aussehe wie heute, verkleide ich mich als strenggläubige Moslemfrau und gehe unter einem schwarzen Schleier aus dem Haus. So darf mich der Stefan echt nicht sehen.

Schön war das Wochenende aber doch! Wir waren segeln, und gestern, am Abend, waren wir in einer Disco. Ich habe ein paarmal mit einem langhaarigen Typ getanzt. Er hatte eine Graf-Bobby-Stimme, so durch die verstopfte Nase durch. Er hat mich gefragt, ob ich ihn nicht gegen den »Oldie« eintauschen möchte. Ich habe ihm geantwortet, daß ich eventuell dazu bereit wäre, aber nur, wenn er die Alimente pünktlicher zahlen würde als der Oldie. Wir haben ziemlich viel gelacht miteinander. Er hat mir seine Visitenkarte gegeben. In Wirklichkeit ist das die Visitenkarte von seinem Vater. Der hat den gleichen Vornamen. Hademar!

Ist doch nicht die Möglichkeit, daß einer tatsächlich Hademar heißt!

»Nur den Dr. vorne dran mußt du dir wegdenken«, hat er zu mir gesagt, als er mir die Visitenkarte gegeben hat. »Den Dr. schaff ich nämlich nie!«

Der Hade geht nicht in die Schule. Er tut gar nichts. Aber achtzehn muß er schon vorbei sein, weil er ein Motorrad hat. Ein riesiges. Das Motorrad, hat er zu mir gesagt, ist sein ganzer Lebensinhalt. Mehr als das Motorrad und ein bißchen Benzin dafür braucht er im Leben nicht. Ich hab das nachher dem Papa erzählt.

Der Papa hat glatt erklärt, der Hade sei ein verdeckter Selbstmörder.

Alle Motorradfahrer, hat der Papa behauptet, seien verdeckte Selbstmörder.

Sie rasen alle wie die Irren herum, auf der Suche nach einem dicken Baumstamm, auf den sie losbrausen und sich an ihm das Genick brechen können. Das sieht der Papa denn doch wohl ein bißchen zu eng!

Vielleicht rufe ich den Hade demnächst an. Und treff mich mit ihm.

Mit dem Papa wollte ich auf der Heimfahrt über diese Käthe Windisch reden. Er hat stur abgeblockt. Er hat gesagt: »Julischka, die einzige große Liebe meines Lebens bist du, alles andere ist unwichtig.«

Himmel-Arsch-und-Zwirn! Wie grobes Schmirgelpapier kommt mir mein Leintuch vor.

Und innen ist mir ganz kalt, obwohl ich außen ganz heiß bin. Ich glaube, ich habe Fieber. Kopfweh habe ich jedenfalls.

So ein Scheiß!

Ich gehe jetzt duschen! Ganz egal, ob das dem Sonnenbrand schadet oder nicht! Die Glasur muß herunter, sonst werde ich noch echt wahnsinnig.

PS:

Wenn ich mich in den Spiegel schaue, kriege ich einen Lachanfall. Die Mutti hat sich von der Erika drei Pakete Buttermilch geholt. Buttermilch ist angeblich das beste Hausmittel gegen Sonnenbrand. Ich schaue verboten aus. Wie Himbeerpudding mit Schlagobersgarnierung.

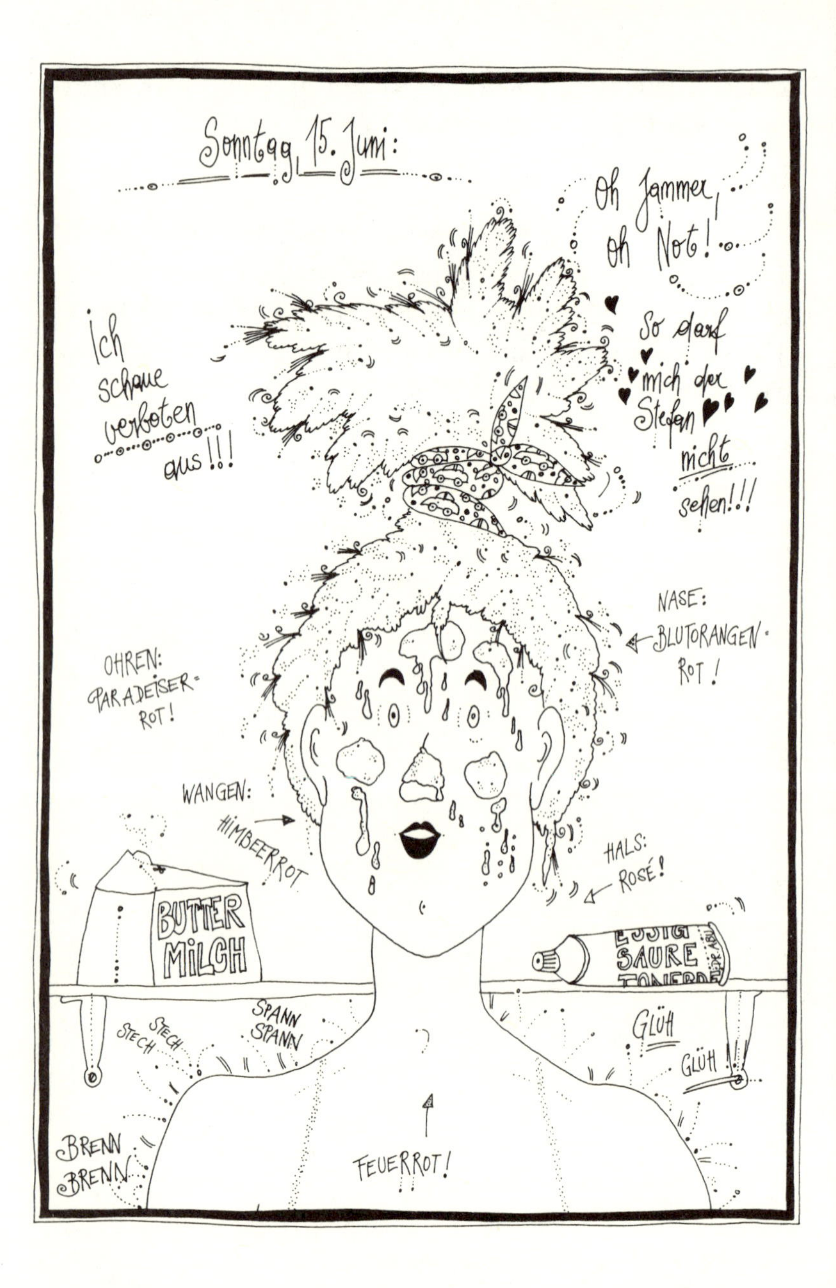

Sonntag, 15. Juni:
Oh Jammer, oh Not!
Ich schaue verboten aus!!!
So darf mich der Stefan nicht sehen!!!
NASE: BLUTORANGEN-ROT!
OHREN: PARADEISER-ROT!
WANGEN: HIMBEERROT
HALS: ROSÉ!
BUTTER MILCH
ESSIG SAURE
SPANN SPANN
STECH STECH
GLÜH GLÜH!
BRENN BRENN
FEUERROT!

Montag, 16. Juni

Dieser verdammte Pummel wächst sich zu einem echten Problem aus! Meine Befürchtung, daß er mich zu Mittag von der Schule abholen könnte, war insofern falsch, als er mich schon am Morgen von daheim abgeholt hat. Knallrot und nichtsahnend kam ich aus dem Haus, und da hockte der Kerl vor unserer Vorgartentür auf seinem Moped und warf mir eine Kußhand zu. Auf dem weißen Schutzhelm hatte er, sowohl vorne als auch hinten, ein Kreuz aus rotem Tixoband. Er brüllte: »Invalider Engel du, dein Behindertentransport wartet bereits seit zehn Minuten.«

Einerseits wollte ich zur Straßenbahn, zum Stefan. Anderseits wollte ich ohnehin nicht zum Stefan, so knallrot, wie ich war. Ich überlegte, ob ich mich nicht vielleicht doch vom Pummel in die Schule fahren lassen sollte, aber da kam die Mutti aus dem Haus. Wie der Kuckuck aus der Schwarzwälder-Uhr flatterte sie auf mich und den Pummel zu. Sonst ist sie um diese Zeit ja schon immer auf dem Weg ins Büro. Aber heute hatte sie so lange an meiner Haut herumgesalbt, daß sie spät dran war. Sie rief: »Also, das kommt doch gar nicht in Frage! Zuerst durchbohrt sich das Wahnsinnskind einen Fuß, dann grillt sie sich zu einem Steak, und jetzt will sie vielleicht noch ohne Helm Moped fahren und sich das Genick brechen!«

Der Pummel wollte mir seinen Helm geben, aber die Mutti verbot es ihm. Auch anderer Mütter Kinder Leben sei ihr heilig, sagte sie. So blieb mir ohnehin nichts anderes übrig, als zur Straßenbahn zu latschen. Der Pummel fuhr im Schrittempo neben mir her. Er quatschte drauflos. Was er

Montag, 16. Juni:
EIN UNGLÜCKSTAG!
Invalider Engel du, dein Behindertentransport wartet bereits seit zehn Minuten!
SO ZEITIG IN DER FRÜH HAUT DAS DIE STÄRKSTE FRAU UM!!!
SCHWITZ! SCHWITZ!
SCHNAUF SCHNAUF!!!

sagte, hörte ich überhaupt nicht. Mein Kopf war randvoll mit: Der Stefan wird mich zum Kotzen finden!

Der Stefan fand mich nicht zum Kotzen, er fand mich zum Lachen. Er meinte es nicht böse, ein bißchen sauer war ich trotzdem. Natürlich ließ ich mir das nicht anmerken. Richtig sauer wurde ich erst, als sich der Stefan – kaum daß er ausgelacht hatte – hinter dem Pummel aufs Moped schwang und mich allein bei der Haltestelle stehenließ. Daß mich der Pummel, bevor er startete, noch fragte: »Wann hast heut aus?« war mir auch kein großer Trost.

In der Schule war überhaupt nichts los. Die halbe Klasse ist sonnenbrandig. Der Riesenstreß der letzten Wochen ist endgültig vorüber. Wie uralte Luftballons hingen wir hinter den Pulten herum, leicht zerknittert, sehr schlapp und total ohne drive.

Der Mathe-Piesinger hatte auch schon die Patschen gestreckt. Er las die Zeitung und ließ uns machen, was wir wollten. Und wissen wollte er, wieso eigentlich niemand in der Klasse strickt. Das sei doch jetzt so modern, meinte er. Ob modern oder nicht, für mich ist stricken wirklich das Allerletzte. Der Mode gehe ich garantiert nicht auf den Leim. Wenn ich 100 Maschen anschlage, habe ich drei Reihen später nur mehr die halben Maschen. Und was ich erzeuge, schaut aus, als hätte da ein Spastiker trainiert. Häkeln kann ich auch nicht. Und nähen schon gar nicht. Aber im Laubsägen bin ich gut. Das wäre eigentlich echt ätzend, wenn ich in der Schule den Unterricht zersägen würde.

Der Piesinger zieht seine Wurzeln und erhebt seine X zur dritten Potenz, und ich säge mir versonnen eins! Die Henne posaunt den ACI aus, und ich spanne meinen Sägebogen!

Der Raffzahn meditiert über irgendwelche Welteroberer, und mir reißt das Sägeblatt!

Warum eigentlich nicht? Wenn die Lehrer das Stricken tolerieren, müßten sie das Laubsägen doch auch durchgehen lassen. Ich werde mir das in den Ferien überlegen. Fürs heurige Schuljahr lohnt sich der Gag nicht mehr.

Nach der dritten Stunde haben wir erfahren, daß die fünfte Stunde ausfällt. Alle in der Klasse haben hurra gejubelt. Für mich war es keine echte Frohbotschaft. Die ganze vierte Stunde habe ich mir das Hirn zermartert, was ich machen soll. Nach der Schule heimfahren? Oder eine Stunde in der Schule herumsitzen?

Der Stefan hatte ja nicht versprochen, mich abzuholen. (Nicht einmal der Pummel hatte es versprochen. Bloß nach meinem Unterrichtsschluß hatte er sich erkundigt.) Auf eine vage Hoffnung hin länger als nötig in der Schule zu hocken, fand ich unzumutbar. Aber vagen Hoffnungen gar keine Chance zu lassen, entspricht meinem optimistischen Gemüt auch nicht. So entschloß ich mich zu einem Kompromiß und borgte mir von der Didi dreißig Schilling und schloß mich der Corinna und dem Anatol an, die auf ein Eis in den Eissalon schräg gegenüber der Schule gingen. Durch das Eissalonfenster hat man das Schultor unter Kontrolle.

Um 12 Uhr 32 kam der Pummel auf seinem Moped angebraust und hielt vor dem Schultor.

»Dein verehrendes Germknödel ist da«, sagte die Corinna. Dem Anatol fielen die Glupschaugen fast aus dem Kopf. Er konnte es einfach nicht fassen. »Hast du mit dem – bist du mit dem – ist der etwa mit dir?« stammelte er ergriffen.

»Was kann denn ich dafür?« fragte ich und ging hinter dem Rücken vom Anatol in Deckung, um vom Pummel nicht erspäht zu werden. Inständig flehte ich die Corinna an: »Geh doch rüber zu ihm und sag ihm, daß ich schon längst heimgegangen bin.«

Die Corinna wollte nicht. Sie sagte: »Laß ihn warten, bis er grün wird. Dann wird er schon merken, daß er keinen Auftrag bei dir hat.«

Wäre der Anatol nicht dabei gewesen, hätte ich der Corinna erklärt, daß ich auf den Stefan hoffe und mir der wartende Pummel deshalb so ungelegen kommt. Aber der Anatol ist unsere Klassentratschen. Und es braucht schließlich nicht jeder in meiner Klasse zu wissen, daß ich auf einen Typ warte, dessen Erscheinen sehr ungewiß ist.

Der Pummel stieg von seinem Feuerstuhl, nahm den Helm vom Schädel, wischte sich Schweiß von der Stirn und watschelte zum Schultor und lehnte sich ans Holz.

»Das Germknödel ist in den Schatten gerollt«, sagte der Anatol. »Damit es in der Sonne nicht noch mehr aufgeht.« Und die Corinna sagte: »Wenn der so weitermacht, kann er sich in zehn Jahren als dicker Gustl im Prater ausstellen lassen.«

Ich hätte gern gesagt, daß der Pummel doch nichts für seine häßliche Leibesfülle kann und daß es unfair ist, so über ihn zu reden, aber ich hatte Angst, ihn in Schutz zu nehmen. Die beiden hätten mir das sicher falsch ausgelegt. Garantiert hätten sie hinterher gesagt, daß ich doch etwas mit dem Pummel »haben« müsse, wenn ich ihn so verteidige.

Gut fünf Minuten lehnte der Pummel am Schultor und wischte schweißaufsaugend an sich herum. Dann kam eine

Straßenbahn und hielt vor dem Eissalon und verstellte mir die Sicht auf meinen hartnäckigen Verehrer. Aber das war mir total Wurscht, denn aus der Straßenbahn stieg der Stefan. Ich schob der Corinna mein Geld hin, sagte »Zahl für mich«, lief aus dem Laden, zum Stefan, und erreichte ihn noch, bevor er zum Überqueren der Straße angesetzt hatte.

Der Stefan war natürlich erstaunt, weil ich aus der falschen Richtung angehumpelt kam. Ich wollte hurtig mit ihm die Straße hinuntergehen, in der Hoffnung, der Pummel würde uns übersehen. Aber Schnecken! Die Straßenbahn fuhr ab, Autos waren auch kaum unterwegs, der Pummel hatte freie Sicht auf den Stefan und mich und kam, die Arme über dem Kopf schwingend, wie eine mittlere Lawine, herübergerollt.

Der Stefan seufzte und sagte leise: »Freunde haben, ist manchmal gar nicht so einfach.«

»Gustav der Zweite, der Stärkere, zur Stelle«, brüllte der Pummel bereits in der Straßenmitte. Als er uns erreicht hatte, verbeugte er sich vor mir und machte einen Kratzfuß. Die heiße Sonne hatte seiner Akne nicht gutgetan. Alle Pusteln waren reif geworden und hatten Eiterpünktchen.

Der Pummel fragte gar nicht, woher ich denn gekommen sei und wieso ich ihn nicht gesehen habe. Er fragte auch nicht, warum der Stefan hier sei. Er spielte wieder einmal auf Happy-Peppi. »Herrschaften«, sagte er. »Ich brauch Nachschub, die Sonne hat mir mindestens ein halbes Kilo Schmalz weggeschmort.« Und dann lud er uns zum Mittagessen ein. »Gustav der Zweite, der Stärkere, brät euch in Vaters Kirschgarten einen Ochsen am Spieß«, lockte er. Da der Stefan »ja« sagte, war ich auch bereit zum Mitkommen.

Der Pummel wollte mich überreden, mit ihm auf dem Moped heimzufahren. Ich redete mich auf das Mutter-Verbot aus. So brauste der Pummel allein ab, und der Stefan und ich warteten auf die nächste Straßenbahn. Ich schaute ein paarmal unauffällig zum Eissalon hin. Die Corinna merkte es. Sie grinste mir zu. Ganz auf Anerkennung, ganz auf: Ich gratuliere zu dieser Erwerbung!

Der Pummel hat ein Wahnsinnshaus.

So was von einem Kitsch-Bunker habe ich mein Lebtag noch nicht inspiziert.

So richtig das traute Heim von Frau Protz und Herrn Prass! An den Fenstern haben sie überall Raff-Rüsch-Pluster-Stores. Und gläserne Ungeheuer hängen von den Decken. Kronlüster, modisch! Die schauen aus, als ob das Glas kurz vor dem Schmelzen wäre und jeden Moment runtertropfen könnte. Aber das irrste Ding ist diese Wohnlandschaft. Die schlägt einfach alles. Blind könnte man werden, wenn man länger hinschaut. Sie ist aus eibischzuckerlrosa Leder und quadratisch mit Knöpfchen bestückt.

Und die Küche ist eine Alm ohne Kuh. Nichts als Zirbelholz und Bauernrosen! Eine Wand ist zirbelholzfrei. Die Wand ist auf »Gänsehaut« verputzt, auf dem Putz hängen eine Mistgabel und ein Heidelbeerrechen und ein Wagenrad und eine Kuhglocke und eine kupferne Milchkanne.

Eine Putzfrau war beim Pummel, als wir hinkamen. Die sagt »Gust« zum Pummel. Er sagt zu ihr »Frau Haushofmeisterin«. Die Putzfrau war sehr nett. Aber die T-Bone-Steaks, die der Pummel aus dem Eiskasten holen wollte, die verwehrte sie ihm. Die seien für den Abend, für die Gäste, erklärte sie. Der Pummel mußte sich mit tiefgekühlten Berner

Würsteln zufriedengeben. Der Stefan flüsterte mir zu, daß er gar nicht gekommen wäre, wenn er das gewußt hätte. Berner Würstel hat er nämlich daheim dreimal die Woche.

Während der Pummel den Grill auf der Terrasse in Schuß brachte, zeigte mir der Stefan den Garten. Hinter dem Swimmingpool, hinter der Dusche, hinter einem großen Strauch mit roten Kugelbeeren blieben wir stehen und schauten uns lange an und redeten gar nichts. Der Stefan hätte mich unter Garantie geküßt, wenn der Pummel nicht plötzlich laut gebrüllt hätte: »Hilfe! Genossen, ich schaffe das allein nicht!«

Dreimal noch kam es am Nachmittag fast zu einem Kuß zwischen mir und dem Stefan. Einmal, als ich mit dem Stefan in den Keller Bier holen ging. Einmal, als ich mit dem Stefan Schmutzgeschirr in die Küche trug.

Und einmal, als ich aufs Klo mußte und der Stefan gerade aus dem Klo kam.

Jedesmal funkte der Pummel dazwischen. In den Keller kam er uns nach, aus Angst, daß wir den Lichtschalter nicht finden würden. In die Küche kam er uns nach, aus Angst, wir könnten die Spülmaschine mit der Kühltruhe verwechseln.

Und zum Klo kam er, um mir zu sagen, daß im Badezimmer eine schönere Klomuschel sei.

Das waren keine Zufälle! Das war Absicht! Er muß richtig auf der Lauer gelegen sein, um meinen ersten Kuß zu verhindern. Idiot, der!

PS:

Am Rücken und auf der Brust schält sich meine Haut.

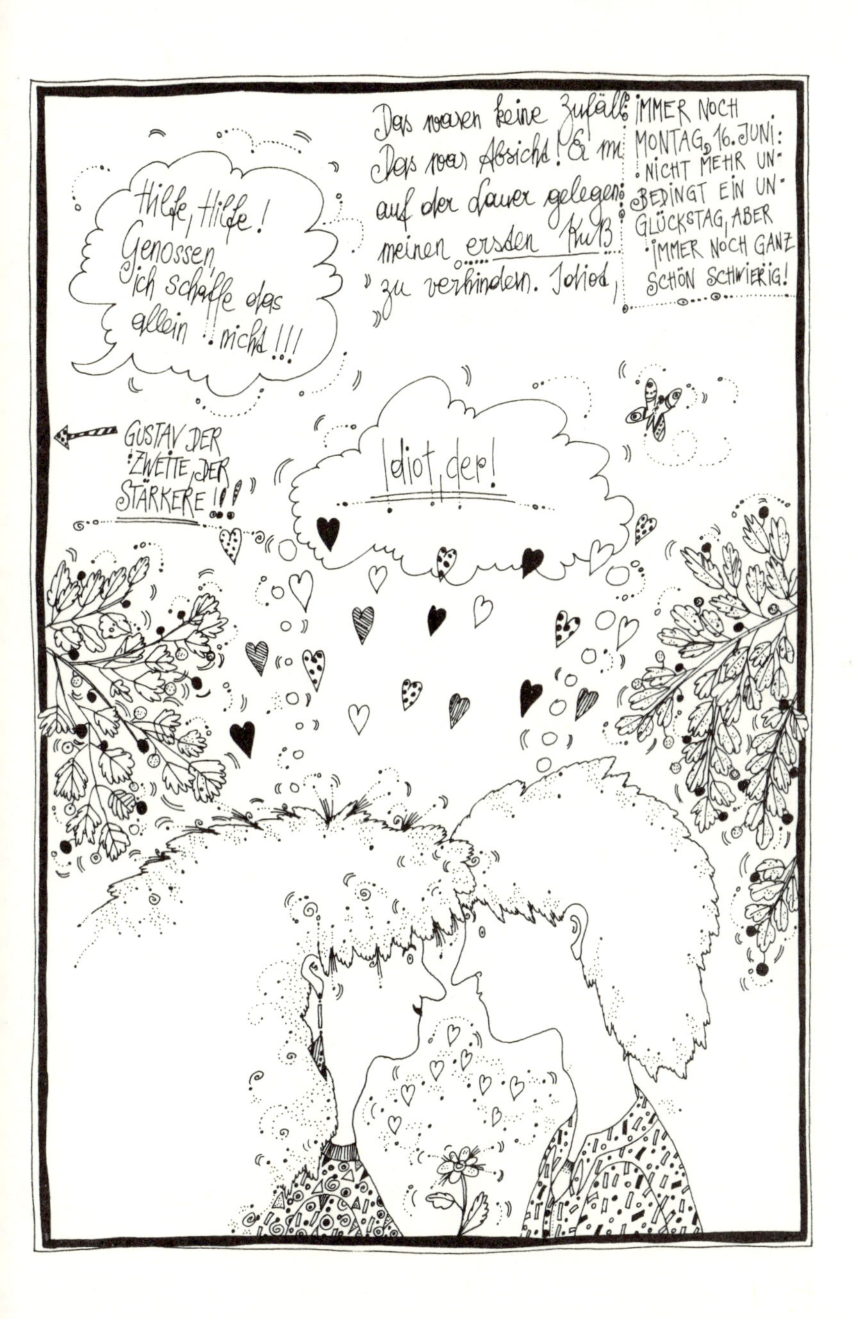

IMMER NOCH MONTAG, 16. JUNI: NICHT MEHR UNBEDINGT EIN UNGLÜCKSTAG, ABER IMMER NOCH GANZ SCHÖN SCHWIERIG!
Das waren keine Zufäll Das war Absicht! Er m auf der Lauer gelegen meinen ersten Kuß zu verhindern. Idiot,
Hilfe, Hilfe! Genossen, ich schaffe das allein nicht!!!
GUSTAV DER ZWEITE, DER STÄRKERE!!!
Idiot, der!

Handtellergroße Flächen lassen sich abziehen. Richtig süchtig macht mich das. Dauernd muß ich an mir herumzupfen. Dabei tut das weh.

Der Papa hat angerufen. Er will den Urlaub mit mir besprechen. Ich ahne da wieder einmal Konflikte. Er will nämlich im Juli auf Urlaub fahren, und die Mutti will auch im Juli auf Urlaub gehen. Da wird wieder einmal keiner von beiden nachgeben wollen. Aber heuer sollen sie sich das gefälligst gleich miteinander ausmachen. Ich spiele nicht mehr den Zwischenträger und Botschaftenüberbringer und lasse mir von jedem erklären, warum er im Recht ist und der andere ein sturer Bock, der bloß auf dem Justament-Standpunkt steht. Mit mir spielt ihr das nicht mehr, verehrte Erzeuger!

Dienstag, 17. Juni

Dem Englisch-Pauker habe ich den Glauben an das Edle im Schülergemüt geraubt. Weil erst morgen Schlußkonferenz ist, wollte er mich heute noch prüfen, um mir eine Chance zu geben, das Befriedigend auf ein Gut auszubessern. Ich hab gedacht, mich trifft der Schlag! Bei meinem Wissensstand hätte ich höchstens die Chance gehabt, mich auf ein Genügend zu verschlechtern.

Also habe ich ihm gesagt, daß ich mit einem Dreier sehr zufrieden bin. Da war er deprimiert.

In Zeichnen und in Musik und in Turnen bekomme ich je einen Einser. Das sind garantierte 300 Schilling vom Mutti-Opa. Er läßt für jeden Zeugnis-Einser einen Hunderter springen. Natürlich wird das auch wieder seine ewige Ansprache hinter sich herziehen, daß die Nebenfächer-Einser in Wirklichkeit keinen Hunderter wert seien und daß bloß großväterliche Güte Gnade für Recht ergehen lasse, und daß er eigentlich von seiner einzigen Enkelin bessere Leistungen erwartet hätte.

Ich schwör's! Wenn ich endlich einmal so viel Taschengeld haben werde, daß ich damit halbwegs zurechtkomme, sieht mich der alte Knauser zum Schulschluß nimmer und kann sich seine kleinkarierte Predigt an den Steirerhut stecken. Aber im Moment brauche ich das Geld einfach, um meine Schulden bei der Corinna und der Didi und all den anderen in der Klasse zu begleichen. Ich habe mir ausgerechnet, daß die 300 Schilling gerade reichen werden. Bloß bekomme ich die erst am Freitag nach Schulschluß. Meine Gläubiger werden nicht damit einverstanden sein, wenn ich ihnen anbiete,

Oh Gott, dieser Hut!!!

DIENSTAG, 17. JUNI

Der Strohhut he[...] wieder
so ein typischer Fall. Ich nahm mir
den ganzen Nachmittag über vor, daß
ich am Abend bei der Mutti um eine
Taschengelderhöhung ansuchen werde.
Daß ich ihr cool [...] wie
wenig man fü[...]n.
Daß ich ei[...]en
werde. Und d[...] wir uns vielleicht gütlich
auf 250 Schillinge einigen werden. Dann
kommt sie mit einem strahlenden Gesicht
heim, hat ein riesiges Plastiksackel in
der Hand, holt einen Stroh[...]
Krempe heraus, nimmt [...]
Kopf und spricht [...]
„Für mein letztes Geld, Julischka-[...]ling".
Aber es war so traumhaft. Ich konnte

NUR MUT!

GRINS, GRINS!!!

SCHLEPP, SCHLEPP! UFF!

Heute abend wird ganz cool um Taschengelderhöhung angesucht!

SCHULDEN:
CORINNA 55.-
DIDI 30.-
SUSI 15.-
SABINE 20.-
ALEX 40.-
TRUDI 20.-
GERTI 20.-
200.-

OPA 300.-
-200.-
100.-

ZAZA 35.-
ABU 12
47.-

100.- ÖS

SCHEISSGELD!
ILSE 400.- ÖS

47
13
60
+40
100
KLARA

MAMA MIA!

100
+200
300.-
OPAGELD IST WEG!

250.- ÖS

Schluchz!

das Geld in der ersten Ferienwoche zu zahlen. Sie werden das für eine linke Tour von mir halten. Sie werden glauben, ich will sie vertrösten.

Ich muß mir das Geld aus Muttis Reservekanister holen. Sich für zwei Tage heimlich Geld zu borgen, hat ja wohl nicht viel mit Diebstahl zu tun. Oder? Und wenn schon! Diebstahl ist auch nicht das größte Verbrechen auf der Welt, wenn's nicht gerade ein Blinder ist, dem man den Notgroschen unter der Schuheinlegesohle herausholt.

Eigentum ist Diebstahl, hat doch irgendwer einmal gesagt. Diebstahl von Diebstahl kann also nicht groß der Erregung wert sein. Eine andere Frage ist allerdings, ob die Mutti nicht fast schon zu den Blinden mit dem Notgroschen unter den Einlegesohlen gehört! Im übertragenen Sinn natürlich. Sie hat wirklich immer zu wenig Geld. Nur: Wenn sie gut aufgelegt ist, bringt sie mir oft etwas mit. Nagellack oder einen Gürtel, eine Brosche oder Socken. Und eine Menge anderen Kram. Sie gibt mehr Geld für mich aus als andere Mütter, denen es besser geht. Aber sie kauft lauter Sachen, die ihr Spaß machen. Das ist unfair! Der Strohhut heute war wieder so ein typischer Fall: Ich nehme mir den ganzen Nachmittag über vor, daß ich am Abend bei der Mutti um Taschengelderhöhung ansuchen werde. Daß ich ihr cool vorrechnen werde, wie wenig man für einen Hunderter kaufen kann. Daß ich einen Antrag auf vierhundert Schilling im Monat stelle. Und daß wir uns vielleicht gütlich auf zweihundertfünfzig einigen werden. Dann kommt sie mit einem strahlenden Gesicht heim, hat ein riesiges Plastiksackel in der Hand, holt einen Strohhut mit breiter Krempe heraus, wummert ihn mir auf den Kopf und spricht selig lächelnd:

»Für mein letztes Geld, Julischka-Liebling! Aber er war so traumhaft. Ich konnte einfach nicht widerstehen!«

Und ich muß dankbar lächeln und kann nichts mehr von der Taschengelderhöhung sagen. Der Hut ist ja wirklich nicht allzu übel. Aber wann soll ich ihn denn aufsetzen?

»Zum Schulschluß«, hat die Mutti gemeint. Manchmal ist sie wirklich von vorgestern! Wer zieht sich denn heute noch am letzten Schultag was Besonderes an? Auslachen würden mich die in der Klasse, wenn ich mit dem Wagenradhut angerauscht käme.

»Geld schenken ist lieblos«, sagt die Mutti oft.

Das mag ja sein. Aber es ist um nichts weniger lieblos, wenn man nicht kapiert, was einer haben will und ihm andauernd Sachen verehrt, auf die er überhaupt nicht geil ist. Was nützt mir eine Riesenbottle Miss-Dior, wenn ich mich nach einer kleinen Flasche Jil Sanders sehne. Und das ufert ja aus! Weil ich bei der ersten Miss-Dior-Bottle Freude geheuchelt habe, um die Mama nicht zu verletzen, hat sie mir natürlich zur nächstbesten Gelegenheit wieder eine geschenkt. Und zum nächsten Anlaß noch eine. Und die Omas sind auch schon infiziert und bringen mir Miss-Dior als Seife und als Deo und als Badeschaum. Wie kommt man bloß aus so einem Teufelskreis raus?

Wieso fällt der Mutti nicht auf, daß ich überhaupt nie nach Miss-Dior rieche? Wieso sieht sie nicht, daß schon drei volle Flaschen unbenutzt herumstehen? Wieso ignoriert sie, daß ich immer an der Tante Erika herumschnuppere und sage: »Du duftest aber gut! Ist das Jil Sanders?«

Mehr kann man doch wirklich nicht tun, um die Frau auf die richtige Fährte zu bringen. Wahrscheinlich war eben vor zwanzig Jahren Miss-Dior ihr »glühender Wunsch«. Aber irgendwann einmal, zum Kuckuck, müßte sie doch endlich kapieren, daß ich keine Neuauflage von ihr bin! Es geht ja nicht nur um den Kram, den sie mir schenkt. Sie glaubt ja auch, daß ich »innen« eine Neuauflage von ihr bin. Und haut damit gewaltig daneben. Meistens, wenn sie mir erklärt, daß sie mich sehr gut verstehen könne, daß sie ganz genau wisse, wie mir zumute sei, liegt sie falsch. Urfalsch! Und da kann ich noch so viel reden und ihr zu erklären versuchen, wie es mir wirklich geht, sie lächelt bloß und weiß es besser und hat dann manchmal noch die Unverfrorenheit zu sagen: »Ja, ja, Julischka. Ich wollte auch nie zugeben, wie mir wirklich ums Herz ist. Das kenne ich!«

Wie ich damals mit der Corinna zerstritten war, weil die Corinna der Didi allerhand weitererzählt hat, was ich ihr geheim anvertraut habe, war sich die Mutti total sicher, daß mein Herz am Zerbrechen ist!

Wie die Tanzlehrerin in der Ballettschule erklärt hat, ich sei so unmusikalisch wie ein Elefant und es habe keinen Sinn, mich weiter herumhopsen zu lassen, war sich die Mutti total sicher, daß ich vor gekränktem Ehrgeiz am Zugrundegehen sei!

Wie der Heini mit seinen Eltern aus der Siedlung weggezogen ist, war sich die Mutti total sicher, daß ich aus lauter Kummer nichts essen mag.

Wie meine Volksschullehrerin versetzt worden ist und wir die Frau Meier bekommen haben, war sich meine Mutti total sicher, daß ich diese Veränderung »kaum verkraften kann«.

Alles der reinste Blödsinn! Auf die Corinna habe ich nicht

mehr als eine mittlere Wut gehabt. Froh war ich, daß ich nicht mehr in die blöde Tanzschule gehen mußte. Den Heini habe ich sowieso schon längst nimmer recht leiden mögen. Und die neue Lehrerin hat mir viel besser getaugt als die alte.

Aber wie unsere Katze überfahren worden ist und tot war, hat die Mutti am nächsten Tag zur Erika gesagt: »Kinder sind doch robuster, als man glaubt. Die Julia nimmt das überhaupt nicht schwer!«

Und wie der Papa ausgezogen ist, hat die Mutti zur Mutti-Oma gesagt: »Das ist eine Erleichterung für die Julia. Der ewige Streit hat ja schon ein Nervenbündel aus ihr gemacht!«

Und wie mir der Konrad von einem Tag auf den anderen die Freundschaft aufgekündigt hat, mit der Anna herumgezogen ist und »Blöde« hinter mir hergerufen hat, sooft ich an ihm vorbeigegangen bin, hat die Mutti zu mir gesagt: »Ich weiß, dein Stolz ist verletzt, aber das passiert jedem einmal im Leben!«

Der Konrad hat nicht meinen Stolz verletzt, der Konrad hat mich todunglücklich gemacht. Wenn ich an die überfahrene Muschi denke, wie sie so auf der Straße gelegen ist, mit den zwei Bluttropfen auf der Schnauze, dann könnte ich jetzt noch, nach sieben Jahren, zu heulen anfangen. Und die Idee, daß ich erleichtert war, als der Papa seine Koffer packte, ist ja wohl überhaupt ein schlechter Witz!

Aber warum rege ich mich eigentlich so über die Mutti auf? Ich sollte mich über mich aufregen. Weil ich zu wenig das Maul aufmache. Warum bin ich denn nicht vor Freude im Kreis gehüpft, als ich endlich von der Tanzschule befreit war? Warum hab ich denn nicht dem Heini zum Abschied die Zunge rausgestreckt? Warum hab ich denn nicht einen Glückspurzelbaum geschlagen, als die neue Lehrerin gekommen ist? Warum hab ich denn nur heimlich geheult, als die Muschi tot war? Warum habe ich denn nicht »bleib da!« geschrien, als der Papa mit den Koffern aus dem Haus gegangen ist?

Warum habe ich das wirklich nicht alles getan?

Gefühle haben, und Gefühle zeigen, ist eben zweierlei.

Und ich bin ja nicht der einzige Mensch, der damit Schwierigkeiten hat. So viel Unsinn muß man lernen. Aber von den Gefühlen und davon, wie man mit ihnen umgeht, lernt man nichts. Das wäre ein Unterrichtsgegenstand, in dem ich mir gern ein Sehr gut erarbeiten möchte. Aber wer sollte denn das unterrichten? Die Henne oder der Raffzahn? Das wär ja wohl quadratpeinlich!

Mittwoch, 18. Juni

Der Stefan hat mich von der Schule abgeholt. Der Pummel natürlich auch. Der Pummel war ohne Moped. Sein Feuerstuhl ist in Reparatur. Wir sind in den Eissalon gegangen. Ich habe mir ein kleines Eis, ganz ohne irgendwas, bestellt, aber der Pummel hat meine Bestellung rückgängig gemacht und einen »süßen Traum« für mich geordert. Das ist sehr viel Vanilleeis mit vermischten Beeren rundherum und Schlagobers drauf, von dem rote Schnapssoße zu den Beeren runterrinnt. Das Zeug hat unheimlich gut geschmeckt, aber hinterher ist mir ein bißchen speiübel gewesen, weil das eine echte Familienportion war, und ich weder ein Frühstück noch ein Jausenbrot im Magen hatte.

Ein paar aus unserer Klasse waren auch im Eissalon. Sie sind zwei Tische weiter gesessen. Als ich mit meinem Eis fast schon fertig war, ist die Didi hereingekommen. Sie hat sich zu den anderen gesetzt. Zuerst hat sie nichts bestellt.

Dann ist sie aufgestanden und zu unserem Tisch gekommen.

»Also, weißt du, Julia«, hat sie zu mir gesagt. »Ich seh das eigentlich nicht ein. Du sitzt da und frißt das Teuerste, was es überhaupt gibt. Und mir schuldest du fünfzig Schilling. Und ich kann mir deswegen kein Eis kaufen und den anderen beim Genießen zuschauen.«

Die Didi hat ja nicht gewußt, daß mich der Pummel eingeladen hat! Ich bin rot im Gesicht geworden, aber das hat keiner gemerkt, weil mein Gesicht sowieso sonnenbrandrot ist. Bevor ich mir noch eine Antwort für die Didi überlegt hatte, hatte der Pummel schon einen Fünfziger aus der Brieftasche geholt und der Didi überreicht. »Hier, gnä' Frau«, hat er gesagt, »ich bin der Buchhalter der verehrten gnädigen Frau.«

Mir ist das alles sehr unangenehm! Ich habe ja nichts dagegen, wenn jemand, der viel Geld hat, für mich etwas bezahlt. Doch beim Pummel ist die Sache heikel, weil ich mir nicht sicher bin, ob er für mich auch bezahlen würde, wenn er schon kapiert hätte, daß unter Garantie liebesmäßig zwischen uns beiden nie etwas laufen wird. Irgendwie könnte man mir nachsagen, daß ich ihm unter Vorspiegelung falscher Tatsachen Geld herauslocke. Den Fünfziger, den er der Didi gegeben hat, den könnte ich ihm nach Schulschluß zurückgeben. Leicht sogar! Weil mir eingefallen ist, daß ich ja auch noch einen Einser in Religion bekommen werde! Der heilige Bertram gibt allen Einser! Aber was der Pummel für mich an Eis und Cola ausgegeben hat, das ist mir zuviel, das schaff ich nie!

Nach dem Eissalon waren wir bei mir und haben Platten gehört. Der Stefan hat sich zum Lauschen auf den Teppich vor die Stereoanlage gelegt. Ich habe mich neben ihn gelegt. Auf dem Bauch sind wir gelegen.

Die Augen haben wir geschlossen gehabt, und an der Hand haben wir uns gehalten.

Der Pummel hat auf der Terrasse Muttis Hängematte belastet. Ich habe mir gedacht: Jetzt merkt er endlich, was wirklich läuft und zieht sich zurück. Direkt lieb hab ich ihn schon gehabt, den Pummel! Er ist doch ein edler Knabe, habe ich mir gedacht. Und überlegt habe ich mir, wie ich ihm über seine Enttäuschung diskret hinweghelfen könnte. Aber Schnecken! Nach einer Stunde, und da sind der Stefan und ich schon ganz dicht nebeneinander gelegen (ich weiß eigentlich gar nicht, wer da an den anderen herangerückt ist), ist der Pummel von der Terrasse hereingekommen und hat den Fernseher aufgedreht. Ganz laut. Kasperl-Theater war im Fernsehen. Ohne Kasperl. Mit zwei Bären. Die hab ich schon als kleines Kind nicht leiden können. Die Fernsehbären, meine ich. Auf richtige Teddybären bin ich versessen. Die waren mir immer lieber als Puppen.

»Stell den Blödsinn ab«, sagte ich zum Pummel. »Das stört doch beim Zuhören.«

»Mich nicht«, sagte der Pummel. Aber den Ton wenigstens, den drückte er doch weg. Er flötzte sich unter die Stehlampe auf den Kissenberg und grapschte sich eine Illustrierte vom Stapel und blätterte darin.

»Wennst eh liest«, sagte ich zu ihm, »kannst doch den TV abdrehen. Lesen und schaun auf einmal, schaffst ja doch nicht.«

»Ich schon«, sagte der Pummel, und unheimlich viel Aggression war in seiner Stimme.

Zwischen mir und dem Stefan war dadurch absolute Funkstille. Der Stefan zog seine Hand aus meiner, drehte sich auf den Rücken und starrte zur Decke. Und der Pummel war sichtlich zufrieden, daß er das erreicht hatte. Er legte die Illustrierte weg und knipste den TV aus und war wieder freundlich und fragte, ob wir nicht ins Kino gehen wollten, er würde uns einladen. Oder ob wir ein Eis wollten? Oder wo flippern? Oder an einem Automaten reich werden? Als er mit keinem Vorschlag Erfolg hatte, seufzte er und sprach: »O. k., dann wird Gustav der Zweite, heimrollen.«

Na endlich, dachte ich. Aber er blieb sitzen und nahm sich Muttis Keksdose und mampfte. Die Stimmung war ge-

Mittwoch, 18. Juni

Richtig lieb hab ich den Pummel schon gehabt!

„Aber Schnecken"

Die Fernsehbären hab ich schon als Kind nicht leiden können!!!

JA, WAS WIRD DENN DA HERR VATERBÄR SAGEN?

spannt wie ein Gummiringerl vor dem Reißen. Keiner redete mehr. Gut zehn Minuten lang. Dann war die Keksdose leer, und der Pummel nahm sich wieder die Illustrierte vor und blätterte und fragte den Stefan: »Wie geht's der Anita?«

Der Stefan wurde rot im Gesicht und sagte: »Keine Ahnung.«

Der Pummel blätterte weiter und sagte: »Wieso? Du hast sie doch am Sonntag getroffen?«

Der Stefan wurde noch röter im Gesicht, stand auf und sagte: »Aber nur sehr kurz.«

Der Pummel blätterte immer noch, jetzt von hinten nach vorne. Wie ein zufriedenes Meerschwein linste er über die Illustrierte zum Stefan und sagte: »Ach so? Und ich hab immer geglaubt, da spielt sich grande amore ab!«

Nun war der Stefan knallrot im Gesicht. Sein Gesicht war garantiert noch viel röter als mein sonnenbrandiges, aber er sagte bloß: »Werd nicht blöd, Alter!« Und gleich darauf erklärte er, er müsse jetzt heimgehen.

Der Pummel wollte noch bei mir bleiben. Ich log ihm vor, daß ich einkaufen gehen müsse. Der Pummel wollte mich begleiten. Ich log ihm vor, daß ich noch aufräumen müsse, bevor die Mutti heimkommt. Der Pummel wollte mir beim Aufräumen helfen. Ich log ihm vor, daß ich zur Nachbarin rüber müsse, eine halbe Stunde aufs Baby aufpassen. Der Pummel wollte mir als Babysitter beistehen. Da riß mir die Geduld und ich schnauzte ihn an: »Ich will aber allein sein!«

Das hat dann auch endlich gereicht.

Er zog ab!

Jetzt tut es mir leid. Vielleicht hätte er mir erzählt, wer diese Anita ist. Aber eigentlich ist auch so klar, daß diese Anita liebesmäßig mit dem Stefan etwas zu tun haben muß. Sonst hätte sich der Stefan anders verhalten.

Ich bin down-downer-am-downsten!

Seit zwei Stunden spiele ich mir die Charlie-Parker-Platte, die ich dem Stefan geschenkt habe, vor. Die Mutti ist ganz erstaunt darüber. Seit wann ich ein Charlie-Parker-Fan bin, will sie wissen. Oh, du Hölle! Garantiert bringt sie mir demnächst eine Charlie-Parker-Platte als Mitbringsel. Und freut sich, daß ich auch auf dem Sektor Musik eine Neuauflage von ihr bin.

Donnerstag, 19. Juni:
So EINE GEMEINHEIT!!!
So EINE RIESENGEMEINHEIT!!!
... und das heißt auch noch etwas anderes: das heißt, daß ich mich entscheiden muß, ob ich mit der Mama oder dem Papa auf Urlaub fahre. Und das kann ich nicht!
Juli
14.
15.
16.
17.
18.
19.
20.
21.
22.
23.
Mama-Urlaub! wohin?
ans Meer!
Mama-Urla
so ein Blödsinn!
Juli
1. WOCHE
Papa-Urlaub!
August
Papa-
1.
2.
3.

Donnerstag, 19. Juni

Mir läßt diese Anita keine Ruhe! Dauernd muß ich an sie denken. Dauernd muß ich mir ausmalen, wie sie wohl ausschaut. Und ob sie den Stefan sehr gut kennt? Und wie alt sie ist? Dabei hätte ich, weiß Gott, andere Sorgen. Heute habe ich nämlich mit dem Papa telefoniert, und da hat er wieder vom Urlaub zu reden angefangen und gesagt, sein Urlaub stehe unwiderruflich fest. Vom 11. Juli bis zum 28. Juli fährt er mit mir weg. Basta! Da kann sich die Mama auf den Kopf stellen. Er behauptet, er habe ihr das angeblich schon im März gesagt. Aber die Mutti schwört Stein und Bein, daß der Papa im März vom August geredet habe. Nur darum, sagt die Mama, habe sie ihren Urlaub für Juli beantragt. Und darum habe die Huber den Augusttermin genommen. Und da läßt sich nun nichts mehr ändern, weil die Huber schon fix gebucht habe. Mit Anzahlung.

Das heißt also für mich, daß mein Urlaub halbiert wird! Und ich hatte doch fest damit gerechnet, drei Wochen mit der Mutti im Juli und zwei Wochen mit dem Papa im August am Meer zu sein. Und das heißt auch noch etwas anderes! Das heißt, daß ich mich entscheiden muß, ob ich mit der Mama oder mit dem Papa auf Urlaub fahre. Und das kann ich nicht!

Der Papa will morgen die Mama treffen, um mit ihr die Sachlage zu besprechen. Mehr als ein Riesenstreit wird dabei wohl nicht rauskommen. Ich werde auf keinen Fall bei diesem Streit dabei sein. Sonst ruft mich die Mama als Zeuge dafür auf, daß der Papa immer vom August geredet hat. Hat er ja auch! Zumindestens ist es mir so in Erinnerung.

Aber ich will mich da nicht einmischen. Sonst wird der Papa noch böse auf mich.

Der Stefan hat mich heute nicht von der Schule abgeholt. Angerufen hat er auch nicht.

Jedesmal, wenn das Telefon klingelt, rase ich hin und hoffe! Aber Schnecken! Nur lauter unwichtige Idioten rufen an. Nicht einmal der Pummel.

Heute, am Morgen, in der Straßenbahn, hat der Stefan eindeutig zum Abschied gesagt: »Bis Mittag dann!«

Vielleicht hat er geglaubt, daß ich bis halb zwei Schule habe. Aber dann hätte er ja nachher anrufen können.

Ich habe mir die Telefonnummer vom Stefan aus dem Telefonbuch gesucht.

Dreimal war ich schon beim Telefon und wollte anrufen. Einmal habe ich sogar schon die ersten vier Ziffern gewählt und dann wieder aufgelegt.

Ich will nicht, daß er glauben kann, ich renne hinter ihm her!

PS:

Der Pummel hat angerufen. Wir sind im Kaffeehaus, hat er gesagt. Im Ritter! Ob ich nicht auch kommen will, hat er gefragt.

Natürlich will ich!

PPS:

Der Pummel ist ein gemeines Arschloch! Er war gar nicht mit dem Stefan im Kaffeehaus. Mit zwei Kerlen aus seiner Klasse ist er dort gesessen. Zwei Vollidioten waren das. Andauernd haben sie blöde Witze gemacht, ordinäre.

ICH HAB EINE STINKWUT!!!
Hallo, mein zucker-süßer, heißgeliebter Engel!!!
DAS MACHT ER MIR NICHT NOCH EINMAL! DAS SCHWÖR ICH IHM
PPS: Der Pummel ist ein gemeiner Hund. Er war gar nicht mit dem Stefan im Kaffeehaus. Mit zwei er
ist er dort gesessen.
Vollidioten waren d
Der Pummel ist ein gemeines Arschloch!
~~die fette Sau, die!~~
weil dafür kann er nix...

Der Pummel hat doch ganz genau gewußt, daß ich, wenn er »wir« sagt, an den Stefan denke. Das macht er nicht noch einmal! Am liebsten wäre ich gleich wieder gegangen. Nur aus Gutmütigkeit habe ich mich für eine halbe Stunde dazugehockt. Weil mir klar war, daß die zwei Vollidioten den Pummel auslachen, wenn ich gleich wieder abdampfe. Und – um ganz ehrlich zu sein – ich wollt auch nicht, daß man merkt, wie enttäuscht ich bin.

Die zwei Vollidioten haben zwischendurch von der Schule geredet. Davon, daß Mädchen zu blöd für die HTL sind. Und andere Wahnsinnsideen. Und wie ich protestiert habe, haben sie gesagt, gleich im ersten Jahr, voriges Jahr zum Schulschluß, seien vier Mädchen rausgeflogen. Und da hat der Pummel gesagt: »Nur zwei. Die Anita und die Marion sind freiwillig weg.«

Ob das die Anita ist, die mit dem Stefan was zu tun hat? Ich hätte das gern ausgeforscht, aber das ist mir nicht gelungen. Vor den zwei Vollidioten wollte ich den Pummel nicht fragen. Ist vielleicht sowieso besser. Schlechte Neuigkeiten können warten!

PPPS:

Gerade als ich ins Bett steigen will, erzählt mir die Mutti so nebenbei, daß ein Stefan angerufen hat.

So ein Wahnsinn!

Wäre ich um fünf Minuten früher vom Kaffeehaus heimgekommen, hätte er mich erreicht!

Eigentlich könnte ich ihn jetzt anrufen. Da vergebe ich mir nichts. Bloß ist es jetzt schon elf Uhr. Das ist keine Telefonzeit mehr, glaube ich.

Warum hat die Mutti auch so ein Hirn wie ein Sieb? Daß die Corinna angerufen hat, sagt sie mir. Daß die Didi angerufen hat, sagt sie mir! Aber den Stefan merkt sie sich nicht! Die Frau macht mich noch verrückt. Und dann sagt sie noch: »Irgendeiner aus deiner Klasse! Den Namen hab ich vergessen! Ach ja, Stefan hat er gesagt!«

So was von unsensibel!

Freitag, 20. Juni

Der Pummel war heute bei der Haltestelle. Angeblich ist sein Moped kaputt. Und angeblich ist er in der Straßenbahn gestanden und hat aus dem Fenster geschaut und hat mich die Straße raufkommen gesehen. Und da ist er ausgestiegen, um mit mir in der nächsten Bim-bim zu fahren! Blödsinn! Wie ich die Straße raufgegangen bin, war weit und breit keine Straßenbahn. Der Kerl muß schon viel länger gewartet haben. Ich habe eine Stinkwut auf ihn. Was dreisteres als den Fettsack gibt es auf der ganzen Welt nicht mehr! Seine Patschpfote hat er mir gleich wieder auf die Schulter geklatscht, und auf Hautkontakt ist er mit mir gegangen, obwohl ich andauernd zurückgewichen bin. Als dann der Stefan aus seinem Haus und über die Straße gekommen ist, hat er nicht nachgelassen, sondern ist noch zudringlicher geworden, hat mit meinen Haaren zu spielen begonnen, hat mir seinen dicken Daumen in den Bauch gestupst, hat versucht, mir alte Sonnenbrandhaut von den Armen zu zupfen, alles ganz auf: Du und ich, wir gehören zusammen!

Und der Stefan ist dagestanden, als ob er gar nicht richtig dazugehörte.

Ich habe eine Wahnsinnswut bekommen. »Laß das bleiben«, habe ich ihn angefaucht. Sogar auf die blöden Pfoten habe ich ihm eine gegeben. Er hat sich nicht stören lassen. Schließlich habe ich ihm eine geknallt. Eine ganz feste. Da ist er wieder halbwegs normal geworden. Falls man bei dem Kerl überhaupt von »normal« reden kann. Jedenfalls hat er nicht mehr herumgetapscht an mir und einen Respektsabstand eingehalten und in seiner üblichen Manier drauflosgequatscht, als ob er fürs Schnellreden ins Buch der Rekorde kommen wollte.

Übrigens hatte der Pummel einen Anzug an. Einen Anzug samt Weste und Krawatte und Stecktuch und weißem Hemd. Die Ur-Schau war das! Soviel Anzug habe ich noch nie im Leben gesehen. Und dazu noch schwarzweiß kleinkariert, mit rosa großkariert darüber. Ich glaube, Esterhazy-Karo nennt der Mutti-Opa so eine Musterung. Hosenträger hat der Pummel auch angeschnallt gehabt. Aus rotem Gummi, mit eingewebten schwarzen Blumen und Blättern.

In der Straßenbahn hat ihm der Stefan ein paarmal die Hosenträger ein bißchen vom Bauch weggezogen und zurückschnalzen lassen. Nur so zum Spaß. Da ist der Pummel ganz wild geworden, hochrot wild. So hochrot, daß sich seine Pusteln von der übrigen Gesichtsfarbe gar nicht mehr unterschieden haben.

»Hör auf, oder ich passier dich durch die Waggontür!« hat er gebrüllt.

Wenn der Stefan nicht aufgehört hätte, hätte es der Pummel wahrscheinlich wirklich versucht.

Ist doch sonderbar. Da macht sich der Kerl dauernd lustig über sich selber, und dann flippt er wegen so einer Kleinigkeit total aus. Das bring mir einer unter einen Sonnenhut! Aber ich mag drüber gar nicht nachdenken, denn wenn ich über den Kerl nachdenke, dann tut er mir leid. Und wenn er mir leid tut, dann werde ich freundlich zu ihm. Und wenn ich freundlich zu ihm werde, dann bedrängt er mich. Und wenn er mich bedrängt, dann mag ich das nicht und werde wütend und bös.

Und davon hat er schließlich auch nichts. Es ist wirklich

irre, daß einem einer, der einem total Wurscht ist, so zum Problem werden kann!

In der Schule war überhaupt nichts los. Wozu geht man überhaupt noch hin, frage ich mich. Allerdings ist es ganz nett, so locker in der Klasse herumsitzen zu können, ohne Angst vor schlechten Noten.

Gut die Hälfte unserer Klasse war beim Sportfest. Ich habe nicht mitmachen können, weil mein Fuß noch immer nicht hochleistungssportfähig ist. Ich bin mit dem Rest der Unwilligen und Unfähigen in der Klasse geblieben.

In Deutsch haben wir einen Film angeschaut. Drei Männer in Minnesängerverkleidung haben Lieder vom Walther von der Vogelweide gesungen. Es waren Liebeslieder auf Mittelhochdeutsch. Ich habe kein Wort verstanden. Und der Veteranen-Sound hat mir auch nicht gefallen.

In Englisch haben wir tun dürfen, was wir wollten. Also haben wir getan, was wir sowieso immer tun, und haben Baby-Lotto gespielt. Zur Feier des Tages mit doppeltem Einsatz und den Zahlen eins bis fünfundzwanzig. Ich habe mir als Startkapital zwei Schilling von der Didi geborgt und unheimlich gewonnen. Mit 28 Schilling plus bin ich ausgestiegen, aber leider hat die sofort der Peter kassiert. Jetzt bin ich ihm nur noch sieben Schilling schuldig, hat er gesagt. Anscheinend hat er vergessen, daß er mir die zwei Wurstsemmeln am Wandertag bezahlt hat. Macht nichts! Trifft ja keinen Armen!

Ich hatte fest damit gerechnet, daß mich der Stefan nach der Schule abholt. Ohne Pummel. Weil der Pummel zur Hochzeitsfeier seiner Kusine bestellt war. Darum war er ja

Freitag, 20. Juni:

LAUTER DEPPEN!

SO EIN BLÖDSINN!!!

Man muß sich nämlich rar machen, sonst fällt man im Wert!!!

Aber ich laß mir doch nicht nachsagen, daß ich eine versetzte Braut bin...

FRAU OBERGESCHEIT UND BESSERWISSER IN SACHEN BEZIEHUNGSKISTE!

Corinna

in dem karierten Wahnsinns-Anzug. Direkt versprochen hatte mir der Stefan in der Straßenbahn ja nichts, aber er hatte mich die ganze Zeit auf »Ich-mag-dich« angeschaut. Und ich hatte dreimal betont, daß ich heute schon um zwölf Schulschluß habe. Aber Schnecken!

Ich hätte gern vor dem Schultor gewartet. Schließlich kann sich ein Mensch ja auch verspäten. Und gar nichts dafür können. Doch die Corinna und die Didi und die Martina sind hinter mir hergekommen. Und die Didi hat das sofort überzuckert. Grinsend hat sie mich gefragt: »Wartest du auf einen zögerlichen Herrn?«

Und die Corinna hat ihre Stirn in Sorgenfalten gelegt und mit Seelsorgerstimme zu mir gesagt: »Also, weißt du, ich an deiner Stelle würde das nicht tun. Man muß sich rar machen, sonst fällt man im Wert!«

Ich habe behauptet, daß sie Deppen sind und daß ich auf überhaupt niemanden warte. Daß mir bloß mein Fuß wieder weh tut und ich mich nur deswegen auf die Stufe vor dem Schultor gesetzt habe.

Und dann bin ich aufgestanden und mit ihnen heimwärts gewandert. Ich laß mir doch nicht nachsagen, daß ich eine »versetzte Braut« bin.

Und jetzt weiß ich nicht, ob der Stefan zur Schule gekommen ist oder nicht.

PS:

Die Corinna hat sich übrigens entschieden. Sie hat ihrer Mutter gesagt: »Ich bin dagegen, daß du wieder heiratest. Und ich gebe mein Zimmer nicht her. Und ich will nicht, daß die zwei blöden Mädchen zu uns ziehen.«

Und jetzt sagt ihre Mutter, daß sie sich wegen so dummer Vorurteile das Lebensglück nicht zerstören läßt. Da sieht man es wieder eindeutig. Sie tun alle nur so einfühlsam und demokratisch. Wenn's dann hart auf hart geht, scheren sie sich nur um ihr eigenes Glück, und es ist ihnen ganz egal, was die Kinder wollen. Eigentlich habe ich ein irres Glück, daß meine Mama nichts mehr von Männern wissen will.

Samstag, 21. Juni

Der Stefan war heute nicht bei der Haltestelle. Drei Züge habe ich abgewartet. Bis fünf vor acht habe ich mir die Beine in den Bauch gestanden. Ich bin zehn nach acht in die Schule gekommen. Aber das hat nichts gemacht, weil der Raffzahn erst zwanzig nach acht in die Klasse gekommen ist. Dem sein Arbeitsethos läßt auch schon nach.

Beim Baby-Lotto habe ich wieder gewonnen. 14 Schilling! In der Lateinstunde habe ich mit der Corinna unter dem Pult geschnapst. Jedes Bummerl um einen Schilling. Dabei habe ich sechs Schilling eingenommen. Und in der großen Pause habe ich mit dem Peter und dem Michael gepokert und 17, 50 eingeheimst. Ich bin in einer echten Glückssträhne. Wenn das nächste Woche so weitergeht, saniere ich mich noch total.

Der Daniel hatte mich übrigens für heute nachmittag zu einer Schrebergartenparty eingeladen. Schriftlich. Eine Büttenkarte hat er mir überreicht: *Frl. Julia und gefällige Begleitung*... hat er draufgeschrieben.

Schade! Die interessanten Sachen laufen immer dann, wenn ich »Vatertag« habe. Und wenn ich gewußt hätte, was mich für heute nachmittag erwartet, hätte ich dem Daniel zugesagt und tolldreist den Stefan eingeladen, zur »gefälligen Begleitung«.

Aber der Mensch ist leider kein Hellseher!

Heute nachmittag war das so:

Ich komme aus der Schule und schaue mich nach dem Papa um. Ich sehe sein Auto auf der gegenüberliegenden Straßenseite. Ich galoppiere über die Straße und bekomme

Kulleraugen: Hinter dem Lenkrad sitzt nämlich die Windisch! Sie macht mir die Autotür auf und lächelt mir entgegen, als sei ich ihr Sugar-Baby. Ich enthalte mich der gröberen Freundlichkeit, steige in den Wagen und frage: »Wo ist der Papa?«

Sie startet und sagt: »Daheim.«

Ich frage: »Ist er krank?«

Sie sagt und fährt weg, ohne in den Rückspiegel zu schauen: »Aber nein. Ich wollte bloß unter vier Augen mit dir reden.«

Ich sag gar nichts, sie fährt fort: »Es ist nämlich an dem, daß ich gern mit euch auf Urlaub fahren möchte. Natürlich nur, wenn du nicht allzu viel dagegen hast. Aber da ist noch ein Problem. Mein lieber Herr Sohn! Der käme natürlich auch mit. Und ich meine, du solltest ihn kennenlernen, bevor du ja oder nein sagst.«

Ich war sprachlos, und die gute Frau deutete meine Sprachlosigkeit als Zustimmung und kutschierte papawärts.

Natürlich fand ich auf der Fahrt meine Sprache wieder, aber ich dachte mir: Was soll ich mich mit der Kuh herumstreiten. Der Papa muß dieses Himmelfahrtskommando annullieren!

Bloß ging dann alles so schnell. Die Windisch marschierte vor mir in die Papa-Wohnung und rief: »Schatz, deine Tochter ist einverstanden! Dann nichts wie los! Mein Vater wartet nicht gern mit dem Mittagessen!« Und der Papa kam und küßte mich auf die Nasenspitze und rief, daß ich eben ein sehr vernünftiges Mädchen sei. Und die Windisch rief: »Dalli, dalli. Um eins sind wir bestellt!«

Bevor ich noch Protest schreien konnte, hatten sie mich

schon zur Tür rausgeschoben und in den Lift hineinbugsiert. Und unten ins Auto verfrachtet.

Die Eltern der Dame Windisch wohnen in einer Villa mit Garten, gleich um die Ecke von den Mutti-Großeltern. Die alte Janda ist dick und groß. Der alte Janda ist klein und dünn. Und Jung-Windisch ist der helle Wahnsinn. Er ist so alt wie ich, aber so was von einem Frust-Paket ist mir noch nicht untergekommen, obwohl ich diesbezüglich allerhand gewohnt bin.

Ziemlich hübsch ist der Knabe eigentlich. Schwarzhaarig und braunäugig und samthäutig und breitschultrig und schmalhüftig und langbeinig und weißzahnig und langwimprig und kleinohrig und geradnasig. Aber kein Hauch von Drive ist in ihm. Wenn sich der wo hinsetzt, wirkt das, als falle ein nasser Fetzen herunter. Seine Mundwinkel hängen. Seine Augenlider auch. Sooft seine Mutter und seine Großeltern etwas sagen, seufzt er lautlos, so ganz auf: Muß-ich-mir-den-Scheiß-ewig-anhören?

Viel mehr als »NEIN!« habe ich ihn nicht sagen gehört. NEIN zur Suppe, obwohl die echt gut war. NEIN zum Knödel, dabei war das sogar super. NEIN zur Nachspeise. NEIN zum Vorschlag, mit mir Scrabble zu spielen. NEIN zur Zumutung, die Jeans gegen eine Badehose zu vertauschen. Nicht einmal im Garten ist er geblieben, obwohl sich alle mit ihm ziemlich abgerackert haben. Besonders die Windisch. Die wollte ihn mir sichtlich als »reizenden Knaben« präsentieren.

Der Papa hat mir zugeflüstert: »Er ist ein Ekel.«

Ich habe bloß mit den Schultern gezuckt und mich jegli-

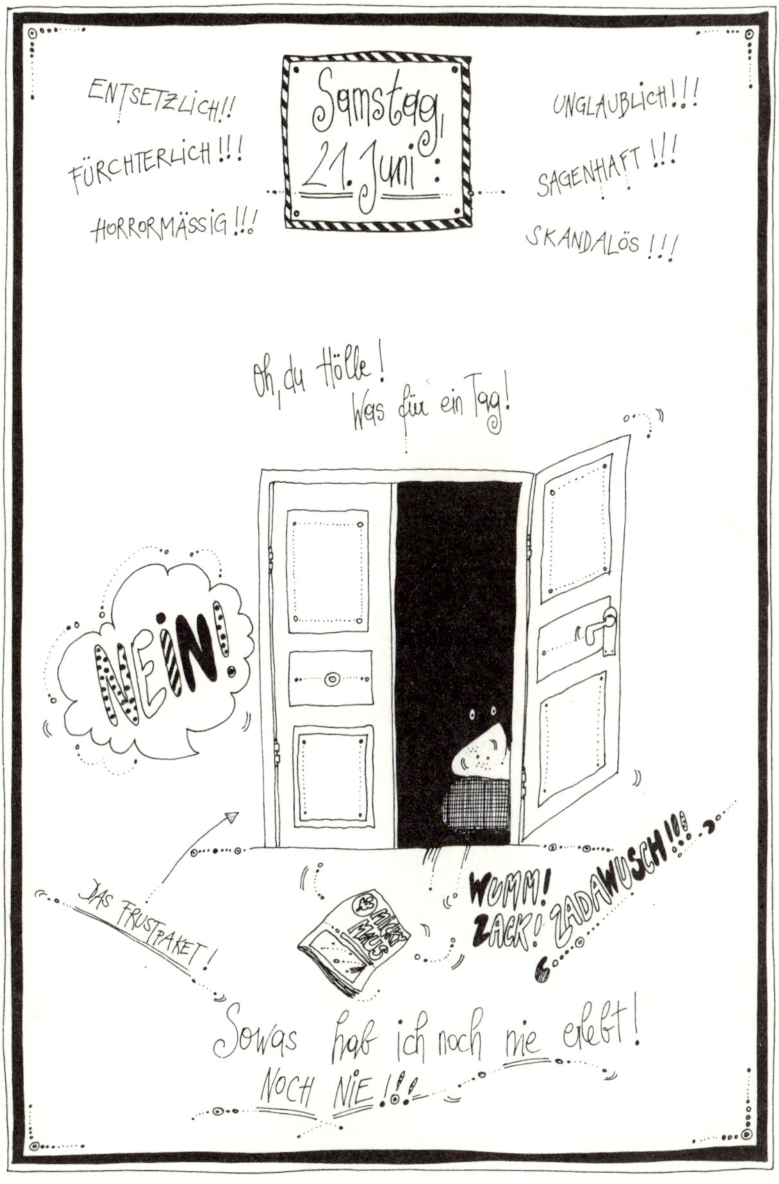

Samstag, 21. Juni:

ENTSETZLICH!!

FÜRCHTERLICH!!!

HORRORMÄSSIG!!!

UNGLAUBLICH!!!

SAGENHAFT!!!

SKANDALÖS!!!

Oh, du Hölle! Was für ein Tag!

NEIN!

DAS FRUSTPAKET!

MICKY MAUS

WUMM! ZACK! ZADAWUSCH!!!

Sowas hab ich noch nie erlebt!

NOCH NIE!!!

chen Kommentars enthalten. Dann wollte der alte Windisch mit mir Karten spielen und war entsetzt, daß ich um Geld spielen wollte. Recht sauer hat er seine Börse herausgezogen. Noch saurer war er, als er schließlich zwanzig Schilling verloren hatte. Mit dem ist super spielen! Der merkt überhaupt nicht, wenn man schwindelt.

Bevor mich der Papa heimgefahren hat, hat mir die Windisch das Zimmer vom Frust-Binkel gezeigt. Der Kerl wohnt nämlich bei den Alten. Das Zimmer ist auch irre. Es hat einen schwarzen Pirelli-Gummiboden und schwarze Wände und schwarze Vorhänge. Und schwarze Möbel. Nur die Bettwäsche war weiß.

Aber näher habe ich die Grotte nicht inspizieren können, weil der Kerl, gleich, als seine Mutter die Tür aufgemacht hat, »NEIN« gerufen und einen Comicstrip gegen die Tür geschleudert hat.

Die Windisch hat zu mir gesagt, ihr Sohn habe heute einen schlechten Tag.

Aber der Papa sagt, so benimmt sich der Kerl immer. Gefragt, ob ich den Untam und seine Mutter als Urlaubsbegleiter haben will, hat mich der Papa auf der Heimfahrt nicht.

Ich denke, er hat kapiert, daß diese Frage überflüssig ist.

Ich bin froh, daß der Knabe so ein Gramzwerg ist. Ich wäre ja auf alle Fälle dagegen gewesen, daß er und seine Mutter mit dem Papa und mir auf Urlaub fahren. So habe ich wenigstens einen triftigen Grund, die Mischpoche abzulehnen. Und außerdem weiß ich noch gar nicht, ob ich überhaupt mit dem Papa wegfahre. Wenn meine werten Erzeuger weiter auf ihren blöden Terminen beharren und keiner nachgibt und mich jeder zu einem »entweder oder« zwingen will, dann melde ich mich glatt noch für das Camp in England an. Plätze sind zwar angeblich keine mehr frei, aber die Corinna sagt, es gibt immer wieder im letzten Moment »Aussteiger«, für die man einspringen kann.

Ob der Stefan am Nachmittag angerufen hat, weiß ich auch nicht. Die Mutti war auf der Terrasse bei der Erika drüben. Viermal, sagte sie, habe das Telefon geläutet. Aber jedesmal sei sie zu spät an den Apparat gekommen.

Ich werde jetzt meinen »Jungmädchenstolz« überwinden und den Stefan anrufen. Der Papa hat morgen erst am Nachmittag für mich Zeit. Da hätte ich also am Vormittag Zeit für den Stefan. Was der Papa morgen vormittag tut, hat er mir nicht verraten. Arbeiten muß er, hat er bloß gesagt.

Falls ich dahinterkomme, daß er morgen vormittag mit der Windisch »arbeitet«, kann er etwas erleben.

PS:

Ich hab's geschafft! Ganz cool habe ich beim Stefan angerufen. Ich glaube, er hat sich gefreut. Morgen um zehn Uhr treffen wir uns auf dem Platz vor der Kirche. Den Treffpunkt hat der Stefan vorgeschlagen. Ob er aus der Kirche kommt? Das kann ich mir eigentlich nicht gut vorstellen.

Sonntag, 22. Juni

Der Stefan ist tatsächlich aus der Kirche gekommen! Mir war das so fremd, daß ich gar nicht gewußt habe, wie ich ihn begrüßen soll.

Kommt einer aus dem Kino, kann man ihn fragen: War's spannend? Kommt einer aus der Schule, kann man ihn fragen: War's arg? Kommt einer vom Fußballplatz, kann man ihn fragen: War's aufregend?

»War's heilig?« kann man aber wohl nicht gut fragen.

Der Stefan ist der erste Kirchengänger in meinem Leben. Wenn ich bisher in der Kirche war, dann immer nur wegen einer Hochzeit oder wegen der Architektur, abgesehen von der Erstkommunion natürlich. Und die war ein Horrortrip für mich. Zuerst habe ich mich über das schöne, weiße Kleid gefreut und über den Schleier. Aber ich habe keine Ahnung gehabt, was mich erwartet. Obwohl wir ohnehin ewig lang drauf vorbereitet worden sind. Kein Mensch hat mir gesagt, daß die Hostie so eklig am Gaumen kleben wird und sich nicht runterschlucken läßt. Und kein Mensch hat mir gesagt, daß man das Oblatendings nicht aus dem Mund holen darf! So bin ich halt den Mittelgang zurückgegangen. In der einen Hand habe ich die lange Kerze gehabt. Mit der anderen Hand habe ich das Oblatendings vom Gaumen gekletzelt. Daß man in der Kirche nicht einfach etwas auf den Boden werfen darf, habe ich schon gewußt. Darum habe ich das Oblatendings ins Gebetbuch reingetan. Ich war mir keiner Schuld bewußt. Ehrlich nicht! Aber hinterher, bei der Jause im Pfarrhaus hat unsere Religionslehrerin ein Riesengeschrei angefangen, daß ich den Leib des Herrn entheiligt oder entwürdigt oder was-weiß-ich habe. Und wieder hinterher haben die Mutti und der Papa Tränen darüber gelacht. Und ich hab mich überhaupt nicht mehr ausgekannt!

Ich fühle mich ziemlich verunsichert, seit ich weiß, daß der Stefan ein gläubiger Mensch ist. Und das ist er! Er ist nämlich der einzige in seiner Familie, der in die Kirche geht, hat er mir erzählt. Seine große Schwester lacht ihn deswegen sogar aus. Und sein Vater ist – wegen der Kirchensteuer – aus der Kirche ausgetreten. Aus zwangsweiser Familientradition besucht er also nicht die Sonntagsmesse.

Mich stört dem Stefan seine Gläubigkeit wirklich nicht. Nur merke ich daran, daß der Stefan sehr anders sein muß, als ich ihn mir vorgestellt habe. Blödsinn! Eigentlich habe ich ihn mir ja überhaupt nicht vorgestellt. Eigentlich habe ich mich bloß verliebt in ihn, weil er so ausschaut, wie er ausschaut und sich so bewegt, wie er sich bewegt. Und eigentlich ist das auch ziemlich blöd! Aber die Schuld daran hat in Wirklichkeit nur der Pummel, weil uns der nie von der Seite weicht und immer seine Schau abzieht und ich dadurch mit dem Stefan nie zum vernünftig Reden gekommen bin.

Mein Fuß tut mir ein bißchen weh. Ich bin mit dem Stefan drei Stunden lang herumgegangen. Zuerst im Park. Dann sind wir stadtauswärts marschiert, am Friedhof vorbei, bis zum Wald. Dort haben wir uns auf eine Wiese gesetzt, und der Stefan hat einen Arm um meine Schultern gelegt. Ich habe gespürt, daß er mich küssen will! Aber dann hat er den Arm wieder von meiner Schulter genommen und gesagt: »Gehn wir besser weiter!«

Ob das mit seiner Religion zusammenhängt?

Richtig lieb ist er jedenfalls. Wie wir aufgestanden sind,

war ein Weberknecht auf meiner Hose, und ich habe natürlich wieder meine Spinnenpanik bekommen. Ich wollte mich beherrschen, doch das ist mir nicht gelungen. Ich habe herumgezappelt und igittigitt gekreischt. Ein anderer hätte mich garantiert ausgelacht. Der Stefan hat bloß den Weberknecht von meiner Hose genommen und ins Gras gesetzt. Und hat gesagt, daß ich mir nichts draus machen soll, weil ein jeder Mensch irgendeinen Tick hat, nur geben das die meisten Leute nicht zu. Und dann hat er so geseufzt, als ob er auch viele Ticks hätte.

Aber wenigstens von der Anita hat mir der Stefan erzählt. Also, die ist keine Gefahr für mich. Es geht tatsächlich um die Anita, die voriges Schuljahr mit ihm in der Klasse war. Der Stefan hat sie aber bloß dreimal getroffen. Und sie will nichts mehr von ihm wissen, weil sie auf Discos steht und der Stefan erstens kein Geld hat, um in Discos zu gehen, und zweitens mag er Discos auch gar nicht. Die Musik gefällt ihm nicht. Wenn er Geld hätte, würde er lieber in Jazz-Keller gehen. Ich habe gemogelt und gesagt, das sei haargenau meine Meinung. Ich war zweimal mit dem Papa in einem Jazz-Keller. Der Harri, der Freund vom Papa, ist immer dort. Grauslich war es, stinkig und rauchig und öd.

Wenn der Stefan mit der Schule fertig ist, will er als Entwicklungshelfer nach Südamerika gehen. Darum lernt er seit einem Jahr Spanisch. Er würde wahnsinnig gern einmal nach Spanien fahren. Er hat gehofft, daß er heuer im Sommer hinfahren könnte. Aber leider hat er seinen Ferienjob für August bekommen. So bekommt er erst Ende August Geld. Und dann fängt die Schule schon wieder an. Ich habe mich nicht fragen getraut, warum ihm seine Eltern kein

Geld geben. Oder es ihm wenigstens bis Ende August borgen. Sehr arm können sie nicht sein. Der Stefan hat immer teure Jeans an. Und sogar sehr teure Schuhe. Und zu seiner Wohnung, das hat mir der Pummel gezeigt, gehören acht Fenster. Also haben sie mindestens vier Zimmer. Arme Leute haben das nicht.

Hast du Worte? Der Papa kommt! Für halb zwei war er angesagt, und es ist halb zwei, und er klingelt an der Tür. Wahrscheinlich geht seine Uhr um eine Stunde vor. Oder die meine geht um eine Stunde nach.

Montag, 23. Juni

Die letzte Schulwoche vor den Ferien hat begonnen. Man könnte sie ersatzlos streichen. Heute sind wir bloß herumgehockt und haben gestöhnt, weil es in der Klasse so heiß war. Durch die riesigen Fenster knallt die Sonne zu uns rein, und Jalousien, zum Runterlassen gegen die Sonne, gibt es nicht. So ein Luxus ist für Schüler nicht vorgesehen. Nicht einmal öffnen können wir die Fenster, weil wir dann mitten im Straßenlärm säßen.

Die Henne ist uns fast zusammengebrochen. Zuerst war sie sehr rot im Gesicht und hat geschnauft und sich dauernd Schweiß von der Stirn gewischt. Dann ist sie auf den Lehrersessel geplumpst, und ihr Gesicht ist grau geworden. »Ein Glas Wasser, bitte«, hat sie gejapst. Direkt menschlich hat sie gewirkt. Wir haben ihr aber kein Wasser geben können, weil kein Becher oder Glas in der Klasse war. Die Corinna wollte ihr einen feuchten Kopfumschlag machen. Ihr Turnleiberl hätte sie als Umschlag zur Verfügung gestellt. Doch die Henne hat das mit matten Handbewegungen abgewehrt und ist aus der Klasse gewankt. »Verhaltet euch für den Rest der Stunde ruhig«, hat sie gehaucht, bevor sie uns verlassen hat. Ich glaube, die sehn wir heuer nimmer. Die ist k.o. für den Rest der Woche.

Auch der Raffzahn hat unsere Klasse als Zumutung empfunden. Er wollte mit uns in den Hof gehen und dort den Unterricht abhalten. Aber das schattige Hofdrittel war schon von zwei ersten Klassen besetzt. Unseren Vorschlag, in den Keller zu übersiedeln, hat er abgelehnt. So sind wir wieder in die Klasse zurück. Und dann war ohnehin fast schon die Stunde um. Nach der dritten Stunde haben wir »hitzefrei« bekommen. Was blöd für mich war, weil ich mich mit dem Stefan für halb eins vor der Schule verabredet hatte. So habe ich mich freiwillig der Huberbauer als Hilfe zur Verfügung gestellt und mit ihr im Zeichensaal Inventur gemacht, die Malkästen gestapelt, die Stifte und Papiere gezählt, die Pinsel und Federn sortiert und die verdrückten Farbtuben geradegebogen. Die Huberbauer hat geflucht und gesagt, daß sie weiß der Teufel daheim dringendere Arbeit hätte.

Ich habe sie gefragt, ob sie an einem Bild malt. Weil, die Huberbauer ist nicht nur Zeichenlehrerin, sie ist akademische Malerin und malt wunderschöne Bilder. Vor drei Jahren waren ihre Bilder in einer Galerie ausgestellt.

Die Huberbauer hat mir erzählt, daß sie schon über ein Jahr kein Bild mehr gemalt hat. Weil sie jetzt ein Baby hat. Und Schulegehen und Haushaltführen und Babyhüten, das reicht ihr. Da ist sie am Abend so erschöpft, daß sie keinen Pinsel mehr in die Hand nimmt.

Der Mann von der Huberbauer ist auch Maler. Aber niemand kauft ihm seine Bilder ab. Er malt, hat sie mir erzählt, riesige Bilder. Keines unter vier Quadratmetern. Da kosten schon die Leinwände und die Farben ein Vermögen! Und das größte Zimmer in der Wohnung braucht er auch zum Malen. Und von dem Geld, das die Huberbauer in der Schule verdient, müssen sie leben.

Ich habe die Huberbauer gefragt, warum ihr Mann nicht auch Zeichenlehrer ist. Sie hat gesagt, dazu ist er zu sensibel! Und anscheinend ist er auch zu sensibel zum Haushaltführen und zum Babyhüten.

So kann sich der Mensch irren! Ich habe immer gedacht, daß die Huberbauer ein schönes Leben hat. Ich habe mir sogar gedacht: Wie die möchte ich einmal werden! So richtig emanzipiert und modern ist sie mir vorgekommen! Aber Schnecken! Füttert das Baby und kocht und bügelt und wäscht und räumt auf und geht noch arbeiten. So stelle ich mir mein Leben wirklich nicht vor.

»Frauen sind eben stärker«, hat die Huberbauer zu mir gesagt. Da habe ich ihr den Vortrag gehalten, den die Mutti gern hält und der den Inhalt hat, daß das alles die Männer den Frauen bloß einreden, um ein angenehmes Leben zu haben.

Die Huberbauer war ergriffen. »Du bist ja eine kleine Feministin«, hat sie gestaunt.

»Nein«, habe ich geantwortet, »aber meine Mutter ist eine große!«

Zu Mittag habe ich eine Enttäuschung verdauen müssen. Statt dem Stefan war der Pummel vor der Schultür. Ich wollte ihn anschnauzen, aber er hatte einen Brief vom Stefan. »Gustav der Zweite, der Stärkere, der reitende Bote, bringt gnädiger Frau eine Liebesbotschaft«, hat er gesagt. Und dann hat er gefragt: »Würden gnä' Frau in Ermangelung einer reizenderen Begleitung vielleicht für heute nachmittag mit so einem Arsch wie mir vorlieb nehmen?«

Der Stefan hat für heute nachmittag und abend einen Aushilfsjob bekommen. Einer aus seiner Klasse geht jeden Nachmittag zu einem Heurigen servieren. Und der muß heute irgend etwas anderes tun, und da kann der Stefan statt ihm servieren und sich ein bißchen Geld verdienen.

Im Brief ist gestanden, daß es dem Stefan leid tut und daß er mich am Abend anrufen wird.

Der Pummel hat mich auf dem Moped heimgefahren. An der Ecke vor unserem Haus bin ich abgestiegen. Damit mich die Erika nicht ohne Helm auf dem Moped sieht und es der Mutti erzählt.

Mein Mittagessen hat mir der Pummel weggefressen, aber wenn es so heiß ist, habe ich ohnehin keinen Hunger. Dann sind wir zum Pummel gefahren. Ich bin wieder erst an der Ecke aufgestiegen.

Wir haben beim Pummel im Garten Tischtennis gespielt. Unglaublich, wie wendig der Fettsack ist. Er hat mich dreimal geschlagen. Annäherungsversuche hat er keinen gestartet. Ich denke, der hat endlich kapiert, daß er keinen Auftrag bei mir hat, liebesmäßig.

Jetzt warte ich auf den Anruf vom Stefan und höre mir Charlie Parker an. Langsam gefällt mir der ehrlich. Die Mutti ist noch nicht zu Hause. Sie hat sich nach dem Büro mit dem Papa getroffen. Jetzt streiten sie schon eine Woche lang wegen dem Urlaub herum. Ich bin neugierig, was da herauskommen wird. Eigentlich bin ich nicht neugierig drauf, weil, etwas Gutes kommt sicher nicht raus.

Dienstag, 24. Juni

Das darf ja wohl nicht wahr sein! Eben haben mich meine werten Erzeuger mit der Mitteilung überrascht, daß wir gemeinsam Urlaub machen werden. Einen echten Vater-Mutter-Kind-Trip!

Das sei, haben sie mir erläutert, die einzige vernünftige Lösung des Termin-Schlamassels.

Ob sich die zwei nicht zuviel Vernunft zutrauen? Und wie soll das über die Bühne gehen?

Und wo vor allem?

Ich bin verwirrt!

PS:

Der Stefan arbeitet heute wieder beim Heurigen. Bis zehn Uhr am Abend. Wahrscheinlich arbeitet er morgen auch. Er hat am Telefon ganz glücklich geklungen. Er bekommt viel Trinkgeld, hat er gesagt. Ich soll ihm die Daumen halten. Vielleicht nimmt ihn der Heurigenwirt auch noch für eine Ferienwoche.

Wenn er dann jeden Tag soviel Trinkgeld wie gestern bekommt, könnte er für zwei Wochen sparsam nach Spanien fahren.

Ich halte ihm die Daumen, aber leicht fällt mir das nicht. Wenn ihn der Heurigenwirt wirklich nimmt, dann sehe ich ihn ja den ganzen Sommer kaum mehr. Zuerst arbeitet er beim Wirt, dann fährt er nach Spanien und ich fahre weiß Gott wohin, und wenn ich zurückkomme, ist er schon wieder in Vorarlberg in der Fabrik. Sauerei!

PPS:

Der Stefan hat noch einmal angerufen. Vom Heurigen. Um ihn herum war soviel Wirbel, daß ich nicht viel verstehen konnte. »Schlaf gut«, hat er auf alle Fälle zum Schluß gesagt. Ich kriege regelrechtes Bauchziehen, wenn ich mich daran erinnere. »Schlaf gut«. Ganz süß hat er das gesagt.

Mittwoch, 25. Juni

Meine Alten meinen es wirklich ernst. Ich fahre also tatsächlich in Begleitung beider Elternteile in die Ferien.

Jetzt streiten sie bloß noch darüber, wohin wir fahren.

Die Mama beharrt auf Griechenland.

Der Papa besteht auf Italien.

Aber sie streiten ziemlich zivilisiert, viel gepflegter als früher. Kein lautes Wort dringt aus dem Wohnzimmer.

Ich glaube, die Mutti wird nachgeben. Sie argumentiert nämlich damit, daß Griechenland billiger sei als Italien. Sie sagt, wir können uns Italien nicht leisten. Doch der Papa sagt, daß wir nach Italien in seinem Auto fahren können und er das Benzin zahlt, und da erspart sich die Mama die Flugkarten.

Und jetzt hat er gerade gesagt: »Von mir aus zahl ich den ganzen Urlaub!«

Da kann die Mutti wohl nicht mehr dagegen sein. Ich höre auch keinen Protest aus dem Wohnzimmer.

Ich glaube, ich kann mich jetzt zu meinen werten Eltern gesellen, ohne in Ex-Ehe-Zwist-und-Hader verstrickt zu werden.

PS:

Ich habe richtig vorausgeahnt: Wir fahren nach Italien. Total eingeladen auf Kosten vom Papa. So großzügig ist er sicher deshalb, weil er die Schuld an dem ganzen Urlaubs-Termin-Wirrwarr hat.

Zugeben würde er das natürlich nie.

Aber tätige Reue ist auch eine anständige Eigenschaft.

PPS:

Der Stefan hat angerufen. Wir werden morgen Schule schwänzen. Sonst können wir uns morgen wieder nicht sehen. Der Stefan muß erst um ein Uhr beim Heurigen sein. Den ganzen Vormittag werden wir für uns haben.

Donnerstag, 26. Juni

Gott sei Dank ist morgen schon Zeugnisverteilung, sonst könnte es noch peinlich für mich werden und Folgen haben!

Ohne böse Vorahnungen bin ich heute vormittag mit dem Stefan in das kleine Espresso bei der Endstation von der Straßenbahn gegangen. Wir haben Cola getrunken und Apfelstrudel gegessen. Der Stefan hat ja Geld gehabt, von der Arbeit beim Heurigen.

In einer Espresso-Ecke war ein Mann hinter einer Zeitung. Plötzlich sinkt die Zeitung, und der Piesinger glotzt mich an und sagt: »Ach, das Fräulein Weidinger. Das ist ja interessant! Ist mir der Schulschluß entgangen?«

Ich habe geglaubt, ich versinke samt dem Sessel in den Teppichboden. Was tut der Kerl im Espresso? Was ist er nicht in der Schule? Und wenn er schon nicht in der Schule ist, was sitzt er ausgerechnet in dem Lokal, in das ich komme? Hundert Espressi gibt es in der Gegend!

Aber bis zum Herbst wird der Piesinger die Sache ja wohl vergessen haben. Und wenn er nicht darauf vergißt, kann er mir ja kaum aus einem Vergehen aus dem vorigen Schuljahr einen Strick drehen. Höchstens eine schlechte Meinung kann er von mir haben. Aber die hat er ja sowieso.

Neben dem Stefan komme ich mir sehr oberflächlich und sehr dumm vor. Er redet von Sachen, von denen ich keine Ahnung habe. Ich kann immer nur wie die Blöde nicken. Anscheinend liest er auch schrecklich viel. Dauernd fragt er mich: »Hast du das gelesen?« Oder sagt: »Das mußt du unbedingt lesen!«

Ich glaube, wenn er wüßte, daß ich bloß Garfield und Donald lese, würde er sich nicht mehr mit mir treffen.

Er hat mich heute auch gefragt, wie ich »politisch eingestellt« sei. *Links* habe ich geantwortet. Irgendwie wird das wahrscheinlich auch stimmen. Der Papa sagt immer: »Ich als alter Linker...«, wenn er mit dem Papa-Opa über die Politik streitet. Und die Mutti sagt oft »diese rechten Arschlöcher«, wenn sie die Zeitung liest und sich ärgert.

Wer für die Wiedereinführung der Todesstrafe ist, ist *rechts*. Wer für die Abtreibung ist, ist *links*. Wer den Ronald Reagan mag, ist *rechts*. Wer gegen die Diktatur in Chile ist, ist *links*. Wer auf Gastarbeiter schimpft, ist *rechts*. Wer auf Südafrika schimpft, ist *links*.

Und damit bin ich mit meiner politischen Weisheit schon fast am Ende. Viel ist das nicht. Außerdem stimmt es vielleicht auch gar nicht. Denn bisher hätte ich ja auch glatt gesagt: Wer in die Kirche geht, ist *rechts*. Und das ist der Stefan sicher nicht. Ich möchte mich gern besser auskennen. Aber wie fängt man das an? Wie-wie-wie-wie-wie?

Freitag, 27. Juni

Das Schuljahr hat ausgelitten! Mensch, ist das vielleicht ein wohliges Gefühl. Und geldmäßig bin ich auch aus dem Schneider. Religion eins, Turnen eins, Zeichnen eins, Musik eins und erstaunlicherweise auch Biologie, Physik und Deutsch eins! Auf den deutschen Einser habe ich ja ganz im geheimen gehofft. Aber die Einser in Bio und Phy sind mir ein Rätsel. Testmäßig müßte ich glatte Zweier haben.

Die Corinna hat zu mir gesagt: »Sag, Julia, hast du denn nicht mitgekriegt, daß du der Herzensschwarm vom Ebeseder bist?« Natürlich weiß ich das. Der Ebeseder mag mich. Ganz lieb schaut er mich immer an. Und ich schaue ganz lieb zurück. Er ist ja auch ein echtes Schnuckelchen. Und wenn ich nicht vierzehn Jahre alt wäre, sondern vierundzwanzig, könnte ich mir allerhand vorstellen, zwischen ihm und mir. Aber daß sich das auf die Noten auswirken könnte, war mir nicht klar.

Nach der Zeugnisverteilung und dem anschließenden Eissalon-Festfressen bin ich gleich zum Opa und habe nicht nur sieben Hunderter kassiert, sondern von ihm auch noch eine tolle Offerte für die Zukunft erhalten. Der Opa war unheimlich gerührt, daß er heuer nicht nur für »Nebenfächer« zahlen muß, und hat gesagt: »Enkeltochter, deine neue Strebsamkeit muß gefördert werden. Ab nächsten Ersten erhältst du von mir ein monatliches Stipendium in der Höhe von zweihundert Schilling.«

Daß mein Taschengelddebakel von dieser Seite gelöst werden könnte, hätte ich nie angenommen!

Und jetzt kommt der Clou, der das alte Sprichwort bestätigt: WO TAUBEN SIND, FLIEGEN TAUBEN ZU. Am Abend nämlich schaut die Mutti zufällig in ihre Reservegeldschachtel hinein und bekommt Staunfalten auf der Stirn und fragt mich: »Sag, Julia, wieso sind da nagelneue Hunderter drinnen, ich hab lauter alte, abgegriffene drinnen gehabt.«

Da habe ich ihr erklärt, daß ich mir das Geld zum Schuldenzahlen ausgeliehen habe und daß ich dann den Kassenstand vom Opa-Geld wieder geregelt habe. Und die Mutti hat mich gefragt, wieso ich denn mit meinem Taschengeld nicht auskomme, und dann hat sich herausgestellt, daß die gute Frau der Meinung war, ich bekomme vom Papa monatlich vierhundert Schilling. Angeblich hat sie das mit dem Papa ausgemacht. Vor langer Zeit schon. Und ab jetzt wird sie mir jeden Monatsanfang fünfhundert Schilling geben. Und vom Papa einfach vierhundert Schilling mehr an Alimenten verlangen.

Herz, was willst du mehr: Ich bin plötzlich ein wohlhabendes Kind. Ein echter Glückstag ist das heute. Stefanmäßig ist auch alles o.k. Er hat mich vom Eissalon abgeholt, er hat mich zum Opa begleitet, er hat im Park gewartet, bis ich vom Opa zurückgekommen bin, er hat mich nach Hause begleitet und war noch auf eine LP Seite Charlie Parker bei mir.

Dann ist er zum Heurigen gefahren.

Nur pummelmäßig weiß ich mir keinen Rat. Gerade hat er wieder angerufen und gesagt, Gustav der Zweite, der Stärkere, habe Verlangen nach der gnä' Frau und werde auf einen Sprung vorbeischauen. Bevor ich ihn noch mit einer Ausrede abwimmeln konnte, hatte er schon den Hörer aufgelegt. Na ja! Schlafen gehen will ich ohnehin noch nicht. Die Mutti ist bei der Alice. Und im Fernsehen gibt es auch nichts Besonderes. Warum sollte ich mir eigentlich nicht vom Pummel die Zeit vertreiben lassen?

Samstag, 28. Juni

Oh, du Hölle! Ich habe es ja kommen sehn! Der Vater-Mutter-Kind-Urlaub wird ein Himmelfahrtskommando. Als ich heute mittag heimkam, waren der Papa und die Mutti bereits beim Streiten. Indirekt war ich der Anlaß, weil ich nicht, wie ausgemacht, um zwölf Uhr gekommen bin, sondern um halb eins. Ich war mit dem Stefan beim Pummel. Wir haben Tischtennis gespielt, und ich habe mir gedacht: Der Papa verspätet sich sowieso, da kann ich ruhig eine halbe Stunde zulegen. Daß der Papa seit neuestem pünktlich ist, muß erst in mein Bewußtsein eindringen. Wäre ich um zwölf daheim gewesen, hätte der Papa nicht auf mich warten müssen, und die beiden hätten keine Chance gehabt, die Wartezeit mit Streit zu füllen. Anscheinend sind sie sich zuerst wegen dem Taschengeld, das mir der Papa nie gegeben hat, in die Wolle geraten, aber als ich ankam, waren sie bereits bei ganz anderen Sachen. Lauter Uraltdelikte haben sie sich gegenseitig vorgehalten. Was soll denn das für ein Urlaub werden, wenn sie nicht einmal – außer an meinem Geburtstag – eine Stunde lang Frieden halten können?

Der Papa hat hinterher behauptet, ich sehe das zu schwarz. »Wir haben doch nicht gestritten«, hat er gesagt. »Das war doch nur ein halbhartes Geplänkel.« Vorwürfe wegen der Taschengeldsache hat er mir auch gemacht. Wieso ich nie Geld verlangt habe? Ich hätte doch wissen müssen, daß er diese Abmachung bloß »verschwitzt« habe. Der ist gut! Wie soll ich das wissen, wenn ich nicht einmal etwas von der Abmachung gewußt habe. Die ganze Fahrt über zum Neusiedlersee hat er sich gerechtfertigt. Sogar angeboten hat er mir, für ein Jahr nachzuzahlen. Aber das habe ich abgelehnt. Soviel Geld brauche ich nicht. Ich glaube, er war erleichtert, daß ich sein großzügiges Angebot nicht angenommen habe. Aber es wäre ja echt sinnlos! Wenn er mir das Geld gibt, bleibt er nachher der Mutti die Alimente schuldig. Fünftausend zusätzliche Schilling schüttelt der gute Mann doch nicht so einfach aus dem Ärmel!

Wir wollten ein Zimmer zum Übernachten nehmen, aber leider waren alle Hotels und Pensionen, in denen wir gefragt haben, total besetzt. Bis auf ein Vier-Sterne-Hotel. Wenn ich den Papa nicht zurückgehalten hätte, hätte er dort ein Zimmer genommen. Dann hat der Papa gemeint, wir könnten bei einem Freund von ihm schlafen. Bei einem, der ein Wochenendhaus in Rust hat. Bei dem waren aber auch schon alle drei Gastbetten besetzt. So sind wir am Abend, nach dem Segeln, wieder heimgefahren.

Den Hademar, den mit der Stimme durch die verstopfte Nase, habe ich auch wiedergesehen. Er ist Mitglied vom Yachtklub. Sein Vater hat dort ein Segelboot liegen. Mit weißer Hose, blauem Blazer und weißer Schirmkappe hat er sich herumgetrieben. Und gefragt hat er mich, ob mein Papa wirklich mein Papa ist oder mein Geliebter. Der spinnt ja komplett! Und am Abend wollte er mit mir in die Disco gehen. Ich hätte nichts dagegen gehabt, aber der Papa wollte nicht. »Ich fahr nicht erst um Mitternacht heim«, hat er gemotzt. Richtig sauer war er. Und auf der Heimfahrt hat er auf den Hademar geschimpft. Warum ich mir so einen »Arsch mit Ohren« anlache, hat er mich gefragt. Ich habe den Papa beruhigt, daß da wirklich absolut nichts läuft bei mir und habe ihm vom Stefan erzählt. Leider habe ich ihm

Samstag, 28. Juni:

KEINE SCHULE!!!

JIPPIE!
1. FERIENTAG!
HURRA!

ENDLICH!!!

die Hademarsche Segeljacht zu Neusiedl am See!!!

JUNGE LIEBE BRINGT JA ALLERHAND ZUWEGE!!!

...und da redet er immer großmächtig von Toleranz daher!

CAPITANO HADEMAR!!!

auch erzählt, daß der Stefan in die Kirche geht und gläubig ist. Der Papa hat saublöd zu kichern angefangen. Dabei redet er immer großmächtig von Toleranz daher. Er hat sich dann zwar, wie er gemerkt hat, daß ich bös werde, entschuldigt, aber das war geheuchelt. Und dann hat er mich noch gefragt, ob ich mich jetzt vielleicht auch »bekehre«. Er hat scheinheilig gesagt: »Junge Liebe bringt ja allerhand zuwege.«

Um halb elf bin ich heimgekommen.

Die Mutti ist nicht daheim. Wo ist sie? Sie hat mir gar nicht gesagt, daß sie heute am Abend weggeht. Wahrscheinlich hat sie sich erst am Nachmittag etwas ausgemacht.

Ich werde mich ins Bett legen und lesen. Der Stefan hat mir ein Buch geborgt. Über die dritte Welt. Weil ich zu ihm gesagt habe, daß man für die dritte Welt spenden muß. Und er hat gesagt, daß die Spenden nur unser Gewissen beruhigen. Und daß die Politik anders werden muß und die Ausbeutung aufhören muß. Und ich habe gesagt, daß ich das nicht verstehe. Und da hat er mir das Buch gebracht und gesagt, wenn ich das lese, dann kapiere ich alles. Aber ich glaube, ich bin zu dumm dazu. Ich habe erst zehn Seiten gelesen und verstehe überhaupt nichts. Was ist der Imperialismus? Was ist die Bourgeoisie? Was ist Marxismus? Was sind Liberale? Was ist der Humanismus? Was ist die Dialektik? Was ist Dekolonisation? Und so geht das Seite um Seite. Entweder bin ich speziell blöd, oder der Stefan ist speziell gebildet! Ich kriege beim Lesen jedenfalls Augen wie ein Autobus und verstehe bloß Bahnhof. Trotzdem werde ich mir jetzt noch ein paar Seiten ins Hirn hauen. Mit dem Lexikon als Nachhilfe. Ich kann ja nicht ewig nur Garfield und Donald und den Stern konsumieren!

Sonntag, 29. Juni

Erstaunlich, erstaunlich! Die Mutti ist noch immer nicht da. Wie soll ich das deuten? Soll ich mir Sorgen um sie machen? Oder soll ich bei der Alice anrufen, ob die Mutti bei ihr ist? Immerhin ist es schon elf Uhr.

Lächerlich! Die Mutti wird eben überraschend eine Wochenendeinladung angenommen haben. Daß ich heimkomme, hat sie ja nicht geahnt. Ich rufe lieber den Stefan an und wünsche ihm einen schönen Sonntag. Er ist sicher schon aus der Kirche zurück und noch nicht zum Heurigen gefahren.

Der Stefan ist mit seinem kleinen Bruder in den Tiergarten gegangen. Seine Mutter hat mir das gesagt. Am Telefon klingt sie überhaupt nicht grantig. Ob ich die Julia bin, hat sie mich gefragt. Also hat ihr der Stefan von mir erzählt.

Ich kleide mich jetzt ein. Der Papa muß jeden Moment kommen, falls er bei seiner neuen Pünktlichkeit bleibt. Gefrühstückt habe ich nicht, weil mich der Papa auf einen »Brunch« führen will. Das ist so ein Mittelding zwischen Frühstück und Mittagessen und in den USA üblich und angeblich sehr vornehm.

Mein Magen knurrt schon sehr unvornehm.

Noch erstaunlicher, noch erstaunlicher! Meine liebe Frau Mutter ist ja wohl doch etwas hintergründiger, als ich bisher angenommen habe.

Ich komme gegen zehn Uhr heim, und sie sitzt auf der Terrasse und trinkt einen Campari-Orange. Sie fragt mich, wie es denn so gewesen sei, und ich stelle die Gegenfrage, wie es denn so bei ihr gewesen sei. Da sagt sie glatt: »Na, wie immer! Haus geputzt, lang geschlafen und ferngeschaut.«

Ich frage: »Wo?«

Sie antwortet: »Was heißt, wo?«

Ich sage: »Na, hier doch nicht.«

Sie antwortet: »Wie meinst du das?«

Ich sage: »Na, weil du nicht daheim warst.«

Sie antwortet: »Ach, hast du angerufen? Tut mir leid.« Dann redet sie immer schneller. »Da war ich wahrscheinlich bei der Erika drüben und hab's Klingeln nicht gehört. Und im Vorgarten Unkrautzupfen war ich auch. Und im Keller..!« Dann stockt sie und fragt: »Wann hast du denn angerufen?«

In meinem Kopf spielten die Gedanken Autobahn mit Gegenverkehr. Der eine Gedanke war: Sag ihr, daß du daheim geschlafen hast und daß sie mit der blöden Rederei aufhören soll! Der andere Gedanke war: Halt den Mund und mach ihr das Leben nicht schwer!

Der zweite Gedanke hat gesiegt. Ich habe gesagt: »Ich weiß nicht mehr. Irgendwann heut vormittag. Und gestern abend. Ich wollt bloß wissen, ob die Corinna angerufen hat.«

Die Mama hat gesagt: »Ja, ja, da werd ich im Vorgarten gewesen sein. Und angerufen für dich hat niemand.«

Das muß ich erst langsam und in aller Ruhe verdauen. Mit einem Löfferl doppelt-saurem Natron. Sonst pack ich es nicht.

Montag, 30. Juni

Es hat sichtlich keinen Sinn, mit den Herren und Damen Eltern diskret umzugehen. In aller Herrgottsfrühe hat der Papa angerufen, weil er der Mutti irgend etwas wegen dem Urlaubsquartier sagen wollte, und die Mutti hat von ihm erfahren, daß wir am Samstag gar nicht am See geschlafen haben.

Ich wollte die Sache locker übergehen, aber die Mutti hat darauf bestanden, mir alles erklären zu müssen. Gottlob hat sie aber keine Zeit mehr gehabt, weil sie ins Büro mußte. Sie hat es auf den Abend verschoben. Bis dahin wird sie sich hoffentlich eine Geschichte zurechtgelegt haben, die sie erzählen kann, ohne rot zu werden.

Ich gehe jetzt ins Bad. Mein Fuß ist total verheilt, er darf schon wieder ins Wasser gelassen werden.

Der Stefan kommt auch ins Bad. Er kann den ganzen Tag bleiben. Sein Heuriger hat heute Ruhetag.

Die Corinna wird auch kommen. Jetzt kann sie den Stefan ruhig kennenlernen. Jetzt habe ich keine Angst mehr vor ihr.

Heute ist so viel passiert, daß ich gar nicht weiß, wo ich mit dem Aufschreiben anfangen soll. Doch! Ich weiß es! Mit dem wichtigsten Ereignis des Tages natürlich, und das ist: Der Stefan hat mich geküßt! Auf dem Heimweg vom Bad hat er mich geküßt. Wir sind alle zusammen aus dem Bad die Straße hinuntergegangen. Der Stefan, der Pummel, ich, die Corinna, die Didi und die zwei Vollidioten aus Stefans Klasse, die ich schon aus dem Kaffeehaus kannte. Die zwei

Vollidioten haben ordinäre Witze gerissen, und der Pummel hat angegeben. Ich glaube, er hat ein Auge auf die Didi geworfen. Er hat nämlich für sie seine Schau abgezogen. Das war deutlich zu merken. Mir soll's recht sein. Was Besseres, als daß er sich von mir ab- und einer anderen zuwendet, kann mir gar nicht passieren. Und die Corinna hat, weiß der Teufel wieso, anscheinend an dem einen Vollidioten Gefallen gefunden. Jedenfalls hat sie zu seinen blöden Witzen gelacht und gekichert. Richtig geturtelt hat sie mit ihm. Der Stefan und ich sind langsamer gegangen und haben zu den anderen einen immer größeren Abstand gehalten. Und dann sind wir einfach in einen Schrebergartenweg eingebogen. Und dann sind wir stehengeblieben und haben uns angeschaut. Und der Stefan hat ein bißchen meine Haare gestreichelt. Sanft und zärtlich. Und ich habe alle meine telepathischen PSI-Kräfte eingesetzt. Ganz fest habe ich ihm in die Augen geschaut und ganz stark habe ich mir gedacht: Jetzt küsse mich! Jetzt küsse mich sofort! Und es hat gewirkt. Der Stefan hat die Hände aus meinen Haaren genommen und auf meine Schultern gelegt und mich geküßt. Wie der Kuß war, kann ich schwer beschreiben. Innig-heiß-stürmisch-brennend-süß, das sind ja alles so abgedroschene Liebesromanwörter. Schön war er. Sehr schön sogar. Und er hätte noch länger dauern können. Aber der Stefan hat mich gleich wieder losgelassen, und wir sind weitergegangen. Ich kann mir auch vorstellen, warum! Wie ich mich beim Küssen an ihn gedrückt habe, habe ich seinen Penis ganz hart in seiner Hose gespürt. Ich glaube, das war ihm unangenehm.

Wir sind den Schrebergartenweg hinuntergegangen und haben uns an der Hand gehalten. Dann sind wir an einen

Zaun gekommen, wo der Weg zu Ende war. Also sind wir wieder umgekehrt. Ich hätte den Stefan gern noch einmal geküßt, aber er ist so schnell gegangen, daß sich keine Möglichkeit mehr ergeben hat.

Bei der Straße oben haben die anderen auf uns gewartet. Wir sind mit ihnen zum Eissalon gegangen, und ich habe gelitten wie ein Schwein. Ich wäre mit meinem »ersten Kuß« gern ein bißchen allein gewesen.

Zweitwichtigstes Ereignis des Tages: Die Mama hat einen Freund. Seit einem Jahr schon. Sie hat auch zugegeben, daß sie nicht immer Überstunden gemacht hat, wenn sie am Abend spät heimgekommen ist. Warum sie mir das bis jetzt verheimlicht hat, weiß ich nicht. Ich habe ihr gesagt, daß sie sich wegen mir keinen Zwang anzutun brauche. Bloß zu uns ziehen, habe ich ihr gesagt, möge ihr Freund nicht. Einen Ersatz-Papa brauche ich nämlich nicht. Da hat die Mama gelacht, aber ziemlich bitter hat sie gelacht, und gesagt: »Da ist wirklich keine Gefahr gegeben!« Das hat so geklungen, als sei diese Liebe der Mutti eher eine unglückliche Liebe. Schade.

Drittwichtigstes Ereignis des Tages: Der Frustbinkel von der Windisch war auch im Bad. Bei den Turngeräten habe ich ihn getroffen und mit ihm geredet. Er war viel gesprächiger als daheim. Unheimlich viel hat er auf seine Mutter und auf seine Großeltern geschimpft. Und dann hat er gesagt: »Na, in Italien wirst meine Alte ja kennenlernen.«

»Moment«, habe ich gesagt, »das werd ich unter Garantie nicht. Ich mach heuer nämlich Vater-Mutter-Kind-Urlaub.«

Da hat er mit den Schultern gezuckt und gesagt: »Meine Informationen sind andere.« Er hat behauptet, er und seine

Montag, 30. Juni:
Das ist aufklärungsbedürftig!
Man faßt es einfach nicht! Das hat sich mein geliebter Arsch-papa wieder einmal sauber arrangiert!!!
Oh, du Hölle!!!
Da stinkt irgendwas zu den Wolken rauf!
Ich muß ihn verhören!!!

Mutter und der Papa und ich werden gemeinsam Urlaub machen. So habe ihm das seine Mutter angedroht.

Das ist aufklärungsbedürftig! Was brütet denn der Papa da wieder aus? Ich muß ihn verhören. Der Mama erzähle ich das vorerst nicht, sonst dreht sie durch. Fest steht aber jetzt schon, daß da irgendwas zu den Wolken raufstinkt, denn der Frustbinkel hat sicher nicht gelogen. Und die Windisch wird ihn wohl auch nicht belogen haben.

Mit dem Widerspruch im Kopf kann ich nicht einschlafen. Ich rufe den Papa an. Ich hole mir das Telefon ins Zimmer, damit mich die Mama nicht hören kann.

Oh, du Hölle! Mir hat es die Sprache verschlagen. Schreiben kann ich gerade noch. Der Papa hat mächtig herumgestottert. Dann ist er endlich mit der Wahrheit herausgerückt, und die geht so: Er und die Mama und ich werden in Lerici im Hotel *Lord Byron* wohnen. Und die Windisch und ihr Frustbinkel werden auch nach Lerici fahren und privat bei einer italienischen Familie logieren. Er könne, hat er gejammert, ja niemandem verbieten, nach Lerici zu fahren. Er sei an der Sache unschuldig. Das habe sich ohne sein Zutun ergeben.

Man faßt es einfach nicht! Das hat sich mein geliebter Arsch-Papa wieder einmal sauber arrangiert.

Ich glaube, ich muß das der Mutti erzählen. Aber ich verschiebe es lieber auf morgen. Soll sie noch eine friedliche Nacht haben.

Dienstag, 1. Juli

Der Stefan benimmt sich sonderbar. Er sagt, er ist froh, daß er bald – so sein verdientes Geld reicht – nach Spanien fahren wird und daß ich bald nach Italien fahren werde. Und dann seufzt er und nimmt meine Hand und küßt sie und sagt, daß er mich liebt und daß jemanden lieben Verantwortung haben heißt, und daß ich leider erst vierzehn Jahre alt bin. Kurz und ungut, ungefähr so: Ich führe ihn in Versuchung, der er kaum widerstehen kann, und darum ist es besser, wenn zwischen ihm und mir tausend Kilometer Meer und Landschaft liegen. Und kaum hat er das gesagt, umarmt er mich und drückt mich so fest, daß mir fast die Luft wegbleibt. Und dann läßt er mich plötzlich wieder los und seufzt und sagt, daß er froh ist, bald nach Spanien zu fahren... Das haben wir heute vormittag x-mal durchgespielt.

Oh, du Hölle, das ist doch ein Blödsinn! Er hat keine Verantwortung für mich! Die Verantwortung für mich übernehme ich schon selbst. Er kann nicht einfach beschließen, wofür ich noch zu jung bin. Ich habe mich heute, nachdem der Stefan zum Heurigen gefahren ist, mit der Corinna getroffen, um das alles zu bereden. Die Corinna meint, das Taufscheinalter sei nicht ausschlaggebend für »das erste Mal«. Die Didi, meint sie, sei sicher noch zu jung und zu kindisch dafür; obwohl sie ein Jahr älter ist als wir, weil sie die erste Klasse wiederholt hat. Aber ich, meint die Corinna, sei viel reifer. Ich meine folgendes: Ich will auf alle Fälle vom Stefan so oft wie möglich geküßt werden. Und zwar ohne Schuld-Reue-Gejammer dazwischen. Und ich will mich an den Stefan drücken und von ihm gestreichelt werden. Wie es dann weitergeht, und ob ich noch mehr Sex will, weiß ich nicht. Ich kann es ja auch gar nicht wissen, weil ich das noch nie erlebt habe. Aber wir könnten es doch drauf ankommen lassen. Zu 99 Prozent bin ich mir sicher, daß ich mit niemandem richtig schlafen will. Nicht einmal mit Stefan. Ich habe echten Riesenschiß davor, glaube ich. Aber von 99 Prozent aufs Ganze fehlt eben 1 Prozent. Und das reizt mich schon ein bißchen. Und überhaupt sehe ich nicht ein, warum ich nach der Suppe nicht den Braten essen darf, nur weil ich Angst habe, ich könnte den Pudding nicht mehr schaffen. Das war ein dummer Vergleich! Suppe und Schmusen, Braten und Petting, Pudding und Bumsen kann man nicht in einer Pfanne aufwärmen. Und angeblich – das behauptet die Corinna – sei es für ein Mädchen unmöglich, einfach »stopp« zu sagen, wenn sexmäßig schon allerhand im Laufen ist. Dann vergißt, sagt sie, jeder Bursch aufs Fairplay. Der Stefan ist garantiert nicht so!

Außerdem ist da noch ein dicker Hund: Ohne Verhütung kann ich ja wohl nicht. Und wo krieg ich die her? Beim Gynäkologen. Ha-ha-ha! Nicht einmal in meinen sonnigsten Illusionsstunden kann ich mir eine Julia vorstellen, die von ihrer Mutti einen Krankenschein verlangt und sagt: »Ich muß zum Arzt wegen der Pille!« Und selbst, wenn ich das schaffen würde, ist die Vorstellung absurd, daß Fräulein Julia beim Gyno-Doktor einmarschiert und keß nach Verhütung schreit. Mit vierzehn! Obwohl es auch absurd ist, daß mir das absurd vorkommt! Denn schließlich ist der Unterleibs-Onkel ja für so was da.

Oh, du Hölle, wie ist das alles verzwickt und verzwackt und verzwieselt!

PS:

Der Mama habe ich von Papas Urlaubssauerei noch immer nichts gesagt. Ich habe Angst, daß dann der ganze Urlaub platzen könnte. Und dann muß ich mich wieder entscheiden, ob ich Mutter-Kind oder Vater-Kind spielen will. Wenn ich bloß zwei, drei Jahre älter wäre, könnte ich mit dem Stefan nach Spanien abhauen und die Familien-Mischpoche sitzenlassen. Und der Papa könnte sich mit seiner Windisch sonnen. Und die Mutti könnte mit ihrem geheimen Herrn abzischen. Wahrscheinlich wäre uns das allen lieber.

Apropos geheimer Herr! Ich habe mir das überlegt. Eigentlich kommt nur der Chef von der Mutti in Frage. Oder sein Co. Aber der ist verdammt jung für die Mutti. Ich habe deshalb einen der beiden in Verdacht, weil die Mutter von daheim aus noch nie mit jemandem telefoniert hat, der in Frage kommen könnte. Und wenn sie nach den Überstunden, die ja nicht immer echte Überstunden waren, nach Haus gekommen ist, dann ist sie oft vom Chef heimgebracht worden. Oder vom Co. Und wo hätte sie denn auch jemanden kennenlernen sollen? Sie mischt sich ja kaum unters Volk. Ist der Chef eigentlich verheiratet? Ich muß das diskret recherchieren.

Mittwoch, 2. Juli

Himmel, Arsch und Wolkenbruch! Da hat der Mensch Ferien, und das Leben könnte so schön sein, und ich baumle in der Hängematte auf der Terrasse, und mir ist langweiliger als in der langweiligsten Lateinstunde.

Der Stefan arbeitet heute auch am Vormittag, weil beim Heurigen für Mittag eine Hochzeit angesagt ist, und da müssen für hundert Personen Vorbereitungen getroffen werden.

Ich könnte natürlich mit der Didi ins Bad latschen. Ich könnte natürlich auch mit der Corinna was ausmachen. Ich könnte natürlich auch den Pummel kontaktieren. Und sonst wen aus der Klasse könnte ich auch zu irgendwas animieren. Die meisten sind noch nicht auf Urlaub gefahren. Sogar den Hademar mit der verstopften Nasen-Stimme könnte ich anrufen.

Aber ich habe auf gar nichts Lust, wo der Stefan nicht dabei ist. Ich bin total fixiert auf ihn.

Ich werde mich auf den Maso-Trip begeben und das Haus ein bißchen in Ordnung bringen. Dann hat wenigstens die Mutti etwas von meinem Frust.

Der Pummel hat angeklingelt. Er kommt mich besuchen. Soll er. Aber dann muß er mir saubermachen helfen. Wenn ich schon einmal einen edlen Vorsatz gefaßt habe, führe ich ihn auch durch.

Donnerstag, 3. Juli

Die Mutti hat mir für den Urlaub einen neuen Bikini und einen neuen Gürtel versprochen. Von meinem eigenen Geld werde ich mir die Irrsinnssonnenbrille kaufen, die ich in der Stadt gesehen habe. Und ein Ohrflinserl lege ich mir auch zu. Ich könnte mir sogar ein goldenes leisten. Bloß brauche ich noch ein Loch ins Ohr. Die Mutti findet das zwar schrecklich und von vorgestern, aber was ich mit meinen Ohrwascheln mache, ist ja wohl meine Sache.

Die Didi hat sogar vier Löcher im linken Ohr.

Die hat sie sich selbst gestochen.

Zuerst hat sie die Ohren mit Eiswürfeln schmerztaub gemacht, und dann hat sie die Löcher mit einer ausgeglühten Nadel durchbohrt.

Im Ohr hat man angeblich nicht viele Nerven, und es tut kaum weh.

Ich werde mich von der Didi operieren lassen. Mich selbst stechen mag ich nicht. Das find ich pervers.

Ich werde die Mutti vom Büro abholen und mit ihr den Gürtel und den Bikini kaufen gehen. Sonst ersteht sie die Klamotten wieder ohne mich. Vorher muß ich aber noch wegräumen. Der Stefan war am Vormittag da. Ich muß die Aschenbecher ausleeren und die Bierflasche wegtun. Und die Platten in die Hüllen stecken. Und die Teller und die Kaffeeheferln waschen.

Warum will ich eigentlich, daß die Mutti die Stefan-Besuche nicht merkt?

Sie hätte sicher nichts dagegen. Aber ausfragen würde sie mich! Wie ein Quizmaster in der Endrunde.

Und dann müßte ich lügen.

Ich kann meiner Frau Mutter doch nicht locker berichten, daß ihr Fräulein Tochter den Vormittag auf dem Wohnzimmerboden verschmust hat. Das würde die Frau nicht pakken. Warum eigentlich nicht? Vielleicht tue ich ihr da unrecht.

Freitag, 4. Juli

Oh, du Hölle, big sister is watching me! Ich könnte die Erika umbringen. Kann die blöde Kuh nicht ihren idiotischen Nachwuchs hüten und sich um ihren eigenen Kram scheren? Sie muß regelrecht spioniert haben, denn von ihrem Hintergärtlein aus kann sie gar nicht gesehen haben, was sie gesehen hat! Und so wie sie das darstellt, war es auch gar nicht. Ich war halbnackt! Blödsinn. Im Bikini war ich. Das wird doch im Juli noch gestattet sein. Und der Stefan ist nicht auf mir gelegen! Wir sind nebeneinander gelegen, einander zugewendet. Aber so feine Unterschiede nimmt die Kuh wohl nicht wahr! Ab heute ist die Erika Luft für mich. Allerdünnste Gebirgsluft. So was von hinterhältig. Fünf Minuten, bevor die Mama heimgekommen ist, hat sie noch zuckersüß mit mir getratscht. Und dann geht sie her und tuschelt der Mutti zu, was sie ausspioniert hat!

Wie sich die Mama aufgeführt hat, ist auch nicht normal. Vertrauensbruch, hat sie geschrien. Und daß sie mich nicht mehr allein zu Hause lassen kann! Als ob ich unser trautes Heim in einen Sex-Shop verwandelt hätte, hat sie sich aufgeführt. Jetzt ist sie in ihrem Zimmer. Sie muß sich die Konsequenzen überlegen. Ist sie schon ganz hinüber? Konsequenzen! Will sie mich in ein Kloster stecken? Ha-ha-ha, sehr lustig!

Ich bin bitter enttäuscht von der Mama. In den letzten Wochen waren wir so gut miteinander. Und nun haut wieder gar nichts hin. Wir haben eine Mutter-Tochter-Beziehung, die in hohen Wellen verläuft. Einmal oben, einmal unten. Mich kotzt das an. Ehrlich!

Samstag, 5. Juli

Jetzt ist es erst halb zehn am Morgen, und ich habe schon ein bühnenreifes Schauspiel in drei Akten hinter mir.

Beim Frühstück hat die Mama zu mir gesagt, daß sie sich in einer schlaflosen Nacht alles überlegt habe. Sie ist mir nicht mehr böse. (Wie gütig!) Und dann hat sie mich verhört, »wie weit« denn mein Verhältnis zum Stefan gehe. Ich habe sie ein bißchen zappeln lassen, bevor ich sie mit der Mitteilung beruhigt habe, daß außer Küssen zwischen mir und dem Stefan nichts (bisher nichts!) vorgefallen sei.

Fast waren wir schon wieder gut Freund, da sagt die Mama: »Und dem Papa werde ich davon nichts erzählen.« (Richtig gönnerhaft sagt sie es.) Und ich, in aller Unschuld, sage: »Der weiß das sowieso.«

Da verfällt mir die Lady komplett. Fängt sogar zu heulen an. Nur weil ich dem Papa etwas erzählt habe und ihr nicht. Sie schluchzt drauflos und schreit: »Dann kannst du ja gleich zum Papa ziehen!« Und weil ich darauf bloß »o.k.« gesagt habe, bricht sie mir zusammen.

Was hat sie denn erwartet? Daß ich auf die Knie falle und sie mit erhobenen Händen um weiteres Quartier samt Kost bitte?

Der Papa kommt. Gerade fährt sein Wagen vor. Ich bin gespannt, ob das Theaterstück jetzt noch einen vierten Akt dazubekommt. Bei mir ist jedenfalls der eiserne Vorhang schon runtergegangen. Mehr als ein Zwei-Personenakt wird es nicht werden.

Sonntag, 6. Juli

Gähn-gähn! Mitternacht ist längst vorüber. Das Auto vom Papa ist auf der Autobahn eingegangen. Wir haben uns abschleppen lassen müssen und haben dann in einer Werkstatt vier Stunden gewartet, bis der Karren wieder flott war. Aber so übel war die Wartezeit gar nicht. Ich habe mit dem Papa meine Lage besprochen. Aus dem, was ihm die Mutti gestern als vierten Akt an den Kopf geworfen hat, ist er ja nicht schlau geworden. Und untertags waren so viele Leute um uns herum, daß wir nicht zum Reden gekommen sind. Weder gestern noch heute. Und gestern am Abend ist der Papa versumpft. Er hat im Restaurant einen alten Freund getroffen, mit dem hat er ausgiebig gebechert. Erst um zwei in der Nacht ist er ins Hotelzimmer zurückgekommen.

Der Papa ist ein echter Schatz. Er sieht das alles viel cooler als die Mutti. Er hat gemeint, daß ich ein Glück habe. Weil ich als erste Liebe den Stefan bekommen habe. Und mich der nicht bedrängt. Und ich mich daher selbst frei entscheiden kann. Er hat gesagt, daß er – seinerzeit – viel blöder und gemeiner war. Er hat die Mädchen, in die er verknallt war, richtig unter Druck gesetzt und echten Terror gemacht. Ganz auf – entweder du schläfst mit mir, oder es ist aus!

Der Papa meint, ich soll meine sexmäßigen Entscheidungen auf alle Fälle auf den Herbst verschieben. Bis zum Wegfahren ist es ja nicht einmal eine Woche. Und dann sehe ich den Stefan sechs Wochen lang nicht. Und wer weiß, was sich da noch alles ändern kann.

Da ändert sich natürlich nichts. Überhaupt nichts! Bei mir

zumindestens nicht. Und beim Stefan? Mir wird direkt übel im Bauch, wenn ich mir vorstelle, daß der Stefan in Spanien oder dann in Vorarlberg ein Mädchen sieht, in das er sich verliebt. Möglich wäre das natürlich. Daß es genug gibt, die sich in ihn verlieben könnten, steht fest. So wie er ausschaut. Und so wie er ist. Aber irgendwie bin ich im Vorteil. Spanien und Vorarlberg sind weit weg. Und der Stefan kommt ja wieder zurück. Auf längere Sicht kann das nur eine Brief-Liebe ergeben. Mit der kann ich es aufnehmen.

PS:
Morgen um zehn Uhr treffe ich mich mit dem Stefan. Morgen hat sein Heuriger ja Ruhetag. Zuerst werden wir wahrscheinlich ins Bad gehen. Aber nur bis Mittag. Dann werde ich ihm ein Mittagessen kochen. Er hat mir nämlich gesagt, daß er Beefsteak unheimlich gern mag. Beefsteak auf Holzkohle gegrillt. Wir haben noch zwei Riesensteaks im Eisschrank. Und auf der Terrasse kann ich sie grillen. Da wird die Erika wieder was zum Spechteln haben! Soll sie! Ich streck ihr glatt die Zunge raus!

Montag, 7. Juli

Die Mutti will den Stefan kennenlernen! O.k., soll sie. Die einzige Chance ist heute, weil heute der Heurige Ruhetag hat. Ich werde den Stefan also nicht zum Mittagessen einladen, sondern zum Nachtmahl.

Richtiger Frieden ist zwischen mir und der Mutti noch nicht, wir haben eher Waffenstillstand. Und ich kann den richtigen Frieden auch nicht herbeiführen, weil ich mir total schuldlos vorkomme. Und ich bin absolut nicht bereit, herumzudackeln, wenn ich im Recht bin!

Der Stefan hat schon genug Geld, um sparsam nach Spanien fahren zu können. Er bekommt nämlich unerhört viel Trinkgeld beim Heurigen. Einmal hat ihm eine dicke Frau sogar hundert Schilling zugesteckt. Aber der Stefan bleibt noch bis zum Wochenende hier. Nicht nur, damit das Geld noch mehr wird, sondern vor allem deshalb, weil er sich von mir nicht trennen kann. Ist doch schön! Ist doch wunderschön! Ist doch das Schönste, was es überhaupt gibt!

Bevor ich den Stefan um zehn Uhr treffe, muß ich noch einkaufen gehen. Die Mutti hat mir eine lange Liste fürs Nachtmahl aufgeschrieben. Ob der Stefan überhaupt bereit ist, die Mutti bei Steak und Kerzenschein kennenzulernen?

So! Das wäre nun auch geschafft! Und es war nicht einmal besonders schauerlich. Die Mutti hat vier Gänge aufgetischt: kalte Gurkensuppe mit Krebsschwänzen, Forelle mit Oberskren, Steaks mit Zucchinigemüse und Schokoladensoufflé.

Der Stefan hat gesagt, er hat noch nie so gut gegessen. Ein

langes Fachgespräch über Jazz haben die beiden auch geführt. Und den Lichtschalter in der Küche beim Gasherd hat der Stefan repariert. Die Mutti ist ziemlich begeistert von ihm, glaube ich. Jedenfalls hat sie ihn angestrahlt wie ein 2000-Watt-Scheinwerfer. Bloß ein bißchen zu viel ausgefragt hat sie ihn, für meinen sensiblen Geschmack. Eltern? Geschwister? Schule? Kindheit? Berufsaussichten...? Mir wäre das, an Stefans Stelle, schwer auf den Wecker gefallen. Aber der Stefan hat brav Rede und Antwort gestanden.

PS:

Ich habe beschlossen, der Mutti gar nicht zu sagen, daß die K. W. auch in Lerici sein wird. Vielleicht teilt sich nämlich der Papa sein Urlaubsleben so ein, daß die Mama die Windisch gar nicht zu sehen braucht. Lerici ist ja ziemlich groß.

PPS:

Eigentlich könnte ich jetzt zur Mama sagen: »So, liebe Frau Mutter, nun habe ich dir meinen Freund vorgestellt, jetzt sei also bitte so gütig und stell mir den deinen vor!« Gleiche Pflicht für alle!

Ob sie drauf eingehen würde?

Ich will das lieber nicht ausprobieren. Denn wenn der geheime Herr tatsächlich ihr Chef ist, würde das ein saurer Abend werden. Der Kerl ist mir ziemlich zuwider. Wenn der geheime Herr der Co. ist, könnte es ein netter Abend werden. Übrigens: Der Chef ist geschieden. Und der Co. ist verheiratet. Das habe ich so ganz nebenbei, durch raffinierte Fragen, rausbekommen.

Dienstag, 8. Juli

Die Mutti gefällt dem Stefan. Er behauptet, ich schaue ihr ähnlich und habe die gleichen Bewegungen und das gleiche Lachen und die gleiche Mimik.

Unsinn. In Wirklichkeit schaue ich dem Papa ähnlich. Was nasenmäßig ein Glück ist. Höchstens die Augen habe ich von der Mutti.

Der Stefan wollte am Vormittag ins Bad gehen, aber ich habe ihn überredet, mit mir daheim zu bleiben. Die paar Tage, die ich ihn noch für mich habe, möchte ich ihn nicht mit dem Pummel und der Corinna und allen anderen teilen.

Die Erika hat den ganzen Vormittag im Garten gearbeitet. Aber auf ihre Kosten ist sie nicht gekommen. Mehr als Details über Himmel und Hölle und Sünde und so Sachen kann sie nicht erlauscht haben. Darüber haben wir nämlich geredet. Dem Stefan sein Glaube ist komplizierter als der Kram, den uns unser heiliger Bertram immer erzählt. Der Stefan glaubt nicht an die Hölle, und an den Teufel schon gar nicht. Und gegen den Papst hat er sehr viel. Von der Kirche der Befreiung redet er. Und ich verstehe das alles nicht, aber daran bin ich selbst schuld, weil ich blöde Kuh immer so wissend nicke, wenn er etwas sagt. Aus Angst, daß er mich für so dumm und ungebildet halten könnte, wie ich wirklich bin. Aber das ist schon so bei mir: Ich verwende mein bißchen Hirn nicht darauf, etwas wirklich zu kapieren, sondern dazu, niemanden merken zu lassen, daß ich nichts kapiert habe.

Für die Schule ist das ja ein brauchbares Rezept. Aber für den Stefan?

PS:

Der Pummel war bei mir. Zwischen der Didi und ihm scheint leider doch nichts zu funken. Ich habe ihn gefragt: »Wie steht's denn mit der Didi?«

Er hat zurückgefragt: »Wer ist die Didi?«

Er war überhaupt sehr gereizt und gar nicht auf Happy-Peppi und Hallo-gnä' Frau.

Bevor er weggegangen ist, hat er mich gefragt, ob ich im August mit ihm nach Griechenland fahren will. Sein Onkel hat auf Lesbos ein Haus. Aber der Onkel ist nicht dort. Der ist heuer in seinem Haus in den Alpen.

Ich habe natürlich abgelehnt. Griechisches Meer und griechische Sonne und griechischer Sand in Ehren, aber mich einen Monat lang Gustav des Zweiten, des Stärkeren, zu erwehren, ist kein Urlaub, sondern ein harter Job.

Weil ich abgelehnt habe, hat er gesagt: »O.k.! Ich weiß schon Bescheid. Neben so einem Kotzbrocken wie mir hältst du es nicht aus.«

So habe ich halt behauptet, daß ich ohnehin gern mitfahren würde, aber meine Mutter erlaubt das nicht. Da muß ich erst gar nicht fragen, habe ich gelogen, das weiß ich, weil mich auch die Corinna nach England mitnehmen wollte, und sogar da sei die Mutti strikte dagegen gewesen. Ich denke, der Pummel hat das geschluckt. Wenn nicht, kann ich ihm auch nicht helfen.

Mittwoch, 9. Juli

Es regnet so stark, daß die Straße vor dem Haus wie ein Fluß ausschaut. In mir regnet es auch. Nur noch morgen und übermorgen kann ich den Stefan sehen, dann bin ich für sechs Wochen Witwe. Das ist das erste Jahr, wo ich mich gar nicht auf den Urlaub freue.

Um fünf treffe ich mich mit dem Papa. Er will Ferienkram kaufen. Spielkarten und ein Steckschach, ein Federballspiel, Badeschlapfen und den ganzen Kram eben, der über den Winter ständig auf rätselhafte Weise in Verlust gerät. Er wird sich wundern! In eine Buchhandlung werden wir gehen. Aber nicht um Krimis. Ich brauche ein paar Bücher über die dritte Welt und über die Theologie der Befreiung.

PS:

Da bleibt einem doch die Luft weg! Während ich mit dem Papa in der Buchhandlung war (ich habe siebzig Zentimeter gescheite Lektüre erstanden), hat die Mutter vom Pummel bei uns angerufen und um meine Urlaubshand für August angehalten. Sie würde sich riesig freuen, mich nach Lesbos mitnehmen zu dürfen, total eingeladen, auf Flug und alles.

Und meine gute Frau Mutter hat für mich zugesagt, in der Meinung, sie bereite mir damit eine Freude. Das muß rückgängig gemacht werden! Aber so, daß der Pummel nicht merkt, daß ich nicht will, denn kränken will ich ihn nicht. Die Mutti hat mir versprochen, morgen vom Büro aus die Pummel-Mutter anzurufen. Sie wird ihr sagen, daß der Papa strikte dagegen sei. Dem Papa kann es ja Wurscht sein, ob ihn die Pummelfamilie für einen Ur-Patriarchen hält.

Donnerstag, 10. Juli

Morgen um 22 Uhr fährt der Stefan vom Westbahnhof ab. Und ich fahre schon um vier am Nachmittag weg. Ich wollte unsere Abreise auf Samstag verschieben, damit ich den Stefan zur Bahn begleiten kann. Doch der Papa hat die Hotelzimmer ab Samstag bestellt, und er will nicht, daß er für einen Tag zahlen muß, den er nicht abgewohnt hat. Knicker der!

Wir werden die ganze Strecke ohne Unterbrechung durchfahren. Der Papa und die Mutti werden sich abwechselnd hinters Lenkrad klemmen. Ich bin gespannt, ob der Papa der Mutti beim Autofahren noch immer dreinredet. Einmal, vor ein paar Jahren war das, ist er sogar mitten auf der Landstraße ausgestiegen und hat gesagt: »Ich laß mich von dir doch nicht in den Tod fahren!« Dabei hat der Papa schon zwei Unfälle hinter sich, an denen er selbst schuld war. Und die Mutti ist blütenrein unfallfrei.

Die Mutti hat vergessen, die Pummel-Mutter anzurufen, weil bei ihr im Büro der Bär los war. Das ist jedes Jahr vor dem Urlaub so. Da muß die Arme immer einen ganzen Schreibtisch voll Scheußlichkeiten abarbeiten.

Jetzt versucht sie schon seit zwei Stunden die Pummel-Mutter zu erreichen. Doch die ist nicht daheim. Der Pummel und der Pummel-Vater sind auch weg. Nur die Haushälterin ist dort und weiß nicht, wann die »Herrschaften« wiederkommen.

Freitag, 11. Juli

Für 9 Uhr war ich mit dem Stefan bei der Haltestelle verabredet. Wir wollten ganz allein in den Wald fahren, Abschied nehmen. Bis halb zehn habe ich gewartet. Dann bin ich heimgegangen. Ich hätte natürlich bloß über die Straße, in sein Haus und die Treppe rauf, bis zur Wohnungstür gehen und nach ihm fragen brauchen, um Bescheid zu wissen. Aber ich Affenarsch habe mich nicht getraut!

Um elf habe ich dann bei ihm angerufen. Seine Mutter hat mir gesagt, er sei nicht daheim, doch ganz deutlich habe ich im Hintergrund eine Kinderstimme gehört. »Wieso? Der Steffi ist doch in seinem Zimmer!«

Ich heule seit drei Stunden. Meine Nase ist bereits ein dikker roter Knopf, und meine Augenlider sind rosa Raupen. Daß mich der Stefan von einem Tag auf den anderen nicht mehr mag, ist doch ausgeschlossen! Ich habe ihm ja nichts getan. Und gestern war es noch so schön mit ihm!

Ob es wegen der Dusche ist? Irgendwie war das nicht richtig von mir. Aber gemein habe ich es nicht gemeint. Der Stefan und ich wollten im Vorgarten die Rosen anbinden, weil die so tief von der Hausmauer runterhingen. Ich bin auf die Leiter gestiegen, doch die Leiter ist gerutscht, und ich bin runtergesprungen und im Dreck gelandet, weil der Boden vom Regen noch ganz matschig und gatschig war. So bin ich ins Badezimmer, um zu duschen. Die Badezimmertür habe ich offengelassen. Und dann habe ich nach dem Stefan gerufen, damit er mir die Seife reicht. Und als er dann im Badezimmer war, hab ich ihn zum Mitduschen eingeladen. Er wollte nicht. Da hab ich die Brause genommen und ihn total

Mittwoch, 9. Juli
... griechisches Meer und griechischer Sand und griechische Sonne in Ehren, aber ...
... da bleibt einem doch das Lufterl weg!!!
DAS MUSS RÜCKGÄNGIG GEMACHT WERDEN!
Aber sofort!!!
DAS WÄRE JA WOHL DAS LETZTE!
Mensc

angespritzt. Waschelnaß war er. Er hat die Schuhe ausgezogen und ist samt den Klamotten in die Badewanne und hat gesagt, jetzt verdrischt er mich. Hat er aber nicht. Ich war so seifig-glitschig, daß er mich gar nicht festhalten konnte. Wir haben herumgerauft und sind in der Wanne zu Boden gegangen. Ich hatte plötzlich unheimlich große Sehnsucht, die Haut vom Stefan auf meiner zu spüren. Ohne Klamotten drauf. Ich weiß nicht mehr genau, wie es gekommen ist, daß er dann auch nackt war. Und ich weiß schon gar nicht, was noch passiert wäre, wenn es nicht an der Haustür geklingelt hätte. Und da die Haustür nicht einmal zugesperrt war, bin ich aus der Badewanne, hab den Bademantel angezogen und bin zur Haustür. Die Ullreich, die Schneiderin von der Mama, war vor der Tür und hat das Sommerkostüm von der Mama gebracht. Als ich die Ullreich endlich wieder los war, was gar nicht so einfach war, weil die plaudern wollte, saß der Stefan geschneuzt und gekämmt und mit einem Badetuch um die Hüften, auf der Terrasse.

Seine Hose und sein Hemd lagen auf der Brüstung zum Trocknen.

Er sagte zu mir: »Bitte, mach das nicht wieder, Julia. Ich bin nämlich kein gußeisener Jüngling.«

Und ich antwortete patzig: »Warum trainierst du denn unbedingt darauf, einer zu werden?«

Aber hinterher war doch wieder alles o.k. zwischen uns! Und bevor er gegangen ist, hat er noch gesagt, daß er bis heute ein Foto von mir braucht. Ohne das steht er die lange Trennung nicht durch.

Ich kann nicht wegfahren, ohne den Stefan noch einmal gesehen zu haben! Ich rufe ihn an!

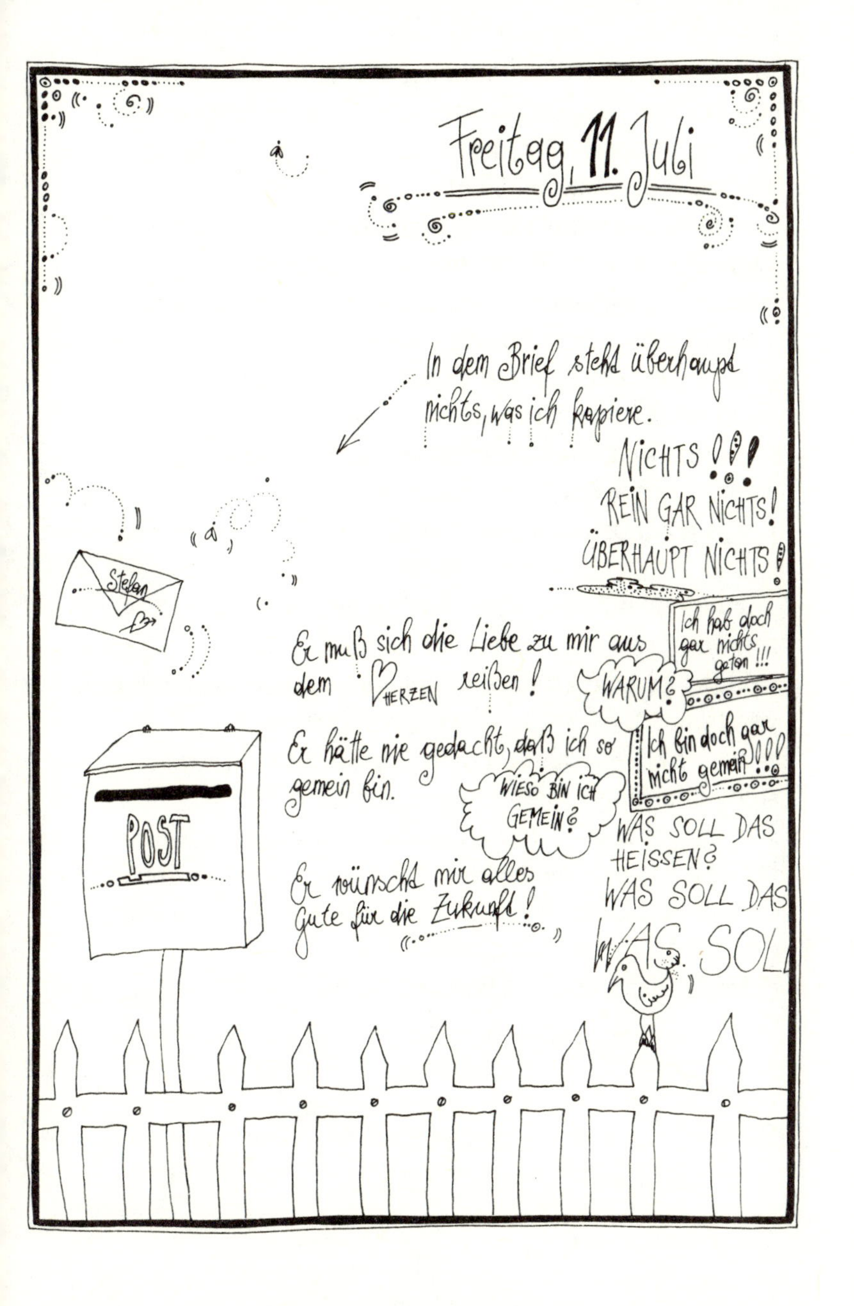
Freitag, 11. Juli
In dem Brief stehl überhaupt nichts, was ich kapiere.
NICHTS !!!
REIN GAR NICHTS!
ÜBERHAUPT NICHTS!
Stefan
Er muß sich die Liebe zu mir aus dem HERZEN reißen!
WARUM?
Ich hab doch gar nichts getan!!!
Er hätte nie gedacht, daß ich so gemein bin.
WIESO BIN ICH GEMEIN?
Ich bin doch gar nicht gemein!!!
WAS SOLL DAS HEISSEN?
WAS SOLL DAS
WAS SOL
POST
Er wünscht mir alles Gute für die Zukunft!

Gerade, als ich ins Wohnzimmer zum Telefon gehe, sehe ich den Stefan zur Gartentür kommen. Mein Herz macht einen Stabhochsprung, ich renne zur Haustür, reiße sie auf und rufe: »Stefan, endlich!«

Aber der Stefan kommt nicht in den Vorgarten, er steckt einen Brief in den Postkasten am Gartentürl, dreht sich um und geht weg. Ich rufe wieder: »Stefan!« Er geht schneller. ich rase hinter ihm her, erreiche ihn an der Ecke und schluchze: »Was ist denn los?« Dabei senke ich den Kopf, damit er mein scheußlich verheultes Gesicht nicht sieht.

Zuerst sagt er: »Gar nichts«, dann fügt er hinzu: »Ich bin sehr traurig.« Und will weitergehen. Ich halte ihn am Arm fest, aber er beutelt meine Hand einfach ab und läuft davon.

Heulend bin ich an der Ecke gestanden, bis die Berger die Straße heraufgekommen ist. Dann bin ich zurückgerannt, weil ja nicht die ganze Siedlung meinen Kummer mitzukriegen braucht.

Im Brief, den der Stefan in den Briefkasten geworfen hat, steht überhaupt nichts, was ich kapiere. Er ist enttäuscht von mir, er muß sich die Liebe zu mir aus dem Herzen reißen. Er hätte nie gedacht, daß ich so gemein bin und er nur ein Spielzeug für mich ist. Und er wünscht mir alles Gute für die Zukunft.

Was soll das heißen? Was soll das heißen? Was soll das heißen?

Sonntag, 13. Juli

Ich sitze auf dem Balkon vor meinem Zimmer. Unter mir, im Hotelgarten, sitzt die Mutti in einem Liegestuhl und trinkt Campari-Orange. Der Papa ist angeblich bummeln. (Zur Windisch, nehme ich an.) Aber das ist mir alles sehr Wurscht! Ich bin innen taub und tot. Ich will niemanden sehen. Den Papa und die Mutti schon gar nicht, denn die sind auch schuld daran, daß zwischen dem Stefan und mir alles aus ist, weil sie darauf bestanden haben, daß wir um fünf Uhr wegfahren. Ausgelacht haben sie mich. Wegen solcher »Kindereien«, haben sie in seltener Einigkeit erklärt, verschieben sie doch die Abfahrt nicht auf Mitternacht! Wäre ich um 22 Uhr auf dem Bahnhof gewesen und hätte dem Stefan gesagt, daß er wirklich kein Spielzeug für mich ist und daß ich ihn mehr liebhabe, als alle anderen Menschen zusammen, hätte er das einsehen müssen. Stundenlang habe ich mir das Hirn zermartert! Es muß doch wegen der Badewanne sein! Aber deswegen ist er kein Spielzeug für mich! O.k., ich wollte, daß er mich nackt sieht! Und ich wollte, daß er auch in die Badewanne kommt! Obwohl ich wußte, daß das für ihn nicht so einfach ist. Ganz ehrlich: Ich wollte ihn nackt sehen. Und ich wollte spüren, wie gierig er nach mir ist. Wie er mich mag. Aber nur, damit ich merke, daß er mir über den Sommer erhalten bleibt. Und damit da etwas zwischen uns ist, an das er sich erinnert, wenn er ein anderes Mädchen kennenlernt.

Ich habe das dem Stefan alles geschrieben. Es wurde unter Garantie ein saublöder Brief, weil der Papa und die Mama vor meiner Zimmertür gestanden sind und dauernd gefragt haben: »Also, können wir jetzt endlich fahren?« Nicht einmal mehr durchlesen konnte ich mein verheultes Geschmiere. Beim Wegfahren haben wir vor dem Haus vom Stefan gehalten. Ich bin die Treppe raufgerast und wollte den Brief an der SIPEK-Tür in den Briefschlitz schieben. Doch die Tür hatte keinen Briefschlitz. So habe ich geklingelt, und als ich Schritte im Vorzimmer hörte, habe ich den Brief auf den Türabstreifer gelegt und bin weggerannt.

Ich möchte tot sein.

Montag, 14. Juli:

Warum läßt mich denn keiner in Ruhe?

Warum???

Warum wollen sie mich zum Essen und zum Baden und zum Strandliegen und zum Spazierengehen überreden?

Weißt Du wieviel Sternlein stehen…?

Ich möchte tot sein!

Dann müßte ich auch nicht mehr so unglücklich sein!

Ich will allein sein!!!

Laßt mich in Ruhe!!!

Montag, 14. Juli

Warum läßt mich denn keiner in Ruhe? Warum wollen sie mich zum Essen und zum Baden und zum Strandliegen und zum Spazierengehen überreden? Warum lassen sie mir nicht wenigstens meinen Kummer? Wenn der Papa oder die Mama in der nächsten Stunde wieder an meine Zimmertür pocht, dann werfe ich mit Hotelmobiliar! Ich schwör's!

(Anscheinend wirkt sich meine Stimmung positiv auf meine Erzeuger aus. Mutti und Papa kommen recht friedlich miteinander aus.)

Ich war am Strand unten. Allein. Ich habe mich auf einen Felsen gesetzt und in den Sternenhimmel geschaut und mich vom Wind anwehen lassen. Ich kann gar nicht mehr weinen. Und meinen Frieden hatte ich auf dem Felsen auch nicht. Ein blöder Jüngling kam daher, hockte sich neben mich und quatschte mich italienisch an. Am liebsten hätte ich ihm eine geschmiert! Aber ich stand bloß auf und ging zum Hotel zurück.

Der blöde Kerl wieselte hinter mir her. Ich ging in die Hotelhalle. Aufs Zimmer wollte ich noch nicht. Aus Angst, die Mutti könnte wieder kommen und mir »gut zureden«.

Der blöde Kerl kam hinter mir in die Halle und quatschte mich weiter an. Ich fauchte: »Laß mich in Ruh, du Idiot«, aber das scherte ihn überhaupt nicht. Er brabbelte weiter und wollte einen Arm um meine Schultern legen. Da sah ich, in der Club-Garnitur beim TV, den Frustbinkel sitzen. Er winkte mir zu. Ich lief zu ihm, setzte mich an seine Seite und sagte: »Errette mich vor dem Scheusal!«

»Wie denn?« fragte der Frustbinkel. Doch ein Ratschlag war überflüssig, denn als der blöde Kerl sah, daß ich mit dem Frustbinkel redete, drehte er sich um und ging aus der Halle.

Ich war echt nicht in der Stimmung, mit dem Frustbinkel eine Unterhaltung zu führen, aber unhöflich wollte ich doch nicht sein. »Wohnt ihr jetzt auch hier?« fragte ich.

Der Frustbinkel schüttelte den Kopf. »Ich warte seit einer Stunde hier auf dich«, sagte er. »Meine Mutter ist mit deinem Papa essen gegangen. Ich wollte ihre traute Zweisamkeit nicht stören.« Und dann erzählte mir der Frustbinkel, daß ihm seine Mutter Geld für ein Pizza-Nachtmahl gegeben habe, daß er das Geld bei einem Spielautomaten habe verdoppeln wollen, um sich statt einer Pizza ein fünfgängiges Menü leisten zu können. Aber das habe leider nicht hingehauen. Er habe sein Nachtmahlgeld verspielt. Und dann sei er »herumflaniert« und das sei »stinklangweilig« gewesen und da sei er auf die Idee gekommen, bei mir vorbeizuschauen und nachzufragen, ob mir ähnlich langweilig sei und ob wir unser beider Langeweile nicht »auf ein Packel hauen« und dazu noch irgendwie zu Nahrung kommen könnten. »Aber wahrscheinlich hast du schon gefuttert«, sagte er bekümmert.

»Hab ich nicht«, sagte ich. Und erstaunlicherweise spürte ich ein bißchen Hunger. Das heißt: Ich spürte ein bißchen Übelkeit. Aber die kam vom Hunger. Schließlich hatte ich seit Freitag in der Früh kaum mehr etwas gegessen.

»Hast du Geld?« fragte der Frustbinkel.

Geld hatte ich keines bei mir. Aber ich lud den Frustbinkel in den Speisesaal ein. Als Hotelgast kann man ja dort ohne

Geld essen und alles auf die Rechnung setzen lassen. Gerade, als ich dem Frustbinkel diesen Vorschlag machte, kam die Mutti mit zwei Damen und drei Herrn aus dem Speisesaal. Sie lachten und redeten und marschierten quer durch die Halle an uns vorbei, in den Hotelpark. Nicht einmal gesehen hatte mich die Mutti! Und ich hatte mir schon Sorgen um sie gemacht. Daß sie vielleicht wegen meiner Essensverweigerung auch hungerte!

Ich bestellte mir im Speisesaal bloß ein kleines Steak und ein Cola, aber der Frustbinkel wurde zum Lustbinkel und tafelte drauflos mit Schinken auf Melone und Fisch und Steak und Tiramisu und schimpfte dabei wieder auf seine Mutter und seine Großeltern. Gerade als er mich fragte, welch positive Eigenschaften denn mein Vater habe, daß seine Mutter so hinter ihm »herjapple«, kam die Mutti in den Speisesaal, strahlte übers ganze Gesicht, eilte zu uns und sagte zu mir: »Acht Wochen war der Frosch so krank, jetzt raucht er wieder, Gott sei Dank!« Wirklich sehr sensibel!

Dann schaute sie den Frustbinkel an, bekam ihre Querfalte auf der Stirn und leckte ihre Oberlippe. Man konnte sie richtig denken sehen: Der Knabe kommt mir irgendwie bekannt vor? Wo tu ich den bloß hin?

Dann nahm die Mutti unaufgefordert an unserem Tisch Platz und sagte zum Frustbinkel: »Ich bin die Mutti von der Julia.«

Der Frustbinkel nickte und sagte: »Ich bin der Nikolaus Windisch!«

O.k.! Nun weiß sie es eben. Und mir ist das komplett Wurscht! So down und leblos wie ich bin, regt es mich nicht einmal auf, daß die Mutti nun alles für ein »abgekartetes

Spiel« halten muß und wahrscheinlich glaubt, ihre Tochter habe da von Anfang an »mitgemischt«. Das muß sie ja denken! Wie sollte ich sonst mit dem Frustbinkel beim Nachtmahl sitzen?

Anmerken hat sich die Mutti nichts lassen. Sie hat den Frustbinkel gefragt, wo er wohnt. Und wie es der Mama geht? Und wie lange er hier bleibt? Und so halt. Ganz normal hat alles geklungen. Aber was geht das mich an? Gar nichts! Ich habe nicht den Nerv, mich mit anderer Leute Probleme zu beschäftigen.

PS:

Die Mutti war noch bei mir im Zimmer. Sie hat mir gesagt, ich hätte ihr das wirklich früher mitteilen können, falls ich es gewußt habe. Ich habe es nicht abgestritten. Ich habe ihr gesagt, daß ich Angst hatte, daß sonst der Urlaub platzen würde. Weil ich damals noch an einem Urlaub interessiert war. Jetzt, habe ich ihr gesagt, wär's mir nur recht, wenn der Urlaub geplatzt wäre. Ich wäre mit meinem Kummer lieber allein daheim. Unter lauter heiteren Urlaubsmenschen traurig zu sein, ist noch mieser. Die Mutti hat mir keine Ruhe gegeben. Sie hat mich gelöchert und gelöchert. Und weil es schon so spät war und ich schon zu müde war, um groß Widerstand zu leisten, hab ich ihr alles erzählt. Auch die Sache mit der Dusche. Viel mehr als »Ja, ja, wir Frauen haben es nicht leicht«, hat sie nicht gesagt. Aber gestreichelt hat sie mich. Und gesagt hat sie mir, daß sie den Stefan für einen ganz, ganz Lieben hält und daß sicher nicht alles »aus« ist. Das glaubt sie nicht.

Aber irgendwie ist mir jetzt ein bißchen leichter.

Dienstag, 15. Juli:
Vor lauter Kummer hab ich bereits Wahnvorstellungen!
DER STEFAN BEIM BRUNNEN?
DAS GIBTS DOCH NICHT!
DAS KANN NICHT SEIN!!!
ZIEMLICH UNMÖGLICH!
Ich glaub, ich spinn!!!
VATER-MUTTER-KIND FRÜHSTÜCK!!!
(PRIMA COLAZIONE CON BABBO, MAMMA E BAMBINA!!!)
DIE MUTTI WURDE ZIEMLICH SAUER...
DU BIST EIN MIESER, FIESER, HINTERHÄLTIGER MACHO!!!
... und behandelst die Frauen mies, fies & hinterhältig!!!
DIE MAMA!!!

Dienstag, 15. Juli

Ich habe am Vater-Mutter-Kind-Frühstück teilgenommen. Die Mutti hat den Papa aufgezogen. Es sei unheimlich nett von ihm, hat sie gesagt, daß er ihr als Urlaubsüberraschung eine liebe, alte Freundin beschere. Der Papa hat erklärt, er könne nichts dafür! Die Windisch habe sich ihm aufgedrängt! Da wurde die Mutti sauer und fauchte, der Papa sei ein Macho und möge gefälligst nicht so mies-fies-hinterhältig über Frauen reden. Und dann verlangte sie die Adresse von der Windisch. »Ich bin ja kein idiotischer Teen«, sagte sie. »Wenn die Käthe schon da ist, dann treffe ich sie auch! Das einzige, was ständig unsere Freundschaft gestört hat, warst du, werter Herr! Und da ich jetzt keinerlei erotische Absichten mehr auf dich habe, könnte ich mich eigentlich mit der Käthe wieder vertragen.«

Die Mama ist abmarschiert, und ich bin mit dem Papa zum Strand hinunter. Dort haben wir den Frustbinkel getroffen und sind dann gemeinsam Mittagessen gegangen. Auf dem Weg in die Pizzeria haben wir die Mutti und die Käthe gesehen. Sie sind vor einer Bar gesessen und haben geraucht und Kaffee getrunken und geredet.

Der Papa war die ganze Zeit irgendwie nervös und verwirrt.

Ich habe ihn gefragt, ob ihn das Treffen Mutti-Windisch stört. Er hat bloß geseufzt. Sonst hat er nichts gesagt. Ich halte jetzt einen Mittagsschlaf. Hoffentlich gelingt er mir. Wenn man schläft, hat man wenigstens keinen Kummer.

Vor lauter Kummer habe ich bereits Wahnvorstellungen.

Nach dem Mittagsschlaf – in dem ich dauernd vom Stefan wunderbar geträumt habe – bin ich ein bißchen durch den Ort gelaufen. Unten, beim Platz mit der kleinen Kirche, wollte ich über die Straße zur Mole und mußte lange warten, weil die Autos, in Zweierreihen hupend, unterwegs waren. Und da fuhr ein Autobus an mir vorüber, und hinter der geschlossenen Tür sah ich den Stefan stehen. Und eine halbe Stunde später, als ich von der Mole zurückging, weil mich schon wieder ein Dutzend blöder Kerle angequatscht hatte, da glaubte ich den Stefan beim Brunnen, hinter den Marktständen, zu sehen – wassertrinkend!

Ich würde den Abend gern einzeln in meinem Zimmer verbringen, aber ich werde doch lieber mit dem Papa oder der Mama etwas unternehmen. Sonst kommen die Wahnvorstellungen wieder.

Eben habe ich erfahren, daß es heute ein Vater-Mutter-Kind-Geliebte-Sohn-Nachtmahl geben soll. Die Mama hat es mir gesagt. Sie ist ziemlich aufgekratzt.

»Ich hab geglaubt«, habe ich zu ihr gesagt, »du magst diese Käthe Windisch nicht.«

»Ach was«, hat die Mama gesagt. »Unsere Konflikte sind doch der Schnee von gestern.«

Erstaunlich, sehr erstaunlich!

Mittwoch, 16. Juli

6 Uhr:

Ich kann nicht mehr schlafen. Es ist schwül. Die ganze Nacht war eine Höllenqual. Zuerst hat nebenan eine Veteranen-Band Musik gespielt, dann hat irgendwo dicht vor meinem Balkon einer eine Stunde lang sein Motorrad zu starten versucht. Dann haben zwei auf dem Hotelgang laut und angesäuselt geschrien und zwei andere haben »Ruhe bitte!« gebrüllt, und jetzt stinkt irgend etwas total pervers zur Balkontür rein. Und mein Bett ist verschwitzt. Ich werde aufstehen und zum Strand hinuntergehen. Dort ist sicher noch niemand. Nicht einmal ein aufdringlicher Jüngling. Einsamer Strand paßt zu meiner Gemütsverfassung.

8 Uhr:

Ich war baden. Die Mama und der Papa schlafen anscheinend noch. Soweit ich es gestern beim Nachtmahl mitbekommen habe, soll es heute einen Großfamilienausflug geben. Mit dem Schiff. Aber ohne mich! Mich kostet es schon genug Überwindung, an den Mahlzeiten teilzunehmen, um nicht als liebeskranke Trauerweide belächelt zu werden.

10 Uhr:

Papa, Mama, Käthe W. und der Frustbinkel sind abmarschiert. Der Frustbinkel wollte auch nicht mit. Er wollte bei mir bleiben. Aber ich habe ihm klargemacht, daß ich nicht gesellig bin. Der Bursch ist gar nicht so übel. Er hat es akzeptiert, ohne beleidigt zu sein.

Die Mutti und die Käthe benehmen sich ziemlich sonder-

Mittwoch, 16. Juli:
Ich werde aufstehen und zum Strand hinunter gehen. Dort ist sicher noch niemand. Nicht einmal ein aufdringlicher Jüngling. Einsamer Strand paßt zu meiner Gemütsverfassung...
Hoffentlich!!!
CIAO BELLA!!!
COME STAI?
(dt.: wie gehts?)
BAR
CHIUSO

lich. Die haben sich geradezu verschwistert und sticheln gegen den Papa. So à la: typisch Mann! Und: Wir beide wissen über den Typ Bescheid.

Peinlich, peinlich!

12 Uhr:

Ich habe eine Runde durch den Ort gemacht, bin aber bald wieder zurückgekommen, weil es scheußlich schwül ist. Jeder Schritt ist anstrengend.

Der Hotelportier hat behauptet, daß jemand nach mir gefragt habe. Das muß eine Verwechslung sein. Oder der Frustbinkel ist noch auf dem Weg zum Schiff zur Ansicht gelangt, daß er die Fahrt mit den drei Herrschaften nicht durchstehen kann. Mein trostloser Zustand tut wenigstens meiner Figur gut. Der ganze Speck ist weg. Früher habe ich immer gefressen, wenn ich Kummer hatte. Wie ein Elefant habe ich da gefressen. Aber das war eben nur Kinderkummer, unwichtiger.

14 Uhr:

Es donnert und blitzt und regnet. Hoffentlich nicht auch dort, wo der Papa und die Mama mit dem Schiff sind. Gewitter auf dem Meer können scheußlich sein. Und die Mutti hat sowieso eine irre Angst vor Gewittern.

16 Uhr:

Das Gewitter ist vorüber. Schwül ist es auch nicht mehr, und fast alle Wolken sind schon weg. Ich sollte mir die Haare waschen. Sie sind salzig und struppig. Wem trostlos zumute ist, der muß ja nicht auch noch trostlos ausschauen.

Das Telefon klingelt.
»Man erwartet Sie in der Halle«, hat der Portier gesagt.
Wer, um Himmels willen erwartet mich?
Ob irgendwas mit dem Schiff und dem Papa und der Mutti passiert ist?

Donnerstag, 17. Juli

Der Himmel ist leberblümchenblau, das Meer rollt schaumig auf den Sand zu, und viele kleine, schneeweiße Wolken ziehen über die Sonne. Ganz schnell ziehen sie. Einmal ist Sonnenschein, gleich darauf ist Schatten, dann ist wieder Sonnenschein.

Der Frustbinkel spielt mit dem Papa Federball, und der Papa rackert sich gewaltig ab. Er will nicht verlieren. Die Mutti und die Käthe W. sitzen beim großen Felsen und reden und reden und reden, als wollten sie ein Jahrzehnt Stillschweigen aufarbeiten. (Da sieht man wieder, wie man sich irren kann! Alle meine diesbezüglichen Befürchtungen waren für den Hugo. Wenn's so weitergeht, machen die beiden noch eine WG auf.)

Ich liege im Sand auf dem Bauch und schreibe. Ich schreibe von dort an weiter, wo ich gestern aufgehört habe.

Das Telefon hat geklingelt, der Portier hat mir gesagt, daß ich in der Halle erwartet werde. Mit zittrigen Knien bin ich im Lift abwärts gefahren. Ich habe mir eingebildet, irgend etwas Schreckliches muß passiert sein. Irgend etwas mit Blitz und Donner und Unwetter und dem Papa und der Mutti und dem Schiff. Und jetzt, habe ich gedacht, steht die Wasserpolizei – oder sonst wer – in der Halle und wünscht mir Beileid.

Und dann geht die Lifttür auf und vor mir steht der Stefan. In 3-D und sichtlich keine Wahnvorstellung! Totale Gummiknie habe ich bekommen. Gar nichts habe ich sagen können. Gesaust hat es mir in den Ohren.

»Ich bin seit gestern mittag auf der Suche nach dir«, hat

DONNERSTAG, 17. JULI:
Der Himmel ist leberblümchenblau, das Meer rollt schaumig auf den Sand zu und viele kleine schneeweiße Wolken ziehen über die Sonne.
Mal ist Sonnenschein, gleich darauf ist Schatten... dann ist wieder Sonnenschein...
Ich bin so leicht wie ein Luftballon vor Glück...
!!!
LALALA SCHUWIDU-UH-UH
SE MI INNAMORO SARÀ DI TE... OH-OH... AH-AH

der Stefan gesagt. »Zehn Hotels und zwanzig Pensionen und drei Dutzend Privatzimmer hab ich schon nach dir abgesucht.«

Dann sind Leute gekommen, die wollten in den Lift. Wir sind ihnen sehr im Weg gestanden. Ein dicker Mann hat mich zur Seite geboxt. Eine Frau hat gefragt: »Könnt ihr euch nicht an einem verkehrsgünstigeren Ort anstarren?«

Wir sind in den Hotelpark hinausgestolpert.

»Ich war schon auf der Bahn«, hat der Stefan gesagt. »Aber ich habe keine Lust mehr auf Spanien gehabt.«

Wir haben uns hinter dem Swimmingpool auf eine Bank gesetzt. »Hundertmal habe ich deinen Brief gelesen«, hat der Stefan gesagt. »Und nichts kapiert.«

Ich habe meinen Kopf an die Schulter vom Stefan gelegt und habe wieder weinen müssen.

»Es tut mir leid«, hat der Stefan gesagt. »Ich bin leider eifersüchtig. Ich kann nichts dagegen tun.«

Der Stefan hat meine Haare geküßt. Scheußlich salzig müssen sie geschmeckt haben.

»Nur erzählen hättest du es mir schon sollen«, hat der Stefan gesagt. »Daß ich es vom Gustav erfahren muß...«

Ich habe meine Augen und die Nase an der Schulter vom Stefan trockengewischt. Nicht weiterheulen, habe ich mir befohlen, heulen macht häßlich.

»Wie der Kerl so triumphierend mit dir geprotzt hat«, hat der Stefan gesagt, »da habe ich komplett durchgedreht!«

Ich habe mich kerzengerade hingesetzt und den Stefan angestarrt und den Mund aufgerissen.

»Ich hab dich so wahnsinnig lieb«, hat der Stefan gesagt. »Aber ich schaff es einfach nicht, darüber glücklich zu sein, daß du mit dem Gustav einen tollen August in Griechenland haben wirst. Sorry.«

Ich muß – tief drinnen in meinem Seelenkern – eine richtige Kitschtante sein. Statt daß ich hellauf losgelacht hätte, sind mir schon wieder Tränen über die Wangen gekullert. So echte, rechte süß-salzige Rührtränen, die ich bisher nur von der Tante Erika kenne, die im Kino nicht bei den Leichen, sondern bei den Hochzeiten weint.

Der Stefan liegt neben mir. Er bohrt seinen Kopf seitwärts in meine Taille. Und jetzt beißt er an meiner Hüfte herum. Wenn er nach Hause kommt, hat er gerade gesagt, dann haut er dem Gustav eine herunter, weil der die Schuld daran hat, daß er mir Kummer gemacht hat.

Ich bin dem Pummel nicht böse. Der hat wahrscheinlich wirklich geglaubt, daß ich mit ihm nach Griechenland fahren werde. Vielleicht glaubt er es jetzt noch. Die Mutti hat ihre Urlaubszusage ja vor dem Wegfahren nicht mehr rückgängig machen können. Und überhaupt: Wenn es jemandem so gutgeht, wie mir gerade, dann wäre er ein Schwein, wenn er auf jemand anderen böse ist.

Der Stefan will ins Wasser gehen. Sonst muß er mich nämlich gleich ganz wild küssen, sagt er. Und in Anwesenheit eines federballspielenden Herrn Papa und einer tratschenden Frau Mama traut er sich nicht. Ich bleibe hier. Aber bevor der Stefan ins Wasser geht, muß er mir einen Stein auf den Popo legen. Einen ganz großen, ganz schweren Stein. Damit ich nicht wegfliege. Ich bin so leicht wie ein Luftballon – vor Glück.

Ende

Gulliver Taschenbücher von Christine Nöstlinger

Hugo, das Kind in den besten Jahren
Phantastischer Roman
320 Seiten (78142) *ab 12*

Jokel, Jula und Jericho
Erzählung. Mit Bildern von Edith Schindler
124 Seiten (78045) *ab 7*

Die Kinder aus dem Kinderkeller
Aufgeschrieben von Pia Maria Tiralla, Kindermädchen in Wien
Mit Bildern von Heidi Rempen
88 Seiten (78096) *ab 8*
Ausgezeichnet mit dem Bödecker-Preis

Lollipop
Erzählung. Mit Bildern von Angelika Kaufmann
120 Seiten (78008) *ab 8*
Auf der Auswahlliste zum Deutschen Jugendbuchpreis

Am Montag ist alles ganz anders
Roman. 128 Seiten (78160) *ab 10*

Der Neue Pinocchio
Mit farbigen Bildern von Nikolaus Heidelbach
216 Seiten (78150) *ab 6*

Rosa Riedl, Schutzgespenst
Roman. 200 Seiten (78119) *ab 10*
Ausgezeichnet mit dem Österreichischen Jugendbuchpreis

Wetti & Babs
Roman. 264 Seiten (78130) *ab 12*

Zwei Wochen im Mai
Mein Vater, der Rudi, der Hansi und ich
Roman. 208 Seiten (78032) *ab 11*

Beltz & Gelberg
Beltz Verlag, Postfach 100154, 69441 Weinheim

Gulliver liest

Bruce Clements

Ein Amulett aus blauem Glas

Abenteuer-Roman. Aus dem Amerikanischen von Marion Bålkenhol

192 Seiten, Gulliver Taschenbuch (78210) *ab 12*

Sydne und ihr jüngerer Bruder ziehen als Schausteller mit ihren Eltern über Land. Doch dann fallen sie den Wikingern in die Hände …

Vicki Grove

Ein wirklich seltsamer Sommer

Roman. Aus dem Amerikanischen von Christine Buchner

168 Seiten, Gulliver Taschenbuch (78196) *ab 12*

In der kleinen amerikanischen Stadt ereignen sich seltsame Dinge: ein kleines Mädchen verschwindet, und die »Kramkralle«, eine wunderliche alte Frau, soll mit ihrer Hexerei daran schuld sein. Mike, Tom und Easy gehen der Sache nach.

Esther Hautzig

Die endlose Steppe

Roman. Aus dem Englischen von Ulrike A. Pollay

248 Seiten, Gulliver Taschenbuch (78097) *ab 12*

Esther Rudomin lebt wohlbehütet in der polnischen Stadt Wilna. Doch eines Tages wird ihre Familie von russischen Soldaten abgeholt und nach Sibirien transportiert. Jahre voller Entbehrungen und Not stehen ihr bevor, aber Esther lernt auch, sich durchzusetzen.

Auswahlliste zum Deutschen Jugendliteraturpreis

Mirjam Pressler

Bitterschokolade

Roman

124 Seiten, Gulliver Taschenbuch (78004) *ab 13*

Eva ist dick und fühlt sich deswegen einsam und ungeliebt. Ihren Kummer frißt sie in sich rein – Eva ist freßsüchtig. Doch langsam merkt sie, daß es nicht der Speck ist, der sie von den anderen trennt.

Oldenburger Jugendbuchpreis

Beltz & Gelberg

Beltz Verlag, Postfach 100154, 69441 Weinheim

Gulliver liest

Michail Krausnick

Beruf: Räuber

Vom schrecklichen Mannefriedrich und den Untaten der Hölzerlipsbande

Eine historische Reportage mit Fotos, alten Stichen und einem kleinen Gauner-Lexikon

176 Seiten, Gulliver Taschenbuch (78089) *ab 12*

Das Buch ist so spannend zu lesen wie ein Krimi. Nur: Es ist kein Krimi, denn den Mannefriedrich und seine Bande hat es wirklich gegeben.

Mildred D. Taylor

Donnergrollen, hör mein Schrei'n

Roman. Aus dem Amerikanischen von Heike Brandt

236 Seiten, Gulliver Taschenbuch (78071) *ab 12*

Mississippi Anfang der dreißiger Jahre. Cassies Eltern gehören zu den wenigen Schwarzen in dieser Gegend, die eigenes Land besitzen. Aber gegen wirtschaftlichen Druck und nächtliche Überfälle scheinen selbst die Eltern ohnmächtig zu sein. Doch die Logans geben nicht auf.

Ausgezeichnet mit dem Buxtehuder Bullen

Was ist denn schon dabei?

Schüler schreiben eine Geschichte über die ganz alltägliche Gewalt

128 Seiten, Gulliver Taschenbuch (78183) *ab 13*

Eine Kleinstadt, fünf gefrustete Schüler, ein grauer Novembertag. Action ist angesagt! Doch im Warenhaus werden die Jungen beim Stehlen erwischt. Deshalb rächen sie sich am Sohn des Hausdetektivs …

Arnulf Zitelmann

Unter Gauklern

Abenteuer-Roman aus dem Mittelalter

188 Seiten, Gulliver Taschenbuch (78021) *ab 12*

Martis, der Schafsjunge des Klosters, steht unter Verdacht, mit der seltsamen Babelin in geheimer Verbindung zu stehen. Als Babelin verbrannt wird, flieht Martis aus dem Kloster und schließt sich den Fahrenden und Gauklern an …

Beltz & Gelberg

Beltz Verlag, Postfach 100154, 69441 Weinheim

Taschenbücher
bei Beltz & Gelberg

Eine Auswahl
für LeserInnen ab 11

Arnulf Zitelmann
21 UNTER GAUKLERN
Abenteuer-Roman aus dem Mittelalter
188 S. (78021) ab 12

John Tully
22 DAS GLÄSERNE MESSER
Abenteuer-Roman
Aus dem Englischen
244 S. (78022) ab 12

Tonke Dragt
23 DER BRIEF FÜR DEN KÖNIG
Abenteuer-Roman
Aus dem Niederländischen
400 S. (78023) ab 11

Christine Nöstlinger
32 ZWEI WOCHEN IM MAI
Mein Vater, der Rudi, der Hansi und ich
Roman
208 S. (78032) ab 11

34 DAS TAGEBUCH DES DAWID RUBINOWICZ
Aus dem Polnischen
Hrsg. von Walther Petri
Fotos aus dem DEFA-Dokumentarfilm »Dawids Tagebuch«
120 S. (78034) ab 12

Mirjam Pressler
43 NUN RED DOCH ENDLICH
Roman
160 S. (78043) ab 12

Dagmar Matten-Gohdes (Hrsg.)
44 GOETHE IST GUT
Ein Goethe-Lesebuch für Kinder
Mit Abbildungen und Erklärungen. Zeichnungen von Marie Marcks
200 S. (78044) ab 12

Sigrid Heuck
51 DIE REISE NACH TANDILAN
Abenteuer-Roman
224 S. (78051) ab 11

Frederik Hetmann
61 ALS DER GROSSE REGEN KAM
Märchen & Geschichten der amerikanischen Schwarzen
Bilder von Frank Ruprecht
160 S. (78061) ab 12

Mildred D. Taylor
71 DONNERGROLLEN, HÖR MEIN SCHREI'N
Roman
Aus dem Amerikanischen
236 S. (78071) ab 12

Michail Krausnick
89 BERUF: RÄUBER
Vom schrecklichen Mannefriedrich und den Untaten der Hölzerlips-Bande
Eine historische Reportage
Mit alten Stichen, Fotos und einem kleinen Gauner-Lexikon
176 S. (78089) ab 12

Esther Hautzig
97 DIE ENDLOSE STEPPE
Roman. Aus dem Englischen
248 S. (78097) ab 12

Chester Aaron
102 IM WETTLAUF MIT DER ZEIT
Die Geschichte von Sam, Allan und dem alten Horace. Roman
Aus dem Amerikanischen
Bilder von Willi Glasauer
192 S. (78102) ab 12

Reinhold Ziegler
109 GROSS AM HIMMEL
Roman
136 S. (78109) ab 12

Arnulf Zitelmann
129 BIS ZUM 13. MOND
Eine Geschichte aus der Eiszeit
224 S. (78129) ab 12

Christine Nöstlinger
130 WETTI & BABS
Roman
264 S. (78130) ab 12

Inge Auerbacher
136 ICH BIN EIN STERN
Erzählung. Aus dem Amerikanischen
Mit Fotos, Abbildungen und Anhang
104 S. (78136) ab 11

Christine Nöstlinger
142 HUGO, DAS KIND IN DEN BESTEN JAHREN
Phantastischer Roman
Kapitelbilder von Jutta Bauer
320 S. (78142) ab 12

Geoffrey Trease
144 DAS GOLDENE ELIXIER
Abenteuer-Roman
Aus dem Englischen
224 S. (78144) ab 12

Billi Rosen
147 ANDIS KRIEG
Erzählung
Aus dem Englischen
152 S. (78147) ab 12

Bruce Clements
151 HIN UND WIEDER LÜGE ICH
Eine abenteuerliche Reise durch Missouri
Roman. Aus dem Amerikanischen
164 S. (78151) ab 12

Margaret Klare
159 HEUTE NACHT IST VIEL PASSIERT
Geschichten einer Kindheit
96 S. (78159) ab 12

Michail Krausnick
162 DER RÄUBERLEHRLING
Eine Geschichte nach historischen Quellen
120 S. (78162) ab 12

Peter Schultze-Kraft
163 DIE BERGE HINTER DEN BERGEN
Geschichten und Märchen aus Lateinamerika und der Karibik.
Bilder von Rotraut S. Berner
124 S. (78163) ab 12

Rosmarie Thüminger
167 ZEHN TAGE IM WINTER
Roman
204 S. (78167) ab 11

Peter Härtling
170 FRÄNZE
Roman
Bilder von Peter Knorr
112 S. (78170) ab 11

Klaus Kordon
177 EIN TRÜMMERSOMMER
Roman
208 S. (78177) ab 12

Peter Härtling
178 KRÜCKE
Roman
Bilder von Sophie Brandes
160 S. (78178) ab 11

Mensje van Keulen
182 DIE FREUNDE DES MONDES
Aus dem Niederländischen
Bilder von Juliette de Wit
176 S. (78182) ab 11

183 WAS IST DENN SCHON DABEI?
Schüler schreiben eine Geschichte über die ganz alltägliche Gewalt
128 S. (78183) ab 13

Cordula Tollmien
185 FUNDEVOGEL ODER WAS WAR, HÖRT NICHT EINFACH AUF
Roman
256 S. (78185) ab 11

Reinhard Burger
189 DER WIND UND DIE STERNE
Roman
120 S. (78189) ab 11

Avi
191 EMILY UND DER BANKRAUB
Eine Abenteuergeschichte
Aus dem Amerikanischen
Bilder von Verena Ballhaus
148 S. (78191) ab 11

Vicki Grove
196 EIN WIRKLICH SELTSAMER SOMMER
Abenteuer-Roman
Aus dem Amerikanischen
168 S. (78196) ab 12

Marc Talbert
197 DAS MESSER AUS PAPIER
Roman
Aus dem Amerikanischen
176 S. (78197) ab 12

Christine Nöstlinger
198 DAS AUSTAUSCHKIND
Roman
160 S. (78198) ab 12

Silvia Bartholl (Hrsg.)
202 INGE, DAWID UND DIE ANDEREN
Wie Kinder den Krieg erlebten
188 S. (78202) ab 12

Christine Nöstlinger
203 SOWIESO UND ÜBERHAUPT
Roman
160 S. (78203) ab 12

Silvia Bartholl (Hrsg.)
207 NEUE KINDERGESCHICHTEN
Dritte Folge
Ausgewählt aus Manuskripten zum Peter-Härtling-Preis
72 S. (78207) ab 11

Richard Bletschacher
208 TAMERLAN
Abenteuer-Roman
Bilder von Klaus Ensikat
224 S. (78208) ab 12

Bruce Clements
210 EIN AMULETT AUS BLAUEM GLAS
Abenteuer-Roman
Aus dem Amerikanischen
192 S. (78210) ab 12

Klaus Kordon
211 DER LIEBE HERR GOTT
Ein Schelmenroman für Kinder
Bilder von Margit Pawle
136 S. (78211) ab 11

Karla Schneider
215 FÜNFEINHALB TAGE ZUR ERDBEERZEIT
Roman
224 S. (78215) ab 11

Philip Pullman
216 DER RUBIN IM RAUCH
Abenteuer-Roman
Aus dem Englischen
208 S. (78216) ab 12

Beltz & Gelberg
Postfach 100154
69441 Weinheim

»Die wohl lustigste, sorgfältigste, anregendste Kinderzeitschrift auf dem deutschsprachigen Markt.«

Basler Zeitung

Der Bunte Hund

MAGAZIN FÜR KINDER IN DEN BESTEN JAHREN

Unterhaltung fürs ganze Jahr:
Geschichten, Rätsel, Bilder und so weiter von bekannten Autoren und Autorinnen, Künstlerinnen und Künstlern.
Mit Erzählwettbewerb für Kinder.

Erscheint dreimal im Jahr, 64 Seiten, vierfarbig,
DM 9,80 (Jahresbezug DM 26,–)
In jeder Buchhandlung.

Beltz & Gelberg
Beltz Verlag, Postfach 10 01 54, 69441 Weinheim

Gulliver Taschenbuch 234

Christine Nöstlinger, geboren 1936, lebt in Wien. Sie veröffentlichte Gedichte, Romane, Filme und zahlreiche Kinder- und Jugendbücher. Im Programm Beltz & Gelberg erschienen unter anderem *Wir pfeifen auf den Gurkenkönig* (Deutscher Jugendbuchpreis), *Maikäfer flieg!* (Buxtehuder Bulle, Holländischer Jugendbuchpreis), *Lollipop*, *Zwei Wochen im Mai*, *Hugo, das Kind in den besten Jahren*, *Oh, du Hölle!*, *Der Hund kommt!* (Österreichischer Staatspreis), *Der Neue Pinocchio*, *Der Zwerg im Kopf* (Zürcher Kinderbuchpreis »La vache qui lit«), *Wie ein Ei dem anderen*, *Eine mächtige Liebe*, das Jahrbuch *Ein und Alles* (zusammen mit Jutta Bauer), *Der TV-Karl* und zuletzt *Vom weißen Elefanten und den roten Luftballons*. Für ihr Gesamtwerk wurde Christine Nöstlinger mit der internationalen Hans-Christian-Andersen-Medaille ausgezeichnet.

Christine Nöstlinger

Einen Vater hab ich auch

Roman

Gulliver Taschenbuch 234
Einmalige Sonderausgabe
© 1994, 1996 Beltz Verlag, Weinheim und Basel
Programm Beltz & Gelberg, Weinheim
Alle Rechte vorbehalten
Einband von Franziska Biermann
Gesamtherstellung Druckhaus Beltz, 69494 Hemsbach
Printed in Germany
ISBN 3 407 78234 9

Inhalt

1. Kapitel,

in welchem meine Kindesliebe mit meiner Eigenliebe in einen schweren Konflikt gerät, erstere über zweitere siegt und mir deshalb eine unerhörte Zumutung droht.

Mein Schulfreund Lorenz – früher war er auch mein Privatfreund – hält es für »drittelnormal«, geschiedene Eltern zu haben. Weil sich jedes dritte Ehepaar scheiden läßt. Aber alle Kinder von geschiedenen Eltern, die ich kenne, wären lieber »zweidrittelnormal«. Nur mir war es bis vor acht Monaten – genau gesagt: bis Mitte April – völlig Wurscht, daß meine Eltern geschieden sind. Ich bin nämlich diesbezüglich relativ gut dran:

Erstens haben sich meine Mutter und mein Vater bereits scheiden lassen, als ich winzig klein war. Zwei Jahre und zwei Monate alt. Da habe ich die Streitereien und die dicke Luft zwischen ihnen nicht mitbekommen. Zumindest kann ich mich nicht daran erinnern.

Zweitens verdienen meine Mama und mein Papa beide recht ordentlich und können auch geschieden gut leben, was viele andere Menschen nicht können, weil man dann zwei Wohnungen braucht. Und zwei Autos. Und den ganzen übrigen Kram auch mal zwei. Wodurch für die Kinder viel weniger übrigbleibt.

Und drittens gab es bei uns nie so eine stur-blöde Einteilung, wo der Vater einmal die Woche oder einmal im Monat, ganz nach Gerichtsbeschluß, sein Kind für einen Nachmittag abholen darf. Ich konnte meinen Papa immer so oft sehen, wie ich Lust dazu – und er Zeit – hatte.

Ich habe das einmal für einen ganzen Monat ausgerechnet und herausbekommen, daß ich mit meinem Papa mehr Zeit verbringe als meine Freundin Lizzi mit dem ihren. Dabei ist die ein Zweidrittel-Kind. Aber ihr Vater kommt unter der Woche erst spät heim, setzt sich mit einer Flasche Bier zum Fernseher und schläft ein. Und jedes Wochenende geht er angeln! Und der Vater meiner Freundin Polli, ebenfalls Zweidrittel-Kind, widmet ihr zwar jede Menge Zeit, aber die macht er ihr durch Keppeln*, Nörgeln und Alles-Verbieten mies.

Daß die Lizzi und die Polli papamäßig schlimmer dran sind als ich, ist mir schon seit Kindergartentagen klar! Und daß der Mensch bescheiden zu sein hat, auch! Wenn er eine liebe Mama und einen lieben Papa hat, wäre es unmäßig, auch noch zu verlangen, daß die beiden einander lieben und daß man zu dritt – wie eine glückselige Kugel – durch das Leben rollt. Obwohl das natürlich schon wunderschön wäre!

Bis Mitte April also hatte ich an meinem geteilten Familienleben nichts auszusetzen. Ich war mir sogar gewisser Vorteile, die ich hatte, bewußt. Geschiedene Eltern halten zum Beispiel gegen ihr Kind nicht wie Pech und Schwefel zusammen. Das können sie gar nicht, weil sie nicht wissen, was der andere Elternteil gerade für richtig hält. Wenn ein Zweidrittel-Kind neue Jeans will, aber die Mutter sagt, daß jetzt erst einmal alle alten aufgetragen werden, kriegt das der Vater mit und tönt genauso wie die Mutter: »Zuerst trägst du deine alten Klamotten auf!«

* *Wörter aus dem österreichischen Dialekt werden auf S. 186f. erklärt.*

Aber wenn ein Drittel-Kind neue Jeans will und der Elternteil, bei dem es wohnt, ihm keine gönnt, kann es dem anderen Elternteil noch immer welche entlocken, weil der meistens keine Ahnung hat, daß der andere Elternteil gegen den Ankauf ist. (»Elternteil« klingt saublöd, aber ich glaube, es ist der exakte Amtsausdruck. Und »der Elter« für den Vater und »die Elter« für die Mutter, das ist wohl nicht üblich?)

Auch wenn es um Schularbeiten mit schlechten Noten geht, kann man sich aussuchen, wem man die zum Unterschreiben gibt! Das ist natürlich nicht bei allen geschiedenen Kindern so, es gibt sehr viele, denen es unheimlich dreckig geht. Aber bei mir war es halt gottlob so, und ich war, wie schon gesagt, bis Mitte April mit meinem »geteilten Elternleben« zufrieden.

Doch dann, an einem Montag, komme ich ziemlich verspätet von der Schule heim. Die Blaumeise, unsere Klassenvorständin und Mathe-Lehrerin, hatte mir nämlich nach Unterrichtsschluß noch einen Vortrag über gutes Schülerbenehmen halten müssen. Meine Mama empfängt mich mit ihrem Jetzt-wird-es-ernst-Gesicht und sagt, sie habe etwas mit mir zu besprechen. Etwas Urwichtiges!

Meine Mama ist Journalistin. Damals arbeitete sie für eine Tageszeitung in Wien. Meistens erledigte sie ihre Arbeit daheim. Sie tippte die Artikel in ihr Note-Book und faxte sie zur Redaktion. Sie behauptete immer, daß sie daheim arbeite, damit ich kein Schlüsselkind sein müsse. Aber mir hätte es gar nichts ausgemacht, eines zu sein. Ob eine Mutter nicht daheim ist oder ob sie daheim ist, aber jedesmal, wenn man etwas von ihr will, sagt: »Stör mich bitte nicht, ich muß arbeiten!«, kommt aufs gleiche raus. Außerdem können Schlüsselkinder das Radio und den CD-Player so laut aufdrehen, wie sie wollen, und müssen keine Rücksicht auf Mutterohren nehmen. Niemand hält ihnen vor, daß sie fernschauen, statt Hausübungen zu machen. Keiner merkt, daß sie zu Mittag in den Eissalon gegangen sind und das Gulasch, das sie sich hätten wärmen sollen, klammheimlich »entsorgt« haben.

Nun, ich räume also an diesem Montag aus, was ich auf dem Heimweg von der Schule für das Mittagessen besorgt habe – für die Mittagskalorien war immer ich zuständig –, und die Mama eröffnet mir, daß sie das Angebot hat, für eine Zeitschrift zu arbeiten, die *Päng* heißt und gerade in München gegründet worden ist. Und daß das sehr gut ist, weil sie sich ohnehin schon Sorgen um ihren Job gemacht hat. »Ihrer Zeitung« geht es mies, die kommt vielleicht nicht »über die Runden« und könnte eingehen. Außerdem würde sie bei diesem Päng doppelt soviel verdienen wie bisher. Dann wären wir beide echt wohlhabende Leute!

»Toll, toll«, sage ich und denke mir nicht Böses, weil ich annehme, daß die Mama nun ihre Artikel nicht mehr ans andere Ende der Stadt faxen wird, sondern über die Landesgrenze nach München. Ich ziehe die Mama deswegen noch auf, denn sie steht mit der Faxerei auf Kriegsfuß und schafft sie nur im Verhältnis 10:1 problemlos. Und gibt dann immer ungerechterweise dem Note-Book die Schuld.

Doch meine Mama sagt: »Feli, wenn ich den Job beim Päng annehme, müssen wir zwei nach München ziehen!«

Wie sie das sagt, waren wir schon beim Essen, und mir plumpst vor schierem Entsetzen die Hummermayonnaise von der Gabel auf das linke Hosenbein. Und dann sagt die Mama noch: »Aber ich tue es nur, wenn du einverstanden bist! Wenn du meinst, von Wien nicht fortziehen zu können, sage ich ab!« Doch dabei macht sie ein Gesicht, als würde sie eine Absage in tiefste Depression stürzen.

Mich machte das völlig ratlos. Ich bin ein Kind, das es haßt, zu etwas gezwungen zu werden. Weil ich so bin, hasse ich es auch, jemand anderen zu etwas zu zwingen. Klar war mir nur, daß ich echt nicht nach München will! Und daß ich die Mama nicht zwingen will, wegen mir in Wien zu bleiben! Und daß es keine Lösung für diesen Zwiespalt gibt! So gab ich zuerst einmal gar keine Stellungnahme ab. Ich sagte nicht einmal, daß ich es mir überlegen werde. Doch meine Mama, nehme ich an, deutete mein Schweigen so. Wohl, weil sie mir eine »Entscheidungshilfe« andienen wollte, schwärmte sie mir lang und breit vor, welch irr-tolle Stadt München sei, »richtig schickimicki und pipapo«. Und mit dem Zug sei man in vier klitzekleinen Stündchen von dort in Wien! Und der Papa habe ohnehin wahnsinnig oft geschäftlich in München zu tun, da würde ich ihn dann kaum weniger sehen als bisher! Und so ein »aufgeschlossenes, kontaktfreudiges« Kind wie ich, das wird bald in München jede Menge Freunde haben! Hätte nicht viel gefehlt, und sie hätte mir auch noch eingeredet, daß in München eh alle Kinder viel bessere Kumpel sind als in Wien!

Am Nachmittag überlegte ich mir, daß meine Mama schon viele Projekte und Pläne gehabt hat und schon oft den Job hat wechseln wollen und daß nie etwas daraus geworden ist. Jedesmal, wenn sie ihrem Chefredakteur die Kündigung auf den Schreibtisch gelegt hat, hat er ihr ein bißchen mehr Geld angeboten und ihr versichert, daß er ohne sie nicht auskommen kann. Und da ist die Mama immer so gerührt gewesen, daß sie geblieben ist.

Ich versuchte mir einzureden, daß es diesmal genauso sein wird und ich mir keine übertriebenen Sorgen machen muß.

Am Abend fing die Mama wieder vom Päng-Job zu reden an. Sie sagte, das größte Problem sei, in München eine Wohnung zu finden. Dort seien Wohnungen, die man sich leisten kann, noch rarer als in Wien. Ein Miethai-Paradies sei diese Stadt! Sie habe zwar eine alte Freundin in München gebeten, nach einer Wohnung Ausschau zu halten, doch die habe ihr nicht viel Hoffnung gemacht.

So ging ich echt beruhigt ins Bett. Wenn in München ohnehin keine Wohnung zu bekommen ist, dachte ich mir, brauche ich gar nicht lang und breit gegen meine Verfrachtung dorthin zu protestieren und meine Mama dadurch in Depression zu stürzen. Ist doch besser, der »Traumjob« scheitert an den Miethaien als an mir!

Richtig vergessen konnte ich die Päng-Drohung aber nicht, denn in meiner Klasse hatte sich herumgesprochen, daß meine Mutter eventuell mit mir nach München übersiedeln will. Nicht durch mich! Die Mutter vom Lorenz hatte es beim Friseur erfahren. Weil meine Mama auch zu dem Friseur geht und dem Stylisten – so nennen sich die

Haarschneider dort – vom Päng-Angebot erzählt hat. Und der Stylist hat es gleich brühheiß weitergetratscht. Obwohl es ihm die Mama unter sieben verschwiegenen Siegeln anvertraut hatte.

Ich war ziemlich gerührt, daß deswegen nicht nur die Lizzi und die Polli und der Lorenz, mit dem ich ja damals so gut wie »ging«, total aus dem Häuschen waren. Fast alle Kinder beschworen mich eindringlich, hierzubleiben und mich gegen den Umzug zu wehren. Ohne mich, sagten sie, wäre die Schule trister, grauer Alltag!

Ich sorge nämlich gern für ein bißchen Abwechslung, Heiterkeit und Kurzweil im Unterricht. Besonders beim Hollander und der Blaumeise, die eigentlich Dr. Meise heißt. Den Spitznamen habe ich ihr gegeben, weil sie sich mit Vorliebe blitzblau einkleidet. Der Hollander und die Blaumeise haben allerhand an sich, das einen dazu reizt, sie auf die Schaufel zu nehmen. Die Blaumeise hat so ein richtiges Sauertopfgesicht, mit hängenden Mundwinkeln, Schlappohren und Griesgramfalten auf der Stirn. Die ist so eine, die – wie mein Papa sagt – in den Keller lachen geht. Sie hat auch gute Eigenschaften. Aber daß sie die hat, darauf bin ich erst später gekommen. Damals, Mitte April, bemerkte ich nichts davon. Da bekam ich nur zu spüren, daß sie keinen Spaß versteht und nichts »ungeahndet« lassen kann. Wenn ich ihren Vortrag über mathematische Probleme durch regelmäßige Rülpser etwas belebte – meine Mama hat mir beigebracht, grundlos täuschend echt zu rülpsen –, konnte sie das einfach nicht überhören, sondern mußte mit mir zu streiten anfangen, ob ich wirklich, von wegen »Gase im Magen«, rülpsen muß, oder ob ich es absichtlich tue. Und wenn sie mich an die Tafel rief und ich unser letztes Stück Tafelkreide zerbröselte, damit das Schreibwerkzeug futsch ist und ich arbeitslos bin, tat sie gleich, als hätte ich ein Kapitalverbrechen begangen. Bis zum nächsten Sprechtag hat sie sich so etwas gemerkt und der Mama vorgehalten! Auch wenn mir rein zufällig einmal etwas passierte, vermutete sie gleich, ich hätte es extra getan. Als ich einmal vom Stuhl fiel, keifte sie mich, statt sich um mein geprelltes Steißbein zu sorgen, an: »Ist das jetzt eine neue Methode, den Unterricht zu stören?«

Der Hollander wiederum, der ist so leicht aus der Fassung zu bringen und unheimlich zerstreut und konfus. Wenn der seine biologischen Weisheiten kundtut, unterbreche ich ihn gern mit kleinen »Zwischenfragen zum Thema«. Und er gibt mir schön brav Antwort, aber die unterbreche ich wieder mittendrin und frage »zwischen«, und er geht wieder auf meine Frage ein, und ich unterbreche wieder, und auf einmal weiß er nicht mehr, wovon er vorher geredet hat, und ist ganz verwirrt. Habe ich einen hartnäckigen Tag, geht so die ganze Biologie-Stunde herum, ohne daß er lernstoffmäßig ein Fuzerl vom Fleck gekommen ist.

Eh klaro, daß meine Klassenkollegen auf so eine wie mich ungern verzichten wollten. Ich beruhigte sie ehrlichen Herzens! Ab Mitte Mai war ich völlig sicher, daß die Mama den Päng-Job nicht annehmen wird. Zweimal hatte die Freundin aus München angerufen und gesagt, daß sie nur »sündteure Löcher« ausfindig gemacht habe. Außerdem war eine Kollegin der Mama bei uns auf Besuch gewesen, und die hatte gesagt, daß das Arbeitsklima beim Päng angeblich »total katastrophal« sei und sich die Mama den Jobwechsel »dreimal überlegen« möge. Zudem schwärmte mir die Mama auch nimmer von München vor und davon, was wir uns von dem üppigen Päng-Einkommen alles würden leisten können!

Doch am 29. Mai komme ich dann, nichts Böses ahnend, von der Schule heim. Die Swetlana, unsere Hausbesorgerin, wäscht gerade mit viel Wasser die Hauseinfahrt und sagt zu mir, sie habe einen Topfelstrudel im Backrohr, der sei in einer halben Stunde fertig, und ich könne mir dann eine große Portion holen. Ich sage dankbar zu, denn die Strudel von der Swetlana sind einsame Spitze, und wate auf Zehenspitzen durch das Waschelnasse zu den Briefkästen, weil ich sehe, daß auf unserem ein Telegrammpickerl klebt. Ich hole eine Karte von der Oma, die ihren Lebensabend auf Mallorca verbringt, aus dem Briefkasten, ein paar Werbewische, zwei Briefe von der Bank und das Telegramm. Und ich wundere mich über das Telegramm. Wer schickt denn heute noch so was, denke ich mir. Wo man doch telefonieren und faxen kann!

Die Swetlana schaut mir zu, wie ich das Telegramm aufreiße, und sagt mit sehr bekümmertem Gesicht: »Muß ich immer an Unglück denken, wenn ich Telegramm sehe. Steht nie nix Schönes drin!«

Ich lese das Telegramm, nicke und murmle: »Hast recht, da steht wirklich nix Schönes drin!«

Wahrscheinlich hätte die Swetlana gern erfahren, was in dem Telegramm steht. Normalerweise habe ich auch keine Geheimnisse vor ihr, denn sie ist total o. k. Aber ich war so down, daß ich nicht in der Lage war, ihr das Telegramm vorzulesen und ihr zu erklären, was das zu bedeuten hat.

Ich lasse also die Swetlana im unklaren, laufe mit dem Packen Post die Treppe rauf, sperre die Wohnungstür auf, betrete das Vorzimer und knalle die Tür so fest hinter mir zu, daß der Luftzug den roten Strohhut der Mama vom Kleiderständer weht und mich unser Unterbar (habe ich für den Deppen, der unter uns wohnt, von »Nachbar« abgeleitet) sicher wieder zum Teufel wünscht, weil meine Lärmentwicklung an seinen Nerven zerrt.

Die Tür zum Badezimmer steht offen, ich sehe die Mama in der Badewanne liegen, in viel hellblauem Schaum. Sie badet jeden Tag ausführlich, obwohl das der Haut nicht guttut. Das zerstört den Säuremantel, und wenn der einmal defekt ist, bekommt man viel leichter Ausschläge und Milbenbefall und Krätze und so ekliges Zeug. Sagt der Hollander wenigstens! Aber die Mama sagt, die tägliche Badestunde ist ihr Jungbrunnen, da entspannt sie sich, und ihr Hirn regeneriert.

Das Türknallen reißt die Mama aus dem regenerierenden Dösen. Schuldbewußt ruft sie: »Was, schon ein Uhr vorbei? Ich komm gleich und mach uns ein Omelett!«

Ich gehe ins Badezimmer und halte der Mama das Telegramm unter die Nase. Aber die Mama hat die Kontaktlinsen nicht in den Augen, und ohne Plastikaugen verwechselt sie sogar ein fremdes Kind – auf Kußdistanz – mit mir.

»Was ist das?« fragt sie.

»Ein Telegramm?« antworte ich.

»Ach, dann war das der Briefträger, der gerade geklingelt hat«, sagt sie. »Von wem ist es denn?«

»Kommt aus München!« sage ich. »Vom Päng-Verlag!«

Da bekommt der kurzsichtige Blick der Mama zusätzlich eine verunsicherte Note. »Wieso schicken die ein Telegramm?« murmelt sie. »Warum rufen die nicht an?«

Warum die nicht angerufen hatten, war mir aber schon klar. Der Telefonstecker, der vom Hauptanschluß im Vorzimmer, war nicht in der Steckdose! Die Mama faxte damals ihre Artikel immer vom Nebenanschluß in ihrem Zimmer. Das geht aber nur, wenn man vorher den Hauptanschlußstecker rauszieht. Und sie hatte wieder einmal vergessen, nach dem Faxen das Kabel im Vorzimmer anzuschließen. Also hatte jeder, der bei uns angeklingelt hatte, bloß ein nervendes Tüt-Tüt-Tüt vernommen.

»Hast du das Telegramm schon aufgemacht?« fragt mich die Mama und verkriecht sich bis zur Unterlippe in den hellblauen Schaum.

»Das habe ich!« antworte ich und muß mir Mühe geben, daß meine Stimme nicht kreisch-zittrig wird.

»Lies vor!« sagt die Mama und taucht bis zur Nasenspitze in den Schaum rein.

Ich fange zu lesen an: »Ist uns leider unmöglich, Sie telefonisch zu erreichen...«

Die Mama taucht bis zum Kinn aus dem Wasser auf und unterbricht mich: »So ein Blödsinn! Nix wie daheim war ich heute und gestern!«

Ich verzichte darauf, ihr den vergessenen Telefonstekker vorzuhalten, und lese weiter: »Ihr Hotelzimmer ist ab 1.6. in der Pension Fortuna, Schellingstraße, gebucht. Bitten um ehebaldigsten Rückruf. Päng!«

Die Mama seufzt. Dreimal. Sehr tief, sehr innig. Und ich krächze: »Das ist übermorgen!«

Meine Mama kommt in voller Länge aus dem Schaum raus und steigt aus der Wanne. Lauter hellblaue Blubberkleckse hat sie auf dem Leib. Ohne die wegzuduschen, schlüpft sie in den Bademantel.

»Ich wollte es dir eh schon vorgestern und dann gestern beibringen, Schatzl«, sagt sie, geht zum Waschbecken und setzt sich die Plastikaugen ein. »Aber ich habe es halt rausgeschoben. Weißt ja, wie ich bin! Das Unangenehme halte ich halt gern weg von mir!«

Ich setze mich auf den Wannenrand, lasse das Telegramm los und auf den hellblauen Schaum flattern. Zuerst schwimmt es, dann bekommt es dunkle Flecke, schließlich wird es grau und schlapp und säuft ab. Meine Mama schmiert sich weißen Fettgatsch dick auf das Gesicht und erklärt mir, daß sie beschlossen hat, den Päng-Job erst einmal auszuprobieren. Könnte ja sein, daß er ihr nicht taugt. Bevor ihr das eindeutig klar ist, wäre es hirnrissig, hier alles aufzugeben und mit Sack und Pack umzuziehen. Außerdem ist ihre alte Freundin untüchtig, die schafft es nicht, eine Wohnung aufzutreiben, da muß sie sich selbst darum kümmern! Und so hat sie dem Päng-Verlag das Angebot gemacht, zuerst einmal vier Wochen auf Probe zu arbeiten und in einem Hotelzimmer, das vom Verlag bezahlt wird, zu wohnen. Auf den Sommer, bis zu den Ferien, hat sie das nicht rausschieben können, weil so ein »G'riss« um den Job ist. Den wollen viele haben! Und für mich ist es erstens eh nichts, mit ihr in einem Hotelzimmer zu hausen, und zweitens ist noch Schule, und ich muß das Schuljahr in Wien abschließen! Darum hat sie mit der Tante Annemi – das ist ihre Schwester – geredet, und die ist bereit, mich bis zum Schulschluß aufzunehmen!

Speziell der letzte Teil dieser langen Erklärung entsetzte mich derart, daß ich vor Schreck nach hinten abrutschte und mit dem Hosenboden ins Wasser eintauchte. Meine Tante Annemi ist nämlich wirklich das Letzte! Und ihr Mann, der Onkel Gus, ist das Allerletzte! Und meine Kusine Anna ist ein Kotzbrocken! Bloß meine Kusine Soffi ist in Ordnung. Aber die ist ja auch das schwarze Schaf in der Familie und muß sich dauernd erziehen lassen.

Natürlich wäre jetzt höchste Eisenbahn gewesen, meiner Mama zu sagen, daß ich um nichts in der Welt nach München will und sie ihre Zusage rückgängig machen soll! Aber ich wollte nicht schuld dran sein, daß sie auf ihren »Traumjob« verzichten muß. Wer bin ich denn, daß ich über ihr Leben bestimmen kann? In meinem arg optimistischen Gehirn raunte es außerdem: Wer sagt, daß ihr der Job gefällt? Wenn dort Rauchverbot ist, ist sie schon übermorgen zurück! Und Wohnung findet sie auch selbst keine! Und wenn der Chefredakteur in ihren Artikeln herumstreicht und was ändert, kann sie das auch nicht haben! Soll sie nach München fahren und draufkommen, daß sie hinter einer Schnapsidee her war.

Nur, daß ich, während sie draufkommt, bei der Tante

Annemi bleiben soll, war eine Zumutung der unzumutbaren Sorte! Die Mama sah das auch irgendwie ein. Dutzendmal entschuldigte sie sich dafür und verfluchte die Oma, weil die auf Mallorca das Leben genießt, statt wie andere Omas die Enkeltochter zu hüten.

»Und sonst«, sagte die Mama, »haben wir ja niemanden, bei dem du bleiben könntest!«

Denkste, dachte ich. Aber wo ich bis zur einsichtigen Rückkehr der Mama sonst noch bleiben könnte, sagte ich nicht. Ich wollte es fix abmachen, bevor ich es ihr melde.

Ich lüpfte meinen Hintern aus dem Badewasser, ging in mein Zimmer, zog mir taillenabwärts trockene Klamotten an, sagte der Mama, daß ich auf das versprochene Mittagsomelett verzichte – mir sei der Hunger durch ihre Eröffnung ohnehin vergangen, und ich hätte eine Verabredung mit Schulfreunden. Dann ließ ich mir noch eine alte Topfenkolatsche aufdrängen, raste aus dem Haus, galoppierte zur Straßenbahn und fuhr zum Büro vom Papa.

Mein Papa hat zusammen mit seinem Co ein »Atelier für grafisches Design«. Sie machen Firmen-Logos und Entwürfe für Broschüren und Jahresberichte von großen Betrieben. Manchmal auch das Layout für ein Buch. Alles halt, was mit Schriften und schöner Ausstattung zu tun hat. Wenn wer was gezeichnet haben will, machen sie das auch. Aber da sind sie nicht so gut, sagt mein Papa.

Als ich im Büro vom Papa ankam, waren nur der Co und der junge Assistent da. Keine Ahnung, sagte der Co, wo der Mann ist! Wahrscheinlich Mittag essen. Immer, wenn mein Papa mit einer »Flamme« unterwegs ist, tut der Co, als wüßte er von nichts. Er meint, ich sei auf »Flammen« eifersüchtig. (Weil er auch geschieden ist und seine Tochter auf seine Freundin eifersüchtig ist.)

Ich wartete auf meinen Papa. Gut eine Stunde lang. Aber ich bin ohnehin gern im Atelier. Da gibt es viele Farben und Stifte und schöne Papiere. Ich zeichnete ein bißchen, und der Co und der Assistent lobten mich und behaupteten, daß ich ein »tolles Talent« sei. Daß das auch der Assistent sagte, freute mich. Lob vom Co kann man aber nicht ernst nehmen. Der ist ein Charmeur und Schmeichler.

Dann kam endlich der Papa. Ich erzählte ihm, wohin mich die Mama als Pflegekind stecken will. Der Papa fing zu schimpfen an, daß die ganze Päng-Sache eine Sauerei gegen mich und auch gegen ihn ist! Das sei üble Erpressung von der Mama, rief er. Sie überläßt die Entscheidung mir, weil sie weiß, daß ich ihr die Chance nicht verpatzen will! Und ihn fragt sie überhaupt nicht, ob er damit einverstanden ist, vier Stunden zu reisen, um sein Kind zu sehen! Dann erklärte er, er werde der Mama Bescheid stoßen und ihr sagen, daß ich absolut nicht nach München will!

Ich erklärte ihm, daß das nicht mein Problem ist, weil die Mama eh einsehen wird, daß alles eine Schnapsidee ist. Jetzt geht es darum, daß ich nicht zur Tante Annemi will! Ich schaute dem Papa mit allerinnigstem Tochterblick fest in die Augen und fragte: »Könnte ich nicht bei dir wohnen?«

Der Papa riß den Mund auf wie einer, der Polypen hat und durch die Nase keine Luft kriegt. Einen Blick bekam er, als wäre er von einer Sekunde auf die andere total verblödet. Völlig dorftrottelig schaute er drein. So fügte ich hinzu: »Ich bin kein Baby mehr. Brauchst mich nicht stillen und wickeln, bin echt pflegeleicht, wird dir gar nicht auffallen, daß ich bei dir wohne!«

Der Papa machte den Mund zu und schaute wieder halbwegs intelligent aus der Wäsche. Dann räusperte er sich und meinte, daß das natürlich im Prinzip schon möglich wäre. Im Prinzip allerdings nur! Denn im Moment würden leider alle Umstände dagegen sprechen. Da müßte ich ja eine Stunde in die Schule fahren und zu Mittag wieder eine Stunde retour (sind in Wirklichkeit nur vierzig Minuten)! Und nicht einmal ein Bett hat er für mich! Und im Augenblick hat er so viel Arbeit um die Ohren, jeden Tag schuftet er bis Mitternacht! Und die Mama wäre sowieso dagegen! Und die Tante Annemi ist ohnehin eine passable Person! Und die Soffi und die Anna sind sehr liebe Kinder. Sogar der Onkel Gus ist, wenn man sich Mühe gibt, auszuhalten! Ohne mit einer Wimper zu zucken, sagte er das. Obwohl er vorher immer erklärt hatte, so was von einer Graus-Familie gibt es kein zweites Mal. Ich war maßlos enttäuscht! Nicht nur, weil mir nun doch die Graus-Verwandtschaft drohte. Am meisten war ich vom Papa enttäuscht. Daß sich der so vor mir drücken würde, hatte ich nicht erwartet. Und weil ich es nicht erwartet hatte, versuchte ich gar nicht, ihn zu überreden.

Ich sprang auf, sagte: »War ja nur eine Frage!« und flitzte zur Tür raus. Der Papa rief hinter mir her, daß ich bleiben soll, daß wir das ausdiskutieren müssen. Ich glaube, er lief mir sogar ins Treppenhaus nach. Aber ich habe schließlich meinen Stolz, und der sagte mir, daß er und ich auf einen Vater pfeifen, der vor Schreck wie ein Dorftrottel dreinschaut, wenn er seiner Tochter Quartier geben soll!

Meine Freunde, die Polli, die Lizzi und der Lorenz, fanden es auch unerhört, daß ich zur Graus-Verwandtschaft ziehen sollte. Aber erstens war für sie die Hauptsache, daß ich ihnen nicht abhanden komme, und zweitens sind sie überhaupt nicht die Richtigen, um solche Probleme zu bereden. Sie sind Zweidrittel-Kinder und haben von Müttern andere Vorstellungen als ich. Die drei glauben glatt, daß Mütter zu nichts anderem da sind, als für Väter und Kinder zu sorgen und denen alles recht zu machen. Darum schimpften sie auf meine Mama und behaupteten, die sei nicht o.k., wenn sie mir solche Probleme aufbuckle. Sie sei egoistisch und denke nur an sich selber und nicht an mich. Wenn ich versuchte, ihnen zu erklären, daß meine Mama sehr wohl o.k. ist und nicht egoistisch, bekamen wir immer Streit. Vor allem der Lorenz verstand nie, daß ich die Mama verteidige. Der ist nämlich daheim der Super-Pascha. Läßt sich hinten und vorne bedienen, und seine Eltern müssen spuren, wie er die Weichen stellt. Der schüttelte ja schon jedesmal entsetzt den Kopf, wenn ich auf dem Heimweg von der Schule das Mittagessen einkaufte. Ob sich meine Mama die Arbeit so schlecht einteilen kann, daß sie nicht zum Einkaufen kommt, fragte er mich oft. Seine ist Sekretärin und macht viele Überstunden, aber trotzdem kauft sie immer selber ein! Daß ich mir, wenn nötig, ein paar Klamotten eigenhändig bügle, verwirrte ihn total. Das kann man von einem elfjährigen Kind, egal welchen Geschlechts, nicht erwarten, sagte er. Wenn sich meine Mama keine Zeit fürs Bügeln nehmen will, hätte sie kein Kind bekommen dürfen. Er glaubt tatsächlich, daß eine Mutter für ihr Kind alles tun muß, aber das Kind zu rein gar nichts verpflichtet ist. Beim Päng-Problem stand er natürlich auf dem Standpunkt, daß ich saudumm bin, weil ich meine diesbezüglichen Wünsche nicht laut werden lasse, und daher selber schuld, wenn nicht geschieht, was ich will.

Warum ich mit einem Typ, der solche Ansichten hat, damals »ging«, ist mir heute ein Rätsel. Mein Papa mutmaßt, ich sei in ihn verknallt gewesen, weil ich ihn hübsch fand. Aber hinter Schönheit bin ich eigentlich nie hergewesen. Vielleicht war es eher so: Weil der Lorenz ein hübscher Knabe ist, haben sich alle Mädchen in unserer Klasse in ihn verliebt. Da habe ich halt mitgetan. Und war dann ganz hingerissen, daß er gerade mir seine Gunst geschenkt hat.

Jedenfalls besprach ich mit der Polli, der Lizzi und dem Lorenz meinen »Pflegeaufenthalt« nicht näher. Mit der Mama übrigens auch nicht. War auch gar keine Zeit dazu. Die zwei Tage vergingen rasend schnell. Die Mama packte und telefonierte herum. Liegengebliebene Arbeit mußte sie auch erledigen. Und an den Abenden war sie beim Heurigen, um mit irgendwelchen Kollegen Abschied zu feiern. Was hätte ich außerdem viel mit ihr bereden sollen?

Meine Mama sagt oft einen Spruch, der heißt: Ungelegte Eier soll man nicht begackern! Aber es hat auch keinen Sinn, gelegte Eier zu begackern. Das Ei, das man mir gelegt hatte, wäre nicht leichter zu verdauen gewesen, wenn ich es laut begackert hätte! Nicht einmal mit den Krallen im Sand scharren hätte da geholfen!

2. Kapitel,

in welchem ich die unzumutbare Zumutung tapfer durchzustehen versuche, was aber an den Kernen von einem Kilo Kirschen und an einem Igel auf einer Bürste scheitert.

Meine Graus-Verwandtschaft wohnt in einem Reihenhaus, gleich bei uns in der Nähe, bloß zwei Straßenbahnhaltestellen entfernt, dem Stadtrand zu. Das Reihenhaus ist so eines mit handtuchgroßem Vorgarten und badetuchgroßem Hintergarten. Dumm aufgeteilt ist es auch. Das Wohnzimmer ist irre groß, die zwei Kinderzimmer sind klitzeklein. Da passen gerade nur ein Bett, ein Mini-Schreibtisch und ein Stuhl hinein. Bessere Gefängniszellen sind das. Ein Gästezimmer gibt es in dem Haus zwar, doch in dem kann kein Gast wohnen, weil der Onkel Gus darin seine diversen Sammlungen untergebracht hat. Er sammelt Bierdeckel und Zündholzschachteln, Zinnsoldaten und Münzen. Bis zur Decke stapeln sich im Gästezimmer die Schachteln und Kartons mit seinen Heiligtümern. So hat die Tante Annemi bestimmt, daß ich bei der Soffi im Zimmer wohnen werde. Auf einer Gastmatratze, welche am Abend vor das Bett der Soffi gelegt wird. Ich habe es gelassen akzeptiert, weil ich mir gedacht habe: Eh der beste Platz in dem Graus-Haus!

Für den 31. Mai, neunzehn Uhr, hatten die Mama und die Tante Annemi meine »Übergabe« ausgemacht.

»Aber kommt pünktlich«, hatte die Tante Annemi zur Mama gesagt, »damit mir das Essen nicht verdirbt!«

Weil ich immer schneckenlangsam werde, wenn ich etwas tun muß, was mir zuwider ist, brauchte ich mit dem Einpacken meiner »sieben Zwetschken« ewig lange, und wir marschierten erst knapp nach acht Uhr bei der Tante Annemi ein.

Die Soffi machte uns die Haustür auf. Die anderen, sagte sie, sind beim Essen und sauer wegen unserer Verspätung. Die Soffi hatte man »der Tafel verwiesen«, weil sie die Erbsen aus dem Risi-Pisi vom Teller in ihre Hosentasche geschmuggelt hatte. Sie haßt Erbsen. Aber der Onkel Gus besteht darauf, daß gegessen wird, was auf den Tisch kommt. Und natürlich hatte die Anna, das Luder, den Erbsentransport mitbekommen und ihre Schwester vertratscht. Vertratschen ist die Lieblingsbeschäftigung meiner Kusine Anna. Nicht nur daheim, auch in der Schule.

Meine Mama wieselte, emsig Entschuldigungen stammelnd, in das Wohnzimmer. Ich ging gleich mit der Soffi in ihr Kammerl, um mein künftiges Nachtlager zu inspizieren. Weil auch meine Mama keine guten Manieren hat, hatte sie vergessen, mir zu flüstern, daß ich vorher den Onkel Gus und die Tante Annemi hätte begrüßen müssen. (Zehnmal hat mir die Anna in den folgenden Tagen vorgehalten, daß ich ein Prolo-Benehmen habe, weil ich das Pfotegeben vergessen hatte!)

Ich schenkte der Soffi eine Tafel Schokolade von der Notration, die ich mir eingepackt hatte. Damit sich ihr Knurrmagen beruhigt. Die Soffi wollte mir edelmütig ihr Bett überlassen und auf der Gastmatratze schlafen. Ich lehnte das ab. Wenn schon mies, dann ordentlich mies, sagte ich mir! Wenn schon am Boden zerstört, dann auch echt am Boden liegen!

Die Soffi gab sich wirklich Mühe, nett zu mir zu sein. Daß sie sich unheimlich freue, mich hier zu haben, versicherte sie mir dauernd. Aber meine Stimmung sank, soweit das noch möglich war, trotzdem immer tiefer in den Keller runter, denn das Fenster im Zimmer war offen, und unter dem Soffi-Fenster sind die Terrassentüren vom Wohnzimmer. Da die Terrassentüren offenstanden, hörte ich die Mama mit dem Onkel Gus und der Tante Annemi reden. Ganz demütig bat meine Mama, daß der Onkel und die Tante nicht alle Erziehung, die sie an mir versäumt hat, nachzuholen versuchen. Und der Onkel Gus sagte mit Weihrauch-Stimme, daß man von mir nicht mehr verlange, als mich in die hierorts herrschende Lebensform einzufügen. Und die Tante Annemi rief empört, daß sie die Mama nicht als »Monstrum« hinstellen solle! Sie erziehe ihre Töchter bloß ordentlich! Und dann entschuldigte sich die Mama doch glatt noch dafür, daß »gutes Benehmen« leider nicht mein »allergrößtes Talent« sei! Und der Onkel Gus klärte sie darüber auf, daß es sich bei der Tugend des guten Benehmens nicht um Talentsache handle, sondern um stete Übung, angeleitet durch die Eltern. Und dann brummte es sonderlich, und die Soffi sagte, jetzt seien sie mit dem Nachtmahl fertig. Das Brummgeräusch komme vom Tischstaubsauger, mit dem ihr Vater nach dem Essen immer die Brösel vom Tischtuch saugt.

Tischstaubsauger! Zum Brösel wegmachen! Da hätte mich die Mama gleich in eine geschlossene psychiatrische Anstalt stecken können!

Den Abschied von meiner Mama brachte ich heldenhaft hinter mich. Die Mama tat mir fast mehr leid als ich mir selber. Sie war total down und schuldbewußt. Um mich und sich darüber hinwegzutrösten, stammelte sie allerhand einander Widersprechendes daher: daß sie in München vielleicht ohnehin bald eine Wohnung finden wird, daß sie vielleicht in einer Woche wieder daheim sein wird, daß ich ja auch früher von der Schule weg könne, nach der Schlußkonferenz, wenn die Noten fix sind, daß sie deswegen mit der Schuldirektion telefonieren wird, dreimal täglich wird sie auch mit mir telefonieren, und der Papa wird sich verstärkt um mich kümmern! Das hat er ihr versprochen! Total hektisch, mehrmals im Kreis herum, plapperte sie das runter. Den Tränen nahe war die arme Frau! So wollte ich es ihr nicht noch schwerer machen und sagte bloß eiscool: »Jetzt hau schon ab, Alte!« Und unter Aufbietung meiner allerbesten schauspielerischen Fähigkeiten: »Was uns nicht umbringt, macht uns stark!« Das ist so ein Wahnsinnsspruch aus der Nazizeit, den hat meine Oma in der Volksschule lernen müssen.

Meine Mama nahm meine schauspielerische Leistung für bare Münze und entfernte sich halbwegs »aufgerichtet«. Ich war so fix und fertig, daß ich mich auf meine Gastmatratze legte und nichts als einschlafen wollte. Bevor ich das konnte, mußte ich mir noch von Kusine Anna anhören, daß man mich in der morgendlichen Badezimmereinteilung zwischen sieben Uhr fünf und sieben Uhr fünfzehn eingeschoben hat und daß ich die zehn Minuten um keine Sekunde überschreiten darf, weil sie hinter mir dran und nicht gewillt sei, wegen mir beim Zähneputzen zu hudeln.

Ich erkundigte mich, ob es auch eine Klo-Einteilung gibt. Was kann man schon wissen, bei so einer Familie? Aber die Soffi sagte, so was haben sie nicht, obwohl das nötig wäre, weil die Anna den Lokus immer ewig lang besetzt hält. Die ist dauernd verstopft. Wundert mich nicht! Sie ist nämlich auch sehr geizig. Mein Papa hat in einem schlauen Buch gelesen, daß geizige Menschen oft »hartleibig« sind, weil sie gar nichts hergeben wollen, nicht einmal die unverdaulichen Reste von dem, was sie reingemampft haben!

Eine ausführliche Schilderung der folgenden Woche verkneife ich mir. Sämtliche sieben Tage waren einfach langweilig, lustlos und lästig. Jeden Morgen ging ich ungewaschen in die Schule, weil ich ein Mensch bin, der lange zum Richtig-Aufwachen und Aus-dem-Bett-Kommen braucht, ich daher immer meinen Badezimmer-Termin verpaßte und eine hämische Anna vor dem Waschbecken antraf, die mir via Spiegel aus zahnpastaschäumendem Munde kundtat: »Wer nicht kommt zur rechten Zeit, warten muß, was überbleibt!« Bloß blieb da nichts »über«, denn nach der Anna war der Onkel Gus an der Reihe, und wenn der endlich fertig war, mußten wir schon abmarschieren.

Jeden Tag zu Mittag, wenn ich mit dem Lorenz – der begleitete mich immer bis zur Reihenhaus-Reihe meiner Graus-Verwandtschaft – auf dem Bankerl unter dem Kastanienbaum saß und noch ein bißchen mit ihm tratschen wollte, kam die Anna angewatschelt und rügte mit hocherhobener Erdäpfelnase: »Die Mutti schickt mich! Es ist längst ein Uhr vorbei, wir warten mit dem Essen auf dich!«

Jeden Nachmittag, wenn ich weggehen wollte, um mich mit dem Lorenz, der Polli oder der Lizzi zu treffen, sagte die Tante Annemi, daß sie im Moment die Verantwortung für mich trage und das nicht gestatten könne. Mit meinem Lotterleben müsse ich warten, bis ich wieder aus ihrer Verantwortung entlassen sei! Also, sie sagte nicht wirklich »Lotterleben«, aber sie meinte es so.

An den Abenden – ich auf dem Boden, die Soffi links von mir, drei Handbreit über mir – sagte ich mir pausenlos vor: durchhalten – durchhalten – durchhalten! Es kann ja nimmer lang dauern! Und du bist ja eh noch prima dran! Die arme Soffi muß das mindestens noch acht Jahre über sich ergehen lassen! Obwohl es der Soffi wahrscheinlich leichter fällt, ihre Wahnsinns-Eltern auszuhalten, denn die kennt den Unterschied zu normalen Eltern nicht.

Meinen Papa sah ich in dieser Woche kein einziges Mal! Obwohl er anrief und sich mit mir treffen wollte. Ich lehnte aber ab. Ich war noch immer stinksauer auf ihn!

Am achten Tag meines Aufenthaltes im Onkel-Tanten-Haus passierte mein schicksalwendendes Vergehen. Den Anfang nahm es damit, daß die Soffi und ich Hunger hatten und in die Küche schlichen, um etwas Eßbares zu organisieren. Zwischen den Mahlzeiten herrscht bei der Tante Annemi striktes Eßverbot. Wohl deswegen, damit einem das merkwürdige Zeug, das sie kocht, besser schmeckt.

In der Küche stand eine Schüssel mit schönen, dunkelroten Herzkirschen. Ich nahm eine davon, vernaschte sie und zeigte der Soffi, wie man mit einem Kirschkern »zielspuckt«. Bei der zweiten Kirsche zeigte ich ihr, wie man mit einem Kirschkern »zielschnipst«; so zwischen Daumen und Zeigefinger. Die Soffi probierte es, aber sie war sehr ungeschickt dabei. So mußte ich das Zielspucken und das Zielschnipsen sehr oft wiederholen, und die Soffi mußte es sehr oft nachmachen. Fast die ganzen Kirschen gingen drauf, bis sie es endlich perfekt kapiert hatte. Und die Küche sah aus wie ein blutiges Schlachtfeld!

Wir wollten gerade anfangen, die Kirschensauerei wegzuputzen, da kam die Tante Annemi in die Küche rein. Die Frau bekam einen Schreikrampf der hysterischen Sorte. Ich sagte ihr, daß wir ohnehin schon beim Saubermachen seien! Aber sie hörte überhaupt nicht zu! Auf mein freundliches Angebot, von meinem Geld neue Kirschen zu kaufen, ging sie auch nicht ein. Völlig unansprechbar war sie! Sie kreischte bloß unentwegt, daß wir sofort aus der Küche verschwinden sollen und daß sie sich den Kirschenstrudel, den sie zum Nachtmahl hätte backen wollen, nun abschminken kann und daß sie uns heute nimmer sehen will! Aus den Augen sollen wir ihr sofort gehen! Stubenarrest haben wir! Und der Soffi entzieht sie das Taschengeld für die nächsten zwei Wochen, damit die eine Lehre daraus zieht! Mir hätte die Furie wahrscheinlich auch gern etwas »entzogen«, aber erstens hatte sie mir ja noch nichts gegeben, und zweitens wagte sie an der

Tochter ihrer Schwester anscheinend keine Spezial-Erziehungsmaßnahmen. Abgesehen davon, daß sie den Wischfetzen drohend hob, um anzudeuten, jedes weitere Wort von mir könnte sie dazu bringen, ihn auf mich niederklatschen zu lassen.

So traten halt die Soffi und ich den Stubenarrest an. Die Soffi entschuldigte sich bei mir. Alles sei ihre Schuld, meinte sie. Sie hätte wissen müssen, daß solcher Zeitvertreib in ihrer Familie nicht gestattet ist. Aber das hätte ich inzwischen ja selber wissen können! Wobei mir ein Rätsel ist, warum sich die Tante Annemi so benimmt. Das Kirschkernspucken und Schnipsen hat mir meine Mama beigebracht. Sie hat mir erzählt, daß sie mit der Tante Annemi, als sie Kinder waren, immer Turniere darin gemacht hat. Und daß die Tante Annemi meistens gewonnen hat. Wie kann es so etwas geben, daß eine ehemalige Siegerin im Kirschkern-Turnier hysterisch wird, wenn sich die nachfolgende Generation in diesem Sport ein klein wenig übt?

Bis zum Abend hockten wir im Soffi-Zimmer und schlossen eine Wette darüber ab, ob man uns zum Nachtmahl rufen wird. Die Soffi war für: Nein! Bei Vergehen, die mit Stubenarrest bestraft werden, sagte sie, sei auch »ohne Nachtmahl ins Bett« inbegriffen. Ich hielt das für eine Maßnahme aus dem vorigen Jahrhundert, die nicht einmal eine Tante Annemi anwenden würde. Dem Onkel Gus traute ich sie schon zu. Aber zum Wetten braucht man zwei gegenteilige Meinungen, also war ich für: Ja!

Keine von uns beiden gewann die Wette. Schlag sieben Uhr kam die Anna zu uns ins Zimmer. Mit einem Tablett, auf dem zwei Butterbrote und zwei Gläser Wasser waren. Also: weder zum Essen gerufen, noch ohne Nachtmahl ins Bett!

Für das, was dann folgte, bedarf es einer vorangestellten Erklärung: Meine Mama liebt Redewendungen und Sprüche enorm. Unentwegt kommt sie mit »neuen Sagern« heim. Der, der ihr gerade am besten gefällt, ist dann eine Zeitlang ihr Lieblingsspruch, den sie zu allen möglichen und unmöglichen Gelegenheiten sagt. Und den gewöhne ich mir dann ebenfalls an. Der letzte Lieblings-Sager meiner Mama, bevor sie nach München abgehauen ist, hatte gelautet: »Pardon, sprach der Igel und stieg von der Bürste!« Ich hatte mir ehrlich den tieferen Sinn dieses Satzes nicht überlegt. Bloß, daß er zu benutzen ist, wenn man etwas Falsches gesagt oder getan hatte, hatte ich kapiert.

Und da stampft also die Anna mit dem Tablett herein, knallt die Sträflingsration auf den Schreibtisch und sagt mit Oberlehrerstimme: »Hier, bitte! Kirschenstrudel gibt es ja wegen unserer lieben Kusine nicht!«

Ich fahre vom Matratzen-Lager hoch und sage: »Wegen mir? Ich wollte ja eh neue Kirschen kaufen! Von meinem Geld!«

Sie verdreht die Augen, rümpft die hochgestreckte Erdäpfelnase und spricht: »Dein Geld brauchen wir wirklich nicht!«

Ich finde als Antwort den Igel-Bürsten-Spruch passend und sage ihn.

»Wie?« fragt die Anna, vergißt aufs Naserümpfen und glotzt hammeldumm.

Die Soffi wiederholt: »Pardon, sprach der Igel und stieg von der Bürste!«

Die Anna glotzt noch eine Sekunde, dann macht sie kehrt und stampft aus dem Zimmer.

Kaum dreißig Sekunden später reißt der Onkel Gus die Tür auf und faucht mich an, daß er sich zotige Redensarten verbiete! Wenn ihm so etwas noch einmal zu Ohren komme, könne sich seine Schwägerin eine andere Unterkunft für ihren Nachwuchs suchen! Und die Soffi habe ordinäre Sachen nicht nachzusagen, sonst setze es was!

Ich verstehe nur Bahnhof, die Soffi ist auch ganz verwirrt. Natürlich protestiere ich und sage, daß ich nichts Ordinäres gesagt habe, und die Soffi beteuert, daß sie nichts Ordinäres wiederholt hat. Da kommt die Anna angezockelt und greint: »Doch! Streitet es nicht ab! Das mit dem Igel!«

»Was soll da ordinär und zotig sein?« frage ich und will dem Onkel Gus den Igel-Spruch aufsagen. Zu mehr als »Pardon ...« komme ich aber nicht, denn der Onkel Gus schreit: »Halt den Mund!«

Aber so leicht lasse ich mir nicht den Mund verbieten! Bin ja nicht die Soffi! So schreie ich ihn an: »Da ist nix Ordinäres dran! Meine Mama sagt das zehnmal am Tag! Erklär mir, was da zotig sein soll!«

Er erklärt mir gar nichts, sagt bloß, mit etwas ruhigerer Stimme: »Jedenfalls sagst du das nimmer, solange du bei uns wohnst! Verstanden?«

»Nein! Verstehe ich nicht!« sage ich. »Du kannst mich nicht zuerst beschuldigen und mir dann nichts erklären!«

Und er sagt: »Was ich kann, wirst du mir nicht vorschreiben!« Dann dreht er sich um und marschiert ab, und die Anna hinter ihm her.

Wie ich den beiden Wapplern, vor Wut kochend, nachschaue, fällt mir plötzlich ein, was an dem Igel-Bürsten-Spruch das Zotige sein muß! Daß der Igel die Bürste mit einer Igelin verwechselt hat, höchstwahrscheinlich! Das hatte ich bisher übersehen, weil ich etwas Besseres zu tun habe, als an Igel-Sex zu denken!

Ich bin wirklich keine, die – wie mein Papa es nennt – nahe am Wasser gebaut hat. Ich fange nicht leicht zu heulen an. Aber an diesem Abend schluchzte ich wie die Blöde. Weil ich mir so hilflos und machtlos vorkam. So ausgeliefert und allein gelassen! Die Soffi versuchte mich zu trösten. Ihr Papa, sagte sie, hat eh gemerkt, daß ich das Ordinäre am Igel-Bürsten-Spruch gar nicht kapiert hatte. Sonst hätte er nicht so schnell den Rückzug angetreten. Sie kennt ihn! Das ist seine Art, wenn er ungerecht gewesen ist. Echt zugeben kann er das nicht, aber morgen wird er sicher wieder nett zu mir sein, um die Anschnauzerei auszubügeln.

Nach Mitternacht – da schlief die Soffi schon, und ich hatte mir eine dicke Nase und geschwollene Augenlider angeheult – beschloß ich, dem Onkel Gus keine Gelegenheit mehr zu geben, »nett« zu mir zu sein! Keinen Tag länger, schwor ich, bleibe ich in dem Graus-Haus! Ich schlich auf Zehenspitzen in die Diele hinunter, zum Telefon. Dreimal wählte ich die Nummer vom Papa. Jedesmal ließ ich es lange klingeln, aber niemand hob ab. Ob der

Papa wirklich nicht daheim war, wußte ich trotzdem nicht. Manchmal zieht er den Telelefonstecker raus, bevor er zu Bett geht. Damit ihn niemand beim Schlafen stören kann.

Um fünf Uhr in der Früh, als die anderen alle noch schliefen, versuchte ich es wieder. Ohne Erfolg! Um halb sechs stand dann die Tante Annemi auf, da wagte ich mich nicht mehr ans Telefon.

Aber zum erstenmal konnte ich meinen Badezimmer-Termin wahrnehmen. War auch dringend nötig. Mit sehr viel kaltem Wasser mußte ich meine verweinte Nase und meine verheulten Augen traktieren, bis ich wieder halbwegs normal ausschaute.

Beim Frühstück war der Onkel Gus tatsächlich nett zu mir. Das äußerte sich darin, daß er mir die Marmelade zuschob und huldvoll sagte: »Nimm nur! Himbeer! Von deiner Tante selber gepflückt!«

Die Soffi zwinkerte mir beglückt zu, was wohl heißen sollte: Na siehst, alles ist wieder o. k.! Aber ich bin ja kein Hund, und der Onkel Gus ist nicht mein Herrl, daß ich vergnügt mit dem Schwanz wedle, wenn er geruht, freundlich zu sein!

Auf dem Weg zur Schule machte ich mit der Soffi bei allen drei Telefonhüttln Rast und probierte, den Papa daheim zu erreichen. Wieder vergeblich! »Muß ich es in der zweiten Pause versuchen«, sagte ich zur Soffi. »Knapp nach neun Uhr kommt er ins Büro, da erreiche ich ihn sicher!«

Die Soffi sagte: »Bringt doch nichts! Er hat dir doch gesagt, daß er dich nicht nehmen kann!« Die Soffi wollte mich einfach im Graus-Haus behalten. Versteh ich ja! Wenigstens eine Gleichgesinnte hat man gern unter dem Dach.

»Jetzt muß er mich nehmen!« sagte ich. Ich war mir ganz sicher, daß der Papa einsehen wird, daß er »müssen muß«, wenn ich auf meinen Stolz verzichte und ihn anflehe. Eine echte Bitte hatte mir mein Papa noch nie abgeschlagen!

Wie auf Nadeln saß ich in der ersten Stunde. Mathe bei der Blaumeise hatten wir, und Lust, die Blaumeise zu ärgern, hatte ich nicht. Das irritierte die Dame. Alle paar Minuten schaute sie verunsichert zu mir. Um halb neun hielt ich es nicht mehr aus. »Bitte, ich muß raus, mir ist nicht gut«, sagte ich, jappelte aus der Klasse und runter in das Erdgeschoß, zum Münzautomaten. Dem Tonband, das läuft, wenn der Papa und der Co nicht im Atelier sind, teilte ich mit, daß ich den Papa um Viertel vor zehn anrufen werde und er ja nicht weggehen soll, bevor ich ihn erreicht habe, weil es urwichtig ist! Dann ging ich in die Klasse zurück und saß weiter wie auf Nadeln. Die Blaumeise schaute nicht mehr verunsichert zu mir. Die hatte ja nun eine Erklärung dafür, warum sie ohne Störung durch mich unterrichten konnte.

Meinen Freunden erzählte ich natürlich, was vorgefallen war und daß ich auf gar keinen Fall zum Onkel Gus zurückgehe. In der Zehn-Uhr-Pause begleiteten sie mich zum Telefon runter. Als wir dort ankamen, wartete eine Vier-Kinder-Schlange aufs Drankommen. Doch der Lorenz verschaffte mir den Vortritt. »Da geht es um Leben oder Tod«, rief er. Der Erst-Telefoniererin, die den Hörer gerade abgenommen hatte, entriß er selbigen und drückte ihn mir in die Hand. Während ich telefonierte, greinte die pausenlos, daß sie wenigstens ihren Telefon-Schilling zurück will!

Im Büro war nur der Co. Der sagte, daß mein Papa heute gar nicht ins Atelier kommen wird. Bis morgen hat er sich frei genommen. Er ist irgendwo in Kärnten unterwegs. Erreichen kann man ihn dort nicht, denn er hat wieder einmal sein D-Netz-Telefon auf dem Schreibtisch liegenlassen.

Mein Papa läßt das Ding gern liegen. »Unbewußt absichtlich«, sagt er. Er kann es nicht leiden.

Ob er mir helfen könne, fragte der Co.

»Leider nicht«, sagte ich, hängte den Hörer ein und gab der Greinenden hinter mir meinen Telefon-Schilling.

»Na, eine Nacht wirst dort auch noch überstehen«, meinte der Lorenz, als wir die Treppe zur Klasse raufstiegen.

Ich schüttelte stur den Kopf, wie ein käfiggeschädigter Eisbär. Eh klaro, daß eine Nacht bei der Tante noch zu überstehen gewesen wäre. Aber damals ist mir das nicht klaro gewesen. Irgendwie hatte ich mich in eine Super-Panik reingebracht und war der festen Überzeugung, elend zugrunde zu gehen, falls ich das Graus-Haus noch einmal betreten müßte.

Die Polli merkte, daß ich total verzweifelt war, und sagte, ich könnte ja heute bei ihr schlafen. Aber die Lizzi meinte, wenn die Polli ihren Eltern erzählt, warum sie mich zum Schlafen mitbringt, müssen die mich wieder wegschicken. Und wenn sie es ihnen nicht erzählt, und meine Verwandtschaft schlägt Alarm, stehen die Polli-Eltern schön da! Weil man sich strafbar macht, wenn man durchgebrannte Unmündige aufnimmt. Ich weiß nicht, ob das wirklich so ist, aber jedenfalls wollte ich der Polli keine Schwierigkeiten machen und lehnte das Angebot ab.

Die restlichen drei Schulstunden überlegte ich fieberhaft, wo ich bleiben könnte, bis der Papa zurück ist. Zuerst fiel mir natürlich unsere Wohnung ein. Ich bin zwar echt nicht gern allein dort in der Nacht, weil unsere alten Fußbodenbretter vor sich hinknacken, und das hört sich so an, als würde jemand herumschleichen. Aber in meiner momentanen Lage erschien mir unser trautes Heim samt Knarr-Kulisse wie das Paradies. Und die Wohnungsschlüssel hatte ich ja in der Schultasche! Der Haken an der Idee war aber, daß die Swetlana einen Wohnungsschlüssel hatte. Zum Blumengießen und Staubwischen. Und wenn ich zu Mittag nicht bei der Tante Annemi eintreffe und am Abend auch noch nicht da bin, ist doch logo, daß sie mich daheim vermuten, zur Swetlana gehen und sich die Wohnung aufsperren lassen! Und ich bin ja nicht das siebente Geißlein, daß ich mich im Uhrkasten verstekken kann!

Dann fiel mir ein, daß der Papa einen Reserveschlüssel zu seiner Wohnung im Büro hat. Ich dachte, ich könnte ins Büro gehen und den Schlüssel heimlich an mich nehmen. Aber auch das verwarf ich, weil ich keine Ahnung hatte, in welcher der vielen Schreibtischladen der Schlüssel liegt.

Und vor den Augen vom Co heimlich sämtliche Laden zu durchsuchen, das geht wohl eher nicht!

Hierauf verfiel ich auf den Gedanken, die Oma auf Mallorca anzurufen und sie zu bitten, daß sie mit dem nächsten Flieger anschwirren soll. Aber erstens wäre meine Oma an diesem Tag sicher gar nimmer bis Wien gekommen, und zweitens ist meine Oma, obwohl sonst pumperlgesund, schwerhörig. Besonders am Telefon. Und die Leitungen nach Mallorca sind nicht immer die besten. Die Oma hätte vielleicht gar nicht verstanden, was ich von ihr will.

Schließlich, in der fünften Stunde, hatte ich die Lösung! Deutsch-Stunde war, der Huber, unser Deutschlehrer, dozierte gerade darüber, daß der gebildete Mensch nicht nur, wenn er schreibt, sondern auch, wenn er spricht, nicht das Perfekt, sondern das Imperfekt zu benutzen habe, da fiel mir plötzlich ein: Ich fahre nach München zur Mama! Bis ich dort bin, ist es Abend! Wenn ich dann in der Pension Fortuna vor ihr stehe, kann sie mich ja nicht einfach nach Wien zurückzaubern!

Als ob jemand meinem Gemüt Heile-heile-Segen gesungen hätte, wirkte sich mein Entschluß auf mich aus. Ganz ruhig wurde ich, kein Fuzerl Panik war mehr in mir. Daran, was nach der ersten Nacht bei der Mama sein wird, dachte ich nicht. Das, fand ich, hatte sich die Mama zu überlegen. Ein bißchen hoffte ich wohl, daß sie einfach mit mir nach Wien heimfährt und den München-Scheiß absagt.

Als die Schulglocke die fünfte Unterrichtsstunde ausgebimmelt und der Huber die Klasse verlassen hatte, verabschiedete ich mich von der Polli und der Lizzi mit je zwei Wangenküssen. Der Lorenz bekam auch einen. War übrigens der erste Kuß, den ich ihm gegeben habe. Und ich bekam von der Polli zehn Schilling, von der Lizzi fünfzehn und vom Lorenz dreißig – der ist immer gut bei Kasse –, weil ich nicht exakt wußte, wieviel Geld daheim in meiner Sparsau lagert und ob das für eine Fahrkarte nach München reicht. Von Bahnpreisen hatte ich keine Ahnung! Dann flitzte ich heim, warf die Schultasche in einen Winkel, stopfte ein paar Klamotten in meinen Rucksack, schlachtete die Sparsau, tat den kargen Inhalt in mein Geldbörsel, holte meinen Reisepaß aus der Dokumentenmappe und rief den Tonbanddienst der ÖBB für die Westbahnstrecke an.

Vierzig Minuten Zeit war nur mehr bis zum nächsten Intercity nach München. Der übernächste fuhr erst am Abend. So raste ich aus der Wohnung.

Da ich aus der Sparsau wahrlich kein Vermögen geholt hatte, wagte ich nicht, ein Taxi zu nehmen, und lief zur Straßenbahn. Die war so nett, gleich angefahren zu kommen. Nach vier Stationen mußte ich aussteigen und eine andere Linie nehmen. Die war weniger nett. Von einem Bein auf das andere tretend, wartete ich geschlagene neun Minuten auf sie.

Vor den Fahrkartenschaltern in der Bahnhofshalle standen die Leute Schlange. Und bis zur Abfahrt meines Zuges waren es nur noch sechs Minuten! Ich nahm meinen ganzen Mut zusammen, ging zum erstbesten Schalter und sagte zu dem Mann, der gerade an die Reihe kam: »Bitte, lassen Sie mich vor, sonst fährt mir mein Zug davon!« Der

Mann ließ mich wirklich vor. Drei Minuten später hatte ich meine Fahrkarte. Sauteuer! Bloß ein paar Silberzehner und Münzenkleinkram blieben mir.

Ich raste die Rolltreppe hoch, schaute im Rennen zur großen Tafel, wo draufsteht, welcher Zug von welchem Gleis abfährt, und spurtete dann Gleis neun zu, wobei mir noch eine japanische Groß-Reisegruppe mit einem Überangebot von Schrankkoffern den Weg verstellte. Durch die hintere Tür vom letzten Wagen konnte ich mich gerade noch zwängen, bevor sie zuschnarrte und der Zug losrollte.

Bis Hütteldorf-Hacking lehnte ich an der Klotür und verschnaufte. Dann wanderte ich langsam lokomotivewärts, durch zwei Wagen mit Erste-Klasse-Abteilen. Im dritten Wagen gab es Abteile zweiter Klasse. Ich setzte mich in eines, wo nur ein alter Herr und eine alte Dame saßen. Auf den Fensterplätzen. Doch der alte Herr stand gleich auf und sagte zu mir: »Kinder sitzen gern beim Fenster!«

Höflich dankend nahm ich seinen Platz an. Er setzte sich neben die alte Dame. Die bot mir ein Bonbon an. Das nahm ich noch höflicher dankend an. Außer einem halben Butterbrot – ohne Himbeermarmelade, weil ich mir dem Onkel Gus zum Trotz keine genommen hatte – hatte mein Magen ja heute noch nichts bekommen. Hundemüde war ich auch nach der fast schlaflosen Nacht!

Der alte Herr fragte mich: »Wo geht denn die Reise hin, so ganz allein, kleines Fräulein?«

»Nach München«, sagte ich, und weil ich dachte, daß eine nähere Erklärung günstig wäre, damit man mich nicht als Ausreißerin verdächtigt, fügte ich hinzu: »Ich fahre zur Taufe meiner Nichte. Ich habe nämlich eine erwachsene Schwester!« Und dann dachte ich, ich sollte erklären, wieso ich allein reise, und sagte: »Meine Eltern sind schon in München, weil die Entbindung so schwer war, auf Leben und Tod!« Und dann fiel mir ein, daß mich meine Eltern sicher nicht allein in Wien zurückgelassen hätten, so sagte ich: »Ich war bis jetzt bei meiner Oma!« Aber diese Oma, dachte ich, die wäre doch wohl nach München mitgekommen, zur Taufe ihrer Urenkelin, so sagte ich noch: »Aber meine Oma, die wollte nicht mitfahren, die mag den Mann meiner Schwester nicht, weil er brandrote Haare hat. Und jetzt hat meine Nichte leider auch brandrote Haare, und die Oma ist so abergläubisch und glaubt, das wird der ganzen Familie Unglück bringen!«

Ich weiß schon, daß das totaler Scheibenkleister gewesen ist, aber ich war eben so hundemüde und so durchgedreht, daß sich meine Phantasie auf Abwege begeben hat.

Ob mir das alte Ehepaar den Blödsinn geglaubt hat, weiß ich nicht. Ich zog mir die Jacke, die ich an den Haken bei meinem Sitz gehängt hatte, über den Kopf. Ich wollte den versäumten Schlaf nachholen. Fast war ich schon eingeschlafen, da durchzuckte mich ein heißer Schreckgedanke: Was tue ich an der Grenze, wenn die Zöllner fragen, wieso ich Knirps allein ins Ausland fahre? Denen kann ich keine rothaarige Nichte auftischen!

Ich aktivierte den letzten Rest Denkfähigkeit, schob die Jacke vom Gesicht, kramte den Paß aus dem Rucksack, legte ihn auf das kleine Tischchen unter dem Fenster und sagte zur alten Dame: »Bitte, wenn ich an der Grenze noch schlafe, seien Sie so nett und zeigen Sie dem Zöllner meinen Paß?«

»Dauert noch über drei Stunden bis zur Grenze«, sagte die alte Dame lachend.

»Wenn ich einmal schlafe, werde ich so schnell nimmer munter«, sagte ich. Die alte Dame lachte wieder und nickte. Ich zog mir erleichtert die Jacke über den Kopf, schloß die Augen und dachte noch: Wenn ich Glück habe, halten mich die Zöllner für das Enkelkind der alten Leute und fragen überhaupt nichts! Dann schlief ich ein.

3. Kapitel,

in welchem absolut nichts so läuft, wie es sollte, ich deshalb eine recht ungewöhnliche Nacht verbringe und am Morgen von meiner Mama so enttäuscht bin, wie ich es nie für möglich gehalten hätte.

Wie ein Engelchen schlief ich München entgegen. Munter wurde ich durch eine Männerstimme, die brummte: »Guten Tag, die Reisepässe, bitte!« Ich blieb mit dem Kopf unter meiner Jacke und bekam Herzsausen und Ohrenflattern. Aber nur sehr kurz, denn die Männerstimme brummte gleich darauf: »Danke, gute Reise.« Dann hörte ich auch schon, daß die Tür des Abteils zugeschoben wurde. Ich wollte weiterschlafen. Es gelang mir nicht, weil mein Magen irre knurrte. So kam ich aus der Jackendekkung hervor, in der Hoffnung, die alte Dame werde mir wieder Bonbons anbieten. Tat sie aber nicht. Sie fragte bloß, ob ich gut geschlafen habe und ob mich meine Eltern in München vom Zug abholen werden. Beides bejahte ich. Blöderweise! Denn als wir in München angekommen und aus dem Zug ausgestiegen waren, fragte mich der alte Herr: »Na, wo sind denn deine Eltern?«

Ich antwortete: »Die sind sicher noch gar nicht da, die kommen immer zu spät, auf die muß ich dauernd warten!«

Worauf die alte Dame sagte: »Wir bleiben bei dir, bis sie da sind. Man weiß ja nie, ob nicht irgend etwas passiert ist, und du bist noch so klein!«

Ich beteuerte, daß das wirklich nicht nötig sei, doch die beiden bestanden stur darauf, mit mir auf meine Eltern zu warten. Das konnte ich brauchen wie die Kröte in der Bohnensuppe! Da ich aber nun ausgeschlafen war und meine kleinen, grauen Hirnzellen wieder in Ordnung waren, rief ich begeistert: »Ah, da sind sie schon!« und deutete auf ein Ehepaar in Trachtenanzügen, das wartend in einiger Entfernung stand. Dann nickte ich meinen Reisegefährten einen Abschiedsgruß zu und lief zum Trachtenpaar hin.

Weil der alte Herr und die alte Dame aber noch ihre diversen Gepäckstücke sortierten und mich dabei im Auge behielten, mußte ich notgedrungen eine Begrüßungsszene vorspielen. Das war aber nicht schwer, denn hören konnten sie mich nicht, dazu war es auf dem Bahnsteig viel zu laut.

Ich sagte zu dem Mann im Jodelfrack: »Bitte, können Sie mir sagen, wie spät es ist?«

Der Jodelfrack deutete zur großen Uhr in der Halle. »Kennst in deim Alter die Uhr no net?« fragte er.

Ich antwortete mit traurigem Blick: »Doch, aber ich bin sehr kurzsichtig. Dreizehn Dioptrien. Und ich habe leider meine Brille zerschlagen.«

Da war der gute Mann ganz betreten und betroffen und beschämt und sagte mir, daß es fünfzehn Minuten nach neunzehn Uhr sei. Ich bedankte mich für die Zeitansage, und weil auf einmal zwischen meinen Reisegefährten und mir ein Rudel Fußballfans mit Wimpeln, Bierflaschen und eingerollten Transparenten war, wieselte ich hurtig der Halle zu. Was sich der alte Herr und die alte Dame gedacht haben, als das Fan-Rudel weg war und meine »Eltern« kinderlos dagestanden sind, weiß ich nicht. Tut mir aber ehrlich leid, daß ich sie belügen mußte, denn sie sind echt lieb zu mir gewesen.

In der Bahnhofshalle wollte ich beim *Change*-Schalter meine Silberzehner in Mark wechseln, um mir eine Wurstsemmel zu kaufen. Mein Magen rebellierte schon so arg, daß mir fast übel war. Der Mensch hinter dem Schalter war nicht bereit, die Münzen zu wechseln, schüttelte stur den Kopf und sagte: »Nur Scheine!«

Da stand ich also, ohne Wurstsemmel, ohne Geld für eine Straßenbahnkarte! Ohne Ahnung, wo diese Schellingstraße ist, ob in der Nähe oder weit weg! Und ein paar Meter entfernt von mir stand ein Bub, ein bißchen älter als ich, und starrte mich unentwegt an. Der Kerl war schon vorher, als ich mit dem Trachtenpaar geredet hatte, auf dem Bahnsteig gestanden und hatte mich angestarrt. Das nervte mich! Ich streckte ihm die Zunge raus und verließ die Bahnhofshalle.

Vor den Türen, dort wo die Taxis anfahren, saß eine Frau auf zwei Koffern. Die fragte ich nach der Schellingstraße. Sie zeigte über den Platz zur Straßenbahnhaltestelle und wollte mir erklären, welche Linie ich nehmen müsse. Ich sagte, daß ich zu Fuß gehen wolle. Sie lobte mich. Heutige Kinder, sagte sie, hätten eh schon fast das Gehen verlernt und täten nur mehr vor dem Fernseher hocken. Dann zeigte sie mir die Richtung, die ich einschlagen müsse. Wenn ich zu einem großen Platz mit Kastanienbäumen komme, meinte sie, solle ich halt wieder jemanden fragen. Und der komische Bub stand schon wieder ein paar Meter entfernt und starrte wie der Blöde!

Ich marschierte los, der Bub ein paar Meter hinter mir her, immer im gleichen Abstand, ganz so, als würde ich ihn an einer unsichtbaren Schnur nachziehen. Was wollte denn der Kerl von mir? Irgendwie bekam ich regelrecht Angst vor ihm. Vielleicht glaubt er, daß ich mir beim *Change*-Schalter ein Vermögen geholt habe, dachte ich, und der will mich jetzt ausrauben!

Ich fing zu laufen an, wechselte zweimal die Straßenseite, ging kurz in der Passage eines Geschäfts in Deckung, lief weiter und wechselte noch einmal die Straßenseite. Dann schaute ich mich um. Der Bub war nicht mehr zu sehen. Abgehängt, dachte ich zufrieden!

Als ich auf dem Platz mit den Kastanienbäumen war, wollte ich den Verkäufer von einem Würstl-Stand fragen, wie ich weitergehen muß. Aber der war gerade mit zwei Frauen in ein Gespräch über einen Mord vertieft, welcher in der Gegend passiert war. So wartete ich. Vor mir war ein Berg Brezen! Und ich hatte doch solchen Hunger! Und die zwei Frauen und der Verkäufer schauten – dachte ich – überhaupt nicht auf mich. Und als der Tommi aus meiner Klasse damals im Supermarkt die Schokolade gestohlen und man in der Schule davon erfahren hatte, hatte die Blaumeise gesagt, sie würde es verstehen, wenn ein Kind aus Hunger stiehlt, aber der Tommi habe keinen Hunger gehabt, darum sei das verwerflich gewesen. Ich dachte: Wenn sogar die Blaumeise versteht, daß ein hungriges Kind stiehlt, kann es nicht so schlimm sein, wenn ich mir eine Breze grapsche.

Ich greife also – meiner Ansicht nach – unauffällig nach einer Breze. Kaum habe ich die in der Hand, kreischt die eine Frau: »Ja, was wär denn das? So eine kleine Kröt! Die Finger gehör'n ihr abgeschnitten!« Schon hat sie mich am Arm gepackt und hält mich fest! Ich bin stocksteif vor Schreck. Jetzt ist alles aus, denke ich mir. Doch da steht auf einmal der Bub auf der anderen Seite vom Würstl-Stand, hält dem Verkäufer eine Mark hin und sagt empört: »Überhaupt nicht stehlen wollte meine Schwester! Die ganze Zeit stehe ich da und warte aufs Zahlen!«

Der Verkäufer nimmt die Mark und ist zufrieden. Die Frau keift zwar noch weiter, daß sie genau gesehen hat, daß der Bub erst jetzt zum Stand gekommen ist, aber sie läßt mich wenigstens los. Und der Verkäufer sagt: »Hauptsach, bezahlt ist!«

Der Bub nimmt mich an der Hand und zieht mich vom Stand weg. Ich bin so erleichtert, daß ich am liebsten Purzelbäume schlagen würde. Während ich die Breze mampfe, erzähle ich meinem Retter, warum ich da bin und wohin ich will und wieso ich mir keine Breze kaufen konnte. Und er sagt mir, daß er mich kennenlernen wollte, weil ich »schön« bin, daß er sich aber nicht getraut hat, mich anzusprechen. Dann führt er mich bis zur Pension Fortuna in die Schellingstraße. Und ich danke dem lieben Gott, daß er mir den Schutzengelbuben auf den Bahnsteig gestellt hat!

Vor der Pension verabredeten wir uns für den nächsten Tag. Ich gab ihm die Telefonnummer von der Pension. Er versprach mir, mich morgen anzurufen. Die Mark, die müsse ich ihm nicht zurückgeben, sagte er, die Breze soll ich als Geschenk betrachten.

»Mach's gut!« rief er zum Abschied.

»Mach ich!« rief ich und ging in die Pension rein. Hinter der Eingangstür war eine kleine Halle. Dort saß hinter einem Pult, vor den Fächern mit den Zimmerschlüsseln, ein alter Portier, las Zeitung und schaute nicht hoch, als ich »Guten Tag« sagte. Vielleicht ist er schwerhörig, dachte ich und sagte sehr laut: »Guten Tag! Ich möche zur Frau Huber!«

Der Portier ließ die Zeitung sinken, linste zu den Schlüsselfächern hin und mömelte: »Ist nicht im Haus.«

»Aber sie wohnt doch hier«, sagte ich.

»Tut sie«, mömelte er.

»Ich bin ihre Tochter«, sagte ich. »Ich bin gerade aus Wien gekommen. Mit dem Zug!«

Jetzt erst schaute mich der Portier überhaupt an. Dann holte er ein Buch aus dem Pult, blätterte darin und mömelte, daß ihm meine Mama nicht gesagt habe, daß sie ab heute ein Zweibettzimmer brauche, daß gar keines frei sei und daß es nicht angehe, daß zwei Personen in einem Einbettzimmer nächtigen.

Ich wollte mich mit dem Kerl nicht länger herumplagen und bat ihn, mir den Zimmerschlüssel der Mama zu geben, damit ich im Zimmer warten kann. Aber Schnecken! Das darf er nicht, erklärte er. Da hätte ihm die Mama sagen müssen, daß ich komme und in ihr Zimmer rein darf! Er zeigte auf eine Sitzbank gegenüber vom Portierspult. Dort könne ich mich hinhocken und warten!

Ich dachte, daß meine Mama wahrscheinlich noch in der Redaktion ist, und bat, ob ich dort anrufen dürfe.

Mieselsüchtig schob er mir das Telefon hin. Weil ich keine Verbindung bekam – ich war nämlich so blöd und ließ die Vorwahlnummer, die man von Wien aus wählen muß, nicht weg –, grapschte er sich das Telefon und wählte seufzend selber und mömelte gleich darauf: »Anrufbeantworter! Die Redaktion ist erst ab morgen, neun Uhr, wieder zu erreichen!«

In der optimistischen Hoffnung, daß die Mama bereits auf dem Weg hierher sei, setzte ich mich auf die Bank, nahm eine uralte Zeitschrift vom kleinen Tisch vor der Bank, blätterte in der und wartete. Nach einer Viertelstunde kam ein junger Mann in die Halle. Recht abgehetzt. Er entschuldigte sich beim alten Griesgram »fürs Z'spätkommen«. Er habe keinen Parkplatz gefunden. Der Griesgram keppelte, daß jeder vernünftige Mensch öffentliche Verkehrsmittel nimmt, dann beugte er sich zum jungen Mann und tuschelte ihm etwas zu. Dabei schaute er zu mir. Der junge Mann nickte und schaute auch zu mir. Dann verschwand der Griesgram hinter einer Tür neben den Schlüsselfächern, und der junge Mann setzte sich auf den Sessel hinter dem Pult. Da war mir klar, daß er der Nachtportier war!

Ich wartete weiter. Ein paar Pensionsgäste kamen zur Tür herein, ließen sich Zimmerschlüssel geben und stiegen die Treppe zum ersten Stock rauf. Ein paar Pensionsgäste kamen die Treppe herunter, legten Zimmerschlüssel aufs Pult und verließen die Pension. Dann war es schon neun Uhr! Ich versuchte, die Mama telepathisch anzulocken. Mama-komm-ich-bin-da, dachte ich ganz fest und konzentriert! Normalerweise glaube ich an so etwas nicht, aber in der Not wird man anscheinend gläubig. Genützt hat es nichts! Bis zehn Uhr versuchte ich es mit der intensiven Denkerei, dann gab ich auf, ging zum Nachtportier hin und fragte, wo da ein Klo sei, weil ich schon urdringend mußte.

Als ich erleichtert vom Klo zurückkam, fragte der Nachtportier: »Was machen wir denn jetzt mit dir?«

Ich schwieg, weil ich auch nicht wußte, was mit mir zu machen sei. Aber dem Nachtportier fiel dann doch etwas ein. Er gab mir eine Tafel Schokolade und eine Dose Limo. Wärend ich Schokolade mampfte und Limo trank, erklärte mir der Nachtportier, daß es gar nicht sicher ist, ob meine Mutter heute noch in die Pension kommt. »Die Frau Huber schläft nämlich oft außer Haus«, sagte er. Anscheinend schaute ich ihn nach dieser Mitteilung derart entsetzt an, daß er beruhigend hinzufügte: »Muß ja nicht gerade heute der Fall sein!« Und dann schaute er mich forschend an und fragte: »Bist durchgebrannt? Aus dem Internat vielleicht?«

Ich schüttelte den Kopf und rief mit so viel Überzeugungskraft als möglich: »Aber wo denn! Ich bin nur irrtümlich früher gekommen als ausgemacht!« Richtig gelogen war das nicht, denn meine Graus-Verwandtschaft ist kein Internat, und früher als ausgemacht bin ich tatsächlich nach München gefahren! Da ich aber Angst vor einem weiteren und intensiveren Verhör hatte, tat ich, als wäre ich sehr müde. Ich drückte mich in die Bankecke, schloß die Augen, versuchte ruhig zu atmen und dem Nachtportier ein friedlich schlummerndes Kind vorzuspielen; was gar nicht so leicht ist, wenn man schrecklich nervös und dazu noch verwirrt ist, weil man nicht begreift, was es zu bedeuten hat, daß eine Mama oft »außer Haus« schläft.

Wie lange ich, in die Bankecke gedrückt, die Schlafende spielte, weiß ich nicht, irgendwann schlief ich wirklich ein und träumte total irres Zeug! Daß meine Kusine Anna in der Pension Fortuna Hotelportierin ist und die Polizei anruft, damit man mich verhaftet! Und der Polizist, der kommt, schaut aus wie die Blaumeise mit Schnurrbart und sagt, ich muß für drei Jahre ins Gefängnis, weil meine Mutter außer Haus schläft!

Richtig ins Schwitzen hat mich der blöde Traum gebracht. Mit feuchten Klamotten und an der Stirn klebendem Pony bin ich aufgewacht! In der Hotelhalle war alles Licht, bis auf die Lampe am Portierspult, gelöscht. Der Nachtportier saß noch immer hinter dem Pult. Vor dem Pult stand eine Frau. Verschlafen blinzelnd dachte ich zuerst, das sei die Mama. Von hinten, der Größe und den Rundungen nach, hätte sie es sein können. Ich wollte schon aufspringen, da hörte ich ihre Stimme und blieb enttäuscht sitzen. Das war nicht meine Mama, das war eine ziemlich beschwipste Dame mit einer Kicher-Stimme, und die sagte: »Und wie … wie … so, lieber, lieber Herr Portier, warten's auf die Frau Huber?«

»Deswegen!« sagte der Nachtportier und deutete zu meiner Bank. Ich schloß die Augen und nahm Schlummerhaltung ein.

»Was is dort?« fragte die ziemlich beschwipste Dame. Ich hockte ja im dämmrigsten Winkel und war anscheinend vom Portierspult aus nicht exakt wahrzunehmen.

»Die Tochter der Frau Huber«, sagte der Nachtportier. »Die ist aus Wien gekommen! Jetzt schlaft's! Und die Mutter, da schwör ich drauf, die hat garantiert keine Ahnung davon!«

Ich hörte Stöckelschuhschritte näher kommen, roch Bier und spürte warmen Atem im Gesicht. Die beschwipste Dame hatte sich über mich gebeugt und betrachtete mich anscheinend eingehend. Dann richtete sie sich wieder auf, was ich dem Nachlassen des Biergeruchs und des warmen Atems entnahm, und sagte: »Die Huber kommt heut garantiert net, die schlaft bei ... ihrem Dingsda ... wissen's eh ... der Dingsda ... der, wo sie immer abholt.« Und dann voll Erleuchtung: »Bertram ... Bertram heißt der Dingsda!«

»Haben Sie dem seine Telefonnummer?« fragte der Portier.

»Ich?« Die beschwipste Dame kicherte. »Ich doch net! Ist ja net mein Dingsda!«

Dann jammerte der Nachtportier, daß er mich nicht auf der Bank übernachten lassen könne, daß er wahrscheinlich längst die Polizei hätte anrufen sollen, daß er mich auf gar keinen Fall im Zimmer der Mama schlafen lassen könne, das habe ihm der Tagportier verboten. Und daß er sich außerdem mit den diesbezüglichen Gesetzen nicht auskennt, weil er ein Nachtaushilfsportier ist, der keine Ahnung hat! Er ist Germanistik-Student, und so was lernt man an der Uni nicht!

»Jetzt machen's daraus keine Staats ... aff ... affär«, sagte die beschwipste Dame. »Des mach ma einfach so, daß ich die Kleine zu mir ins Zimmer nehm, und wenn ihnen wer … nachher … deswegen … blöd kommen sollt … sagen's … ich hätt g'sagt … daß des zwischen mir und der Frau Huber so abg'sprochen is!«

Dann waren wieder der warme Atem und der Biergeruch über mir und eine Patschhand auf meiner Schulter und eine Patschhand auf meiner Wange, erstere Patschhand rüttelte und zweite tätschelte, die beschwipste Dame sagte: »Aufwachen, Spatzl, ich bin die Susi … die Susi bin ich! Und du gehst jetzt mit der Susi in die Heia!«

Ich gab vor, langsam zu erwachen, blinzelte und gähnte. Die Dame Susi zog mich von der Bank hoch, nahm mich an einer Hand und meinen Rucksack in die andere und stöckelte der Treppe zu. Der Nachtportier schaute uns mit gerunzelter Stirn nach und rief: »Das ist sicher nicht legal! Da bin ich mir sicher, daß das sicher nicht legal ist!«

Die Dame Susi murmelte: »Ob's legal is, is mir do Wurscht, Hauptsach, es is richtig!« Sie stolperte mit mir die Treppe hoch und warnte mich dabei: »Aufpassen, daß d'net hinfallst!« Aber in Gefahr hinzufallen war eher sie! Weil sie beim Gehen einen ausgesprochenen Linksdrall entwickelte. Hätte ich sie nicht kräftig nach rechts abgestützt, wäre sie auf dem Weg zu ihrer Zimmertür etliche Male mit dem Schädel an die Wand geknallt. Beim Aufsperren der Tür mußte ich ihr auch helfen, weil sie das Schlüsselloch ein paar Zentimeter zu weit links vermutete.

Ich hatte schon befürchtet, mit der Dame Susi ein Einzelbett teilen zu müssen, aber gottlob war im Zimmer ein Doppelbett, was ich erleichtert feststellte, als ich das Licht angeknipst hatte.

In vino veritas steht auf einem alten Weinkrug, den mein Papa in seiner Krüge-Sammlung hat. Auf deutsch heißt das: Im Wein liegt die Wahrheit. Für Bier dürfte das auch gelten! Wäre die Dame Susi nicht so bierbeschwipst gewesen, hätte sie mir sicher nicht erzählt, was sie mir erzählte, während sie sich ihrer Kleidung entledigte. Ich erfuhr nicht nur, daß die Mama im Zimmer nebenan wohnt und das Zimmer der Mama winzig klein ist, sondern auch, daß das der Mama nichts ausmacht, weil sie ohnehin nur selten da schläft. Sie schläft meistens beim Bertram Dingsda, der entweder Dingsdorfer oder Dingshofer oder Dingsmeier heißt. Und daß meine Mama wegen diesem Dingsdorfer-hofer-meier den Job beim Päng angenommen hat! Weil sie den liebt! Und ihn öfter sehen wollte als einmal im Monat für einen Tag, wenn er aus München nach Wien gekommen ist!

Das war ja nun ein fetter Hund! Damit trösten, daß mir die Dame Susi beschwipsten Plunder erzählt, konnte ich mich nicht. Diesen Bertram-Dingsda kannte ich nämlich! Dingenberg heißt er. Als »netten deutschen Kollegen« hatte ihn mir die Mama vorgestellt, als er vor gut einem Jahr bei uns zu Besuch gewesen war. Einen abscheulichen schweinsrosa Kunstplüschteddy hatte er mir als Geschenk mitgebracht. Als er gegangen war, hatte ich zur Mama gesagt, das sei kein netter Kollege, sondern ein gezierter Lackaffe. Ein paarmal hatte die Mama dann noch erwähnt – wenn ich mir recht überlege, tatsächlich jeden Monat einmal –, daß dieser Bertram wieder in Wien sei und daß sie mit ihm »und anderen Kollegen« am Abend ausgehe. Einmal, an einem Nachmittag, hatte sie mir auch vorgeschlagen, mit ihr und diesem Bertram zum Kaffeetrinken an die Alte Donau zu fahren, doch ich hatte das abgelehnt. »Verschon mich mit dem Lackaffen«, hatte ich gesagt. Davon, daß die Mama in den verliebt ist, hatte ich echt nichts gemerkt! Wahrscheinlich hat sie es mir verschwiegen, weil ich ihn gleich beim ersten Treffen als Lackaffen abgekanzelt habe. Aber das ist ja noch lange kein Grund, mir auch zu verschweigen, daß sie wegen ihm nach München will! Und mir vorzulügen, daß sie ihren Job verlieren könnte und daß dieses Päng eine tolle Chance für sie ist und daß es ihr drum geht, daß sie mehr Geld verdient, damit wir wohlhabend werden! Hätte ich gewußt, warum sie wirklich nach München will, hätte ich garantiert keine Skrupel gehabt, mich dagegen zu wehren! Wegen einem Lackaffen kann nicht einmal die Mama verlangen, daß ich mir mein Leben versauen lasse!

Wem solch bittere Gedanken durch den Kopf gehen, der kann nicht einschlafen. Noch dazu, wenn links von ihm die Dame Susi schnarcht, als hätte sie eine angestellte Motorsäge verschluckt. Außerdem hatte ich ja schon im Zug und auf der Bank in der Halle geschlafen. So lag ich hellwach auf der rechten Bettseite und hatte als einzige Abwechslung zur eintönigen Schnarcherei das Schlagen einer Kirchturmglocke, die mir brav mitteilte, wenn wieder eine Viertelstunde um war.

Nachdem mir die Kirchturmglocke zwei Uhr verkündet hatte, hörte ich vom Flur her ein Geräusch. Wie Schritte. Ich dachte, das könnte meine Mama sein. Ich schlich auf den Flur und klopfte leise an die Tür vom Nachbarzimmer, doch hinter der Tür rührte sich nichts.

Laut klopfen traute ich mich nicht. Damit ich die anderen Pensionsgäste nicht aufweckte. So wanderte ich zurück zu meiner schnarchenden Dame Susi. Als es vier Uhr war, hörte ich wieder Geräusche auf dem Flur draußen und war sicher, daß da jemand eine Zimmertür zuerst aufgemacht und dann zugeschlagen hatte. Ich schlich wieder raus und klopfte an die Nachbartür. Wieder rührte sich nichts. Dann fiel mir ein, daß ja unten, am Schlüsselfach, eindeutig festzustellen ist, ob die Mama heimgekommen ist. Nummer 11 stand auf der Nachbartür. War kein Schlüssel im 11er-Fach, mußte die Mama da sein und hörte bloß das leise Klopfen nicht!

Auf Zehenspitzen stieg ich die Treppe zur Halle hinunter. Die Lampe auf dem Pult brannte, aber der Nachtportier saß nimmer auf seinem Stuhl. Der hatte sich wo zur Ruhe begeben. Ich ging zu den Schlüsselfächern. Im 11er-Fach lag der Zimmerschlüssel. Ein Zettel steckte auch darin. Zuerst dachte ich, der Nachtportier habe der Mama bloß aufgeschrieben, daß ich bei der Dame Susi nächtige. Aber auf dem Zettel stand – und mir fuhr der heiße Schreck von der Nasenspitze bis in die kleinen Zehen: *Annemi bittet dringend um Rückruf.* Dreimal untereinander stand das, daneben die Uhrzeit, wann der Anruf gekommen war. Zum letzten Mal hatte meine Tante um ein Uhr zehn angerufen.

War ja blöd, daß ich damit nicht gerechnet hatte! Ist ja logo und klaro, daß man die Mutter anruft, wenn das Kind abhanden gekommen ist! Aber hätte ich mir, bevor ich auf und davon bin, alles genau überlegt, hätte ich es wahrscheinlich überhaupt bleibenlassen. Jedenfalls brachte mich der blöde Zettel wieder in Panik. Ich dachte: Bald wird die Kuh zum viertenmal anrufen und den Nachtportier aufwecken. Und wird ihm sagen, warum sie anruft. Und der wird ihr sagen, daß ich hier bin, aber meine Mama nicht da ist! Und dann passiert irgend etwas ganz Fürchterliches!

Jetzt, so hinterher überlegt, ist das natürlich blanker Blödsinn. Was hätte denn schon arg passieren sollen? Aber nach einer durchwachten Nacht, nach einer Eröffnung über die Falschheit einer Mutter, nach einer Fastverhaftung wegen Brezendiebstahl, nach einer hungrigen Bahnfahrt, nach einer überstürzten Flucht sieht man das halt anders!

Ich raste die Treppe rauf und ins Dame-Susi-Zimmer, nahm das Telefon vom Nachtkastel und trug es ins Bad. Die Telefonschnur war gerade so lang, daß ich das Telefon auf den zugedeckten Klodeckel stellen und die Tür zumachen konnte. Ich wählte die Nummer vom Papa und schickte ein Stoßgebet zum Himmel, daß er jetzt daheim sein möge! Mein Stoßgebet wurde erhört. Nach dem dritten Klingeln hob er ab. Ich sagte ihm, daß er mich sofort, aber wirklich sofort, holen muß! Weil die Mama nicht da ist und ich bei einer Dame im Zimmer bin, die furchtbar schnarcht! Und die Tante Annemi gleich wieder anrufen wird! Und die Mama nicht wegen dem Päng, sondern wegen dem Dingsda in München ist!

Der Papa hat zuerst nur Bahnhof verstanden. Als er endlich kapiert hat, was los ist, hat er glatt angefangen, sich darüber zu empören, wieso ihn die Tante Annemi noch nicht über mein Verschwinden informiert hat, und daß das eine Gemeinheit ist, weil er schließlich der Vater ist und ein Recht darauf hat. Ich habe ihn nicht ausreden lassen, sondern ihm gesagt, daß er sich sofort ins Auto setzen muß! Weil ich von diesem Scheiß-München weg will! Sofort-sofort! Wenn er dazu nicht bereit ist, will ich von ihm auch nichts mehr wissen! Und weil ich schon so fixi-foxi-fertig war und mit den Nerven total runter, habe ich wie ein Schloßhund zu heulen angefangen, und der Papa hat gesagt, daß er eh schon Unterhose und Socken in der Hand hat und anbrausen wird, schnell wie die Feuerwehr, und daß ich inzwischen bloß nicht total durchdrehen soll!

Als ich mit dem Telefon wieder ins Zimmer reinkam, war die Dame Susi munter. Mein Schluchzen, sagte sie, hat sie geweckt. Völlig platt war sie darüber, daß sie ein Kind im Zimmer hat! Aber mit ein bißchen Nachhilfe meinerseits konnte sie sich dann doch daran erinnern, daß – und warum – sie mir ihr halbes Doppelbett spendiert hatte. Ich sagte ihr, daß mich mein Papa heimholen wird.

»Recht hast«, sagte sie. »Wenn ich einen Papa hätt, der mich holen würd, tät ich mich auch von hier wegholen lassen!« Dann meinte sie gähnend, daß mein Papa sicher nicht vor acht, halb neun Uhr hier sein kann. Auch nicht, wenn er wie die Feuerwehr fährt. Und daß wir zwei bis dahin noch einen »kleinen Schönheitsschlaf« einlegen könnten. Ich solle mich hinlegen und die Augen schließen und dran denken, daß jetzt eh wieder alles in Butter ist.

Ich befolgte brav die Anweisung, und da die Dame Susi jetzt nimmer schnarchte, sondern nur leise vor sich hin röchelte, schlief ich wirklich ein. Ob ich mich »schön schlief«, weiß ich nicht, denn als ich wieder aufwachte, klopfte schon der Papa an der Tür und begehrte Einlaß, und die Dame Susi sprang kreischend aus dem Bett und flüchtete ins Bad rein, weil sie sich mit ihrem »Hang-over« (so heißt auf englisch, wie man ausschaut und sich fühlt, wenn man am Abend vorher zuviel getrunken hat) von keinem Mann anschauen lassen wollte, und ich war mit einem Satz bei der Tür, riß sie auf und fiel dem Papa um den Hals; hatte also keine Zeit, mich eingehend im Spiegel zu betrachten.

Der Papa und ich saßen im Frühstückszimmer der Pension und genehmigten uns ein üppiges Morgenmahl, da kam die Mama angedampft. Völlig aufgeregt! Die war in der Früh vom Dingsda in die Redaktion gefahren. Dort hatte auch schon ein Bitte-um-dringenden-Rückruf-Zettel von der Tante Annemi auf sie gewartet. Gerade als sie mit Zitterfingern die Nummer der Tante Annemi hatte wählen wollen, hatte das Telefon geklingelt, und die Dame Susi hatte ihr gesagt, daß ich in der Pension bin und mein Papa vor fünf Minuten ebenfalls dort eingetroffen ist.

Der Papa sagte der Mama gleich, daß er mich nach Wien mitnehmen wird! Die Mama sagte, das sei ganz unmöglich, der Papa müsse doch arbeiten.

»Du vielleicht nicht?« sagte ich zu ihr und könnte nicht behaupten, daß mein Ton freundlich gewesen sei. Und damit von vornherein Klarheit herrscht, fügte ich dran: »Zur Tante Annemi geh ich nimmer! Keine Minute mehr!«

»Die tät dich eh nimmer nehmen«, seufzte die Mama. »Ich habe grad telefoniert mit ihr!«

Dann sagte die Mama, daß sie mich ja, bis sie eine Wohnung gefunden habe, bei einer befreundeten Familie unterbringen könnte, wenn nicht die verdammte Schule wäre. Und dann sagte sie, daß wir sie für einen Augenblick entschuldigen sollen, sie muß telefonieren, sie hätte für zwölf Uhr einen wichtigen Termin, den muß sie nun verschieben. Aber der Papa sagte, sie soll ruhig zu ihrem Termin gehen, er und ich, wir fahren jetzt eh gleich nach Wien zurück. Ich nickte sehr zustimmend.

Die Mama redete noch ein bißchen herum. Wieder von der befreundeten Familie, bei der ich wohnen könnte. Und daß wir in der Schule eine Krankheit vormogeln könnten. Ich schüttelte stur und ablehnend den Kopf. Da sagte die Mama sogar, daß sie ja noch keinen fixen Vertrag mit dem Päng habe, wenn es für mich gar nicht anders ginge, werde sie »alles hinschmeißen«. Dabei machte sie aber ein Gesicht, als hätte sie in allen vier Weisheitszähnen den Wurzelschmerz.

»Bleib nur bei deinem Dingsda!« schleuderte ich ihr entgegen. »Bist ja auch wegen ihm hergekommen!«

»Wer ist der Dingsda?« Die Mama tat völlig irritiert.

Ich legte die totale Verachtung in meinen Blick und sagte: »Na, dein Lackaffe, der Kollege Bertram!« Wobei ich das »Kollege« speziell betonte.

»Aber Schatzl, woher hast so einen Unsinn?« Die Mama tippte sich mit einem Zeigefinger an die Stirn. Und ich tippte mit einem Zeigefinger auf den Bauch der Dame Susi, die gerade an unseren Tisch herangekommen war und kichernd fragte: »Na, ist die Familienzusammenführung gelungen?«

Die Mama warf ihr einen vergrämten Blick zu, der Papa einen freundlichen. »Dank schön fürs Quartier, das Sie meiner Tochter gewährt haben!« sagte er, und die Dame Susi flötete kichernd, daß sie mir den kleinen Gefallen jederzeit wieder erweisen würde.

»Und dank schön für die Aufklärung, die du meiner Tochter gewährt hast«, keifte die Mama giftig.

»O Gotterl!« Die Dame Susi hob bedauernd die Schultern. »Hab in meinem Dusel übersehen, wo's Jugendverbot anfängt!« Dann machte sie kehrt und stöckelte aus dem Frühstücksraum. Die Mama schaute ihr nach und seufzte. Der Papa legte der Mama eine Hand auf die Schulter und sagte: »Mach kein Drama aus der Sache! Wird ja möglich sein, daß ein Vater seine Tochter zwei Wochen lang hütet, oder?«

Die Mama seufzte wieder.

»Und in zwei Wochen, wenn die Ferien anfangen, wirst du deine Lage ja – so oder so oder anders – geklärt haben.« Der Papa beklopfte aufmunternd die Schulter der Mama.

Die Mama seufzte wieder, aber diesmal nickte sie dabei. Ich wollte im Moment gar nicht darüber nachdenken, wie dieses »so oder so oder anders« aussehen wird. Im Moment war ich einfach saufroh, aus München wegzukommen. Noch dazu ohne Streit mit der Mama! Bei mir ist das nämlich leider so, daß ich Streit mit meiner Mama nicht gut aushalte; auch dann nicht, wenn ich auf sie wütend und von ihr enttäuscht bin.

4. Kapitel,

in dem ich mir eine erwachsene Freundin anlache und aus lauter Feingefühl und Hundeliebe in die totale Klemme gerate und mein Papa etwas komplizierter ist, als ich gedacht hatte.

Es ist echt wahr: Einen Menschen lernt man erst richtig kennen, wenn man mit ihm zusammenlebt! Auch den eigenen Vater! Zum Beispiel hatte ich, bevor ich in Papas Loft einzog (so nennt man eine Wohnung, die aus einem Raum besteht, in dem leicht vier Zimmer unterzubringen wären), nicht geahnt, daß der Mann beinahe ein neurotischer Pedant ist und ausflippt, wenn wo ein dreckiger Teller rumsteht, auf dem zwei harmlose Stubenfliegen ihren Hunger stillen. Er holt auch sofort den Staubsauger und kurvt mit Schlauch und Düse durch die Gegend, wenn ein einziger Staubwuwer über den Teppich schwebt! Sein irrstes Neurosesymptom: Er zieht sich einmal wöchentlich einen langen Gummihandschuh über die rechte Hand und säubert mit einem Extraschwamm die Klomuschel unten-innen, dort, wo man, von wegen Knie im Abfluß, mit der Klobürste nicht hinlangt!

Daß mein Papa weniger Kritik verträgt als meine Mama, habe ich auch erkennen müssen. Ist doch klaro, daß ich stinksauer auf ihn bin, wenn er verspricht, mich zu Mittag von der Schule abzuholen und mit mir essen zu gehen, und ich schlage deswegen eine Einladung vom Lorenz auf ein Eissalon-Eis aus – sehr schweren Herzens und nur, um den Papa nicht zu vergrämen –, und dann kommt mein werter Erzeuger angebraust, hat eine Fertig-Pizza im Auto, überreicht mir die und sagt, daß er einen wichtigen Termin hat und ich heimfahren und mir die Pizza aufwärmen soll! Richtig empört war er, daß ich das nicht friedlich zur Kenntnis genommen habe. So einem arg beschäftigten Mann wird doch einmal etwas dazwischenkommen dürfen! Deswegen kann man ihn doch nicht gleich zur Schnecke machen! Dazu noch wegen eines lächerlichen Eissalon-Eises!

Als ob es mir um das Eis gegangen wäre und nicht um den Lorenz! Aber wahrscheinlich hat mein Papa das damals nicht kapiert, weil ich irrsinnig selbstbeherrscht war und nicht gejammert habe, daß mir durch das Wohnen bei ihm die Freizeit verhunzt ist.

Wenn man fast eine Straßenbahnstunde von der Schule und den Freunden entfernt wohnt, läßt sich gemeinsam kaum etwas unternehmen. Höchstens, wenn man es echt plant. Aber der Lorenz ist noch nie ein großer Planer gewesen und war immer für Spontanideen. Doch ich habe leider nichts davon gehabt, wenn er mich zehn Minuten nach drei Uhr angerufen und gesagt hat, daß er im Bad ist und ich hinkommen soll, weil es ohne mich stinklangweilig ist. Aber er kann leider nur bis halb fünf bleiben, dann muß er in die Klavierstunde. Eine Stunde zum Bad fahren und eine Stunde wieder heim, nur um den Lorenz eine halbe Stunde zu sehen, wäre ja Unsinn gewesen! Aber wenn ich ihm das am Telefon gesagt habe, hat er mich »fades Stück« genannt und war beleidigt.

Fast jeden Vormittag in der Schule habe ich hören müssen, daß die Lizzi und die Polli und der Lorenz am

Nachmittag vorher zusammengewesen sind. Hat sich so ergeben! Ist ihnen halt danach gewesen, und mich haben sie nicht angerufen und eingeladen, weil es eh um »nix Besonderes« gegangen ist. Am bittersten war für mich, dahinterzukommen, daß der Lorenz und die Lizzi zweimal miteinander im Kino gewesen sind! Angeblich haben sie einander dort »zufällig« getroffen, aber an solche Zufälle kann nur ein Obernaivling glauben, wenn die beiden die Zufälle geheimhalten und man nur zufällig draufkommt! Es hätte aber gar nicht dieser aufgedeckten »Zufälle« bedurft! Ich habe auch so gespürt, daß es zwischen dem Lorenz und mir nimmer wie früher ist. Und zwischen der Lizzi und mir auch nimmer. Bloß mit der Polli und mir war noch alles o. k.

Übrigens habe ich auch kapieren müssen, daß das Liebesleben meines Vaters ein weit abgründigeres ist, als ich angenommen hatte. Angenommen hatte ich nämlich nicht viel, denn der Papa hatte immer so getan, als habe er nichts als hin und wieder eine »Flamme«, mit der er ein bißchen flirtet. Und ansonsten lebt er mönchisch!

Nicht nur, daß gleich am ersten Abend, als wir hundemüde von München angekommen waren, viermal hintereinander das Telefon klingelte und der Papa viermal einem »Liesi-Hasi« erklärte, daß er heute wirklich nicht »abkömmlich« sei und auch nicht wisse, ob er es morgen sein werde, und jedes der vier Telefongespräche mit »Aber ich dich doch auch!« beendete – was garantiert eine verschämt-verkürzte Antwort auf eine Liebeserklärung gewesen ist! Es kam noch sehr viel dicker. Am zweiten Tag im trauten Papa-Heim, gegen fünf Uhr am

Nachmittag, läutete es an der Wohnungstür. Ich dachte: Das wird endlich der Papa sein! Der wird beide Arme voll Tragetaschen mit Sachen für das Nachtmahl haben und keine Hand frei, um die Schlüssel aus der Hosentasche zu holen!

Ich lief zur Tür und öffnete. Da stand zwar wer mit Tragetaschen in beiden Armen, aber es war keineswegs der Papa. Es war eine hübsche Dame, und aus der einen Tragetasche schaute der Griff von einem Schirm-Knirps, aus der anderen die Spitze von einem Hausschlapfen.

Da die sehr hübsche Dame zu mir sagte: »Du bist sicher die Feli!«, war nicht anzunehmen, daß sie irrtümlich eine falsche Klingel erwischt hatte. Ich gab also die Wohnungstür frei und ließ sie in die gute Stube.

Die hübsche Dame ging zur Sitzbank, warf die prall gefüllten Tragetaschen drauf und sagte seufzend: »Dein Papa ist sichtlich nicht da, dabei hat er mir versprochen, ab vier Uhr daheim zu sein!«

»Mir auch!« sagte ich und seufzte gleichfalls.

Die Tragetaschen kippten um. Der Hausschlapfen, etliche aufgerollte Sockenpaare, zwei Unterhosen, ein Taschentuch, ein kleiner Kalender und ein Miniwecker fielen zu Boden, ein Naßrasierer plumpste nach, ein gestreiftes Pyjamahosenbein baumelte hinterher.

»Ich bin die Marina«, sagte die hübsche Dame. »Das sind Sachen, die deinem Papa gehören. Seit Wochen will er sie von mir abholen. Aber das schafft der Herr sichtlich nicht!«

Um meine leichte Verwirrung zu verbergen, bückte ich mich nach dem Papa-Kram, hob ihn auf und stopfte ihn in die Tragetaschen zurück, wobei ich feststellte, daß in denen, nebst Knirps und zweitem Hausschlapfen, noch eine Flasche Rasierwasser, eine Krawatte, Spielkarten, Sodbrenntabletten, ein Kugelschreiber, Pokerwürfel und zwei Paar Hosenträger ruhten. Eine Zahnbürste sichtete ich ebenfalls!

Die Marina setzte sich neben die beiden Tragetaschen. »Störe ich?« fragte sie.

Ich schüttelte den Kopf.

»Dein Papa hat mir erzählt, daß du bis zum Schulschluß bei ihm wohnen wirst«, sagte sie.

Ich nickte.

»Und nachher ziehst nach München?« fragte sie.

Ich zuckte vage mit den Schultern und war dankbar, daß sie nicht fragte, ob das »ja« oder »nein« heißen soll.

»Muß urschwer sein«, sagte sie. »Wie ich in deinem Alter war, sind wir vom dritten Bezirk in den neunten gezogen. Schon deswegen habe ich gelitten wie ein Schwein.« Dann fragte sie mich, ob ich den Eissalon drei Ecken weiter kenne. Der habe das beste Mangoeis in der ganzen Stadt.

Ich kannte den Eissalon noch nicht.

Die Marina lud mich ein, mit ihr in den Eissalon zu gehen. Ich nahm die Einladung an. Nicht, um das beste Mangoeis der ganzen Stadt kennenzulernen, sondern um dem Papa zu zeigen, daß ich »selbständig« etwas unternehme, wenn er nicht zur ausgemachten Zeit heimkommt!

Im Eissalon – das Mangoeis war wirklich Spitze –

bekam ich heraus, daß die Marina bis vor einem Monat die Freundin vom Papa gewesen ist und dann wegen dieser Liesi-Hasi »abserviert wurde«. Daß sie Keramikerin ist, erzählte sie mir auch. Mit eigenem Atelier, mit zwei Töpferscheiben.

Töpfern hat mich schon immer interessiert. Aber nicht die Baby-Art, wo man aus lauter Tonwürsten etwas zusammenpickt, das immer windschief wird. So fragte ich die Marina, ob ich auf ihren Töpferscheiben einmal ein bißchen probieren dürfe. Sie sagte sofort zu. Gleich morgen könne ich kommen, wenn ich Zeit hätte. Ich fand das superprima!

Mein Papa fand es weniger superprima. Das passe ihm schon überhaupt nicht, motzte er. Es sei doch sonderlich, wenn seine Ex-Freundin mit seiner Tochter Freundschaft schließt! Er wünsche die Marina in nächster Zeit nicht zu sehen, er sei allergisch gegen die Frau!

»Na schön«, sagte ich grinsend und griff zum Telefon. »Rufe ich sie halt an und teile ihr mit, daß du gegen sie allergisch bist und es sonderlich findest, wenn ...« Der Papa riß mir das Telefon aus der Hand. »Spinnst?« rief er. »Wie willst mich denn hinstellen?«

»So wie du bist!« sprach ich gelassen.

Da lenkte der Papa ein. Na schön, meinte er, ich könne ja bei der Marina töpfern lernen, wenn ich das so sehr möchte. Aber ich möge diese Marina-Freundschaft nur »außer Haus konsumieren«.

Das konnte ich ihm leicht zusagen, denn die Marina hatte ohnehin keine Lust, meinen Papa zu »konsumieren«!

Aber so kleine Problemchen mit dem Papa – und auch der Gram über den Lorenz – waren echter Pipifax gegen die Sauerei, die ich mir ahnungslos einbrockte und die mir eine Woche vor dem Schulschluß ein Erlebnis einbrachte, das ich echt nie mehr im Leben haben möchte!

Es fing damit an, daß mich auf dem Heimweg von der Schule, als ich aus der Straßenbahn ausgestiegen war und dem Papa-Haus zuwanderte, ein Bub ansprach. Einer in meinem Alter ungefähr. Der Bub war mir regelrecht unsympathisch! Daß ich mich trotzdem von ihm heimbegleiten ließ, hatte drei Gründe:

Erstens war ich traurig, daß ich in der Papa-Gegend kein Kind kannte, und hatte daher reges Interesse, einen »Bodenständigen« kennenzulernen.

Zweitens war der Bub schockhäßlich, direkt unappetitlich, und an diesem Tag hatten wir gerade mit unserem Religionslehrer, der ein furchtbar lieber Mensch ist, besprochen, daß man nicht nur zu denen nett und lieb sein soll, wo einem das Nett- und Liebsein leichtfällt, sondern auch zu denen, wo man sich damit schwertut. Denn die haben es besonders nötig.

Drittens hatte dieser Bub einen Hund an der Leine. Einen jungen Dackel. Und ich steh wahnsinnig auf Hunde! Und werde, bevor ich erwachsen bin, nie einen eigenen haben, weil weder die Mama noch der Papa Hunde-Fans sind. So suche ich eben dauernd Kontakt zu fremden Hunden!

Maxi hieß der bodenständige, schockhäßliche Bub mit dem Dackel. Den ganzen Weg bis zum Papa-Haus durfte ich den Hund an der Leine führen. Aber als mir dieser

Maxi knapp vor dem Haustor einen Arm um die Schulter legte, schüttelte ich den Arm wieder ab. So nett und lieb, dachte ich mir, muß man zu denen, wo einem das Nett- und Liebsein schwerfällt, auch wieder nicht sein.

Am nächsten Tag wartete dieser Maxi schon bei der Straßenbahnhaltestelle, als ich ausstieg. Wieder mit Hund. Diesmal nicht mit dem Dackel, sondern mit einem gefleckten Mischling der riesigen Art. Irgendwie kam er mit dem Vieh nicht zurecht. Dauernd zog der Riesenhund von ihm weg. Der wollte partout in die andere Richtung. Das kam mir komisch vor. Dann wurde es noch komischer. Der Riesenhund knurrte diesen Maxi an. Mit gefletschten Zähnen. Bitterböse! Da ließ dieser Maxi die Leine los, und der Hund flitzte davon. Und dieser Maxi rief hinter ihm her: »Renn zu, du blödes Biest!«

Der Hund verschwand um die nächste Ecke, und dieser Maxi wollte mich, seelenruhig, als ob nichts passiert wäre, weiter heimbegleiten. Und fragte mich, ob ich zu Hause einen Video-Recorder habe und ob er auf dem seine Super-Horror-Kassette abspielen könne. Die Kassette hatte er anscheinend unter seiner Jeansjacke, denn er klopfte, während er mich fragte, auf die linke Brustseite. Ich sagte zu diesem Maxi, daß er zuerst einmal seinen Hund suchen muß! Den kann er doch nicht einfach davonlaufen lassen!

»Jetzt scheiß dich net gleich an«, sagte dieser Maxi und lachte wie der Blöde. »Der findet von allein heim!« Dann drängte er wieder darauf, sich bei mir zu Hause das Super-Horror-Video »reinziehen« zu dürfen. Einen Arm wollte er mir auch wieder um die Schultern legen.

Ich log ihm vor, meine Eltern erlauben garantiert nicht, daß ich am Nachmittag fernschaue, und daß ich außerdem auch keine Zeit habe, weil ich in einer Stunde beim Zahnarzt sein muß. Dann sprintete ich in rekordreifem Tempo dem Papa-Haus zu. Der Maxi brüllte hinter mir her, daß er morgen zu Mittag wieder bei der Haltestelle auf mich warten wird.

Drei Tage noch wartete dieser Maxi bei der Haltestelle. Ich sah ihn jedesmal schon von weitem an der Haltestellentafel lehnen, duckte mich auf meinem Sitz und fuhr bis zur nächsten Haltestelle. Obwohl mein langer Heimweg dadurch noch um zehn Minuten länger wurde. Doch ich wollte mit dem komischen Kerl nichts mehr zu tun haben. Noch dazu, wo der schon wieder einen anderen Hund an der Leine gehabt hatte. Einen schwarzen Spaniel!

Kein Mensch hat drei Hunde. Drei so verschiedene! Und geht dann immer nur mit einem davon spazieren! Ich war mir ganz sicher, daß da etwas oberfaul ist. Ich hatte auch einen bestimmten Verdacht. Meine Mama hatte mir einmal erzählt, daß mein Onkel Tobi, als er noch ein Bub gewesen ist, zusammen mit seinem Freund im Park einen Hund »entführt« hat. Dann haben er und sein Freund als »redliche Finder« der verzweifelten Besitzerin den Hund zurückgebracht, und die hat ihnen aus Dankbarkeit einen Finderlohn gegeben.

Das, dachte ich mir, tut dieser Maxi auch. Aber nicht bloß einmal im Leben, wie mein Onkel Tobi, sondern tagtäglich. Und einen, der sich so sein Taschengeld verdient, den wollte ich mir möglichst vom Leib halten!

Eine Woche vor Schulschluß dann bin ich mit dem Papa daheim und widme mich, unter seiner Anleitung, dem Haushalt. Das heißt: Er wäscht das Geschirr ab, ich trockne es ab – obwohl das Humbug und verschleuderte Kraft ist. Die Mama und ich, wir haben unserem Geschirr immer Zeit gelassen, von alleine zu trocknen. Aber ich habe das dem Papa nicht gesagt, weil er sonst wieder irgend etwas Abfälliges über die Mama und ihre nicht vorhandenen hausfraulichen Qualitäten gesagt hätte; und das mag ich nicht. Während der Papa die Teller so emsig schrubbt, als müßte er die Porzellanmalerei wegkriegen, und ich die geschrubbten Teller schön brav poliere, reden wir über mein Lorenz-Problem. Der Papa tröstet mich und meint, daß es nicht viel zu bedeuten hat, wenn der Lorenz mit der Lizzi ins Kino geht. Ich, sagt er, sei eben jetzt »weit weg vom Schuß«, und Männer, auch die ganz jungen, sind bequem! Die nehmen leicht den Spatzen in der Hand für die Taube auf dem Dach! Allerdings, sagt er, wenn es die Lizzi drauf anlegt, mir den Lorenz auszuspannen, habe sie im Moment die günstigere Position. Aber dagegen könne man ja etwas unternehmen!

»Wie wär's«, fragt er, »wenn wir den Knaben für morgen in den Prater einladen? Wurstelprater zieht immer!«

Ich sage empört: »Ich erkaufe mir doch dem Lorenz seine Liebe nicht!«

Und da sagt der Papa: »Apropos kaufen! Hast du die Batterien für den Wecker besorgt?«

Hatte ich nicht. Total verschwitzt hatte ich den Auftrag. Weil mir das dumme Tellerabtrocknen ohnehin so langweilig ist und weil es eh erst Viertel vor sechs Uhr ist und weil ich nett zum Papa sein will, aus Dankbarkeit für seine Anteilnahme an meinem Liebesproblem, sage ich: »Mach ich schnell! Das Elektrogeschäft hat noch offen!«

Ich grapsche mir das Geldbörsel und flitze ab. Wie ich um die Ecke sause, dem Elektroladen zu, pralle ich direkt in den Maxi rein. Der hat schon wieder einen anderen Hund an der Leine. Einen mopsmäßigen! Der Maxi packt mich am Oberarm, hält mich fest und fragt: »Was hast gegen mich? Warum steigst nicht aus der Straßenbahn, wenn ich auf dich wart? Glaubst, ich bin blöd und seh nicht, daß du drin bist?«

Ich sage: »Nix hab ich gegen dich! Aber jetzt hab ich es eilig. Die Geschäfte sperren gleich zu.« Ich will weitergehen, aber der Maxi läßt mich nicht los, und er ist viel stärker als ich, und ich kriege meinen Arm nicht frei.

»Laß mich sofort los!« fauche ich ihn an.

»Ich möcht aber mit dir gehen!« sagt er und lockert seinen Griff kein bißchen.

»Ich aber nicht mit dir!« schreie ich ihn an und trete ihm gegen ein Schienbein, weil ich es schon überhaupt nicht haben kann, daß mich wer festhält.

Der Maxi verzieht, von wegen Schienbeintritt, das Gesicht, aber los läßt er nicht. Dann sagt er: »Wegen die Hund ... die gehören gar nicht mir. Die führ ich nur aus. Für alte Frauen mit kranken Haxen, die nimmer mit ihre Viecher spazierengehen können.«

»Ach so«, sage ich und schäme mich ziemlich für den Verdacht, den ich gegen ihn gehabt habe. Und weil der mopsmäßige Hund an meinen großen Zehen, die aus den

Sandalen rausschauen, emsig herumschleckt – was sehr kitzelt –, fange ich zu kichern an. Der Maxi läßt meinen Arm los. Ich hocke mich zum Hund und kraule ihn zwischen den Ohren. Das gefällt dem so, daß er zu sabbern anfängt wie ein Wasserhahn mit kaputter Dichtung und dicke Schleimfäden aus seinem Maul hängen.

»Gehn ma in den Park rüber!« sagt der Maxi.

Ich kraule weiter den Hund und erkläre dem Maxi, daß ich jetzt nicht in den Park gehen kann, daß ich Batterien für den Wecker kaufen und dann schnell wieder heimgehen muß. Aber wenn er mich den Hund an der Leine führen läßt, sage ich, kann er mit mir in den Elektroladen gehen und mich dann heimbegleiten.

»O. k.«, sagt der Maxi. »Aber gehn ma schon!«

Ich richte mich auf, wische mir die angesabberten Pfoten am Hosenboden und lasse mir die Leine aushändigen. Kaum habe ich die in der Hand, schaut der Maxi ganz aufgeregt und schreit: »Renn! So renn schon!«

»Warum soll ich rennen? Wohin soll ich rennen?« frage ich völlig perplex, aber da ist der Maxi schon losgejappelt und galloppiert dem Park zu, und näher kommend und dabei kreischlaut werdend, schrillt es mehrstimmig: »Aufhalten, den Buben! Aufhalten, den Gauner!«

Doch die Leute, an denen der Maxi vorbeispurtet, halten ihn nicht auf. Die schauen ihm bloß mauloffen nach, bis er im Park verschwunden ist. Bevor ich richtig zum Überlegen komme, was das zu bedeuten hat, sind je eine Frau rechts und links von mir, und ein Mann ist hinter mir. Die eine Frau reißt mir die Hundeleine aus der Hand, die andere Frau schimpft auf mich ein. So Nettigkeiten wie: Rotzpipen, Saumensch, verdorbene Kreatur und Hundsgfrast. Der Mann faßt mir von hinten in die Haare, packt eine dicke Portion meiner Ringellocken und reißt daran wie ein Wahnsinniger! Dann schreit die Frau, die mir die Leine entrissen hat: »Polizei, Polizei! Wo ist denn da ein Polizist!« Die Frau, die mich so ordinär beschimpft hat, schreit: »Immer wenn ma einen von die Spinatwachter braucht, is keiner da!« Und der Mann, der meinen Skalp traktiert, scheit: »'s Kommissariat ist eh um die Ekken herum, bringen wir des Luder hin!«

Es war der helle Irrwitz! Der grausliche Skalpgrapscher schob mich vor sich her, die Straße runter, um die Ecke, zum Polizeikommissariat. Die beiden Weiber flankierten mich rechts und links, der Mopsmäßige wuselte kläffernd hinterher. Mir kullerten die Tränen über die Wangen, weil der Mann ganz gemein meinen Kopf hin und her beutelte, nach vorne stieß und zurückzerrte und mir dabei jede Menge Haare ausriß. Was die Weiber währenddessen alles keiften, weiß ich nicht mehr genau. Ich erinnere mich nur mehr an: »Und so ein Gfrast is no net strafmündig, dem kann bei unsere deppatn Gesetze no gar nix passiern.« Und: »Gar net großziehn sollt ma so einen Gschrappn!« Und: »Angst und bang könnt einem werden um a Welt, wo solche Kreaturen die nächste Generation sind!«

Ich habe versucht, den dreien zu erklären, daß ich mit dem Maxi und dem Hund nichts zu schaffen habe; denn daß die ganze Aktion mit dem Mopsmäßigen etwas zu tun haben muß, war mir inzwischen klar. Die drei Furien haben mich nicht reden lassen. Sooft ich auch nur ein Wort gesagt habe, haben die zwei Weiber »Pappn halten!« gekeift, und der Mann hat noch wilder an meinen Haaren gezerrt.

Jedenfalls hätte ich nie gedacht, daß man von ganzem Herzen erleichtert sein kann, wenn man auf dem Kommissariat zwei Polizisten – einer männlich, einer weiblich – übergeben wird! Wie Schutzengel sind mir die erschienen. Ausreden haben sie mich auch lassen. Nur geglaubt haben sie mir leider nicht. Zuerst haben sie gesagt, ich soll besser gleich zugeben, daß ich zu der Kinderbande gehöre, die in der Gegend Hunde stiehlt und an einen »fahrenden Händler« liefert, der die Viecher an Labors verkauft, die Tierversuche machen!

Ich war darüber so entsetzt, daß ich nichts als »Nein-nein-nein, wirklich nicht« stammeln konnte. Dann ist die Polizistin – eigentlich war die eine Kriminalbeamtin, sie hat auch keine Uniform angehabt – mit mir in ein anderes Zimmer gegangen, wo wir allein waren. Da kann ich besser reden, hat sie gemeint. Ich konnte da wirklich besser reden und habe ihr ganz genau erzählt, wie das mit diesem Maxi gewesen ist. Jetzt hat sie mir geglaubt, daß ich kein Mitglied der Kinderbande bin, aber daß ich nicht weiß, wie dieser Maxi mit Familiennamen heißt und wo er wohnt, hat sie mir noch immer nicht abgenommen. Einen Vortrag über »falsche Kameradschaft« hat sie losgelassen. Als sie dann kapiert hat, daß ich erst eine Woche beim Papa wohne, war sie zu neunzig Prozent von meiner Unschuld überzeugt. Daß man in sieben Tagen nicht alle Kinder im »Kretzl« kennenlernt, hat ihr eingeleuchtet. Die restlichen zehn Prozent meiner Glaubwürdigkeit ergaben sich dadurch, daß sie mich nach meinem Papa ausfragte und ich ihr über ihn Auskunft gab. Da fiel ihr ein, daß sie den Papa »flüchtig« kennt. So ein seriöser, wohlsituierter Mensch mit Loft, BMW und Design-Atelier, meinte sie, wird keine Lügnerin zur Tochter haben, dafür sei mein »Milieu« zu gut. Gerecht ist diese Meinung zwar nicht, aber in der Lage, in der ich war, fand ich sie goldrichtig!

Schließlich rief die Polizeibeamtin den Papa daheim an und sagte ihm, daß sich seine Tochter auf dem Kommissariat befindet und er sie abholen soll.

Der Papa war etwas kreidebleich im Gesicht, als er ankam. Demütigst nickend wie der Sarotti-Neger (Neger soll man ja nicht sagen, aber »Sarotti-Schwarzer« klingt auch blöd), nickte und nickte er vor sich hin und murmelte »jawohl-jawohl-jawohl«, als ihm die Polizeibeamtin riet, besser auf mich aufzupassen, damit ich nicht wieder unschuldig in einen Schlamassel gerate. Er soll mich, sagte sie, über die Schlechtigkeiten, die es in der Welt gibt, ordentlich aufklären. Es bringt nichts, wenn Kinder naiv bleiben und von jedem das Beste annehmen!

Auf dem Heimweg vom Kommissariat meinte der Papa, daß es ihm unmöglich gelingen könne, mich im Blitzschnellverfahren über alle Schlechtigkeiten der Welt aufzuklären, und daß er mich deshalb die ganze nächste Woche wie seinen Augapfel hüten werde! Auch wenn er nicht weiß, wie er dann mit seiner Arbeit zurechtkommen soll. Aber schließlich hat er bis Schulschluß die Verantwortung übernommen, da kann er »mich nicht mir selber« überlassen, sonst passiert wieder was! Oder noch Ärgeres! Er verstieg sich sogar zur Behauptung, wahrscheinlich wäre es wirklich besser, Kinder so zu erziehen, wie es die Tante Annemi tut, denn die Anna oder die Soffi käme garantiert nie in so einen Schlamassel, die hätten gar keine Chance dazu! Zu seiner Ehre sei gesagt: Diese Ansicht hat er gleich hinterher widerrufen.

Ich versuchte den Papa zu beruhigen. »Kannst dich echt drauf verlassen, daß ich in so was nicht mehr verwickelt werde«, schwor ich ihm. »Großes Ehrenwort!«

Der Papa ließ sich nicht beruhigen. »Nein, nein«, sagte er, »jetzt hole ich dich jeden Tag von der Schule ab! Könnte leicht sein, daß dir der Hunds-Kerl auflauert und sich an dir rächen will, weil er meint, daß du ihn bei der Polizei verpfiffen hast!«

»Jetzt mach aber halblang!« rief ich. »Wir leben in Wien und nicht in einem Krimi!« Ich bin wahrlich kein speziell tapferes, wagemutiges Kind. Aber daß dieser Maxi garantiert nicht die Absicht hatte, sich zu rächen, war ich mir sicher. Der war verknallt in mich! Bis über beide Ohren! Der wollte mit mir »gehen«! So einer tut einem doch nichts an!

Gerade als ich das dem Papa klarmachen wollte, waren wir beim Haustor angekommen, und hinter dem Haustor standen die Hausbesorgerin vom Papa-Haus und die Frau, die unter dem Papa wohnt, und die zwei jammerten los: »Na, daß Sie endlich da sind! Gleich hätten wir die Feuerwehr gerufen! Das ist ja net zum Aushalten! Der Gestank! Und jetzt raucht's auch schon unter Ihrer Wohnungstür raus!«

»O Gott! Das Kraut!« schrie der Papa. Er wartete nicht, bis ich den Lift runtergeholt hatte, sondern rannte die

Treppe hoch. Wie der rasende Roland muß er über die achtundachtzig Stufen rauf sein, denn als ich mit dem Lift oben ankam, stand die Wohnungstür sperrangelweit offen, und der Papa war schon in der Wohnung drinnen.

Kotzgreulich stank es aus unserem trauten Heim! Rauchschwaden schwebten gemächlich zur Wohnungstür raus und das Treppenhaus runter!

Mein Papa stand in der Küchenecke und fluchte so ordinär, wie ich das bei ihm nicht für möglich gehalten hätte. In den Händen, abgesichert durch zwei Topflappen, hielt er einen Kochtopf. Aus dem kamen die Rauchschwaden. Er stellte den Kochtopf in den Abwasch und drehte das Wasser auf. Da zischte es ganz gewaltig und dampfte derart aus dem Topf, daß der Papa im Rauch verschwand. Ich konnte ihn nimmer sehen, nur mehr sein Geklage war zu hören: »Der schöne, teure Topf! Der ist hin! Und die Krautfleckerln auch!«

Der Papa hatte, während er auf meine Rückkehr vom Elektroladen gewartet hatte, angefangen, Kraut für unsere Nachtmahlkrautfleckerln zu dünsten. Der Anruf der Polizistin hatte ihn dermaßen geschockt, daß er vergessen hatte, vor dem Weggehen die Kochplatte abzuschalten.

Eine Stunde lang haben wir mit zwei Handtüchern die Stinkluft zu den Fenstern rausgewachelt, dann sind wir auf eine Pizza zum Italiener gegangen. Als wir heimgekommen sind, hat es immer noch ein bißchen gestunken. In den Winkeln vor allem. Für einen Menschen mit Normalnase war es auszuhalten. Bloß hat mein armer Papa eine Superspürnase! Er hat bis Mitternacht gejammert, daß ihm vom angebrannten Krautgestank übel ist. Meiner Meinung nach war ihm aber übel, weil er vor der riesigen »Pizza à la Tonno« einen Mozzarella mit Basilikum, ein Schüsserl voll Oliven und zwei ganze Stangen Brot gegessen hat und nach der Pizza ein Riesentiramisu. Und hinterher hat er noch drei Gläser Grappa getrunken, weil ihm der Wirt den Grappa »auf Kosten des Hauses« serviert hat! Und der Papa hat gesagt, daß man das erstens nicht ablehnen darf, weil man den Wirt sonst kränkt, und daß er zweitens auf den Schreck wegen meiner »Arretierung« sowieso eine hochprozentige Stärkung braucht.

Wir haben also die ganze Nacht über alle Fenster offengelassen, damit der angeblich unausstehliche Geruch abzieht; was mir eine fast schlaflose Nacht beschert hat, denn abgesehen davon, daß es auf der Straße vor dem Papa-Haus auch in der Nacht total laut ist, hat der Papa gesagt, daß ich das Licht abdrehen muß. Sonst lockt mein Nachtlicht Scharen von Insekten an. Und ich kann nur wirklich gut schlafen, wenn ein Licht neben meinem Bett brennt. Ich weiß, das ist nicht normal, aber ich kann es nicht ändern.

Apropos Bett! Ich habe vergessen zu erwähnen, daß ich in der Papa-Wohnung kein richtiges Bett hatte. Ich schlief in der großen Hängematte, die der Papa einmal aus Südamerika mitgebracht und in einem Winkel der Wohnung montiert hat. Der Papa hätte ja für mich eine Matratze besorgen wollen, aber erstens habe ich gemerkt, daß er ein Matratzenlager als »Verunzierung« seiner Loft-Innenarchitektur ansieht, und zweitens hat es mir ohnehin Spaß gemacht, mich sanft in den Schlaf zu schaukeln. Ist nämlich echt ein Supergefühl. Als wäre man ein Baby in der Wiege.

Die Hängematte als Bettstatt fand ich also völlig o. k. Aber weniger o. k. fand ich, daß mein Papa immer wieder ganz speziell betonte, daß sie »für zwei Wochen« ein zumutbares Nachtlager sei. Klang peinlich intensiv danach, als ob er mich nicht vergessen lassen wolle, daß ich zwei Wochen lang bei ihm wohnen dürfe, aber keinen Tag länger! Das kränkte mich natürlich. Noch dazu, wo ich total darüber im unklaren war, wie es mit mir nach dem Schulschluß weitergehen wird.

Ich rief meine Mama in München nämlich überhaupt nimmer an, und wenn sie am Abend bei uns anrief, ließ ich sie mit dem Papa reden und verdrückte mich aufs Klo oder ins Bad und rief raus, daß ich im Moment leider nicht an den Apparat kommen könne und später zurückrufen werde; was ich aber jedesmal »vergaß«. Zweimal allerdings hob ich selber den Hörer ab, als die Mama am anderen Ende der Leitung war. Doch da blieb ich jedesmal wortkarg und fragte nicht nach, und meine Mama brabbelte bloß schuldbewußt und verlegen Unklartext und absolut nichts Konkretes über ihre und meine nähere Zukunft.

Damals redete ich mir ein, ich tue das, weil ich auf die Mama wegen ihrem verschwiegenen »Dingsda« noch immer stinksauer bin. Aber in Wirklichkeit verhielt ich mich wohl eher so, weil ich nicht wissen wollte, was mir für die Ferien blühte. Ich bin schließlich die leibliche Tochter meiner Mutter und habe mit ihren Genen von ihr geerbt, alles unangenehm Drohende weit fern von mir zu halten!

Klar war bis zum allerletzten Schultag eigentlich bloß, daß meine Mutter noch keine Wohnung gefunden, aber auch nicht beschlossen hat, den Päng-Job aufzugeben und heimzukommen! Und halbklar war, daß sie den »Dingsda« immer noch liebte. Das wußte ich von der Soffi. Die hatte gelauscht, als die Tante Annemi mit dem Onkel Gus darüber geredet hatte. Die Tante Annemi, hat mir die Soffi durchs Telefon posaunt, »betet zu Gott« und hält der Mama beide Daumen, daß »aus der Sache was wird«! Weil der »Dingsda« ein solider, wohlhabender Mann ist, der das Leben meiner Mama »in geordnete Bahnen lenken könnte«. Aber so ganz genau habe ich das nicht mitgekriegt, denn die Soffi hatte ja »Feli-Verbot«. Der Umgang mit mir war ihr untersagt worden. Vor einer, die von Tante und Onkel abhaut, muß man sein Kind schützen! Könnte ansteckend sein, so ein Verhalten! Nicht einmal von zu Hause traute sich die Soffi mit mir zu telefonieren. Vom Telefonhüttel bei der Siedlung rief sie mich jedesmal an. Und mehr als einen Schilling konnte sie bei ihrem knappen Taschengeld nie investieren, also bekam ich nur Bruchstücke der Bruchstücke mit, welche die Soffi erlauscht hatte.

5. Kapitel,

in welchem ich einem Wahnsinnsanschlag gegen meinen Leib und mein Leben entgehe und meinen Papa zu einem Schritt bewege, den er nur schweren Herzens und mir zuliebe tut.

Am Zeugnistag war ich schrecklich nervös. Nicht wegen der Noten. War eh klar, was ich zu erwarten hatte. Nichts Übles übrigens. Nicht einmal die Meise und der Hollander, das muß man gerechterweise sagen, ließen ihren Groll gegen mich in der Wissensbewertung aus. Nervös war ich, weil nun die »zwei Wochen« beim Papa um waren und er mir am Abend vorher gesagt hatte, die Mama wird ihn morgen vormittag im Büro anrufen. Bis dahin wird sie alles geklärt haben!

Mit einem mulmigen Gefühl saß ich also in der Schule und hörte mir die Abschlußansprache der Blaumeise an, die diesmal eine Kürze-Würze-Rede war. Nach knappen zwanzig Minuten hatten wir die grünen Wische in den Pfoten und waren mit guten Erholungswünschen (»Aber bitte, nicht nur vor dem Fernseher sitzen, sondern an die frische Luft gehen!«) in die Ferien entlassen.

Nun hatte ich aber dem Papa gesagt, daß die Zeugnisverteilung sicher eine ganze Stunde dauern und ich um zehn Uhr oder ein bißchen später den Schultempel verlassen werde. Weil mich der Papa nämlich abholen wollte.

Jetzt stand ich bereits zwanzig Minuten nach neun vor der Schule! Der Lorenz, die Polli und die Lizzi beschlossen, in den Eissalon zu gehen, um den Ferienanfang zu feiern. Und mein Papa ist immer ein Zuspätkommer. Und es ist niemandem zuzumuten, eine Stunde vor der Schule zu warten! O. k., ich hätte ihn anrufen können, daran habe ich halt nicht gedacht. Ich habe mir gedacht, es geht sich leicht aus, daß ich schnell auf ein Eis mitgehe. Der Lorenz hat mir auch versprochen, daß er mich auf seinem Rad zur Schule retour bringt. Mit dem Lorenz hatte ich nämlich am Zeugnismorgen, bevor die Blaumeise in die Klasse gekommen war, ein Vier-Augen-Gespräch, in dem er mir geschworen hatte, daß er nur mich mag und ich »blöd bin«, wenn ich denke, er mag die Lizzi lieber! Die ist ihm schnuppe! Sie biedert sich bloß an bei ihm, und er ist eben höflich und kann sie nicht einfach abschieben! Und so bin ich halt mit in den Eissalon.

Wir haben XX-Large-Vanille-Heiße-Himbeere verschlungen und über die Ferien geredet. Die anderen haben genau gewußt, wie sie die Ferien verbringen. Wann sie in Wien sein werden, wann sie auf Urlaub fahren. Und wohin. Die Polli hat wenigstens gewußt, daß sie nirgendwohin fahren wird. Nur ich mußte auf alle diesbezüglichen Fragen mit den Schultern zucken! Der Lorenz fragte mich, wann ich das endlich erfahren werde. Er muß das wissen, damit er die Kurzbesuche bei Omas und Tanten auf dem Land so einplanen kann, daß es seine üppige Freizeitgestaltung mit mir in Wien möglichst wenig stört. Statt daß ich drauf geantwortet hätte, daß ich es in einer halben Stunde vor der Schule vom Papa erfahren werde, sagte ich: »Keine Ahnung!« Und dann, als es gleich zehn Uhr war und der Lorenz fragte, ob er mich nun zur Schule fahren soll, sagte ich plötzlich – und Ehrenwort, das kam auch für mich wie aus heiterem Himmel: »Ich hab mir's anders überlegt! Fahr mich zur Marina!«

Den ganzen Weg über, vom Eissalon bis zum Haus der Marina, hockte ich verbotenerweise als Sozius auf dem Lorenz-Radl und sagte mir, daß ich total plemplem und übergeschnappt bin! Der Lorenz sagte es mir auch. Er sagte: »Dein Papa wird sich schön wundern, wenn er sich die Haxen in den Bauch steht, und du kommst nicht!« Er sagte: »Hätten wir ja wenigstens an der Schule vorbeifahren und ihm Bescheid stoßen können!« Und er fragte: »Warum willst du dich denn nicht mit ihm treffen?«

»Einfach so halt«, gab ich ihm zur Antwort. Und: »Weiß ich selber nicht!« Und dann noch: »Weil ich da was zum Töpfern angefangen habe, das trocknet sonst aus.« War natürlich der totale Blödsinn! Ich war bloß wieder am Fernhalten und Rausschieben und wollte so lange als möglich nicht wissen, wie meine Mama »die Situation geklärt« hatte.

Die Marina wunderte sich, als ich bei ihr einmarschierte. Wir waren ja nicht verabredet. Sie aß gerade ein »spätes« Frühstück und lud mich ein, teilzunehmen. Das Frühstück war ein üppiges. Mit Schinken und Eiern und Orangensaft und Kiwis und Toast und Honig und Käse. Wir futterten auf der Terrasse. Die Marina hat ein wunderschönes Haus, mit einem großen Garten dahinter. Selber verdient, mit der Töpferei, hat sie das nicht. Beim Töpfern wird man nicht reich. Aber sie hat »gestopfte« Eltern, die haben ihr das Haus geschenkt. Das Auto auch.

Und wenn sie ein sündteures Kleid haben will, braucht sie das nur ihren Eltern zu sagen, die kaufen es ihr sofort. Aber die Marina freut sich darüber nicht sehr. So wird sie nie richtig erwachsen und selbständig, sagt sie. Doch die Seelenstärke, das Geld ihrer Eltern abzulehnen, hat sie nicht. So ist sie in einem Zwiespalt, der zwar ein Luxuszwiespalt ist, aber auch nicht sehr lustig.

Wir waren gerade bei den Kiwis, als Vitamin-Abschluß, angelangt, da klingelte es an der Haustür, die Marina ging nachschauen und kam mit meinem Papa zurück.

Mensch, war der Mann bös und wild!

Eine Stunde, fauchte er mich an, japple er nun wie der Flocki hinter mir her! Zuerst zum Eissalon, weil er eh vermutet hatte, daß ich mir mit den anderen Deppen wieder so was ungesundes Eiskaltes in den Magen jagen werde! Dort habe er erfahren, daß ich auf dem Radl vom Lorenz weg bin! Zu zweit auf einem Radl! Der helle Wahnsinn, wenn das noch einmal passiert, kann ich was erleben, falls ich es überhaupt erlebe, weil man da leicht dabei hopsgeht! Und dann ist er zum Lorenz heim. Der hat ihm gesagt, wo ich zu finden bin.

Nicht einmal zu uns an den Tisch setzen wollte er sich. Wie einen Häftling wollte er mich abführen. Wahrscheinlich auch deswegen, weil er mit der Marina nicht hat reden wollen. Aber die Marina blieb ganz locker und lud ihn auf eine Tasse Kaffee ein, und da setzte er sich dann doch zu uns, und ich entschuldigte mich höflich für das »Mißverständnis«. Ich hätte die Verabredung mit ihm glatt vergessen, mogelte ich ihm vor. Und dann, vielleicht weil die Marina jetzt bei mir war, beschloß ich spontan, dem Fernhalten und Rausschieben ein Ende zu machen. Ich fragte: »Hat dich die Mama schon angerufen?«

Der Papa nickte.

»Was hat sie gesagt?« fragte ich.

Der Papa seufzte. »Das mit der Wohnung, die sie in Aussicht hatte, ist doch nichts geworden.«

»Jetzt kommt sie heim?« fragte ich hoffnungsvoll.

Der Papa schüttelte den Kopf. »Nein, den Vertrag mit diesem Päng hat sie fix unterschrieben.«

«Und?« fragte ich.

Der Papa wetzte ganz komisch auf seinem Sessel hin und her. Wie einer, der urdringend auf den Lokus muß. Mir schwante nichts Gutes.

»Und?« wiederholte ich.

»Tja«, sagte der Papa und wetzte weiter, »das ist halt in München nicht so leicht, und wie gesagt...«

Die Marina unterbrach ihn: »Red nicht herum, die Feli will wissen, wie es mit ihr weitergeht!«

Der Papa hörte zu wetzen auf, schaute mich an und nickte. »Also fürs erste«, sagte er, »hat dich deine Mutter für sechs Wochen in einem Camp in England angemeldet.«

Ich sprang auf, so schnell, daß zwei Kaffeetassen umkippten, und schrie: »Spinnt sie? Das kann sie sich abschminken! Nie-nie-nie mehr fahr ich in so ein Camp! Das habe ich ihr vorigen Sommer gesagt, wie ich zurückgekommen bin aus dem verdammten Lager! Und dir hab ich's auch gesagt!«

So ein Camp ist wirklich das Letzte! I-gitt-i-gitt-Essen, noch i-gitt-i-gittere Betreuer, und überhaupt reicht mir

Schule in der Schulzeit, in den Ferien brauch ich das nicht auch noch.

»Aber, schau ...« Der Papa stellte die Kaffeetassen wieder ordentlich hin. »Du mußt doch einsehen, daß ... also daß ...« Sichtlich wußte er selbst nicht, was ich einsehen sollte.

Ich stemmte die Arme auf den Tisch, warf dem Papa einen tödlichen Blick zu und sprach: »O.k.! Zwingt mich ruhig zum Hinfahren! Hau ich halt von dort ab! Ich bin von der Tante Annemi desertiert, ich schaffe es auch vom Camp!«

Dann lief ich ins Haus rein, in die Töpferwerkstatt, setzte mich zu einer Töpferscheibe und traktierte einen Tonklumpen, daß die Tonfetzen nur so durch die Gegend flogen. Gut hören, was mein Papa und die Marina redeten, konnte ich trotzdem, denn die Fenster waren offen.

Die Marina sagte: »Darf ich fragen, warum die Feli nicht weiter bei dir bleiben kann?«

Der Papa sagte: »Bei mir? Den ganzen Sommer? Unmöglich, ich muß schließlich arbeiten!«

Die Marina sagte: »Sie hat bisher bei ihrer Mutter gelebt, die hat auch immer arbeiten müssen!«

Der Papa sagte: »Und für den August habe ich schon den Urlaub fix gebucht!«

Die Marina sagte: »Das Kind ist reisefähig! Abgesehen davon, kann man einen Urlaub auch stornieren!«

Und dann hielt sie ihm einen längeren Vortrag darüber, daß meine Mama, seit sie vom Papa geschieden ist, wohl auch auf allerhand hat verzichten müssen, und daß sie es ganz »sauber beschissen« findet, wenn ein Mann sich groß was drauf einbildet, seine Tochter zwei Wochen lang zu betreuen. Als Schlußsatz schleuderte sie ihm entgegen: »Aber bitte, wahrscheinlich ist von einem Mann nicht mehr zu erwarten!«

Ich war kolossal ergriffen von der Ansprache. Aber daß sie Wirkung zeigen wird, hatte ich nicht erwartet. Tat sie aber! Der Papa kam zu mir rein, bat mich, mit der »Tonschleuderei« aufzuhören – weil ihn mehrere Tonbatzln getroffen hatten –, und verkündete, daß ich nicht ins Camp müsse! Ich könne bei ihm bleiben! Nur müßten wir da vorher ein Abkommen treffen!

In den ersten Teil des Abkommens einzuwilligen fiel mir nicht schwer. Ich müsse tolerieren, verlangte der Papa, daß er zwei-, dreimal die Woche am Abend weggehe. O.k., das war einzusehen und nicht weiter auszudiskutieren. Teil zwei zuzustimmen fiel mir allerdings schwerer. Ich dürfe nichts dagegen haben, wenn der Papa »eine liebe Freundin« in den August-Urlaub mitnimmt! Daß es sich bei der lieben Freundin um diese Liesi-Hasi handelt, ist mir natürlich klar gewesen. Und gegen die hatte ich, ohne sie je gesehen zu haben, einiges. Von wegen ewigem Telefon-Gesäusel mit dem Papa! Aber was hätte ich tun sollen? Leichter zu ertragen als ein Camp in England, dachte ich mir, wird sie sein. Ich wäre wahrscheinlich sogar bereit gewesen, dem Teufel seine Großmutter mit in den Urlaub zu nehmen, um nicht in so ein Englisch-Lern-Lager-mit-Morgensport zu müssen! Ich nahm also beide Bedingungen des Abkommens mit Handschlag an und war ehrlicher Seele bereit, sie einzuhalten! Superfair noch dazu!

Darum wehrte ich mich auch nicht, als mir der Papa zwei Tage später vorschlug, diese Liesi-Hasi kennenzulernen; obwohl mir schon auf der Zunge lag, zu sagen, es reiche, zu Urlaubsantritt ihre Bekanntschaft zu machen!

Zu einem »kleinen gemeinsamen Mittagessen«, hatte der Papa erklärt, habe er die Liesi-Hasi eingeladen. Erst als wir ein paar Ecken vor dem Restaurant das Auto parkten, sagte er: »Du ... nur daß du nicht erschrickst ... eventuell bringt die Liesi ... vielleicht ... ihren Sohn mit!«

»Warum könnte mich das erschrecken?« fragte ich vorsichtig und Ungemach witternd.

»War nur eine blöde Redewendung«, murmelte der Papa, nahm mich an der Hand und strebte dem Restaurant zu.

»Wie alt ist er denn?« fragte ich.

»Drei!« antwortete der Papa.

»Dreijährige Stöpsel haben in einem Restaurant nichts verloren«, sagte ich. Was eigentlich nicht meine Meinung ist, aber das hatte mein werter Vater am Abend vorher in der Pizzeria gesagt, als ein kleiner Winzling am Nachbartisch ins nervende Quengeln verfallen war.

»Ja, ja«, seufzte der Papa. »Aber sie wollt halt, daß ihr Kinder einander kennenlernt!«

Ich blieb stehen. »Soll ich vielleicht mit einem Dreijährigen Freundschaft schließen?« rief ich empört.

»Du sollst bloß die nächste Stunde manierlich über dich ergehen lassen, sonst gar nichts!« Der Papa zog mich weiter. Vor der Tür vom Restaurant angekommen, sagte er hoffnungsvoll: »Vielleicht hat ihn die Liesi eh bei seiner Oma gelassen.«

Hatte die Liesi-Hasi leider nicht! Fast hätte ich das allerdings schon angenommen, denn bei dem Tisch, auf den der Papa zusteuerte, saß nur eine Frau, kein Kleinkind. Die Frau war – Ehrenwort – exakt, wie ich sie mir vorgestellt hatte. Blondwellig, blauäugig, rosenmundig, flatterwimprig, pausbäckig, kurviges Oberteil, ansonsten puppenzierlich.

Der Papa sagte zu ihr, daß ich »seine« Feli sei. Zu mir sagte er, daß die Dame die »liebe« Liesi sei. Daß er sie nicht »seine« Liesi nannte, nahm ich mit Befriedigung zur Kenntnis.

Die Liesi-Hasi strahlte mir entgegen, als wären hinter ihren Augen Scheinwerfer angegangen, und ihr Rosenmündchen öffnete sich zu einem: »Süüüüüüüß!« Anzunehmen, daß damit meine ganze Person, von den blaugesprayten Ponysträhnchen bis zu den schwarzlackierten Zehennägeln, gemeint war.

Wir setzten uns zum Tisch. Der Papa neben das Liesi-Hasi, ich dem Papa gegenüber.

»Nun lerne ich dich endlich kennen!« sagte das Liesi-Hasi zu mir. Es klang, als werde ihr damit der größte Wunsch ihres Lebens erfüllt. Ich wußte nicht recht, was darauf zu sagen wäre. Aber ich wurde sowieso einer Antwort enthoben, denn hinter uns schepperte es plötzlich ganz gewaltig. Mein Papa duckte sich ein bißchen und machte ein Zahnwehgesicht.

»Ach, der kleine Tolpatsch!« rief die Liesi-Hasi. Sie sprang auf und stöckelte, auf Elf-Zentimeter-Absätzen, eilig davon. Ich drehte mich um. Hinten im Raum war eine alte Kredenz. Vor der, auf dem Fußboden, lagen jede Menge Gabeln, Messer und Löffel. Im Messer-Gabel-Löffel-Haufen stand ein kleiner Bub. Der hielt eine große, leere Bestecklade in den Händen, verkehrt herum, und krähte hocherfreut: »Bumm-bumm-gemacht!«

Rechts und links vom kleinen Buben hockte je ein Ober und machte sich mit Essig-Gesicht daran, das verstreute Eßwerkzeug einzusammeln.

Dann war die Liesi-Hasi bei der Eßzeugsauerei, hob den kleinen Buben aus dieser heraus und sprach zu den hockenden Obern: »Sie sollten vielleicht besser die Sachen so verwahren, daß Kinder nicht drankönnen! Der Kleine hätte sich ein Auge ausstechen können!«

Der eine Ober fuhr hoch, wollte sichtlich etwas Passendes auf diese Rüge erwidern, doch der andere Ober zupfte ihn am Hosenbein und machte Beschwichtigungsbewegungen. Worauf sich der hochgefahrene Ober wortlos wieder dem Einsammeln zuwandte.

Ich drehte mich zum Tisch zurück. Der Papa saß mit gesenktem Haupte da. Ich konnte mich nicht entscheiden, ob er ausschaute wie ein wütender Stier, der gleich nach vorne preschen wird, oder wie ein demütiger Mann, der betet: Herr, laß auch diesen Kelch an mir vorübergehen!

Um die Tortur der nächsten Stunde in angebrachter Kürze zusammenzufassen: Kaum war der Zwerg von seiner Mutter an unseren Tisch getragen, griff er sich die Speisekarte – mit derart eiserner Patschpfote, daß sie hinterher unregelmäßig, aber heftig plissiert war – und kreischte: »Spaghetti-Spaghetti-Spaghetti!« Aber es war nun einmal ein Urwiener Restaurant. Die hatten vom Tafelspitz bis zum Salon-Beuschel und dem Kaiserschmarren alle Wiener Schmankerln, aber keine Spaghetti. Als man dem Zwerg dieses erklärt hatte, geriet er in heftigen Zorn. Er trommelte mit beiden Fäusten auf den Tisch.

Der Papa sagte, daß Trommeln keine Spaghetti herzaubert. Das vergrämte den Zwerg so sehr, daß er zu heulen anfing. Zuerst einigermaßen verhalten, dann so kreischlaut, daß der Papa und die Liesi-Hasi ihre Debatte, ob man bei einer Einladung auf die Vorlieben kleiner Kinder Rücksicht nehmen müsse, nicht weiterführen konnten. Die meisten anderen Gäste legten entsetzt Messer und Gabeln weg und starrten zu unserem Tisch.

Irgendwie gelang es der Liesi-Hasi mit Streicheln und Gurren, dem Kreischgeschrei ein Ende zu machen. Der Zwerg barg sein verheultes Gesicht an ihrer üppigen Vorderfront, und wir konnten bei einem Ober, der auf uns herunterschaute, als wären wir eklige Küchenschaben, das Essen bestellen.

Das Essen kam im Nu. So schnell wie ich das noch in keinem Lokal erlebt habe. Wahrscheinlich hat der Ober in der Küche inständig gebeten, uns »vorrangig« zu bekochen, damit wir schnell wieder verschwinden! Für den Zwerg hatte die Liesi-Hasi nichts bestellt. Dafür säuselte sie unentwegt busenwärts: »Kriegst Nudeli, schöne Nudeli, daheim!«

Beinahe hätten wir in aller Ruhe fertig essen können. Doch dann kehrte der Zwerg dem Busen den Rücken, grapschte nach dem Bierglas der Liesi-Hasi und wollte es zum Munde führen.

»Pfui, gacka«, gurrte die Liesi-Hasi und versuchte dem Zwerg das Glas zu entwinden, aber der klammerte seine Eisenpfote drum herum, und das Krügel kam ins Schwanken, und – hast-du's-nicht-gesehn – schwappte ein halber Liter Bier in weitem, breitem Schwung auf den Tisch, tränkte das weiße Tischtuch, ergoß sich in unsere Teller, über mein halbes Schnitzel, über meines Papas Saibling und den Rostbraten der Liesi-Hasi. Worauf Liesi-Hasi und Zwerg gleichzeitig das Krügel losließen und dieses ebenfalls auf den Tisch fiel.

Der Zwerg flutschte vom Schoß der Liesi-Hasi und ging unter dem Tisch in Deckung. Die Liesi-Hasi versuchte mit den Stoffservietten das klatschnasse Tischtuch abzudecken. Während sie es tat, deutete sie bodenwärts, wo, vom tief herabhängenden Tischtuch verborgen, der Zwerg war, und flüsterte gerührt: »Jetzt schämt es sich, das Spatzi, das arme!«

Ich wäre am liebsten, samt Tisch, biervollem Teller und Papa – aber ohne Liesi-Hasi und Zwerg! – in den Erdboden versunken! Ich bin kein Superschüchti, aber so was von peinlich hält nicht einmal ein Elefant aus. Kein einziger Mensch im Lokal aß jetzt mehr, alle starrten zu uns und tuschelten miteinander. Sogar von Tisch zu Tisch! Die Ober übrigens waren nach dem Bierregen im Eilschritt hinter einer Tür mit der Aufschrift »Büro« entschwunden. Meiner Meinung nach, um dem Chef mitzuteilen, daß sie der Lage im Lokal nimmer Herr seien.

Als Gipfel des Wahnsinns passierte dann folgendes: Die Liesi-Hasi war noch dabei, den Tisch trockenzulegen, der Papa zischelte wiederholt »Laß das, das bringt nix«, und ich starrte auf den Biersee in meinem Teller, da spürte ich auf einmal einen irren Schmerz im rechten Wadel. Einen ganz merkwürdigen, von einer Schmerzsorte, die mir neu war. Weil mich der Schmerz so unvermutet-unvorbereitet überfiel, schrie ich laut auf.

Der Papa zischte mir zu: »Dreh nicht auch noch durch!«

Ich lüpfte, nun nur mehr verhalten stöhnend, die Tischdecke. Da hockte der Zwerg, in mein rechtes Wadel verbissen, und starrte mit Giftäuglein zu mir hoch!

Ich zog mein linkes Bein an, um ihm mehr Schwung und Kraft zu geben, und trat nach der tollwütigen Bestie. Wo diese mein Tritt getroffen hat, weiß ich nicht. Wie der ganze Restaurant-Wahnsinn weiterging, weiß ich auch nicht. Ich weiß bloß noch, daß das verdammte Kind mein Wadel freigab, daß ich aufsprang, wobei mein Stuhl umkippte, und daß ich grußlos aus dem Lokal rannte, während es hinter mir zwergisch brüllte, kreischte und röhrte!

Ich habe meinen Papa natürlich, als er eine Stunde später ermattet heimgekommen ist, danach gefragt. Aber er hat nur tief geseufzt und gefleht: »Tochter, kein Wort mehr davon, ich möchte es so schnell wie möglich vergessen!«

Taktvoll, wie ich nun einmal bin, habe ich nicht weiter gebohrt. Mir hat es gereicht, daß er mich wegen meines »unheimlich starken Abgangs« nicht gerügt hat. Wäre zwar eine Riesensauerei gewesen, doch bei einem Vater, der sich in so was wie diese Liesi-Hasi verliebt, kann ja alles möglich sein!

Gerügt hat mich der Papa aber sowieso jeden Tag. Immer ist es dabei um seinen krankhaften Ordnungssinn gegangen! Jeden Abend, wenn er daheim war, habe ich mir anhören müssen: »Wenn zwei Menschen auf kleinem Raum eng zusammen leben, müssen sie aufeinander Rücksicht nehmen!« Was im Klartext geheißen hat, daß ich auf ihn Rücksicht nehmen muß und kein bißchen schlampig sein darf! Daß er auf meine etwas lockereren Ansichten, Ordnung betreffend, Rücksicht nehmen könnte, ist ihm nicht in den Sinn gekommen. Wenn ich das vorgeschlagen habe, hat er stur und steif behauptet, Ordnung halten sei eine Tugend, Unordnung machen sei ein Laster, und die Tugend werde sich nie und nimmer dem Laster beugen. Basta!

Eines Nachts nun, als ich schlaflos in meiner Hängematte lag – weil meines Vaters Bedürfnis, bei offenem Fenster und ohne Mücken zu schlafen, gegen mein Bedürfnis, bei Licht zu schlafen, wieder einmal gesiegt hatte –, dachte ich daran, wie schön es wäre, wieder in der Mama-Wohnung, in meinem lieben Zimmer, zu schlafen. Mit Licht! Und überhaupt mit all meinem geliebten Kram. Sogar meine alten Puppen und Kuschelviecher gingen mir ab, meine Bücher und die vermischte Schreibtischladensauerei! Wenn ich wieder daheim wohnen könnte, dachte ich mir, wäre ich auch näher beim Lorenz und der Polli. (An der Lizzi hatte ich kein Interesse mehr, seit sich die Kuh erwiesenermaßen so an den Lorenz rangemacht hatte!) Und wir könnten viel öfter miteinander etwas unternehmen! Und ich könnte auch viel leichter verhindern, daß weitere Glupschaugenversuche der Lizzi in Richtung Lorenz etwas fruchten! Und zum Bad, wo in den Ferien immer ein paar Kinder aus meiner Klasse sind, wären es auch bloß ein paar Minuten und keine Weltreise!

Plötzlich fiel mir ein, daß ich mit dem Papa in die Mama-Wohung ziehen könnte! Wär doch auch viel besser für ihn, dachte ich mir. Bliebe meine Unordnung in meinem Zimmer, er müßte sie nicht sehen, wenn er die Tür nicht aufmacht. Der Streit um Licht und offene Fenster fiele weg! Sogar einen Parkplatz würde er dort leicht finden und müßte nicht jeden Abend eine halbe Stunde um den Häuserblock kurven. Leiser ist es in der Nacht in der Mama-Wohnung auch, da wummern die Autos und die Straßenbahn nicht unentwegt vorbei. Und Unordnung, die ich eventuell im Wohnzimmer oder in der Küche machen würde, die tät die Swetlana wegputzen, denn die bekommt von der Mama sowieso Geld, damit sie die Wohnung in Ordnung hält!

Ich war so begeistert von der Idee, daß ich beinahe nimmer einschlafen konnte. Es begann schon zu dämmern, da döste ich endlich noch einmal weg. Aber lange vor dem Papa, der sonst immer als erster munter ist, war ich wieder wach. Ungeduldig wartete ich, daß sein sanftes Schnarchen endlich ein Ende hat! Um das Ende schneller herbeizuführen, summte ich ein Liedlein vor mich hin. Hierauf fing ich zu husten an. Aber solche

Mini-Geräusche können einen Mann, der bei offenen Fenstern über einer stark befahrenen Straße vor sich hin schnarcht, nicht belästigen! Schließlich kam mir der Glas-Müllabfuhr-Wagen zu Hilfe. Die Container sind zwar zwei Straßenecken weiter, aber der höllische Lärm, den es gibt, wenn die grünen Tonnen geleert werden, den kann nicht einmal mein Papa verschlafen. Er fuhr hoch, greinte »verdammt«, sprang auf und machte sich daran, alle Fenster zu schließen. Als er beim vierten und letzten war, hatte der Glas-Müll-Mensch sein Werk jedoch getan, und der Geräuschpegel ging auf übliche Lautstärke zurück. So machte der Papa die Fenster wieder auf. Als er das geschafft hatte, sagte er vergrämt: »Na, und jetzt bin ich munter!«

»Ist auch gut so«, sagte ich zu ihm. »Ich muß eh etwas Wichtiges mit dir besprechen!«

Der Papa tapste zur Küchenecke, drehte das Wasser auf, hielt die Filterkanne drunter und sagte: »Besprich!«

»Wir sollten in die Mama-Wohnung ziehen«, sagte ich.

Der Papa drehte das Wasser ab. »Schnapsidee!« murmelte er.

»Eine Superidee«, widersprach ich und zählte alle Vorteile der Mama-Wohnung, die ich mir überlegt hatte, auf. Und fügte hinzu: »Die Mama hat garantiert nichts dagegen! Wenn du's nicht glaubst, ruf sie an!«

Der Papa tat Kaffee in den Filter, schaltete die Maschine an und schüttelte weiter den Kopf. »Keine zehn Rösser bringen mich in diese Wohnung!«

Ich dachte: Zehn Rösser nicht, aber deine Tochter schon! So schnell bin ich nicht kleinzukriegen, wenn ich felsenfest überzeugt bin, daß etwas vernünftig ist. Und daß bei meinem Papa die Methode »Steter Tropfen höhlt den Stein« am wirkungsvollsten ist, hatte ich damals schon begriffen. Also ließ ich es stets auf den Papa-Stein tropfen. Keine halbe Stunde, die wir zusammen waren, verging, ohne daß ich ihm ein schönes Detail eines besseren Vater-Tochter-Lebens in der Mama-Wohnung ausmalte. Das zeigte Wirkung! Von Tag zu Tag wurden seine ablehnenden Stellungnahmen weniger stur. Als Tropfen, der den Stein besonders gut höhlt, erwies sich meine Behauptung, daß ich in der Mama-Wohnung viel lieber am Abend, wenn er ausgeht, allein daheim bliebe. Ich muß zugeben, daß ich Teil eins unserer Abmachung, nicht zu motzen, wenn der Papa am Abend weggeht, kaum eingehalten habe. Ich hasse einsame Nächte!

Zweitbester Steinhöhler war das Lockangebot Swetlana! Jedesmal, wenn ich ihm vorschwärmte, wie toll und schnell, und dazu noch von der Mama bezahlt, die Swetlana alles blitzsauber halten würde und daß ich unter ihrer Anleitung nichts lieber täte, als zu wischerln und zu putzerln, kam direkt ein sehnsüchtiges Flackern in seine Augen.

Nach vier Tagen hatte ich es geschafft!

»O.k.«, sagte der Papa schwer seufzend. »Dann wohn ich halt vorübergehend mit dir in der Wohnung deiner Frau Mutter! Anerkenne gefälligst, daß ich das Äußerste für dich zu tun bereit bin! Ich liebe nämlich meine Wohnung sehr!«

»Aber deine Tochter liebst du noch mehr als deine Wohnung«, rief ich, sprang an ihm hoch, schlang die Arme um seinen Hals und die Beine um seinen Bauch-Äquator.

»Laß das, bring mich nicht um«, stöhnte der Papa und tat, als wolle er mich schnell vom Leibe haben. Diese Art von Ruppigkeit spielt er gern. In Wirklichkeit tun ihm ein paar kleine Zärtlichkeiten ganz wohl.

6. Kapitel,

in welchem sich der Ferienalltag dahinzieht, ich meines Papas Urlaubsproblem durchschaue und einen Tauschhandel vorschlage, damit er – und auch ich – giftzwergfrei bleiben.

Daß unser zweisames Leben in der Mama-Wohnung wirklich jede Menge Vorteile hatte, mußte auch bald mein Papa zugeben. Ich gab mir ja wirklich Mühe, ihn davon zu überzeugen! Jeden Abend, bevor er heimkam, inspizierte ich Wohnzimmer, Vorzimmer und Küche mit Argusaugen auf herumliegenden Kram und schaffte hurtig weg, was einen Ordnungsfanatiker ärgern könnte. Und der Swetlana half ich meistens beim Putzen, wenn sie am Dienstag und Freitag vormittag bei uns werkte. Wobei ich allerdings in einem Zwiespalt war, denn meine Mitarbeit verkürzte die Arbeitszeit der Swetlana jedesmal um eine Stunde, und das verringerte ihr Einkommen. Und ich mutmaßte, das könnte ihr vielleicht gar nicht gefallen. Die putzt ja nicht fremde Wohnungen zum Spaß, sondern weil sie Geld verdienen muß.

Lorenzmäßig war unser Umzug allerdings ein Flop, denn kaum war ich zwei Tage wieder daheim und nur zehn Gehminuten von ihm entfernt, war er auch schon futsch! Seine Eltern hatten den Urlaub aus irgendwelchen Familiengründen vorverlegen müssen. Blieb mir also nur die Polli. Mit der traf ich mich fast jeden Tag. Wenn schönes Wetter war, gingen wir ins Bad. Wenn es nach Regen ausschaute, fuhren wir zu ihrer Oma in den Schrebergarten. Obwohl ich gern im Bad bin, war mir der Schrebergarten noch lieber. Die Polli-Oma ist unheimlich schnuckelig. Die ist eine kugelrunde Frau mit karottenrot gefärbten Haaren und riecht nach Vanillekipferln. Sie hat ein Zahnersatzteil – vier obere Schneidezähne mit Drahthakerln dran. Wenn sie etwas gegessen hat, holt sie nachher ganz ungeniert das Zahnersatzteil aus dem Mund, wischt es mit einem Schürzenzipfel sauber und schiebt es sich wieder rein. Einfach faszinierend, ihr dabei zuzuschauen! Sie hat auch so eine liebe, umsorgende Großmutterart. Aber keine aufdringliche! Und lauter komische Sprüche hat sie drauf. Keine sehr vornehmen, allerdings! Wenn sie einem etwas erklären will, und man unterbricht sie dabei, sagt sie: »Jetzt scheiß mir net in die Kram, bevor ich auspackt hab!« Wenn man ihr etwas erklärt, und sie hält nichts davon, sagt sie: »Beim Arsch, Herr Karl!« Und wie ich der Polli die Ribisel weggefuttert habe und sich die Polli deswegen beschwert hat, hat sie gesagt: »Eine langsame Sau kommt selten zu einem warmen Bissen!«

Zuerst hat sich die Polli vor mir für ihre Oma geniert. Ganz rot im Gesicht ist sie jedesmal geworden, wenn die Oma einen ihrer Sprüche gesagt oder die Zähne herausgeholt hat. Sie hat gedacht, ich wäre mehr für das Feine, Vornehme. Als sie dann gemerkt hat, daß ich eh unheimlich auf ihre Großmutter stehe, hat sie sich ziemlich gefreut. Das ist nämlich wirklich eine blöde Sache! Man redet oft, ohne viel zu denken, allerhand daher und hat keine Ahnung, daß man damit einem anderen weh tut. Bei uns in der Klasse sagen viele Kinder, wenn ein Mädchen billig oder geschmacklos angezogen ist, »die ist hausmeistermäßig in Schale«. Wenn jemand etwas Kleinkariertes sagt, heißt es auch: »Red nicht so hausmeistermäßig daher!« Und die Polli-Oma ist Hausmeisterin! Das habe ich erst im Schrebergarten von ihr selbst erfahren. Die Polli hatte es mir verschwiegen. Eh klar, wenn in der Klasse »Hausmeister« ein Schimpfwort ist. So viel Mut, daß sich ein Kind hinstellt und sagt, daß es eine Sauerei ist, Hausmeister zu verachten, und daß es eine ganz-ganz liebe Hausmeisterin zur Oma hat und niemand in der Klasse mehr »hausmeistermäßig« sagen soll, ist nicht zu verlangen. Brächte ich auch nicht zuwege. Obwohl es wirken würde!

Wenn mir nicht gerade nach Polli und Polli-Oma oder Hausputz mit der Swetlana war, ging ich zur Marina töpfern. Ganz schön weit brachte ich es in der Töpferkunst. Daß ich einen tollen Farbensinn habe, stellte sich heraus. Ohne mich loben zu wollen: Ich erzeugte beim Glasieren meiner Tonprodukte recht reizvolle Farbkombinationen. Eine Kundin, die zur Marina kam, um ein Geschenk für ihre Schwester zu kaufen, zog mit einer Schüssel ab, die ich gemacht hatte!

Aber Töpferin, warnte mich die Marina, soll ich später einmal trotzdem nicht werden. Da verdient man wenig. Und mein Papa, meinte sie, würde sicher nicht bereit sein, mich so üppig zu unterstützen wie ihr Vater, denn mein Papa sei ein »sparsamer« Mensch. Das sagte sie so, als ob sie viel lieber »stinkgeizig« gesagt hätte und es nur aus Rücksicht auf mich unterdrückte. So kleine Seitenhiebe auf ihren Ex-Freund tätigte sie recht gern. Aber nie ungerecht! Ein Fuzerl geizig ist der Papa nämlich schon.

Zumindest ist er nicht so großzügig wie meine Mama. Die gibt leichter Geld aus; dabei hat sie weniger als er. Die fragt zum Beispiel nie, ob ich etwas »wirklich brauche«. Wenn mir etwas wirklich gefällt, schenkt sie es mir. Einmal hat sie mir sündteure Sandalen gekauft, obwohl ich sandalenmäßig sowieso ein Überangebot hatte, und dann haben wir nicht einmal Geld gehabt, um Nachtmahl einzukaufen, und haben vergnügt staubige Cracker und saure Gurkerln gefuttert. So was würde der Papa nie tun. Na ja, dafür träumt er auch nie – so wie die Mama manchmal –, daß ein Gerichtsvollzieher an der Tür klingelt und seine rechte Hand pfänden will!

Die Marina war auch so lieb, an den Abenden, die mein Papa beim Liesi-Hasi zubrachte, mit mir auf eine Pizza zu gehen oder mir bei ihr daheim Nachtmahl zu kochen.

Nachher hat sie mich immer bis vor die Haustür gefahren und im Auto gewartet, bis ich die Treppe rauf und in der Wohnung drin war, überall Licht angeknipst, ein Fenster aufgemacht und zu ihr runtergewunken habe, daß alles o.k. ist. Was nicht o.k. hätte sein können? Keine Ahnung! Meine Allein-bleibe-Angst ist keine konkrete wie vor Einbrechern, Gespenstern, Sittenstrolchen und dergleichen Raritäten. Die ist mehr ein vages Gänsehautgefühl mit Kniewabbern vor nichts Bestimmtem. Und die Gänsehaut und das Kniewabbern waren wesentlich weniger, wenn ich aus der leeren Wohnung der Marina ein bißchen zugewunken habe. Die Marina war auch so taktvoll, mich gar nicht zu fragen, ob ich mich fürchte, die einsame Wohnung zu betreten. Sie hat einfach gesagt, es würde ihr Spaß machen, mir noch zuzuwinken, und ich habe gesagt, daß ich ihr diesen komischen Wunsch ja erfüllen kann!

Gegen Mitte Juli fing ich an, wegen unseres Urlaubs ein bißchen nervös zu werden. Am ersten August, hatte der Papa gesagt, wolle er losfahren. Aber irgendwo irgendwas gebucht hatte er noch nicht. Mir war nicht einmal klar, wohin wir fahren werden. Von Irland war die Rede gewesen, von Portugal, von Sardinien, von Malta auch. Manchmal, wenn ich vorsichtig nachfragte, murmelte er, »so viel Arbeit im Moment« und »vielleicht verschieben« und daß ein wichtiger Auftrag »nicht fix« sei und er sich nach dem richten müsse. Ob er nun den Urlaub nach vorne oder nach hinten verschieben wollte, war einfach nicht aus ihm rauszukriegen. Aber das war urwichtig für mich! Auf Sommer-Sonne-Wasser-Strand, geteilt mit dem Liesi-Hasi, war ich ohnehin nicht versessen. Ich war mehr daran interessiert, den Lorenz wiederzusehen, und der hatte seine Heimkehr für den 23. Juli angesagt. Darum hätte es mich sehr gestört, wenn der Papa den Urlaub um eine Woche vorverlegt hätte. Dann hätte ich den Lorenz verpaßt. Und in den letzten zwei Augustwochen wollte der Lorenz seine Großeltern in Tirol besuchen. Da wäre er dann gerade nach Tirol abgedampft, wenn ich zurückgekommen wäre. Ich hätte also den Lorenz bis zum Schulanfang nimmer zu Gesicht bekommen. Ich wollte ihn aber unbedingt so schnell als möglich wiedersehen. Nicht nur aus liebender Sehnsucht, sondern weil sich herausgestellt hatte, daß der Lorenz nicht nur früher weggefahren war, sondern auch ganz woanders hin. Nicht nach Spanien, sondern nach Griechenland, auf eine Insel namens Paros, in die Stadt Parakia. Das war eindeutig der schönen Ansichtskarte zu entnehmen, die er mir geschickt hatte. Und die schöne Ansichtskarte, welche die Lizzi der Polli geschickt hatte, war ebenfalls in Parakia, Paros, Griechenland aufgegeben! Ganz unruhig und kribbelig hat mich das gemacht. Die Polli hat mich zwar damit beruhigen wollen, daß es in so einem Ferienort Tausende Touristen und Hunderte Hotels und Pensionen gibt und Dutzende Strände und daß die Lizzi und der Lorenz einander gar nicht begegnen müssen. Aber die Lizzi, da war ich mir ganz sicher, würde es zehn Kilometer gegen den Wind riechen, wenn der Lorenz wo ist! Wenn sie erst einmal Witterung aufgenommen hat, sagte ich mir, schnüffelt sie sich zu ihm durch und macht sich mit allen Tricks an ihn heran. Immer wieder murmelte ich mir vor, was mir der Lorenz am letzten Schultag geschworen hatte. Aber schwer beunruhigt blieb ich trotzdem und sehnte den 23. Juli herbei, um bestätigt zu bekommen, daß sein Zeugnistag-Schwur noch gilt.

Und dann holte ich mir im Bad einen »hinterseitigen« Sonnenbrand, weil ich, bäuchlings liegend, auf der Pritsche eingeschlafen war. Höllisch weh tat das. Besonders auf den Schulterblättern und in den Kniekehlen. Sogar übel war mir.

Am Abend versuchte der Papa, meine Qual mit Wassermelonenscheiben zu lindern. Das hatte ihm die Swetlana geraten. Ich lag im Wohnzimmer auf der Couch

– unter mir ein Leintuch, damit das schöne Leder keine Flecken abkriegt –, und der Papa säbelte eine riesige Wassermelone in Scheiben und belegte meine Kehrseite schuppenförmig damit, als wäre ich eine kalte Partyplatte. Ich jaulte winselnd auf, sooft eine kalte Scheibe auf meine heiße Haut klatschte, und seufzte zwischendurch erleichtert, weil die Melonenscheiben, wenn sie einmal ruhten, wirklich wohltuend waren. Als mich der Papa bis über die Wadeln hinab »belegt« hatte, sagte er: »Du ... wegen dem Urlaub ... also ... ich stecke mitten in einer schwierigen Arbeit ... überblicke überhaupt nicht, wann ich damit fertig werde ... sag ... wär es sehr schlimm, wenn wir gar nicht wegfahren würden?«

»Nein«, sagte ich. »Ist nicht so schlimm. Die Polli fährt ja auch nicht weg. Und der Lorenz kommt sowieso in acht Tagen zurück!« Daß mir ein Urlaub mit dem Liesi-Hasi eh kein Vergnügen gemacht hätte, verschwieg ich taktvoll.

Mein Papa war erleichtert. Er klaubte Melonenkerne auf, die von meinem Rücken beidseitig auf das Leintuch geflutscht waren, räusperte sich, räusperte sich noch einmal und sagte dann: »Um ehrlich zu sein ... wegen der vielen Arbeit ist es eigentlich nicht ... obwohl ich die wirklich habe!«

»Weswegen dann?« fragte ich und linste aus meiner Bauchlage zum Papa hoch und sah, daß er im Gesicht rot angelaufen war. Verlegene Schamröte hatte ich an ihm noch nie gesehen!

»Na ja«, sagte der Papa. »Es geht um die Liesi. Sie besteht darauf, den Kleinen mitzunehmen ... und du hast ihn ja kennengelernt ... da bleibe ich lieber daheim!«

Ich fuhr blitzartig vom Leintuch hoch. Neunzig Prozent der Melonenauflage plumpsten von meiner Hinterseite.

»Ja spinnt die?« rief ich. »Hat die nicht alle? Die kann uns doch nicht ihren Giftzwerg zumuten!«

Der Papa drückte mich sanft wieder in die Waagrechte, restaurierte sein Melonenwerk und brabbelte was davon, daß Mütter ihre Kinder positiver sehen als andere Leute.

»Mutter hin, Mutter her«, schimpfte ich und legte mich zurecht, »aber das ist doch eine ungeheure Frechheit! Zuerst besteht sie darauf, daß wir sie mitnehmen, kaum hast du ihr das bewilligt, soll auch noch dieser Irrsinnszwerg mitkommen! Ist doch so, oder?«

Der Papa seufzte und erklärte hierauf, daß es nicht ganz so sei. Mit der Liesi habe er schon im vergangenen Winter ausgemacht, daß er und sie im Sommer auf Urlaub fahren werden. Wären sie nur zu zweit gefahren, hätte die Liesi-Hasi den Kleinen bei der Oma gelassen. Aber seit sie gehört hat, daß ich auch mitfahre, besteht sie darauf, ihr Kind ebenfalls mitzunehmen!

An dieser Erklärung störte mich gleich zweierlei. Punkt eins: Dieses »daß du auch mitfährst«. Vielleicht bin ich eine schnell beleidigte Leberwurst, aber ich fand, daß mir der Papa damit den Status eines überzähligen Gepäckstücks zuschanzte. Und das ist verletzend, wenn man bis dahin die Liesi-Hasi für dieses überzählige Gepäckstück gehalten hat! Punkt zwei: Wieso hatte mein Vater dem Liesi-Hasi im Winter den Sommerurlaub versprochen? Im Winter war er doch noch mit der Marina zusammen gewesen. Der Meinung der Marina nach hatte der Papa ihre Nachfolgerin erst im April kennengelernt. Von erwachsenen Liebesangelegenheiten verstehe ich ja nicht viel, aber daß es nicht moralisch ist, zwei Freundinnen gleichzeitig zu haben, wird wohl auch da gelten!

So dachte ich mir: Wenn das so ist, daß ich einen unmoralisch zweigleisig liebenden Vater habe, der sein eigenes Kind als überzähliges Gepäckstück betrachtet, muß ich mit ihm auch nicht edel, zartfühlend und moralisch umgehen und hole aus der Sache raus, was rauszuholen ist, und zwar etwas, was der alte Ordnungshüter und Sparefroh sonst nie erlaubt hätte! Ich legte edlen Verzichtston in meine Stimme und sagte: »Wenn ich schon auf den Urlaub verzichten muß, Papa, möchte ich einen anderen Wunsch erfüllt haben.«

»Aber natürlich, Tochter!« rief der Papa frohgemut. »Was soll es sein?«

Ich sagte: »Nicht viel. Nur eine Geburtstagsparty wünsche ich mir. Am Samstag vor meinem Geburtstag!«

»Eine Baby-Fete? Hier?« Recht zögernd klang es. Das Gesicht, das der Papa machte, drückte auch nicht gerade Vorfreude aus.

»Nur eine kleine, aber feine!« beruhigte ich ihn. »So sechs, sieben Kinder bloß, aber todschick! Du brauchst mir zum Geburtstag auch gar nichts anderes sonst zu schenken.«

»Ich hab aber die Geschenke für dich schon gekauft«, unterbrach mich der Papa.

Ich überhörte den Einwand, so ernst hatte ich den Geschenkeverzicht ohnehin nicht gemeint und sagte: »Ich zeichne mir Einladungskarten, und du druckst sie mir, ja?« Mein Papa hat zu seinem Grafikcomputer nämlich einen Farbdrucker, mit dem man tolle Sachen machen kann.

»Na, sag ich halt o. k.«, murmelte der Papa. Ich wäre ihm gern küßchengebend um den Hals gefallen, aber da hätte ich wiederum den Melonenbelag durcheinandergebracht, und außerdem brauchte der Papa nicht zu wissen, daß mir eine Geburtstagsparty ohnehin lieber war als ein Urlaub mit seiner »Flamme«; auch ohne ihren Nachwuchs-Flammenwerfer.

Der Samstag vor meinem Geburtstag war der 25. Juli. Klaro und logo hatte ich den Partytermin so ausgesucht, daß der Lorenz wieder da war und mitfeiern konnte! Auf dem großen Kalender, der bei mir im Zimmer an der Wand hängt, hatte ich den DONNERSTAG 23 dick rot eingekastelt und in Schönschrift in das Kastel siebenmal untereinander geschrieben: 12 UHR LORENZ ANRUFEN!

Ab zwölf Uhr hätte der Lorenz daheim sein können. Das hatten die Polli und ich mühsam bei der Telefonauskunft der Austrian Airlines erforscht. Pro Tag landet nur ein Charterflieger aus Paros in Wien. Zehn Minuten vor elf Uhr. Mit Gepäck-Warten, Taxi-Suchen und Heimfahren konnte der Lorenz frühstens um zwölf Uhr zu Hause sein.

Außerdem schuftete ich wie verrückt für das Fest. Die Polli half mir wacker. Wir holten aus dem Büro vom Papa Binkel von schönem, buntem Papier und bastelten tollen Wände- und Deckenschmuck. Wobei ich die Polli allerdings diskret anleiten mußte, denn die hat, wenn man sie werken läßt, wie sie will, einen urkitschigen Geschmack.

Wir rechneten auch stundenlang herum, was ich an Essen und Getränken brauchen werde. Wir gingen die Sachen, die nicht verderben, einkaufen und schleppten sie heim. Ich bemühte mich, echt sparsam zu sein. Bei der Swetlana gab ich zwei Fleischstrudel in Auftrag; die machte sie, ohne Geld für die Arbeit zu nehmen, bloß die Zutaten ließ sie sich bezahlen. Die Polli-Oma versprach mir eine Sachertorte und einen Nußkuchen, beide ganz gratis!

Die Einladungen, die ich gezeichnet hatte, wurden superedel. Die sahen gedruckt zehnmal so schön aus wie gezeichnet. Als wir sie abholten, sagte der Co, ich sei bereits ein richtiger Profi, wenn ich noch ein bißchen zulerne, können er und der Papa in Pension gehen und mir den »Laden« in Leibrente überschreiben. Aber der Kerl ist ja – wie schon erwähnt – ein Charmeur und Schmeichler.

Dumm war allerdings, daß mir der Co gleich dreißig Einladungen gedruckt hatte. Weil ich so viele hatte und so stolz auf sie war, verschickte ich halt die meisten davon! An Kinder aus meiner Klasse, von denen ich annahm, daß sie ohnehin auf Urlaub sind oder daß sie gar keine Lust haben, zu mir zu kommen, oder für den 25. Juli längst etwas anderes vorhaben. Nur damit sie sehen, wie gut mir die Einladungen gelungen sind!

Ich befand mich jedenfalls in absoluter Hochstimmung, welche sich vorfreudig von Tag zu Tag steigerte. Bis zum

23. Juli Punkt zwölf Uhr leider nur! Da griff ich aufgeregt zum Telefonhörer und wählte die Nummer vom Lorenz. Siebenmal ließ ich es klingeln.

Die sind noch nicht daheim, dachte ich und wollte den Hörer wieder auflegen, doch da meldete sich die Mama vom Lorenz. »Servus, Feli«, sagte sie. »Wie geht's? Hab dich schon lange nimmer gesehen!«

Ich bat sie, den Lorenz ans Telefon zu holen. Vor lauter Freude auf den Lorenz habe ich ihr nicht einmal gesagt, daß es mir gutgeht; aber das war ohnehin besser, denn ein paar Sekunden später ist es mir nimmer gutgegangen!

Die Mama vom Lorenz sagte: »Der ist nicht daheim. Ich glaub, ins Bad ist er. Oder war's der Sportplatz? Er ist in der Früh mit dem Radl weg. Da war ich grad einkaufen.«

Mir blieb – wie man so sagt – das Herz stehen. Oder fiel es mir eher in die Hose? Egal wie, es benahm sich sonderbar.

»Sind Sie denn nicht gerade aus Griechenland zurückgekommen?« fragte ich und hatte Mühe, den Satz überhaupt halbwegs verständlich rauszubringen.

»Aber wo denn!« rief die Mama vom Lorenz. Dann erzählte sie mir eine lange und breite Geschichte darüber, daß sie schon wieder eine ganze Woche daheim sind und daß das griechische Quartier einfach nicht ihren »gehobenen Ansprüchen entsprechend« gewesen ist und daß sich der Vater vom Lorenz gleich am ersten Tag siebenunddreißig Seeigelstachel in die linke Fußsohle getreten hat und daß die beim Rausziehen abgebrochen sind, und siebzehn davon sind eitrig geworden. Und sie selber hat von Giftquallen einen Ausschlag mit Fieber bekommen. Und beim Lorenz hat die Darmflora gestreikt, der ist mehr auf dem unhygienischen Pfui-Gakka-Klo gewesen als anderswo. Und Polypen in Essig und Öl und Gurken mit Knoblauch mag von ihnen auch niemand. Und da haben sie sich entschlossen, den Urlaub abzubrechen und heimzufahren. Weil das einzig Nette, was ihnen in Griechenland begegnet ist, nämlich die Eltern der Lizzi, die sind zu diesem Termin abgereist! Und dann schwärmte sie mir doch echt noch vor, welch reizendes Mäderl die Lizzi ist. Und schließlich sagte sie: »Aber was erzähl ich das dir, du bist ja seit dem Kindergarten mit ihr befreundet!«

Ich legte den Hörer auf, ohne der Mama vom Lorenz zu sagen, daß mich ihr Sohn zurückrufen soll. Ich lief in mein Zimmer und zerriß die Einladung für den Lorenz in klitzekleine Fetzen. Die anderen Karten hatte ich längst weggeschickt. Nur die für den Lorenz hatte ich mir aufgehoben, die hatte ich ihm eigenhändig überreichen wollen!

Die ganze Lust auf die Party war mir natürlich vergangen, aber schon total! Am allerliebsten hätte ich mich aufs Bett gelegt und mich dem heftigen Schluchzen hingegeben. Da war der Lorenz schon eine Woche in Wien und hatte sich bei mir nicht gerührt! Bei der Polli und den anderen aus unserer Klasse auch nicht; sonst hätte ich davon erfahren.

In meiner Verzweiflung rief ich die Polli an und erzählte ihr, was passiert war.

»Behalt die Nerven, Alte«, posaunte die Polli ins Telefon. »Ich forsche die Lage aus, sobald ich was Genaueres weiß, komm ich zu dir!«

Eine halbe Stunde später war die Polli da und wußte allerhand schmutzige Details! Die hatte sie durch emsiges Telefonieren gesammelt. Also: Der Peter hatte vorgestern den Lorenz gesehen. In der Straßenbahn, in Begleitung der Lizzi. Kichernd hatten die zwei Soletti geknabbert. Beide an einem Soletti! Jeder von einem Ende her, bis sich ihre Knabbermünder in der Mitte getroffen hatten! Mir hatte der Peter das aus Taktgründen verschwiegen. Und die Marion hatte bei der Lizzi vor drei Tagen angerufen und gefragt, ob sie nicht zu ihr kommen will, ihr sei ferienlangweilig, und da hatte die Lizzi geantwortet: »Sorry, ich mache mit dem Lorenz und seinen Eltern einen Ausflug!« Das wurde mir ebenfalls aus Taktgründen verschwiegen.

Ich war völlig erschlagen! Ganz unvorbereitet und aus heiterem Himmel hat es mich zwar nicht getroffen. Lizzi-Befürchtungen hatte ich ja seit den beiden Ansichtskarten aus Paros gehabt. Aber wenn Befürchtungen zu klippklarer Wahrheit werden, ist es halt trotzdem urschlimm!

Wenn es nur nach mir gegangen wäre, hätte ich glatt das ganze Fest abgesagt. Warum soll eine, der nach Heulen zumute ist, feiern? Aber alle meine Vertrauenspersonen verweigerten mir die Zustimmung zur Absage. Und der mühselig gebastelte Wohnzimmer-Vorzimmer-Dekor war schon fix und fertig. Und die Getränke und die Papierbecher und das viele Knabberzeug und die Luxusstrohhalme waren auch schon eingekauft!

Der Papa sagte zu mir: »Also bitte! Erstens haben andere Mütter auch schöne Söhne, und zweitens, wenn dir schon so viel an dem Kerl liegt, erobere ihn dir von dieser Lizzi-Schlange zurück. Ist doch ein Klacks für so ein schönes, kluges Kind wie dich! Und für dieses Vorhaben ist doch ein Geburtstagsfest die beste Gelegenheit!« Wird er ja wissen, der feine Herr, der sich selber so gern hin-und-her-erobern läßt!

Die Marina sagte zu mir: »Also bitte! Das ist doch wirklich kleinkariert. Ich an deiner Stelle ließe mir kein bißchen anmerken, daß mich das wahnsinnig trifft. Ich würde sogar diesen verdammten Lorenz einladen und diese Lizzi. Cool muß man so etwas nehmen, wenn man es nicht ändern kann!« War ja auch ihre Privatmethode, mit der kaputten Liebe zu meinem Papa umzugehen!

Und die Polli sagte zu mir: »Also bitte! Du kannst allen anderen jetzt nicht den Spaß verderben. Die freuen sich schon wie die Irren! Und haben Geschenke für dich gekauft! Was glaubst, wie die dann tuscheln und lästern. Willst echt, daß sie rumreden, du hast alles abgesagt, weil der Lorenz mit der Lizzi geht und du vor Kummer darüber in Trübsinn versunken bist?« Das letzte Polli-Argument beeindruckte mich am meisten!

So nahm ich halt Freitag am Nachmittag zwei Kuverts, schob in jedes eine Einladung, lief zum Haus von der Lizzi und zum Haus vom Lorenz und steckte die Kuverts, ohne anzuklingeln, an die Wohnungstüren. Die Dinger mit der Post zu schicken war bereits viel zu spät.

Auf dem Heimweg von der Briefträgertour überlegte ich, ob ich es überhaupt durchstehe, morgen beim Fest

»cool« ein Lorenz-Lizzi-Pärchen auszuhalten; falls es die Frechheit hat, tatsächlich aufzukreuzen. Ich kam zum Schluß, daß ich das üben muß.

Daheim dann, vor dem Spiegel im Badezimmer, übte ich mir einen »coolen« Blick ein. Gerade, als ich meinte, ihn gut drauf zu haben, kam der Papa ins Bad, schaute mich besorgt an und fragte: »Sag, brauchst du vielleicht Brillen? Du zwinselst ja so kurzsichtig!«

Gerade aufbauend war das nicht!

Abgesehen davon, das muß man wirklich zugeben, stand mir mein Papa im Seelenschmerz toll bei. Direkt fürsorglich und umhegend war er, unentwegt um meine Aufheiterung bemüht. An den Abenden blieb er daheim und half mir – mit Leiter, Bohrmaschine und Dübeln –, die Wohnung in ein Partyparadies zu verkleiden. Echte Superideen hatte er, erstklassig führte er sie aus. Sogar ein Rot-Grün-Blau-Gelb-Blinklicht bastelte er fürs Wohnzimmer. So eines, wie es in den Discos flackert, die man im Fernsehen bewundern kann. Und allen Möbelkram, der uns beim Feiern hinderlich sein könnte, schob er aus dem Wohnzimmer in sein Zimmer, also eigentlich in das Zimmer der Mama.

Wie in einem Möbeldepot sah es dort dann aus. Daß so ein Ordnungsfan wie der Papa bereit ist, in einem Möbeldepot zu übernachten, war schon ein gigantischer Beweis von väterlicher Zuneigung!

7. Kapitel,

in dem mein Papa Ohropax braucht, lorenzmäßig schon wieder alles ganz anders ist und meine Mama wieder einmal eine Zumutung der unzumutbaren Sorte parat hat.

Den Samstagvormittag verbrachten der Papa und ich mit dem Einkaufen von Brot, Schinken, Käse, Würsteln, Gurkerln, Paradeisern, Eiern und anderen Party-Eßwaren. Ab Mittag richteten wir die Brötchen her. Wobei zu erwähnen ist, daß die pizzelige Ordnungsliebe vom Papa wenigstens dabei ihr Gutes hatte. Jedes seiner Brötchen wurde ein Meisterstück! Ohne Mayonnaisekleckse oder verrutschte Gurkenscheibe, ohne schief liegendes Wurstradl oder zerbröselten Eidotter. Wie schwer dekorierte Soldaten lagen die Dinger in Reih und Glied auf den Platten. Meine mühsam belegten Exemplare stanken dagegen gewaltig ab und nahmen sich wie zivile Sandler aus.

Als mein Papa meinte, nun seien es aber wahrlich genug der Brötchen, denn sechs, sieben Kinder könnten – selbst wenn sie mit einem Wolfshunger daherkämen – nicht mehr verschlingen, gestand ich ihm, daß es vielleicht ein paar Kinder mehr werden könnten. So neun oder zehn. Zu diesem Zeitpunkt glaubte ich ehrlich, daß im Höchstfall elf oder zwölf Gäste kommen werden.

Der Papa nahm es gelassen hin. Einer Tochter mit waidwunder, liebeskummriger Seele macht ein braver Vater wegen bloßer Gästeverdoppelung keine Vorwürfe! Er versprach sich ja von der Fete Trost für mich. Und doppelt so viele Kinder können auch doppelt soviel Trost sein!

Aber leider blieb es halt nicht bei den zwölf Gästen. Der Peter brachte seine zwei Cousins mit. Der Xandi, von dem ich angenommen hatte, daß er noch in England ist, kam auch. Und die Verena, die gesagt hatte, sie verbringe die ganzen Ferien im Waldviertel bei ihrer Oma. Und der Mauz und die Marion, die sonst nie am Wochenende zur Verfügung stehen, weil sie da immer mit ihren Eltern ins Zweithaus müssen, stellten sich auch ein.

Kurz und gut: Wir waren, inklusive meiner Wenigkeit, zwanzig Kinder! Was mir, um auch das Positive an der Sache zu erwähnen, neunzehn zum Teil recht ansehnliche Geschenke einbrachte.

Der Lorenz traf als letzter Gast ein. Mit zwölf blutroten Rosen auf langen Stengeln (die sind angeblich viel teurer als die mit den kurzen Stengeln), einer Bonbonniere und einer Video-Kassette mit einem selbstgemachten Alf-Zusammenschnitt. Dunkelbraun sonnengebrannt war er, echt affengut sah er aus und wangenküßte mich rechts-links-rechts, als ob zwischen uns alles in Butter wäre! Ich versuchte den Ratschlag der Marina zu befolgen und fragte – wobei ich mir Mühe gab, nicht kurzsichtig zu blinzeln – eiscool: »Wieso hast du die Lizzi nicht mitgebracht?«

Der Lorenz tat erstaunt. Als könne er sich nicht erklären, warum ich ihm diese Frage stelle. Aber als Gastgeberin hatte ich keine Zeit, ihm das näher zu erklären. Ich mußte mich darum kümmern, daß alle Gäste zu essen und trinken hatten, meine Geschenke auspacken, und gehörig bewundern mußte ich auch. Und meinen Papa beruhigen, der in der Küche hockte und anklagend greinte: »Das war nicht abgemacht! Du hast dir ja eine ganze Kompanie eingeladen! Nein-nein-nein, das geht zu weit!«

Der Lorenz wich nicht von meiner Seite. Wie in alten Zeiten, ganz auf Happy-Paar wollte er spielen. Da gelang es mir nicht mehr, die Coolness durchzuhalten. Als er mich dann noch zum Tanzen in das Wohnzimmer reinzog und mir ein Küßchen aufs rechte Ohr hauchte, fauchte ich ihn uncool an: »Mach das gefälligst mit deiner Lizzi, und laß mich in Frieden!«

Und weil er schon wieder dreinschaute, als ob er nur »Bahnhof« verstünde, schleppte ich ihn in mein Zimmer, drückte ihn aufs Bett, stellte mich vor ihm auf und sagte: »Hältst du mich für blöd? Bist seit einer Woche in Wien und hast dich bei mir kein einziges Mal gemeldet! Hättest mir wenigstens sagen können, daß du jetzt mit der Lizzi gehst! Ist blöd, wenn man das von den anderen erfahren muß!«

Der Lorenz machte Dackelaugen – allerdings in blau, was bei Dackeln rar ist – und bat, daß ich mich zu ihm setze. Ich tat es. Er lehnte seinen Kopf an meine Schulter und erzählte mir, daß er die Lizzi auf dieser griechischen Insel getroffen habe. Und daß sie das einzige österreichische Kind dort gewesen sei. Und seine Eltern hätten sich leider den ihren angefreundet. Bauchwehkrank war er dazu! Also nicht Herr seiner Sinne! Und seine Eltern haben dauernd gesagt, er dürfe nicht so ruppig zu dem lieben Mäderl sein. Er hat die Lizzi wirklich nur »hingenommen«. Mit Widerwillen! Die komische Person hat dann irrtümlich geglaubt, daß er sie mag und mit ihr geht! Aber nie-nie-nie hat er ihr das gesagt! Das schwört er! Wo wird er denn, wo er doch mich liebt! Im Taschenkalender hat er jeden Tag abgestrichelt und immer nachgezählt, wie viele Tage er noch ohne mich verbringen muß! Jede Nacht hat er geträumt von mir!

»Na super!« höhnte ich. »Warum hast dann deiner maßlosen Sehnsucht in der letzten Woche nicht nachgegeben?«

Der Lorenz kuschelte sich an mich. »Weißt«, sagte er, »ich wollte das mit der Lizzi in Ordnung bringen, bevor ich dich wiedersehe. Damit es keine Probleme mehr gibt. Darum habe ich die Lizzi ein paarmal getroffen, um ihr beizubringen, daß es mit ihr und mir nichts ist!«

Mir ging das wie Honigseim ins Gemüt, aber ich fragte trotzdem noch: »Damit sie das kapiert, mußt du mit ihr gemeinsam ein Soletti nagen?«

Der Lorenz fuhr hoch. »Das hat dir der blöde Peter gesagt!« rief er. »Das stimmt nicht! Das sagt er nur, weil er selber in dich verliebt ist! Der will uns auseinanderbringen!«

Von der Hand zu weisen war die Erklärung nicht. Der Peter mag mich gewaltig!

Und dann sagte der Lorenz noch: »Also bitte, wenn die Lizzi noch glauben würde, daß sie mit mir geht, wäre sie doch mit mir hergekommen!«

Das hatte auch allerhand für sich. Ich kenne die Lizzi schließlich seit Kindergartentagen. Die war schon immer eine Person mit einer Elefantenhaut und bereit, über seelische Leichen zu gehen. Ich dachte mir also: Das ist wahr! Würde die Lizzi den Lorenz als ihren Freund betrachten, wäre sie mit ihm hergekommen und hätte sich einen feuchten Staub darum geschert, wie mir zumute ist, wenn sie mit ihm turtelt und herumgurrt!

Nun, ich habe dem Lorenz geglaubt! Zumindestens zu neunzig Prozent. Was auf hundert Prozent gefehlt hat, habe ich weggeschoben und mir den Ratschlag vom Papa vorgesagt: Erobere dir den Kerl halt zurück!

So marschierte ich mit dem Lorenz ins Wohnzimmer und »hampelte« mit ihm drauflos. (Ich bin keine gute Tänzerin, tanze auch nicht gern. Eigentlich tue ich es nur, damit die anderen nicht sagen, ich sei eine lahme Ente.) Obwohl ich sehr damit beschäftigt war, dem Lorenz in die Blauaugen zu schauen und zuzulächeln, fiel mir doch auf, daß meine Gästeschar unheimlich laut war. Auch, daß sich ein Teil von ihr schweinisch benahm. Ich hatte mir die Schuhe ausgezogen, weil mich die linke Galosche an der Ferse gedrückt hatte, und spürte es beim Herumhampeln teils naß, teils gatschig, teils klebrig unter den Fußsohlen. Und wenn ich ein Auge kurz vom Lorenz »abzog« und es bodenwärts richtete, sah ich flachgetretene Strudelbröckerln, vermanschten Brötchenbelag, Tortencremeschmierer und Saftpfützen. Plastikbecher rollten herum, von der Dekoration war allerhand abgerissen und wurde von den Tänzern ins Flachgetretene, Vermanschte, Verschmierte und Nasse eingearbeitet.

Einmal klingelte es an der Wohnungstür Sturm, ich tanzte mit dem Lorenz in das Vorzimmer, um zu schauen, wer da noch gekommen sein könnte, und sah den »Unterbarn« mit dem Papa bei der Wohnungstür stehen. Hinter dem »Unterbarn« lauerte unsere Nachbarin. Die

Musik im Wohnzimmer plärrte so laut, daß ich kein Wort von dem verstand, was die zwei sagten, aber ihren Mienen war zu entnehmen, daß sie sich beschwerten. Mit dem »Unterbarn« waren die Mama und ich sowieso immer wegen meiner angeblichen »Lärmentwicklung« im Streit gewesen, und der schreibt, sooft er sich ärgert, der Hausverwaltung einen Brief, und die schickt dann eine Verwarnung. Meine Mama hatte das immer locker genommen, aber der Papa ist da von anderer Art. So wollte ich ihm den Briefwechsel mit der Hausverwaltung ersparen, tanzte mit dem Lorenz ins Wohnzimmer zurück und schrie meinen Gästen zu: »Bitte, ihr müßt leiser sein!«

»Wie? Was?« schrien die zurück.

»Leiser müßt ihr sein!« schrie ich noch einmal. Der Lorenz assistierte mir brav mit mehrmaligem: »Leiser sollt ihr sein!«

Bloß der Xandi und die Verena kriegten es richtig mit und schrien auch mit 180-Phon-Gewalt: »Ihr sollt leiser sein, leiser sollt ihr sein!«

Schön langsam drang die vierstimmige Botschaft durch, aber statt daß die Deppen leiser geworden wären, schrien nun alle, exakt im Rhythmus des Rap, der vom Tonband wummerte: »Leiser sein ... leiser sein ... wir sollen leiser sein ... leiser ... leiser ... leiser sein!«

Ich wollte wirklich für mehr Ruhe sorgen, aber ich schaffte es einfach nicht. Die Bande war entfesselt. Dann fingen der Peter und die Susi noch an, mit Knabbergebäck zu werfen, die Angi und der Konrad spielten »Saftspucken« und prusteten sich von oben bis unten mit Zwölf-Frucht-Nektar voll. Die Polli wurde dabei komplett eingesabbert, und da wurde sie wütend, weil sie Angst hatte, die Nektarflecken könnten aus ihrem neuen Kleid nimmer rausgehen. Sie gab dem Konrad eine Ohrfeige. Der Konrad schlug zurück. Der Peter wollte den Streit schlichten. Der Konrad trat ihm auf die Zehen. Das wandelte den Peter vom Friedensengel zum Kampfhahn. Ich stand völlig hilflos in dem ohrenbetäubenden Wirrwarr.

Mein Papa übrigens, das habe ich nachher erfahren, hockte zu diesem Zeitpunkt in der Küche, bis zu den Knöcheln in Partyabfall, hatte sich Ohropax in die Ohren gesteckt, wimmerte vor sich hin und öffnete jedesmal, wenn ein Kind in der Küche auftauchte, den Eisschrank, holte eine Flasche Saft heraus und überreichte sie dem Kind. Das weiß ich von der Polli. Die hat sich ein bißchen um den Papa gekümmert. Ich traute mich nämlich gar nicht mehr in die Küche. Ich dachte: Der bringt mich um, wenn ich ihm nahe komme!

Irgendwie beruhigte sich meine Gästeschar aber dann doch wieder ein bißchen. Jedenfalls so weit, daß man tanzen konnte, ohne in ein Kampfgeschehen verwickelt oder von Knabbergebäck ins Auge getroffen zu werden. Ich beschloß, der Sache ihren Lauf zu lassen und mich ausschließlich der Versöhnung mit dem Lorenz hinzugeben!

Wie lange ich dieses Hochgefühl genoß, weiß ich nicht mehr. Wir tanzten, Wange an Wange, dahin. Ich war gerade mit dem Rücken zur Wohnzimmertür, da schrie mir der Lorenz ins Ohr: »Darling, deine Mama!«

»Ja, was ist mit ihr?« schrie ich zurück.

»Sie ist da!« brüllte er.

Ich ließ den Lorenz los und drehte mich um. Da stand tatsächlich meine Mama in der Tür. Mit vielen Geburtstagsgeschenken in den Armen. Alle rot eingewickelt mit rosa Schleifen. Weil Rot und Rosa meine Lieblingsfarben sind!

Ich wurstelte mich zur Mama durch, sprang an ihr hoch, schlang die Arme um ihren Hals und brüllte, daß sie meine allerschönste Geburtstagsüberraschung sei!

Alle Kinder hörten zu tanzen auf, um sich die Mutter-Tochter-Begrüßung anzusehen. Dann kam der Papa aus der Küche gewuselt, drängte sich an der Mama und mir vorbei und drehte die Musik ab.

Ich deutete auf meine Mama und sagte zu den glotzenden Kindern: »Für den Fall, daß sie einer von euch noch nicht kennen sollte, das ist meine liebe Frau Mutter, die gerade aus München eingetroffen ist!« Die Kinder aus meiner Klasse tuschelten nämlich damals oft über meine Mama, weil ihnen eine Mutter, die ins Ausland geht und die Tochter beim Vater läßt, noch nie untergekommen war.

Meine Mama sagte: »Die liebe Frau Mutter wird jetzt ein Häuchlein Ordnung in die Bude bringen!« Freundlich wies sie mit ausgestrecktem Zeigefinger zum Teppichboden hin. »Fete im Saustall war ja wohl nicht angesagt.«

Nur ein paar Kinder verzogen unwillig das Gesicht, die meisten schauten sich betreten und verlegen um und waren sichtlich selbst erstaunt, wie sie unser Wohnzimmer zugerichtet hatten.

»Es ist ohnehin gleich acht Uhr«, sagte die Mama. »Ich

finde, das ist ein guter Termin, eine Kinderparty zu beenden!« Lieb lächelte sie in die Runde. »Wer meldet sich freiwillig zur Putzbrigade?«

Zuerst meldete sich überhaupt nur die Polli. Dann erklärte sich noch die Susi zum Aufräumen bereit. Aber nur, weil die Polli ihr zugezischt hatte, daß sich die größten Dreckschweine gefälligst zum Wegputzen melden sollten.

»Herren wären beim Saubermachen absolute Spitze!« lockte meine Mama.

Da gesellte sich, recht zögernd, der Peter zur Polli und zur Susi. Alle anderen verdrückten sich still und leise ins Vorzimmer raus und tröpfelten aus der Wohnung. Der Lorenz wollte sich auch aus dem Staub machen. Meine Mama sah es, hielt ihn an einem Hemdärmel zurück und sagte zu ihm: »Lorenz, schönster der Knaben, du wirst doch nicht entfleuchen wollen. Sei nett, hol dir aus der Küche zwei Müllsäcke und sammle den groben Dreck ein!«

Der Lorenz schaute ganz bekümmert und sagte: »Ich muß leider heim. Weil meine Eltern ins Kino gehen, und ich habe keinen Wohnungsschlüssel mit!«

»Na, das ist aber wirklich zu dumm!« rief meine Mama und schaute den Lorenz spöttisch an.

Ich zog die Mama ein bißchen vom Lorenz weg und flüsterte ihr zu: »Du, ich war mit dem Lorenz bitterböse, und jetzt haben wir uns gerade versöhnt!«

Das hatte ja nun mit Mülleinsammeln und vergessenen Schlüsseln rein gar nichts zu tun, aber die Mama verstand mich trotzdem. »Dann haut halt schon ab, ihr zwei«, sagte sie lachend. »Frisch lackierte Liebe wollen wir nicht mit Abfall bekleckern!«

Ich begleitete den Lorenz heim. Das mit den vergessenen Wohnungsschlüsseln war ein Mordsschwindel gewesen. Die hatte er in der Hosentasche. Seine Eltern wollten auch gar nicht ins Kino gehen. Bloß vor dem Dreckputzen hatte er sich gedrückt! Aber »frisch versöhnt«, wie ich war, nahm ich ihm das nicht weiter übel.

Als wir beim Haus vom Lorenz waren, redeten wir noch miteinander, dann begleitete mich der Lorenz wieder zu meinem Haus zurück. Er konnte sich nicht von mir trennen. Ich begleitete ihn aus selbigem Grund nachher zu seinem Haus. Schließlich, da war es schon neun Uhr vorbei, er wieder zu meinem Haus. Weil es dunkel wurde und er meinte, da dürfe ich nicht ohne männlichen Schutz allein unterwegs sein.

Nach viermaligem Abschreiten dieser Wegstrecke war ich restlos überzeugt, daß der Lorenz nur mich liebt und sonst niemanden! Und daß die Liebe ewig halten wird. Ganz egal, wer dazwischenfunkt! Daß wir noch als Opa und Oma zusammen sein und uns einer reichen Enkelschar erfreuen werden! Ohne Spaß, solche Kitschideen hatte ich damals. Weiß heute auch nicht mehr, wie einem ansonsten halbwegs klugen Kind so was zustoßen kann.

Ins traute Heim zurückgekehrt, fand ich nur mehr meinen Papa vor. Die Mama, sagte er, habe mit ihm, der Polli, der Susi und dem Peter den gröbsten Dreck weggeputzt, dann sei sie in seine Wohnung schlafen gegangen. Er habe zwar ihr Bett räumen und selber in seine Wohnung fahren wollen, aber der Mama hat das Möbeldepot in ihrem Zimmer nicht zugesagt. Außerdem hat sie gemeint, daß mir der Papa die Party zum Geburtstag geschenkt hat und daher auch für die »Entsorgung« zuständig ist. Sie wird nicht da übernachten und am Sonntag Putzfrau spielen. Aber damit der Papa und ich nicht in der ramponierten Umgebung frühstücken müssen, lädt sie uns zum Geburtstagsfrühstück in die Papa-Wohnung ein.

»Wie will sie am Sonntag in der Früh Frühstück einkaufen?« fragte ich. »Oder hast du bei dir daheim einen vollen Eisschrank?« Wäre möglich gewesen, denn die Abende, die er ohne mich verbrachte, war er immer daheim in seiner Wohnung, zusammen mit dem Liesi-Hasi.

»Nichts als verschimmeltes Knäckebrot und Kamillentee«, sagte der Papa. Woran man ersieht, daß er seinem Liesi-Hasi wahrlich kein fürsorglicher Gastgeber war.

»Na, dann prost Frühstück!« murmelte ich.

Der Papa beruhigte mich: »Brauchst dir keine Sorgen zu machen. Deine Frau Mutter ist sehr gut bei Kasse. Sie läßt das Frühstück aus dem Scala rüberkommen!«

Das »Scala« ist ein Fünf-Sterne-Hotel, gleich neben dem Haus vom Papa. Daß meine Mutter tatsächlich gut bei Kasse sein mußte, war mir ohnehin schon klar. Davon zeugte alles, was ich aus den rosaroten Paketen geholt hatte. Nur Luxus-Klasse! Reinseiden-T-Shirt, Ziegenledershorts, 1a-Designer-Sonnenbrille, Superohrklunker, Goldketterl … und … und … und.

»Könnte allerdings auch so sein«, überlegte ich laut, »daß sie nur wieder einmal im totalen Kontoüberziehen drin ist und nach dem Wenn-schon-denn-schon-Prinzip ausgibt!«

Der Papa schüttelte den Kopf. »Tut sie nicht mehr!« erklärte er. »Ihr Dingsda schaut jetzt drauf, daß sie vernünftig mit Geld umgeht!« Der Papa versuchte die Mamastimme zu imitieren: »Der Bertram ist ein echtes Finanzgenie und hat einen starken Willen, mich umzuerziehen!«

Weil ich es erstens nicht mag, wenn sich mein Papa über meine Mama lustig macht, und weil ich zweitens vom Dingsda überhaupt nichts hören wollte, ging ich darauf nicht ein, sondern berichtete dem Papa von meiner Versöhnung mit dem Lorenz und davon, wie die Lizzi den Lorenz umgurrt hatte und er sich dagegen nicht hatte wehren können.

Der Papa hörte mit einem Gesicht zu, das allertiefstes Mißtrauen ausdrückte. Das ärgerte mich! Aber ich wollte keinen Streit anfangen. Ich war heilfroh, daß er mir wegen der ausgeuferten Fete keine Vorwürfe machte.

Am Sonntag in der Früh schrubbte ich hartnäckigen Dreck vom Plastikbelag im Vorzimmer, dann versuchte ich mit einem Schwamm vorsichtig alle Tortencremetupfer und Nußkuchenbrösel vom Sofaleder zu entfernen und orangefarbene Saftflecken von der Tapete zu wischen. Alles leider mit mäßigem Erfolg. Der Papa stand derweil im Hof und machte den Müll, der in den Mülltonnen war, durch Fausthiebe klein, um für die vier riesigen Müllsäkke, die er angeschleppt hatte, Platz zu schaffen.

Da klingelte das Telefon. Die Soffi war dran. Ich dachte,

sie wolle wissen, wie meine Fete gelaufen sei – ihr hatte die Tante Annemi natürlich verboten, zu mir zu kommen –, und fing an, ihr zu berichten. Ich war noch nicht einmal bei der Versöhnung mit dem Lorenz, da unterbrach mich die Soffi und sagte, sie könne nicht lange telefonieren, ihr Papa habe sie um die Sonntagszeitung geschickt, und da habe sie die Gelegenheit benutzt, mich anzurufen. Sie hat nämlich »brandheiße Informationen« für mich.

»Schieß los!« sagte ich.

Die Soffi »schoß los« und traf mich mitten ins Herz! Das gute Kind hatte wieder einmal gelauscht. Gestern nachmittag. Da war meine Mama, bevor sie auf meine Party gekommen war, auf einen Sprung bei ihnen gewesen und hatte erzählt, daß das unleidige Wohnungsproblem gelöst ist. Der Dingsda hat ein großes Haus, und sie ist vor zwei Wochen dort eingezogen. Eine schöne Villa im Grünen ist das, und für die Feli ist dort auch ein »süßes« Zimmer frei. Und eigentlich ist sie ja gar nicht wegen dem Geburtstag gekommen, sondern um ihrer Tochter all das schonend beizubringen und sie hinterher mit Sack und Pack nach München mitzunehmen!

Mit Zitterfingern legte ich den Telefonhörer auf, stand da wie die Blöde und dachte nichts als: Was tu ich jetzt bloß, was tu ich jetzt bloß?

Der Papa kam vom Hof zurück und schimpfte auf die blöden Hausparteien, die nicht fähig seien, Mist platzsparend in den Tonnen zu verstauen. Ich stand noch immer da wie die Blöde. Der Papa zog sich fertig an und überlegte, ob die Witterung die Mitnahme eines Sakkos nötig erscheinen lasse. Ich konnte mich noch immer nicht vom

Fleck rühren. Der Papa hielt mein stummes Herumstehen für sonntägliche Verschlafenheit. »Aufwachen, Tochter!« rief er. »Deine Frau Mutter harret unser!«

Er packte mich an den Schultern und schob mich zur Tür raus. Ich stolperte hinter ihm her. Beim Haustor begegneten wir unserer Nachbarin. Der Papa grüßte freundlich, sie drehte den Kopf weg. Dabei war sie sonst immer sehr nett zu ihm gewesen.

»Schnepfe, die«, murmelte der Papa hinter ihr her. »Ein Kind wird ja noch einmal Geburtstag feiern dürfen!«

Die ganze Fahrt zur Papa-Wohnung hin blieb ich stumm. Dem Papa fiel das auf. Ich bin ja sonst nicht gerade verschwiegen.

»He, Tochter!« rief er. »Du hast Geburtstag, und deine große Liebe ist wieder gekittet! Strahle gefälligst!«

Als er keine Antwort bekam, wollte er wissen, welche Laus mir »übers Leberl« gelaufen sei. Als er darauf wieder keine Antwort bekam, schwieg er auch. Aber aus den Augenwinkeln heraus warf er mir, sooft ihn der Verkehr nicht allzusehr in Anspruch nahm, besorgte Blicke zu.

Da am Sonntag in der Gegend der Papa-Wohnung nicht so viele Autos wie unter der Woche sind, fanden wir gleich beim Haustor einen großen Parkplatz. Einen solchen braucht mein Papa ja für seine überlange Kutsche.

Der Papa stieg aus dem Wagen, lief um die Motorhaube herum, riß die Beifahrertür auf und buckelte, während ich ausstieg, wie ein Hotel-Page, der auf Trinkgeld happig ist. War ja nett von ihm, mich aufheitern zu wollen, aber mir war nicht danach, mich aufheitern zu lassen. Hundeelend war mir zumute. Dieses Was-tu-ich-denn-jetzt-Bloß rotierte noch immer in meinem Hirn und wartete auf Antwort.

Meine Mama hatte den großen Eßtisch piekfein gedeckt. Mit dem urteuren, antiken chinesischen Porzellan, das der Papa für die allerhöchsten Festtage reserviert hat. Und dann doch nicht rausrückt, weil's »schad drum« ist.

Die Lieferung aus dem Scala war schon gekommen, und das war kein Frühstück für drei Personen, das war ein Buffet für eine schwer verfressene Großfamilie.

Ich wehrte mich gegen den mütterlichen Begrüßungs-Doppelkuß nicht, aber ich ließ ihn unerwidert über mich ergehen, setzte mich zum Tisch und starrte vor mich hin.

»Schatzl-Spatzl, was ist mit dir?« fragte die Mama.

Ich starrte weiter.

»So ist sie schon die ganze Zeit«, sagte der Papa. »Kein Wort ist ihr zu entlocken, seit wir von daheim weg sind!«

Die Mama beugte sich zu mir und wollte mein gesenktes Kinn mit einem Zeigefinger hochheben. Das kann ich sowieso nicht leiden! Da reichte es mir, ich stieß ihre Hand weg und schrie: »Rühr mich nicht an!«

»Aber Schatzl … Spatzl«, stammelte die Mama.

»Aber Tochter«, sagte der Papa.

»Was hab ich dir denn getan?« fragte die Mama.

»Jetzt laß es schon raus!« sagte der Papa.

»Du hast ja keine Ahnung, Papa!« rief ich. »Die Mama ist überhaupt nicht wegen meinem Geburtstag gekommen! Nach München will sie mich holen, bei dem Lackaffen soll ich mit ihr wohnen! Aber zu dem zieh ich nicht! Nie-nie! Ich will bei dir bleiben!«

Die Mama beugte sich wieder zu mir. Diesmal ohne lästigen Zeigefinger. Wie ein brausender Wasserfall redete sie auf mich ein. Daß ich doch ihren Bertram gar nicht richtig kenne. Die ein-zwei-drei-Mal, die ich ihn gesehen habe, seien zu wenig, um ein gerechtes Urteil zu haben. Nur dumme Vorurteile habe ich! Sie liebe doch ihren Bertram sehr, und einen I-gitt-i-gitt-Kerl würde sie gewiß nicht liebhaben! Und mein Vater sei bloß bereit gewesen, mich vorübergehend aufzunehmen, aber nicht für immer!

Entschlossen schob ich meine Mama zur Seite, schaute meinen Papa an und fragte ihn: »Muß ich zum Dingsda, oder darf ich bei dir bleiben?«

Mein Papa benagte seine Unterlippe. Sicher nicht sehr lange, aber mir kam es wie eine halbe Ewigkeit vor. Endlich sagte er: »Na gut, bleiben wir halt zusammen!«

»Das meinst du doch nicht ernst!« rief die Mama.

»Ich hätte es nicht gesagt, wenn ich es nicht ernst meinen würde«, sagte der Papa. Richtig feierlich klang das.

»Das ist doch absurd!« rief die Mama.

»Wenn meiner Tochter das Absurde lieber ist«, sagte der Papa und lächelte mir zu, »kann ich nichts dagegen tun.«

»Ihr spinnt ja!« rief die Mama. Sie fuhr sich mit allen zehn Fingern aufgeregt durch die Haare. Echt verzweifelt schaute sie drein.

»Jetzt beruhige dich«, sagte der Papa zu ihr. »Wir können es wenigstens versuchen. Bis jetzt hat es ja halbwegs geklappt. Wenn nicht gerade Baby-Fete angesagt ist, kommen wir ganz gut miteinander aus!«

Aber die Mama gab noch immer nicht auf. »Wenn die Feli im Herbst hier mit der Schule anfängt«, sagte sie, »kann sie nicht so einfach unter dem Schuljahr nach München überwechseln. Die haben dort einen anderen Lehrplan, da fände sie sich nur mit größter Mühe zurecht!«

Der Papa sagte lachend: »Ein Jahr wenigstens werden wir zwei doch zusammen durchstehen! Und tun wir's nicht, eine Klasse zu wiederholen ist nicht der Weltuntergang!«

»Du weißt ja nicht, auf was du dich da einläßt!« rief die Mama. Freundlich klang das nicht gerade.

»Wieso?« sagte der Papa. »Wir proben doch schon ziemlich lange!«

Ich griff nach dem Scala-Saftkrug, goß mir ein Glas vom frischgepreßten Orangensaft ein, und bevor meine Mama einen weiteren unfreundlichen Satz vom Stapel lassen konnte, hob ich mein Glas, nickte ihr zu und rief: »Alles Gute zu meinem Geburtstag! War nett von dir, mich vor zwölf Jahren geboren zu haben!«

Da blieb der Mama ja nichts anderes übrig, als sich auch ein Glas vollzuschenken und mir zuzuprosten. Nachdem wir in einer derart freundlich einander zugewandten Position waren, gelang es mir – bis zum frühen Nachmittag dauerte es allerdings –, die Mama zu überzeugen, daß wir beide, sie in München, ich in Wien, auch getrennt ein gutes Leben haben können. Und daß das unserer Liebe zueinander keinen Schaden zufügt.

Diesbezüglich bin ich mir wirklich sicher gewesen! So wie ich meine Mama durch dick und dünn und lang und kurz mag, auch wenn ich an ihr allerhand auszusetzen habe, so mag sie mich auch durch dick und dünn und lang und kurz! Da ist sie sogar noch großzügiger als ich! Ich bin manchmal stocksauer auf sie, wenn auch nur für kurze Zeit, aber sie ist nie stocksauer auf mich. Nicht einmal für eine halbe Stunde! Egal, was immer ich verbockt, angestellt und verkorkst habe, sie hat es hingenommen. Ohne Muckser, ohne Moralpredigt! Nicht einmal den gewissen mütterlichen Jetzt-bin-ich-aber-traurig-wegen-dir-Trick hat sie je draufgehabt! Meine Mama ist eben nicht wie die meisten Mütter. Ich habe mir das schon oft überlegt und weiß genau: Wegen der paar Nachteile, die sie anderen Müttern gegenüber hat, würde ich sie um nichts in der Welt gegen so eine Normal-Mutter eintauschen! Ihre Vorteile überwiegen bei weitem!

8. Kapitel,

in welchem meine Liebesangelegenheiten zur Schulaffäre verkommen, sich die Blaumeise und mein Papa einen Supermarkt-Auftritt liefern, der aber auf meinen Hals echt keine Auswirkungen hat.

Meine Ferien in Wien waren erstklassig! Ein echtes Superkönigsleben hatte ich. Lorenz-Bad-Marina-Polli und dazu noch einen meistens netten Papa. Kleine Streitereien mit dem Papa gab es natürlich, vor allem deshalb, weil ich mit der Zeit halt doch lockerer wurde, was Ordnung halten und Unordnung wegräumen betraf. Wer wäscht schon seinen dreckigen Teller noch hurtig ab, wenn der Lorenz bereits ungeduldig an der Tür klingelt? Wer sammelt seine abgerissene Perlenkette auf, wenn die Marina anruft und sagt, daß man schnell kommen soll, weil sie in einer halben Stunde die glasierten Krügeln aus dem Brennofen holt? Und mein Papa war auch ziemlich ungerecht! Daß ich immer einkaufen ging, seine Hemden aus der Wäscherei holte, seine Latschen zum Schuster trug, alle Blumenstökkerln brav mit Wasser versorgte und sogar mit einem Blattlaus-Mittel – rein biologisch natürlich – einspritzte, so was fiel ihm nicht auf. Nur was ich nicht erledigte, bemerkte der werte Herr. Aber wenn ich ihn darauf aufmerksam machte, sah er es wenigstens ein und entschuldigte sich.

Die Lizzi sah ich die ganzen Ferien über kein einziges Mal. Die war, sagten die anderen, mit ihrer Mutter und ihrer Schwester im Burgenland und planschte im knietiefen Neusiedler See herum.

Die letzten zwei Ferienwochen mußte ich lorenzlos zubringen, weil der zu seiner Großmutter nach Tirol gefahren war. Ungern – wie er mir vor der Abreise geschworen hatte – und nur deshalb, weil sich die alte Oma seit vorigen Herbst auf seinen Besuch freute.

Erst am letzten Tag vor Schulanfang, spät am Abend, kam der Lorenz nach Wien. Da rief er mich noch an, und wir machten aus, daß wir uns wieder so setzen wie vergangenes Jahr. Er neben mir, vor mir die Polli, vor ihm der Peter.

Was mit der Lizzi sein würde, die hinter mir gesessen war, darüber redeten wir nicht. Ich hielt es für selbstverständlich, daß sie auf den Lorenz und mich böse ist und sich einen weit von uns entfernten Pultplatz suchen wird.

Tja, und dann kam der erste Schultag! Strahlendes Wetter war, wie im Hochsommer! Ich freute mich, nach neun Ferienwochen, wieder echt aufs Schulleben! Quietschvergnügt machte ich mich auf den Weg.

Ich bog ein paar Minuten später, als mit dem Lorenz und der Polli ausgemacht, um die Ecke zum Schultor hin (weil ich mir daheim noch schnell ein paar Haarsträhnen blau und grün gesprayt hatte). Der Lorenz, die Polli und der Peter warteten schon. Ich wollte zu ihnen laufen, da kam aus der anderen Richtung die Lizzi. Mit neuer Lockenfrisur und giftgrünem Kleid mit riesigen weißen Tupfen. Ich wurde langsamer. Ich wollte, daß die Lizzi im Schulhaus drinnen ist, bevor ich beim Lorenz bin. Ist nicht so einfach, wenn eine uralte Freundschaft plötzlich futsch und vorbei ist!

Aber die Lizzi marschierte keineswegs am Lorenz vorbei, sondern geradewegs auf ihn zu, packte ihn an einem Arm und war auch schon mit ihm hinter dem Eichentor verschwunden. Die Polli und der Peter schauten den beiden mauloffen nach.

»Das darf ja nicht wahr sein!« sagte die Polli zu mir, als ich völlig verdattert zum Schultor kam. Der Peter grinste schief und murmelte: »Hätt ich fast voraussagen können.«

Ich fragte ihn nicht, warum er es hätte voraussagen können. Ich ging zwischen ihm und der Polli in unsere Klasse, beantwortete auch das ewige »Was soll denn das?« der Polli nicht. Ich hatte ja keine Ahnung, was das sollte!

Beim mittleren Fenster in unserer Klasse standen der Lorenz und die Lizzi. Die Lizzi hielt ihn noch immer an einem Arm und redete auf ihn ein. Zu leise, als daß man ein einziges Wort verstanden hätte.

»Komm, Alte«, sagte die Polli. »Wir wissen ja wenigstens, wo wir hingehören!«

Sie setzte sich auf ihren alten Platz, ich setzte mich hinter sie. Der Peter setzte sich neben die Polli. Dann kam auch schon die Blaumeise, sagte, daß sie sich freue, uns alle gesund und munter wiederzusehen, daß jeder hurtig seinen Platz einnehmen möge, der Ferienschlendrian sei vorüber, es heiße wieder emsig und konzentriert an die Arbeit gehen und angesammelte Kräfte in Wissensvermehrung stecken. Na, das übliche Anfangsblabla eben.

Alle Kinder – bis auf den Lorenz und die Lizzi – kamen der Aufforderung nach. Die zwei standen noch immer beim Fenster, die Lizzi quatschte weiter auf den Lorenz ein. Und nur mehr drei Pultplätze waren frei! Der neben mir und das Zweierpult in der letzten Reihe bei der Tür.

Die Blaumeise rief zum Lorenz und zur Lizzi hin: »Na, ihr zwei, findet ihr kein Plätzchen?«

Die Lizzi nahm den Lorenz an der Hand und peilte das freie Zweierpult an. Der Lorenz wanderte brav hinter ihr her bis zum Pult. Als sich die Lizzi gesetzt hatte, wieselte er nach vorn und ließ sich neben mir auf den Stuhl plumpsen.

»Das wäre geschafft!« flüsterte er.

Die Polli drehte sich um und zwinkerte mir zu. Das sollte wohl heißen: Freu dich, Alte, du hast gesiegt! Aber die helle Freude wollte in mir wahrlich nicht aufkommen, denn ich dachte mir: Wenn der Lorenz der Lizzi wirklich klipp und klar gesagt hätte, daß es mit ihm und ihr nichts ist, hätte die sich jetzt nicht so aufgeführt! Die hat bis heute überhaupt nicht gewußt, daß sie nimmer die »Braut« vom Lorenz ist. Und das kann nicht allein ihre Schuld sein!

Natürlich war ich darüber traurig. Aber längst nicht so traurig wie am Tag vor meiner Party. Nicht einmal gegen Tränen mußte ich kämpfen. Meine Fähigkeit, wegen dem Kerl zu leiden, war wahrscheinlich bereits abgenützt. So ein ewiges Hin und Her von Er-liebt-mich-er-liebt-mich-Nicht hält ja kein Schwein aus! Abwarten, sagte ich mir. Wird sich herausstellen, was da läuft!

In den nächsten Tagen stellte sich das allerdings nicht heraus. Ich bekam bloß zu Ohren, daß sich der Lorenz angeblich mit der Lizzi am Strande von Parakia in der letzten Urlaubsnacht verlobt hatte. Das hatte die Lizzi der Susi erzählt. Als ich es dem Lorenz vorhielt, sagte er: »Die spinnt ja! Alles erstunken und erlogen!«

Und der Peter behauptete, er wisse ganz genau, und zwar direkt von der Lizzi, daß der Lorenz am Dienstag und am Freitag gar nicht mit einem Freund reiten geht. Da trifft er sich mit der Lizzi. Der erzählt er, daß er der Feli erst langsam beibringen muß, daß es zwischen ihm und ihr aus ist! Und die Lizzi versteht das, denn der tue ich sehr leid!

Die Polli riet mir: »Konfrontier die zwei! Der Lorenz soll dir vor der Lizzi sagen, in ihre Augen hinein, daß er nur dich mag! Wenn er das nicht tut, kennst du dich endlich aus!«

Doch zu so einer Aktion war ich zu stolz. Das wäre mir echt zu primitiv gewesen! Ich bin ja kein Waschweib! Wie hätte denn das ausgeschaut, wenn ich den Lorenz zur Lizzi hinbugsiert und gekeift hätte: »Jetzt sag ihr gefälligst, daß du nur mich liebst und sie überhaupt nicht!« Unwürdig wäre das gewesen! Die Marina fand das übrigens auch. Mit meinem Papa redete ich über den Lorenz nicht mehr, denn der war, seit er ihn auf meinem Fest gesehen hatte, kein Lorenz-Fan. Er behauptete sogar, der Lorenz sei gar nicht hübsch, habe schiefe Zähne, einen Kalbsblick und Henkelohren. Zwei Doppelwatschen, sagte der Papa, gebühren einem Kerl, der seine Tochter am Faden hält!

In der zweiten Schulwoche, in der Mathe-Stunde, rief mich die Blaumeise zur Tafel. Bloß weil ich ein bißchen gegähnt hatte; was ich immer tue, wenn wo schlechte Luft ist. Und in Blaumeise-Stunden ist immer ein entsetzlicher Mief in der Klasse, weil man kein Fenster aufmachen darf, von wegen Straßenlärm, der sie beim Vortrag stört.

Ich sollte eine Schlußrechnung lösen. Eh eine leichte. Von einem Meier, der 18 % seines Gehalts für Miete bezahlt. Ich machte mich halt an der Tafel ein bißchen lustig darüber, daß unsere Schulbücher keine Ahnung von Mieten haben. 1440 ÖS* zahlte der Meier, laut Schulbuch, Miete. So sagte ich: »Mein Gotterl, der hat wohl ein Doppel-Klo gemietet!«

Das ärgerte die Blaumeise bereits! Dann irrte ich mich ein Häuchlein beim Dividieren, da ätzte sie: »Als Schüler sollte man wenigstens die Grundrechnungsarten beherrschen!«

Und da sagte ich drauf: »Aber nur, wenn man sich keinen Rechner leisten kann!«

Und da keifte sie: »Ich habe dich um keinerlei Kommentar gebeten!«

Und da sagte ich: »Ich neige dazu, auch ungebeten meinen Kommentar abzugeben!«

Und da brüllte sie: »Jetzt halt sofort den Mund und dividiere endlich richtig!«

Na, und da brach ich halt wieder einmal das Kreidestück ab und sagte bedauernd, daß es mir leid tue, aber das sei unser letztes Kreidestück gewesen, und ich würde jetzt zum Schulwart runterlaufen, um neue Kreide zu holen.

Worauf die Blaumeise kreischte: »Du holst von nir-

* Österreichische Schilling, ÖS 100,– sind ca. DM 14,–

gendwo irgendwas, du gehst auf deinen Platz und gibst Ruhe!«

Ich ging brav zu meinem Pult. Kaum war ich dort, keifte sie: »Ich wünsche deine Mutter zu sehen!«

»Ich auch«, sagte ich. »Aber das geht leider nicht. Die lebt in München!«

Die Blaumeise glotzte mich an. Völlig verdutzt. Sogar den Keifton hatte es ihr verschlagen, als sie fragte: »Seit wann lebt deine Mutter in München?«

»Seit Anfang Juni«, sagte ich.

»Und du wohnst jetzt bei deiner Oma?« fragte sie.

»Meine Oma«, erklärte ich ihr, »verbringt den Lebensabend auf Mallorca. Altsein ist dort angeblich lustiger!«

»Ja, wo wohnst denn dann du jetzt?« fragte die Blaumeise.

»Bei meinem Papa natürlich!« klärte ich sie auf.

»Dann bitte ich um dessen Besuch!« sagte die Blaumeise.

»Werde es ausrichten!« versprach ich.

Ich richtete es dem Papa natürlich aus. Aber der wollte absolut nicht in die Schule gehen. Er habe keine Zeit für so Pipifax, sagte er. Er mag Schulen nicht. Eitrige Akne kriegt er, wenn er bloß so einen Tempel betritt, behauptete er. Wenn dieses »Rotkehlchen« (»Blaumeise« konnte er sich nie merken) etwas von ihm will, möge sie ihm einen eingeschriebenen Brief schicken. Er kennt sich mit Schulgesetzen aus! Bevor kein solcher Brief kommt, muß er nicht hin.

Ich fand diese Einstellung nicht übel, aber die Blaumeise fragte mich jeden Tag, wann mein Vater endlich kommen werde! Es war ihr anzusehen, daß sie den Verdacht hatte, ich traue mich nicht, ihm ihre Botschaft auszurichten. Doch wenn ich ihr gesagt hätte, daß mein Papa Angst hat, bei ihrem Anblick eitrige Akne zu bekommen, hätte sie das wohl als Superfrechheit ausgelegt. So ließ ich es bleiben und stotterte jeden Tag herum, daß der Papa eh demnächst ... morgen ... oder übermorgen ... kommen wird.

Und dann, am Mittwoch vor der Englisch-Schularbeit, in der großen Pause, waren wir alle im Hof unten. Die Blaumeise hatte Hofaufsicht. Ich wanderte mit dem Vokabelheft herum und murmelte Vokabeln vor mich hin und kümmerte mich nicht um die anderen Kinder. Da kam die Polli aufgeregt zu mir und sagte, sie habe eben gehört, wie die Lizzi zur Susi und zur Verena gesagt hatte, ich renne dem Lorenz nach, und der Lorenz sei zu gutmütig, um das abzustellen. Er habe sich auch nur wieder neben mich gesetzt, damit ich nicht komplett durchdrehe.

Das reichte mir aber endgültig! Ich drückte der Polli mein Vokabelheft in die Hand, marschierte zur Lizzi und brüllte sie an: »Wer rennt dem Lorenz nach? Sag mir das ins Gesicht, wenn du dich traust!«

Die Lizzi zog – auf eine ganz blöde Tour – die linke Augenbraue hoch und den rechten Mundwinkel runter und zischelte: »Immer der, der fragt!«

Ich konnte mich nimmer beherrschen. »Blöde Blunzen«, schrie ich. »Du rennst ihm nach! Wie der Flokki!«

»Kuh, du!« schrie die Lizzi. »Hau dich über die Häuser und kapier endlich, daß du auf dem Abstellgleis stehst!«

Hinterher konnten selbst objektive Zuschauer nimmer sagen, ob ich zuerst auf die Lizzi oder sie auf mich losgegangen ist. Jedenfalls lieferten wir uns eine Prügelei und kugelten wie Freistilringerinnen über den Hofboden. Die Blaumeise spurtete herbei, um uns zu trennen – was ich aber nicht mitbekommen hatte –, und ein Fausthieb von mir, der für die Lizzi bestimmt war, traf die Blaumeise am Kinn! Eh nicht stark, sie konnte noch ganz normal brüllen.

»Das wird Folgen haben! Folgen wird das haben!« brüllte sie unentwegt, während sie ihr Kinn begrapschte. Und der Lizzi nickte sie huldvoll zu, als die etliche Male jammerte: »Bitte, ich kann nichts dafür! Ich habe mich nur zur Notwehr gesetzt!«

Die »Folgen« waren der eingeschriebene Brief an den Papa. Der Papa ging trotzdem nicht in die Schule. Jeden Tag hatte er eine andere Ausrede und verschob den Blaumeisen-Besuch auf den nächsten Tag.

Ich bat die Marina, statt dem Papa zur Blaumeise zu gehen, damit sich die Sache erledigt. Aber die Marina meinte, sie würde sich in der Schule komisch ausmachen. Die Ex-Freundin eines Kindesvaters erwarte man dort nicht.

Ich ersuchte auch die Mama mehrmals, als wir miteinander telefonierten – das taten wir fast jeden Abend –, in der Schule anzurufen und die Sache am Telefon zu regeln. Die Mama versprach es jedesmal. Beim nächsten Telefonplausch, wenn ich sie anmahnte, hörte ich: »O Gott, das habe ich verschwitzt! Mache ich morgen!« So lange hörte ich das, bis ich nichts mehr davon sagte.

Zwölf Tage nach dem versehentlichen Kinnhaken, am langen Einkaufssamstag, waren der Papa und ich im Supermarkt. Wir standen mit unserem vollen Gitterwagen bei den Keksen und stritten, ob wir daheim noch genug süßen Vorrat haben oder nachkaufen müssen. Da biegt eine Frau um die Regalecke, hat im Wagen nur eine einzige Milchflasche und studiert, langsam voranschreitend, Preisschilder, und ich denke, mich trifft der Schlag! Es ist die Blaumeise!

Ich flüstere dies dem Papa zu, der packt unseren Wagen und will zwischen Keksen und Papierwindeln abzischen. Da hebt die Blaumeise den Blick von den Preistafeln, sieht mich, sieht den Papa, kriegt ein Funkeln in die Äuglein, schiebt den Milchflaschenwagen geradewegs auf uns zu und fragt den Papa: »Sind Sie der Vater der Felicitas?«

Mein Papa bleibt stehen und nickt wie der Blöde.

Die Blaumeise fragt: »Haben Sie meinen eingeschriebenen Brief erhalten?«

Der Papa nickt weiter wie der Blöde. Die Blaumeise fragt weiter: »Warum sind Sie dann nicht in meine Sprechstunde gekommen?«

Mein Papa stottert herum. So viel Arbeit im Moment! Keine Zeit! Leider, leider!

Die Blaumeise sagt: »Für seine Tochter muß man sich Zeit nehmen, vor allem, wenn es große Probleme mit ihr gibt!«

Mein Papa gibt sich einen Ruck, lächelt der Blaumeise sein charmantestes Lächeln – das kann er wirklich! – und fragt, ob man diese Probleme nicht hier abhandeln könne. Das würde ihm – und der Frau Professor – Zeit sparen.

Die Blaumeise schaut empört. »Zwischen Kraut und Rüben soll ich die mannigfaltigen Schwierigkeiten, die ich mit Ihrer Tochter habe, abhandeln?«

Der Papa, nun schon weniger charmant lächelnd, sagt: »Um so weltbewegende Dinge wird es ja nicht gehen. Soweit ich informiert bin, geht es um eine Rauferei, bei der Sie etwas abgekriegt haben. Oder liegt sonst noch was an?«

Weil der Blaumeise-Wagen – neben unserem Wagen – die anderen Wagenschieber an der Durchfahrt hindert, will der Papa die Besprechung zum Wurstpult verlegen. »Dort können wir viel bequemer reden«, sagt er, deutet zur Wurst hin, faßt mit einer Hand den Blaumeisen-Wagen und mit der anderen den unseren und will in Richtung Wurst losrollen. Die Blaumeise hält ihren Wagen fest und greint, daß das der Gipfel sei, da sehe man, wie wenig dem Papa an meiner Erziehung liegt, sichtlich sei ihm völlig egal, was seine Tochter in der Schule aufführt!

Mir war das entsetzlich peinlich. Ich entfernte mich im Krebsgang, bis ganz nach hinten zu den Lackdosen und Malerpinseln hin. Dort wartete ich mindestens fünf Minuten. Dann dachte ich mir: Jetzt muß der Wahnsinnsdisput zwischen den zweien ja wohl beendet sein. Ich lief wieder nach vorne und schaute nach dem Papa und der Blaumeise aus. In keiner Regalreihe war einer von beiden zu sehen. Ich wanderte weiter, den Kassen zu. An jeder der drei Kassen stand eine lange Menschenschlange an. In der mittleren waren der Papa und die Blaumeise. Der Papa direkt hinter der Blaumeise. Ich pirschte mich diskret an und hörte folgenden Dialog:

Papa (hämisch nach vorne): »Wenn man von Kindern nichts versteht, sollte man nicht Lehrerin werden!«

Blaumeise (eisig nach hinten): »Ich sagte Ihnen bereits, ich betrachte unser Gespräch als beendet!«

Papa (grantig nach vorne): »Reden Sie in einem anderen Ton mit mir, ich bin gottlob nicht Ihr Schüler!«

Blaumeise (hoheitsvoll nach hinten): »Wer sich da im Ton vergreift, sind wohl eher Sie!«

Papa (wütend nach vorne): »Himmel und Zwirn, ich habe nur gesagt, daß meine Tochter ein Superkind ist, und bloß, wenn man sie reizt ...«

Blaumeise (unterbricht empört): »Ach so, ich reize also Ihre Tochter! Sehr interessant! Und zwar wodurch?«

Papa (gleichbleibend wütend): »Keine Ahnung! Aber wenn sich ein Superkind nicht super benimmt, wird das ja wohl seine Gründe haben!«

Blaumeise (belehrend nach hinten): »Vielleicht suchen sie die Gründe besser bei sich selbst oder der werten, verzogenen Mutter!«

Papa (urlaut nach vorne): »Sie Schnepfe, Sie!«

Blaumeise (fassungslos zu sich selbst): »Also anpöbeln muß sich auch ein Lehrer nicht lassen!«

Dann entfernte sich die Blaumeise, hocherhobenen Hauptes und hängender Mundwinkel, Richtung Ausgang. Ohne Wagen, ohne Milch! Ein alter Mann aus der

Nachbarschlange stürzte auf den verwaisten Blaumeisen-Wagen, griff sich die Milchflasche und sagte strahlend: »So ein Glück! Die Milch ist nämlich aus, und meine Frau will unbedingt einen Grießkoch machen!«

Der Papa entschuldigte sich hinterher tausendmal bei mir. Das habe er nicht gewollt! Da seien ihm die Nerven durchgegangen! Darum gehe er ja nicht gerne in die Schule! Weil er, was Lehrer betrifft, unberechenbar sei. Da fühle er sich hilflos, und wenn er sich hilflos fühlt, wird er aggressiv!

Ganz geknickt war mein Papa. Angst hatte er, daß ich das nun ausbaden müsse. Ich tröstete ihn. Schlechter als vorher, sagte ich wahrheitsgemäß, kann mein Verhältnis zur Blaumeise durch seine »Schnepfe« nicht werden, weil da sowieso schon alles verpfuscht ist. Ich sagte ihm sogar, daß mir sein Auftritt im Supermarkt gefallen hat. Daß so ein Benehmen besser ist als das Katzbuckeln, das die Mama betrieben hat. Obwohl ich da ein bißchen mogelte. Mir wäre es schon lieber gewesen, wenn das Blaumeise-Papa-Gespräch einen friedlicheren Ausgang genommen hätte.

Am nächsten Morgen war mir übel. Halsweh hatte ich auch. Als ich aus dem Bett stieg, drehte sich das Zimmer um mich im Kreis. So legte ich mich wieder hin und krächzte ins Vorzimmer raus, daß ich krank sei.

Mein Papa kam zu mir rein, setzte sich auf die Bettkante, schaute bekümmert und redete mit sanfter Stimme auf mich ein, daß er es verstehe, wenn ich mich nicht in die Schule wage. Aber ein paar Tage krankspielen würde nichts helfen! Ob ich vielleicht die Schule wechseln möchte? Damit ich die Blaumeise nimmer sehen muß?

Weil mir der Hals so weh tat, konnte ich ihm nicht wortreich widersprechen. Ich krächzte bloß mehrmals: »Spinn nicht! Ich bin echt krank! So glaub mir doch!«

Er glaubte mir nicht und redete weiter auf mich ein. Was er alles brabbelte, weiß ich nicht mehr. Mein Kopf brummte so gewaltig – besonders, wenn ich ihn heben wollte –, daß er nicht merkfähig war. Gottlob legte mir der Papa dann während des weiteren Gutzuredens eine Streichelhand auf die Stirn. Da merkte er endlich, daß ich wirklich krank war, denn meine Stirn war heiß. Und als er mir dann Fieber gemessen hatte, rief er den Arzt an. Neununddreißig-neun Grad hatte ich!

Der liebe Onkel Doktor kam zu Mittag. Angina von der ganz argen Sorte, sagte er, hätte ich. Er pinselte unerhört abscheulich in meinem Hals herum. Eine Injektion gab er mir auch, und ein langes Rezept schrieb er, mit dem der Papa in die Apotheke lief.

Jede Menge Pillen, Tropfen und Zäpfchen brachte der Papa heim. Die Tropfen und die Pillen schluckte ich brav. Blieb mir ja auch nichts anderes übrig, wenn sie mir der Papa in den Mund reinschob. Aber die Zäpfchen drückte er mir bloß immer in die Hand, und Zäpfchen kann ich nicht haben. Die schmuggelte ich unter der Decke in ein Taschentuch und warf sie nachher ins Klo.

Der Papa mietete zu meiner Betreuung ganztägig die Swetlana. Er mußte ja ins Atelier gehen und arbeiten. Die Swetlana pflegte mich aufopfernd mit »alle Sachen, wo in

Natur wachsen«. Mit Tees und Kräutersuppen und Essigpatschen und Topfenhalsumschlägen (obwohl ja Essig und Topfen eher nicht in der Natur wachsen). Als ich nach vier Tagen nur noch erhöhte Temperatur hatte, war sie sich ganz sicher, daß ich das ihr und nicht der Pharmaindustrie zu verdanken hätte!

Der Arzt schaute noch einmal bei mir vorbei. Er war sehr zufrieden mit mir. Aber richtig gesund, sagte er, sei ich noch lange nicht! Ich möge »leichte Kost« essen, das »Bett hüten« und mich schonen. In die Schule, sagte er, dürfe ich noch mindestens eine ganze Woche nicht. Weil ich geschwächt sei. Außerdem stecke die Angina noch in mir, da könnte ich andere Kinder anstecken!

Jeden Nachmittag kam mich die Polli besuchen. Der Peter kam auch zweimal. Die beiden hatten keine Angst vor meiner Angina. Der Lorenz kam nicht. Ich überlegte mir, ob ich ihn anrufen soll, aber ich ließ es bleiben. Damit mir niemand nachsagt, daß ich ihm nachrenne. Ein bißchen weh tat es schon, daß er sich nicht einmal um mich schert, wenn ich krank bin. Am Montag dann erzählte mir die Polli, daß der Lorenz die Blaumeise gefragt hat, ob er sich auf den freien Platz neben die Lizzi setzen darf. Und die Blaumeise hatte es ihm erlaubt! Zur Polli hatte der Lorenz hinterher gesagt, er will neben der Lizzi sitzen, damit er von ihr in Englisch und Mathe abschreiben kann! Was ja wohl ein schlechter Witz war, weil ich in beiden Fächern besser als die Lizzi bin und dem Lorenz bei den Schularbeiten immer total geholfen habe. Ohne mich wäre der oft schön belämmert dagesessen!

»Na«, sagte ich zur Polli, »damit wäre ja dann die Sache geklärt!«

Die Polli sprach mir ihr Lob dafür aus, daß ich das so gelassen aufnehme. Aber so gelassen war ich in Wirklichkeit nicht. Ich hatte mir nur eisern geschworen, lorenzmäßig meinen Gefühlen nimmer freien Lauf zu lassen! Gleich nach der Rauferei mit der Lizzi hatte ich mir gesagt: Wenn er hundsgemein ist und die Lizzi noch hundsgemeiner, ist das kein Grund, ebenfalls hundsgemein zu werden. Und im Schulhof jemanden fast erschlagen, mit dem man neun Jahre befreundet war, fällt unter die Sparte: hundsgemein! Jedenfalls ist es unter meiner Würde gewesen und hat meinen Stolz verletzt, daß ich mich zu so etwas habe hinreißen lassen! Und mein Stolz und meine Würde, habe ich mir gesagt, die sind mir doch viel, viel wichtiger als der Lorenz! Das habe ich mir allerdings oft vorsagen müssen, bis ich es mir wirklich geglaubt habe.

9. Kapitel,

in welchem mein Papa zur Gegenwehr einen Hausschlapfen hebt und die Blaumeise zu einer sehr irrigen Ansicht kommt, welche aber für mich von großem Vorteil ist.

Ab Dienstag hatte ich keine fürsorgliche Swetlana-Betreuung mehr, denn die Swetlana mußte für eine Woche nach Serbien fahren. In das Dorf, aus dem sie stammt. Weil ihr Bruder Hochzeit machte. Hochzeiten, sagt die Swetlana, dauern bei ihr daheim immer eine ganze Woche.

Aber ich war ohnehin schon wieder ziemlich top-fit! Hätte nicht der unterdrückte Lorenz-Kummer in mir genagt und gebohrt, hätte ich sehr gute Tage gehabt! Fernsehen ... vor sich hin dösen ... ein bißchen in meinen Lieblingsbüchern lesen ... was aus der Tiefkühltruhe holen und auftauen ... herumtelefonieren ... Polli-Peter-Besuch empfangen ... Platten spielen ... und am Abend den Papa herumjagen!

Papa, koch mir ein Supperl! Aber eins mit viel drinnen!

Papa, roll mir den Fernseher zum Bett!

Papa, spiel mit mir Karten! Oder Malefiz! Oder sonstwas!

Papa, putz mir die Brösel aus dem Bett!

Papa, hol mir ein paar Illustrierte aus dem Trafik!

Papa, mach mir eine Limonade, mit doppelt Zitrone!

Sogar: Papa, erzähl mir eine Geschichte! hatte ich drauf.

Und er folgte mir brav.

Aber am Freitag dann kam der Mann ganz bleich aus dem Atelier heim und sagte, er fühle sich ein bisserl matt und müsse ein paar Minuten ruhen, bevor er sich ans Nachtmahlkochen macht.

Er legte sich im Wohnzimmer auf die Couch und schlief ein. Um Mitternacht schlief er immer noch, als ich ihn wachrüttelte, merkte ich, daß er Fieber hatte. Und als er mich verstört fragte, wie spät es sei, krächzte er haargenauso wie ich eine Woche vorher.

»Geh ins Bett«, sagte ich. »Du hast meine Angina geerbt!«

»Aber nein«, krächzte er. »Morgen bin ich wieder voll da! Hab im Moment so viel Arbeit, die nimmt einen halt her!« Er wankte zu seinem Bett. »Muß mich nur richtig ausschlafen!«

Natürlich war der Papa auch richtig ausgeschlafen nicht wieder »voll da«! Achtunddreißig-vier Fieber hatte er am Morgen, Halsweh und Ohrenstechen. Mit der Taschenlampe besichtigte ich seinen Schlund. Blutrot war der. Aber Arzt wollte der Sturkopf keinen! Tat, als würde ich den Leichenbestatter bestellen wollen! So ließ ich es bleiben und gab ihm von meiner Medizin ab. Zweimal täglich eine doppelte Kinderration.

Der totale Wahnwitz, wie sich mein Papa beim Medizin-Schlucken anstellte! Um eine einzige Pille runterzukriegen, brauchte er ein Krügel Wasser zum Nachtrinken. Bevor er sich einen Löffel mit Tropfen in den Mund schieben ließ, jammerte er zehnmal: »Gibt's da nichts, was weniger grauenhaft schmeckt?« Und als ich ihm den Rest meiner Zäpfchen anbot (die, die ich nicht ins Klo gespült hatte), tat er überhaupt, als ob ich ihm nach dem Leben trachte!

»So war er schon immer!« sagte die Mama am Telefon, als sie von mir erfuhr, daß der Papa jetzt auch krank ist und wie er sich benimmt. Und sie war schrecklich besorgt um mich! Sie meinte, ohne Swetlana und ohne Papapflege werde ich hilflos dahinsiechen. Ich tat mein Bestes, sie zu beruhigen, sagte ihr, daß sie sich keine Sorgen machen muß, weil ich nur mehr siebenunddreißig-zwei habe.

»Mir geht es schon so gut«, sagte ich, »daß ich den Papa perfekt pflegen kann!«

Die Mama jammerte, daß ich mich dabei »übernehmen« werde. Mit echter Angina sei nicht zu scherzen. Wenn man die nicht richtig auskuriert, kann ein Herzfehler zurückbleiben (oder war's ein Nierenleiden?). Sie würde ja sofort angefahren kommen, sagte sie. Aber blöderweise sei in drei Tagen Redaktionsschluß für die nächste Nummer, da kann sie schlecht von München weg. Deshalb, weil in der neuen Nummer ein Sechs-Seiten-Artikel von ihr erscheinen soll, und sie hat noch nicht einmal drei Seiten fertig! Aber ich bin ihr natürlich wichtiger als jeder Artikel. Wenn ich meine, daß ich sie brauche, soll ich es sagen, dann kommt sie mit dem nächsten Flieger angedüst.

Ich lachte die Mama aus. »Uns geht's prima, mach jetzt bloß kein Hege-und-Pflege-Theater!«

Dann beendete ich das Telefongespräch, denn ich hatte den Fernseher beim Bett, und da lief gerade ein Western, in dem ritten die Indiander in Dreier-Reihen vom Berg herunter auf den einsamen Cowboy in der Wüste zu. Ich wollte nicht verpassen, wie sich der Cowboy aus der brenzligen Lage rettet. Daß ich besser den Cowboy vergessen und meine Mama noch ausführlicher beruhigen hätte sollen, wurde mir leider erst am nächsten Tag klar!

Meine Medikamente taten beim Papa ihre Wirkung. Sogar noch schneller als bei mir. Am Tag darauf hatte er nur mehr erhöhte Temperatur, krächzte auch fast nicht mehr. Mit der Taschenlampe entdeckte ich bloß noch kleine rote Flecken in seinem Schlund – und zwei Stockzahnruinen, die dringlichst zum Zahnarzt gehört hätten.

Gegen Mittag war es dann, ich lag beim Papa im Bett, wir hatten den Fernseher zu ihm ins Zimmer gerollt (der Kränkere hat Anrecht auf ihn, hat der Papa behauptet) und schauten einen alten, blöden Film an. Aber der Papa war über den Film ganz gerührt und völlig hingerissen, denn das war in seiner Kindheit sein Lieblingsfilm gewesen. Er erzählte mir gerade, daß er damals immer davon geträumt hat, der blonden Hauptdarstellerin eines Tages auf der Straße zu begegnen, daß der das Handtascherl runterfällt, und er hebt es auf, und sie schauen einander in die Augen, ganz-ganz tief, und es »funkt« bei der blonden Schönen, sie gehen in den Stadtpark hinüber, Hand in Hand, und hinter den Hollerbüschen umarmen und küssen sie einander wie die Verrückten. Leidenschaft total, sozusagen!

»Und das ganz ohne Worte?« fragte ich.

Der Papa überlegte. An irgendwelche Worte, meinte er,

könne er sich nicht erinnern. Wahre Leidenschaft habe er sich damals wohl stumm vorgestellt. Ich wollte ihn fragen, wie weit er sich die Leidenschaft vorgestellt habe. Ob nur mit Schmusen und Kosen oder mit richtigem Sex. Da läutet unsere Türglocke.

»Wer kann denn das sein?« fragte mich der Papa. »Für deine werten Schulkollegen ist es ja noch zu früh!«

»Keine Ahnung«, log ich und stieg aus dem Bett. Ich wußte, wer da klingelt. Die Marina! Mit der hatte ich am Tag vorher telefoniert, und sie hatte angeboten, uns zwei Kranken ein Supperl zu kochen. Ich hatte wirklich keinen Grund gesehen, das abzulehnen. Weil es kein vernünftiger Grund ist, jemandem einen Besuch abzuschlagen, nur weil das den Papa vielleicht stören könnte.

Mein Papa sah das anders. Er begrüßte zwar die Marina höflich, aber als sie dann in der Küche war, um das Supperl aufzusetzen, schimpfte er wie ein Rohrspatz! Verlangte glatt, daß ich die Marina so schnell als möglich »aus dem Haus schaffe«! Ich redete ihm gut zu und sagte ihm, daß das lächerlich sei!

»Die Marina«, erklärte ich ihm, »ist jetzt meine Freundin. Das mußt du akzeptieren!«

»Ja, ja!« sagte der Papa. »Ich akzeptiere es, aber nicht gerade heute!«

Richtig nervös wirkte der Mann. Ein paar Minuten später war mir sonnenklar, warum er nervös war. Da läutete es nämlich noch einmal. Und zwar sehr stürmisch.

»Wer kann denn das jetzt sein?« fragte ich den Papa.

Der Papa machte sein bestes Zahnwehgesicht. »Das ist die Liesi«, sagte er. »Die hat mich in der Früh angerufen.

Sie will uns ein Supperl kochen!« Verbittert schaute er mich an. »Ich habe ja nicht ahnen können, daß du die Marina herbestellt hast!«

Ich lachte. »Macht nichts!« sagte ich. »Kocht dir die Liesi ein Supperl. Und mir kocht die Marina eines!«

Dann wieselte ich hurtig zur Wohnungstür und ließ das Liesi-Hasi ein. Na, die Dame war ganz schön verunsichert, ihre »Vorgängerin« anzutreffen. Die Marina war auch nicht gerade begeistert, ihre »Nachfolgerin« zu sehen. Aber das Liesi-Hasi wollte nicht merken, daß ihr Supperl nun nicht mehr gebraucht wird, und die Marina war ja schon mitten im Grünzeugschneiden, räumte also das Küchen-Feld auch nicht. Ich dachte: Laß die beiden allein miteinander zurechtkommen, da störst du nur! Zur Klärung der Lage und quasi als Trost sagte ich, als ich die Küche verließ: »Eines der Supperln können der Papa und ich ja auch noch morgen essen!«

Ich kehrte zum Papa ins Bett zurück, und wir machten uns gegenseitig Vorwürfe. Er sagte mir, es sei eine Schnapsidee von mir gewesen, die Marina zu bestellen. Ich sagte ihm, es sei eine Schnapsidee von ihm gewesen, das Liesi-Hasi zu bestellen. Als wir uns endlich geeinigt hatten, daß keiner von uns »schuld« hat und es eben immer dumme Mißgeschicke im Leben gibt, klingelte es wieder an der Wohnungstür.

»Wer kommt jetzt daher, um die Lage noch mehr zu verwirren?« fragte mich der Papa.

Ich vermutete den Briefträger als Klingler und blieb im Bett, weil ich dachte, eine der Suppen-Feen wird schon an die Tür gehen. Da hatte ich auch richtig gedacht. Bloß war es nicht der Briefträger, der Einlaß begehrte!

Aus dem Vorzimmer drang auf einmal kreischendes Geschnatter zu uns. Der Papa starrte mich an, ich starrte den Papa an, gleichzeitig sagten wir: »Herr im Himmel, das ist der Gipfel!«

Und dann war die Tante Annemi auch schon im Zimmer! Sie machte ihr allerbestes Sauertopfgesicht und erklärte dem Papa, sie sei von ihrer Schwester herbestellt worden, um uns zu pflegen. Und der Papa möge gefälligst seine Zigarette ausdrücken, weil Rauchen überhaupt ungesund ist, Rauchen bei Angina noch ungesünder, aber vor allem sei es ein Skandal, ein anginakrankes Kind »mitrauchen« zu lassen. Mir sagte sie, daß ich ein eigenes Bett habe und mich in dieses begeben solle! Was ich nicht tat.

Sie zog die Vorhänge zur Seite, riß die Fenster auf und machte sich daran, im Zimmer »Ordnung zu schaffen«. Dabei hatten wir wirklich keine Unordnung. Aber das, muß ich gestehen, freute mich. Da hatte mein ordnungsliebender Papa seine Aufräummeisterin gefunden!

Während die Tante Annemi im Zimmer herumwerkte und allerhand zurechtrückte, zurechtlegte und umgruppierte, kamen die Marina und das Liesi-Hasi zur Papa-Mama-Zimmertür. Sie schauten beide stocksauer und sagten, total synchron-zweistimmig: »Wir gehen! Drei Frauen braucht es für eine Suppe wirklich nicht!«

Dann waren sie auch schon verschwunden – irgendwie in schöner Einigkeit, kam mir vor. Die Tante Annemi nickte ihnen stolz hinterher, ganz so, als habe sie den zwiefachen Teufel in die Flucht geschlagen.

Mein Papa saß im Bett neben mir. Verdattert und verdutzt und verwirrt.

»Tu doch was!« flüsterte ich und stupste ihn in die Rippen.

»Und zwar was?« flüsterte er zurück.

Ich deutete verstohlen auf die Tante Annemi und von der zur Tür hin. Der Papa nickte, stieg aus dem Bett, baute sich in voller Pyjamalänge vor der Tante Annemi auf und sagte: »Werte gnä' Frau Ex-Schwägerin, dürfte ich dich ersuchen, unsere Wohnung zu verlassen?«

Meiner Frau Tante entglitt der Zeitungspacken, den sie gerade ins Vorzimmer hatte tragen wollen. Die Zeitungen flatterten zu Boden, sie stand mitten im Bedruckten und fragte verblüfft: »Was soll ich tun?«

»Entfernen sollst du dich!« sagte der Papa. »Und zwar so hurtig wie nur möglich. Sonst passiert was!«

Na, da legte die Tante Annemi vielleicht los! Daß sie sich das wahrlich nicht bieten lassen müsse! Daß sie nur ihrer Schwester zuliebe hergekommen sei, beileibe nicht freiwillig! Viel Überwindung habe es sie gekostet, ein Kind zu betreuen, das sich so undankbar zu ihr benommen hat. Aber wenn es um die leibliche Familie geht, muß man eben zusammenstehen! Da darf man auf eigene Gefühle keine Rücksicht nehmen! Sie wüßte ja nicht, was sie lieber täte, als uns sofort zu verlassen, doch ihre Schwester will, daß sie hier ist! Und das ist ja schließlich die Wohnung ihrer Schwester! In der hat ein Exgemahl nicht zu bestimmen! Außerdem hat das Sorgerecht für ihre Nichte die Mutter des Kindes! Oder etwa nicht?

Da bückte sich der Papa, nahm einen seiner karierten, filzenen Hausschlapfen in die Hand und hob ihn hoch. So richtig schön drohend! Ich dachte: Na, der wird doch nicht! Aber ich hätte es ganz nett gefunden, wenn er hätte.

Die Tante Annemi kreischte: »Das muß sich der geduldigste Mensch nicht bieten lassen! Da kann ich nun meiner Schwester auch nimmer helfen!« Kaum drei Sekunden später knallte die Wohnungstür ins Schloß.

»Das hätten wir, Tochter!« sprach mein Papa zufrieden, legte sich wieder ins Bett und bestellte telefonisch beim Italiener an der Ecke zwei Pizzas, eine Flasche Champagner und zweimal Tiramisu. Ihm sei nach Feiern, sagte er.

Fünfzehn Minuten später waren die Pizzas und die Tiramisus geliefert. Wir tafelten im Papa-Bett. Der Papa süffelte glatt die ganze Flasche Champagner leer – weil sich eine halbe Flasche davon ohnehin nicht gut aufheben läßt; entfleuchen ja alle teuren Prickel-Blasen! Er erklärte mir dabei vergnügt, daß er seit vierzehn Jahren, seit er die Mama kennt, das dringende Bedürfnis hat, ihrer blöden Schwester einmal ordentlich »Bescheid zu stoßen«. Daß er nun dazu die Chance gehabt und wahrgenommen hat, gibt ihm Berge! Dann hielt er mir noch einen langen Vortrag darüber, daß die Tante Annemi eigentlich an seiner Scheidung schuld gewesen ist, denn die hat bei meiner Mama und gegen ihn intrigiert! Aber das war sicher bloß eine Idee, die ihm der viele Champagner eingegeben hat. Meine Mama hat noch nie auf ihre Schwester gehört.

Eine Woche blieb ich noch im Krankenstand. Der Papa auch. Die Marina holte ihr Supperl zwei Tage nach dem Tante-Annemi-Auftritt nach. Das Liesi-Hasi-Supperl bekamen wir am darauffolgenden Tag. Ich gab mir alle Mühe, dem Papa zuliebe, nett zum Liesi-Hasi zu sein, weil er, mir zuliebe, nett zur Marina gewesen war.

Am vorletzten Krankenstandstag schrieb ich dem Lorenz einen Brief. Ich schrieb:

Lieber Lorenz,
da Du ja jetzt, wie ich gehört habe, neben der Lizzi sitzt und auch sonst, wie ich gemerkt habe, auf meine Freundschaft keinen Wert mehr legst, ersuch ich Dich dringend, mir die Bücher, die Du noch von mir hast, und die drei Kassetten und meinen grünen Pulli (den mit dem Dinosaurier am Rücken) zurückzugeben. Und den Vierfarbenkugelschreiber.
Felicitas

Ich fand den Brief sehr cool, weil ich kein Wort über seine Untreue und meine Enttäuschung geschrieben hatte. Aber der Papa las den Brief und sagte, es sei kleinkariert, daß ich mein Hab und Gut einfordere. Da konnte ich ihm nicht recht geben. Daß der Kerl auch noch in meinem schönen Pulli herumrennt und mit meinem teuren Kugelschreiber schreibt, wollte ich nicht zulassen. Und als ich dem Papa sagte, dann soll er mir, damit ich nicht kleinkariert zu sein brauche, einen neuen Pulli, einen Vierfarbenstift und neue Kassetten und Bücher kaufen, fand er auch, daß ich eigentlich ganz recht hätte mit der Rückforderung.

Außerdem war der Brief für mich so etwas wie ein »Schlußstrich«. Ich wollte alles, von meiner Seite aus, eindeutig geklärt haben, wenn ich in der Schule auftauche.

Der erste Schultag nach meinem Krankenstand war einer mit zwei Blaumeisen-Stunden. Ich sah ihnen gelassen entgegen. Seit der »Schnepfe« im Supermarkt waren mehr als zwei Wochen vergangen. So frisch, dachte ich mir, kann die Wunde jetzt nimmer sein, die ihr der Papa geschlagen hat. Inzwischen, dachte ich mir, muß sie eingesehen haben, daß Töchter für das Benehmen ihrer Väter nichts können!

Und dann erlebte ich mein himmelblaues Wunder mit der Frau! Sie war total freundlich zu mir. So freundlich, wie ich das noch nie – seit ich in dieser Schule bin – erlebt hatte! Ich packte es einfach nicht. Aus lauter Verblüffung darüber war ich auch freundlich zu ihr. Nach der ersten Blaumeise-Stunde dachte ich noch, das sei bloß eine irre Laune des Schicksals gewesen. Aber als sie auch in der zweiten Stunde nett zu mir war, verstand ich die Welt nimmer. Alle Kinder in der Klasse rätselten mit, was da geschehen sein könnte. Zu einem vernünftigen Ergebnis kamen wir nicht.

Eine Woche später, bei der Mathe-Schularbeit, half mir die Blaumeise sogar. Neben mir stellte sie sich auf und deutete auf die Eckpunkte des Dreiecks, das ich gezeichnet hatte. Um mich darauf hinzuweisen, daß ich sie noch nicht mit A, B und C benannt hatte. Sie flüsterte mir sogar zu: »Schau dir das zweite Beispiel an!« Ich tat es und merkte, daß ich in der Eile den Bruch falsch gekürzt hatte!

So eine Hilfestellung war bei der Blaumeise noch überhaupt nie vorgekommen. Nicht einmal bei ihren speziellen Lieblingen und Weinberln.

Nach der Schularbeit sagte der Peter kopfschüttelnd zu mir: »Die hat sich in dich verknallt, die adoptiert dich noch!«

Die Polli mutmaßte: »Der muß dein Kinnhaken das Hirn zurechtgerückt haben!« Was nicht der Grund sein konnte, denn nach dem Kinnhaken war sie ja noch unfreundlich zu mir gewesen. Und ein Kinnhaken, der erst Wochen später Wirkung zeigt, ist wohl nicht möglich.

Also, ich kapierte es einfach nicht, soviel ich auch darüber nachdachte, und das war gar nicht wenig! Aber da es angenehm für mich war, nahm ich es hin und war freundlich und höflich zur Blaumeise. Was allerdings ein paar Kindern in meiner Klasse nicht recht war. Die fanden, nun seien die Mathe-Stunden viel langweiliger als früher, ich solle gefälligst wieder die Blaumeise ärgern, damit es was zu kichern gibt. Ich erklärte ihnen, wenn sie es bei der Blaumeise spannend haben wollen, können sie sich ja selber ans Ärgern machen, ich sei schließlich nicht ihr Showmaster.

Ist ja wahr! Die Wappler trauen sich rein gar nichts und ducken und buckeln und schleimen, und von einem anderen wollen sie die Aufmüpfigkeit geliefert haben! Ihren Spaß wollen sie haben, aber riskieren wollen sie nichts. Ganz nebenbei: Wenn ich dann die Folgen meiner Spaßettln zu spüren bekommen habe, sind sie nie sehr besorgt um mich gewesen. Da haben sie bloß mit den Achseln gezuckt und gefunden, daß das mein Bier sei!

Eine Woche später brachte der Peter Licht in das Dunkel der blaumeisischen Verwandlung. Seine Mutter war bei der Blaumeise in der Sprechstunde gewesen, um sich über den Wissensstand ihres Sohnes zu informieren. Und – weiß auch nicht, warum – haben die beiden auch über mich geredet. Die Blaumeise hat zur Mutter vom Peter gesagt, daß sie ja gar nicht gewußt habe, welch armes Würmchen ich sei! Mit einer davongegangenen Mutter in München! Und einem fürchterlichen Vater, einem katastrophal ordinären Unmensch! Dermaßen zerrüttete Verhältnisse wirken sich halt auf ein Kind aus, das hat man als Lehrer zu berücksichtigen! Und das tue sie jetzt, soweit es in ihren schwachen Kräften steht!

Meinem Papa erzählte ich das natürlich nicht. Der wäre sonst vielleicht, trotz seiner Angst vor Schul-Akne, zur Blaumeise marschiert und hätte ihr gesagt, daß ich nicht zerrüttet lebe und er kein ordinärer Unmensch ist! Und wenn er lang genug geredet hätte, hätte ihm die Blaumeise das wohl abgenommen! Und ich wollte meine friedliche, behagliche Position bei der milden Frau nicht gefährden.

Was mit dem Lorenz war? Und mit der Lizzi? Das kann ich nicht genau sagen. Ich ignorierte die beiden. Als ob sie nicht in der Klasse wären! Das fiel mir – gottlob – von Tag zu Tag leichter! Ich lehnte es auch ab, mir von anderen Kindern über die beiden etwas zuflüstern zu lassen. Jedesmal, wenn ein »Zwischenträger« bei meinem Pult aufkreuzte und mit dem Lizzi-Lorenz-Thema anfing, sagte ich: »Erzähl mir besser was über das Liebesleben der Schuppenkarpfen! Das ist interessanter!«

Meinen grünen Pulli, den Kugelschreiber, die Bücher und die Kassetten gab mir der Lorenz übrigens nicht zurück. Und da er ja für mich allerdünnste Luft war, konnte ich ihn nicht gut daran erinnern.

10. Kapitel,

in welchem ich ein Dutzend Fußblasen bekomme und mich fürs Reimen interessiere, aber wegen einer Stehlampe wieder alles ganz anders wird und ich das leider nicht hinnehmen kann.

Seit ich lorenzmäßig nicht mehr »engagiert« war, bemühte sich der Peter heftig um meine Gunst. Aber erstens hatte ich von Liebesangelegenheiten überhaupt genug, und zweitens wußte ich, daß die Polli in den Peter ein bißchen verliebt war. Meine zweite Freundin wollte ich nicht auch noch verlieren. Ich hielt den Peter also auf Distanz. Was gar nicht leicht war, weil die Polli, er und ich fast jeden Nachmittag zusammen verbrachten.

Einmal, als wir zu dritt aus dem Papiergeschäft kamen, sahen wir den Lorenz auf der anderen Straßenseite. Neben ihm ging ein Mädchen. Er hatte einen Arm um die Schultern des Mädchens gelegt.

»Na, was ist denn das?« fragte die Polli.

»Das ist eine gewisse Sandra«, sagte der Peter. »Die ist vor einer Woche in sein Haus eingezogen!«

»Und?« fragte die Polli.

Der Peter zierte sich. Er dürfe drüber nicht reden, habe dem Lorenz das Ehrenwort gegeben, nichts zu sagen.

»Das Ehrenwort hast eh schon gebrochen«, sagte die Polli. »Jetzt kannst weiterbrechen!«

Der Peter redete noch ein bißchen herum, aber dann erzählte er uns, daß der Lorenz absolut verknallt in diese Sandra sei. Die sei seine zweite große Liebe, habe er ihm gestanden. Die erste große Liebe sei ich gewesen.

»Und die Lizzi?« fragte die Polli. »War die die Liebe eins-komma-fünf, oder wie?«

»Die war ein Irrtum«, sagte der Peter.

»Weiß sie das schon?« fragte die Polli.

Der Peter schüttelte den Kopf. »Ehrlichkeit ist ja nicht gerade dem Lorenz seine Stärke«, sagte er. »Und blöd wie die Lizzi ist, kann er sie noch lange am Faden halten.« Dann wurde er rot im Gesicht und sagte zu mir: »Entschuldige, ich wollte nicht taktlos sein, ich hab nur gemeint...«

»Geschenkt!« unterbrach ich ihn. »Ich weiß eh, daß ich auch zu den Blöden gehört habe!«

Aber die Lizzi war gar nicht so blöd! Die hat nämlich schon bald kapiert, daß sich der Lorenz die Nachbarstochter angelacht hat. Gleich beim zweitenmal, als ihr der Lorenz vorgelogen hat, daß er mit seinem Freund reiten geht und sich mit ihr daher nicht treffen kann, hat sie ihm nachspioniert. Eh klar, daß die nimmer so naiv war wie ich. Sie hat ja erlebt, was er mit mir aufgeführt hat! So hat sie einfach bei diesem Freund angerufen. Und der ist nicht beim Reiten gewesen, sondern daheim, und er hat gesagt, daß er den Lorenz schon wochenlang nimmer gesehen hat, und reiten geht er nicht mehr. Er ist viermal vom Pferd gefallen, das reicht ihm! Da ist die Lizzi zum Lorenz in die Wohnung, und dort sind der Lorenz und diese Sandra vor dem Fernseher gesessen und haben Soletti geknabbert. Beide an einem Soletti. Jeder von einem Ende her. Wie die Lizzi das gesehen hat, hat sie so eine Wut bekommen, daß sie dem Lorenz vor die Füße gespuckt und ihn angeschrien hat: »So was Schuftiges wie dich gibt es kein zweites Mal! Nie werde ich dir verzeihen, daß mir wegen dir meine beste Freundschaft zerbrochen ist!« Womit die Freundschaft mit mir gemeint war. Erfahren habe ich von diesem Lizzi-Auftritt natürlich wieder durch den Peter, dem es der Lorenz unter sieben Siegeln der Verschwiegenheit anvertraut hat.

Ich tat zwar weiter so, als ob der Lorenz und die Lizzi für mich Luft wären, aber insgeheim linste ich oft verstohlen zu ihrem Pult hin. Zwischen den beiden herrschte absolute Funkstille. Während des Unterrichts starrten sie nach vorne, so weit als möglich voneinander abgerückt. Kaum hatte es die Pause eingeläutet, sprang die Lizzi auf und verließ ihren Platz.

Mich überkamen lizzimäßig gemischte Gefühle. Klaro, daß ich mir dachte: Ätsch, jetzt hast es! Geschieht dir nur recht! Aber irgendwie tat sie mir leid. Weil ich mir gut vorstellen konnte, wie ihr zumute war. Außerdem bemerkte ich, daß sie versuchte, mit mir Kontakt aufzunehmen. Ging ich in der Pause zum Papierkorb und schälte eine Mandarine, stand sie urplötzlich, Bleistifte spitzend, neben mir. Goß ich die Schusterpalme auf dem Fensterbrett, kam sie und tat, als müsse sie dringend auf die Straße runterschauen. Dazu hatte mir die Verena gesagt, daß die Lizzi nimmer neben dem Lorenz sitzen mag. Sie will die Blaumeise um Versetzung bitten. Und der einzige freie Sitzplatz in der Klasse war der neben mir, den der Lorenz verlassen hatte. Das hieß wohl im Klartext: Die Lizzi will sich zu mir setzen! Die Polli empörte das. »Rückgratloses

Luder«, schimpfte sie. »Jetzt, wo ihr der Lorenz durch die Lappen gegangen ist, wären wir ihr wieder gut genug!«

Der Peter war gutmütiger, der sagte: »Sie kann sich ja geändert haben. Der Mensch hat schließlich die Fähigkeit, Fehler einzusehen!«

Weil ich mich nicht entscheiden konnte, ob ich dem Peter oder der Polli recht geben sollte, ging ich der Lizzi aus dem Weg und übersah ihre Versuche, wieder mit mir zu reden.

Am Allerseelentag, der ja schulfrei ist, war ich mit der Polli und dem Peter auf dem Friedhof beim Grab von meinem Großvater. Nicht, daß mir danach gewesen wäre. Der Mann war schon tot, wie ich auf die Welt gekommen bin. Und ein sehr lieber Papa, sagt meine Mama, ist er auch nie gewesen. Aber meine Oma hatte angerufen und mich gebeten, dem Grab ein Lichtlein und ein paar Blumen zu spendieren, damit es nicht »nackt« ist, wenn zu Allerseelen Bekannte auf dem Friedhof sind. Die könnten sich »das Maul zerreißen« und sagen, daß die Witwe auf Mallorca wohllebt und ihren toten Mann verkommen läßt!

Wir kauften etwas Moosartiges, was nicht welkt, und ein 48-Stunden-Licht. Weil der Betrag, den ich laut Oma ausgeben sollte, damit nicht verbraucht war – hat doch keinen Sinn, einem Toten Moos in Wagenradgröße zu verehren –, lud ich die Polli und den Peter auf ein Mittagessen zu mir ein und kaufte vom »Körberlgeld« bei unserem Luxusfreßgeschäft reichlich Nahrung für das Allerseelenfest ein.

Beim Heimkommen sah ich es in unserem Briefkasten, hinter den Luftlöchern, lindgrün schimmern. Lindgrün ist das Briefpapier meiner Mama.

Ich öffnete den Briefkasten. »Warum schreibt sie«, sagte ich. »Wir telefonieren jeden zweiten Tag mindestens!«

»Vielleicht was Unangenehmes«, sagte die Polli.

»Oft schreiben die Leute, wenn sie etwas nicht sagen wollen«, sagte der Peter.

Ich holte den Mama-Brief aus dem Kasten und riß ihn auf. Die Polli und der Peter hatten ins Schwarze getroffen, denn der Brief fing so an:

Liebes Felispatzl,
seit zwei Wochen will ich es Dir schon am Telefon sagen, aber ich schaffe es einfach nicht, und darum schreibe ich jetzt diesen Brief ...

Und dann teilte sie mir mit, daß sie den Dingsda – also sie schrieb: meinen Bertram – in vierzehn Tagen heiraten wird!

Wir stiegen die Treppe hoch, der Peter und die Polli schauten mich besorgt an. »Ist das schlimm für dich, Alte?« fragte die Polli.

»Blödsinn«, sagte ich. »Ob sie mit oder ohne Trauschein mit ihm lebt, ist Jacke wie Hose!« Ich verstand echt nicht, wo da ein Unterschied sein sollte! Schon gar nicht verstand ich, daß sie das mir nicht hatte sagen können, dem Papa aber sehr wohl. Denn als ich den mit der Neuigkeit überraschen wollte, stellte sich heraus, daß ihm die bereits bekannt war. Er sagte: »Sie wollte, daß ich es dir schonend beibringe, aber ich habe abgelehnt. Ist ja schließlich nicht mein Bier!«

Natürlich waren der Papa und ich zur Hochzeit eingeladen. Der Papa war sogar bereit, die Einladung anzunehmen. »Ich laß mir den Dingsda doch nicht entgehen«, erklärte er. »Man muß schließlich wissen, welches Mitglied der Familie zuwächst!«

Daß ich unbedingt ein Hochzeitskleid brauche, sah er auch ein. Nur willens, mit mir »den Fetzen« auszusuchen, war er nicht. Er sagte: »Geh rumschauen, und wenn du was gefunden hast, kaufen wir es.«

Drei Nachmittage zog ich mit der Polli durch die Stadt; der Peter wollte von Kleidern auch nichts wissen. Von Schaufenster zu Schaufenster marschierten wir. Am dritten Nachmittag sah ich in einem kleinen, punkigen Laden einen Traum von Kleid. Dazu 60 % reduziert, also fast geschenkt.

»Das kauft dir dein Papa nie im Leben«, sagte die Polli.

»Wetten, daß?« fragte ich.

»Na ja, bei deinen Eltern weiß man nie«, murmelte die Polli und ging auf die Wette nicht ein.

Das Traumkleid war aus steifem, weißem Tüll, hatte einen wadenlangen Rock, mit Tüllrüschen unten dran, und weil der lange Rock ganz durchsichtig war, war darunter noch ein seidener, weißer Mini. Aber schon total mini! Und der Über-drüber-Clou: Auf den Brüsten – also dort, wo andere Brüste haben, ich bin ja leider flach – waren zwei spitze Kegel aus Metall auf den Tüll genäht. Die langen Tüllärmel waren nicht in die Armlöcher reingesteppt, sondern ganz extra. Wie schulterlange Handschue ohne Fingerlinge.

Mein Papa wäre fast in Ohnmacht gefallen, als ich ihm das Kleid zeigte. »Nur über meine Leiche!« rief er und weigerte sich, den Laden zu betreten. Vor der Ladentür stritten wir lang herum, ob es reiche, wenn *mir* das Kleid gefalle, oder ob ich eins kaufen müsse, das auch dem Dingsda und seiner gesamten Verwandtschaft gefällt.

»Der Mama jedenfalls«, argumentierte ich, »gefällt das Kleid sicher! Die hat nicht so einen Spießergeschmack wie du!«

Da schaute der Papa auf einmal ganz heiter. »O.k.!« sagte er. »Ich laß mir doch keinen Spießer nachsagen! Kauf dir den Apparat. Aber wenn die Hochzeitsgesellschaft der flüssige Schleimschlag trifft, wasche ich meine Hände in Unschuld!«

Lackschuhe kauften wir auch gleich in dem Laden. Ebenfalls 60 % reduziert. Die waren mir ein bißchen eng. Aber sie waren so wunderschön, daß ich ihnen nicht widerstehen konnte. Und der Verkäufer sagte, daß sie sich garantiert noch »austreten«.

Ich fing mit dem Austreten gleich an, als wir daheim waren. Den ganzen Abend latschte ich in den Lackgaloschen herum, und sie taten mir immer mehr und mehr weh. Vor dem Papa wollte ich das nicht zugeben, denn der war gegen den Ankauf gewesen und hatte mich schon im Laden gewarnt: »Lackleder tritt sich nicht aus, das bleibt ewig hart!«

Am Morgen darauf hatte ich an jeder Ferse eine Blase. Ich sagte mir, daß ein Indianer keinen Schmerz kennt, klebte Pflaster über die Blasen und zog die Schuhe wieder an. Besser jetzt Qualen als bei der Hochzeit, dachte ich.

Für den Schulweg brauchte ich dreimal so lange wie sonst, weil die Lackhufe ein zügiges Ausschreiten unmöglich machten. In der Klasse zog ich sie aus und stellte fest, daß ich jetzt auf jedem Fuß sechs Blasen hatte und etliche rote Druckstellen. Drei Blasen waren aufgeplatzt und blutig.

In der großen Pause blieb ich auf meinem Platz sitzen, blätterte in einem *Tim und Struppi* und schlenkerte die wunden Füße. In die verdammten Schuhe hätte ich nimmer rein können! Und barfuß mit den anderen in den Hof gehen wäre nichts gewesen. War ja schon ziemlich kalt draußen. Außerdem ist in unserem Schulhof immer ein Geschubse und Gedränge. Hätte mir gerade noch gefehlt, daß mir einer auf meine armen Hufe getreten wäre!

Wie ich so im *Tim und Struppi* lese, fällt plötzlich ein Schatten auf meine Lektüre. Ich schaue hoch, die Lizzi steht neben dem Pult, hat einen Haarreifen in den Händen, dreht den hin und her und sagt: »Den hast du mir einmal geborgt!« und legt den Haarreifen auf mein Comic-Heft.

»Danke«, sage ich eisig.

»Es tut mir leid«, sagt die Lizzi.

»Und zwar was?« frage ich, um nichts weniger eisig.

»Wie ich war … zu dir«, stottert die Lizzi. »Meine Mama meint, wo wir schon … im Kindergarten Freundinnen waren ... daß es schad wär ... meint meine Mama ... daß wir uns wieder vertragen sollen!«

Ich verschränke die Arme über der Brust. »Ach, das meint also deine Mama?«

»Ich doch auch«, sagt die Lizzi. »Ich weiß genau, daß ich ein gemeiner Volldepp war!«

»Aber wenn sich der Lorenz nicht die Sandra angelacht hätte«, sage ich, »würdest es noch immer nicht wissen!«

Die Lizzi zieht ein gefaltetes Papier aus der Hosentasche, überreicht es mir und sagt: »Das habe ich in mein Tagebuch geschrieben. Kannst am Datum sehen, daß es drei Wochen her ist. Damals habe ich noch nicht gewußt, daß er ein Schuft ist!«

Ich falte das Papier auf. Da steht in der krakeligen Lizzi-Handschrift:

Wenn ich in den Spiegel seh,
spricht mein Ebenbild zu mir:
Ach, wie tatest Du der Feli weh!
Vielleicht, einmal, verzeiht sie Dir!

Na ja, das hat mich irgendwie gerührt. Ich habe der Lizzi verziehen. Ist ja wahr: So eine uralte Freundschaft muß man doch flicken können!

Die Polli war ganz schön grantig, als sie vom Hof in die Klasse zurückgekommen und die Lizzi bei mir gestanden ist. In der nächsten Stunde war Englisch. Ich habe der Polli nach vorne zugezischelt, daß sich die Lizzi bei mir entschuldigt hat. Vom Gedicht über mich habe ich ihr auch berichtet. Die Polli hat das nicht gerührt. Sie hat mir ein Brieferl nach hinten gereicht, auf dem ist gestanden:

Ein leeres Blatt aus dem Tagebuch reißen, was draufschreiben und mit falschem Datum versehen, kann jeder.

Wäre ja wirklich möglich gewesen, daß die Lizzi das so gemacht hat, aber eigentlich ist mir das Wurscht gewesen!

In der nächsten Pause ist die Lizzi zur Polli gegangen und hat bei der rumgestottert, daß ihr alles leid tut und sie sich wieder mit ihr vertragen will. (Tagebuchseite hat sie für die Polli aber keine gehabt.) Auge in Auge mit der stotternden Lizzi hat auch die Polli nicht hart bleiben können. Sie hat ihr die Versöhnungspatschhand gereicht. Und der Peter war ohnehin nie wirklich verfeindet mit der Lizzi, der hat sich gar nicht versöhnen brauchen.

In der letzten Schulstunde ist es duster vor den Fenstern geworden, gleich darauf hat es zu schütten angefangen.

»Na«, sagte ich erleichtert zur Polli. »Jetzt fällt der Einkaufsbummel sowieso von wegen Sauwetter ins Wasser!«

Die Marina und ich hatten nämlich ausgemacht, daß sie mich von der Schule abholt und wir durch die Gegend schlendern und nach einem Hochzeitsgeschenk für die Mama suchen. Ich hätte nicht gewußt, wie ich das blasenfußmäßig hätte schaffen sollen! Die Lackhufe waren zu vergessen! Wenn ich bloß den klitzekleinsten Versuch machte, meine Füße hineinzuzwängen, mußte ich laut aufwimmern!

Ich verließ also zu Mittag das Schulhaus barfuß, mit den Lackmonstern in der Hand. Die Marina wartete unter dem Regenschirm. Als sie den Zustand meiner Treter sah, holte sie ihr Auto, fuhr mich zu sich heim und versorgte meine Blasen. Dazu waren so viel Pflaster, Watte und Mullbinde nötig, daß meine Füße hinterher gerade noch in ihre Tennisschuhe paßten; und die Marina hat Schuhgröße 41!

In den Tennisschuhen, Schuhgröße 41, wanderte ich dann die ganze nächste Woche herum. War aber trotzdem eine lustige Zeit! Die Lizzi hatte nämlich nicht nur über mich ein Gedicht gemacht, die hatte es damals überhaupt mit dem Dichten. Sie steckte mich und die Polli damit an. Den Peter nicht. Dem fielen erstens überhaupt keine guten Reime ein, zweitens fand er Gedichte »fad«. Immer, wenn wir uns dem Dichten hingaben, fing er zu gähnen an und erklärte, er gehe heim, die »Dichterei« schläfere ihn ein.

Weil ich noch immer keine Ahnung hatte, was ich der Mama zur Hochzeit schenken soll – viel Geld hatte ich ja nicht, und meine Mama liebt es nur sehr teuer und edel –, kam die Lizzi auf die Idee, wir könnten für die Mama ein Gedicht verfassen. In Schönschrift geschrieben, sagte sie, mit gemalter Umrandung und in feinem Rahmen wäre das ein »persönliches Geschenk«.

Einen ganzen Nachmittag bastelten wir das Hochzeitsgedicht. Dann schrieb ich es auf feinstes Zeichenpapier. Mit verschnörkelten, bunten Buchstaben:

Beste Empfehlung
zur neuen Vermählung!
Glück möge der Himmel Dir senden
und Wonnen ohne Enden!
Werde Dir der Ehealltag nie grau
und bleib eine heitere, lustige Frau!

Stolz zeigte ich der Marina mein schönschriftliches Werk. Die motzte: »Da kommt der Dingsda überhaupt nicht vor!«

»Der geht mich auch einen feuchten Staub an«, sagte ich.

»Bei einer Hochzeit geht es um zwei!« erklärte die Marina. »Da muß man alle beide mit guten Gedanken bedenken!«

Ganz sah ich das nicht ein, aber weil die Marina meinte, es könnte die Mama kränken, wenn ich dem Dingsda nichts wünsche, versuchte ich mit der Polli, der Lizzi und dem Peter das Gedicht in die »Mehrzahl« zu bringen. Bis auf die letzten zwei Zeilen war das einfach. Wir mußten bloß »Dir« durch »Euch« ersetzen. Doch auf »Werde Euch der Alltag nie grau« fiel uns kein Reim ein.

Der Peter machte dauernd blöde Reime wie: »Kriegt noch viele Gschrappen, und haut ihnen nicht in die Pappen!«

Die Lizzi versuchte, »grau« durch »trübe« zu ersetzen,

da ätzte er: »Werde euch der Alltag nie trübe, und haut Euch nicht auf die Rübe!«

Schließlich hatte ich den erleuchteten Geistesblitz: »Werde Euer Alltag voll Glück und Spaß, dieses wünscht Felicitas!«

Der Rahmen – aus vergoldetem Holz mit Kurven und Zacken –, den ich bei unserem Tandler an der Ecke gekauft hatte, war leider ein bißchen knapp für die neue Fassung. Die letzten Buchstaben der letzten zwei Zeilen wurden vom Goldholz verdeckt. Aber ich wollte mich nicht noch einmal in Schönschrift üben, und ich dachte mir, die Mama wird schon kapieren, was ein »Sp-« und wer die »Felici-« ist.

Die Swetlana mußte mein Traumkleid enger machen, denn das schlotterte um meinen Oberleib herum. Na, die schimpfte vielleicht mit dem Papa und mit mir. Mit mir, weil mir »so blede Kladl gfallt«, und mit ihm, weil er »blede Madl olas erlaubt«. Während sie an der Nähmaschine saß, fluchte sie die ganze Zeit vor sich hin. Aber sie arbeitete trotzdem perfekt. Wie angegossen paßte mir hinterher das Kleid. Bloß wegen der Schuhe hatte ich noch ein Problem! Dick bandagiert waren meine Fuße zwar nimmer, aber völlig abgeheilt waren die Blasen auch nicht. Die einzigen Schuhe, in denen ich schmerzfrei gehen konnte, waren meine alten, ausgelatschten Adidas-Schuhe, und die waren total fleckig und abgeschürft, paßten also nicht zum Traumkleid. Optimistin, die ich bin, hoffte ich, daß die Blasen bis zum Hochzeitstag komplett abheilten.

Leider waren die Blasen auch am Abend vor unserer Abreise nach München nicht ganz verheilt. Mein Papa diente mir uralte Haferlschuhe der Mama an. Schwarze, genagelte Dinger, bis über die Knöchel rauf, unten mit Ösen, oben mit Haken. Das sei irre »punky«, meinte er. Wenn ich schon »oben« in der Richtung gekleidet bin, könne ich es »unten« auch sein, da begehe ich wenigstens keinen Stilbruch.

Ich zog also probeweise die Haferlschuhe an und dazu das Traumkleid. Um zu sehen, ob die Kombination hinhaut. Gerade als ich mich vor dem großen Spiegel im Vorzimmer um die eigene Achse drehte – gar nicht unzufrieden mit meinem Anblick –, war ein Geräusch an der Wohnungstür. Ich dachte: O Gott, jetzt kommt die Swetlana! Und wird sich gleich wieder über mein Aussehen erregen!

Aber Schnecken! Die Mama kam zur Tür rein. In jeder Hand hatte sie eine Reisetasche!

Mehr als »Du?« brachte ich nicht heraus. Was soll man auch sagen, wenn die Frau, die in fünfzehn Stunden in München heiraten will, mit zwei Reisetaschen in Wien ankommt?

»Ja ich«, sprach die Mama, schickte einen Seufzer hinterher, stellte die Reisetaschen ab und schloß die Tür.

Den Papa hatte das Türgeräusch ins Vorzimmer gelockt. Er starrte die Mama an und fragte: »Wieso?«

»Das ist eine längere Geschichte«, murmelte die Mama. Sie ging ins Wohnzimmer. Der Papa und ich jappelten hinter ihr her. Die Mama ließ sich auf die Couch plumpsen, wir standen verdattert vor ihr.

»Was ist los?« fragte der Papa.

»Um mit dem Ende der Geschichte anzufangen«, sagte

die Mama, »ich bin wieder da. Mit allem Drum und Dran, weil alles Drum und Dran vorbei ist!«

Der Papa setzte sich links von der Mama auf die Couch, ich setzte mich rechts von der Mama auf die Couch.

»Mein Gastspiel in München ist zu Ende«, sagte die Mama. »Ein ungutes Gefühl hatte ich schon länger, so ein Warnlämpchen hat in meinem Kopf geblinkt. Aber ich hab's halt ignoriert!«

»Warum hast es dann nimmer ignoriert?« forschte der Papa.

»Wegen der blöden Stehlampe!« sagte die Mama.

Es wäre zu langweilig, die ganze Stehlampengeschichte im Mama-Original-Sound wiederzugeben, daher in aller Kürze: Die Mama hatte eine häßliche Stehlampe aus dem Wohnzimmer vom Dingsda entfernen wollen, der hatte das nicht erlaubt. Da hatte sie ihn gefragt, welche Rechte sie eigentlich in seinem Haus habe? Und da hatte sich ein Streit ergeben, in welchem der Dingsda allerhand sagte, was die Mama zur Überzeugung brachte, daß der Mann »ein Irrtum« gewesen ist, von dem sie nichts mehr wissen will! Und dem Päng-Job, hat sie dann noch gesagt, weint sie keine Träne nach, das ist eine blöde Zeitung, weit unter ihrem Niveau! Außerdem ist sie zu alt, um sich für all den Pipifax zu interessieren, den man in so einer »jungen« Zeitschrift schreiben muß!

»Kannst deinen alten Job wiederhaben?« fragte der Papa.

»Nein«, sagte die Mama. »Aber als freie Mitarbeiterin krieg ich überall was! Da mach ich mir keine Sorgen. Und verdient hab ich in München ja gut, ich hab mir allerhand erspart. Da kann ich fürs erste den Verdienstausfall überbrücken!«

»Na, dann ...« sagte der Papa und stand auf, »dann geh ich wohl jetzt!« Er marschierte durchs Wohnzimmer, in sein Zimmer rein. Auf dem Bett dort lag der offene Koffer, in den er schon das meiste für die Reise nach München getan hatte. Ich sah, daß er ein paar Hosen und Hemden aus dem Schrank holte, in den Koffer legte und den Deckel schloß. Dann kam er mit dem Koffer ins Wohnzimmer.

»Den Rest hol ich morgen«, sagte er. Die Mama nickte.

»Ich will aber nicht, daß du weggehst!« rief ich.

»Aber Tochter«, sagte der Papa, »deine Mutter will in ihr Bett zurück!«

Es fiel mir nicht leicht, aber ich sagte es trotzdem! Ich rief: »Können wir es nicht so lassen, wie es ist?«

Meine Mama schaute mich irritiert an. »Spatzl«, fragte sie, »willst mich nach München zurückschicken?«

Ich konnte mich einfach nicht beherrschen. Ich fing zu heulen an und schluchzte, daß ich die Mama natürlich nicht nach München zurückschicken will, aber daß sie in die Wohnung vom Papa ziehen soll! Daß ich mich jetzt an den Papa gewöhnt habe! Daß ich nicht will, daß jetzt wieder alles ganz anders wird! Und in ein paar Monaten vielleicht wieder ganz anders! Dann will sie vielleicht nach Graz! Oder Linz! Oder sonstwohin! (Daß sie vielleicht bald wieder einen I-gitt-Kerl mit einem Supermann verwechseln könnte, sagte ich nicht.)

Die Mama gab mir ein Taschentuch, ich schneuzte mich ausführlich. Sie fragte den Papa: »Was meinst du?«

Der Papa sagte: »Ich kann dir nicht vorschreiben, daß du in meine Wohnung ziehst!«

»Du hättest nichts dagegen?« fragte die Mama.

Der Papa sagte weder ja noch nein, stand bloß verlegen mit dem Koffer da.

»Na, dann gib mir halt deine Schlüssel!« sagte die Mama. »Ich bin hundsmüde, ich bin ohne Stop durchgefahren, ich will nichts wie ins Bett!«

Der Papa holte die Schlüssel aus der Tasche und überreichte sie der Mama. Die Mama stand auf und ging ins Vorzimmer raus.

Ich lief ihr nach. »Verstehst das nicht, Mama?« rief ich.

»Doch, doch«, sagte die Mama. »Aber gefallen muß es mir ja nicht!« Dann starrte sie mich an. Anscheinend fiel ihr mein Kleid erst jetzt richtig auf. »Was hast du da am Leibe?«

»Das wär mein Hochzeitskleid gewesen!« sagte ich. Und da fing meine traurige Mama zu lachen an. Nicht nur ein bißchen, richtig laut und lustig. »Ist ja super!« rief sie. »Ewig schad, daß der Prunk nicht zum Einsatz gekommen ist!«

Ich half der Mama, die Reisetaschen zu ihrem Auto runterzutragen. Die Mama schwor mir hoch und heilig, daß sie vor Kummer nicht kaputtgeht, wenn der Papa und ich zusammenbleiben. Weil wir uns ja eh so oft sehen können, wie wir wollen! Und daß sie in der nächsten Zeit ohnehin viel unterwegs sein muß, sagte sie, wenn sie wieder ins Geschäft kommen will. Da hat man sich gewaltig unters Volk zu mischen, damit jedem aus der Branche auffällt, daß man zur Verfügung steht! Da hätte sie sowieso wenig Zeit für mich! Aber natürlich habe sie einen gigantischen Feli-Nachholbedarf. Gleich morgen vormittag könnten wir ja zusammen sein. So pflichtbewußt, meinen »Hochzeitsurlaub« von der Schule nicht zu konsumieren, nur weil es keine Hochzeit gibt, werde ich ja wohl nicht sein!

Aber beim Haustor angekommen, sagte die Mama, morgen vormittag sei doch kein guter Termin, um uns zu treffen. Sie müsse herumtelefonieren. Mit ihrem alten Chef und ein paar Kollegen und Leuten vom Radio. Zu Mittag wäre besser! Als wir beim Auto waren, paßte ihr die Mittagszeit auch nicht. Unter Umständen könnte sie ihr alter Chef zum Mittagessen einladen, und es wäre blöd, »nein« zu sagen, weil sie wieder Arbeit von ihm will. Der Nachmittag wäre günstiger!

»Weißt was?« sagte ich und bugsierte die Reisetaschen in den Kofferraum. »Ruf mich morgen an, und sag mir, wann es echt geht!«

»O.k., so machen wir's!« Die Mama wangenküßte mich rechts-links-rechts, stieg ins Auto und fuhr ab. Ich winkte hinter dem Auto her, bis es um die nächste Ecke verschwunden war. Flau war mir im Magen. Um das flaue Magengefühl zu bekämpfen, sagte ich mir, während ich zurückmarschierte: Erstens kommt die Mama ohne dich besser zurecht, zweitens kannst du nichts dafür, daß deine Eltern geschieden sind und du dich für einen von ihnen entscheiden mußt! Hättest du dich für die Mama entschieden, wär dir jetzt wegen dem Papa flau im Magen!

Der Papa war in der Küche, als ich hochkam. Er

schmierte sich ein riesiges Schmalzbrot und belegte es mit hauchdünnen Zwiebelringen.

»Mach mir bitte auch eins!« sagte ich.

Der Papa nickte. Ich setzte mich aufs Küchenfensterbrett und baumelte mit den Beinen, wobei die eisenbeschlagenen Absätze der Haferlschuhe ein paarmal gegen die Wand unter dem Fensterbrett knallten.

»Hör auf!« rief der Papa. »Du schlägst Löcher in den Putz!« Er reichte mir das Zwiebelring-Schmalzbrot.

»Da sind ja Grammeln drin!« greinte ich. »Grammeln mag ich nicht!«

Der Papa nahm mir das Schmalzbrot aus der Hand. Mit einer Gabel holte er alle Grammelstücke aus dem Schmalz und deckte die Zwiebelringe wieder drüber.

»Wär nicht auszuhalten«, murmelte er, »dich nicht rund um die Uhr am Hals zu haben!«

»Hab ich mir ja gedacht!« sagte ich.

Der Papa lieferte das reparierte Schmalzbrot bei mir ab. »Ist es so richtig?« fragte er.

»Na ja, fast richtig!« sagte ich, biß ins Schmalzbrot und schob dabei mit den Zähnen Schmalz weg, weil das Brot zu fett bestrichen war.

»Tja!« sagte der Papa. »Ganz richtig gibt es halt selten, werte Tochter!«

Weil ich den Verdacht hatte, daß er damit nicht nur Schmalzbrote meint (für die das ja nicht gilt, weil man sie sehr wohl »ganz richtig« bestreichen kann), nickte ich sehr zustimmend.

Ein paar Wörter, die vielleicht nicht jede/r gleich versteht

Binkel: Bündel
bisserl: ein bißchen
Blunze: Blutwurst, auch Schimpfwort für eine dicke, unbewegliche Frau
Doppelwatschen: doppelte Ohrfeige
Essigpatschen: Essigsocken (gegen Fieber)
Fettgatsch: fettiger Brei
Flocki: Schimpfwort
Fuzerl: ein winziges Stück
Galosche: Schuhe
G'riss: einer Sache große Bedeutung geben
Gatsch: Brei, Mus, auch Kot
Gfrast: Fussel
Grammel: Griebe
greinen: meckern, schreien
Grieskoch: Griesbrei
Gschrappn: Schimpfwort
Gurkerln: Gurken
Haferlschuh: fester Halbschuh
Hausbesorgerin: Hausmeisterin
Hausschlapfen: Hausschuhe
Haxen: Bein, hier: Fuß
Herrl: Herrchen
Hundsgfrast: Schimpfwort
jappeln: hinterherrennen
Kaiserschmarrn: in kleine Stücke zerstoßener Eierkuchen, oft mit Rosinen
keppeln: keifen
Kladl: Kleid
Kniewabbern: Kniewackeln
Krautfleckerln: Speise aus kleinen Nudeln mit Kraut gemischt
Kredenz: Anrichteschrank
Kretzl: Stadtteil
Nachtkastl: Nachtschränkchen, Nachttisch

Nachtmahl: Abendessen
nimmer: nicht mehr
ÖBB: Österreichische Bundesbahn
Pappn halten: Mund halten
Paradeiser: Tomate
pumperlgsund: kerngesund
Ribisel: Johannesbeeren
Risi-Pisi: Gericht aus Reis und Erbsen
Sagern: Redewendungen, Sprüche
Salon-Beuschel: Speise aus Tierinnereien, besonders Herz und Lunge
Sandler: untüchtiger Mensch
Schmankerl: Leckerbissen
Soletti: Salzstangen
Spaßetteln: Witz, Scherz, Unfug
Staubwuwer: Staubfussel
Supperl: Suppe
Tafelspitz: gekochtes Rindfleischstück
Tandler: Trödler
Telefonhütterl: Telefonhäuschen
Tonbatzln: Tonstücke
Topfen: Quark
Trafik: Tabakladen
Ungemach: Ärger, Unannehmlichkeiten
wacheln: fächeln, wedeln
Wappler: Schimpfwort
waschelnaß: klatschnaß
Weinberl: Schmeichler, unterwürfiger Mensch
wischerln: wischen
wursteln: kaspern
zwinseln: blinzeln

Gulliver Taschenbücher von Christine Nöstlinger

Hugo, das Kind in den besten Jahren
Phantastischer Roman
320 Seiten (78142) *ab 12*

Jokel, Jula und Jericho
Erzählung. Mit Bildern von Edith Schindler
124 Seiten (78045) *ab 7*

Die Kinder aus dem Kinderkeller
Aufgeschrieben von Pia Maria Tiralla, Kindermädchen in Wien
Mit Bildern von Heidi Rempen
88 Seiten (78096) *ab 8*
Ausgezeichnet mit dem Bödecker-Preis

Lollipop
Erzählung. Mit Bildern von Angelika Kaufmann
120 Seiten (78008) *ab 8*
Auf der Auswahlliste zum Deutschen Jugendbuchpreis

Am Montag ist alles ganz anders
Roman. 128 Seiten (78160) *ab 10*

Der Neue Pinocchio
Mit farbigen Bildern von Nikolaus Heidelbach
216 Seiten (78150) *ab 6*

Rosa Riedl, Schutzgespenst
Roman. 200 Seiten (78119) *ab 10*
Ausgezeichnet mit dem Österreichischen Jugendbuchpreis

Wetti & Babs
Roman. 264 Seiten (78130) *ab 12*

Zwei Wochen im Mai
Mein Vater, der Rudi, der Hansi und ich
Roman. 208 Seiten (78032) *ab 11*

Beltz & Gelberg
Beltz Verlag, Postfach 100154, 69441 Weinheim

Taschenbücher
bei Beltz & Gelberg

Eine Auswahl
für LeserInnen ab 11

Arnulf Zitelmann
21 UNTER GAUKLERN
Abenteuer-Roman aus dem Mittelalter
188 S. (78021) ab 12

John Tully
22 DAS GLÄSERNE MESSER
Abenteuer-Roman
Aus dem Englischen
244 S. (78022) ab 12

Tonke Dragt
23 DER BRIEF FÜR DEN KÖNIG
Abenteuer-Roman
Aus dem Niederländischen
400 S. (78023) ab 11

Christine Nöstlinger
32 ZWEI WOCHEN IM MAI
Mein Vater, der Rudi, der Hansi und ich
Roman
208 S. (78032) ab 11

34 DAS TAGEBUCH DES DAWID RUBINOWICZ
Aus dem Polnischen
Hrsg. von Walther Petri
Fotos aus dem DEFA-Dokumentarfilm »Dawids Tagebuch«
120 S. (78034) ab 12

Mirjam Pressler
43 NUN RED DOCH ENDLICH
Roman
160 S. (78043) ab 12

Dagmar Matten-Gohdes (Hrsg.)
44 GOETHE IST GUT
Ein Goethe-Lesebuch für Kinder
Mit Abbildungen und Erklärungen. Zeichnungen von Marie Marcks
200 S. (78044) ab 12

Sigrid Heuck
51 DIE REISE NACH TANDILAN
Abenteuer-Roman
224 S. (78051) ab 11

Frederik Hetmann
61 ALS DER GROSSE REGEN KAM
Märchen & Geschichten der amerikanischen Schwarzen
Bilder von Frank Ruprecht
160 S. (78061) ab 12

Mildred D. Taylor
71 DONNERGROLLEN, HÖR MEIN SCHREI'N
Roman
Aus dem Amerikanischen
236 S. (78071) ab 12

Michail Krausnick
89 BERUF: RÄUBER
Vom schrecklichen Mannefriedrich und den Untaten der Hölzerlips-Bande
Eine historische Reportage
Mit alten Stichen, Fotos und einem kleinen Gauner-Lexikon
176 S. (78089) ab 12

Esther Hautzig
97 DIE ENDLOSE STEPPE
Roman. Aus dem Englischen
248 S. (78097) ab 12

Chester Aaron
102 IM WETTLAUF MIT DER ZEIT
Die Geschichte von Sam, Allan und dem alten Horace. Roman
Aus dem Amerikanischen
Bilder von Willi Glasauer
192 S. (78102) ab 12

Reinhold Ziegler
109 GROSS AM HIMMEL
Roman
136 S. (78109) ab 12

Arnulf Zitelmann
129 BIS ZUM 13. MOND
Eine Geschichte aus der Eiszeit
224 S. (78129) ab 12

Christine Nöstlinger
130 WETTI & BABS
Roman
264 S. (78130) ab 12

Inge Auerbacher
136 ICH BIN EIN STERN
Erzählung. Aus dem Amerikanischen
Mit Fotos, Abbildungen und Anhang
104 S. (78136) ab 11

Christine Nöstlinger
142 HUGO, DAS KIND IN DEN BESTEN JAHREN
Phantastischer Roman
Kapitelbilder von Jutta Bauer
320 S. (78142) ab 12

Geoffrey Trease
144 DAS GOLDENE ELIXIER
Abenteuer-Roman
Aus dem Englischen
224 S. (78144) ab 12

Billi Rosen
147 ANDIS KRIEG
Erzählung
Aus dem Englischen
152 S. (78147) ab 12

Bruce Clements
151 HIN UND WIEDER LÜGE ICH
Eine abenteuerliche Reise durch Missouri
Roman. Aus dem Amerikanischen
164 S. (78151) ab 12

Margaret Klare
159 HEUTE NACHT IST VIEL PASSIERT
Geschichten einer Kindheit
96 S. (78159) ab 12

Michail Krausnick
162 DER RÄUBERLEHRLING
Eine Geschichte nach historischen Quellen
120 S. (78162) ab 12

Peter Schultze-Kraft
163 DIE BERGE HINTER DEN BERGEN
Geschichten und Märchen aus Lateinamerika und der Karibik.
Bilder von Rotraut S. Berner
124 S. (78163) ab 12

Rosmarie Thüminger
167 ZEHN TAGE IM WINTER
Roman
204 S. (78167) ab 11

Peter Härtling
170 FRÄNZE
Roman
Bilder von Peter Knorr
112 S. (78170) ab 11

Klaus Kordon
177 EIN TRÜMMERSOMMER
Roman
208 S. (78177) ab 12

Peter Härtling
178 KRÜCKE
Roman
Bilder von Sophie Brandes
160 S. (78178) ab 11

Mensje van Keulen
182 DIE FREUNDE DES MONDES
Aus dem Niederländischen
Bilder von Juliette de Wit
176 S. (78182) ab 11

183 WAS IST DENN SCHON DABEI?
Schüler schreiben eine Geschichte über die ganz alltägliche Gewalt
128 S. (78183) ab 13

Cordula Tollmien
185 FUNDEVOGEL ODER WAS WAR, HÖRT NICHT EINFACH AUF
Roman
256 S. (78185) ab 11

Reinhard Burger
189 DER WIND UND DIE STERNE
Roman
120 S. (78189) ab 11

Avi
191 EMILY UND DER BANKRAUB
Eine Abenteuergeschichte
Aus dem Amerikanischen
Bilder von Verena Ballhaus
148 S. (78191) ab 11

Vicki Grove
196 EIN WIRKLICH SELTSAMER SOMMER
Abenteuer-Roman
Aus dem Amerikanischen
168 S. (78196) ab 12

Marc Talbert
197 DAS MESSER AUS PAPIER
Roman
Aus dem Amerikanischen
176 S. (78197) ab 12

Christine Nöstlinger
198 DAS AUSTAUSCHKIND
Roman
160 S. (78198) ab 12

Silvia Bartholl (Hrsg.)
202 INGE, DAWID UND DIE ANDEREN
Wie Kinder den Krieg erlebten
188 S. (78202) ab 12

Christine Nöstlinger
203 SOWIESO UND ÜBERHAUPT
Roman
160 S. (78203) ab 12

Silvia Bartholl (Hrsg.)
207 NEUE KINDERGESCHICHTEN
Dritte Folge
Ausgewählt aus Manuskripten zum Peter-Härtling-Preis
72 S. (78207) ab 11

Richard Bletschacher
208 TAMERLAN
Abenteuer-Roman
Bilder von Klaus Ensikat
224 S. (78208) ab 12

Bruce Clements
210 EIN AMULETT AUS BLAUEM GLAS
Abenteuer-Roman
Aus dem Amerikanischen
192 S. (78210) ab 12

Klaus Kordon
211 DER LIEBE HERR GOTT
Ein Schelmenroman für Kinder
Bilder von Margit Pawle
136 S. (78211) ab 11

Karla Schneider
215 FÜNFEINHALB TAGE ZUR ERDBEERZEIT
Roman
224 S. (78215) ab 11

Philip Pullman
216 DER RUBIN IM RAUCH
Abenteuer-Roman
Aus dem Englischen
208 S. (78216) ab 12

Beltz & Gelberg
Postfach 100154
69441 Weinheim

»Die wohl lustigste, sorgfältigste, anregendste Kinderzeitschrift auf dem deutschsprachigen Markt.«

Basler Zeitung

Der Bunte Hund

MAGAZIN FÜR KINDER IN DEN BESTEN JAHREN

Unterhaltung fürs ganze Jahr:
Geschichten, Rätsel, Bilder und so weiter von bekannten Autoren und Autorinnen, Künstlerinnen und Künstlern.
Mit Erzählwettbewerb für Kinder.

Erscheint dreimal im Jahr, 64 Seiten, vierfarbig,
DM 9,80 (Jahresbezug DM 26,–)
In jeder Buchhandlung.

Beltz & Gelberg

Beltz Verlag, Postfach 10 01 54, 69441 Weinheim